I0634563

LA
REVOLUCIÓN
ESENCIAL

LA
REVOLUCIÓN
ESENCIAL

MICHAEL S. McGINNIS, JR.

Lighthouse
PROJECTIONS

Título original: *The Essential Revolution*

Queda prohibida la reproducción, distribución o transmisión parcial o total de esta obra, sin importar el medio o mecanismo, ya sea fotocopia, grabación u otro método electrónico o mecánico sin previa autorización por escrito de parte de la editorial, salvo en caso de citas breves incluidas en reseñas y otros usos no comerciales permitidos por las leyes de derechos de autor.

Copyright © 2020-2021 Michael S. McGinnis Jr.

Todos los derechos reservados

Traducción al español: Ariadna Molinari

Edición del texto en español: Lise Karna
Diseño de portada e interiores por: Tim Murray

979-8-9880105-0-0 (Rústica)
979-8-9880105-1-7 (Libro electrónico)

Lighthouse Projections LLC., St. Petersburg, Florida USA

www.lighthouseprojections.com

LO QUE OTROS DICEN SOBRE
LA REVOLUCIÓN ESENCIAL

"Es evidente que, a través de esta historia cautivadora, Michael McGinnis está canalizando algo indecible. Este libro le brinda un servicio a la humanidad y al planeta. Estamos en una encrucijada crítica en la que podemos elegir entre evolucionar hacia una conciencia unitaria o seguir por el camino de la destrucción. Y McGinnis nos da el mapa para hacer lo primero."

—Sara Yamtich, CEO de Resonate with Sara

"Este libro es tan poderoso que llegó un momento en el que tuve que dejarlo a un lado. Y es que, al seguir la transformación de los personajes de la historia, de cierto modo se activaron esos mismos cambios en mí. Con el tiempo logré volver a él y continuar, después de procesar emociones muy profundas. Esta obra presenta la verdad profunda del despertar y de lo que podemos lograr cuando elegimos el camino superior."

—Rah Panchal, fundador de Quantum Resurrection

"¡Qué viaje tan extraordinario! La lectura de este libro le resultará fascinante a gente de todo tipo que ande por cualquier camino en la vida porque te estruja el corazón de emoción y gratitud, y sus personajes te hacen reír y llorar. Pero lo más importante es que *La revolución esencial* nos ofrece una visión intrigante de lo que está ocurriendo en el mundo y nos brinda una solución creativa. Seré una abuela conservadora, ¡pero me encantó!"

—Mer Johnson, asistente ejecutiva jubilada

"El autor novel Michael McGinnis hace un trabajo extraordinario cuando se trata de hacer pasar las espinacas por puré de papas, por decirlo de alguna manera. La transmutación de una serie de verdades esotéricas profundas a través de una aventura ágil le permite comunicar un mensaje que al mundo le urge escuchar."

—Kim Castilla, astróloga

"El escritor Michael McGinnis hace un trabajo de integración de verdades en su nuevo libro, *La revolución esencial*. Mientras sus lectores hacen un viaje propio a través de los ojos de cada personaje, se tienden puentes entre los dramas detonantes, polarizadores y controversiales, y las verdades existenciales profundas. No pasa por alto un solo problema, desde la justicia social hasta las teorías de conspiración, pasando por los dogmas religiosos y conservadores. La historia entreteje un mensaje que pone en entredicho cualquier vara de medición incongruente, cualquier vaca sagrada y cualquier melodrama, hasta que los puntos de vista personales del lector se revelan en toda su desnudez."

—Christina Luna, autora y astróloga

"Mi esposa y yo quedamos cautivados con este libro y nos sumergimos en las profundidades del mensaje que comunica. Empezábamos el día leyendo un capítulo juntos y conversando a detalle sobre lo que había significado para cada quien. En última instancia nos ayudó a sanar las heridas e inseguridades que cada quien había traído a la relación, y nos hizo una pareja más unida, además de ofrecernos otra forma de ver esta matriz enloquecida que llamamos vida."

—Hans Beunk, fundador de Uvita Bali Bosque

"No quería dejar de leer este libro. Cada palabra y cada persona eran como un mecanismo mágico para abrir corazones, un instante de reconocimiento, de regreso a casa. Desde que lo abrí, me sumergí por completo en la historia y quería saber más. Integrar estas lecciones a mi vida se fue volviendo más sencillo al leerlas desde la perspectiva de distintos personajes. Gracias,

Michael McGinnis, por escribir el libro que cambió para siempre nuestra visión de las relaciones familiares, los vínculos de amistad y la interacción entre el bien y el mal. Ahora sé qué lado elegir. ¡Viva la revolución!"

—Monique Jurgens, fundadora de Uvita Bali Bosque

"El estilo de escritura de McGinnis facilita la lectura, pues el libro empieza como una ficción normal, pero al poco rato se transforma en una obra mucho más profunda, significativa y reflexiva sobre la búsqueda del amor, la verdad, la tolerancia y el perdón. Me cautivó y me mantuvo atenta todo el tiempo. Era difícil cerrarlo, pues brinda algo que necesitamos muchísimo en los tiempos que estamos viviendo."

—Marie Simonon

"Un libro apasionante, pertinente y relevante frente a lo que está ocurriendo en el mundo. Como lector ávido y estudioso de la literatura en lengua inglesa, lo que más me cautivó fue la capacidad de McGinnis para pintar un paisaje tan convincente que me hizo sentir profundamente conectada con su mensaje y cada uno de sus personajes."

—Shannon Moran

"Rara vez un autor logra combinar un estilo literario atrapante con una historia dinámica y compleja que contenga una dosis inmensurable de verdades y pizcas de sabiduría. Mientras leía *La revolución esencial*, sentía que estaba pasando el rato con Eckhart Tolle, Perry Mason, Neale Donald Walsch, Carlos Castaneda, Yogananda… A éstos, mis maestros predilectos, se suma uno de mis (nuevos) autores favoritos: Michael McGinnis. Esta obra seminal de ficción ofrece a sus lectores un retrato actualizado y bien definido de las condiciones del mundo, pero añade algo más: respuestas. Soluciones. Un mapa para sobrevivir. Caminos para escapar de la destrucción ambiental y social. Les encantará conocer a Dimitri, el nuevo Michael Valentine Smith, quien supera a cualquiera (sin necesidad de sentarse en el fondo de una piscina). *La revolución esencial* es una lectura tan esencial como dice su título."

—Steve Fergus

"Cada vez que me siento a leer este libro, me convierto en una mejor persona."

—Monica Mosapor, madre de tres

"En pocas palabras, es sorprendente la forma en que el autor les infunde vida a sus personajes principales. Me sentí envuelto por la historia mientras se desarrollaban algunos de sus sucesos menos predecibles. El lector acompaña a los personajes en su viaje, mientras se revelan incontables lecciones que son de gran utilidad en el mundo real en el que vivimos hoy día. Es difícil cerrar este libro, porque, tan pronto lo haces, te entran ansias de saber más."

—David Lema, creador de contenidos

ESTE LIBRO ESTÁ DEDICADO A AQUEL QUE AGUARDA EN LOS OJOS DE CUALQUIERA QUE LO LEA.

"No sé con qué armas se librará la Tercera Guerra Mundial,
pero en la cuarta se usarán palos y piedras."
—Albert Einstein

PRÓLOGO

MARCUS

¿Recuerdas dónde estabas ese día? ¿El día que ocurrió? Como la mayoría de la gente, supongo que recordarás el momento exacto y hasta el más mínimo detalle: dónde estabas, con quién estabas y qué estabas haciendo. Si no, es probable que no hubieras nacido, porque cualquiera que haya estado vivo es incapaz de olvidarlo. Claro que, cuando uso la palabra *vivo*, me refiero no sólo al estado biológico de tener vida física, sino también —y sobre todo— al estado de conciencia y despertar que nos permite vivir esto que llamamos vida.

¿Lo experimentaste a través de tecnología conectiva holográfica (TCH) o fuiste uno de los afortunados que estuvieron ahí y que lo vieron hablar en vivo? De ser así, ¿qué tanto te acercaste? Era posible acercarse bastante, dependiendo de tu nivel de tenacidad. Sin embargo, antes de que te cuente esta historia, debes saber que yo fui el más cercano, y no sólo el día que el mundo entero cambió, sino desde mucho antes.

Ahora bien, antes de retroceder casi dos décadas en el tiempo, permíteme contarte cómo fue estar ahí, en ese preciso instante. Y me refiero a estar justo ahí, a no más de tres metros del ser humano más influyente del planeta, el día exacto en que dio el discurso más significativo en la historia documentada. Ese día lo recuperamos todo y afianzamos nuestra independencia al fin. Fue el día en que el colectivo, o mejor dicho la humanidad, dio pie a un nuevo paradigma, a una forma inédita de ver el mundo con una mirada nueva. Sería imposible volver atrás, ni querríamos hacerlo, y él fue quien nos llevó hasta ahí. Por ende, aquellas palabras tan profundas que pronunció en ese día tan especial fueron las últimas que el mundo escucharía salir de su boca.

Estábamos en el sexto piso, en el balcón del inmenso templo Ramana Maha Mandir del desierto Thar de India, encumbrados muy por encima de lo que sólo puedo describir como un océano de gente. Se decía que más de dos millones de almas habían peregrinado desde distintas partes del mundo para atestiguar el suceso más importante en la historia de la humanidad.

Elegimos ese lugar por cuestiones de seguridad. De hecho, tenía poco que el gobierno indio había experimentado el despertar y se había interesado mucho en su mensaje y visión. Supusimos que eso nos ayudaría a garantizar su seguridad y protegerlo de las fuerzas oscuras que estaban empeñadas en ponerle fin a su discurso. Quienes habían dominado el mundo con mano de hierro durante demasiado tiempo se aferraban con desesperación a su última esperanza y tenían las armas de fuego de su lado. Intenté convencerlo de sólo usar TCH y le advertí sobre los peligros de presentarse en público, pero no me hizo caso. Afirmó que lo único que necesitaba era dar su discurso completo y que lo que le ocurriera después no tenía relevancia. Estaba decidido a que fuera al aire libre, en presencia de tanta gente como fuera posible.

Con la frente en alto y la espalda erguida, se inclinó sobre el podio para acercarse a su público. Una brisa cálida y seca sopló a su alrededor y agitó sus largos rizos castaños. Sus penetrantes ojos verdes parecían estar clavados tanto en los ahí reunidos como en los ausentes. Y su voz retumbó como truenos a lo largo y ancho de la tierra, e hizo eco de un poblado a otro, de una ciudad a otra. El rugido ensordecedor de la multitud era tan estruendoso que el edificio vibraba cada vez que sus palabras conmovían a la congregación. En ese momento entendí por qué había insistido en hablar en público. Algo estaba pasando; o sea, estaba ocurriendo un cambio tangible, un movimiento real: literalmente lo sentí en el cuerpo. Entre los millones ahí reunidos y los miles de millones conectados por TCH, él había logrado captar la atención de la humanidad entera y le estaba sacando el mayor provecho posible.

Mientras lo observaba, fue inevitable sentir un orgullo muy profundo. Si bien él era quien estaba hablando, yo había desempeñado un papel sustancial al coordinar el evento, tal como lo había hecho durante la última década con el resto de los discursos, las entrevistas, las presentaciones y las reuniones. Y es que, verás, yo, Marcus Angbo Ogabi, afroamericano de segunda generación y expolicía de ciudad, era la mano derecha de Dimitri Tanomeo, el ser humano más influyente y famoso de la modernidad. Sin embargo, he de confesar que fui mucho más que eso. Era su mejor amigo. Y para mí él era un mentor, un gurú, un hermano compartido, un héroe y un líder, el cual nos enseñó a guiarnos a nosotros mismos cuando nos guio hacia nuestra propia liberación interna.

Conforme se acercaba el final del discurso, me cayeron lágrimas por el rostro. El hombre que alguna vez logró hacerme llorar por primera vez en mucho tiempo lo había logrado de nuevo. Claro que no fui el único. Cualquiera que estuviera atestiguando ese momento estaba profundamente conmovido. ¿Cómo no estarlo? Ese hombre nos había guiado hacia la comprensión propia más profunda, o más bien hacia nuestro *conocimiento*, lo que con el tiempo desataría una transformación mundial de tal magnitud que los males más graves del planeta sanarían. Gracias a eso volvimos a respirar aire limpio, a beber agua pura y a alimentarnos con comida orgánica de verdad. Además, como resultado de la conciencia ecológica mundial que surgió a partir de su trabajo, hubo una disminución generalizada y sustancial de la contaminación de los océanos, cielos y ríos. Ese mismo trabajo nos ayudó a ser conscientes de quiénes somos o, mejor dicho, de lo que en realidad somos. Nos guio a ese lugar, a este estado profundo de paz y seguridad, y el mundo entero se lo pagó con cariño. Ese día hizo un llamado a la liberación colectiva que cambiaría para siempre la forma en que vivimos. Ese discurso, ese llamado a la paz y a la soberanía, impulsaría al mundo a convertirse en un lugar donde hubiera equilibrio para todos los seres humanos. Y, a partir de ese momento, iniciaría un nuevo diálogo de unidad, transparencia y compasión.

Ese día pasaría a la historia como "El emplazamiento".

EL ELEGIDO

MARCUS

Cuando llegó el llamado, mi compañero Sid y yo acabábamos de sentarnos a almorzar más tarde de lo habitual en la fonda mexicana local.

Los radios de ambos emitieron el estridente sonido de emergencia proveniente de la estación central.

—Atención a todas las unidades. Disparos en el 1152 de la Calle 19, Distrito Este. Respondan todas las unidades disponibles. Disparos al interior del edificio, en la esquina de la 19 y Crown.

Sid llevó una mano al radio y le bajó el volumen.

—Que otra unidad se haga cargo, Ogabi —murmuró mientras estiraba el brazo para agarrar la salsa picante. Sus mejillas varicosas y su expresión amarga contaban la historia de un veterano alcohólico y con sobrepeso que llevaba más de treinta difíciles años en la fuerza policial.

—Estamos a tres cuadras, Sid. Hay que responder —reviré y llevé la mano a mi auricular.

Sid miró su burrito intacto y luego me miró a los ojos con el labio superior torcido.

—No lo hagas, Marcus.

Por un instante, contemplé la posibilidad de hacerle caso, pues no quería llegar tarde a ver el partido del lunes por la noche con unas cervezas.

—Lo siento, compañero. Proteger y servir, ¿recuerdas? Hay que defender el lema y el orgullo policial, ¿cierto? —Le di la espalda y presioné el botón para hablar—. Recibido, central. 3B61, recibido. Vamos en camino. Responderemos al código tres. Cambio, central. —Sin alzar la cara para eludir su mirada fulminante, volteé para agarrar mi charola. Él aventó el tenedor sobre su plato y fue hacia la puerta dando pisotones—. Vamos a Monty's, nuestro lugar favorito. Yo invito después del llamado, Sid —le grité mientras nos subíamos a la patrulla.

—Sí, sí, hijo. Ponte el cinturón y ya —gruñó mientras encendía la sirena y las luces.

Una vez adherido al asiento, me deleité con el glorioso torque del anticuado motor de combustible de ocho cilindros del Crown Victoria mientras aceleraba para llegar a nuestro destino. Ir camino a un tiroteo con un tiempo estimado de llegada de dos minutos implicaba que podíamos llegar en plena balacera.

Acababa de cumplir 35 años y, después de siete en la policía, seguía sin dispararle a alguien, a diferencia de Sid, que les había disparado a tres hombres a lo largo de su carrera. Tenía cierta sensación, que ahora reconozco como miedo, que me hacía preguntarme —o más bien preocuparme— sobre cuándo llegaría el momento. Estaba tan acostumbrado a reproducir en mi mente películas de tiroteos en los que al final vencía al villano que me daban ganas de que ocurriera cuanto antes con tal de poder dejarlo atrás. Esas películas mentales se convirtieron en un componente más de mi vida cotidiana, de la vida de Marcus Ogabi, un policía afroamericano que vivía y trabajaba en Bridgeton.

Al girar en una esquina, los neumáticos rechinaron. *Sólo falta una cuadra.* Íbamos hacia el corazón de una de las zonas más pobres y marginadas del Condado Lincoln, la esquina de Crown y la 19, un cruce también conocido como "la Fosa". Me sentí hiperconsciente de todo, con los sentidos más alerta que nunca, mientras cierto entumecimiento frío y familiar se apoderaba de mis dedos y labio inferior. Al dar vuelta en la última esquina, revisé mi equipo: chaleco, pistola y radio.

—¡Avíspate, muchacho! —gritó Sid con una voz que reforzaba su autoridad y quitó el pie del acelerador. Vimos entonces a un grupo de jóvenes reunidos en la banqueta, afuera del edificio residencial. Al acercarnos, entrecerré los ojos y enfoqué la mirada en las escaleras de la entrada. Ahí fue cuando *lo vi* por primera vez.

De pronto, nos envolvió un silencio inquietante y todo movimiento se congeló, como si el tiempo se hubiera detenido. Tuve que agitar la cabeza para salir del trance.

—Ahí. En la entrada. Hombre blanco cubierto de sangre. Trae un arma. —Señalé a un joven alto, de menos de veinte años, que nos miraba con absoluta calma mientras se ponía una camiseta—. ¡Acelera! —grité. Sid emprendió la persecución, y el muchacho se echó a correr. Estábamos a unos veinte metros de él cuando el chico dio vuelta en una calzada que dividía dos complejos de apartamentos y que llevaba a la Calle 18—. ¡Detente, Sid! —Abrí la puerta de la patrulla en movimiento, bajé de un brinco y, tambaleándome, me entregué al frenesí del momento. Recuperé el equilibrio, saqué la pistola de su funda y empecé a perseguirlo—. ¡Policía! ¡Tira el arma! —El chico me ignoró y siguió corriendo, con la pistola en mano. Jadeando, volví a gritar—. ¡Tira la puta pistola, malandro, o te disparo!

El muchacho volteó a verme, pero sin dejar de correr. De pronto, giró a la derecha en un pequeño callejón, entre la parte trasera del edificio y una pared de concreto. Le iba pisando los talones. Nunca había corrido tan rápido. Éramos sólo él y yo. *Sin pareja, sin respaldo.* Una parte de mí pensó en frenar y dejarlo huir. *Así nadie saldrá lastimado.* La adrenalina me inundó y sentí que la familiar frialdad que me entumecía los labios y los dedos se extendía hacia mis manos y mi cabeza, como si mi cuerpo estuviera consciente de que todo estaba a punto de irse al diablo. Y luego, de la nada, el muchacho se dio media vuelta. Le apunté con la pistola. Nos miramos a los ojos por un brevísimo instante. Recuerdo que los suyos eran verde claro, con un toque de dulzura.

—¡Policía! ¡Tira el arma! —fueron las últimas palabras que recuerdo que salieron de mi boca. Luego, reinó el silencio de nuevo. Sentí una especie de golpe seco en la región de la mano. *¿Me dispararon? ¿Por qué no oí nada?* En ese momento, vi una voluta de humo salir del cañón de mi pistola.

De pronto, las cosas volvieron a la normalidad, salvo por el volumen de mi cabeza, que estaba elevado al máximo. Me quedé paralizado mientras el chico de no más de veinte años se llevaba una mano al pecho y aullaba de dolor de una forma tan aguda y visceral que me atravesó el cuerpo entero. El entumecimiento frío se había apoderado de todas las células de mi organismo. Horrorizado, lo vi retorcerse en agonía sobre el pavimento cuarteado y sucio.

En ese instante, lo único que deseaba era tirarme al suelo y transferirme su sufrimiento, pero era imposible. Tenía que enfrentar la situación con la frente en alto, fuera buena, mala, correcta, incorrecta, justificada o no. Tenía que enfrentar una realidad que, al menos de momento, trascendía cualquier razonamiento. Le había apuntado con un arma de fuego a otro ser humano, había jalado el gatillo y había disparado un proyectil de plomo ardiente que le perforó la piel, le destrozó los vasos sanguíneos, le agujereó órganos vitales y, por último, se instaló en un lugar en el que no tenía derecho a estar.

Nadie ni nada podría haberme preparado para eso. Ni los siete años que pasé en el ejército ni los siete que llevaba en la policía. Ni mi padre ni mi tío, que también habían sido policías, ni mi compañero que les había disparado a tres hombres y había matado a uno. Ni tampoco las películas mentales que llevaba años reproduciendo sin parar. Era una sensación inimaginable. Y tendría que enfrentarla solo.

MUERTE = VIDA

MARCUS

Tras entrar al ala de traumatología del Hospital St. Jude, corrí hacia los quirófanos de urgencias.

Sid y yo nos habíamos sometido a extensos interrogatorios por parte de los detectives de nuestro departamento que se habían quedado con mi ropa y mi arma, como dictaba el protocolo. Sid había ajustado su versión de los hechos y declarado que había visto de lejos que el delincuente me había apuntado primero.

—Apégate a la historia y todo saldrá bien, hijo —murmuró—. Ese pendejo le disparó a su padrastro dos veces, así que no le debes ni un carajo. Como sea, no la va a librar, o eso dijeron los paramédicos. —Sus murmullos eran más bien gruñidos. Yo, mientras tanto, no dejaba de pensar en el papel que estaba desempeñando en aquel tiroteo policial que se había corrompido. La víctima, el padrastro del sospechoso, se encontraba estable y saldría adelante. Por desgracia, no podía decirse lo mismo del muchacho de diecinueve años al que le disparé en el callejón.

Alcancé a Sid en la recepción de los quirófanos, donde estaba hablando con el jefe de cirugía. Supuse que había ido a chismear, con la esperanza de que el muchacho muriera. El doctor me recibió con un cabeceo.

—Bien, oficial... —Hizo una pausa para leer mi gafete, sin poder pronunciar mi apellido.

—O-ga-bi —dije de forma tajante.

—Gracias, oficial Ogabi. Como le decía a su compañero, la bala chocó contra la séptima costilla y luego se incrustó en la vesícula, lo que le provocó una hipovolemia grave. Es poco probable que sobreviva, pero estamos haciendo nuestro mejor esfuerzo.

Escuché que la voz distante de Sid dijo algo sobre ir por un café. Y me inundó una pesadez en el pecho que me estrujó el corazón... No era la primera vez que, como policía, veía a alguien morir. Pero esta vez era diferente: yo jalé el gatillo. Era *mi* culpa.

Seguí al médico por las puertas dobles que llevaban a la sala de espera. Una mujer de menos de cuarenta años lloraba inconsolablemente. *Debe de ser la madre del muchacho.* Me froté el cuello con los dedos, con la esperanza de suavizar el nudo que se me estaba formando en la garganta. Sus prendas sucias y harapientas eran un reflejo de su pobreza. El ojo y los brazos amoratados eran indicios de una vida de abusos en el Distrito Este. Supliqué en secreto que se los hubiera provocado su hijo, en un intento desesperado por aliviar el profundo tormento del arrepentimiento, pero en el fondo de mi corazón roto sabía que no era cierto. Quería ponerme de rodillas y pedirle perdón. Quería enmendar mis errores y arrebatarle el sufrimiento. Pero no había palabras capaces de lograrlo, así que mejor no abrí la boca.

Había otra persona presente: una mujer mayor, de ascendencia hispana y apariencia indígena, sentada en una esquina. Era imposible saber quién era ni qué hacía ahí. *¿Sería la abuela?* Me pareció curioso verla ahí, tan estoica, tan indiferente... ¡y bordando! ¡Bordando! Pero lo más desconcertante era su expresión inoportuna de absoluta serenidad, como si las cosas estuvieran de maravilla. Me pareció fascinante, pero al mismo tiempo molesto. Era imposible dejar de verla. Aun así, a pesar de eso, de cierto modo encajaba.

De pronto, con un suspiro, alzó la cara de su bordado y me miró directamente a los ojos. *Qué incómodo*, pensé. Me clavó la mirada de tal forma que me vino a la mente la descabellada idea de que, si seguía haciéndolo, se daría cuenta de que yo le había hecho eso a su nieto o familiar o lo que fuera. Por ende, bajé la mirada. Al volverla a subir, noté que la señora estaba esbozando una sonrisita peculiar.

—Hola —dijo sin voz, sólo moviendo los labios, pues supuse que no quería incordiar a la madre doliente.

En medio de la confusión, agité la cabeza y luego asentí con sutileza y absoluta seriedad. Y entonces, por si fuera poco, la señora se rio discretamente.

Un silencio desolador se apoderó de la sala de espera. El personal empezó a caminar más lento. La madre del muchacho se puso de pie y miró hacia las puertas de los quirófanos mientras el equipo médico salía en procesión, con la cabeza gacha. El lejano chillido continuo del monitor cardiaco que sólo las puertas eléctricas eran capaces de contener me lo dijo todo. Sentí que se me escapaba hasta el último gramo de energía y se derramaba sobre el piso de loseta blanca del hospital. El jefe de cirugía fue directamente hacia la madre de Dimitri Tanomeo. Horrorizado, la vi caer de rodillas al suelo, con la cabeza rendida entre los hombros, y un suave gimoteo desplazó el aire que nos rodeaba.

—Hicimos todo lo que pudimos...

Fueron las últimas palabras que oí mientras me echaba a correr hacia el pasillo. Justo antes de dar vuelta en otro pasillo, escuché el segundo sonido más escalofriante del día: el aullido de aquella madre que acababa de perder a su hijo hizo que los ojos se me llenaran de lágrimas mientras cruzaba corriendo el hospital. En medio de las prisas, me encontré a Sid. Al verme, supo de inmediato lo que había ocurrido.

—¿Por qué te preocupa tanto, hijo? —preguntó, sin dejar de mascar su chicle—. Se lo merecía. Estuvo totalmente justificado, como te dije desde el principio. —Bajé la cabeza e intenté esquivarlo, pero él me bloqueó el paso, me puso las manos en los hombros y me miró directo a los ojos—. Marcus, todo está bien. Lo hiciste bien, hijo. Como siempre digo, un vago menos en las calles.

Me lo quité de encima y seguí buscando la salida, con los ojos borrosos por las lágrimas. Estaba al borde de la crisis nerviosa, a punto de derrumbarme. No llegaría siquiera al estacionamiento. *Soy policía y no puedo permitir que la gente me vea así.*

Por gracia divina, encontré una capilla vacía. Me metí, cerré la puerta con seguro y apoyé la cabeza en la pared. Y sollocé. Dado que no había podido llorar durante los momentos más difíciles de mi divorcio reciente, me preguntaba si aún era capaz de hacerlo. Y esta era la respuesta. Lloré y lloré mientras recreaba el momento de la persecución en el que contemplé frenar y dejarlo ir. Recordé el instante en el que me volteó a ver. Recordé su apariencia. Era un muchacho alto y atlético; hasta podría decirse que con cierto atractivo rudimentario. El cabello castaño y rizado le llegaba hasta los hombros. Estaba asustado. Aunque para entonces yo no sabía lo que había hecho, se notaba a leguas que no era un criminal despiadado.

—Lo siento, lo siento muchísimo —aullé, rindiéndome ante la aflicción propia de haberle arrebatado la vida a alguien—. Perdóname, por favor. — Con la cabeza entre las manos, lloré una eternidad.

En medio de la angustia, me sobresaltó una voz que me susurró al oído.

—Gracias —dijo.

Me levanté de golpe. No había nadie ni nada ahí, salvo una caja de pañuelos desechables sobre una mesa. Agarré un par y me sequé las lágrimas.

—Gracias —susurró de nuevo la voz, esta vez más despacio.

Me inquietó pensar que quizá venía de *adentro* de mi cabeza. *Debe de ser el estrés.* Cerré los ojos de nuevo.

—Gracias, Marcus —la oí decir.

Abrí los ojos de golpe, sin poder dejar de pensar en ese fenómeno tan extraño. Aquella voz masculina sabía mi nombre y tenía un acento peculiar, o al menos un tono muy particular. Es decir, no era *mi voz*; claramente era de alguien o de algo más.

Se me están yendo las cabras al monte. Tengo que salir de aquí. Me limpié la cara una última vez y abrí la puerta. En el pasillo, había mucho más movimiento que antes. Doctores, enfermeras y otros miembros del personal iban corriendo hacia el ala de cirugía de urgencias.

—Llamando al doctor Paul Jones a Traumatología —exclamó la voz femenina incorpórea que salía del sistema de audio del hospital. *El mismo cirujano, la misma ala del hospital.* Sin pensarlo, caminé de prisa hacia allá y, al dar vuelta en un pasillo, me topé con Sid de nuevo, quien estaba meneando la cabeza y se veía confundido y decepcionado.

Aceleré el paso hasta empezar a correr. Corrí hacia el lugar donde el joven Dimitri Tanomeo había luchado por su vida y había perdido la batalla. El mismo lugar donde yo había perdido parte de la mía.

Al llegar a la estación de enfermería de urgencias, tomé del brazo a un enfermero que venía corriendo junto a mí.

—¿Qué pasó? —le grité.

—¡El chico volvió en sí! —gritó y se echó a correr de nuevo.

—¿Qué? —dije mientras lo seguía.

—El chico salió adelante. ¡Volvió! Nadie lo entiende, pero está vivo… *de nuevo.*

Me detuve en seco en medio del pasillo, mientras la gente pasaba corriendo a mi lado. *¿Estoy soñando?* Deseé con todo mi corazón que así fuera. Bajé la mirada hacia mis piernas como para suplicarles que se movieran. Poco a poco lo hicieron, como si estuviera aprendiendo a caminar apenas, hasta que alcanzaron un ritmo de trote. Me detuve justo antes de llegar a la sala de espera y miré al personal que cruzaba las puertas de los quirófanos.

Y ahí vino la parte más descabellada de todas. Podría jurar que, cada vez que las puertas se abrían, del interior salía una luz diamantina, dorada y resplandeciente. *No puede ser real, Marcus. Tuviste un día difícil y estás imaginando cosas.*

Llegué a la sala de espera y me detuve frente a la madre de Tanomeo. Seguía de rodillas, con las manos entrelazadas.

—Mi bebé está vivo. ¡Es un milagro! ¡Mi hijo está vivo! —exclamaba.

Sin salir del trance, volteé hacia la esquina. La anciana seguía ahí, imperturbable. Estaba sentada igual que antes y seguía bordando con la misma sonrisita. No se veía especialmente contenta ni sorprendida.

Al bajar la mirada, noté que mi pecho se inflaba y desinflaba con rapidez. Estaba empezando a hiperventilar, y pronto las lágrimas se volverían incontrolables.

No permitas que nadie te vea así. Agité la cabeza para salir del ensimismamamiento, pero las emociones siguieron su curso. Me di vuelta para salir de ahí por segunda vez cuando vi que por las puertas de los quirófanos salían varias personas que estaban ayudando a una joven enfermera que sollozaba sin control y no podía caminar por sí sola.

Cuando se acercaron, la oí decir algo que no olvidaría jamás:

—Fue muy hermoso. Ahora entiendo que todos somos ello.

Me tambaleé y volteé a ver su rostro sonrojado y sonriente, cubierto de lágrimas. En ese momento, no pude contener más el llanto, así que aceleré el paso hacia la salida.

—Gracias, gracias, gracias —empecé a murmurar. Conforme me acercaba a la salida, aumenté el volumen—. ¡Gracias! ¡¡Gracias!!

Los murmullos se habían vuelto gritos. Aquel júbilo, acompañado del inmenso alivio que sentía, se impuso por encima de cualquier otra emoción o temor a hacer el ridículo. Las puertas de cristal se abrieron frente a mí. Salí al estacionamiento con paso firme, extendí los brazos y alcé la mirada hacia el sol de la tarde para recibir su calor. Era un día nuevo, una vida nueva.

—¡¡Gracias!! —grité con todas mis fuerzas.

Me subí a la patrulla y me quedé sentado sin saber a quién le agradecía ni por qué lo hacía. Sin duda agradecía que el muchacho hubiera vuelto a la vida, pero no era lo único. Verás: dos personas murieron y resucitaron esa tarde. En ese instante supe que mi vida no volvería a ser la misma.

Me sequé los ojos con la manga, metí la llave y, justo antes de arrancar, escuché de nuevo a la voz, que me habló con absoluta claridad. De todas las cosas que pudo decirme, eligió abordarme con dos palabras que tenía una eternidad sin escuchar.

—Te quiero —susurró.

Algo acababa de ocurrirme. Tal vez era bueno, pero no podía estar seguro de ello, aunque sin duda me daba curiosidad averiguarlo. Ese sería el primer día del resto de mi vida. Por primera vez desde que era niño, volví a sentirme vivo.

TRANSGREDIR LAS REGLAS

MARCUS

A la mañana siguiente, me presenté con el teniente, quien me invitó a sentarme frente a él, en su escritorio.

—Son los procedimientos de operación estándar, Marcus. No hay mucho que pueda hacer al respecto —declaró el teniente con firmeza. Me sentía desorientado después de haber pasado la noche en vela, tratando de entender lo que había ocurrido. Seguía cargando con la culpa, pero también estaba aliviado y agradecido de que el chico hubiera salido adelante (o, más bien, que hubiera... ¿resucitado?)—. Veamos... —murmuró mientras revisaba el expediente—. Están pendientes los resultados de tu examen toxicológico. Y la División de Asuntos Internos te interrogará. Fue un tiro legal, así que todo bien, ¿verdad?

—Sin duda, señor —dije en voz baja, aunque no estaba cien por ciento seguro.

Luego, masculló una lista de cosas que ocurrirían a continuación. Me impondrían una suspensión administrativa de dos semanas y al volver me confinarían al trabajo de oficina durante una temporada. Habló sobre la cobertura mediática y lo que el departamento estaba haciendo para encargarse de ella, y sugirió enfáticamente que siguiera sus recomendaciones. Lo único que tenía permitido responder era: "No haré comentarios mientras la investigación esté en curso".

—Solicitaré que te realicen una valoración psicológica. Tu compañero me dijo que te vio muy afectado después del tiroteo. ¿Cómo te sientes, hijo?

Guardé silencio unos segundos y pensé en cómo contestar. El teniente Andrew Houser era mucho más que mi superior. Era mi amigo. Era amigo de mi familia. Su esposa, Paige, y la mía, Lisa, de quien acababa de separarme hacía poco, eran mejores amigas. Para ser franco, claro que necesitaba alguien con quien hablar, pero esa dinámica tan compleja lo imposibilitaba.

—Estoy bien, teniente. En serio. Me gustaría colaborar en la investigación, de ser posible, señor. —Intenté disimular mis ansias.

—Negativo, oficial Ogabi —respondió con seriedad—. Estarás fuera de servicio y de baja temporal. No podrás participar en ninguna investigación en curso relacionada con los sucesos de anoche ni acercarte a la escena del crimen ni tener contacto con los testigos. —Se quitó las gafas de lectura y agregó en voz baja—: ¿Queda claro?

—Como el agua, señor.

Al cruzar un pasillo, de camino a la rueda de prensa, Henry —uno de mis colegas— me gritó desde el extremo opuesto:

—¡Bien hecho anoche, Ogabi!

—Gracias, Henry —contesté, sin entender bien por qué me felicitaba. ¿Por haber sobrevivido a una situación peligrosa? ¿Por haber protegido a la población? ¿Por haberle disparado a un joven en la flor de la juventud? En otros tiempos, si yo hubiera estado en sus zapatos, habría hecho lo mismo. Pero algo ocurrió en mi interior después de jalar ese gatillo que detonó una especie de dilema moral.

Cuando entré a la sala de la rueda de prensa, todo el mundo volteó a verme. Varios oficiales se acercaron, me estrecharon la mano y me dieron palmadas en la espalda. Supuse que se sentirían aliviados de que hubiera sido un tiro legal y de que no fuera a haber represalias. En esos tiempos, había muchos tiroteos policiacos cuestionables y decididamente irregulares, y varios oficiales habían sido despedidos. Incluso algunos terminaron en la cárcel. Cuando algo así ocurría, se respiraba cierto aire de solidaridad policial tácita. Ese sentido de unidad, derivado de la preocupación genuina por los colegas, era reconfortante y alentador. Y su preocupación iba acompañada del alivio propio del instinto de preservación. El razonamiento de fondo era: "Me da gusto que estés a salvo porque bien podría haberme pasado a mí".

Pero luego pensé que podía tener otro trasfondo más perturbador. Se relaciona con lo que mencioné antes: con preguntarse cómo es dispararle a alguien y qué se siente hacerlo. Sabía que no era el único con esas inquietudes. Lo observé alguna vez en el ejército, entre mis colegas reclutas. Muchos de ellos ansiaban ver acción y enfrentarse al enemigo, pero también había gente como mi actual compañero, Sid: el típico bicho raro que a veces hablaba de disminuir los índices delictivos "a su manera".

Sé que quizá estoy simplificando un fenómeno complejo al no tomar en cuenta detalles psicológicos importantes que podrían explicar ese tipo de proceso mental retorcido. Aunque es la excepción y no la regla, tengo cierta autoridad para hablar del tema porque para mí ya se había convertido en algo muy real y tangible. La causa de mi situación actual bien podía ser producto de aquel temor primigenio, de la curiosidad enfermiza que me hizo desearlo, esperarlo y, en última instancia, rendirme ante ello. Y ahora me estaba cobrando la factura.

Vi a Sid parado junto a la puerta, con los brazos cruzados, recargado contra la pared. Su expresión era inusual. Me pregunté si habría averiguado algo más sobre el joven Tanomeo.

—¿Qué hay de nuevo, Sid?

Mi compañero intentó forzar una sonrisa en su carota roja e hinchada.

—Es tu día, Ogabi. Disfrútalo mientras dure —contestó—. Como bien sabes, he baleado a tres y matado a uno, y la fama es efímera. Es un hecho. —No podía creerlo. ¡Le daba envidia la atención que yo ni siquiera deseaba recibir! Me sacudí de encima la repulsión y le pregunté qué más sabía sobre el caso—. Fue un tiro legal, muchacho. No tienes nada de qué preocuparte. En gran medida, gracias a mí. —Me guiñó un ojo.

Bajé el rostro y clavé la mirada en mis zapatos.

—¿Qué más? ¿Algo sobre el tiroteo en el apartamento, las víctimas o el responsable?

—¿Ah, sobre eso? —reviró—. Bueno, ya sabes que el muchacho la va a librar. Dicen que fue prácticamente un milagro que resucitara y esas cosas. Le están haciendo todo tipo de estudios para averiguar cómo ocurrió.

—¿Qué pasó en el apartamento? —insistí.

—Parece que el muchacho se metió en un pleito entre la madre y el marido de ella, o sea el padrastro. Le disparó en el vientre y en el brazo, pero dicen que el mayor daño lo tiene en la cabeza y la cara. Supongo que el chico le dio una buena paliza. El padrastro está en cuidados intensivos con lesiones graves. Dicen que a lo mejor pierde el ojo y le queda daño cerebral. La madre está muy afectada. No quiere hablar. Dice que necesita ver a un abogado primero.

—¿Y sus antecedentes penales?

—Los tres tienen cola que les pisen. Pero la del padrastro es la más larga. Ha estado encarcelado por agresiones, extorsión, robo e intento de asesinato. La condena más larga fue de seis años. La madre intentó hacer un fraude con cheques y enfrentó algunos cargos por robos menores, pero eso fue hace muchos años.

Quería saber más. Buscaba algo, lo que fuera, que me hiciera sentir mejor, dadas las circunstancias.

—¿Y el chico?

—¿Tú qué crees, hijo? Es el Distrito Este. "La Fosa". ¿Quién de ahí no tiene antecedentes? —Sacó una tira de chicle y empezó a mascarla—. Aunque nada que ver con el padrastro. El chico apenas empieza, pero para nada es una blanca palomita. —Resultó que el chico había estado varias veces en la correccional de menores y que había cumplido una condena breve en la cárcel del condado. Pero nada de eso bastaba para hacerme sentir menos culpable por lo ocurrido. Sid continuó, esbozando una sonrisa—. Claro que ya entró a las grandes ligas. Lo enjaularán un buen rato después de lo que ocurrió en el apartamento, por no hablar de los cargos por "evadir el arresto" y "apuntarle a un oficial con un arma de fuego".

Alcé la mirada.

—Verás, Sid, no estoy muy seguro de que me haya apuntado o de que realmente trajera una pistola en la mano cuando volteó en el callejón. Todo pasó muy rápido.

Para ser sincero, no había hecho el intento de recordarlo. Creo que tenía miedo de lo que pudiera descubrir.

—A ver, Ogabi, no te comportes como un blandengue —dijo. Luego bajó la voz y susurró—. Metí las manos al fuego por ti esta vez. Sólo tienes que apegarte a la mugrosa historia para que haya un vago menos en las calles. —Me puso una mano en el hombro—. Piensa en tu familia, hijo. Tu carrera está en juego, así que no olvides cuáles son tus prioridades. —No quería seguir escuchándolo, así que me dirigí hacia la puerta, pero Sid me bloqueó el paso. Era la segunda vez en menos de 24 horas—. Hijo, aquí todos estamos contando con que te apegarás a esa versión de los hechos. Ya no hay vuelta atrás. —Miró en ambas direcciones para asegurarse de que no venía nadie—. ¿O acaso quieres problemas?

Lo miré fijamente a los ojos. Su tono amenazante hizo que me hirviera la sangre, tanto que lo esquivé y salí de prisa del edificio.

Me subí al auto. La furia iba en aumento. No podía dejar de jadear, como si acabara de moler a alguien a golpes. En mi cabeza retumbaron las frases llenas de odio, corrupción y maldad que dijo ese hombre carente de sustancia. Me pregunté si eran parte del vocabulario oficial del departamento.

Al hablar de "nosotros", Sid había incluido al teniente, a mi padre, a mi tío. ¿Esas palabras pertenecían al vocabulario del mundo?

Empecé a cuestionarme todo: mi vida, mis creencias, el departamento, mi familia y hasta la ley. En lugar de sentirme derrotado o furioso, me sentí inesperadamente renovado. Me incliné para meter la llave y arrancar el auto, sin saber siquiera si estaba bien albergar esas emociones y esos pensamientos, cuando de pronto la voz de la noche anterior volvió.

En esa ocasión, apenas susurró una palabra. Y esa palabra fue "Sí".

VIDA DE PERROS

MARCUS

A la mañana siguiente, conduje despacio hacia la dirección del llamado original. Juré que me quedaría en el auto y sólo observaría desde la calle, pero no aguanté mucho antes de desestimar las órdenes del teniente. Atravesé el estrecho pasillo entre los dos edificios donde empezó la persecución a pie.

La escena del tiroteo se veía distinta de día: más inocente y mucho menos aterradora. No obstante, la mancha oscura de sangre seca grabada en el asfalto sucio marcaba sin lugar a dudas el lugar donde le había disparado a un muchacho en la flor de la vida.

Tuve una regresión al momento en que me cerní sobre el cuerpo ensangrentado y jadeante del chico. Volví a verlo tirado boca arriba en el pavimento, mirándome fijamente a los ojos. Se me salieron las lágrimas mientras me preguntaba por qué seguía sin poder recordar el instante en que jalé el gatillo.

Me limpié los ojos y me dirigí hacia el apartamento. Sentía una fuerte atracción por las escaleras de la entrada, donde lo vi por primera vez. Tenía claro que entrar a la escena del crimen sería una violación directa de las órdenes del teniente, lo que implicaría poner en mayor riesgo una carrera que de por sí estaba en la cuerda floja. Suspiré, resignado, y cuando di media vuelta para irme vi que un anciano afroamericano estaba asomado por la ventana del apartamento inferior. Me acerqué, titubeante, mientras pensaba qué decirle, cuando de repente se me escaparon las palabras.

—Hola, señor. Soy oficial de policía de Bridgeton. ¿Puedo hacerle unas preguntas? —Después de una larga pausa, insistí—. ¿Señor?

—Sí, ya oí. ¡Lo oí desde que llegó! —gritó mientras abría la puerta—. Ya respondí todas las condenadas preguntas que hay. ¿Cuántas veces más lo tengo que decir? No vi nada, ni Athena tampoco. Ella ni siquiera podría; lleva años postrada en la cama. —Tras abrirse la puerta, se asomó un hombre negro de casi setenta años, de baja estatura, pero robusto. Sus manotas ásperas se veían demasiado grandes para su cuerpo. Y tenía el rostro todo fruncido, lo que daba la impresión de que vivía constantemente irritado.

—De acuerdo, señor. No hay problema. Gracias por su tiempo —dije mientras me daba vuelta para volver a la calle.

—Ahora que, si me lo pregunta, el padrastro de ese chico lo tenía bien merecido —masculló, como para instarme a volver. Me di vuelta y mordí el anzuelo.

—Ah, ¿sí? ¿Por qué lo dice? —pregunté y me acerqué a su puerta.

—Ese hijo de puta torturó al pobre muchacho casi desde siempre. Ya era hora de que el muchacho se agarrara los huevos y se defendiera. —Agitó la mano con displicencia—. Pero ya no voy a decir nada ni tampoco vi nada esa noche. ¡Eso quiero que quede bien claro! —Gritó esa última parte como para que cualquiera que estuviera en el edificio lo escuchara.

Me dio la impresión de que quería contarme algo más, así que le di un empujoncito.

—Quisiera hacerle unas cuantas preguntas, señor. Sólo quiero darme una idea de lo que estaba pasando aquí para entender los factores que motivaron los sucesos de anoche. —Me acerqué más y le susurré—. Prometo que no le pediré testificar. Esto queda entre usted y yo. —Se me quedó viendo un largo rato, asintió en silencio y, después de asegurarse de que no había moros en la costa, me hizo una seña para invitarme a pasar—. En fin, empezaré por preguntarle su nombre para saber cómo llamarlo.

—Cyril —contestó el viejo—. Pero mis amigos me dicen Cy. Soy el casero. —Revisé de reojo su apartamento. Uno de los sofás de la sala floreada estaba volteado hacia la ventana. Junto a él, sobre una mesita, había un cenicero rebosante de colillas y una copa medio vacía de vino rosado barato. La sórdida cortina blanca estaba manchada en el lugar preciso del que siempre la agarraba para abrirla, lo que ponía en evidencia que disfrutaba vigilar las calles turbulentas del exterior. Cy era el chismoso del barrio.

—Muy bien, Cy. Soy el oficial Marcus, pero puedes llamarme Marcus. —Tuve cuidado de no revelar mi nombre completo. De por sí ya me había pasado peligrosamente de la raya—. Cuéntame lo que sepas, por favor.

—Sé muchas cosas —contestó en tono presuntuoso y se sentó en el sofá—. Sé que ese muchacho ha vivido cosas que nadie le desearía ni a su peor enemigo.

—¿Peleaba mucho con el padrastro?

Cy soltó un resoplido.

—¿Pelear? No, llevaba como quince años aguantando que le partieran la madre sin oponer resistencia. Tiene suerte de estar vivo. Desde que era niño, el cabrón ese le daba de palos al menos dos veces por semana. Primero nomás oíamos los gritos sordos que venían de allá arriba y que a veces duraban horas. Pero luego empeoró. Todo el mundo lo oía. Lo golpeaba tanto que algo se le zafó al muchacho. Ahora está medio retrasado o discapacitado mentalmente, o como digan los jóvenes de hoy en día, porque camina bien despacito cuando sale a pasear por el barrio. No habla con nadie, nomás con su perra sombra. Balbucea y se ríe y sigue andando.

No era para nada lo que esperaba oír.

—Entonces, ¿es mudo, pero habla consigo mismo? —pregunté.

—Ajá. Luego lo oigo decir que la agencia esto y que la agencia aquello. También dice cosas sobre una supuesta Aldea Soberana y no sé qué tantas locuras. Mira, el día del tiroteo lo vi del otro lado de la calle, allá, con la mano en la barda, hablando con su sombra durante horas. Lleva años así. No fue a la escuela ni dura mucho en los trabajos. Como que el cabrón ese le zafó algo allá arriba, ¿sabes? —Cy se dio un golpecito en la sien con las puntas de los dedos—. Pobre Dimitri. Vive al día y hace lo que puede pa' sobrevivir. Ha de hacer lo que tiene que hacer. A veces, cuando nos sobra algo de comida, se la dejamos en la puerta.

Saber que Tanomeo era "especial" me hizo pensar que quizá la corte se compadecería de él y lo mandaría a un psiquiátrico. Cualquier lugar sería mejor que una prisión.

—Qué difícil —dije y meneé la cabeza—. ¿Y su madre? ¿Intervino alguna vez? —Me pregunté cómo era posible que alguien permitiera que ese tipo de abuso infantil persistiera durante años.

—¿La madre? ¡Para nada! A ella le importa un comino el chico. O a lo mejor tiene mucho miedo, no sé. El cabrón también la tundía. Como que los turnaba: un día el chico, al siguiente la madre…

—¿Por qué nadie hizo algo al respecto? ¿Llamar a la policía o algo así? —Aquella historia era demasiado perturbadora.

Alzó la mirada de golpe.

—Óyeme bien, don Fantoche. ¿Sabes de qué estás hablando? ¿Ya viste dónde estás? Aquí es el Barrio Este, la esquina de Crown y la 19, "la Fosa". Esto es el gueto, hermano. Aquí nadie llama a la policía ni a las autoridades ni nada de eso. Aquí la gente cierra el pico. Sobre todo, si se trata de matones como ese cabrón. Aquí en el barrio hay que salvar el pellejo, hermano.

Alcé las manos para demostrarle que me rendía.

—De acuerdo, Cy. De acuerdo. Bueno, ¿qué más sabes sobre el padrastro? Se ve que es una mierda de persona.

—Ah, ¿no sabes? —preguntó y lanzó las manos al aire—. Ese tipo es Eddie el Carnicero. Aquí la gente lo llama el "enviudador de mujeres", y no es broma. El hijo de puta está metido en asesinatos que ustedes ni se imaginan. No, no, no. Aquí nos gusta mucho la vida como pa' meternos en esa mierda. —Había indagado un poco al respecto, por lo que entendía la gravedad de la situación. El tal Eddie era un asesino a sangre fría, un auténtico sociópata, y estaba muy bien conectado—. Hace como tres años, el chico se mudó al cuarto de allá enfrente para salirse de ahí. —Cy señaló la pared que daba al pasillo, frente a la cual había una puerta—. Era una covachita, pero se la adapté como cuarto. No es mucho, pero era pa' ayudarlo a salirse de ahí. Y bueno, eran 150 más para mi bolsillo —Esbozó una enorme sonrisa, orgulloso de su gesto caritativo—. ¿Quieres oír algo muy, muy jodido, mi amigo de azul? ¿Cómo te llamabas, oficial…?

—Marcus. A secas. Y sí, continúa, por favor.

—Dimitri se mudó ahí y hacía lo que podía para pagarme y comer. Y bueno, Dios sabe que el niño no es ningún santo, oficial Marcus. También se ha metido en broncas con ustedes. Pero seguro que ya lo sabes —dijo, y yo asentí—. En fin, ese era nuestro acuerdo, pero luego el cabrón hijo de puta empezó a bajar a veces y a meterse a su cuarto nomás para golpearlo. ¿No está del carajo?

Meneé la cabeza.

—Es horrible.

En el rostro cansado de Cy se dibujó una sonrisa que pareció transformar su talante.

—Pero todo eso cambió la otra noche. ¡Sí, señor! —Se enderezó y alzó el dedo índice, con una sonrisa de oreja a oreja—. El muchacho le dio una buena paliza, sí que sí. Hay un nuevo gallo en el ruedo, y su nombre es Dimitri Tanomeo. ¡Bendito sea el Señor! —Hablaba con un ritmo diferente, con el entusiasmo de un predicador evangélico, como si se le hubiera olvidado que cualquiera en el edificio podía escucharlo. Apretó los puños y soltó unos ganchos y *jabs* que parecían casi salidos de una película—. Ese hijo de puta recibió su merecido, ¡sí, señor! —Para entonces, ya se sentía boxeador profesional—. ¿Sabes, Marcus? De joven fui campeón de guantes de oro. Tenía más o menos la edad del muchacho. Fue hace mucho, pero todavía me acuerdo de una o dos cositas.

Esperé a que se le pasara un poco el entusiasmo antes de continuar.

—¿Sabes qué ocurrió en el apartamento de arriba la otra noche, Cy?

—¡Que si lo sé! ¡Claro! Sé más de lo que les dije a tus amigos, los polis blanquitos.

—¿Te importaría compartirme lo que sabes? —pregunté en voz baja. Cy se asomó por la ventana antes de volver a sentarse.

—Dices que esto es extraoficial, ¿verdad, hermano? —susurró.

—Eso dije y eso es, hermano —susurré. Cy sonrió y asintió, contento de que empezara a hablar en el mismo registro que él.

—Pues siéntate entonces pa' que te cuente lo que vi esa noche. —Desde su puerta, se veía con claridad no sólo la puerta del cuarto del muchacho, que ahora estaba tapiada con cinta policial amarilla, sino también la escalera que llevaba al apartamento de su madre y su padrastro. Tomé asiento, y Cy empezó su relato—. Esa noche, Dimitri estaba en su cuarto, tranquilo, como siempre, y su mamá y su padrastro se empezaron a pelear allá arriba. Era lo de cada semana, a lo que todos aquí ya estamos acostumbrados. Rompieron platos y quién sabe qué tantas cosas aventaron contra la pared. Eso duró como quince minutos. Él daba golpes y ella gritaba, como siempre, y hasta en la calle se escuchaba. El chico se quedó en su cuarto, con la puerta cerrada, y luego ella empezó a gritar pidiendo ayuda. El muchacho sabía bien que no debía meterse o terminaría en el hospital de nuevo.

"Luego oímos un ruido que nunca habíamos oído. Fue un golpazo sordo, pero lo que me puso los pelos de punta fue el silencio que vino después. Me levanté de un brinco, abrí tantito la puerta de ahí y vi que Dimitri abrió su puerta de golpe. Salió nomás en pantalones, y se veía más furioso que la furia misma. Subió corriendo las escaleras, y oí que la otra puerta se reventó y salieron volando por las escaleras cachitos del marco de madera.

"Entonces empezó el pleito entre esos dos. Cada que alguno se estrellaba contra la pared, el edificio se agitaba como si estuviera temblando. Nunca habíamos visto algo así. No, Marcus, esta fue una pelea pareja. Nadie lo vio venir. Pero lo más perturbador vino después. Escuché el típico tronido de cuando un hombre golpea a otro una y otra vez, tan fuerte como puede, sin que nadie lo pare. Imaginé que le estaban haciendo papilla la cara al muchacho y temí por su vida. Ahí agarré el teléfono pa' llamarlos a ustedes, pero de pronto se acabó la golpiza.

"Solté el teléfono y volví a asomarme por la puerta. Pensé que iba a ver a Eddie bajar las escaleras cuando escuché que se reventaba lo que quedaba de la puerta de arriba. Agarré mi bate de béisbol. Siempre lo tengo ahí por si al tipo se le ocurre meterse conmigo. —Cy señaló un viejo bate de madera que estaba apoyado contra la pared—. Me quedé asomado, agarrando el bate con fuerza, cuando oí los pasos. Pensé que había matado al chico y que saldría huyendo. Pensé en abrir la puerta y romperle el cráneo cuando pasara, pero ya estoy muy viejo pa' esos trotes. —Cy bajó la cabeza, desanimado, pero luego alzó el rostro con una gran sonrisa—. Y lo que vi en ese momento no se me va a olvidar nunca, Marcus. Era el muchacho, Dimitri. Bajó las escaleras corriendo, con los ojos bien abiertos, más despierto que nunca. Jadeaba, agitado, y parecía que las venas del pecho y los brazos le iban a explotar la piel. Era un tigre que acababa de matar a su presa. Se veía victorioso, digo yo. Y por primera vez en la vida era libre. —Cy meneó la cabeza de forma enérgica, como para contener las emociones que se le desbordaban—. Recuerdo que pensé que, aunque el cabrón de allá arriba estuviera muerto y el muchacho fuera a terminar en el bote, no dejaría de darme gusto por él. —Cy se limpió los ojos—. Bueno, llegó a su puerta, justo frente a mí, todo cubierto de sangre. En las manos, la cara, los brazos…, todo cubierto. Pero no era su sangre…, sino la del monstruo ese. Inhaló profundamente, entró y azotó la puerta.

"Luego vino un largo silencio extraño, así que fui al teléfono y de nuevo pensé en llamarles, pero al final me arrepentí. Me quedé ahí parado, esperando, confiando en que la naturaleza seguiría su curso, cuando oí que algo allá arriba se movía. Y sí, por desgracia era Eddie, que estaba tratando de llegar a las escaleras. Pero por lo que oí, se notaba que se movía muy lento y que le faltaba el aire y demás. Luego, cuando llegó a la mitad de las escaleras, volteó y… Déjame decirte una cosa: no parecía él. ¡Estaba irreconocible!

"Se quedó ahí un buen rato, recargado en la pared porque no se podía sostener solo. Luego escupió un diente que rebotó hasta el último escalón, justo enfrente de la puerta del cuartito del muchacho. Creo que eso lo sacó de quicio o algo así, porque entonces bajó otro escalón, con la mano en la pared, dejando todo manchado de sangre, y luego se desplomó y rodó hasta el piso. Y ahí fue cuando se le cayó la pistola.

—¿La pistola? —pregunté.

—Sí. Yo creo que cuando cayó se le salió la pistola del pantalón. Y rebotó por las escaleras y, cuando llegó al suelo, se deslizó casi hasta la salida.

Suspiré, aliviado de saber que el arma no era del muchacho. Caí en cuenta por primera vez de la paradoja que estaba operando en mi cabeza y que seguiría dándome vueltas durante mucho tiempo. Por un lado, quería que el muchacho fuera un delincuente, pues así me sentiría bien con lo que había ocurrido y con lo que ocurriría después de apegarme al plan de Sid. Pero, por el otro lado, una parte de mí quería defenderlo. Quería creer que era un buen muchacho que había hecho lo correcto.

—¿Qué pasó después? —pregunté, ansioso de escuchar el resto de la historia.

—Bueno, pues Eddie estaba tirado boca arriba, mirando el techo, jadeando y ahogándose en su propia sangre o lo que sea que estuviera intentando escupir. Se veía que estaba dándolo todo, agarrando fuerzas de quién sabe dónde pa' levantarse. Por fin pudo ponerse de rodillas y gateó despacito hasta alcanzar el arma. Luego se levantó y fue hasta la puerta del muchacho. La abrió, entró tambaleándose y la cerró. Y eso fue lo último que vi. —Cy dijo que oyó a Eddie murmurar algo antes de que empezara otra trifulca—. Supe que iba a balear al muchacho —continuó—. Y entonces lo oí, el ¡bam! Y otra vez hubo silencio. Y ahí fue cuando llamé al 911. Yo juraba que había matado al muchacho. Sentí un hueco en la panza al ver que había obtenido su libertad después de tantos años, nomás pa' terminar muerto. Me asomé por la ventana, a ver a qué hora llegaba la patrulla, cuando escuché otro disparo. Y ahí fue cuando se abrió la puerta del chico. Y, ¿sabes quién salió? Ni más ni menos que el muchacho, Dimitri, todavía más manchado de la sangre de Eddie. Seguro le quitó la pistola y le disparó, porque la traía en la mano. Se quedó parado, mirando hacia el lado de la calle, pero no sé qué estaba viendo. Luego supongo que vio la patrulla entrar por Crown, porque se echó a correr como desesperado.

Durante un rato, guardamos silencio. Cy se veía afectado por el recuento, así que necesitaba un descanso para recomponerse.

—Qué historia tan infernal, Cy —dije, estupefacto—. ¿Qué hiciste después?

Cy soltó una risotada siniestra.

—Salí sin hacer ruido y me asomé al cuarto del chico. Eddie el Carnicero estaba en el piso y se veía bien muerto. Luego regresé, cerré con llave y fui a contarle la buena noticia a Athena. —Señaló una puerta cerrada tras la cual supuse que estaba su esposa enferma.

Le di las gracias y le aseguré que lo que me había compartido quedaría entre él y yo. Luego le pedí un último favor: que me permitiera entrar al cuarto de Tanomeo.

Con mucho cuidado alcé la cinta policial, giré la perilla y entré.

—No es más que una bodeguita —murmuré para mis adentros. Casi no tenía luz, lo que dificultaba ver las paredes grises agrietadas y el moho en las esquinas superiores. Ahí adentro, el aire era denso y húmedo. Era difícil respirar.

Miré la alfombra azul, deslavada y raída, y me fijé en las manchas de sangre. En un rincón había un trozo delgado y desgastado de espuma de caucho que hacía las veces de colchón improvisado. Encima había una sábana desgarrada y una cobijita, y sobre la cabecera había una toalla enrollada que fungía como almohada. Junto a ella, una cajetilla abierta de Lucky Strike, dentro de la cual había enfundada una caja de cerillos.

Del otro lado de la habitación, había ropa doblada dentro de un cajón que estaba puesto de lado. Saqué las prendas una por una, empezando por un puñado de camisetas deslavadas y raídas. Encontré dos pares de pantalones acomodados al fondo que también estaban desgastados y andrajosos.

Los agujeros de las paredes deterioradas estaban tapados con fotos de niños y familias sonrientes recortadas de revistas. Cuando examiné las cajas del otro lado, me sorprendió encontrar libros que revisé con detenimiento. La mayoría, si no es que todos, eran de temas esotéricos: astronomía, física cuántica, religión y hasta filosofía. *¿En serio son de él?*

Mientras más cosas descubría, más empatía sentía por él. Cada vez éramos más cercanos, pero no por las cosas que teníamos en común, como suele ocurrir, sino precisamente por nuestras disparidades. El nivel de pobreza abyecta en la que vivía se volvía cada vez más tangible a medida que revisaba sus escasas posesiones. Cuanto más trataba de visualizar cómo sería vivir como él, más se me estrujaba el corazón. Me pregunté si esto era producto de la culpa, ya que yo estaba a punto de dificultarle aún más la existencia. ¿O era porque yo tenía comida en el refrigerador, agua caliente y un lugar cómodo donde asentar la cabeza, mientras que él vivía en un agujero mohoso con una manzana podrida, un cartón de leche agria y un balde de plástico? No sé por qué me afectaba tanto. Al ser un policía que frecuentaba "la Fosa", había visto la pobreza extrema con mis propios ojos, pero era la primera vez que la *sentía*. Era como si estuviera viviendo su vida al estar en ese espacio y sostener ahí mismo sus pertenencias.

Había algo escrito en la pared, cerca de la cabecera del colchón de espuma, que atrajo mi atención: "Puedo y lo haré, porque soy". Parecía algún tipo de afirmación. *Como si le hubiera servido de mucho.*

Vi que, en una esquina, una parte de la alfombra estaba ligeramente despegada del piso. Al jalarla para ver el viejo piso de madera, me dio la impresión de que podía ser un escondite. Saqué mi navaja, la metí entre las grietas de los tablones cafés de madera e hice palanca hasta que logré zafar uno de ellos. Bajo los tablones estaba escondida una caja roja de madera, la cual estaba cerrada con un candadito que abrí fácilmente con la punta de la navaja. La tapa crujió cuando la levanté; adentro había una bolsa hermética con algo suave adentro. Al abrirla, vi que era una especie de camisola bordada con tres botones que bajaban desde el cuello, sin etiqueta. Los botones parecían hechos de madera rústica; cada uno era distinto y tenía un grabado peculiar.

Puse la camisola a un lado, y una tarjeta cayó al suelo. La levanté y la leí bajo la tenue luz:

Dimitri:
Te doy este regalo, hecho con amor, para que lo uses en tu "día especial".
Recuerda una cosa, hijo mío: tú puedes y lo harás, porque eres.
Nana

Tuve cuidado de reacomodar la camisola tal y como la había encontrado, dándole palmaditas después de cada doblez. Esa prenda bordada parecía ser la posesión más preciada de aquel joven.

Me puse de pie, sintiéndome emocionalmente exhausto, y me dirigí hacia la puerta. Giré la perilla, pero me detuvo un sonido extraño, como unos golpecitos.

Me di media vuelta y examiné el cuarto hasta que volví a escucharlo. Venía de una ventanita que estaba en lo alto del muro. Me acerqué y vi un colibrí verde con rojo que flotaba afuera. Nunca había visto un colibrí en esa parte de la ciudad, pero lo más extraño fue que no se alejó cuando me acerqué. Se quedó ahí, mirándome. *¿Qué carajos?* Me acerqué un poco más. El pajarito golpeó la ventana una última vez antes de salir volando.

» » « «

Al encontrarme de pie en la cima de la escalera de la entrada, me sorprendió ver una casita de madera al otro lado de la calle, aprisionada entre dos edificios de apartamentos de tres pisos que ocupaban toda la cuadra. Los árboles y los arbustos que enmarcaban la vieja cabaña reforzaban su extraña aura, en comparación con los edificios de cemento gris. En el jardín frontal florecía una gran variedad de plantas coloridas que adornaban la verja de entrada, la cual llevaba a un patio delantero cubierto por un techo desvencijado.

El colibrí estaba flotando sobre la entrada, como si me estuviera llamando. Por si fuera poco, me dio la impresión de que un aura brillante rodeaba la propiedad. Me enfoqué en la persona sentada en una mecedora en el pórtico. Al entrecerrar los ojos para verla mejor, descubrí que era la vieja mujer hispana de apariencia indígena que había visto en la sala de espera del hospital, la que permaneció impasible cuando murió el muchacho y cuando volvió a la vida. La misma que me saludó en silencio y luego soltó risitas en momentos muy inapropiados. *¿Será la abuela del chico?*

Escuché la voz del teniente en mi cabeza: *Estarás fuera de servicio y no deberás acercarte a la escena del crimen ni tener contacto con los testigos.*

Pensé en mi trabajo y en las consecuencias de perderlo. Tan pronto dejaran de fluir los cheques, despertaría la ira de mi futura exesposa, Lisa, y no sé qué otras locuras.

Mientras el colibrí seguía volando en círculos frente a la casa, descubrí dos partes de mí: una era el hombre cuerdo que sabía que no debía cruzar la calle; la otra simplemente no pudo evitarlo.

LA PROFECÍA

MARCUS

Me detuve frente a la verja y carraspeé antes de llamar a la vieja cuando la oí hablar por primera vez.

—Las puertas siempre están abiertas, adorado. Sólo tienes que decidir cruzarlas.

Qué forma tan rara de invitar a alguien a pasar. Abrí la verja y entrecerré los ojos para enfocar la silueta que estaba detrás de los arbustos. El sendero estaba enmarcado por rosales.

—Buenos días, señora. —Alcé la placa de policía mientras me acercaba—. Soy oficial de policía y quisiera hacerle algunas preguntas, si no es molestia.

Ignoró la placa y me miró directo a los ojos. Estaba sonriendo de la misma forma que aquel día en el hospital.

—Oficial Marcus Ogabi, te estaba esperando. Por favor, pasa de visita si lo adorarías, chico mío.

¿Si lo adoraría?

Me desconcertó que supiera mi nombre. Supongo que las noticias sobre el suceso estaban en todas partes, pero no entendía bien por qué me había estado esperando. Me acerqué al pórtico desvencijado en el que ella estaba sentada, meciéndose y bordando. Me senté en la banca de madera que estaba frente a ella.

—No, en ésta —dijo ella y, con ayuda del bastón, se puso de pie y desempolvó la mecedora contigua—. Ven aquí y toma asiento en tu lugar legítimo, hijo. —Se rio como si hubiera dicho algo gracioso, pero yo seguía sin entender.

¿Lugar legítimo? Me quedé paralizado y perplejo, pues todo eso era demasiado extraño. A un costado, sobre los tablones desgastados, había un patrón pintado a mano: un cuadrado envolviendo un círculo dividido en cuatro secciones. Entre las figuras geométricas había animales y otros símbolos burdos, y las cuatro direcciones se proyectaban hacia el exterior. En el centro había dos huellas de pies grandes. ¿Serían del chico al que le

había disparado?

¿Tenía razón y es indígena? Como fuera, se notaba que ese dibujo llevaba ahí mucho tiempo.

Me acomodé en la mecedora, que daba hacia el edificio de apartamentos al otro lado de la calle, con una vista privilegiada de los escalones de la entrada y la ventana del muchacho.

Empecé a mecerme despacio, hacia adelante y hacia atrás, y experimenté una sensación inusual. *¿Es el pórtico, la silla, el jardín o la mujer?* Como fuera, no me había sentido así desde que era niño. Sólo había una palabra para describirlo: hogar.

Nos quedamos sentados un rato en silencio, meciéndonos al unísono. *Bueno, esto ya está muy raro.* Asenté los pies en el piso para frenar el movimiento rítmico.

—Bien, quisiera hacerle unas preguntas sobre la noche del tiroteo.

La mujer volteó a verme, con la misma sonrisa de siempre.

—Sí, no es molestia, oficial Marcus. —Sonaba emocionada y risueña, como si fuéramos a hablar de algo divertido y no de los sucesos violentos que dieron pie a que su nieto, o su vecino, terminara en el hospital con un disparo—. Puedes preguntarme lo que quieras, pero con una condición —dijo y alzó un dedo.

—Ah, ¿sí? ¿Cuál?

En ese momento, se tornó seria.

—Que hables sólo desde lo más auténtico de tu ser cuando estés en mi presencia. —Agarró el ganchillo y el hilo, y siguió bordando.

¿En su presencia? ¿Estaba siendo condescendiente o era otra cosa?

—Claro, puedo hacerlo sin problema. Creo —musité, sin tener idea de a qué se refería—. Para empezar, señora, ¿me podría dar su nombre completo para tenerlo en los registros?

—Dicen que mi nombre es Ana Huya Escavia.

¿Otro enigma?

—Señora... Ana..., ¿quiénes son esas personas que *dicen* que ese es su nombre? Y, ¿ese es su nombre completo?

—Hijo —contestó con una risotada—, la gente me llama de muchas maneras, pero ese es el nombre que recibí en esta ocasión.

Me frustró y me sacó de quicio la ligereza con la que hablaba.

—Para que pueda hacer mi trabajo, señora, tengo que pedirle de la manera más atenta que se tome en serio el interrogatorio.

—Para empezar, llámame Nana, o Ana, si prefieres, oficial Marcus —contestó, sin dejar de sonreír—. En segundo lugar, no estás cumpliendo con nuestro trato.

¿Qué se trae entre manos?

—¿Por qué lo dice?

—Porque no estás hablando desde tu autenticidad —contestó llanamente.

—Ah, ¿no? —pregunté, alzando la voz—. Para ser sincero, ni siquiera sé qué significa eso.

—Significa que no estás hablando con la verdad.

—¿Cómo? ¡Si ni siquiera hemos empezado a hablar! —Mi respuesta sonaba ingenua, pero me preocupaba que tuviera algo de razón.

La mujer arrastró los pulgares de los pies sobre la plataforma de madera hasta detener la mecedora. Se enderezó y me miró con dureza.

—Dijiste que estás aquí por trabajo, ¿no?

Hice una pausa y me repetí en silencio que era imposible que supiera que era mentira.

—Sí, así es. Es correcto —respondí despacio.

—Entonces, estás aquí haciendo tu trabajo, como ya dijiste, ¿verdad? —Esbozó una sonrisa pícara.

Me quedé atónito. No había hablado con nadie al respecto. ¿Cómo podía ella saber que no estaba ahí en el cumplimiento de mi deber?

—Señora, soy oficial de policía. ¿Quiere que le muestre mi placa de nuevo? —La rebusqué en mi bolsillo delantero, con las manos temblorosas. Sabía que se había percatado de mi nerviosismo, como un niñito al que descubren robando dinero del bolso de su madre. Se reclinó y bajó los hombros, lo cual me tranquilizó un segundo. Me hizo sentir fatal que me tuviera tomada la medida más de lo que yo se la tenía tomada a ella.

—Llámame, Ana, querido. Y no, no necesito ver tu placa. Lo que necesito es que intentes ser honesto conmigo, y también contigo mismo. Si puedes hacerlo, te garantizo que hoy haremos algunos avances con respecto a tu verdadera misión—. *¿Mi verdadera misión? ¿O sea, averiguar de forma extraoficial más sobre el joven potencialmente desarmado a quien le disparé?* Meneé la cabeza, pensando en lo ridículo que era todo y haciendo un inventario de lo que había dicho y hecho aquel día para asegurarme de que no supiera mi secreto. La mujer alzó la voz de nuevo—. Cuando estés listo para decirme cuál es la verdadera razón por la que estás aquí, estaré lista para escucharte y ayudarte tanto como pueda. —Agarró el bordado, alzó los pies y empezó a mecerse de nuevo—. Entonces, oficial Marcus, ¿por qué estás aquí?

Titubeé mientras elegía mis palabras con mucho cuidado, y contesté casi como un robot.

—Ana, vine a interrogarla y a investigar qué ocurrió en el edificio de enfrente y a reunir evidencia.

Ella no vaciló ni un instante.

—Todo eso es cierto, pero ¿para qué es la evidencia?

—¿Cómo que para qué? —pregunté.

—Hasta el momento, lo que has dicho es verdad; sin embargo, para que haya claridad absoluta, quiero que me expliques por qué motivo viniste a recabar evidencia.

Me negaba a contestar esa pregunta. Lo único que me quedaba era apoyarme en mi papel de policía.

—Señora… digo, Ana, de ahora en adelante yo haré las preguntas, como haría cualquier oficial de policía, y usted las contestará, como se espera de cualquier ciudadano. ¿Cree que pueda hacer eso por mí?

Se me quedó mirando un largo rato que pareció eterno.

—De acuerdo, oficial Marcus. Jugaré tu juego. No sería la primera vez. Adelante, pregúntame.

En secreto, suspiré aliviado.

—Bien. De acuerdo. Gracias. En primer lugar, ¿está emparentada con el implicado?

—¿El implicado? Ah, ¿te refieres a Dimitri?

—Sí, así es.

—Bueno, oficial Ogabi, ante eso mi respuesta es que sí, estoy emparentada con Dimitri.

Por fin estamos llegando a algún lado.

—¿Cuál es su relación?

—¿Mi relación?

—¿Es su abuela, su tía u otra cosa?

—Todas las anteriores —reviró y alzó el dedo por segunda vez.

Hundí la cara entre las manos, frustrado. Casi de inmediato, me enderecé de nuevo y recobré la compostura.

—Eso es imposible. No puede ser las tres cosas a la vez. Reformularé la pregunta: ¿de qué forma está usted emparentada con Dimitri Tanomeo?

—Ay, pues mira, hijo, todos estamos emparentados puesto que todos estamos conectados. Cuando me haces una pregunta así, debo contestar desde mi ser más auténtico.

—No están emparentados —concluí con seriedad y fingí tomar notas.

—Si así lo prefieres —contestó ella con absoluta serenidad.

—Anotaré que son amigos. ¿Es una descripción precisa?

Se echó con fuerza hacia atrás y dio una única palmada.

—Ay, sí, Marcus, ¡eso es muy preciso! —exclamó entre risitas.

Dios.

—¿El muchacho la visita de vez en cuando?

—De vez en cuando encuentra solaz aquí. Y puedes llamarlo por su nombre. ¿Te lo puedes permitir, Marcus? Creo que Dimitri lo agradecería.

¿Y cómo habría de enterarse? Esta vez fui yo quien se le quedó mirando largo rato. *¿Todo con esta señora es una adivinanza?* Ella siguió meciéndose, sin esfuerzo, enfocada en su bordado. Era enternecedor y preocupante al mismo tiempo. ¿Sería un indicio de su senilidad o de una fase temprana de demencia?

—No conozco al muchacho en persona, así que prefiero referirme a él con formalidad.

La mujer asentó los pies en el suelo y dejó de mecerse de forma abrupta. Volteó a verme directo a los ojos.

—¿Cómo puedes decir eso si en gran medida fuiste responsable de su muerte? —exclamó. Nuestras miradas se encontraron. Sentí un adormecimiento frío en las puntas de los dedos—. Estuviste ahí. Jalaste el gatillo. Fuiste tú. ¿Y ahora dices que no lo conoces en persona? Ay, hijo, por favor, te invito a que observes esta situación a profundidad, con la mente y el corazón abiertos, y ahí encontrarás tu autenticidad.

Esto ya es demasiado. A pesar del nudo creciente en la garganta, me puse de pie y contesté:

—Escuche, señora, no sé quién cree que es, pero quiero que entienda algunas cosas. En primer lugar, el chico no murió. Al menos no realmente. Es decir… o sea…, sigue vivo, y eso es lo único que importa. Así que le agradeceré que no me vuelva a hablar de esa manera. —Noté que la estaba señalando con un dedo tembloroso, mientras ella sonreía y seguía bordando.

Bajé los escalones. Al llegar al jardín, me di media vuelta para gritarle una última cosa—. En segundo lugar, sólo estaba haciendo mi trabajo. Es lo que hacemos los policías: proteger y servir. ¿Acaso no lo entiende? —Se me quebró la voz y los ojos se me llenaron de lágrimas. Me di media vuelta y me dirigí hacia la verja. *¿Por qué me están afectando tanto estas idioteces?*

—Entiendo más de lo que crees, Marcus —gritó ella con voz alegre. Su voz, incorpórea por la maleza, era la de aquella persona fría e imperturbable a quien vi por primera vez en el hospital, inconmovible por la muerte—. Proteger y servir, ¿eh? —Volteé hacia atrás y vi la silueta de sus pies—. Sí que le serviste de mucho, ¿verdad, papito? —Me tambaleé hasta la verja mientras agitaba la cabeza con la intención de sacarme todo eso de la mente. ¿Qué acababa de pasar? ¿La mujer estaba enojada conmigo por el daño que le provoqué a su amigo? ¿O es que tras sus palabras penetrantes había un significado más profundo?— ¡Espera, Marcus! —Volteé a verla. Entre nosotros se alzaba la barda y se extendía el jardín—. Si de verdad reconoces y entiendes el papel que desempeñaste en la muerte de Dimitri, sólo entonces te librarás del dolor. Antes de que te vayas, permíteme darte una pequeña pista que te servirá en la búsqueda de la verdad y te hará entender por qué viniste a hacer esta "investigación", como falsamente la llamas. En la Tierra, hay más de un tipo de muerte humana. En este instante, eres consciente de sólo una, mientras que, al mismo tiempo, *estás en causa* con respecto a otra. Las cosas no siempre son lo que parecen, hijo mío. En todo proceso hay perfección. Dimitri está bien, aunque no puedas verlo. Está aquí para ser el ejemplo de lo que es posible para el mundo entero, y tú fuiste elegido para ayudarlo en esa tarea. Ahora eres parte de algo mucho más grande de lo que has imaginado jamás. Más grande que tú, que tu trabajo, que tu familia…, incluso que aquello que consideras tu vida. Esto de lo que hablo apenas está empezando a revelarse. Las instrucciones se te presentarán cuando sea necesario. Esta es la invitación para tu despertar, Marcus.

¿Despertar?

Mi respiración se hizo más lenta, mientras que con los dedos me aferraba a la malla ciclónica. ¿Estaba loca o había algo de verdad en sus palabras? Si aquello era *locura*, iba acompañada de una astucia que nunca antes había visto.

—¿Cómo que algo más grande de lo que he imaginado jamás? —grité—. ¿Qué tipo de ejemplo, como usted dice, podría ser ese delincuente? ¿Cómo podría eso alterar al mundo entero?

—Te invito a que experimentes qué se siente en este instante vivir en un planeta lleno de amor, compasión y paz —respondió Ana—. Un mundo que no sólo consiste en compartir la abundancia de los recursos del planeta, sino también el cuidado colectivo de los mismos. Un mundo en donde todos los seres son amados a través del despertar de la conciencia unitaria. Un mundo en el que Hope, tu hija, no sólo sobrevive, sino que prospera. Para *eso* lo enviaron a *él* a este mundo. Para mostrarles que ese tipo de mundo no sólo es posible, sino que es esencial para la supervivencia de la especie.

¿Cómo sabe que tengo una hija y cómo se llama? Inhalé profundo y exhalé despacio.

—Son muchas expectativas sobre los hombros de un muchacho. ¿Él está consciente de esos planes grandilocuentes que usted tiene para él?

—Él sólo sabe que algo en su interior cambió. Es de suma importancia en esta etapa que nada de lo que se ha compartido aquí le sea comunicado. Eso incluye nuestro encuentro y cualquier otra cosa que ocurra durante estas fases de desenvolvimiento. Su transformación, así como su acceso a la agencia, deben ocurrir de forma orgánica para que no nublen su mente con expectativas o inquietudes innecesarias.

¿Transformación? ¿Agencia? ¿De qué demonios está hablando? Hubo una pausa. Su silueta, difuminada por la vegetación, parecía estar mirando hacia el edificio de apartamentos. Salí y me coloqué en su rango de visión. Cuando pude verla con más claridad, me miró a los ojos apenas un instante antes de volver a clavar la mirada en el edificio de enfrente.

—Mire, señora, ya sabe que soy policía, ¿cierto? Es mi obligación ver las cosas *tal y como son*. No estoy muy seguro de en qué planeta vive usted, pero, si pudiera ver el mundo en el que vivo yo, se daría cuenta de inmediato de que eso que acaba de decir es imposible. Lo sé por experiencia, porque lo vivo en el mundo real, en tiempo real, a diario… Y no sólo en las calles con los delincuentes, sino en todas partes y con todo el mundo. Es lo opuesto de lo que dice usted que es nuestra realidad. La crueldad y el sufrimiento que resultan de la violencia, el odio y las injusticias van en aumento. Basta con que ponga las noticias. ¡Ahí está todo! El mundo está en su peor momento y no hay forma de que mejore. Lo vemos en el trabajo, en nuestras relaciones y hasta en nuestra casa. ¡No hay nada que usted ni yo ni mucho menos un delincuente del gueto con problemas mentales podamos hacer al respecto!

Al principio dudé que me hubiera escuchado. Pero luego volvió a esbozar su habitual sonrisa.

—Como ya dije, hay cierta perfección enterrada en las profundidades del caos que describes. A través de ese desorden emergerá un nuevo paradigma, el cual será reconocido en el mundo entero y más allá. Llegó la hora, Marcus. El fénix está renaciendo. Aunque a ti y a cualquiera les resulte difícil aceptarlo, Dimitri Cato Tanomeo *es* el instrumento. Es el vehículo que llevará consigo los medios para materializarlo. Es el *elegido*. —Guardó silencio y alzó ambas manos por los aires. Luego hizo una sutil reverencia con la cabeza y exclamó—. ¡Y eso es lo que es!

Se quedó con los ojos cerrados, así que aproveché el momento para salir corriendo de ahí. Avancé de costado y me agarré de los pequeños hexágonos de la malla. Clavé la mirada en sus pupilas ocultas bajo los párpados. Estaba seguro de que, si los abría, me hechizaría.

Supongo que ahora puedo reconocer con franqueza que… tenía miedo. Me aterró hasta la médula su forma de decir las cosas, como si de verdad las creyera. Ahora sé que lo que me asustaba en realidad era el *conocimiento* profundo, la verdad oculta que mi mente no estaba lista para reconocer. Algo inmenso se cernía sobre mí, y no podía negarlo.

TODOS DE PIE

MARCUS

Mientras esperábamos afuera de la sala del juzgado, observé a la gente que estaba en el vestíbulo, con la intención de identificar a los involucrados. Como era de esperarse, había periodistas de distintas estaciones locales, así como de GNN. Supongo que golpear a alguien hasta casi matarlo, dispararle dos veces, recibir un disparo de la policía, morir y *luego* volver de entre los muertos era una gran noticia. Los reporteros intentaron hacerme varias preguntas, pero mis superiores me aconsejaron no responder y quitármelos de encima con un simple "Sin comentarios".

Vi a Sid en compañía de mi padre y mi tío en el extremo opuesto del pasillo; los tres iban uniformados. Mi compañero alzó el pulgar al verme y esperó mi respuesta. Sentí una punzada dolorosa en el vientre mientras le contestaba el gesto con una versión apagada del mismo.

Durante los meses posteriores al tiroteo, había tenido mucho tiempo para reflexionar sobre los sucesos de aquella noche. Había logrado recordar con claridad que, cuando le disparé, el chico en realidad no me estaba apuntando con el arma. De hecho, recuerdo a detalle que la pistola cayó al suelo antes de que yo jalara el gatillo. Aunque fuera dificilísimo reconocerlo, le había disparado a un hombre desarmado.

Y ahí es donde las cosas se pusieron complicadas y, para ser sincero, bastante turbias. Para que mis acciones entraran en el estatuto de uso justificado de la fuerza, el acusado tendría que haberme disparado con la pistola o haberla tenido en la mano al voltear a verme. La posibilidad de arruinar mi carrera, de meter en problemas a Sid —quien sólo había intentado ayudarme— o incluso de terminar encarcelado dependían de ese detalle esencial.

¿Qué decidí hacer entonces? Llegué a la conclusión de que lo mejor era dejarme llevar por la corriente mientras mi compañero y los demás se encargaban de los detalles y convertían mi disparo ilegítimo en un tiro legal. Lo único que debía hacer era apegarme a mi declaración original, en la que había dicho que no recordaba los detalles.

Por favor no vayan a creer que no pensé muchas veces en decir la verdad. Claro que lo hice. Incluso había hablado con mi padre al respecto, pero lo único que me recomendó fue: "Esta vez deja que Sid lleve la batuta, Marcus". Mi propio padre me sugirió que mintiera. De algún modo justificaba que mi vida de rectitud como padre de familia con un trabajo respetable fuera más importante que la de un rufián callejero. Según su razonamiento, el muchacho, el acusado, estaría mejor encerrado en un lugar donde lo alimentaran y lo mantuvieran relativamente a salvo de las garras de su padrastro vengativo. Debo confesar que, en cierto modo, tenía sentido. O quizá estaba forzando que lo tuviera.

Aunque sabía que las palabras de mi padre y las acciones de Sid me beneficiarían en última instancia, en mi cabeza seguía sin ser lo correcto. Ahora que lo veo en retrospectiva, el que estaba siendo enjuiciado era yo. En cierto sentido. Pero era un juicio interno. Mi conciencia era el testigo, la víctima, el juez y el jurado. Y aunque estaba resignado a dejarme llevar por la Operación Salvemos a Marcus, me preguntaba qué tipo de vida estábamos salvando mis cómplices conspiradores y yo. Mi penitencia sería cargar con el remordimiento, y la sentencia sería de por vida.

Del otro lado del vestíbulo, la madre y el padrastro del joven estaban sentados en un banco de mármol y se movían con nerviosismo. La fría formalidad de concreto del Juzgado del Condado de Lincoln estaba muy alejada de su zona de confort: los barrios bajos del Distrito Este.

Sólo conocía a Eddie O'Reilly por las viejas fotos de arrestos previos que encontré en su expediente policial. Sin embargo, después del incidente que casi le arrebata la vida, era doloroso mirarlo con atención. Tenía una hendedura profunda, aún en proceso de cicatrización, que empezaba en la parte alta de la frente, pasaba por la nariz desfigurada y llegaba hasta el labio superior. El corte de cabello disparejo enmarcaba los parches rapados donde tenía heridas remendadas y cicatrices de las incisiones hechas durante las cirugías que le salvaron la vida. Lo que los médicos no pudieron salvarle, sin embargo, fue la visión del ojo izquierdo, por lo que el párpado le quedó entrecerrado de forma permanente. No pude evitar fijarme en los detalles y hacer un inventario de los daños, cada uno de los cuales representaba el pago de facturas vencidas desde hacía mucho. Tanomeo, el hijastro, devino cobrador y salió airoso con el pago de todas las deudas.

La madre tenía las manos entrelazadas sobre el regazo, con una actitud de absoluta sumisión hacia el monstruo junto al que estaba sentada. Las mangas cortas de su vestido azul de tela barata no alcanzaban a cubrir los moretones recientes en ambos brazos. Sus tacones de mala calidad contrastaban con el enorme bolso color arena que estaba sobre el frío piso de azulejos, medio abierto. Se notaba que no acostumbraba vestir con formalidad, pero parecía haber hecho el intento ese día en particular, el día que no alzaría la voz para defender a su hijo, pues había solicitado que se le excluyera de atestiguar debido a sus vínculos familiares con ambas partes. El chico no tendría a nadie de su lado, nadie que lo defendiera, ni siquiera la madre a la que había salvado.

Entré al juzgado y me senté tres filas atrás del escritorio de la fiscalía. Quería ver al muchacho sin que él me viera. *Tal vez ni siquiera me reconozca.* En secreto esperaba que hubiera desarrollado una ligera amnesia. Para ser sincero, en realidad nada de eso importaba. El sistema estaba a punto de aplastar al muchacho, y yo estaba desempeñando un papel instrumental. Mentir bajo juramento sobre lo ocurrido me convertiría en el sepulturero y costalero de un entierro que no debía ocurrir.

El alguacil abrió una puerta para dejar entrar al acusado. Aunque vestía la habitual camiseta y los pantalones anaranjados de la cárcel del condado, llevaba la cabeza en alto. Cuando el alguacil le quitó los grilletes de los tobillos, el chico miró a su alrededor. Al ver a su madre, esbozó una ligera sonrisa que la hizo romper en llanto y cubrirse la cara con las manos. Luego de unos segundos, la mujer levantó la cabeza de nuevo para encararlo y se limpió las lágrimas con un pañuelo mientras movía los labios, pidiendo perdón en silencio. La vergüenza y la aflicción de la mujer me conmovieron al grado de que se me hizo un nudo muy rígido en la garganta.

Lo vi cerrar los ojos, abrirlos de nuevo y volver a sonreír.

—Está bien —le contestó en silencio, bajó la mirada y cerró los ojos de nuevo. Fue inevitable admirarlo en ese momento. Era más piadoso de lo que yo sería jamás.

Luego hizo algo que me resultó inexplicable. Con los ojos aún cerrados, volteó la cara en dirección hacia mí. De pronto, abrió los ojos de golpe y me miró de frente, con una enorme sonrisa en el rostro. Me estremecí mientras sus ojos verdes me atravesaban. Me miré las manos sobre el regazo y luego volví a alzar la cara, con la esperanza de que el joven se hubiera volteado.

Pero seguía mirándome.

El desarrollo de aquellos sucesos me irritó tanto que no hice más que encogerme de hombros y alzar las manos con las palmas hacia arriba, como diciéndole "¿Qué hay?". Su sonrisa se ensanchó, y su ánimo pasó de alegre a pletórico.

¡Ay, no! ¿Qué hice? Desvié la mirada e hice lo posible por ignorarlo. En ese momento vi a Sid, a mi padre y a la fiscal, quienes observaban la escena a un par de filas de mí. Volteé a ver de nuevo al muchacho, quien me hizo una reverencia.

—¡Hola, Marcus! —agregó con voz alegre.

Me sentí mortificado. Volteé a ver a Sid y a los demás, quienes me miraban con suspicacia.

—Yo tampoco entiendo nada —les susurré, con las manos en alto. Miré de nuevo al joven, quien discretamente se reía de la conmoción que había provocado. Se me subió la sangre a las orejas. Me limpié el sudor del ceño, pues sabía que nos esperaba un juicio brutal.

—¡Todos de pie! —El alguacil anunció la entrada del juez y desvió mi atención de las payasadas del acusado. Mientras el juez les daba instrucciones a los miembros del jurado, observé con atención al acusado, Tanomeo, quien se veía muy entretenido y sonreía y se reía para sus adentros sin motivo aparente.

En ese momento descubrí quién estaba sentada atrás de él. Era Ana, la señora de la mecedora que vivía en la vieja cabaña. *Era imposible. ¿Cómo pudo aparecer de la nada?* Al mirar con más atención, vi que le estaba hablando al chico a la nuca, mientras él permanecía quieto, con la mirada hacia el frente, y asentía de vez en cuando. *¿Soy el único que la ve?* Los reglamentos del tribunal prohíben tajantemente la comunicación entre el acusado y el público, sus familiares y demás individuos durante el juicio, en especial si el juez está hablando. *¿Por qué el alguacil no hace algo al respecto?*

Durante los argumentos iniciales, la fiscal esbozó el retrato de un vándalo violento y canalla que odiaba a su padrastro y era capaz de hacer cualquier cosa con tal de deshacerse de él. Eso derivó en varios cargos en su contra, incluyendo mutilación e intento de homicidio. En su desesperación, y después de un intento fallido de arresto, el criminal tuvo la osadía de apuntarle con su arma de fuego a un oficial de policía, por lo que recibió un disparo. El nombre de la fiscal era Pamela Howitzer, y su trabajo consistía en pintar un escenario que permitiera imponer al acusado la sentencia más larga posible. Y eso era justo lo que estaba haciendo al satanizarlo de esa manera.

Luego me correspondería hacer mi parte: mentir. Lo único que tenía que decir era "No puedo recordarlo. Sigue siendo todo muy borroso y confuso", y luego dejar que Sid llenara los huecos con *sus* propias mentiras. Por sí solo, el cargo que fabricamos de apuntarle a un policía con un arma de fuego le sumaría varios años a una sentencia que de por sí sería larga. El juicio inevitable, aunado a sus heridas y al hecho de que murió y resucitó y todo eso, me provocó un remordimiento casi insoportable.

Antes del juicio, revisé su expediente una y otra vez con el afán de encontrar algo que lo hiciera ver como un monstruo y justificara mis acciones. Según lo que encontré, distaba mucho de ser monstruoso. Y aunque su lista de antecedentes penales era larga, casi todos sus delitos eran nimios: hurto en tienda, vagabundeo y un cargo por "defraudar a un mesonero", por el cual pasó menos de un mes en la prisión del condado. Sid los llamaba "delitos de mendigos". Recurrí entonces a calcular la cantidad de delitos que *supuse* que habría cometido con éxito, sin represalias. Incluso conté aquellos que podría cometer en el futuro si quedaba en libertad. Aunque parezca retorcido, funcionó a medias y me sirvió como preparación para mentir.

Una vez que la fiscal terminó, el juez le pidió a la defensa que hiciera su presentación. El único problema es que no había abogado defensor. El muchacho estaba solo. Dimitri Tanomeo había solicitado abogar por sí mismo, algo que en el ámbito legal se consideraba completamente ilógico y autodestructivo.

Tanomeo se puso de pie y caminó hacia el centro del juzgado. Al caminar irradiaba confianza, o quizá es que su *forma* de caminar era confiada. Parecía sentirse cómodo en cualquier lugar, sin importar dónde estuviera. Incluso me atrevería a afirmar que era capaz de sentirse cómodo en situaciones que para la mayoría de la gente habrían sido imposiblemente incómodas.

—Muchas gracias, señoría, representante de la fiscalía, miembros del jurado y el resto de los aquí presentes —anunció mientras hacía reverencias cordiales en dirección de cada persona que mencionaba—. El día de hoy enfrento la tarea más desafiante de todas. Verán, me corresponde demostrarles que, durante la noche en cuestión, en la que ocurrieron espeluznantes crímenes violentos, éstos no fueron en realidad cometidos por Dimitri Tanomeo mismo. —Hizo una pausa cuando el juez alzó la mano.

—La corte desea saber si el acusado seguirá hablando de sí mismo en tercera persona a lo largo del juicio para asentarlo en las actas del litigio —afirmó el juez.

Tanomeo, el acusado, se llevó el dedo índice a los labios, como si estuviera reflexionando a fondo la respuesta a esa pregunta.

—La defensa autorrepresentativa del auténtico y genuino Dimitri Tanomeo, que soy yo, seguirá refiriéndose al presunto autor de los hechos ocurridos durante o antes de la noche en cuestión como "el acusado". —El juez lo miró fijamente mientras procesaba aquella retahíla de palabras. Tanomeo continuó—. Eso significa que sí, señoría.

Al igual que los demás, el juez hizo una pausa para examinar al muchacho de diecinueve años que, de forma bastante retórica, se había referido a sí mismo como su propio abogado defensor, designado por sí mismo. Manejaba el lenguaje con tal maestría que me hizo dudar de la forma en que Cy lo había descrito. Definitivamente no parecía tener ningún tipo de impedimento mental ni "retraso", como había dicho el viejo. Tal vez estaba loco, pero su razonamiento era veloz. Miré de reojo a mi padre, quien me estaba viendo con la ceja arqueada. En un intento por aparentar solidaridad, negué con la cabeza para mostrar mi desacuerdo, aunque confieso que en realidad estaba intrigado.

Noté que Ana me estaba viendo y se reía discretamente. Era como si estuviera leyendo la hipocresía en mi mirada.

Tanomeo continuó.

—Quizá se pregunten cómo demonios le hará la defensa para demostrar que aquellos delitos no los cometió el acusado. A continuación, les presentarán una plétora de pruebas que ubican al acusado en la escena del crimen con la proverbial pistola humeante en la mano. Se usarán muestras de ADN sanguíneo para conectar los puntos que develan su participación en estos despreciables actos que casi le cuestan la vida a un hombre, el cual quedó desfigurado y perdió la vista de un ojo. —Señaló a su padrastro, el cual estaba sentado como una estatua al fondo del juzgado, mirando al acusado, a Tanomeo, con una frialdad sanguinaria de la que sólo es capaz un verdadero asesino—. Basta con ver el rostro de la víctima —continuó—, el padrastro del acusado, para determinar que los cargos de agresión agravada y mutilación parecen razonables. Hay que tomar en cuenta la fuerza bruta e intencionalidad despiadada que habría que ejercer para provocarle tanto daño a alguien. —*¿Por qué se está echando la soga al cuello de esa manera? O quiere pasar el resto de su vida en la cárcel o tiene un as bajo la manga. O tal vez está completamente fuera de sí. Tal vez Cy no estaba tan equivocado.* De pronto, Tanomeo se dio media vuelta y señaló a Sid—. Verán que incluso nos acompaña el día de hoy un servidor de la justicia, un oficial de policía listo y dispuesto a declarar bajo juramento que el acusado intentó matar a uno de los suyos. —Sid se enderezó y cruzó los brazos. Su rostro, ya de por sí regordete y enrojecido, se enardeció aún más—. Volvamos entonces a la pregunta inicial. A la luz de tanta evidencia condenatoria, ¿cómo podré...?, digo, perdón, ¿cómo podrá *la defensa* del acusado demostrar que los delitos en cuestión no fueron realmente cometidos por él? —Hizo una pausa antes de acercarse al jurado—. Pues demostrando que el *verdadero* Dimitri Tanomeo no estuvo presente esa tarde, por lo que es imposible que haya cometido dichos delitos.

Dicho eso, volvió a su escritorio.

El juez se le quedó viendo un momento, sin decir una palabra.

—La corte desea saber si el acusado intentará declararse inocente por motivos de enajenación mental. Y, de ser el caso, le solicita que lo aclare cuanto antes para asentarlo en las actas de una vez. —La sala se inundó de carcajadas que obligaron al juez a poner orden con el mazo.

De nueva cuenta, el acusado se llevó el dedo índice a los labios.

—En cuanto a enajenación mental, dado que la locura es un tema tan complejo, empecemos por revelar las acciones que subyacen a esta terrible tragedia. —Hablaba con autoridad y absoluta confianza en sí mismo—. Puesto que ahí también es donde radica lo distintivamente trágico de este caso. El día de hoy, en este juzgado, planeo develar dicha tragedia. Así que la respuesta a su pregunta es no, señoría. Planeo dejar la sutil distinción entre locura y cordura al criterio de nuestro perspicaz jurado. —Con esas palabras concluyó su presentación. El aire que se respiraba en el juzgado era de confusión absoluta.

» » « «

Sid fue el primer testigo de la fiscalía y, como era de esperarse, mintió, tal y como había planeado hacerlo. Empezó haciendo un recuento de los hechos con lujo de detalle y habló con la verdad hasta antes del momento del disparo, tras lo cual la historia se desvió por completo hacia el ámbito de la ficción.

Sid cometió perjurio en un tribunal. Era un delito que implicaba una penalización considerable y la expulsión inmediata de la fuerza policial, y lo hizo sin titubear siquiera. El acusado permaneció ecuánime, sentado con la misma sonrisa de siempre, como si nada pudiera perturbar su paz interior.

Cuando llegó el momento del contrainterrogatorio, Tanomeo se acercó al estrado con absoluta serenidad.

—Usted afirmó que estaba en la patrulla cuando vio al acusado apuntarle con su arma al oficial Marcus Ogabi, ¿cierto, oficial Prits?

—Es correcto. Así fue —replicó Sid.

—Y también afirmó que estaba estacionado a más o menos cien metros del lugar del incidente. ¿No le parece que su visibilidad pudo verse afectada tanto por la distancia como por las plantas ubicadas en dicho callejón? —El acusado volteó la pizarra blanca que contenía un esquema detallado de la calle y el callejón donde había ocurrido el tiroteo. Estaba dibujado a mano e incluía hasta la ubicación de los arbustos y su altura, así como los faros de la calle con su rango de iluminación. El juicio apenas empezaba y el muchacho ya estaba sembrando dudas en la mente del jurado.

Pero Sid no reculó ni se dejó intimidar, y se apegó con firmeza a su versión de los hechos.

—Sé bien qué fue lo que vi, y lo que vi fue que te volteaste para dispararle a mi compañero con la pistola con la que le apuntaste a la cabeza.

Tanomeo volteó a ver al juez, quien de inmediato alzó la voz.

—Debo pedirle al testigo que utilice la terminología adecuada al referirse al acusado. ¿O acaso tenemos que explicarlo de nuevo, oficial Prits?

Sid se cruzó de brazos y negó con la cabeza.

—No, señoría. Lo entiendo.

Tanomeo sonrió y volvió a la carga.

—¿Cuánto tiempo llevan trabajando juntos su compañero y usted?

—Cuatro años.

—O sea que bajo ningún criterio podría considerarse una relación laboral reciente. ¿Cómo describiría su relación con él?

Sid asintió, lleno de orgullo.

—Tenemos una relación confiable. Hay una guerra en las calles, así que nos apoyamos el uno en el otro y nos cuidamos el uno al otro.

—Claro, claro. No lo dudo. ¿Diría usted que es capaz de hacer cualquier cosa por él? ¿Cualquier cosa que sea necesaria con tal de "ganar la guerra", como usted le llama?

Me empecé a poner nervioso al ver adónde quería llegar el muchacho. El problema era que Sid no se había dado cuenta. No era precisamente una lumbrera, aunque en ocasiones se creyera muy astuto.

—Haría lo que fuera por mi compañero. Hasta ponerme entre él y una bala, si fuera necesario.

—No lo dudo, oficial Prits. No lo dudo. Gracias por aclararlo. —Sid había caído en la trampa. Con mucho ingenio, el acusado había logrado desestimar el testimonio de Sid al insinuar una posible colusión entre él y yo—. Oficial Prits, tengo otra pregunta: ¿alguna vez le ha disparado a alguien?

Surgió entonces la primera de muchas objeciones; la fiscal afirmó que el testigo no estaba bajo escrutinio jurídico y que ese tipo de preguntas eran irrelevantes. El acusado le aseguró al juez que sin duda eran pertinentes, y el juez denegó la objeción.

Advertí que a Sid le hirvió la sangre al tener que admitir frente a un "rufián" que sí le había disparado a alguien. Pero el acusado no quedó satisfecho con eso. Quería saber cómo y cuántas veces, y, después de varias objeciones denegadas, el juez le ordenó a Sid que contestara.

—Durante mi tiempo en la fuerza policial les he disparado a tres hombres.

Una conmoción discreta inundó el juzgado, y el acusado aplaudió con ánimos.

—¡Caramba! ¡Tres! ¡Guau! Habría pensado que uno, o tal vez dos, pero ¿tres? ¡No es cualquier cosa! —Hubo otra objeción por parte de la fiscalía, y el juez le ordenó al jurado que desestimaran las últimas palabras del acusado por tratarse de una conjetura—. Sólo unas cuantas preguntas más y concluiremos —argumentó el acusado con condescendencia, y cada una de sus palabras parecía atizar la furia de Sid.

—De acuerdo. Pregúntame lo que quieras, sabandija. Al final del día, yo volveré a casa y tú terminarás en prisión.

El juez golpeó el mazo una única vez para ejercer su autoridad, lo que sobresaltó un poco al jurado.

—Bien, intentémoslo una vez más. Con respecto a los tres hombres a los que les disparó, ¿en qué condición se encuentran actualmente, oficial Prits?

—¿En qué condición? Son criminales. Siempre lo serán. Eso nunca cambiará. —Sid contestaba como un perro rabioso—. Y lo sabes bien, Tanomeo.

Otro fuerte mazazo, después del cual el juez lo señaló con firmeza. Sid bajó la cara y alzó las manos en señal de rendición, mientras el acusado se reía y meneaba la cabeza.

—No, oficial Prits. Me refiero al estado en que se encuentran en la actualidad, su estado físico posterior al disparo. ¿Están bien? ¿Les pasó algo?

Se escucharon risitas entre los miembros del jurado. Sid era el único que no había entendido la broma de la que había sido objeto.

Observé a la fiscal lanzar objeción tras objeción y al ágil acusado derribarlas una por una. Al final, Tanomeo aprovechó la permisividad del juez para zarandear a Sid como nunca lo habían hecho antes.

—¿Necesita que le repita la pregunta, oficial Prits? —el acusado dijo sin tapujos—. Se la puedo explicar con dibujos, si es necesario.

Lívido de furia, Sid inhaló profundo.

—De los tres hombres, uno se recuperó por completo y el otro renguea.

—Perdón, oficial, pero dijo que fueron tres y sólo ha hablado de dos. ¿Qué fue del otro?

La piel de Sid había adquirido una tonalidad ligeramente púrpura, y por la cara le caían gotas de sudor que seguramente contenían cierto grado de alcohol.

—No la libró —murmuró Sid antes de que el juez lo obligara a hablar en voz más alta—. ¡No la libró! —gritó.

Para entonces, la conmoción en el juzgado era trepidante. El ambiente se fue volviendo tenso a medida que el acusado, en su papel de abogado defensor, desgarraba fibras sensibles y descosía a un hombre que siempre supuse que era de una pieza.

—¿Cómo que no la libró? ¿Quiere decir que lo mató?

—Sí, así es. Lo maté. Está muerto. Uno menos, como siempre digo. ¿Hay algo más que quieras saber?

Sid había caído redondo en la estrategia del acusado que actuaba como abogado. Supliqué que terminara pronto, pues ese hombre, mi compañero de patrulla, había llegado al límite y estaba a punto de hacer erupción.

—Bueno, ya que lo pregunta… Sí, me gustaría saber algo más.

El juez lo interrumpió.

—La corte recomienda que proceda con mucha cautela. Termine su interrogatorio sin generar conmoción en mi juzgado, por favor.

—De acuerdo, señoría.

A continuación, inquirió sobre el muchacho al que Sid había matado. Sid le disparó afuera de una tienda que el chico acababa de robar. Aunque aquello había ocurrido antes de mi entrada a la fuerza policial, conocía bien la historia.

—El caso en mi contra fue desestimado. Gané. Fue un disparo legal. No hubo controversia alguna.

—¿Dice que ganó? Le quitó la vida a un hombre de 21 años que estaba apenas empezando su vida adulta, oficial Prits. No tenía antecedentes ni vínculos con bandas delictivas. ¡Qué gran victoria! —El juez se adelantó a amonestar al acusado antes de que la fiscalía tuviera siquiera la oportunidad de objetar—. Lo lamento, señoría. Ya estoy por terminar. —El acusado volteó de nuevo hacia el testigo—. ¿No le parece una coincidencia interesante que usted fue el único testigo del disparo del oficial Ogabi en el callejón, así como el único testigo de su propio tiroteo, del que fue exonerado por falta de evidencia? ¿Que el único capaz de ubicar el arma en la mano del acusado y calificar las acciones de su compañero como "legales" es usted?

—Sí, ¿y qué? —reviró Sid con desdén.

—Bueno, en pocas palabras, ambos le han disparado en situaciones controversiales a hombres jóvenes en la flor de la vida, y usted ha sido el testigo estrella en ambas ocasiones. En mi opinión, hoy usted está demostrando que de verdad es capaz de hacer cualquier cosa por su compañero, incluso jurar en falso —afirmó Tanomeo. Sid se abalanzó hacia él y tiró al suelo el micrófono del banquillo. Tanomeo no hizo más que retroceder un largo paso, como si hubiera planeado la escena completa en su cabeza. El alguacil trató de contener a Sid, quien no dejaba de proyectar toda clase de improperios y vulgaridades hacia el joven que había logrado sacar de quicio y quebrar al oficial veterano—. Por lo pronto, no tengo más preguntas para el testigo, señoría —anunció el acusado mientras caminaba con absoluta serenidad hacia su escritorio. Volteé a ver a Ana, quien estaba muy concentrada bordando, sonriendo sutilmente y meciendo la cabeza.

¿Quién era ese joven cuyas acciones parecían fríamente calculadas e intencionales? Me preocupaba que nuestro plan se desbaratara y me pregunté qué ocurriría si le permitían seguir actuando así. Supliqué que me mantuviera a salvo aferrarme a mi historia, a mi falta de memoria.

» » « «

Me asomé por debajo de las puertas de los baños para asegurarme de que no hubiera nadie más ahí.

—Tú puedes, Marcus —le dije a mi reflejo después de echarme agua en la cara. *Lo que te hace falta es un trago.* Mientras me secaba la cara, sentí la vibración del celular en uno de mis bolsillos. Al sacarlo, vi el nombre de Lisa en la pantalla. *Ella es la última persona con la que debería hablar en este instante.* Si me daba malas noticias sólo me perjudicaría más, en lugar de ayudarme. Apagué el celular y observé mis ojos con atención una última vez—. Eres una basura —murmuré mientras tiraba la toalla de papel a la basura y salía del baño.

» » « «

Después de un breve receso, durante el cual el juez se reunió con el acusado en el área de detención, la fiscal me llamó al estrado. De camino al banquillo, sentí que el acusado me miraba con una sonrisa. Mientras hacía el juramento, me pregunté qué tipo de castigo me esperaría en la otra vida por mi decisión premeditada de romper la promesa ante Dios de "decir la verdad, toda la verdad y nada más que la verdad".

Me apegué a mi versión de los hechos. Dije que había visto al acusado con una pistola en la mano en las escaleras del edificio. Luego, describí a detalle la persecución a pie hasta el callejón. Me sorprendió lo fácil que era mentir. Al menos las palabras salían con facilidad. Pero no ayudaba que, por dentro, la vergüenza me pesaba sobre los hombros como una negra gabardina húmeda. Pensé en mi hija y en el tipo de adulta que me gustaría que fuera. Me pregunté qué pensaría de mí si a los 19 años, a la edad de Tanomeo, se enterara de que su papá acababa de mentir acerca de algo que podría afectar gravemente el destino de por sí tortuoso de un muchacho. ¡Carajo! Sabía lo que pensaría de mí en ese instante, a los ocho años, y no era muy bueno que digamos.

Una vez que la fiscal terminó, me quedé en el banquillo para esperar el contrainterrogatorio, con la frente cubierta de gotas de sudor. Tanomeo se levantó despacio y caminó hacia mí. Me miró de nuevo a los ojos, pero esta vez no sonreía.

—Oficial Marcus Ogabi, es un placer por fin conocerlo en persona. Desde hace tiempo quería hacerlo. Qué lástima que haya tenido que ser en estas circunstancias tan desafortunadas.

—Vaya al grano, señor Tanomeo —lo interrumpió el juez—. Y no olvide lo que conversamos durante el receso.

—Sí, claro, señoría —contestó el muchacho con modestia—. Oficial Ogabi, usted afirma que no recuerda lo que ocurrió esa tarde después de que el acusado, que venía corriendo, se detuviera en el callejón, ¿cierto?

—Es correcto. —Sabía que debía decir lo menos posible para no caer en la misma trampa que Sid.

—¿Cómo puede alguien anular el recuerdo de un suceso tan importante? Y no sólo importante para el *conocimiento* interno de uno mismo, por decirlo así, sino también porque esos hechos podrían afectar en gran medida el futuro de otro ser humano.

Volteé hacia al jurado para evitar verlo a los ojos tanto como fuera posible.

—No sabría decirle. Simplemente lo olvidé. Como ya dije, debió de ser una especie de conmoción causada por la experiencia traumática.

—Sí que fue traumática. Supongo que fue una tarde muy convulsa. —Soltó una risotada y, sin voltear hacia atrás, señaló a la fiscal para anticiparse a su objeción. Mientras el juez daba lugar a la objeción, examiné los rostros de los miembros del jurado. Todos me miraban fijamente, como si ya me hubieran descifrado—. Lo lamento, señoría. Entonces, oficial Ogabi, hablemos de lo que sí recuerda. ¿Qué hay del instante previo a que el acusado dejara de correr? ¿Recuerda qué estaba pensando en ese momento?

Hice una breve pausa, tras la cual contesté con franqueza.

—Me di cuenta de que estábamos solos tú y yo. Perdón, el acusado y yo. Supe que lo que fuera a ocurrir ocurriría muy pronto.

—De acuerdo. ¿Puedo preguntarle si sintió algún tipo de temor en ese instante?

—¿Temor? Sí, supongo que cualquiera en mi lugar habría sentido cierto temor. Es el temor del que depende la vida —contesté.

—Sin duda. Y a veces el temor también nos hace cometer errores, ¿verdad, oficial Ogabi?

Estaba intentando acorralarme, tal y como lo hizo con Sid.

—Sí, supongo que sí.

—Una cosa más, oficial. ¿Qué sintió al ver al acusado "retorciéndose y gritando de dolor en el suelo", como afirmó en su testimonio previo?

—Objeción. Eso es irrelevante para el caso —gritó la fiscal.

—Le permitiré continuar —contestó el juez con seriedad—. Oficial Ogabi, por favor responda la pregunta.

¿Qué se suponía que debía contestar a eso? Si decía que no había sentido nada, quedaría como un monstruo a los ojos del jurado. Si decía la verdad, podría caer en alguna trampa inesperada. Al final, supuse que ya había dicho más mentiras de las necesarias.

—Me sentí mal por él. No quería que sintiera el dolor que estaba sintiendo.

—Gracias, oficial Ogabi, por esa pizca de honestidad. No tengo más preguntas.

LA VERDAD SEA DICHA

MARCUS

El ADN sanguíneo y otras pruebas concretas ubicaban al acusado en el apartamento donde se habían cometido los delitos violentos. Además, su presencia en el callejón, la pistola en la mano y la huida para evadir el arresto formaban un conjunto altamente condenatorio. Lo único que la fiscal necesitaba era un motivo para afianzar su caso, y eso era lo que esperaba obtener de Eddie el Carnicero O'Reilly, único testigo de lo ocurrido aquella noche dentro del edificio de apartamentos.

Era difícil verlo como un simple espectador dado que yo sabía la verdad. En un mundo justo, tanto Cy como la madre del muchacho testificarían y mostrarían un lado muy distinto de esa historia trágica. Y luego estaban mis mentiras, las cuales habían empeorado una situación de por sí sesgada. El sistema tenía el propósito de resolver los delitos y hacer justicia, pero, con la cantidad de información tan limitada que había en este caso, iba a fracasar sin remedio.

Durante el juramento, Eddie el Carnicero miró fijamente al acusado. Era notorio que el odio visceral que sentía por su hijastro era añejo y había surgido mucho antes de la tarde en que el muchacho lo desfiguró para siempre.

La fiscal le pidió al testigo que hiciera un recuento de los hechos de aquella noche en que la policía lo encontró tirado en el suelo del apartamento del acusado, brutalmente golpeado y al borde de la muerte.

—Lo último que recuerdo fue bajar las escaleras. Creo que me caí o algo, ¿eh? —dijo en tono sarcástico, sin disimular su acento callejero. El juez intervino para recordarle que estaba obligado por ley a dar un testimonio verdadero y nada más; de lo contrario, podría terminar en la cárcel—. De veras, señoría, se me borró todo. Si me acordara, le contaría toditito con gusto.

Yo sabía que estaba mintiendo, como también lo sabían el juez y la fiscal. Aunque habían dictado un auto de comparecencia contra Eddie para que se presentara como testigo y lo obligaron a atestiguar bajo las leyes del estado, sería imposible sacarle la sopa. Eddie venía de las mismas calles que yo. Ahí, Eddie estaba "bien conectado", como quien dice. Estaba conectado a una red de hombres que manejaban esas calles y que la mayoría de la gente ubicaba como la Mafia. Si había algún problema, el grupo lo resolvía directamente o a nivel interno. Se regían por un código de vida, y, según ese código, nada —pero *nada* de nada— se resolvía por la vía legal. Al final del día, ese hombre, Eddie el Carnicero O'Reilly prefería terminar encarcelado por perjurio que ayudar al enemigo a cumplir con su objetivo, pues eso podría costarle la vida.

La fiscal tuvo que presionar, en un intento por quebrarlo. Fue entonces a la pizarra blanca.

—Afirma que recibió esas lesiones en la cabeza y la cara al caerse por las escaleras. Y que no recuerda nada. Tal vez podría explicarle a la corte cómo es que, según la evidencia forense, usted estaba en el piso superior, en su apartamento, cuando recibió las primeras lesiones en la cabeza y la cara. Luego, de algún modo, apareció en el apartamento del acusado con dos balas en el cuerpo. —Hizo una pausa para que el cerebro herido del testigo procesara sus palabras—. ¿Le importaría repensar su testimonio, tomando en cuenta que sigue bajo juramento?

Eddie se rascó una de las cicatrices de la cabeza, con expresión confundida.

—Mire, señora, yo no sé nada de su evidencia forense ni del cronograma ese que tiene en el pizarrón, pero sí sé una cosa: a veces bebo y, cuando bebo, me emborracho. Y, cuando estoy borracho, se me olvida la mitad de las idioteces que hago. Esa noche, nomás me acuerdo de que me caí. Quién sabe qué pasó antes o después. —Sonrió—. Pero aquí sí está pasando algo muy curioso…

—¿Qué cosa? —contestó ella.

—Bueno, pues usted nomás me amenaza y me amenaza con mandarme a la cárcel y eso. Pero lo que veo es que, cuando el que no se acuerda es uno de ustedes, uno de *cuello blanco*, entonces *no hay falla*. —Hizo una pausa y miró al jurado—. En mi humilde opinión, eso está muy jodido, ¿no? —El juzgado entero volvió a conmocionarse, mientras el juez regañaba al testigo por su vocabulario profano.

La fiscal indagó acerca de su relación con el acusado, su hijastro, y le preguntó si se le ocurría alguna razón por la cual hubiera querido lastimarlo.

—¿Mi relación con Di? Bueno, eso es un poquito complicado. No siempre estamos de acuerdo en todo. Pero, de ahí a que me haya hecho algo… Neh. Di es incapaz de hacer daño. Es un pusilánime. Desde chiquito. Salió a su papá. Por eso se dormía llorando, porque lo ponía triste no saber quién era su papá. —Volteó a ver a Tanomeo—. Pero yo le decía que mejor así. Que su papá era un cobarde y un pusilánime. —Su tono despiadado y gélido confirmaba lo que me había contado Cy sobre él—. Y créame que he tratado de hacerlo más hombre. Ya sabe, quitarle lo que tiene del papá. Pero, si un niño es pusilánime, siempre va a serlo.

Volteé hacia el escritorio de la defensa. El joven se mantuvo ecuánime, a pesar de los insultos de su padrastro.

—Es todo por ahora, señoría. —El latigazo de la gruesa carpeta al golpear el escritorio resonó en el juzgado mientras la fiscal se dejaba caer en su silla.

El juez dio lugar el contrainterrogatorio. El acusado, con la cabeza gacha, se acercó al banquillo, sin mirar al testigo a los ojos.

—Afirmó hace unos minutos, durante el interrogatorio de la fiscalía, que no recuerda lo que ocurrió esa noche. Que estaba tan ebrio que no puede recordarlo, ¿es correcto?

—Es correcto, Di-Di. —Eddie volteó a ver al jurado y agregó, en tono juguetón—: No soporta que le diga así. Pero así le digo cuando actúa como una niñita, como ahora.

El juez dio un golpe con el mazo y le ordenó al testigo que no se desviara del tema. El joven, que no parecía ofendido por el insulto, procedió con absoluta calma.

—Dado aquel estupor etílico, ¿recuerda haber golpeado a su esposa la noche en cuestión?

La fiscal objetó, con el argumento de que el testigo estaba siendo hostigado. El juez denegó la objeción y le pidió a Eddie que contestara.

—¿Que si recuerdo haber golpeado a mi esposa? ¿A tu madre? No, no lo recuerdo. Pero le puedes preguntar a ella. Está justo ahí. —Señaló a la madre del acusado, que estaba sentada, mordiéndose las uñas—. Ah, no, perdón, que no puedes interrogarla porque pidió que no la hicieran testificar. Mmmm… Me pregunto por qué. —Disimuló la risa—. O sea, tenemos aquí a una mamá que no quiere testificar en el juicio de su hijito. Entonces no entiendo. ¿Dónde está el amor de mamá? —Algunos miembros del jurado intercambiaron miradas mientras Eddie se reía. El juez lo señaló con el dedo en señal de advertencia, y Eddie continuó con voz siniestra—. Así que no, no recuerdo haberla golpeado. ¿Qué más me vas a echar en cara, hijo?

—¿Qué hay del acusado? ¿Recuerda haberlo agredido de alguna manera? —preguntó Tanomeo.

Eddie miró a su alrededor y susurró de forma poco discreta.

—Bueno, ya sabes. A veces, si el niño se sale del huacal, hay que jalarle las orejas.

—¿Podría describirle a la corte a qué se refiere con "jalarle las orejas"?

Eddie miró de nuevo a su alrededor. Las preguntas de su hijastro comenzaban a enfurecerlo.

—¿Que a qué me refiero, Di-Di? ¿Qué te traes? Te sientes muy cabroncito, ¿no?, hablando de ti mismo como si no estuvieras aquí.

—El testigo debe contestar la pregunta —ordenó el juez con firmeza.

—A veces tuve que darte, o más bien "darle al acusado", una paliza ocasional. A eso me refiero.

Tanomeo no le quitó la mirada de encima.

—Lo que quisiera saber es: ¿de qué modo encaja su definición de "jalarle las orejas" con la tortura sistemática de un niño, desde los cinco años hasta el final de su adolescencia? —En medio del silencio ensordecedor, todo mundo volteó a ver a Eddie—. Antes de que conteste la pregunta —continuó Tanomeo—, ¿podría explicarle a la corte qué tipo de ser humano considera que eso es una "paliza ocasional"?

En ese instante, Tanomeo hizo algo que nadie esperaba y que nunca olvidaríamos. Volteó a ver al jurado, alzó las manos por encima de la cabeza y se quitó la camiseta. Entre gritos ahogados y respiraciones contenidas, seguidas de audibles murmullos, el muchacho giró despacio para mostrarnos a los presentes algo que nadie había visto jamás.

El juez golpeó repetidas veces con el mazo y le ordenó al acusado que se vistiera. Pero ya era demasiado tarde. Los asistentes, casi todos con el corazón hecho trizas, habíamos visto lo que parecían ser más de cien quemaduras de cigarrillo que le cubrían el torso. En ese instante, las palabras de Cy adquirieron una dimensión más real: *gritos apagados que venían de su apartamento y que a veces duraban horas.*

Cuando la sala volvió a estar en orden y el alguacil ayudó al chico a ponerse de nuevo la camiseta, el juez amenazó con sancionar al acusado por desacato si volvía a armar un espectáculo de esa índole. Después de disculparse con el juez, el acusado siguió interrogando al hombre que acababa de convertirse en un monstruo a los ojos de quienes estábamos ahí.

—Quiero pedirle al testigo que nos explique qué tendría que hacer un muchacho o de qué modo tendría que "salirse del huacal", como usted dijo, para merecer ciento nueve de estos "jalones de orejas". —Eddie el Carnicero se quedó quieto, con expresión pétrea. La fiscal no se tomó la molestia de objetar, sino que sólo rebuscó algo en la caja de archivos que tenía en el piso. La madre del acusado sollozó a solas, mientras las mujeres del jurado se pasaban entre sí una caja de pañuelos desechables. El acusado se acomodó la camiseta—. Si el testigo se niega a contestar mis preguntas, entonces no me queda nada más por decir, señoría.

Se hizo un silencio atronador. Las miradas estaban puestas en el testigo que estaba en el estrado.

—No tengo nada más que decir. El chico es capaz de hacer o decir lo que sea con tal de salvar el pellejo. Se acabó. Invoco mi derecho a la quinta enmienda para no incriminarme en hecho alguno como parte de este juicio ni en ningún juicio futuro.

El silencio siguió dominando el juzgado. El resto de la gente, incluyendo al juez, nos asombramos e inquietamos al ver que aquel rufián de poca monta de algún modo conocía las reglas del juego, además de que sabía jugarlo y, en última instancia, cuándo retirarse.

Volteé a ver a Ana. Al igual que antes, seguía sentada, bordando, inmune a todo.

El juez convocó un receso, así que intenté salir de prisa de ahí. Mi padre y Sid me estaban esperando al final del vestíbulo, pero fingí no verlos y me di vuelta para buscar otra salida. Lo único que quería era estar a solas.

» » « «

Una vez que terminó el receso, no pude creer que, tras pedirle al estenógrafo que leyera el último intercambio, el juez le pidió al jurado que desestimara una buena parte del mismo. Dijo que estaban ahí sólo para juzgar el caso contra Tanomeo, el acusado, y que tendrían que omitir esos detalles al momento de tomar su decisión final. *¿Cómo puedes pedirle a alguien que borre de su memoria visual aquello que acaba de ver?*

El juez preguntó si alguna de las partes quería volver a llamar al estrado a alguno de los testigos previos.

El acusado me miró de reojo mientras Ana, otra vez de forma ilegal, le susurraba algo al oído. Hice un esfuerzo por pasar desapercibido, con las manos bien metidas en los bolsillos y los dedos cruzados. *Por favor que no me llamen al estrado.*

—Quisiera llamar al oficial Marcus Ogabi al estrado, señoría —dijo el muchacho y me miró a los ojos con una sonrisita. Miré de reojo a Ana, quien seguía sonriendo con arrogancia, a pesar de estar concentrada en su bordado.

Una vez que me senté en el banquillo, el juez me recordó que seguía bajo juramento. De pronto me dieron náuseas.

—Marcus Angbo Ogabi. ¿Lo pronuncié bien? —preguntó el acusado, haciendo énfasis en mi segundo nombre. Asentí—. Su nombre viene de la tribu Nupu en África. Ese es su linaje, ¿cierto?

Guardé silencio un momento, perplejo de que ese muchacho hubiera oído hablar de una tribu perdida hace mucho y que casi nadie conocía.

—Sí, ese es mi linaje, pero ¿cómo…?

El muchacho asintió.

—He oído algunas cosas sobre la tribu y su sistema de creencias. Perdón, su sistema de *conocimiento*. ¿Está familiarizado con el gran texto *Itatagohbe Nanbar*? ¿Algo así como la biblia de los Nupu?

No podía creerlo. El chico no simplemente había *oído* cosas al respecto. Entendía la distinción entre un sistema de creencias y el *conocimiento* de la verdad de los Nupu.

—Sí, estoy bastante familiarizado con el linaje y las costumbres de mis ancestros —contesté—. Mi abuelo fue traductor del gran texto, y su padre fue el n'ganga de la tribu. Mi abuelo empezó a mostrarme el camino de nuestra gente cuando cumplí nueve años, y siguió haciéndolo hasta el día de su muerte.

—Ah, sí, a los nueve años es cuando los Nupu les enseñan a los niños la yaninga. ¿Está familiarizado con el concepto, oficial Ogabi?

La fiscal se levantó para objetar de nuevo, con el argumento de que aquello no tenía nada que ver con el caso. Aproveché la oportunidad para voltear a ver a mi padre, quien me estaba mirando fijamente, con los ojos bien abiertos, con una expresión de absoluta incredulidad. *¿Adónde quiere llegar este muchacho?* Estaba seguro de que los dos estábamos pensando lo mismo.

Apenas alcancé a escuchar que el juez dio lugar a que procediera el inter-rogatorio, y entonces mi mente volvió al estrado.

—*Yaninga*, abreviado como *ninga*. ¿Reconoce ese concepto, oficial?

Pasé unos segundos buscando la traducción exacta del concepto.

—Sí. Si mal no recuerdo, es el equivalente a "honestidad".

Tanomeo asintió.

—Sí, bueno, pero el significado real de la palabra implica un poco más que eso. Haré una paráfrasis burda por la que me disculpo de antemano. La palabra incluye el concepto de un estado gozoso de vida en autenticidad plena; es decir, el cielo en la tierra, que es el orden natural de la vida misma. Dicha enseñanza comprende también la noción de que, al vivir de ese modo, se puede impedir la llegada de la *ubaya*. La *ubaya*, como seguramente sabe, es la caída de la humanidad.

—S-sí —titubeé, todavía conmocionado—. En otras religiones, sería considerada la oscuridad, la maldad o la vida en el infierno.

—Exacto —contestó el acusado con una gran sonrisa—. La enseñanza es que la *ubaya* visita a todas las personas en el ilusorio y falso mundo material, el mundo físico. La *ubaya*, ese mundo falso, existe en las sombras y sólo aparece cuando uno decide vivir fuera de la *yaninga*, la autenticidad personal absoluta o, dicho de otro modo, "nuestra naturaleza auténtica". Así que en efecto, oficial, según el texto, la verdad y la honestidad encabezan las enseñanzas y, en pocas palabras, son los portales a la paz sobre la tie-rra. —Me le quedé viendo fijamente. Me quedé paralizado al escuchar una descripción tan breve y precisa del gran texto. El texto que mi abuelo seguía al pie de la letra con orgullo, que le inculcó a la familia y que compartía con cualquiera que se interesara. Era como conocer a la única otra persona en el mundo que hablaba el mismo idioma que tú—. ¿Lo hice bien? —preguntó Tanomeo con una sonrisa. *El chico no sólo es listo, sino también bastante engreído.*

No sabía qué contestar.

—Sí, muy preciso —balbuceé mientras escondía las manos temblorosas bajo la mesa.

El juez intervino.

—Todo eso es muy fascinante, pero ¿qué tiene que ver con el juicio en cuestión, señor Tanomeo?

—Pronto quedará claro —le contestó al juez sin más, antes de volver a ponerse justo enfrente de mí—. Oficial Marcus Angbo Ogabi, lo invito a volver a la noche en cuestión. Al callejón en donde usted y el acusado, o sea yo, estuvimos cara a cara por primera vez. Tómese un instante y cierre los ojos si lo desea para recordar mejor. Pero, sobre todo, lo invito a hablar desde su autenticidad. Y es que, Marcus, si usted acepta las enseñanzas de su abuelo, entonces sabe que la única forma de evitar la *ubaya* es a través de la *yaninga*.

Cerré los ojos y, en ese instante, algo ocurrió en mi interior. Me recorrió una descarga eléctrica, y sentí que se me erizaban todos los vellos del cuerpo. Era como un escalofrío, pero más intenso que cualquiera que hubiera sentido jamás. Experimenté una lucidez mental sin precedentes. No recordaba haber tenido una experiencia similar jamás.

Volví a la escena en el pórtico de Ana. Recordé su uso de la palabra "autenticidad" mientras intentaba convencerme de hablar con la verdad. Abrí los ojos y volteé a verla. Estaba erguida y clavó sus ojos en los míos. Esta vez no estaba sonriendo.

Esto no es coincidencia. Recordé a mi abuelo y lo mucho que lo quería: fue un hombre extraordinario que jamás le mintió a nadie ni dijo nada negativo nunca. Vivió la vida de una forma que la gente a su alrededor veneraba. "Si alguna vez terminas en la *ubaya*, Marcus, basta con que seas franco y hables desde el corazón. Y con eso encontrarás el camino de regreso a casa", me enseñó alguna vez.

A continuación, las cosas transcurrieron como en cámara lenta. Volteé a ver a mi padre, quien tenía la mirada en el suelo. A él también le habían afectado las palabras del muchacho, un desconocido que parecía hablar sobre la verdad y la sabiduría tal y como alguna vez lo había hecho mi abuelo, el padre de mi padre.

Luego, mi padre alzó la cara e hizo algo que no lo había visto hacer desde que era niño. Puso las puntas de los cuatro dedos de ambas manos bajo la barbilla y alzó la mirada al techo. Era una súplica sagrada a la *yaninga* para pedirle que guiara a la mente, un ritual habitual entre nuestros ancestros. Hasta ese día no había vuelto a pensar en ella. Mi tío volteó a verlo e hizo lo mismo.

Cerré los ojos mientras una única lágrima, tanto de alegría como de aflicción, me caía por la mejilla. Ese muchacho me estaba dando la oportunidad de redimirme, no sólo de forma pública, sino también a nivel personal. Y luego volví a escuchar la voz, la cual afirmó con un simple *sí*.

Cuando abrí los ojos, vi a Tanomeo parado frente a mí, con los ojos cerrados. Una vez que los abrió, asintió y volvió a su escritorio, como diciéndome "el escenario es todo tuyo".

Me enderecé y me aclaré la garganta.

—Después de invocar con detenimiento los sucesos de aquella tarde, he logrado recordarlos con absoluta claridad. Previamente declaré que hubo un instante en el que el acusado se detuvo y volteó a verme, tras lo cual le disparé. Ahora les suplico a la corte y al jurado que tengan en cuenta que el acusado había tirado el arma al suelo antes de voltear. En medio de la confusión y el miedo, jalé el gatillo y le disparé a un hombre que, en realidad, estaba desarmado. Quiero dedicar un momento para disculparme con el acusado por mis acciones, así como por cualquier dolor y sufrimiento que dichas acciones le hayan causado y puedan causarle en el futuro. También quiero disculparme con mi familia, con mi compañero de patrulla y con el departamento por este error y por cualquier repercusión pública derivada de esta acción tan reprobable.

Alcancé a ver que mi padre asintió, respaldándome. Bajo las luces fluorescentes del techo, percibí el brillo de las lágrimas en sus ojos. Me llevé los dedos a la barbilla y asentí en respuesta. En ese momento, en mi *conocimiento*, había hecho lo correcto.

Los presentes contuvieron el aliento, y el silencio se cernió de nuevo en el juzgado. Tanomeo se puso lentamente de pie y caminó al centro de la sala. Me encaró, juntó las manos e hizo una profunda reverencia. Tras erguirse, gesticuló con la boca:

—Gracias.

» » « «

Tras un breve receso, cuando tomé asiento para escuchar los argumentos finales, me di cuenta de que Ana había desaparecido. *Qué extraño.*

La fiscal reestructuró los cargos y retiró el de apuntarle a un oficial de la policía con un arma de fuego. Su voz perdió sentido en mi mente cuando reconocí una sensación ignota de liviandad en mi interior. No obstante, aunque mi confesión hubiera liberado el estrés de la angustia y la culpa, el camino subsiguiente sería rocoso. Estaba en riesgo mi capacidad para pagar la renta, los gastos, la pensión alimentaria y todo lo demás. Imaginé la hostilidad inevitable de parte de Sid y de los que pensaban igual que él. Luego estarían los posibles problemas legales, los cuales podrían convertirme *a mí* en el acusado frente a otro jurado. No obstante, por extraño que sonara, no tenía miedo. Era como si, al hacer lo correcto, hubiera liberado algo en mi interior. Y debo reconocer que se sentía muy bien.

Cuando Tanomeo se dirigió a la corte por última vez, en su papel de defensor de sí mismo, dio todo de sí. Durante su argumentación final, hizo cuanto pudo por explicar un concepto esotérico centrado en la idea de que, cuando uno comete un delito, no es uno mismo quien está realizando la acción como tal.

—Creo que la forma más sencilla de darlo a entender es pedirles que imaginen que dos personalidades habitan dentro de una persona. Son dos posibilidades, por decirlo así. —Se paró bien erguido frente al jurado—. La primera, la posibilidad superior, es la persona auténtica y sin condiciones, la que vive y experimenta la alegría y la felicidad de la vida. La segunda, la inferior, está condicionada por los sucesos negativos del pasado y lleva una vida más desafiante. Esto ocurre porque todo lo que pasa es una reacción a otra acción que ya tuvo lugar. A su vez, esa reacción se convierte en una acción que deriva en otra reacción. De ese modo, el ciclo continúa. En esencia, los sucesos de nuestro pasado sientan las bases para nuestras reacciones actuales y para la forma en que vivimos la vida a partir de un momento determinado. El nivel de conciencia que tenemos determina hasta qué grado nos dejamos influir por dichas acciones pasadas, con lo cual damos continuidad o ponemos fin a aquel círculo vicioso.

Miré a mi alrededor. Independientemente de su lenguaje cadencioso, la gente estaba atenta a cada una de sus palabras. Aquel muchacho tenía el mismo don que mi abuelo: la capacidad para cautivar a sus interlocutores.

Sus palabras, o más bien su significado subyacente, se parecían mucho al *Itatagohbe Nanbar*. Comparé su explicación de la "personalidad inconsciente" con la *ubaya*, el espíritu oscuro, el cual se cree que literalmente se esconde en las sombras de cualquier ser humano a partir de que cumple nueve años. La única forma de mantenerlo a raya es reconocer su capacidad para aparecer en otros tanto como en nosotros mismos. Dicho reconocimiento genera *huruma*, lo que podría traducirse como "compasión", el principal aniquilador de la *ubaya*.

—Entonces —continuó—, ¿cómo se relaciona esto con el caso? Pensemos en la antítesis de la conciencia. Podríamos decir que es la falta de conciencia, pero llamémosle "inconsciencia". Los actos llevados a cabo esa tarde por el acusado, o sea yo, se debieron en realidad a la inconsciencia, a la ausencia de *conocimiento*. Incentivado por sucesos anteriores, aunados a las circunstancias del momento, el acusado, con su perspectiva estrecha y falta de compasión, no tuvo más alternativa que cometer aquellos actos insensibles, impulsado por su ser inferior. Damas y caballeros del jurado, el verdadero Dimitri Tanomeo jamás lastimaría a alguien en el estado consciente y compasivo en el que lo han visto hoy. Ahora posee un *conocimiento* profundo de la posición que ocupa su padrastro en todo esto. A través de la compasión, el acusado es capaz de ponerse en los zapatos de su padrastro y ver cómo el dolor desatendido de ese hombre pudo provocar que el ser inferior surgiera en él y cometiera actos violentos contra el acusado, su madre y quizás otras personas. A continuación, deseo que quede asentado que yo, Dimitri Cato Tanomeo, el acusado en este caso, en mi papel de defensor legal, no responsabilizo a Edward William O'Reilly de ningún acto dañino que haya cometido en mi contra, o, más bien, en contra del acusado. En el corazón de mi padrastro, en su estado superior y no condicionado, hay una persona amable y gentil.

Lo único que rompió el silencio subsiguiente fue el crujido que hicieron las sillas de madera de los miembros del jurado cuando se reacomodaron en su lugar. Les incomodaba la propuesta del muchacho de exonerar al padrastro de los actos despiadados cometidos en su contra; el chico, que ahora era un hombre, elegía perdonar y soltar aquello que ya no le servía.

—Apreciables miembros del jurado, no tengo más alternativa que perdonar. Pero, como verán, en realidad esa no es toda la verdad. Si digo que perdono, eso significa que algo *me ocurrió*. Y, para ser franco, lo que debo decir es que en realidad algo ocurrió *para mí*. —Más conmoción silenciosa. Hasta yo quería saber adónde quería llegar con eso—. Gracias a esta experiencia, soy capaz de ver el papel que desempeño en todo esto. Soy el causante de mi falta de compasión. Culpé a mi padrastro y le guardé rencor. Ahora que estoy aquí, frente a ustedes, sé que él hizo lo mejor que pudo en su momento. Las herramientas con las que contaba eran limitadas, al igual que las mías. Podría decirse que el perdón es resultado de responsabilizarnos de aquello que se nos viene encima. Por ende, el perdón en realidad es hijo de la compasión. Es lo que deriva de una vida *en causa*, si es que eso tiene sentido.

En causa... lo que debe significar hacerse completamente responsable de algo.

Por extraño que suene, en el momento *tuvo* sentido. Comprendí que la única forma de perdonar era entender el otro lado de lo que estaba pasando, lo que, en última instancia, convertía el perdón en algo superfluo.

—Sólo cuando somos capaces de ver esto, de vernos en los otros, se puede romper el círculo vicioso. Y no sólo hablo de mi familia, sino de todas las familias y las relaciones. Y es que, mientras vivamos en un mundo inconsciente e ignorante, la única reacción ante la *causa inconsciente* será parte de lo mismo. Cuando elijo aguardar en compasión, puedo permanecer en el lugar superior y grandioso de mis dos posibilidades. Me enfrento hoy a ustedes, con pleno conocimiento de que esta noción de perdón a través de la compasión puede serles ajena. Por ende, permítanme aclarar una cosa: no la estoy usando para excusar mis acciones ni los actos inconscientes cometidos por otro ser humano, como tampoco estoy usando la ley de causa y efecto previamente mencionada. Lo que vine aquí a decirles es que sólo a través de la aceptación genuina de esos principios, cualquiera de nosotros podrá liberarse del patrón interminable de miseria que azota nuestro mundo en la actualidad. —Se detuvo y examinó a los miembros del jurado, haciendo contacto visual con cada uno de ellos—. Al comienzo del juicio les dije que enfrentaba un desafío particular: el de tener que demostrarles que el acusado, el verdadero Dimitri Tanomeo, aquel que está hablándoles en este instante, no cometió aquellos actos horríficos. ¿Lo habré logrado? Sólo ustedes podrán responder esa pregunta. Pero, antes de que lo hagan, hay algo más que quiero saber. Tras pasar esta mañana oyendo hablar de este concepto hasta cierto punto desconocido, o al menos poco practicado, ¿resonó de algún modo en ustedes? ¿En algún momento percibieron un sentimiento o una voz interna que dijera que sí a esas ideas, sin importar qué tan sutil haya sido? —Hizo una pausa. Varios miembros del jurado se inclinaron hacia el frente—. De ser así, permítanme entonces apelar a esa voz. A la voz interna. El verdadero ser. Apelo a su verdadero yo para que tome nota mientras reitero mi declaración de inocencia, no sólo en nombre del acusado en este caso, sino en cualquier otro caso en el mundo entero, sea o no de índole penal. Les pido que me escuchen mientras hago una declaración de inocencia por motivos de enajenación mental en nombre de cualquiera que alguna vez ha dicho una palabra hostil, de cualquiera que ha albergado pensamientos de odio o realizado actos deleznables. Culpables no somos, aunque responsables sí, sin duda. Verán, hoy apelo al perdón derivado de la toma de responsabilidad, pues todos somos responsables de haber creado un mundo en el que estos actos son concebibles. —Se enderezó más que antes y alzó la voz. En cierto modo, me recordó a Ana. —. Y es que sólo al reconocer el papel que desempeñamos en todo esto encontraremos la redención y, en última instancia, la libertad. Esto, amigos míos, es el camino de regreso a casa, donde nos espera una reunión. Ahí, nuestra voz interna se reunirá con su ser más auténtico y superior, listo para crear una nueva tierra a través de la neutralización de las fuerzas oscuras que la controlan en la actualidad. Esta voz de amor convocará la paz, no sólo en nuestra propia vida, sino en favor de todas las vidas del planeta. —Hizo otra pausa, pero esta vez miró a cada uno de los asistentes—. Gentiles miembros del jurado, señoría y demás personas presentes, este es su llamado a actuar. *Esta es su invitación al despertar.* —Esbozó una sonrisa, bajó la mirada e hizo una ligera reverencia. El silencio era tan denso que podía cortarse con una navaja—. La defensa descansa, señoría.

Me pregunté si otras personas, al igual que yo, estarían debatiéndose por dentro con lo que Tanomeo acababa de hacer. No había hablado para liberarse del castigo, puesto que era claro que asumía la responsabilidad de sus delitos, sino para transmitir un mensaje. A una parte de mí le desagradaba que hubiera usado el juzgado para pavonearse. No sería sino hasta mucho después que descubriría que esa parte de mí a la que le desagradó aquello y que quizá incluso se sintió ofendida era el pequeño yo que creía que debía mantenerme pequeño en el mundo.

La verdad es que no había forma de saber si su imagen frente al jurado había mejorado o empeorado al transmitir ese mensaje. Lo que sí me quedaba claro era que el muchacho al que había observado hablar con un nivel tan elevado de inteligencia, claridad y carisma no era la misma persona que había descrito Cy, el casero, cuando lo visité en el gueto del Distrito Este. Era evidente que algo le había ocurrido. O, como él dijo, algo había ocurrido *para* él.

» » « «

El jurado tardó un día en llegar a una sentencia: culpable del único cargo de agresión agravada. Al parecer, como bien predije, el jurado no pudo hacerse de la vista gorda ante lo que el acusado les mostró cuando se quitó la camiseta. Lo mismo le pasó al juez, quien dictó la menor sentencia posible. Al final, el acusado, Dimitri Cato Tanomeo, fue sentenciado a cinco años en una prisión estatal, a unos 250 kilómetros de los barrios bajos del Distrito Este, el lugar donde creció.

LA VISITA

MARCUS

Las repercusiones de haberle disparado a un hombre desarmado eran cada vez peores. Habían pasado tres semanas desde el juicio, y Sid seguía sin dirigirme la palabra. Oficialmente me habían relegado a hacer trabajo de oficina, y mi seguridad laboral dentro de la fuerza policial estaba por completo en la cuerda floja. No me gusta admitirlo, pero empecé a pensar que haber dicho la verdad al final no había sido la mejor idea. Empecé a desvelarme y a ver televisión hasta altas horas de la madrugada en un intento por distraerme de los pensamientos fatalistas y lúgubres que giraban en torno a las nuevas incertidumbres de mi vida.

Una noche, mientras dormitaba frente a la tele, tuve un sueño extrañísimo y sumamente vívido. En él apareció Ana, la mujer de la cabaña y del juzgado. Estaba parada en el pórtico de su casa, con las manos puestas sobre el barandal, como el día en que me confrontó mientras me alejaba. Pero esta vez, en lugar de dirigirse a mí, les gritaba a lo que parecían ser millones de personas reunidas frente a ella.

—La voz del guerrero despierto será escuchada por todos, y él será conocido como *el elegido*.

El estruendo de su voz me sacó de la ensoñación. Mientras me frotaba los ojos, percibí una presencia en la habitación. Ante el sobresalto de ver una silueta borrosa sentada en el sillón de cuero frente a mí, me levanté de un brinco. El destello de la pantalla del televisor iluminó a mi visitante indeseada: era Ana.

Se me aceleró la respiración. *¿Qué diablos hace aquí?* Estaba sentada, con una expresión indescifrable, mirando hacia donde yo estaba, pero su mirada era inquietante porque estaba viendo a través de mí. Me quedé paralizado, sin poder cambiar de posición. *¿Sigo soñando?*

Mientras intentaba recobrar el aliento, por fin Ana bajó la mirada hacia el bordado que reposaba en su regazo. Alzó su obra y, a partir de sus manos elevadas, dejó que se desplegara hacia abajo. Era una especie de mantita. La alzó más y observó la parte trasera antes de que sus ojos volvieran a perforarme con una mirada escalofriante. Volteó la mantita para mostrármela por completo. Tenía escrita una sola palabra con letras grandes: VISÍTALO.

Se me aceleró el pulso y volví a sofocarme y a respirar con dificultad. Descubrí que sí podía moverme, pero, al dar un paso hacia ella, mi espinilla chocó contra la orilla de la mesa de centro. Me incliné para sobarme la extremidad adolorida y, cuando alcé de nuevo la mirada, Ana ya no estaba.

Debió de ser una especie de extraño sueño doble. Me quedé mirando el asiento, tratando de resistir la tentación. *Tengo que saberlo.* Estiré el brazo y lo toqué.

—¡Mierda! —grité al sentir el calor corporal residual en el cuero gastado. De forma frenética toqué los costados del sillón para confirmar la diferencia de temperatura—. ¡No puede ser! —exclamé y me dejé caer en el sofá mientras entendía que, en efecto, ella había estado ahí, aunque al mismo tiempo fuera una imposibilidad lógica.

Me dirigí a la cocina, agarré una botella y me senté en el desayunador. Observé el coñac que se mecía de lado a lado como un océano marrón y espeso que esperaba a que el capitán levara anclas. Cerré los ojos y le di un trago; era el primer paso para aliviarme un poco de esa locura. *¿Quiénes son estas personas y cómo diablos se infiltraron en mi vida?*

El juicio había terminado y no había nada más que discutir. No obstante, mientras rumiaba en el desayunador, contemplaba la pertinencia de irlo a visitar a prisión. *Tal vez aclarar las cosas no sea tan mala idea.* Aun así, no podía dejar de darle vueltas a lo absurdo que era todo aquello. Es decir, le disparo a un tipo, se muere y luego resucita. Después, una viejita loca me dice que alguien me eligió para ayudar al tipo con algo que yo sigo sin entender. Miento en su juicio, pero luego me arrepiento y digo la verdad, lo cual provoca que pierda a mi compañero de trabajo, a otros amigos de la fuerza policial y quizá incluso mi trabajo. Luego, mientras espero noticias sobre el destino que tomará mi futuro aparentemente fatídico, la misma viejita loca me visita en mi casa, o quizá en sueños, con el único fin de transmitirme un mensaje por medio de su bordado: que vaya y visite al muchacho en prisión.

¿Cómo terminaste aquí, Marcus? Me acabé el resto del coñac de un trago.

—¡Al carajo! No pierdo nada con ir —grité y azoté el vaso sobre la mesa.

» » « «

Mientras atravesaba el estacionamiento de la correccional, me pregunté qué iba a decirle. *Hola, Tanomeo, tu madre adoptiva —o lo que sea— me fue a visitar a mi apartamento sin permiso, lo que calificaría como allanamiento de morada, y me dio el mensaje de que debía visitarte.* Nada de eso tenía sentido.

Cuando entré, reconocí a uno de los guardias de la prisión. Jim Devic fue uno de mis compañeros reclutas en la academia de policía, pero no logró pasar la prueba de agilidad física. El viejo Jim era demasiado robusto como para trepar un muro de dos metros, así que se conformó con un trabajo en la prisión. Pasamos un rato poniéndonos al corriente, y Jim me contó que había visto las noticias sobre el juicio. En son de broma, dijo que siempre había trabajos disponibles en la prisión.

—Uno nunca sabe. Quizá algún día te tome la palabra —dije, y ambos nos reímos.

A Jim le pareció extraño que fuera a visitar al prisionero al que le había disparado. No tenía forma de rebatirlo, así que terminé contándole una versión abreviada de la historia que no incluía las visitas fantasmales ni las voces en mi cabeza, y él asintió mientras me escuchaba. Aunque Jim tuviera un cuerpo grueso y grande, como de oso, también tenía un corazón inmenso que hacía juego con él.

Me contó que conocía al recluso número 52066 y se refirió a él como "todo un personaje". Corría el rumor de que a Tanomeo lo tenían en la mira. Jim desconocía los detalles, pero sabía que tenía que ver algo con interponerse entre otro recluso y la Dos Cinco, una brutal pandilla aria, famosa por violar a muchachos jóvenes y vulnerables en Carlton. Le pedí entonces que no perdiera de vista al muchacho, y él accedió. Nos despedimos, después de lo cual me dirigí a la sala de visitas.

A pesar de que había un par de docenas de visitantes y convictos sentados en sillas y mesas de plástico numeradas, la enorme sala de visitas se sentía vacía. Al escuchar el doble crujido de los portones, bajé las manos al regazo, por si acaso me empezaban a temblar en algún momento.

El oficial a cargo abrió la puerta principal para dejar entrar a Tanomeo. El muchacho traía la misma gran sonrisa que había esbozado en el juzgado y que se convertiría en su cualidad distintiva. De forma muy congruente, le agradeció al guardia que le abrió la puerta e ingresó a la sala.

Me había sentado en una mesa aislada de las demás; cuando me vio, me saludó a gritos.

—¡Hola de nuevo, oficial Marcus!

Supongo que me quedé boquiabierto mientras él trotaba entre las mesas para sentarse frente a mí. *¿Qué le pasa a este muchacho?* Me desconcertaba que alguien pudiera comportarse así de enérgico y alegre en prisión.

—Hola, señor Tanomeo —dije, intentando sonar lo más formal posible—. Imagino que le parecerá inesperada mi visita.

—No, no realmente. Me han pasado cosas más extrañas que ésta. Y, por favor, llámeme Dimitri, si lo adoraría.

¿Que si lo adoraría? ¿Dónde había oído eso antes?

—Está bien, Dimitri. Claro. ¿Cómo te va por acá? —pregunté con voz nerviosa.

—Bueno, permítame contestarle con una pregunta, oficial Marcus: ¿cómo me veo?

Examiné su rostro. Aunque se veía un poco más pálido y delgado que la última vez, en cierto modo resplandecía, como si algo irradiara desde su interior.

—De hecho, te ves mucho mejor de lo que imaginaba. Y deja de llamarme oficial. Dime Marcus y háblame de tú.

Asintió y miró a su alrededor.

—Debo decir que me siento muy bien en este momento, Marcus.

En ese instante, su afirmación me sobresaltó. Algo no encajaba.

—Ah, mira, ¿en serio? ¿De verdad esperas que crea que te gusta estar aquí? —Quería sacarle alguna verdad, la que fuera.

—Para empezar, no espero nada de nadie, mucho menos cuando se trata de creer en algo o no. —Bajó la voz y adelantó la cabeza tanto como pudo sin cruzar la línea amarilla que atravesaba la mesa y marcaba el límite entre visitantes y reclusos—. En segundo lugar, ¿me tildarías de loco si te digo que sí? Verás, Marcus, me encanta estar donde sea que esté.

Lo miré fijamente durante un largo rato.

—Para ser sincero, sí, definitivamente diría que estás loco. Eres un primerizo en una prisión de mediana seguridad, chico. Eres carne fresca.

Soltó una carcajada tan fuerte que el guardia volteó a vernos.

—No digo que no haya momentos desafiantes aquí, Marcus, porque claro que los hay. Como los hay en cualquier parte, para cualquier persona. La diferencia radica en cómo los percibo y cómo elijo manejarlos cuando se presentan. Literalmente he cambiado la forma de verlos y lo que significan para mí. No sé si eso tiene sentido.

Me quede paralizado; al mismo tiempo sorprendido y perturbado. Sobre todo, porque el tipo que estaba sentado frente a mí, quien carecía de cualquier libertad civil, parecía estar más satisfecho con su vida que yo, que no estaba encerrado.

—Pero ¡mira dónde estás, hombre! —afirmé en voz baja, señalando el entorno con la mano.

Él volvió a carcajearse, incluso más fuerte que antes, sin importarle las miradas ajenas de quienes no concebían que hubiera risas en un lugar donde por lo regular nada era gracioso.

—Marcus, no estás entendiendo. Pero es mi culpa por no explicarme correctamente. Es cierto, en este momento temporal, parte de mi libertad física está retenida. Si me preguntaras si preferiría estar libre para correr por la calle y visitar a mi madre, claro que contestaría que sí. Pero en este momento no es posible, así que elijo el camino de la aceptación total de mi actual situación de vida. Es un estado de no resistencia. Dicho de otro modo, estoy diciendo que sí a la inevitabilidad de *lo que es* en el momento presente. —Necesitaba un descanso de la intensidad del muchacho que usaba palabras que yo no entendía, pero que de cierto modo sentía que podían ser ciertas. A varias mesas, alcancé a ver a un supremacista tatuado que estaba siendo visitado por quien debía de ser su esposa, a juzgar por su apariencia vulgar. De reojo, nos lanzaba miradas amenazantes a Tanomeo y a mí—. En fin, ¿qué hay de ti, Marcus? —preguntó, como para cambiar de tema—. ¿Qué hay con respecto a los ajustes de tu nueva vida? He leído algunas cosas en el periódico sobre los cambios recientes en tu papel dentro de la policía, los problemas legales y todo lo demás que ha cambiado desde los incidentes que compartimos.

No sabía qué contestarle o quizá simplemente no estaba preparado para hacerlo.

—Bueno, ¿cómo me *veo*? —Fue lo único que atiné a decir.

Esbozó una sonrisa tímida y susurró:

—Para ser sincero, te ves como si estuvieras pasando por un momento difícil.

¿Qué podía decir a eso? No sabía cómo, pero el tipo lo notaba.

—Es una valoración puntual y justa. Mi nueva vida es un poco complicada, por decir lo menos.

—Bueno, pues puedes contarme lo que gustes. A menos, claro, que prefieras que siga describiendo las virtudes de la vida en prisión y sus múltiples recompensas —contestó con un guiño.

—No, gracias. Mejor así lo dejamos —dije y alcé las manos en señal de rendición, lo que nos dio risa a ambos. Era extraño que alguien me invitara a hablar de mis problemas personales, sobre todo él—. Sí, bueno, mi nueva vida… Uf, esa es otra historia.

—Otra historia. No lo dudo. Parece que todos tenemos una historia particular sobre lo que nos está afectando en la vida —afirmó con un aire de confianza en sí mismo.

—Debo reconocer que es cierto. Como que casi siempre hay algo malo en nuestra vida, ¿no? Y en este momento estoy pasando por un periodo así —contesté.

—Bueno, en realidad, en este instante estás aquí, conmigo, y todo es perfecto. Estamos aquí, conversando, y todo está bien, ¿no? Si de verdad quisiera convencerte de ello, te recordaría que yo estoy encerrado aquí y tú estás afuera.

Sopesé sus palabras.

—Aunque estoy poniendo atención a tus palabras, y me parece que tienen sentido, sigo sintiéndome mal por lo que está pasando en mi vida, fuera de aquí.

—Eso es porque trajiste los pesares de tu vida a este lugar, donde en realidad no existen. Las cosas problemáticas no están pasando ahorita, en este preciso instante, en ningún lugar, ¿cierto?

—No, no es cierto. De hecho, hace apenas una semana…

—Espera, Marcus. Déjame aclarar algo. Hace una semana no es ahora. Es hace una semana. Es el pasado. ¿Estoy en lo correcto?

—Eh, supongo que sí.

—Eh, ¿supones? No, Marcus, no está pasando ahora. Sólo eres capaz de proyectar una imagen mental en tu cabeza de lo que sea que haya ocurrido. Eso se llama memoria. Por si fuera poco, al pensar en ellos, les das poder a esos recuerdos, como la mayoría de la gente. Les estás cediendo tu energía. Los llevas contigo adonde sea que vayas, y por eso tú y el resto de la gente sufren. Quiero que lo reflexiones un momento.

Bajó la mirada hacia sus manos y jugueteó con sus dedos, mientras esperaba no sé qué. Fue la primera vez que me di cuenta de que mi forma de interactuar con él era inusual. Era un policía siendo instruido por un prisionero. De cualquier modo, aunque sus palabras no tuvieran sentido por completo, una parte de mí decidió quedarse y escuchar, a sabiendas de que tenían una razón de ser.

—¿Sabes qué? —dije—. Preferiría hablar sobre los problemas que me atañen porque en parte tienen que ver contigo, así que me gustaría aclarar algunas cosas, si te parece bien.

Tanomeo miró el reloj de pared y asintió.

—Me parece bien. El argumento que estaba esbozando tomaría mucho más tiempo del que la buena gente de la Penitenciaría Estatal Carlton nos concede para la visita, así que adelante. Dime.

—Bueno, para ser sincero, al parecer tengo más problemas que nunca.

—¿En serio? ¿Más que nunca? ¿Cuándo consideras que empezó todo?

—Después del incidente en el callejón. Después de esa noche, mi vida cambió por completo. —Le expliqué lo de Sid, la degradación laboral, la amenaza del desempleo—. Tengo una hija que alimentar y cuentas que pagar. Por si fuera poco, me siento culpable por lo que pasó. O sea, ya sé que así es la vida y demás, pero esto es una locura.

—Lo entiendo. De verdad lo entiendo. Dime una cosa, Marcus: ¿a veces te preguntas por qué estás en la situación en la que estás?

—Todos los días —contesté con un resoplido.

—¿Y a qué conclusión has llegado?

—Bueno, no es algo fácil de admitir. Sobre todo, cuando eres tú quien me lo pregunta. —Se veía que se estaba divirtiendo, pues sonreía y asentía como si supiera de antemano lo que quería decir.

—Ay, Marcus. ¿Crees que podrías decir algo que me ofendiera? En ese sentido, ¿crees que hay algo que alguien pudiera decirme o hacerme que pudiera herirme o molestarme?

Hmmm. Qué interesante pregunta.

—Quizá no pueda ofenderte, pero estoy seguro de que debe haber algo que te moleste. Debe haber alguien en el mundo capaz de decirte algo que pueda molestarte.

Volvió a reírse. *¿Cómo puede este tipo ser tan feliz aquí?*

—Te diré algo que quizá no entiendas en este momento, pero me gusta plantar semillas para el futuro, así que aquí va… Una vez que sabes quién, o más bien *qué* eres en verdad, entonces y solo entonces te vuelves completamente intocable en este mundo. Gracias a mi experiencia actual en este mundo, sé qué soy, más allá de mi cuerpo, nombre o descripción, ya sea hijo, prisionero u hombre. Ahora bien, en tanto que lo sé, nada puede afectarme a menos que yo se lo permita, o quizá una mejor forma de expresarlo es "a menos que yo *elija* que me afecte". —Hizo una pausa—. Y saberlo sin lugar a dudas me da la fuerza para lidiar con lo que venga, no sólo aquí en prisión, sino también en el exterior. Verás, Marcus, pronto la humanidad entera será puesta a prueba. Tendremos que elegir entre seguir viviendo con miedo y quedarnos en las garras de las fuerzas oscuras, o ponernos a la altura de las circunstancias del *conocimiento* de nuestro auténtico poder eterno, aquel que yace más allá de la ilusión de la oscuridad. El poder del que hablo es inherente y habita no sólo en nuestro interior, sino que nos atraviesa. —Guardó silencio y se inclinó hacia el frente, como si estuviéramos conspirando—. Verás, Marcus…, somos Ello, con "E" mayúscula.

¿Qué? Intenté armar el rompecabezas en mi cabeza.

—Tienes razón, Dimitri. No entiendo ni pío. Y mi "yo" es aquello con minúsculas, por cierto.

Soltó una risita.

—Algún día lo entenderás. Ahora sí, cuéntame tus problemas, mi amigo.

» » « «

Le conté todo. Él se reclinó en su asiento mientras yo admitía que, aunque sabía que confesar la verdad en el juicio había sido lo correcto, había empezado a arrepentirme.

—Es sólo que los problemas que trajo consigo han causado estragos en mi vida.

Ladeó la cabeza hacia un lado mientras sonreía y me miró como un niño maravillado.

—Quizá te ayudaría reconsiderar si es preciso aquello que dijiste de no haber tenido problemas de verdad antes.

—Sí, hay otros asuntos. Algunos con mi madre, quien siempre me compara con mi exitoso hermano menor. Luego está el tema de mi ex, que por sí solo es una saga interminable. Por si fuera poco, creo que estoy sufriendo de alcoholismo tardío. Supongo que lo que dices es sensato, pero todo eso desapareció cuando ocurrió lo que ocurrió entre tú y yo. Y no entiendo cómo fue posible.

—Si me permites la intromisión, esos otros problemas y esas historias no desaparecieron. Más bien pasaron a segundo plano frente a los asuntos más recientes, complejos y urgentes. Es lo que los humanos hacemos para prolongar nuestro sufrimiento a través de la creación de dramas duraderos que giran en torno a los sucesos de nuestro pasado.

Algo no cuajaba del todo.

—¿Por qué diablos tú, yo o cualquier otra persona querría hacer eso? ¡Suena ridículo!

—Y eso es justo lo que es, Marcus. Es la razón por la cual nuestro mundo está en la situación en la que está. Básicamente cualquier conflicto, ya sea entre esposo y esposa, entre un par de amigos, entre miembros de una familia o entre dos naciones, se origina a partir de algún tipo de drama que no está ocurriendo en ese preciso instante. —Meneé la cabeza de un lado a otro, en un intento por darle cabida a la que sentía que era una verdad recién descubierta. *¿En serio podía ser así de simple?* Le conté a Dimitri que Lisa y su madre me aventaban su drama, sobre todo en cosas relacionadas al dinero y su creencia de que yo no hacía lo suficiente cuando se trataba de proveerle a nuestra hija—. ¿Y es cierto? —preguntó Dimitri simple y llanamente.

—Mira, apenas gano lo suficiente como para salir adelante. La hipoteca me tiene ahorcado, tengo que pagar la pensión conyugal y la manutención de mi hija, además de la renta y las mensualidades del auto. Y todo con un salario de vil patrullero. No funciona, sobre todo porque Lisa quiere más y más. Lo que me iba a salvar era un ascenso a detective, pero ahora será un milagro que no me despidan. ¡Mierda! Con razón bebo —dije. Esta vez, Dimitri no se rio. Nada más esbozó una sonrisa apacible que detonó una intensa culpabilidad en las profundidades de mi ser—. Perdón —titubeé—. No quería quejarme amargamente de mi vida, siendo que…

—Mira, Marcus, para mí las cosas no funcionan así. A nivel nuclear, todo es prácticamente lo mismo. Solo parece que una situación de vida es peor que otra. Pero, al fin y al cabo, todo proviene del mismo lugar y desde ahí se transforma en sufrimiento humano.

Esta vez fui yo quien lo observó, maravillado.

—Pero lo que te pasó a ti fue terrible. ¿Cómo pudiste reconciliarte con eso, así como así?

—Hubo una época en la que me afectaba. Una época en la que cada golpe, quemadura, cortada y herida, ya fuera verbal o física, se grababa en mi mente tan vívidamente como las cicatrices que llevo en la piel. Cada una es un recordatorio de cómo mi padrastro, mi madre y hasta el mundo me lastimaron. Y durante años las llevé conmigo adonde fuera, hasta que decidí que era hora de ser yo quien infringiera dolor, y entonces empecé a robar y a pelear, y al final terminé hiriendo a alguien. ¿Adónde me llevó tanto odio, tanto drama, tanta maldad?

—Bueno —intervine con una sonrisa tímida—, no quiero ser el idiota que contesta preguntas retóricas ni nada por el estilo, pero te trajo aquí, a la Penitenciaría Estatal Carlton.

Después, me explicó que ninguna de las cosas que él les había hecho a otras personas habían revertido lo que le había ocurrido a él. A fin de cuentas, desquitarse había sido improductivo. Y aunque sonara lógico lo que estaba diciendo, ¿cómo podía realmente estar tranquilo con lo ocurrido? A pesar de que su respuesta fuera difícil de entender en el momento, con el tiempo cambiaría para siempre mi forma de ver los problemas.

—Pensemos, por ejemplo, en mi historia. Quizá dirías: "Qué terrible que te hayan pasado todas esas cosas, Dimitri. Es una pena. Mira dónde estás ahora".

—Eso es justo lo que te diría —contesté.

—Bueno. Ahora imaginemos que hay otra opción, que existe la posibilidad de que alguien diga algo distinto: "Qué maravilla. Todas esas cosas ocurrieron *para* Dimitri. Es una bendición. Basta con ver cómo va con la creación de una vida hermosa". ¿Ves que hay dos opciones al alcance?

Meneé la cabeza.

—A ver, o sea que, de cierto modo, te estás haciendo chaquetas mentales para creer algo que en realidad no es cierto.

—No precisamente —contestó Dimitri con una sonrisa—. Solo se ve así si lo miras desde tu perspectiva actual. Verás, desde mi perspectiva, la verdad es distinta porque estoy inmerso en mi conocimiento de esta verdad. Desde esta posición, elijo para mí mismo materializar la segunda de las opciones por medio de palabras.

—Creo que no entiendo del todo.

—Volvamos a algo de lo que ya hablamos. Estamos aquí, sentados ante esta mesa, en Carlton, conversando. Y, en este preciso instante, no hay problema alguno, ¿correcto?

—Sí, supongo que sí, si lo pones en esos términos.

—¿En qué otros términos podría ponerlo? Si el instante que es justo aquí y justo ahora es perfecto, entonces no hay nada por lo cual estresarse. Al menos no en este instante.

—Espera un segundo, Dimitri. Acabo de contarte que mi vida es un descagadero absoluto.

—Así es. Y, tal y como te expliqué hace unos minutos, ninguno de esos problemas está ocurriendo en este preciso instante. Es algo que ocurrió en el pasado o que podría ocurrir en un futuro imaginado. En todo caso, *tú* eres el causante de que ocurra en este instante en la matiné cinematográfica de tu mente, que es producto de tu imaginación y que has creado sólo para ti mismo. —Señaló mi cara de póquer—. Apuesto a que ves la repetición de tu película una y otra vez mientras conduces, comes, trabajas e intentas conciliar el sueño en las noches. ¿Voy por buen camino?

Sentí que me hervía la sangre. Aunque tenía razón, el hecho de que minimizara mis problemas me irritaba, aunque no supiera bien por qué.

—A ver, lo que estás insinuando es que mis problemas son insignificantes. Que no deberían importarme y que desaparecerán como por arte de magia. Pero no olvides que no soy sólo yo. Tengo una hija. Y ella podría terminar muerta de hambre si no resuelvo la situación.

Dimitri soltó una risotada, quizá porque creía que estaba exagerando, pero a mí no me parecía divertido.

—Bueno, bueno, déjame abordarlo desde un ángulo distinto. No sé si te diste cuenta o no, pero hoy, en esta sala de visitas, está uno de los ilustres miembros del círculo ario, de los Dos Cinco. Y parece que ha desarrollado un interés particular en mí. —Sin voltear a verlo, señaló al supremacista blanco que seguía mirándonos fijamente.

—Por favor no lo señales —susurré con inquietud—. Sí, me di cuenta, pero pensé que tú no.

—Verás, Marcus, esa es la cosa. Veo sus miradas y escucho lo que dicen en el patio. Sé que hay problemas con ellos, pero conmigo no. Si reaccionara como lo haces tú, perdería la cabeza, no podría dormir y reproduciría en mi mente películas sobre cómo podrían dañarme o yo a ellos. ¿Te imaginas cómo sería esta visita si dejara que sus miradas me intimidaran? Sería algo muy distinto, ¿no crees?

—Si yo estuviera en tus zapatos, creo que no habría tenido la entereza para decir lo que acabas de decir, a sabiendas de que algo me va a pasar.

—Ese es el punto —dijo—. No sé qué va a pasar. Nadie lo sabe. Y no lo sabemos porque no ha ocurrido aún. Si en algún momento dado pasa algo, lo enfrentaré del mismo modo que si nada más fuera por la vida preocupándome por ello, o quizá hasta mejor. Lo que sí sé es que estoy aquí contigo, conversando, y que todo va de maravilla. —*Eso no lo puedo negar,* pensé. Dimitri me observó mientras yo lo miraba fijamente. *¿Cómo puedo detenerme y dejar de preocuparme?*—. Llevemos a otro nivel el tema de "estar presentes en el momento actual" —continuó—. ¿Qué visualizas a nivel mental cuando imaginas no pagar las cuentas? ¿Cómo afecta tu mundo? —Le conté que imaginaba a Lisa volviéndose loca y gritando y llorando y contraatacando. Me diría cosas como "¿Ya ves, Marcus? Te dije que eras un perdedor". Me imaginaba viviendo en mi auto y luego perdiéndolo a manos de un cobrador. Al final, me imaginaba como un vagabundo viviendo en las calles. Y mi hija… A ella la veía malnutrida, vistiendo harapos, convertida en el hazmerreír de los otros niños en la escuela—. ¿Piensas mucho en eso, Marcus?

Era extraño pensarlo en esos términos, cuantificarlo.

—Sí, así es. Casi diario.

—¡Caray! ¡Diario! ¡Qué cosa!

No me quedaba claro si estaba siendo condescendiente o si se lo estaba tomando en serio.

—Ya te dije que es una vida de perros. ¿Ahora entiendes a qué me refiero? —pregunté con arrogancia.

—Lo entiendo —dijo—. Veo que tu imaginación activa está convirtiendo tu vida en un infierno. —Meneé la cabeza de nuevo. Era obvio que no dimensionaba mi realidad—. Dime una cosa —continuó—. De todas las cosas que imaginas que pueden ocurrir, ¿cuántas de ellas han ocurrido en realidad? —Hice una pausa tan larga que hizo las veces de respuesta, lo cual lo hizo sonreír—. Eso pensé.

—Pero podrían ocurrir en cualquier momento —reviré.

—Si fueran a ocurrir, ¿cuándo ocurrirían?

—¿Qué clase de pregunta es esa? Ocurrirían después, en el futuro.

—No. El momento del futuro nunca llega. En realidad, el futuro no existe. Piénsalo. Nunca despertamos por la mañana, bostezamos y decimos: "Ay, por fin es mañana", ¿o sí? No, y eso es porque todo ocurre en el ahora, el único momento que de verdad existe.

Tenía sentido, en cierto modo.

—De acuerdo. Entiendo el punto, pero aun así eso no impide que las cosas ocurran.

—Es correcto. No lo impide. Como dijiste antes, es una mierda. Siempre pasarán cosas, pero así es la vida. En otra ocasión te explicaré por qué. Pero lo importante es esto: cuando ocurran, las enfrentarás como siempre lo has hecho, en el ahora, porque literalmente es imposible hacerlo de otro modo. O sea, podrías intentarlo, pero sería inútil y una locura absoluta.

Algo en mi interior quería encontrarle un hueco a su teoría.

—Pero hay que estar preparados en la vida. No podemos ir por el mundo cantándonos "Kumbayá" los unos a los otros. Tenemos que estar preparados para lo que venga.

Esta vez fue él quien hizo una pausa. Me recliné en mi asiento y me regocijé en mi presupuesta victoria.

—*Kumbayá, mi señor, kumbayá...* —empezó a cantar en voz muy alta—. *Kumbayá, mi señor, kumbayá...*

—Detente ya —le susurré y bajé la cabeza, lo cual lo hizo reír.

—Quería demostrarte que sí podemos ir por el mundo cantando "Kumbayá". —Se rio una última vez con fuerza antes de volver a hablar en serio—. Marcus, hay una diferencia entre llevar paraguas cuando el día está soleado por si acaso hay una tormenta repentina y salir a la calle a hablar de lo mal que *podría ponerse* el clima mientras caminas bajo el cielo despejado. Dejarse llevar por pensamientos sobre un posible suceso futuro o, en todo caso, sobre los sucesos del pasado, es una locura y es tóxico para ti y para quienes te rodean, por no mencionar a la humanidad entera a nivel energético. Al hacerlo, prolongas la locura que azota a nuestro mundo en la actualidad. Es obvio que no eres el único y que casi el resto del mundo hace lo mismo.

Me sentí desanimado. *¿No puedo ganar ni una vuelta en esta carrera?* No sabía qué me hacía sentir peor: ser incapaz de derrotarlo o descubrir que yo también era responsable del desastre que es el mundo.

—A ver, Dimitri, si es algo tan terrible, ¿por qué todos lo hacen?

Me explicó que esa forma de actuar se había convertido en lo que él denominaba "la norma indistinta", la cual llevaba tanto tiempo existiendo que casi nadie se percataba de ella. Argumentó que, si seguíamos viviendo fuera del momento presente y causando conflictos tanto a nivel interno como externo, nuestra existencia en la tierra llegaría tarde o temprano a su fin. Según él, la raíz de todo era que culpamos a los demás de fallarnos, ya sea al vecino, a la mamá, a la exesposa, al padrastro, a los políticos, al país o al mundo. Era imperativo, por tanto, que nos emancipáramos del ciclo de la victimización para alcanzar nuestra liberación interna y, posteriormente, también externa.

—Conforme empujamos la manivela de la rueda de la miseria, la hacemos girar más rápido. Y, cuanto más rápido gira, más difícil es bajarse de ella. Por ende, lo que nos queda es una colectividad que gira y gira, fuera de control. Aunque haya fuerzas en juego intentando que nos apeguemos a ese patrón, sigue habiendo un camino para volver a casa, a la paz y la armonía. Por extraño que parezca, se nos empuja en esa dirección a través del sufrimiento. Del mismo modo, tú mismo, a través de tu propio sufrimiento, estás empezando a volver a casa también. —Sus palabras habían adquirido un tono profético. Me percaté también de su profunda concentración—. No obstante, es de suma importancia que aceleremos el paso antes de que sea demasiado tarde. Esas fuerzas que tratan de obligarnos a seguir el patrón están ejerciendo más presión. Al mismo tiempo, día con día las condiciones para vivir en este planeta se deterioran cada vez más.

¿De qué fuerzas está hablando? No me atreví a preguntar. No sólo no quería abrir otra caja de Pandora, sino que también le temía un poco a la posible respuesta.

Miré por encima del hombro y vi que la visitante del supremacista blanco se había ido. Mientras tanto, el pandillero venía hacia nosotros, de camino hacia la salida de los prisioneros. *Esto no está bien.*

Cuando el guardia le dio la espalda, el tipo pateó la silla de Dimitri y le susurró:

—Prepárate, basura. Ya casi llega tu hora. —Su sonrisa malévola dejaba entrever sus dientes chuecos y amarillentos. Había visto tipos como él en las calles, donde no tenían nada que perder. Estando en prisión, tenía menos aún. Era un tipo peligroso. Planté los pies en el suelo y me preparé para abalanzarme sobre él.

—*Olá. Bom dia, Earl.* —Dimitri volteó despacio y le sonrió, como si no se percatara de la amenaza que se cernía sobre él. Yo, en cambio, apreté los puños dentro de los bolsillos.

Earl se le quedó viendo hacia abajo, y el odio le supuraba por todos los poros racistas de su cuerpo. Dimitri volteó a verme de nuevo; otro movimiento descuidado de su parte. Listo para la pelea, me levanté de un brinco, y el choque de la goma de las sillas contra el concreto del suelo generó un fuerte rechinido que hizo eco en toda la sala. Earl dirigió su atención hacia mí. Lo miré directo a los ojos, el tipo de ojos malignos y racistas que había visto más de una vez en la vida. Le sostuve la mirada, pues sabía que ya no había vuelta atrás.

Earl meneó la cabeza, sonrió y desvió la mirada. Luego la clavó en la nuca de Dimitri, en la mesa y luego en mí. El enfrentamiento había terminado; el peligro había pasado. El tipo había cedido.

Cuando me relajé y volví a sentarme, el guardia volteó y de inmediato se percató de la situación.

—A mover el culo, Earl, o vas directo al agujero —le gritó y puso la mano sobre el botón rojo de pánico que llevaba en el cinturón. Earl siguió andando hacia la salida, sin dejar de menear la cabeza mientras la puerta metálica se cerraba a sus espaldas.

—¿Qué haces? ¿Estás loco?

—Estoy practicando mi portugués. Hay una persona muy especial con la que converso en la segunda de sus tres lenguas. Mientras esté aquí, no quiero que se me olvide, así que tengo que usarlo. He estado sentándome en el patio junto a unos brasileños para escucharlos hablar. Creo que está funcionando, ¿no crees?

—Para ser sincero, creo que estás loco de atar —balbuceé mientras me limpiaba el sudor de la frente—. Ese tipo te podría haber apuñalado aquí mismo.

—Dijiste que "podría", ¿cierto? —preguntó, tan fresco como una lechuga, sin una gota de sudor visible.

—Sí, y podría haberlo hecho.

—Pero no lo hizo. Aun así, no sólo no dejas de pensar en un suceso del pasado que no ocurrió, sino también en lo que pudo haber ocurrido. Estás peor que si vivieras todo el tiempo con una mentalidad victimista, si acaso hay algo peor que eso. ¿Qué habría pasado si le hubiera contestado a Earl de forma agresiva? ¿Habría contribuido en algo? ¿Y si no hubiera dicho nada? Eso le habría dado a entender que tengo miedo, y sabes que ese es un lujo que no me puedo dar en prisión, ¿verdad? Verás, Marcus, no tengo miedo ni tengo palabras agresivas para él ni para ninguno de mis otros hermanos prisioneros. ¿Qué más podía hacer sino hablarle con amabilidad?

Azoté la mano contra la mesa.

—Ese tipo no es tu hermano. Quiere matarte porque te odia y odia a cualquiera que no sea como él. —Para entonces estaba lívido, y quizá por eso dejé de lado cualquier filtro—. Para empezar, ¿qué eres? Tu mamá es blanca, pero tú definitivamente no. ¿Eres mitad negro o qué?

Dimitri ignoró mi pregunta y llenó el espacio con su sonrisa de siempre.

—Quizá me odia. Quizá no. No tengo forma de saberlo, ni tú tampoco. Sólo su versión superior lo sabe. Tal vez lo que en realidad quiere es tener paz en su vida, como en el fondo ansía el resto de la humanidad. ¿Qué tal que me ama tanto que sólo está desempeñando un papel? ¿Qué tal que esas experiencias son indispensables para que pueda alcanzar el lugar donde conocerá dicho amor? Es a través de mi conocimiento de esa parte de él y de los demás que puedo reconocerlos como hermanos y hermanas. Y me refiero a toda la gente, amigo.

Me le quedé viendo con incredulidad.

—Sí, yo no sé si estoy listo para ese nivel de conocimiento en este instante.

—Poca gente lo está. Pero lo estarás, y ellos también.

¿Quién es este cabrón y de qué planeta vino?

—¿Entonces crees que hablarle a un supremacista blanco en portugués fue lo más sabio?

Se le dibujó una sonrisa tímida.

—Bueno, ya lo superará —susurró. Se inclinó como si fuera a contarme un secreto—. Marcus, hay algo que debes saber sobre mí. Me gusta agitar un poco las aguas. Ya sabes, hacer algo de ruido cada tanto. Creo que es la mejor forma de cambiar las cosas. Por ende, cuando surge la oportunidad, eso es justo lo que hago. —Volvió a sentarse por completo en su silla—. Además —continuó—, es bueno para él. Le da algo en que pensar. Estoy aquí para darles justo eso.

—¿Darles qué y a quiénes? —pregunté.

—Darles a ellos algo en que pensar. —Su voz tenía un aire de seriedad que no había escuchado jamás—. Por eso fui puesto en este planeta, en este momento de la historia. Para iluminar aquello que es necesario que sea visto, aquello que se traen entre manos las fuerzas ocultas, tanto dentro de Carlton como fuera de aquí. Vine a exponer las distorsiones, la oscuridad que aguarda en cada uno de nosotros. Vine a darle a cada uno de los hombres en esta prisión y luego a cada persona del mundo la oportunidad de contemplar una nueva posibilidad para sí mismos. Esta nueva posibilidad transformará la perspectiva colectiva y mundial de tal modo que al final veremos qué hay detrás de la cortina de Oz… y qué hay más allá.

¿De dónde saca estas cosas?, pensé. Aun así, sus palabras me llevaron de vuelta al día en que conocí a Ana. *Está aquí para ser el ejemplo de lo que es posible para el mundo entero.* Sonaba completamente descabellado, pero al mismo tiempo era creíble. Tal vez era sólo que él creía tanto en ello que su fe era contagiosa.

Miró a la izquierda y luego a la derecha.

—Y si en el camino hacemos enojar a algunos, que así sea. Es decir, ¿qué otra cosa podemos hacer? ¿No crees? —Me guiñó un ojo y soltó una carcajada.

Espera. ¿Podemos? ¿Quiénes?

Antes de podérselo preguntar, el guardia gritó que la hora de visita terminaría en cinco minutos, lo que impulsó a Dimitri a pedirme que le hiciera un favor en el exterior. Me dijo que había recibido un regalo que era de un gran valor sentimental para él. Me explicó dónde estaba escondido, y yo fingí que nunca había visto la camisola beige bordada a mano bajo los tablones de su cuartucho. Me pidió que fuera por él y lo guardara en un lugar seguro.

—La hora de visita terminó. Los visitantes deben salir por las puertas blancas. Los prisioneros deben permanecer sentados hasta que reciban nuevas instrucciones —gritó el guardia.

—Supongo que eso fue todo —dije, pero me tomé mi tiempo para levantarme. Postergué mi partida y dejé que los demás se fueran antes que yo. Aunque pareciera extraño, el muchacho me agradaba. Y las cosas que había dicho, aunque no eran fáciles de escuchar ni de tragar ni de digerir…, también me agradaban.

Dimitri se llevó una mano al corazón e hizo una reverencia.

—Hasta la próxima, Marcus —dijo. Al acercarme a la puerta, lo oí gritarme de nuevo—. ¡Marcus! —Al dar media vuelta, lo escuché hablar en el tono más genuino del mundo—. ¡Gracias!

—No hay problema. Iré por él de camino al trabajo.

—No, no por eso. Ya sabes…

El guardia carraspeó y me hizo una seña para que siguiera mi camino.

Caminé de espaldas hacia la puerta mientras él se ponía de pie, me miraba directo a los ojos y simulaba dispararme con el dedo índice. Luego me guiñó un ojo y volvió a darme las gracias en silencio, como si me agradeciera por haberle disparado.

Aunque sólo movió los labios y no emitió sonido alguno, podría jurar que lo escuché en mi cabeza. Y ahí fue cuando me cayó el veinte. *¡Carajo!* Me quedé paralizado, viéndolo. *No podía ser.* Pero claro que era.

La reconocí. Era la voz que escuché aquella noche en el hospital, cuando estaba solo. *Era su voz.*

Me llevé las manos a la cabeza y vi que se rio discretamente de mi descubrimiento antes de que se me nublara la vista. *Vino a cambiarlo todo.* Las palabras de Ana, la mujer que alguna vez tildé de senil, retumbaron en mis oídos mientras en mi cabeza se desentrañaba el acertijo implícito en la descripción que hizo Cy de Dimitri como un muchacho medio retrasado. Ya no me quedaba duda de que *algo* le había pasado la noche en que le disparé. Podría decirse que fue algo… ¿sobrenatural? Cuando recobré la visión, me quedé pensando de forma obsesiva en el joven intrépido que no poseía relatos de lo que debía o podría haber sido. Después de eso, él se fue, en presencia y en paz con todo y con cualquier cosa que pudiera ponerse en su camino. En ese instante me devoró una sensación, una sensación que no había experimentado jamás, pero que sólo podía describir con una palabra.

Esperanza.

EL HIJO PRÓDIGO
ZACH

—Ahora sí te pasaste de la raya, hijo. Esta vez va en serio, Zach. —Esas fueron las palabras de uno de los hombres más ricos del planeta cuando vi por última vez el mundo libre desde la ventana del autobús de la prisión.

Después de un largo y desolado viaje en línea recta, a través de campos de ganado y de maíz, el autobús dio vuelta en una esquina y entonces vi por primera vez la Penitenciaría Estatal Carlton. *Es una puta ciudad hecha de concreto.* Presioné la cabeza contra el cristal. *¿Cómo permití que ocurriera esto?*

Sentí un hueco en el estómago cuando cruzamos el portón de la entrada. Había cientos de reclusos atrapados entre dos enrejados de alambre de púas. No se parecía en absoluto al lugar donde pasé la mayor parte de mi primera sentencia. Estos eran tipos rudos que estaban pagando delitos de verdad, a diferencia de mí, un programador de computadoras joven y flacucho que pinchaba discos en las fiestas de otros niños ricos. Nunca había visto un lugar como ése. Nada con un patio así de grande, así de tenso. Esta mierda iba en serio, pero yo no estaba preparado.

Después de procesarnos, el resto de los novatos y yo agarramos nuestros "kits de bienvenida" en la lavandería y nos dirigimos a las celdas. Teníamos que pasar por la sala común, donde los prisioneros más curtidos estaban jugando cartas o viendo la tele. Me hice a un lado y dejé que pasaran los demás, pero al poco tiempo me di cuenta de mi gran error. Al ser el último en pasar frente a ellos, me quedé paralizado y empecé a temblar frente a quienes jamás debían verme temblar.

—¡Carne fresca! —gritó alguien.

—Ven acá, guapo. ¡No tengas miedo! —gritó otro. Me aferré a mis cosas y seguí adelante. Mi más grande miedo era ser violado, y la apariencia de algunos de esos tipos indicaba que no era descabellado que me ocurriera en Carlton.

—¡Uy, qué buenas piernas, nena! —escuché que gritó alguien mientras yo clavaba la mirada en mi destino final, el pasillo al otro lado del salón, el cual llevaba a las celdas.

—Ay, bombón, se me antoja darte unas mordidas. ¡Yo lo vi primero!

—Ni en sueños, Earl. ¡Ricky Ricón es mío! —respondió otro, lo que los hizo reír casi a todos.

Mierda. Lo saben. Era bien sabido que había guardias indiscretos en las prisiones que les pasaban información privilegiada a los reclusos, como adolescentes chismosas en el baile estudiantil, pero hasta ese momento había albergado la esperanza de pasar desapercibido.

Casi al final de mi paso por la calle de la amargura, un escupitajo me cayó en la nuca. Los ojos se me llenaron de lágrimas mientras rogaba que ya hubiera pasado lo peor. Pero en ese momento alguien me agarró una nalga.

—¡No! —grité. Me di media vuelta y recorrí de espaldas lo que me quedaba de camino.

Una vez que salí de la sala común, bajé la mirada y vi las gotas que caían sobre las líneas blancas pintadas sobre el suelo de concreto. El eco de las risas retumbaba contra las paredes herméticas y grises, como navío de batalla, y eso me obligó a reconocer una verdad desconocida, oscura y punzante. Estaba en el infierno, y no había nada que yo, ni nadie, pudiera hacer al respecto.

Ahora sí la cagaste, Zach.

Verás, en mi caso original me declaré culpable, y mi padre, por medio de sus conexiones, consiguió que cumpliera mi sentencia con todo y un trabajo administrativo en la Colonia Masculina Silverton, un centro penitenciario de nivel uno y seguridad mínima. Tenía las cosas resueltas, pues vivía separado de la población general, recibía comida decente y disfrutaba otras libertades. Pero, al igual que todo lo que mi padre había hecho antes por mí, terminé haciéndolo pedazos.

Me detuve un instante para secarme las lágrimas antes de girar hacia la celda número 111. En prisión, la clave radica en no permitir que nadie, mucho menos tu compañero de celda, perciba tus emociones. *Nunca.*

Debería entrar y ponerle una paliza desde el principio. Me niego a ser la perra de alguien.

Pero ¿a quién engañaba? La única persona con la que había peleado jamás era con mi hermana gemela, Tess, y cuando jugaba Super Street Fighter 2 (si acaso eso cuenta, que yo creo que sí debería contar).

Probablemente sea un criminal despiadado que ansía darse gusto con su nuevo compañero de celda.

Me recompuse tanto como pude y rodeé la columna. En ese momento *lo vi* por primera vez. Simplemente estaba sentado, leyendo, pero recuerdo que la primera palabra que me vino a la mente fue *fortaleza*. No era sólo física, aunque sí se veía fortachón. Pero también tenía otro tipo de fortaleza. Sé que eso no tiene mucho sentido, y créeme que en ese momento me cagué de miedo, en sentido figurado. Lo que no sabía entonces era que su fortaleza recompondría el mundo algún día.

Inhalé profundo y marché hacia la puerta.

Él alzó la cara para verme.

—Bienvenido, novato. —Agitó el libro e hizo una seña para invitarme a entrar antes de seguir con su lectura.

—¿Qué hay? —dije con frialdad, en un intento fallido por parecer el matón que nunca podría ser.

—Adelante. Me llamo Dimitri. Te toca la cama de arriba. —Su sonrisa era boba, como de niñito. Y eso, combinado con sus modales atentos, era incongruente con su apariencia ruda. *Me está tendiendo una trampa.*

Aventé el "kit de bienvenida" a la cama de arriba y continué caminando hacia el fondo de la celda, donde me limpié la nariz con la manga de la chaqueta. Intenté recobrar el aliento mientras evaluaba los daños, que en su mayoría eran mentales.

Miré a mi alrededor e intenté no prestarle atención al retrete de acero inoxidable expuesto al fondo del cubículo de dos por tres metros. En la pared había dos fotos, ambas de una mujer blanca que alguna vez debió de ser atractiva, pero que ahora tenía la cara plagada de arrugas profundas. Se notaba que le había ido mal en la feria. *Seguro es su madre, lo que significa que tal vez al menos es humano.*

Me desconcertó ver una pila de libros atrás de su cama, sobre todo porque el tipo no tenía pinta de ratón de biblioteca. Disimuladamente alcancé a leer algunos de los títulos: *El poder del ahora, Economía sagrada, Un curso de milagros,* el Bhagavad-gītā y hasta la Biblia. El único que se me hacía conocido era la Biblia, pero los otros daban la impresión de ser como de espiritualidad o de virtudes morales.

No creo que los violadores lean ese tipo de libros.

—Veo que te recibieron con alfombra roja y todo, ¿verdad, Zach?

¿Qué carajos? ¿Todo el mundo lo sabe? Meneé la cabeza.

Pagar por protección no era alternativa, dado que mi padre había congelado mis cuentas bancarias. Estaba solo, y la única forma de seguir vivo y mantener mi masculinidad intacta era no confiando en nadie, mucho menos en un tipo como ése, que podía partirme en dos como una ramita antes de abrirme las piernas.

Me llevé una mano a la nuca y de pronto recordé algo que hubiera preferido olvidar.

—Animales de mierda —susurré para mis adentros.

—¡¿No te parece que eso es un insulto para el reino animal, Zachary?! —exclamó con un fingido acento shakespeariano mientras lanzaba una mano al aire. Volteé a verlo una y luego otra vez. Después, el tipo bajó la voz y volvió a hablar con serenidad—. Toma —dijo y me lanzó una toalla de manos.

¿Este tipo está loco o quiere caerme bien para luego tratar de meterse en mi cama?

» » « «

Después de una larga noche en vela absoluta, durante la cual estuve imaginando que mi nuevo compañero de celda me atacaba mientras yo dormía, paseé solo por el patio de la prisión después del desayuno. Ahí fue cuando enfrenté cara a cara el verdadero peligro.

—¿Qué estás pensando, bistecito? —La voz amanerada hizo que se me secara la boca de pánico mientras el peor de mis miedos se apoderaba de mí. Desde antes de dar media vuelta supe que ya me había llevado el carajo.

La sonrisa chimuela en el rostro curtido y la enorme espinilla junto a la nariz cubierta de puntos negros no ayudaban mucho. Tenía unos cuarenta años y era más o menos de mi estatura (1.75 m), pero era mucho más fuerte que yo, probablemente por los rituales de entrenamiento físico que su pandilla, la Dos Cinco, practicaba a diario. Del cuello para abajo, sus tatuajes carcelarios contaban una historia de supremacía blanca, fuerzas malignas y amor eterno por una tal Dorthy Jean. Estaba en compañía de otro tipo tatuado que era más alto y robusto y que parecía más idiota, si acaso eso era posible. Ambos tenían la cabeza rapada y vestían camisetas blancas limpias.

—¿Qué hay? —balbuceé mientras miraba alrededor y descubría que no había nadie más.

—Parece que lo que hay en el menú eres tú, bombón. Queríamos darte la bienvenida a esta honrosa institución. Yo soy Earl y él es Pete. Somos algo así como el comité de recepción. Eres Zachary, ¿verdad?

—Zach, sí. —Escondí las manos temblorosas en los bolsillos de la chaqueta mientras el tipo me explicaba la importancia de tener amistades en un lugar tan inhóspito. Era obvio hacia dónde iba, pero yo no quería tener nada que ver con ello—. E-e-estoy bien —tartamudeé—. En serio. Gracias. T-tengo que irme. —Di un paso a un costado para seguir mi camino, pero Pete me bloqueó el paso—. Miren, colegas, no quiero meterme en problemas, ¿de acuerdo? ¿Me dejarían irme? —Para entonces ya se habían dado cuenta de que estaba aterrado.

—¿Meterte en problemas? ¿No prefieres que te los metan? A lo mejor te gustan mis problemas cuando los pruebes. —Ambos se rieron, lo que me hizo arrepentirme de mi elección de palabras—. Te voy a decir cómo funcionan las cosas aquí, Zach. Yo te escojo a ti. Eso significa que eres mío y que nadie más puede tocarte. Pero tendrás que ir a visitarme cuando te mande a llamar. Y con eso nadie más te va a molestar. Yo te protegeré. Porque has de saber, Zach, que aquí hay tipos muy malos.

Dijo el violador chimuelo e ignorante.

Ahí fue cuando en serio entendí que la lúgubre realidad era que estaba solo.

—No, colega. Prefiero arriesgarme, ¿sabes? S-s-ser un lobo solitario. P-pero gracias —balbuceé.

—Ay, Zach. Qué pena que lo veas así. Pero mira: no sólo te iba a proteger de otros. Verás, me gustas tanto que creo que vas a necesitar protección de tipos como yo si no te alineas, ¿me explico? Por ahora puedes irte, Zach. Pero piénsalo. —Empecé a retroceder—. La próxima vez que te vea me tienes que dar una respuesta definitiva. Adiós, bombón.

» » « «

Durante casi dos semanas traté de pasar tan desapercibido como fuera posible. Conseguí trabajo en la cocina y planeé mis movimientos con mucho cuidado para evitar los lugares donde la pandilla de Earl acostumbraba estar. Sin embargo, un jueves, después de salir de la cocina y de camino a mi celda, los vi en el extremo opuesto del bloque, caminando hacia mí. Se me volvió a secar la boca, pero aceleré y entré deprisa a mi celda antes de que me alcanzaran.

—Caray, ¿qué pasó, Zach? —preguntó mi compañero de celda. Estaba sentado en la orilla de su cama, leyendo. *¡Siempre con sus mugrosos libros!* Me di media vuelta, pero antes de poder darle una explicación vi a Earl apoyado en el umbral metálico de nuestra celda.

—Ya llegué, cariño —anunció con arrogancia.

—Mi respuesta es no, Earl —exclamé, a sabiendas de que no tenía escapatoria.

Earl asintió en dirección de Pete como para darle a entender que montara guardia.

Volteé a ver a Dimitri, quien había vuelto a enfocarse en su lectura. *¿Qué diablos le pasa a este tipo?*

Earl dio un paso hacia adentro y se detuvo antes de pasar frente a Dimitri.

—Ve a ver si ya puso la marrana. Tu compañero y yo tenemos una cita. Nos la vamos a pasar muy bien. —Dio otro paso al frente, pero entonces se escuchó un fuerte pisotón contra la pared de concreto que estremeció la celda y cimbró también a Earl. Miró entonces el pie talla 12, plantado con firmeza en la pared, y luego a su dueño—. ¿Tienes idea de lo que estás haciendo, pendejo?

—Sí, lo sé perfectamente bien. Y no sólo en este instante, sino casi siempre. —Mi compañero de celda, quien acababa de convertirse en mi superhéroe, contestó con un tono alegre que resultaba bastante inapropiado para la ocasión.

—¿Sabes quién soy? —le preguntó Earl?

—Sí. La pregunta es, ¿tú sabes quién eres? Estoy seguro de que, si lo supieras, y no tanto *quién* eres, sino *qué* eres en realidad, no estarías aquí intentando metérsela a Zach.

Qué repugnante. Me estremecí.

Un silencio extraño inundó la celda, pues todos estábamos desconcertados por lo que el tipo acababa de decir.

—No sé de qué estás hablando, idiota —balbuceó Earl finalmente.

Dimitri por fin cerró el libro antes de volver a alzar la voz.

—Permíteme explicártelo —dijo Dimitri—. Entraste a esta celda sin invitación, y todos sabemos que ese comportamiento es inaceptable en Carlton. Así que hagamos esto: ¿por qué no volvemos a empezar y te das media vuelta para salir por donde entraste? Una vez afuera, te das vuelta y pides permiso para entrar. —*Este tipo va a hacer que nos maten a los dos.* Se veía que Earl estaba procesando el hecho de que le estuvieran hablando como si fuera un niñito de cinco años. Hasta Pete volteó hacia atrás para ver cómo iba a reaccionar Earl. Dimitri continuó—: Por otro lado, en cuanto a los planes que tienes con mi compañero de celda, creo que sería sensato que le preguntaras qué opina al respecto, ¿no crees? —Se puso de pie sin quitarle la vista de encima a Earl—. ¿Quieres estar un rato a solas con Earl, Zach? Él dice que se la van a pasar bien.

—¡Ni loco, viejo! —grité. Dimitri se encogió de hombros.

—Lo lamento, Earl. Parece que Zach no tiene ganas de divertirse contigo hoy.

Los ojos de Earl, que supuraban odio, se clavaron en los de Dimitri y dieron paso a la competencia de miradas más tensa del mundo.

—Acabas de firmar tu sentencia de muerte, *viejo.* —Earl le hizo una seña a Pete para que le pasara un punzón.

Imaginé a mi compañero de celda tirado en el piso, desangrándose, mientras el otro cerdo se daba gusto conmigo. Pete se había arrodillado y se estaba levantando el pantalón cuando alguien gritó que había un guardia cerca.

—Parece que Dios te dejará vivir un día más, cabrón —dijo Earl con desprecio.

Dimitri miró a su alrededor, sonrió y asintió.

—Sí, parece que eso hizo *la diosa*. Qué buena observación, Earl.

Earl, confundido, tardó un par de segundos en contestar.

—Ahora sí ya te jodiste, cabrón. Ya nos vamos, pero te recomiendo que pongas tus asuntos en orden —dijo. Sentí un alivio vergonzoso de ya no ser el objeto de las ansias predatorias de Earl, quien había desarrollado un interés más homicida por mi compañero de celda. Pero en ese momento me volteó a ver con una gran sonrisa—. Y no creas que me voy a olvidar de ti, bombón. Nos veremos pronto, guapo. —Dicho eso, se dio media vuelta y salió de la celda.

Segundos después de que se fuera, me inundó una rabia despavorida.

—¡Vete al carajo, Earl! —La voz se me quebró como si fuera un púber—. ¡Seguro tus papás son primos, hijo de puta! ¡Vuelve acá para que te partamos el hocico, maldito nazi! —Dimitri se volteó lentamente, lo que me hizo arrepentirme al instante de mis palabras. *¿Qué carajos hiciste, Zach?* Bajé la mirada hacia mis pantalones y caí en cuenta de que me había orinado—. Qué intenso estuvo eso, hermano. Gracias por cuidarme la espalda, pero no era necesario. —*Aunque sin duda me da gusto que lo hayas hecho.* Agarré mi chaqueta de la cama de arriba para taparme y busqué las palabras para enmendar mi amenaza cobardona, una amenaza que enuncié al sentirme escudado por un gladiador de un metro ochenta que ahora me miraba con el ceño fruncido. *Tengo que relajar el ambiente—.* Eh, perdón por decir esas cosas. Y perdón por haberte incluido en ellas. No quería arruinarte la vida ni que ahora tengas que preocuparte porque te vayan a hacer algo.

—A ver, no arruinaste nada, Zach. En cuanto a temer que me hagan algo, eso tampoco es problema. No les tengo miedo. El problema es que, a fin de cuentas, eso que dijiste no podría ser verdad. Que yo peleé contra alguien no será parte de la ecuación; es decir, si llegara a pasar algo.

—Para empezar, viejo, no es una *posibilidad*; es un hecho que *vendrán* por ti. Son los Dos Cinco. Son unos hijos de puta, y ya estás en su lista negra. En segundo lugar, ¿cómo crees que no vas a plantarles cara? Mírate, hermano. Pareces Akuma de Street Fighter 4. Podrías partir varios hocicos en este lugar. Hasta podríamos hacer dinero con eso, pero por lo pronto habrá que enfrentar a esos tipos cuando llegue el momento.

—Partir hocicos y hacer dinero no son el tipo de actividades en las que querría participar durante mi estancia en este lugar. —Volvió a sentarse en la cama y agarró su libro—. Por ahora seguiré leyendo, si te parece bien.

—Sí, sí, compa. Tú a lo tuyo —mascullé mientras volvía a sentir el peso absoluto de Carltonlandia sobre los hombros. Así era como le llamaban los reclusos. Además, ahora debía lidiar con la culpa de haber involucrado a Dimitri en ese pleito. Pero pronto descubriría que ese tipo, mi compañero de celda, era más que el malandrín de poca monta que parecía ser.

RESISTENCIA = PERSISTENCIA

MARCUS

Esta nueva situación era surreal. Veía mis pensamientos en mi mente; era testigo de ellos conforme surgían. Podía estar en mi escritorio, en el trabajo, recordando mis tiempos de patrullero, cuando de pronto me inundaba la preocupación de que me corrieran, a pesar de que en el momento aún tenía trabajo. El simple hecho de poder observar esos pensamientos conforme aparecían me permitió entender que no eran míos. Esa observación, a su vez, me hacía quitarme del lugar de supuesto dueño de esos pensamientos, lo que provocaba que, de algún modo, se desvanecieran al instante.

Cuando iba de camino a buscar la camisola de Dimitri, reflexioné sobre lo mucho que había cambiado mi vida desde que lo conocí. Empecé a llevarme bien con mi esposa, Lisa, de quien me había separado hacía tiempo. Todo parecía indicar que podríamos reconciliarnos y volver a ser una familia, aunque aún había algunas cosas estorbándonos. Se notaba que no estar en el presente nos afectaba. El día anterior, de camino a casa después de comprar helado, Lisa, mi hija y yo íbamos riendo y cantando la canción que estaban tocando en la radio; sin embargo, cuando me estacioné en el garaje, noté que Lisa empezaba a elucubrar algo al ver a Leif, nuestro vecino. Leif estaba lavando el auto nuevo que le había comprado a su esposa hacía un mes. Lisa apagó el estéreo del auto y acabó de golpe con la diversión.

—¡Ey, no es justo! —exclamó Hope mientras su madre agarraba su bolso y se iba enfurecida a la casa.

—¿Qué pasó? —pregunté una vez que entramos y Hope se fue a su habitación. *Como si no lo supiera ya.*

—El otro día hablé con Paige. Dice que es imposible que te asciendan a detective después de lo que pasó. ¿Qué planeas hacer al respecto?

Sentí que me empezaba a hervir la sangre y repasé la lista de palabras poco halagadoras que terminaría aventándole a Lisa si las cosas escalaban. Lisa se preocupaba por el dinero, o más bien por la falta de dinero. Creía que, si poseía ropa de diseñador, si tenía un mejor auto o vivía en una mejor casa, sería feliz. Por lo regular, eso me enfurecía. Pero esta vez, gracias a mi nuevo entendimiento de lo que en realidad estaba pasando, fue más sencillo no permitir que me detonaran las palabras que salían de forma inconsciente o, mejor dicho, de forma "antipresentista" de sus labios. Esta vez fui empático con ella. Me identifiqué con ella al verla caer en la trampa mental del enloquecido arraigo al pasado y al futuro. Dimitri se refería a eso como tener compasión los unos por los otros.

—Lo siento, Lisa. Estoy haciendo mi mejor esfuerzo. Y en este momento estamos bien. Hope está bien, tú estás bien, yo estoy bien, y hasta Lucky está bien. —Señalé al gordo gato atigrado que estaba dormido boca arriba en medio del piso de la sala.

—¿Por qué tuviste que dispararle a ese chico? ¡Eso destruyó nuestra vida!

Guardé la calma.

—Lo lamento —contesté llanamente.

Ella siguió despotricando. Permití que lo que le estaba ocurriendo existiera, sin resistirme a ello. Fue prácticamente mágico, por no decir milagroso, que al estar presente y llenarme de compasión pudiera transformar literalmente lo que Lisa era para mí. Podía estar con ella, en el momento, en lugar de enfocarme en nuestro pasado y permitir que eso me hiciera explotar.

Sé que parece una locura que estuviera ocurriendo tan rápido, pero, siempre que me mantuviera presente, me sentía bien. Apreciaba lo que había aprendido de Dimitri aquel día en la prisión de Carlton y me daba gusto cumplir con mi parte del trato.

» » « «

Al subir las escaleras y llegar al recibidor, vi a Cy. Como era de esperarse, estaba asomado a su ventana, viéndome. Abrió la puerta antes de que yo tuviera tiempo de tocar el timbre.

—¿Quién iba a pensarlo? El oficial Marcus vuelve a la escena del crimen. ¿Cómo te trata la vida, hijo? —Estaba de mucho mejor humor que la última vez que lo había visto.

—De hecho, la vida me trata bastante bien —contesté y caí en cuenta de que era la primera vez en mucho tiempo que contestaba que la vida iba bien y lo decía en serio—. ¿Y tú?

—Aquí, viviendo un día a la vez. Ya sabes, se hace lo que se puede acá en "la Fosa". —Me hizo una seña para invitarme a pasar.

Tomé asiento mientras Cy servía limonada en la cocina. Parecía ansioso de contarme que el padrastro de Dimitri había empezado a relacionarse de forma distinta con la gente del edificio.

—Es como si se hubiera vuelto humilde. Parece otra persona, y ya casi no discute ni amenaza a la gente como antes. Y gracias a eso mi vida es más sencilla. Ahora que lo pienso, ya casi tampoco lo escucho pelear con su mujer. Para ser sincero, no sé bien qué le estará pasando por la cabeza, pero es un hombre distinto, y todos lo celebramos. —Cy me miró con una enorme sonrisa en el rostro—. El Señor trabaja de formas misteriosas, ¿verdad, oficial Marcus? Puede tomar una situación mala y sacarle algo bueno. ¡Aleluya, digo yo! ¡Aleluya!

—Sí que es misterioso, Cy. Muy misterioso —dije y recordé al joven en prisión que me enseñó que en todo proceso hay perfección. El chico me explicó que todo lo que ocurre pasa para servirnos, aunque no parezca al principio. Me pregunté si Cy estaría diciendo la verdad y si era posible que a Eddie le hubieran servido de algo los incidentes de aquella noche.

—¿Estás ahí, oficial Marcus? —me preguntó Cy y me sacó del ensimismamiento.

—Sí, perdón. Estaba pensando en lo que me dijiste.

—Ah, sí. Es una pena que el pobre muchacho tenga que pasar tiempo tras las rejas, ¿verdad? —Cy desvió la mirada y se asomó por la ventana. Lo disimulaba bien, pero estuve casi seguro de que se le llenaron los ojos de lágrimas.

—Como dijiste, el Señor trabaja de formas misteriosas.

Cy asintió y regresó a sentarse.

—Amén por eso. Amén por eso, digo yo —exclamó. No fue difícil convencer a Cy de que me prestara las llaves del cuarto de Dimitri—. Puedes entrar y llevarte lo que el muchacho te haya pedido. Dejé el cuarto tal como estaba. Nomás tráeme la llave cuando termines, ¿de acuerdo?

Al entrar al cuarto por segunda vez, me pareció más lúgubre y húmedo que antes. Alcé los tablones del piso y encontré la camisola bordada en el mismo lugar donde lo había dejado.

» » « «

De camino hacia el auto, no pude evitar mirar hacia el otro lado de la calle, hacia el jardín frondoso e inmaculado que ocultaba el pórtico y la casa de las miradas de los transeúntes. Me convencí de que no tenía tiempo para pasar a visitar a la mujer y que iría en otra ocasión mientras sacaba las llaves, abría la puerta y me subía al auto.

Parte de mí quería hablar con ella. Pero otra parte tenía miedo. No porque creyera que me iba a hacer algo. Era otra cosa, una especie de fuerza que me alejaba de ella y, extrañamente, también me atraía hacia allá. Recordé la primera vez que hablamos y cómo me fui corriendo, huyendo despavorido. Me pregunté cómo sería volver y hablar con ella de nuevo, después de haber visitado a Dimitri, después de todo lo que había aprendido.

—Ya será la próxima —dije en voz alta y metí la llave. Antes de girarla para encender el motor, un colibrí verde con rojo apareció al otro lado del parabrisas, aleteó sin moverse y me miró directo a los ojos—. No jodas —murmuré con cierta incredulidad. Lentamente, me incliné hacia el frente y apoyé la barbilla en el volante. A unos cuantos centímetros del cristal, las alas del ave vibraban de adelante hacia atrás con tal fuerza que era imposible no escucharlas. Me asombró cómo su corporalidad se sincronizaba en cada movimiento. *Está bien, ya entendí.* Alcé la mirada al cielo, inhalé profundo, exhalé y anuncié—: Estas cosas superan la ficción.

» » « «

—Qué gusto que nos acompañes de nuevo, oficial Marcus. ¡Sube, por favor! —La voz de Ana retumbó hasta cruzar la vegetación espesa y llegar a la calle.

¿Cómo lo hace? Abrí el portón de metal, cuyo rechinido anunció el inicio de mi viaje a través del laberinto de follaje que llevaba al pórtico. La encontré sentada en la misma silla en la que estaba cuando nos reunimos por primera vez, meciéndose levemente mientras bordaba. La madera de los tablones gastados rechinaba discretamente con cada movimiento.

—¿Cómo estás, hijo? —preguntó con un marcado acento brasileño.

—No muy bien, ahora —dije, intentando sonar sincero—. ¿Qué está pasando aquí, Ana? —pregunté con serenidad, rindiéndome.

Ana fingió ingenuidad.

—Pues es una cobija que acabo de empezar…

—Basta. Sabes a qué me refiero. Esto está saliéndose de control.

—Ah, ¿sí? ¿Qué parte de todo se está saliendo de control? —preguntó con inocencia.

—¿Qué tal el fenómeno del muchacho medio bruto del barrio que de pronto se transformó en una especie de genio o profeta o yo qué sé? Ah, y no olvidemos la parte en la que le disparé y lo maté, para que luego volviera de entre los muertos y me hablara por telepatía. ¿Qué me dices de nuestro encuentro la otra noche, cuando me mandaste a visitar a dicho genio a la prisión por medio de tus bordados místicos? Y, sobre todo, ¿qué me dices de tu amigo el colibrí verde que mandaste no una, sino dos veces, para que viniera a verte?

—Huitzil —dijo.

—¿Qué?

—Se llama Huitzil.

—¡Me da igual! —grité, pero ella no pareció percatarse de mi frustración o simplemente no le importó.

—Hmmm, sí, entiendo, hijo. Has creado muchas situaciones y se nota que buscas algunas respuestas. Mi pregunta es: ¿estás listo para escucharlas?

—Yo no creé nada. Me aventuraría a decir que tú creaste las últimas dos y que probablemente estuviste involucrada en la primera también.

—Parece que tienes ideas muy fijas sobre ciertas cosas.

Hice una pausa dramática, con la esperanza de imprimirle suficiente potencia a mis palabras.

—Sé lo que vi.

—¿Qué viste? ¿Qué experimentaste? Lo que percibimos a través de la percepción limitada de los cinco sentidos no es muy confiable que digamos. La complejidad de las cosas trasciende lo que estás preparado para escuchar, pero con gusto te daré algo con lo que sí podrías lidiar en este momento, si quieres.

—Soy todo oídos.

Colocó su bordado sobre la mesa y alzó la voz.

—Verás, Marcus, la raza humana alcanzó ya un punto de quiebre. La última vez que estuviste aquí, mencionaste que el mundo estaba peor que nunca, y en cierto modo tenías razón. Pero, más allá de la aparentemente eterna nube de sufrimiento, la luz está abriéndose paso entre la bruma, así como el sol se abre paso entre las nubes durante los días nublados. La gente está desarrollando el interés en sanarse a sí misma. Y no sólo lo están haciendo a nivel físico, sino también a un nivel más profundo, y están haciendo preguntas importantes sobre su sufrimiento. ¿Has notado esto que te digo?

—Tengo un amigo que ha tomado unos talleres muy intensivos —contesté—. Algo relacionado con resolver los problemas del pasado. Jura que es la panacea. Y también está Donna, del departamento de policía. Se metió en un rollo de meditación y practica una cosa que se llama *mindfulness*. Además, he visto que sigue una dieta muy estricta. No come nada de origen animal. Incluso se fue a un retiro de meditación de diez días en donde nadie habló en todo el tiempo. Para la mayoría de la gente del departamento fue extraño, pero, en mi opinión, siento que ella se ve muy contenta. Pero lo más extraño de todo es un tipo de mi grupo de AA que fue a Sudamérica a beber una especie de té con un chamán. No sé bien qué pasó ahí, pero el tipo dio un giro de ciento ochenta grados en todos sentidos. Resolvió problemas familiares de su infancia que parecían imposibles de arreglar y volvió con su esposa. Además, no ha tomado una gota de alcohol desde el viaje, y eso fue hace cuatro años. Según él, jura que "perdió el interés de meterse al sistema algo que lo aleje de la belleza natural de la vida misma".

—Sí, Marcus. Justo a eso me refiero —dijo Ana con emoción y una sonrisa cada vez más ancha—. La meditación y ese tipo de talleres y programas son muy útiles y pueden ser un gran puente para algo mucho más profundo, pero sólo para quienes estén preparados, como tu amigo Peter.

¿Acaso mencioné su nombre?

—Bueno, pero son sólo tres de cientos de personas que conozco. Lo haces sonar como si fuera una especie de movimiento o algo así. Supongo que si sumas a la gente que hace yoga y eso, entonces lo que dijiste tiene sentido.

—En general, es algo completamente distinto de lo que tus tres amigos están viviendo, al menos en el lado occidental del mundo. Como seguro has notado, mucha de la gente metida en la práctica de yoga sólo lo hace por la parte física, para ser flexibles y estar más sanos y en forma, y para relajarse. Y eso no tiene nada de malo. Es otro tipo de experiencia en el plano físico, y es hermosa. El yoga de verdad, la ciencia del yoga, es un principio con una práctica que puede llevarte al despertar interno y la unidad genuina al desprenderte de la identificación con el constructo del cuerpo, la mente y el deseo. A través de esta práctica, uno puede alcanzar la liberación del sentido falso del ser, que es la causa de todo sufrimiento humano. Un gran porcentaje de yoguis occidentales, tanto instructores como estudiantes, no toman el camino de la conciencia unitaria. —*Qué interesante*, pensé—. Pero esos tres amigos tuyos están profundizando en su propia conciencia y viendo su propia porquería. Es una especie de trabajo de integración de la sombra. Ahí es cuando se hacen responsables de la miseria de su propia vida y saben que pueden cambiarla al atravesar las limitaciones imaginadas de su propio diálogo interno. Esto permite desmantelar la programación y les permite ver que, de hecho, están en unión con todo lo que es. Pueden entonces empezar a operar desde una existencia centrada en el corazón. En estos tiempos, los humanos están demasiado metidos en la mente. Está diseñado así, claro está, para mantenerlos a ustedes atrapados en el miedo, de modo que no puedan saber quién o qué son en realidad. Por eso se tratan los unos a los otros como lo hacen. Como si de verdad hubiera otro.

Sí, es interesante, pero no me convence del todo.

—¿Programación? —pregunté—. ¿Como si fuera una computadora? Porque, si hay algún tipo de programación, entonces debe haber también un programador. ¿A eso te refieres con eso de que está *diseñado*?

Ana parecía haberse olvidado del bordado. Estaba muy metida en el conocimiento que estaba prodigando.

—Mira, primero quiero que te quede claro a qué me refiero con programación. Si naciste en el planeta Tierra, parte de tu configuración consiste en un condicionamiento energético y mental fraudulento. Punto. Empezó con lo que tus padres y otras personas igual de programadas te dijeron cuando eras joven, y luego el sistema educativo deficiente se hizo cargo de lo demás. Lo sepas o no, este condicionamiento es la causa no sólo de tu declive personal, Marcus, sino también del declive de la humanidad. ¿Estarías de acuerdo en que la mayoría de la gente es infeliz en su trabajo, en sus relaciones y en su vida en general? ¿Te has preguntado por qué? Se la pasan persiguiendo el dinero, intentando sobrevivir, preocupándose por el futuro. ¿Y qué hay de la búsqueda perpetua del amor, del intento de encontrar a la pareja perfecta? ¿No ves que casi siempre hace que la gente viva anhelando, deseando, queriendo más? ¿No te has preguntado por qué la gente desarrolla adicción a las drogas, el alcohol, las redes sociales, las compras, la comida, los deportes, el ejercicio, el sexo, el trabajo o alguna otra actividad que les permita mantenerse ocupados como sea? Hay una vibración profunda de fondo que los mantiene cautivos a todos ustedes. Se materializa como una voz interna que está tan arraigada que parece normal…, tanto que pasa desapercibida. La voz te dice que tú tienes razón y los otros se equivocan. Te dice que, para sobrevivir, tienes que ganar, tener o ser más que los demás. Esa voz te hace creer que no hay suficiente dinero, amor, seguridad o bienestar. Te diré una cosa: desde que empezaste a creerle a esa voz, has permanecido empequeñecido y débil. Te alineaste con la entidad oscura, con el programador, el que armó todo esto. Acecha en las sombras y ha tomado forma humana para adoptar una posición que permita que todos ustedes dependan de él. Y ahora está planeando su siguiente movida: usar el miedo para dirigir al ganado hacia una existencia todavía más esclavizada.

Sus comentarios me inquietaron tanto como me desanimaron.

—Si eso que dices es cierto, ¿cuál es la solución? —pregunté.

Ana hizo una breve pausa.

—Pues… es el joven Dimitri. Por eso estás aquí, Marcus —contestó. Me recliné en mi asiento. Aquel día en prisión me quedó claro que Dimitri era especial, pero esto… esto era difícil de procesar—. Él es la chispa —continuó Ana con tranquilidad y confianza—. El resto de la gente, conforme se una a él, irá conformando la solución. Esta programación, así como el programador y todo su poder aparente, que ha persistido durante milenios y está grabado hasta en el más mínimo aspecto de la condición humana, tiene los días contados. Con tu ayuda, Dimitri expondrá las mentiras más grandes de la existencia, y una vez que lo haga todo cambiará.

—¿Con mi ayuda? Sigo sin entender qué papel desempeño en esto. ¿Qué se supone que tengo que hacer?

—Como ya te dije, entenderás qué se necesita hacer cuando llegue el momento. Todos los involucrados lo entenderán, incluyendo Dimitri. Pero creo que es importante que sepas, hijo, que la hora llegará pronto. El lado oscuro está tomando fuerza para asestar el sablazo final. La primera oleada de decepción se esparcirá para infundir pánico en todos los seres humanos. Así es como los controlarán, a través del miedo. Eso detonará una crisis que provocará que el sistema financiero *en decadencia* termine de derrumbarse y ponga a los seres humanos de rodillas. El objetivo es causar caos en las calles y obligar al ganado a dirigirse de forma voluntaria hacia su trampa. Sin embargo, mientras el ganado débil y herido se esté moviendo en esa dirección, ustedes aceptarán el desafío y les devolverán el equilibrio a las masas. —Su intensidad se redujo a una sonrisita casi imperceptible—. O sea, ¿qué otra cosa se puede hacer? ¿No? —susurró.

Espera. ¿Dónde he oído eso?

Muy poco de lo que dijo resonó conmigo, pero se me quedó grabado aquello de que "aceptaremos el desafío". No me agradaba que la gente me dijera qué hacer, y de hecho se me ocurrían *otras* formas de pasar mi tiempo.

—No me agrada que predigas mi futuro. —Había llegado mi momento para replicar—. No creo que nadie pueda ver qué pasará en mi vida, ni siquiera yo. Y lo dices como si yo no tuviera alternativa. Hasta donde sé, uno de los principales componentes de la vida es la libertad de elegir. No creo estar listo para esto en este momento, Ana.

Ella sonrió y me miró a los ojos.

—No es como *si estuviera* prediciendo tu futuro, Marcus. Es un hecho que así será. —Se rio, bajó la mirada y me tendió una mano, mientras agregaba en tono condescendiente—: Si te hace sentir mejor, te invito amablemente a que elijas qué hacer para salir del ensimismamiento y aceptar el desafío. —Su sonrisa se disipó—. La ventana de la supervivencia humana en este planeta se está cerrando día con día, a medida que la contaminación masiva y las devastadoras prácticas agrícolas derivadas de la codicia permean el planeta y contaminan el agua y el aire y el espíritu humano. Hablando de espíritus contaminados, hablemos de cómo se tratan entre ustedes: incesantemente señalan a la persona o la cosa que consideran culpable de sus fracasos y limitantes, ya sea una infancia difícil, su pareja, su masculinidad, su raza, el presidente o cualquier otra carta de injusticia que crean que les tocó en la repartición. Ese vil lloriqueo anula las posibilidades de unificación global, mientras que los gases tóxicos derivados de su combustión atizan el fuego ardiente de la polarización. Y todo esto se mantiene gracias a quienes actúan meramente a partir de su propia vileza moral. Luego, para calmar el sufrimiento que se infligen a sí mismos, los humanos se llenan el vientre de comida y bebidas venenosas que les provee la misma entidad oscura que los puso en esa situación en un principio. Cuando el abuso soportado por la mente y el cuerpo se vuelve excesivo, la gente contrae enfermedades, afecciones o trastornos mentales, los cuales transmiten el mensaje de que es la última oportunidad para limpiar las cosas y volver a casa. Pero ¿qué hacen ustedes entonces? Vuelven con quienes contribuyen a la conspiración de la miseria, los mismos que han tomado forma humana y se apoderan de las vidas humanas, las alimentan e imprimen el dinero que las personas creen que se han ganado. Vuelven a sus brazos para recibir medicinas que no los curarán, sino que sólo enmascararán los síntomas mientras otro trastorno se gesta en las profundidades de su ser. Es el ciclo de la locura, diseñado para convertirlos en esclavos de amos ocultos detrás de los supuestos líderes de la humanidad, quienes siguen alimentado la máquina bélica que nunca había estado en un estado tan precario. Y te quedas de brazos cruzados, Marcus, mientras los dedos temblorosos de los locos se apoyan en los botones de la destrucción masiva y esperan el *momento erróneo* para ponerle fin a todo. ¿Y dices que no estás listo? —Ana meneó la cabeza con molestia—. Lo único que puedo decirte es que *hagas lo que sea necesario para estarlo, hombre*, porque el mundo *sí* está listo. Nunca había estado tan listo. Ustedes ya se derrumbaron lo suficiente y tocaron fondo. La humanidad sólo tiene dos opciones: defenderse o sucumbir a la aniquilación. No hay de otra. Así que lamento que no te haga sentir cómodo escucharlo, pero, para ser sincera, en este momento me importa un carajo tu nivel de comodidad. Tengo cosas más importantes que hacer, hijo.

Con toda tranquilidad levantó su bordado como si tuviera ese tipo de conversaciones a diario.

Caminé a un rincón del pórtico. Era como si mis sentimientos y pensamientos estuvieran siendo jaloneados de un extremo a otro. Por un lado, me sentía violado, como fuera de control. Por el otro, me honraba que me incluyeran en esa potencial locura que quizá, después de todo, no era tan descabellada.

De pronto, descubrí que Ana estaba a mi lado. Con gesto amoroso, señaló el patrón pintado en el suelo.

—Ven, amor. Párate en la rueda del amor y haz la declaración de quién eres en este mundo. *Adéntrate en tu agencia*, junto con Dimitri y los que vengan después. ¡Entra al poblado! ¡Responde al llamado! —exclamó. Noté que las huellas del centro casi se habían borrado por completo—. Ven a hablarle a lo que ya se ha logrado en el quantum, chico mío.

¿Qué es eso del poblado?

—No, gracias —dije y me di media vuelta—. No sé qué significa eso y, para ser sincero, en este momento no me importa.

Me pregunté cómo se materializaría la extraordinaria proeza de la que hablaba Ana. ¿Qué haría Dimitri para provocar un cambio tan inmenso, sobre todo desde la prisión? ¿Cómo podría ayudarlo yo? ¿Cómo encontraría tiempo para mantener mi relación renovada, mi trabajo y las otras cosas que me gustaba hacer en el poco tiempo libre que tenía? ¿Y qué diablos era la "agencia"? Noté que había dos voces en mi cabeza: una quería contribuir a una causa que parecía demasiado buena para ser verdad; la otra abogaba por mí, por mi familia y por su bienestar.

Al voltear, vi que Ana me estaba mirando con expresión seria.

—No desperdicies otro pensamiento. No necesitas explicarme nada, sólo yo a ti. Con tu permiso, me dirigiré a las dos voces en tu cabeza.

¿Qué? ¿Cómo sabe lo de las dos voces?

—Está bien —murmuré, con la esperanza de que fuera otra extraña coincidencia.

—Te preguntas qué podría hacer Dimitri y cómo podría lograrlo estando en prisión. Tu versión empequeñecida tiene dudas con respecto a tu participación en una proeza tan extraordinaria. Dime, hijo, ¿estoy en lo correcto? —De inmediato, sentí unas intensas náuseas al bajar la mirada hacia los tablones de madera desgastados. *Dios mío, me puede leer la mente.* Ana me tendió una mano y me dio una palmada en el brazo—. Sí, puedo hacerlo. Pero, en este momento, Dios tiene poco que ver con ello. Déjame continuar y procura no interrumpirme con pensamientos nuevos, ¿entiendes, hijo? Dimitri vendrá a hacer lo que fue enviado a hacer, empezando por poner el ejemplo. Luego, a medida que se eleve para convertirse en la versión superior de sí mismo, llevará a la humanidad consigo, un individuo a la vez. La mayor parte de su trabajo empezará cuando lo liberen, pero, mientras esté adentro, reunirá las herramientas que le han sido concedidas. Tu pregunta acerca de cómo podrá llegar a tanta gente es válida, pues una revolución de esta magnitud debe implicar una cantidad tremenda de guerreros que hayan alcanzado el despertar y estén listos para enfrentar lo que se avecina. En este momento, lo único que puedo decirte es que algo de esa magnitud sólo se puede lograr por medio del uso de la tecnología, pero de una manera muy distinta a como *ellos* planean usarla contra ustedes muy pronto. Y sí, la tecnología misma que ha ayudado a abrir de golpe el casco agrietado de este barco en permanente estado de hundimiento al que llaman raza humana, en última instancia contribuirá siendo un enorme barco de rescate que los salvará a todos. —Lentamente, sacó una bolsa de cacahuates del bolsillo—. ¿Gustas? —preguntó con serenidad mientras aplastaba las cáscaras.

¿Qué demonios?

—No, gracias —murmuré.

—En cuanto a tu papel —dijo Ana entre mordiscos—, es uno de los más importantes. Fuiste elegido para cuidarlo, pero por lo pronto no debe preocuparte cómo ocurrirá ni qué tendrás que hacer. Ocurrirá de forma orgánica, siguiendo un plan bien definido, pero discreto. Y lo único que tendrás que hacer es confiar. —Volví a sentir náuseas, un efecto secundario del nerviosismo que padezco desde que era niño. Por lo regular lo tengo bajo control, pero las abuelas "telépatas" y los colibríes entrenados me rebasaban. Ana ladeó la cabeza y me observó—. ¿Estás bien, hijo?

—Estoy bien —balbuceé mientras me llevaba una mano a la boca y observaba las escaleras—. ¿Hay algo más que tengas que decirme?

—Sí, gracias por preguntar —dijo y guardó la bolsa de cacahuates—. Hay dos voces en ti. Pero ¿cuál de las dos *eres* tú? ¿La que se preocupa por el mañana, por el dinero, por tu relación y por las otras cosas onerosas en el mundo? ¿O la que escuchó la verdad y se siente honrada de contribuir a una causa que suena demasiado buena para ser verdad? ¿Cuál eres tú? O, dicho de otro modo, ¿cuál eliges ser? ¿Estarás en causa de algo más grande que todas esas cosas que quieres en la vida? ¿Estás dispuesto a sacrificar tus deseos terrenales para luchar por un mundo nuevo, por un nuevo camino?

Crucé el pórtico corriendo, bajé las escaleras y vomité en el jardín. Me limpié la boca con la manga y volteé a verla de nuevo. Estaba parada en el barandal.

—Creo que ya escuché suficiente por hoy —dije, con la voz entrecortada por la presión de su presencia abrumadora. Sin esperar que respondiera, me escabullí por el sendero que llevaba al portón.

—¡Marcus Angbo Ogabi! —exclamó con una voz que me paralizó entre la maleza—. ¿Crees que sabes cuál es tu destino? ¿Ser esposo de Lisa y padre de Hope? ¿Servir en la policía y patrullar el Barrio Este en tu Crown Victoria? ¿Ir a beber con tus amigos al terminar tu turno? Sólo yo conozco tu verdadero destino. El papel que elegí para ti es mucho más extraordinario en tanto que salvaguardará el derecho de los seres humanos a disfrutar esas cosas. Es tan supremo, chico, que si lo vieras tal como es, tu reacción sería mucho más intensa que un poco de vómito sobre mis lirios. —Alcé la mirada una última vez. Ana tenía ambas manos en el barandal y la espalda bien erguida—. Por eso, Marcus, te convoco, convoco al verdadero tú, a tu versión superior, a tu voz correcta. Y, para hacerlo, sólo apelaré a tu voluntad desenfrenada en esta cuestión tan extraordinariamente sagrada.

—No —grité, tembloroso—. Yo no me apunté para esto. Es mucho más de lo que puedo hacer. ¡Diablos! Ni siquiera sé qué es lo que tendría que hacer. Si en serio escuchas mis pensamientos, entonces sabes que esto no es para mí. Soy policía, crecí en una familia de policías, y lo último que quiero es ser parte de una especie de revolución. Así que rechazo tu oferta con respeto. Y ya me voy. Por favor, no mandes a tu colibrí a buscarme.

Me di media vuelta y avancé hacia el portón. La oí reírse mientras yo forcejeaba con el cerrojo. Al salir, empecé a caminar, pero luego me eché a correr hacia mi auto.

—¿¡Quieres que te comprenda!? —gritó—. Comprende esto, hijo: mi repertorio no se limita a la telepatía, los colibríes y las visitas nocturnas. ¡Nos veremos pronto, hijo mío! ¡Nos veremos muy pronto!

LOS PECADOS DEL PADRE

ZACH

Decir que tenía problemas con mi padre sería un eufemismo. Lo despreciaba. Era un multimillonario insaciable, capaz de aplastar a cualquiera o lo que fuera con tal de obtener más, de ser más. Para Terrance Markland, el planeta y sus recursos existían sólo para que él los explotara, eran un medio para alcanzar un fin, un fin que, hasta donde yo tenía entendido, jamás alcanzaría en realidad.

No fue sino hasta el bachillerato, cuando empecé a sobresalir en matemáticas y computación, que conocí a un grupo de activistas jóvenes que me mostraron quién era mi padre en realidad. Me enseñaron qué se traían entre manos sus empresas y cómo lo estaban haciendo. Ahí fue cuando empecé a rebelarme en su contra con el poco poder que tenía en mis manos; pero él, al igual que mi madre y mi hermana, siempre lo consideraron poco más que una fase adolescente. Me decían que debía estar agradecido por lo mucho que él se esforzaba por nosotros y por darnos el nivel de vida que teníamos. Pero, para mí, eran puras patrañas.

Años después, entré a la mejor universidad del país, donde de inmediato me catalogaron como un matemático prodigioso. Tenía potencial para ganar el premio Turing y graduarme antes de tiempo, con el mejor promedio de mi generación, pero entonces vislumbré un plan de tres aristas para vengarme de Terrance. Con mucho gusto ahondaré en detalles en otra ocasión, pero por ahora basta decir que fue la tercera arista la que me llevó a prisión y la que más humilló a mi padre, además de abrir un abismo permanente entre nosotros.

» » « «

Después del incidente con Earl y Pete, empecé a contarle a Dimitri sobre mi infancia. Él me escuchaba y asentía como si comprendiera la dimensión de mis dilemas y lo dramáticos que eran en realidad. O al menos eso hizo hasta un día, en el que lo único que contestó fue:

—Cuando estés listo para ponerle fin a esto, creo que podría ayudarte.

—¿Ponerle fin a qué, Di?

—A tu tendencia a culpar a otros sin cesar por las cosas que te parecen difíciles. —Ante su mirada apática y sus palabras heladas no pude más que echar la cabeza hacia atrás de la sorpresa.

¿Que me parecen difíciles?

—Lo dices como si no tuviera razones para estar furioso. ¿No escuchaste lo que te conté, hermano?

—Claro que sí, *hermano* —me imitó en tono burlón—, y claro que tienes muchas razones para estar furioso si eso es lo que eliges para tu vida. O sea, si eliges seguir furioso. De hecho, he estado pensando qué apodo ponerte. Tú me dices Di, así que ahora me toca a mí. Tú serás Gruñón. Sí, Zach el Pitufo Gruñón. O PG, si prefieres. Me gusta. ¿Cómo lo ves, PG?

Estaba lívido. Dando un brinco, lo encaré.

—No es gracioso, Tanomeo. ¿Cómo que lo elijo? Yo no elegí nada. Mucho menos lo que hizo mi padre, lo que de verdad hizo. Yo no le pedí que lo hiciera.

Mi intento de ser agresivo le dio risa.

—Tal vez, pero me refiero a cómo percibes lo que ocurrió y cómo lo interpretas. No te vendría mal reconsiderarlo. Toma asiento, matoncito.

Me quedé donde estaba.

—Discúlpame, pero sólo hay una forma de percibir las cosas malas. Lo malo es malo, y mi padre, quien hizo, hace y hará cosas malas, siempre será un hombre malo. Es bastante sencillo, ¿no crees?

Volvió a esbozar su habitual sonrisa boba e inocente. Era como un bebé al que le impresionaban hasta las cosas más ordinarias.

—Es sencillamente errado, sin duda —dijo entre risas—. Las acciones de tu padre son sólo eso, acciones. No definen qué ni quién es en realidad. No hay tal cosa como un hombre malo. Quizá haya gente que hace cosas malas, pero en última instancia eso no las convierte en malas personas.

Guardé silencio un momento para procesar su inusual teoría, pero me di cuenta de que no me agradaba.

—¿Sí sabes que esa idea no tiene la menor relevancia en el mundo real? —contesté.

—¿Qué es el mundo real, Zach? ¿Me lo explicarías? —reviró con una expresión de curiosidad que parecía genuina.

—Bueno, pues es esto —empecé—. Todos sabemos qué es bueno y qué es malo, qué está bien y qué está mal, y en este mundo usamos el concepto de moral para determinar en qué categoría entra cada cosa. Sin lugar a dudas, lo que mi padre hace es malo ante los ojos del mundo entero, y, sobre todo, es malo para mí.

Mientras le dictaba cátedra, tuve la extraña sensación de que él era más sabio de lo que aparentaba. Se estiró, agarró una libreta y un lápiz de su caja personal y se enderezó para tomar notas.

—A ver, ven acá, Zach. Siéntate y dime todas las cosas que hace tu padre que, según tú, son malas.

—No creo que te alcance con esa libreta. —Me senté en el piso, frente a él.

—Tú empieza. Escribiré con letra pequeña. —Me guiñó un ojo.

—Bueno, ¿por dónde empezar?

—Empieza por tu infancia.

Le conté la historia de mi infancia de mierda, empezando por el hecho de que mi padre, con su gran carrera y su estatus de celebridad, nunca tenía tiempo para sus hijos. Luego, cuando yo tenía nueve años, tuvo un romance con otra mujer, lo que le rompió el alma a mi madre y la hundió en una depresión profunda. Desde entonces, ella ha vivido a base de vino y Prozac, por lo que quien nos crio a mi hermana y a mí fue la niñera. La mayor parte del tiempo nos tenían en el ala este de la casa para que no estorbáramos. Conforme fui creciendo, corté los lazos emocionales con mis padres, pues no sólo me asqueaban las infidelidades descaradas de mi padre, sino las pocas agallas de mi madre, quien debió dejarlo desde el principio.

—Encima de todo, dio por sentado que yo me haría cargo de su compañía de tecnología después de que me graduara de Carnegie Mellon.

Dimitri estuvo ocupado escribiendo hasta que dejé de hablar.

—Bien. Y eso último: dio por sentado algo. Es una verdadera crueldad, Zach. En serio.

—Bueno, supongo que eso último no vale la pena escribirlo —confesé.

—No, Zach, lo estoy escribiendo para que examinemos cada una de estas atrocidades por separado —dijo muy a la ligera—. ¿Qué más? No puede ser todo, ¿o sí?

—Bueno, el maldito es tan ambicioso que tiene varias empresas que son responsables de la destrucción de los ecosistemas. Sus fábricas han agujereado la capa de ozono con sus emisiones de gases de efecto invernadero y otros contaminantes. Por si dañar el planeta y su atmósfera fuera poco, también ha cometido incontables violaciones a los derechos humanos. Esclaviza a sus empleados en condiciones escalofriantes, y miles de personas se parten el lomo en sus maquilas de países tercermundistas haciendo productos absurdos para alimentar las insaciables ansias de la sociedad materialista…, todo bajo la bandera del imperio corporativo de mi padre.

—¿Ahora sí es todo, Zach?

—Eh, tiene que haber algo más —masculló mientras Dimitri me observaba con atención—. Ah, pues ama tanto el dinero que sería capaz de vender a su propia madre. Escribe eso también —anuncié con voz alegre mientras señalaba la libreta.

—Ven-de-rí-a a su ma-dre —repitió Dimitri despacio, con la cabeza ladeada—. Nunca había oído eso, pero ¿podría decirse que entra dentro de la categoría de bastardo insaciable?

—Supongo que sí, claro.

—Bueno, no son pocas cosas, pero, si se te ocurre algo más, avísame. Veamos. —Me mostró la libreta en la que anotó las cosas que había hecho mi padre. Su letra era casi ilegible, y supongo que se dio cuenta al ver mi cara, porque agregó con absoluto descaro—: Ay, mi letra nunca ha sido muy buena. —Luego se rio y dijo—: Yo no estudié en la Universidad Carnegie Hall.

—Se llama Carnegie Mellon, Di.

Era cierto que su educación había sido muy precaria, y el poco tiempo que había pasado en la escuela lo había aprovechado para aprender a leer, lo cual hacía de forma voraz. Dimitri devoraba al menos tres libros a la semana.

Examiné la lista con detenimiento:

Dejó a sus hijos con la niñera en el ala este
Se acostó con otras mujeres
Dio por sentadas cosas
Trabaja mucho para generar dinero
Usa los recursos del planeta
Agujerea la capa de ozono

—No jodas, Di —protesté—. ¿No incluiste toda la mierda que te conté? ¿"Trabaja mucho para generar dinero"? Yo no lo puse así. Te dije que era un bastardo insaciable y un empresario desalmado que se la pasa todo el día pensando en dinero. ¿Y qué es eso de que "se acostó con otras mujeres"? Si al tipo poco le falta para ser un pirujo.

—Pi-ru-jo. Otro más. Nunca se me había ocurrido que hubiera tantos sinónimos de prostitución. Pero eso no viene al caso. Mira, Zach: lo que hice fue escribir lo que en realidad ocurrió. Son hechos, son acciones físicas nada más, sin la descripción que tú o alguien más pueda hacer de esas acciones.

—Las escenas que omitiste en tu edición tenían significado. Me entiendes, ¿verdad?

—Sí, claro. Así que empecemos por ahí.

—¿Por dónde?

—Con lo que acabas de decir: significado. Podemos empezar por ahí. Empecemos por el primer punto: "los dejó con la niñera". ¿Qué significa que alguien deje a sus hijos con una niñera?

Lo miré a los ojos, confundido.

—¿A qué te refieres con que qué significa? Significa que es un hijo de puta por no haber criado a sus hijos como se debe.

—Bueno, pero ¿qué palabra usarías para describir a alguien que hace eso? Si alguien deja a sus hijos con una niñera porque está muy ocupado, ¿qué significa eso?

¿De dónde está sacando estas locuras? Lo miré fijamente unos segundos, sin entender por qué esperaba que se lo explicara con pelos y señales.

—Está bien, Dimitri. Si no cuidas a tus hijos de forma adecuada, si los dejas con otra persona para que ella los críe, se llama ser i-rres-pon-sa-ble, y eso es algo malo. ¿Me explico, compadre?

—Perfecto, compadre. Ahora sí estamos llegando a algo. —Empezó a escribir de nuevo—. Entonces, para que no quede duda, ¿alguien que cría a sus hijos con una niñera es irresponsable?

Fruncí el ceño.

—Bueno, si lo pones en esos términos, no parece algo tan grave.

—Ah, ¿sí? Entonces profundicemos un poco más. Estoy seguro de que le encontrarás más significado a eso de "dejar que a sus hijos los críe la niñera", ¿no?

—Bueno —hice una pausa y lo reflexioné para asegurarme de tener una respuesta sólida—. Alguien que hace eso seguramente no ama a sus hijos ni se preocupa por ellos. O sea, cualquier padre que hace eso, que cría mal a sus hijos, es una mala persona, según yo, ¿sabes?

—Yo diría que alguien que contrata a una niñera para que cuide a sus hijos lo hace porque los ama y quiere lo mejor para ellos, pero yo qué voy a saber.

Se me escapó una carcajada sarcástica.

—Pues mi padre no. ¡Él no lo hizo por eso! —objeté.

Dimitri alzó las manos frente al pecho.

—Calma, compadre, calma. Te entiendo. Pasemos a otro punto. Esta vez tú escoge el peor de todos, ¿de acuerdo?

Le arrebaté la lista de las manos con la intención de elegir algo que hiciera ver a mi padre como el maldito desgraciado que en realidad era. La revisé de arriba abajo y me debatí entre su ambición o la destrucción masiva del planeta. Elegí la ambición, pues me parecía que era la verdadera fuente de su maldad. Le devolví la libreta a Dimitri y señalé mi elección.

—¡El dinero! —exclamó Dimitri—. Sí, es algo muy importante para mucha gente en estos tiempos.

Una vez más, hicimos el mismo ejercicio. Primero, Dimitri me preguntó qué significa que alguien se la pase pensando en dinero, a lo que contesté que eso significa que alguien es avaro, superfluo e insaciable. Le dije que significa que, como familia, nosotros no éramos suficiente para él, pues él amaba el dinero más de lo que nos quería a nosotros, y eso estaba mal, lo que significaba que era un mal padre y una mala persona en general.

—Quiero encontrar una palabra, un tema que describa todo lo que tu padre ha hecho o dejado de hacer —continuó Dimitri—. O sea, una palabra que englobe lo que significa eso para ti, Zach. Si vemos la lista de arriba abajo, siendo lo primero que te dejaron con la niñera y que eso significa que tu padre fue un irresponsable, etcétera, ¿finalmente qué significa todo eso para ti?

Observé la lista mientras me rascaba la cabeza.

—¿Para mí? ¿Cómo persona?

—Sí. Mucha gente en el mundo puede comportarse de cierta manera, pero sus acciones te hicieron sentir de cierta forma, te hicieron sentir algo con respecto a su forma de procurarte y relacionarse contigo.

—Bueno, para ser sincero, siento que es injusto.

—Perfecto. Veamos los demás puntos. ¿Podría decirse que el que tuviera relaciones íntimas con otras mujeres también fue injusto?

—Sin duda, y nadie lo pondría en tela de juicio —afirmé con absoluta confianza.

—Y si miramos el resto de las cosas de la lista, probablemente podríamos decir que, de alguna u otra manera, son injustas, ¿cierto?

Le eché un vistazo a la lista.

—Sí, si desmenuzamos cada una de esas cosas, creo que ha sido muy injusto con mi familia y conmigo.

—Perfecto, ya tenemos una palabra, que es "injusto" —anunció Dimitri y la escribió abajo de la lista.

Dejó a sus hijos con la niñera en el ala este **irresponsable, poco amoroso, desconsiderado**

Se acostó con otras mujeres **no ama a mamá**

Dio por sentadas cosas **qué ridículo**

Trabaja mucho para generar dinero **avaro, insaciable, superfluo**

Usa los recursos del planeta

Agujerea la capa de ozono

Injusto

—Pero estás dejando fuera todos los detalles de la historia —mascullé, bastante molesto por la falta de indicios necesarios para hacer pedazos a mi padre.

—¡Tú mismo lo dijiste, Zach! ¡Eso es! —gritó—. La palabra "historia"... Justo a eso quería llegar.

Me levanté de un salto.

—¡Yo no inventé nada de esto! No es una historia. ¡Estas cosas ocurrieron en la vida real, cabrón!

—Sé que *algo* ocurrió, pero hay una diferencia entre lo que de verdad ocurrió y el significado que tú le das. —Agarró la libreta y señaló repetidas veces lo que había escrito—. Como verás, lo que tu padre hizo lo hizo en el plano físico, y luego está lo que tú dices al respecto, lo que significa para ti a nivel personal. *Tú* haces que el hecho de que él produzca mucho dinero signifique que tu familia y tú no son suficiente para él y que él ama el dinero más que a ustedes, lo que al final implica que es mala persona. De ahí puedes afirmar que todas sus acciones son injustas, como ya dijiste.

Esperó mi respuesta antes de mostrarme de nuevo la libreta, lo cual sólo me hizo rabiar más. Me la quité de enfrente. *Se está burlando de mi situación.* Sin embargo, para ser sincero, lo que más me molestaba era estar empezando a cuestionar mi propio proceso de pensamiento.

Se dio vuelta y se enderezó para mirarme más fijamente que nunca.

—¿Sabes qué significa la palabra "codicia"? Estoy hablando de la definición auténtica.

¿Qué pregunta es esa? Primero hace menos los pecados de mi padre y ahora cuestiona mi inteligencia.

—Sí sabes que me consideraban un genio matemático desde antes que cumpliera veinte, ¿verdad? —contesté. Dimitri sonrió, pero era claro que no era porque le enorgullecieran mis logros, sino porque le daba risa mi presunción. Me avergoncé, así que decidí mejor hacer un chiste—. Te lo pongo así, Di: si abres el diccionario y buscas la palabra "codicia", encontrarás una foto de T. W. Markland.

Dimitri soltó una carcajada franca.

—Si no te importa, me apegaré a la definición del Merriam-Webster.

—Como gustes, amigo. Tú mismo.

—Si no me equivoco, la definición exacta del adjetivo "codicioso" es "tener o mostrar un deseo intenso por algo, particularmente riqueza o poder".

—¡Es Don Terrance encarnado! —reviré.

—Bueno, pero ahora te voy a preguntar una cosa y te invito a que contestes de forma auténtica, con honestidad.

Puse los ojos en blanco, con gesto sarcástico.

—Sí, bueno, no debe de ser tan difícil.

Hizo una larga pausa en la que me miró fijamente a los ojos.

—¿Alguna vez has sido codicioso?

—No. Nunca. Jamás en la vida —exclamé sin siquiera procesarlo.

—Tómate unos segundos y reflexiónalo —dijo con una sonrisa.

Lo pensé mejor. Siempre había tenido dinero y nunca había querido más, a diferencia de mi padre.

—Pues no. Para ser sincero, no recuerdo haberlo sido jamás —respondí.

—A ver, volvamos a la definición: deseo intenso de algo.

—¿Y lo demás? ¿Qué hay de la parte de la riqueza y el poder? No olvidemos que es la parte más importante de la definición —insistí.

—No, no se me olvida, pero el eje de la definición es el que te dije. La palabra "particularmente" es un adverbio; por ende, no modifica al sujeto. Imagino que, al ser un geniecillo del superinstituto Mellon, no te estoy diciendo nada nuevo.

Me reí.

—Está bien, de acuerdo.

—Entonces, te lo pregunto de nuevo: ¿alguna vez has sido codicioso?

—Eso no cambia nada. No —contesté.

—¿En serio? —contestó de forma contundente—. ¿Jamás has deseado algo de forma intensa? ¿Sexo, comida, autos… o, incluso, *fama*?

Tenía sentido. Me quedó claro que estaba al tanto de mi reputación, probablemente por culpa del chisme penitenciario. Alguna vez quise ser famoso más que ninguna otra cosa en la vida, y debo confesar que aún es mi mayor deseo. Lo deseaba tanto que encontré la forma de escapar de una prisión de baja seguridad: logré "hackear" su sistema y cambié la fecha de mi liberación. En ese entonces pensé que era una buena idea porque me catapultaría a la cima del Olimpo de los hackers, donde adquiriría un estatus de celebridad completamente distinto. Lo que no sabía era que terminaría en el infierno, rodeado de violadores racistas y guardias imbéciles. Supongo que creí que mi padre saldría de nuevo al rescate, pero por primera vez decidió marcar su distancia y dejar que el juez me usara como ejemplo admonitorio y me enviara a una cárcel de verdad: Carlton. Por eso terminé sentado en una celda con una agresiva rata de alcantarilla transformada en santo, quien no dejaba de presionarme para que fuera brutalmente honesto conmigo mismo, y la verdad era que no me gustaba.

—No jodas, Dimitri. No puedes comparar eso con el nivel de codicia que maneja mi padre. No es justo.

—¿Justo? Luego hablamos de justicia, pero, por ahora, diré que claro que puedo compararlo porque es otro lado de la misma moneda. Tú deseabas con ansias ser famoso, mientras que tu padre desea con ansias riqueza y poder. Una cosa no es mejor ni peor que la otra. ¿Tiene sentido?

—No, colega, para nada. La codicia de Terrance ha lastimado a mucha gente. Sus fábricas en el extranjero contaminan horrores. La gente que trabaja ahí vive hacinada, mientras él reposa en su sillón, acompañado del humo de sus puros cubanos de más de cien mil pavos por caja. ¿Sabes por qué soy un genio? —pregunté y volví a sentir el habitual orgullo que esa afirmación traía consigo—. Porque tengo un talento particular para las computadoras. Es un don, y lo uso para hacer cosas buenas. Supe lo que en realidad hacía mi padre cuando era apenas un adolescente. Ahí fue cuando me enteré de que era una mala persona. Luego, en la universidad, me uní a grupos de protesta y me sentí como pez en el agua. Esa era mi vocación. Me convertí en activista, o más bien en *hacktivista*.

—Supongo que habrá sido difícil pagar una escuela tan cara, Zach. ¿Cómo lo lograste si tenías apenas dieciséis años? ¡Y luego la universidad! ¿Cuántos trabajos tuviste que combinar? —preguntó Dimitri. No supe qué contestar para no quedar como un idiota, así que terminé quedándome callado—. Voy a preparar té —dijo Di en tono casual—. ¿Quieres?

Observé su caminata humilde y al mismo tiempo victoriosa hacia la hornillita eléctrica que teníamos al fondo de la celda. Me sentí muy frustrado y aún más enojado.

—¡Qué mierda más gigantesca!

—La única caca que hay aquí es la que haces cuando intentas defender tu postura de víctima. —Se dio media vuelta y me señaló con el dedo—. El gran perpetrador de incontables delitos contra la humanidad, Terrance Markland, y su legendario hijo hambriento de fama, Zachary. ¡Una pareja sin igual! —Se rio con franqueza, sin ironía. Genuinamente le parecía gracioso—. Tenemos por un lado al tipo que persigue la chuleta como un perro hambriento, al parecer sin darse cuenta del daño que provoca, o al menos no conscientemente. O sea, quizá sepa que está afectando a otros y dañando el medio ambiente, pero todo parece indicar que, por el momento, no le importa. Y por el otro lado estás tú, que *sí* sabes y a quien supuestamente *sí* le importa, pero que igual se beneficia de ello. Aprovechas su dinero ensangrentado para la escuela, los placeres, tu propia codicia. Tal vez no en este instante, porque te retiraron la charola, pero al final fue porque papi así lo quiso, ¿cierto? ¿Y si no lo hubiera hecho? Estarías tomándote un refresquito y comiéndote unos nachos con queso del quiosco de la prisión. —Sus ojos verdes y penetrantes me obligaron a reconocer que tenía razón—. ¿Qué tal te sienta esa pequeña dosis de realidad, PG?

Me miré las manos, mientras mi interior era un revoltijo de emociones.

—O sea que yo también soy malo. ¿A eso quieres llegar?

Me pasó una taza de té y se sentó en el suelo, frente a mí.

—Desde mi punto de vista, lo malo, si esa es la palabra que quieres usar, consiste en culpar a los demás. Es sumamente hipócrita, Zach, sin importar las circunstancias. Todos hemos sido codiciosos y todos hemos hecho cosas no muy buenas que han afectado a otros. Si reconoces esa parte de ti podrás ser compasivo con él y con otras personas. Y a través de la compasión verás que no hay cosas o personas "malas", sólo *son lo que son*.

Escondí la cara entre las manos.

—Esto es muy confuso, Di. Llevo tanto tiempo furioso por esto que ya no sé cómo no estarlo. Nos abandonó para hacer dinero, engañó a mi mamá e hizo muchas otras cosas jodidas. ¿Qué deduces de todo eso, doctor Phil?

Dimitri me miró con una sonrisa dudosa. *¡Este tipo ni siquiera sabe quién es el doctor Phil!*

—Diría que se puede sintetizar en una sola palabra, como dijiste antes. Tu padre es "injusto", ¿cierto?

—Ah, sí. Injusto. Creo que eso lo resume todo —masculló con suspicacia.

Dimitri carraspeó.

—¿Alguna vez has sido injusto con alguien a lo largo de tu vida, Zach? —preguntó con voz seria.

—¡Vete al carajo, cabrón! ¡Ya sabía que ibas a decir eso! —grité mientras él se carcajeaba con tal fuerza que el eco de sus risas se oyó por todo el pasillo. Lo vi aplaudir despacio, pues mi frustración le parecía divertida. Me recorrí hasta la orilla del camastro, puse las manos sobre las rodillas y clavé la mirada en el piso. Dimitri se quedó callado y me dio tiempo para procesar aquella gran verdad—. ¿Entonces soy un monstruo? —pregunté después de un rato.

—No, hermano. Eres humano —susurró y me dio una palmada en el pie—. Pero puedes trascender esa cualidad tan humana en este instante si te liberas de la furia, si te ves reflejado en él. Primero perdónate y luego, cuando lo hagas, lo habrás perdonado a él automáticamente. Verás que ambos hicieron lo mejor que pudieron con las herramientas que tenían en un momento dado. Puedes verlo como una invitación al despertar, Zach.

¿Despertar?

Guardó silencio de nuevo, como si supiera que algo se estaba gestando en mí. Y sí. Era claridad. Por primera vez, vi con claridad las similitudes entre mi padre y yo. Alguna otra persona no habría usado ese dinero si le incomodaba saber de dónde venía, pero yo sí lo hice. Pero eso no me convertía en una mala persona. Al igual que mi padre, solo hice lo mejor que pude.

Dimitri tenía más que agregar al respecto. Por ejemplo, me ayudó a ver que mi padre también había hecho cosas extraordinarias. La vasta línea de productos que hacía ayudaban a la gente a realizar su trabajo de forma más eficiente, a dormir mejor y a alimentar a sus bebés. Asimismo, su compañía de tecnología creó software que revolucionó la forma de vida de la gente y la forma de hacer negocios en el mundo entero.

Me explicó que, en efecto, hay un gran desequilibrio, pero que lo que nos toca es responsabilizarnos de la parte que desempeñamos en él. Que debemos aceptar que, en el sentido esotérico, somos nosotros mismos quienes creamos dicho desequilibrio. Hasta que no lo aceptemos, no podremos enfrentar a quienes acaparan con recelo las riendas del viejo sistema, un sistema que necesita perecer para que otro ocupe su lugar.

Inhalé profundo y miré a Dimitri a los ojos, como si lo estuviera viendo por primera vez. En ese momento, todo genuinamente cobró sentido. No era un tipo cualquiera; tenía algo particular, algo especial. En ese entonces no sabía qué era ni si era relevante. Lo único que percibía era que Dimitri era bueno, en el sentido más puro de la palabra.

—No sé qué pensar de todo esto. Es un poco vergonzoso, pero como que siento que necesito llorar o algo así.

—Felicidades. Y bien hecho, Zach —dijo y se llevó las manos al pecho, tras lo cual hizo una reverencia.

—¿Por qué me felicitas? —pregunté.

—Por ser tan hombre que eres capaz de reconocer que necesitas llorar.

—Pero se supone que los hombres no lloran, Di. Creo que lo entendiste al revés.

Dimitri se rio.

—No, Zach. La programación que traes dentro es la que está al revés. Tu sistema interno sabe cuándo es hora de liberar la energía emocional acumulada. Y la noción de que hay que contenerla proviene de un discurso que es absolutamente falso. Éstas y otras cosas se te revelarán conforme sigas "confrontando al dragón para obtener el oro". —Se me erizó el vello de los brazos—. ¡La piel de gallina nunca miente! —gritó y me señaló.

Me hizo reír. *Este tipo es un viajesote de ida y vuelta, pero creo que le voy agarrando el modo.*

—Bueno, pues decidiré por mí mismo que no es buena idea demostrar mis emociones en este lugar, y que cualquier llanto que considere necesario tendré que realizarlo en privado.

—En eso estoy de acuerdo. De paso, no les vayas a contar a los otros presos que te enfurece que te haya criado la niñera. Ese tipo de cosas podría traerte problemas aquí.

» » « «

Esa misma noche, acostados sobre nuestros camastros, en medio de la oscuridad casi absoluta, alcancé a ver una palomilla que aleteaba buscando la luz fluorescente que se filtraba del pasillo al otro lado de la puerta de la celda. Mi mente seguía acelerada; no podía dejar de pensar en lo que Dimitri me había dicho ni en el cambio que había desatado en mí.

—¿Estás dormido, Di? —susurré.

—Ya no —contestó de buena gana.

—¿A qué te referías hace rato cuando hablaste de "trabajo interno"? ¿Hay más cosas que hacer?

Percibí que giró sobre su camastro. Me dio una palmada en el brazo y se dirigió al fondo de la celda, donde encendió la tetera. *¿Para qué calienta agua?*

—En términos generales —dijo—, si estás en un cuerpo humano, en el planeta Tierra, sigue habiendo cosas que hacer. Para convertirte en la mejor versión de ti mismo, es necesario que te deshagas de años y años de programación, tanto de lo que ha ingresado en ti como de lo que ha salido. Sólo entonces podrás progresar hacia lo verdaderamente increíble. Esa cosita que hicimos en la tarde fue sólo el comienzo. Si sigues en este camino, y estoy casi seguro de que lo harás, sobre todo porque eres mi público cautivo, alcanzarás alturas que jamás creíste posibles.

El tipo soltaba tanta información que me costaba trabajo seguirle el paso.

—¿Camino? ¿Cuál camino? ¿Dónde está y cómo llego a él?

A pesar de la oscuridad, supe que estaba sonriendo.

—Me refiero al camino elegido que lleva a tu propio despertar y transformación internos. Por eso estamos todos aquí. Puedes elegirlo por ti mismo en este instante, si así lo deseas. Claro que tiene que ser natural, y ocurrirá cuando estés listo. Pero, ¡ojo!, juntarte con gente como yo podría impulsarte hacia allá.

—¿Por eso estamos todos en prisión? —pregunté, confundido por sus palabras—. Hasta donde sé, yo estoy aquí para cumplir mi condena. No me dieron el folleto sobre "los posibles caminos".

Su risa atravesó la oscuridad.

—No, por eso estamos en la Tierra. Pero, ahora que lo mencionas, también por eso estamos en prisión, pero esa es una discusión más densa que tendremos en otro momento.

—A ver, Di, todo eso está muy bien y tal, pero no estoy seguro de tomar ningún camino ni de transformarme. Es mucha información que procesar.

—Ya lo veremos —contestó con arrogancia.

—No entiendo por qué sigo sintiéndome mal con respecto a mi padre. O sea, entiendo la lógica que me compartiste y quiero que algún día las cosas entre nosotros vuelvan a estar bien. La cosa es que, cuando me imagino con mi padre, me siento incómodo, igual que antes. Tal vez hasta peor que antes.

—Lo que pasa es que lo acomodaste a nivel intelectual. A nivel mental, entiendes la verdad que rodea lo que genuinamente ocurrió. Una vez que llores, empezarás a sacar la energía emocional almacenada. Pero no es el único aspecto energético. Y ahí es donde yace la incomodidad.

Reflexioné acerca de lo que me estaba diciendo, pero me sonaba demasiado extraño. *Supongo que tendré que acostumbrarme a la forma en la que habla.* Se escuchó un leve choque metálico cuando movió cosas en la oscuridad.

—Sigo confundido —dije—. ¿La confusión persistente sobre lo que siento tiene algo que ver con energías?

—No, Zach. Tiene *todo* que ver con la energía porque *todo* es energía. Es un tema complejo, pero, cuando llegue la hora, te explicaré algunas cosas sobre cómo funciona el universo con respecto a la energía que es. Por lo pronto, lo importante es enseñarte a derribar el bloqueo energético que tienes con tu padre, para que puedas sanarlo.

—Soy todo oídos, Di.

Volvió a guardar silencio y regresó a su camastro.

—Es tan simple que va a sonar ridículo —susurró—. Lo único que hay que hacer es...

En ese momento, escuché el tintineo de un llavero repleto al otro lado de nuestra puerta.

—Recluso Markland, ¡al frente y al centro! —Las llaves eran del oficial Tanas, el celador más corrupto de Carlton. No sabía qué quería, pero no podía ser nada bueno. Se encendieron las luces—. Te necesitan en la cocina, en este instante, Markland. Vamos.

Lo observé mientras abría la puerta y apoyaba las manos en las caderas con firmeza.

—Pero la cocina está cerrada a esta hora, oficial Tanas. Si hay algo que hacer, puedo hacerlo en la mañana.

—Lo que tienes que hacer es sacar el culo de la cama y dirigirte de inmediato para allá. Eso es lo que tienes que hacer. Esto no es un club campestre, señorito Markland. Tu papi millonario no tiene influencia aquí. Muévete.

El tipo compensaba su baja estatura con su exceso de imbecilidad. Todos sabían que metía drogas para la mafia mexicana, además de ser su mandadero cuando necesitaban ayuda para hacer un trabajo sucio.

Dimitri se levantó de su camastro lentamente. Se veía tranquilo. Bueno, al menos más tranquilo que yo.

—¿Qué ocurrió en la cocina, oficial Tanas? —preguntó con firmeza—. ¿Supongo que algún tipo de desastre?

Me llamó la atención la intensidad con la que miró al celador a los ojos. Nunca había visto algo así. Por un instante, parecieron estar amarrados entre sí, y hasta me dio la impresión de que a Dimitri le vibraron los ojos. *Qué raro.*

El tono de Tanas cambió. Sonaba más modesto, casi hasta temeroso o nervioso.

—Sí, pero no es de tu incumbencia, recluso —contestó en voz baja antes de voltear a verme y gritarme—. ¡Apúrate, Markland!

Dimitri cerró los ojos, volteó la cara hacia la hornilla eléctrica y dijo algo para sus adentros.

—Entiendo. Gracias, Nana.

—¿Qué te pasa, recluso? —le preguntó Tanas.

Dimitri salió del ensimismamiento.

—No pasa nada. Gracias por preguntar. Esto es sólo un tipo de meditación que hago cuando recibo el llamado.

Tanas meneó la cabeza.

—Eres un bicho muy raro, Tanomeo. Te la pasas desperdiciando tu tiempo con esas idioteces de meditar y leer. Te vendría bien salir al mundo y hacer amistades. Nunca sabes cuándo necesitarás a alguien que te eche una mano. —Se le dibujó una sonrisa siniestra en el rostro.

Vi que, mientras contestaba, Dimitri sostenía entre sus manos un termo de agua caliente.

—Probablemente tienes razón, oficial Tanas. —Una vez que bajé de mi camastro, Dimitri me puso la taza en las manos—. Llévate este té, para el dolor de garganta. —Me miró directo a los ojos.

¿Qué? No sé qué te traes entre manos, pero te seguiré la corriente.

—Bien. Gracias.

—¡Uy, qué elegancia la de Francia! —exclamó Tanas en tono burlón—. ¿Qué se siente estar al servicio de Ricky Ricón, Tanomeo? Te apuesto que nunca creíste que terminarías siendo el recogepelotas de la familia Markland.

Qué hijo de puta. A mí ni me gusta el tenis.

Dimitri alzó la mirada y sonrió.

—Qué elección de palabras tan interesante, oficial Tanas. "Al servicio", sí. No tienes idea de lo precisa que es esa descripción.

Salí de la celda y me dirigí hacia el pasillo que llevaba a la cocina, seguido de Tanas. Toqué la superficie del termo con una mano. Estaba hirviendo.

INTERVENCIÓN DIVINA

ZACH

Llegamos a la puerta de la cocina, y Tanas sacó el llavero para abrirla. Entré primero, pero él se quedó afuera, caminando de un lado a otro.

—¿No va a venir a mostrarme lo que tengo que hacer aquí, oficial Tanas? —pregunté, a la espera de instrucciones.

—Ve al fondo, al cuarto donde está el fregadero. Ahí está el desastre. Encárgate de eso y yo iré a prender las luces.

¿Ir al fondo solo? Las reglas de la prisión indican que los presos no deben entrar a una cocina recién abierta sin que primero la inspeccione un guardia. Me dirigí hacia la estancia donde estaba el fregadero, con los ojos entrecerrados para alcanzar a distinguir el desastre en la oscuridad. Puse el termo en la encimera y seguí buscando.

Algo no encajaba.

—¿Está ahí, oficial Tanas? No puedo saber cuál es el problema si no enciende las luces. —Nada. Empecé a retroceder hacia la entrada cuando vi a alguien junto al umbral de la puerta—. ¿Es usted, oficial Tanas? —Entrecerré los ojos de nuevo para intentar distinguirlo.

—Hola, muñeco —dijo una voz. Se me revolvió el estómago y la cabeza me empezó a dar vueltas. Vi entonces la silueta alta de Pete ponerse atrás de Earl mientras encendía las luces. Fui retrocediendo poco a poco, hacia donde estaban los platos, mientras ellos avanzaban al mismo tiempo hacia mí—. Sabes que no hay escapatoria, cariño. Es un callejón sin salida, así que mejor no opongas resistencia. —Era cierto. No había salida, pero igual seguí retrocediendo para tratar de ganar tiempo—. ¡Quiero que sepas una cosa! —gritó Earl—. Una vez que nos encarguemos de tu novio el Telometo, o sea, de forma permanente, mi amigo Tanas te va a transferir a mi celda. O a mí a la tuya, da igual. Verás, Zach, nunca he estado con alguien de la realeza, así que ahora vas a ser mi reinota, y yo voy a ser tu rey. Tal vez tu papi nos dé un buen regalo de bodas o algo. Pero dile que se lo mande directo a mi esposa. Tenemos cinco hijos, y algo de pasta no nos vendría mal. ¿Cómo ves, bombón? —Miré de un lado a otro, desesperado, con la esperanza de encontrar algo para defenderme. Sobre la mesa había un enorme procesador de papas eléctrico, pero era demasiado pesado como para servirme de algo. Fuera de eso, lo demás eran platos de plástico, uno que otro utensilio de cocina y esponjas. Aun así, no dudé en aventarle cualquier cosa que encontrara. En ese momento, Earl asomó la cabeza por el umbral de la puerta y sonrió—. ¡Ya llegué a casa, primor! —Le aventé otra taza de plástico, pero él movió la cabeza y la esquivó por poco—. Ahora sí me estás colmando la paciencia, niñito. Aquí hay de dos, o lo hacemos por las buenas o lo hacemos por las malas. Por las buenas, te me calmas y tratas de disfrutarlo. Por las malas, Pete y yo te vamos a agarrar y a partirte el hocico. Sea como sea, no me iré de aquí hasta cogerte. Tú decides cuánto quieres que duela, bombón.

Quedé literalmente de espaldas contra la pared. La única forma de escapar era pasar entre ellos, pero jamás me lo permitirían. También sabía que no quería que me partieran el hocico, además de violarme. Por primera vez en la vida, deseé estar muerto. Bajé los hombros y empecé a llorar. Tiré los platos y las tazas al suelo, las cuales rebotaron en el piso de concreto e hicieron un escándalo. Empecé a sollozar sin control cuando Pete asomó la cabeza para asegurarse de que ya me hubiera tranquilizado. En ese momento, ambos se abalanzaron sobre mí.

—¡No, no! ¡Por favor! ¡No! —grité, cubriéndome la cara con las manos porque no querer ver lo que ocurriría después. Por el tono de su voz, quedó claro que lo siguiente sería meramente transaccional.

—Primero voy yo, Pete —le ordenó Earl.

—Sí, sí, lo sé —contestó Pete.

Me quedé frío de pies a cabeza. Pete fue el primero en acercarse y apretarme el brazo derecho con violencia, lo que me hizo sisear de dolor.

—¡Mierda! —grité. El miedo me había debilitado tanto que ya no podía forcejear siquiera.

Luego vino Earl y me agarró la mano izquierda mientras me estrujaba el hombro con la otra mano. Todo a mi alrededor daba vueltas. El corazón se me aceleró tanto que empecé a hiperventilar. Cuando caí al suelo, escuché la voz de Earl.

—No, no, no, bombón. Tú no vas a ningún lado.

Cuando recobré la conciencia, me estaban cargando y hablaban de inclinarme hacia el frente o algo así. Me giraron y me empujaron contra la mesa de preparación. Escuché el ruido de las tablas de picar y los utensilios que cayeron al suelo mientras Earl se preparaba a mis espaldas.

Pete no me soltaba la muñeca y me jalaba el brazo al tiempo que me empujaba la nuca con firmeza para obligarme a asentar la cabeza en la superficie metálica. Sentí el frío del acero inoxidable en la mejilla izquierda, y a lo lejos vi los palos de las escobas y los trapeadores que usaba a diario, apoyados contra la pared. El fuerte olor a cebolla me recordó que había olvidado usar lejía para limpiar la mesa adecuadamente antes de que terminara mi turno. Por alguna razón, esos detalles me llenaron de una tristeza hondísima, lo que me hizo llorar con más desesperación aún.

Recordé a mi madre y pensé en lo mucho que habría querido estar con ella en ese instante. Pensé en cuánto me había esforzado por lastimar a mi padre, a pesar de que él nunca había dejado de apoyarme. Quería pedirle perdón, pero ya era demasiado tarde. Después de lo que estaba por ocurrir, mi vida no volvería a ser la misma. El Zach que mis padres conocían y adoraban dejaría de existir.

—¡No, por favor, no! —grité. Como eso no funcionó, traté de cambiar de estrategia y me tranquilicé e intenté razonar con ellos—. Por favor, amigos, se los ruego. Les daré lo que quieran. ¡Les pagaré lo que quieran! Mi papá es don Gastón Billetes.

Pete y Earl siguieron adelante con la preparación. Alcé la cara para voltear a ver a Earl.

—Esta manita se queda aquí, sobre la mesa —me dijo, mirándome a los ojos, y me soltó la mano derecha. La puse donde él me ordenó y volví a asentar la mejilla en la superficie de acero inoxidable mientras él se movía atrás de mí. Lo escuché bajarse los pantalones. Empecé a temblar sin control, sin dominio alguno de mi cuerpo. Sentí incluso el calor de la orina que se me escurría por la pierna. Earl presionó su cuerpo contra el mío. Lo escuché jadear mientras metía la mano bajo mi camiseta para acariciarme la espalda baja y el costado. Fruncí el ceño y me retorcí, en un intento por evitar el contacto físico, pero no sirvió de nada. Luego, el olor de su aliento cálido y pútrido me provocó arcadas. A la tercera, vomité sobre la mesa, lo que hizo a Pete recular y carcajearse—. ¿Qué te da tanta risa, pendejo? ¿Qué no ves que es una cosa íntima? —le gritó Earl.

Pete bajó la mirada, como un niño regañado.

—Perdón, Earl. Es que es la primera vez que veo a un famoso vomitar, y cuando pensé eso me dio risa.

Se me nubló la vista cuando empezó a manosearme por encima de los pantalones y me puso una mano en la espalda. Otra vez sentí que perdía el conocimiento.

De la nada, escuché una voz en mi cabeza.

—Zach —me llamó. Abrí los ojos, pero sólo vi colores y formas borrosas—. ¡El té, Zach! —exclamó la voz.

Volví a ver con claridad y descubrí que a unos cuantos centímetros de la mano que tenía libre estaba el termo con agua caliente, sobre la mesa.

Sentí que Earl agarraba el cinto de mis pantalones con firmeza para bajármelos.

—¡Earl! —le grité.

—¿Qué te pasa, pendejo? —reviró, frustrado, sin soltar mis pantalones.

—¿La puta de tu esposa y tus cinco hijos bastardos saben que no eres más que un violador de pueblo que abusa de jovencitos en la cárcel?

Hubo un silencio extraño. Ninguno de los dos podía creer lo que acababa de escuchar. Inhalé rápido tres veces y, con una ráfaga de energía renovada, agarré el termo con la mano que tenía libre, le quité la tapa y le aventé el líquido hirviendo a Pete en la cara. Me soltó de inmediato y cayó de rodillas al suelo.

Apoyé un pie sobre el pecho de Earl y lo empujé tan fuerte como pude, lo que a su vez me propulsó hacia el centro de la mesa. Me subí y empecé a gatear hacia la puerta tan rápido como pude. Earl, quien tenía los pantalones alrededor de los tobillos, se tambaleó hasta agarrarme una pierna, mientras Pete gritaba de dolor.

—Ya lo tengo, Pete. Levántate y ayúdame.

Era ahora o nunca. Morir o matar. Lo que vino después ocurrió como en cámara lenta: usé el pie libre para empujar el pelador de acero de más de cuarenta kilos y tirarlo de la mesa sobre el pie de Pete. Escuché el crujido de sus huesos al romperse, así como los gritos agónicos de Pete.

En plena explosión de furia, Earl me bajó de la mesa de un jalón. Caí de espaldas y me quedé sin aire. Earl trató de acomodarse el pantalón para caminar con más estabilidad y se montó en mí. Forcejeé con dificultad. Tenía a un puto cavernícola semidesnudo encima que agitaba los brazos con furia para tratar de golpearme. Me protegí con los brazos y las manos, y logré esquivar algunos de los puñetazos, pero Earl no paraba. De reojo vi a Pete en el suelo, de espaldas, aullando con la pierna en el aire.

Los puñetazos fueron espaciándose a medida que Earl se fue cansando.

—Zach —dijo, casi sin aliento—. Voy a tener que matarte. Aquí y ahora.

Negué con la cabeza, y la sangre de las heridas de la cara se me metió a los ojos.

—No, Earl. No tienes que hacerlo. Podemos parar. Creo que ya nos hicimos suficiente daño —contesté, mientras ambos jadeábamos y resoplábamos.

—¡Sólo quiero que sepas una cosa, Zach! —gritó Earl.

—¿Qué? —El pánico hizo que se me quebrara la voz.

—Quiero que sepas que igual te la voy a meter mientras te desangras en el piso. —Torció la cabeza para ver a Pete, no sin antes asegurarse de tenerme bien atrapado bajo su peso—. Dame la navaja, Pete.

Ahora sí, había llegado el fin. Moriría en la cocina de ese lugar de mala muerte a los veintidós años. Me cayeron lágrimas por las mejillas mientras mi cuerpo se relajaba, resignado. Cerré los ojos y empecé a desprenderme, mientras la voz cada vez más distante de Earl le gritaba a Pete.

Luego se hizo un silencio sepulcral, y supe que había llegado la hora. Sentí el roce del arma punzocortante en el cuello. *Eso es todo.* Apreté los ojos, preparándome para lo inevitable…

Y pasó una eternidad… *¿Por qué no me ha apuñalado?*

Lentamente abrí un ojo y eché la cabeza hacia atrás de golpe al ver un enorme zapato azul marino de los que la prisión les da a los reclusos. Ese zapato contenía el pie de mi compañero de celda.

Abrí el otro ojo y volteé hacia arriba, hacia donde estaba Dimitri parado, con las manos en jarras, mirando a Earl a los ojos.

—Sólo tengo una duda —dijo Dimitri con un falso acento sureño, burlándose de la forma de hablar de Earl y Pete—. ¿Quién de los dos organizó la fiesta y no me invitó? —Earl, con la navaja aún en la mano y los pantalones a media pierna, se me quitó de encima de un brinco. Yo me quedé tumbado, mirando las luces fluorescentes del techo, aliviado de seguir vivo—. Zach —me dijo Dimitri en voz baja—, necesito que te pongas de pie. ¿Crees poder hacerlo, hermano?

—Creo que sí —contesté. Mi voz no disimulaba mi agotamiento.

—¿Qué carajos te pasa, cabrón? Todavía no acabo con él —dijo Earl con cierto nerviosismo en la voz. Dimitri dio un paso para ponerse encima de mí, con un pie a cada uno de mis costados. *Me está protegiendo*, pensé. Le alcanzaba a ver la espalda. Estaba bien erguido, con las manos aún en las caderas y una postura desafiante—. ¡Fuera de aquí, pendejo! —le gritó Earl.

—Zach, deslízate hacia atrás y ponte de pie. ¡Ya!

Me deslicé entre sus piernas y me tomé de la pata de la mesa para ponerme de rodillas. Exhalé con fuerza. El peligro había pasado, al menos para mí.

—¡Eres hombre muerto! Lo sabes, ¿verdad? —le gritó Earl a Dimitri.

—Zach —dijo Dimitri.

—¿Qué? —contesté.

—Es hora de que vuelvas a la celda. Te alcanzo en unos minutos.

—No te puedo dejar aquí solo, hermano.

—No es una sugerencia —dijo y volteó a verme mientras yo me iba poniendo de pie—. Ve —susurró. Caminé despacio hacia la puerta. Iba de camino a la salida de la cocina cuando me di cuenta de que no quería dejar a Dimitri completamente solo. Me acerqué a una de las ventanillas de servicio cerradas y me asomé por la rendija entre el marco y la persiana de madera. Alcancé a ver la espalda de Dimitri, quien seguía parado frente a Earl. Y podía escuchar con claridad todo lo que decían—. ¿Qué procede entonces, Earl? —le preguntó Dimitri.

—Mira, imbécil, primero te voy a hacer pedazos y luego pensaré cómo voy a recuperar a mi reinota en un futuro cercano para terminar lo que empezamos. De cualquier forma, Telameto, ustedes dos ya firmaron su condena de muerte.

—¿Dices que me vas a hacer pedazos? Es importante que sepas que no puedes hacerme daño, Earl. Podría decirse que soy… "indivisible" —dijo Dimitri. *Qué huevos tiene ese cabrón*, pensé—. Me sorprende lo mucho que está dispuesto a hacer alguien como tú por un par de nalgas, Earl. Acechar, sobornar a los guardias… Todo para que termines dando vueltas en el suelo, todo golpeado. ¿Para qué, Earl? ¿Para que el pobre Pete termine con quemaduras en la cara y un pie roto? ¿Para que tú termines semidesnudo con una navaja en la mano? ¿Para tener relaciones sexuales con un muchacho que no quiere tener relaciones sexuales contigo? —Hizo una pausa, miró a su alrededor un instante, y luego continuó—: Para que no te vayas con las manos vacías después de tanto esfuerzo, ¿por qué no me tomas a mí? —Dimitri bajó las manos y se quitó la camiseta. Earl reculó de golpe al ver las cicatrices de Dimitri—. ¿Te gustan mis tatuajes? —canturreó Dimitri—.

Son un poco distintos a los tuyos, ¿verdad? Salvo por uno, todos me los hicieron cuando era niño. Tengo un total de ciento diez. Y a diario me tomo un tiempo para dar gracias por cada uno de ellos. —Se llevó la mano al cinto.

—No quiero nada de eso contigo —masculló Earl.

—Pero si lo querías con Zach. ¿Qué diferencia hay? No voy a oponer resistencia ni nada por el estilo. ¿Acaso no te gusto? Estás empezando a hacerme sentir mal, Earl.

—Creo que debería preocuparte más salvar el pellejo —contestó Earl.

—Ah, entonces es por las cicatrices. Si quieres me pongo la camiseta y sólo me quito los pantalones.

Earl se le echó encima. En lugar de defenderse, Dimitri abrió los brazos para exponer su torso. Se irguió y alzó la mirada al techo. Empezó a emitir un zumbido sonoro, resonante, continuo, que parecía provenir de las profundidades de su ser.

Earl hizo una pausa momentánea, sin saber cómo interpretar aquello, y luego le enterró la navaja en el vientre. Me quedé boquiabierto, pero Dimitri no reaccionó. No dijo ni pío.

De pronto, Dimitri bajó la mano izquierda y tomó la mano con la que Earl seguía sosteniendo el mango de la navaja. Luego, con la derecha, Dimitri tomó la mano libre de Earl y le puso las manos juntas con firmeza, sin sacarse la navaja del cuerpo. El canturreo paró cuando bajó la cabeza para mirar a Earl a los ojos.

—Sí, Earl. Esto es lo que querías. ¡Ya lo tienes!

Earl se retorció de miedo e intentó zafarse del agarre tenaz de Dimitri. Luego, Dimitri dio un paso al frente, lo que hizo que Earl se tambaleara hacia el refrigerador.

—¿Qué carajos haces, pendejo? ¡Suéltame las putas manos! —Earl le ordenó con desesperación, mientras Dimitri avanzaba más, se acercaba más a él, con el arma hundida en las entrañas.

—No, todavía no, Earl. Quiero mostrarte algo. ¿Sientes dónde está la navaja? —Dimitri bajó la mirada hacia las manos ensangrentadas de ambos, con la intención de que Earl hiciera lo mismo. Earl forcejeó, moviéndose de adelante hacia atrás, en un intento por liberarse—. No te distraigas, Earl. Quiero explicarte lo que está pasando —continuó Dimitri. Desde donde yo estaba, alcanzaba a ver a la perfección el rostro aterrado de Earl—. La navaja ya perforó la piel y los músculos de la pared abdominal. Está apenas a unos cuantos centímetros de perforar el retroperitoneo. Sólo hay que empujar un poquito más. ¿Estás poniendo atención, Earl? —Dimitri avanzó hacia él, y la navaja se hundió aún más—. Ya estuvo. Acabamos de apuñalar el páncreas, y estoy casi seguro de que también rajamos el colon ascendente. ¿No te encanta? —susurró.

¿Qué carajos?

Earl dejó de forcejear. No podía dejar de mirar a Dimitri.

—Eres un engendro del demonio. ¡Suéltame! —le gritó Earl mientras palidecía, como un cadáver.

—Todavía no terminamos —contestó Dimitri—. Mira, Earl, este supuesto daño que ambos le provocamos a mi cuerpo, para mí no es nada. Dejaré que los médicos hagan lo que tengan que hacer, pero en última instancia seré yo quien entre y sane estas cosas a un ritmo que a mucha gente le parecerá milagroso. Y eso es justo a lo que quiero llegar hoy. Todos tenemos el poder de sanarnos a nosotros mismos, pero la gente del mundo no lo sabe aún. Y, hablando de sanar, Earl, tienes mucho trabajo por delante. Lo que sea que te haya pasado en la vida, lo que sea que te inspire a hacerles estas cosas a otros seres humanos, es algo que puedes sanar, si estás preparado para hacerlo. Pero tendrás que volver al pasado y echarle un buen vistazo a *todo* lo que te pasó. Cuando abordamos y sanamos nuestros problemas del pasado, nuestros traumas, entonces y sólo entonces podemos erguirnos en nuestro propio poder. A partir de ahí, somos capaces no sólo de alterar nuestra propia vida, sino también la de otros, a medida que nos unimos en agencia para crear un mundo nuevo, un nuevo camino. —*Agencia... Eso me gusta*, pensé—. Has de creer que lo que te estoy diciendo es una locura, pero quiero que sepas que es posible lograrlo, y por eso te dejaré que eches un vistazo. No acostumbro hacerlo, pero como Zach y yo tenemos mucho trabajo por delante, tanto al interior de esta prisión como fuera de ella, no tenemos mucho tiempo para tus jueguitos. Así que haré una excepción.

Quién sabe de qué está hablando, pero estoy seguro de que esto se va a poner bueno.

Me quedé quieto, inmóvil por el suspenso, imaginando qué clase de lección cabrona le enseñaría a Earl, mientras me preguntaba a qué se refería Di con aquello de "mucho trabajo por delante, tanto al interior de esta prisión como fuera".

—No, cabrón. Ya estuvo. Ya ni siquiera siento las manos. Suelta, por favor

—suplicó Earl con la cabeza gacha, derrotado.

—Eso es justo lo que haré, y tú harás lo mismo, durante más o menos un segundo.

—¿Qué carajos significa eso?

—Soltar. La clave de la liberación —contestó Dimitri. Me agaché cuando Dimitri volteó hacia atrás y a su alrededor para asegurarse de que nadie más los viera. Volví a asomarme cuando lo escuché hablar de nuevo—. Así se siente ser libre. Pero sólo podrás lograrlo una vez que sueltes por completo, cuando sueltes todo en la vida. Recuerda que esto es sólo un vistazo. Si quieres volver a este estado algún día, tendrás que hacer el trabajo interno que se requiere. Por ahora, basta con que te rindas. ¿Estás listo, Earl?

—No quiero nada de esto, por favor —dijo Earl—. No estoy listo.

—Créeme que lo estás. Sólo no sabes que hay algo para lo cual hay que estar listo. —Dimitri asintió en dirección de Earl y, como a la velocidad de la luz, soltó las manos de Earl, alzó las suyas y tomó a Earl de la cara. Dimitri parecía estar cargando el cuerpo lánguido de Earl con sus enormes palmas, mientras con los dedos sangrientos le sostenía la nuca—. ¡Ríndete! —gritó, y el cuerpo de Earl empezó a estremecerse. Las luces parpadearon, y Earl emitió un chillido que me heló la sangre.

Luego lo soltó, y Earl se derrumbó en los brazos de Dimitri. Escuché que la navaja golpeaba el suelo mientras Dimitri colocaba a Earl en el piso. Al parecer, Earl estaba catatónico: tenía los ojos abiertos como platos y no paraba de salivar. Volvió en sí poco a poco, esforzándose por recobrar el aliento. Mientras se recomponía, se le fue dibujando una enorme sonrisa de alegría genuina.

—¿Cómo… cómo…? ¿Qué hiciste…? —balbuceó—. ¡Dios mío! ¿Eso fue lo que creo que es?

—Un vistazo a la Verdad, Earl. A la Verdad con mayúscula. Un vistazo a tu verdadero ser. Lo demás depende de ti —dijo Dimitri mientras se arrodillaba para ayudarle a ponerse los pantalones.

—¡Todos somos eso! ¡Está en nuestro interior! ¡No, somos nosotros! Pensé que estaba por ahí, en el cielo o algo así —dijo Earl, arrebatado—. ¡Es increíble! ¿Qué fue lo que me hiciste, Tanomeo? —En ese momento, se le llenaron los ojos de lágrimas—. Lo siento, hermano. Lo digo en serio. Perdóname, por favor. ¿Me perdonarías? ¡Necesito que me perdones!

—Quedas perdonado, Earl, y de igual modo yo también pido perdón por el papel que desempeñé en todo esto.

Earl volteó a ver a Dimitri en un estado de absoluto asombro.

—¡Gracias! —dijo.

Se me erizó hasta el último vello de la piel, mientras una fuerte descarga de energía me recorría la columna vertebral.

También a mí se me llenaron de lágrimas los ojos. *¿Qué clase de persona se arrodillaría para ayudar a alguien que acaba de intentar matarlo? ¿Quién es este tipo que se disculpa con alguien que lo acaba de apuñalar? ¿Por qué no sintió dolor alguno? ¿Qué tuvo que enseñarle a Earl para convertirlo en una plasta alegre y balbuceante?*

Dimitri se dio media vuelta para irse, así que supuse que era hora de emprender la graciosa huida y salí corriendo por la puerta principal para volver a nuestra celda.

Mientras recorría los pasillos y me acercaba a mi destino, alcancé a oír una voz extasiada que atravesaba los muros grises de la prisión. Y supe de inmediato que era la voz de un supremacista blanco llamado Earl Mills.

—¡Te amo, Tanomeo! —exclamó, y su voz hizo eco en los pasillos. En ese momento ni siquiera me pasó por la cabeza que esas serían las últimas palabras que le oiría decir.

» » « «

A la mañana siguiente, cuando desperté, tenía la frente adherida a la almohada. Cuando me la desprendí, sentí una ligera punzada de dolor, y al abrir los ojos vi la mancha de sangre seca en la tela de poliéster barato. Giré tan rápido como me lo permitió la cabeza que me retumbaba y me asomé al camastro inferior. Dimitri no había vuelto en toda la noche.

—¡Arriba, señoritas! —gritó el guardia justo cuando las luces se encendieron. Me levanté de un brinco, me vestí y tendí mi cama tan rápido como pude.

Escuché el ruido del pestillo y entonces deslicé la puerta hacia un costado. Acababa de dar media vuelta para lavarme los dientes cuando escuché de nuevo el tintineo de llaves.

—¡Mierda! —exclamé, sorprendido de ver a Tanas en la entrada de mi celda—. ¿Qué demonios quieres esta vez? —pregunté en voz alta, con las manos en alto en señal de rendición.

—Lo que quiero, pobre niño rico, es que cierres tu puto hocico de oro.

—Ni en sueños, sádico de mierda —contesté con absoluta calma—. Vas a pagarlo.

Tanas esbozó una sonrisa siniestra.

—Ya veo que tendré que darte una lección sobre cómo funcionan las cosas aquí. —Puso una mano sobre la macana que llevaba al costado. Lo único que pude pensar era que me negaba a pasar por otro suceso traumático horas después de lo que había ocurrido con Earl y Pete—. Tú eres un recluso, un don nadie; yo, en cambio, soy un celador respetable que lleva más de diez años haciendo su trabajo con…

—Llevas diez años aquí porque eres un perdedor de cuarta, *Tanates*. —La mezcla de miedo y furia se me salió de las manos.

Tanas bajó la mirada al suelo. Desde mi llegada a Carlton, era la segunda vez que genuinamente me arrepentía de no pensar antes de hablar. Él asintió y alzó el rostro con una mirada aún más malévola que la anterior.

—Tal vez te lo parezca porque eres un burguesito de mierda —susurró mientras sacaba la macana. Invadió mi espacio personal y apoyó la punta de la macana sobre mi pecho—. Pero aquí, a fin de cuentas, es tu palabra contra la mía. Cuando escuchen tus lloriqueos de niña rica, me van a creer a mí. Después de eso, voy a hacer que te arrepientas de haber nacido. Earl y Pete eran unos novatos comparados con los que siguen en la fila. Esos siete cabrones te van a enseñar lo que es amar a Dios en tierra de indios.

Pasé saliva, y creo que él se percató de mi vacilación.

—Bueno, ya vete —murmuré con la voz entrecortada.

Tanas se me acercó más y me susurró al oído.

—Ya imaginé cómo será la llamada. ¿Quieres que te cuente? Va a ser una cosa así: "Hola, señor Markland. Habla el oficial Gene Tanas, de la correccional, señor. Me temo que le tengo malas noticias. Zach, su hijo, falleció a causa de una pérdida excesiva de sangre. Una perforación en el colon. Al parecer mantuvo relaciones íntimas con varios presos de la sección donde se encontraba recluido. A veces una estadía prolongada en prisión es lo que los jovencitos necesitan para salir del armario. Lamento mucho su pérdida, señor". —Su ancha sonrisa dejaba entrever su dentadura blanca y perfecta. Luego me dio un golpecito en el pecho con la punta de la macana y retrocedió hacia la puerta—. No viste nada ni sabes nada. Si eres una perrita obediente, tal vez logres salir de aquí con el ano intacto. —Metió la macana al cinto, agitó las llaves y se fue.

Exhalé con fuerza. Tanas tenía razón. Me quedaría callado. No era más que un prisionero. Un prisionero con una historia que, a la larga, terminaría en el olvido. Y me costaría la vida contarla. Así funcionan las cosas en prisión.

» » « «

Por si fuera poco, me enteré por el chismorreo de la prisión que mi compañero de celda, el hombre que me había salvado la vida, tenía heridas de gravedad y pasaría varias semanas hospitalizado. Me sentí fatal, pero, al mismo tiempo, me preocupó que Earl y Pete estuvieran planeando su venganza en mi contra.

Durante las siguientes noches, después de que apagaran las luces y cerraran con llave las puertas de las celdas, no hice más que hundir la cara en la almohada y llorar. Por primera vez en mucho tiempo, volví a sentir cosas.

Me di cuenta de que era responsable de las dificultades que había enfrentado en la vida, y la única forma de librarme de ellas era asumiendo dicha responsabilidad. Y no sólo por cómo veía a mi padre, sino por cómo veía a cualquiera que, según yo, me hubiera hecho daño. Al revisar esas partes de mi vida, empecé a liberarme. Recordé lo que dijo Dimitri aquel día sobre la "programación" y sentí que buena parte de la misma se había borrado.

Sé que sonará descabellado, pero esa sensación recién descubierta en realidad me hizo sentir más liviano, tanto a nivel mental, como emocional y físico. Por mucho, era lo más memorable y profundo que me había pasado jamás. Pude soltar, dejar ir, y al hacerlo experimenté por primera vez lo que de verdad significaba estar vivo.

EL FONDO
MARCUS

Tan pronto entré a la habitación, supe que algo no andaba bien. Después del descanso obligatorio de tres meses tras un escritorio, llevaba apenas dos días de haberme reintegrado a patrullar las calles, pero ahora volvía a estar en la oficina del teniente. El jefe del departamento y la representante legal lo flanqueaban.

—Siéntate, Marcus. —El tono plano del teniente Houser confirmó mis sospechas—. Hay una situación de la que necesitamos hablar. —El estómago me dio un vuelco cuando me senté frente a él. Siempre me daban náuseas cuando alguien me decía que necesitaba hablar conmigo de algo, ya fuera de trabajo o personal—. Nunca se me ha hecho fácil hacer este tipo de cosas. Mira, sabes cuánto te respeto y cuánto respeto a tu padre y a tu tío. Sin embargo…

En ese instante, al oírlo decir "sin embargo", sentí que se me iba el alma del cuerpo. A lo lejos, escuché su voz que hablaba sobre tensiones raciales y politiquerías y qué sé yo, todo lo cual tenía que ver con el tiroteo contra el muchacho desarmado. Se estaba concretando justo aquello que me había angustiado desde hacía semanas: me estaban despidiendo.

El jefe habló de la posibilidad de una jubilación temprana en lugar de un despido, y la representante legal me entregó una carpeta con información sobre ese escueto plan de retiro.

—Sé que necesitarás tiempo para digerirlo, así que llévate esto, consúltalo con la almohada y discutámoslo mañana, a esta misma hora. Es imposible saber por qué pasan estas cosas en la vida, hijo, pero te aseguro que saldrás de este bache. —El jefe me estrechó la mano y se fue.

—Si le surge alguna duda sobre los contenidos de la carpeta, oficial Ogabi, no dude en llamarme —añadió la abogada en voz baja y me entregó su tarjeta de presentación.

Asentí con gesto sombrío mientras ella se iba también.

Nos quedamos solos el teniente y yo.

—¿Estás bien, Marcus?

Meneé la cabeza, sin poder creerlo. *¿Cómo podría estar bien después de perder mi carrera y cualquier otra esperanza de una mejor vida para mí o para mi familia?*

—Pues no, señor. Tenía la esperanza de que esto hubiera quedado atrás.

—Lo lamento mucho, Marcus. Ya sabes que para el jefe y el alcalde todo se reduce a politiquerías. Y te juro que hice hasta lo imposible para evitarlo —dijo. Asentí y le puse una mano en el hombro—. Gracias por tu extraordinario trabajo y por ser un oficial intachable durante tantos años. Sé que lo sabes, pero Paige y yo les tenemos mucho aprecio a todos los Ogabi y queremos lo mejor para Lisa, Hope y tú.

» » « «

Una vez que llegué a casa, revisé el plan de jubilación y caí en cuenta de que me había quedado muy poco dinero después de pagar los nuevos gastos que me surgieron cuando Lisa y yo nos separamos. Las rupturas pueden hacerte pedazos; no sólo a nivel emocional, sino también financiero. *Al menos estamos juntos otra vez.* Saqué el celular y llamé a Lisa. Necesitaba que alguien me reconfortara.

Cuando éramos jóvenes, Lisa siempre estaba de mi lado, sin importar lo que ocurriera. Pero, como se había vuelto tan sensible con los temas financieros y la posibilidad de que yo perdiera el trabajo, me pregunté si de verdad era buena idea llamarla.

—Hola, Marcus. Qué bueno que me llamas. Hay algo de lo que necesitamos hablar —dijo. *No puede ser. ¿Las mismas palabras?* El nudo en el estómago que se me hizo en la estación se tensó aún más. *Esto pinta muy mal.* Hice un gran esfuerzo por mantenerme presente, como me enseñó Dimitri aquel día en prisión, y evitar que mi mente divagara, pero fracasé—. ¿Sigues ahí, Marcus?

—Sí, perdón. Aquí estoy.

—No hay una forma sencilla de explicar esto, así que simplemente lo diré como me salga. Conocí a alguien. Se llama Alberto, Beto, y me agrada mucho. Quiero mudarme con él.

¿Qué? ¿Qué dijo?

—¿Y cuándo demonios pasó eso? Pensé que tú y yo íbamos bien. El otro día fuimos por helado. Y hasta terminamos en la cama la otra noche, ¿recuerdas?

—Ay, Marcus, por Dios.

De pronto me zumbaron los oídos y sentí que una parálisis helada me recorría el cuerpo. *¿Cómo es posible recibir tantas noticias devastadoras que te cambian la vida para siempre en menos de dos horas?*

Lisa atenuó la voz, y yo entré en el mismo estado de trance en el que estuve en la estación. Cuando salí del ensimismamiento, Lisa me abofeteó con la peor parte de la noticia: Beto vivía en un pueblito llamado Fuller, a cuatro horas al oeste de East Borough. Hope se iría con ella.

Discutimos durante casi una hora en la que ella habló del dinero de Beto, de su linda casa y de la escuela privada a la que asistiría Hope.

—¿Acaso no quieres más de la vida, Marcus? —me preguntó, casi sin aliento—. ¿Te acuerdas de cuando éramos jóvenes y decías que querías cambiar el mundo? ¿Crees que lo lograste siendo policía, siguiendo "la tradición de los Ogabi"? Me casé contigo porque creía en ti. Creí que querías lograr algo. Pero nunca pasó.

—No conozco otra vida —murmuré, con un nudo en la garganta.

—Mira la relación de tus padres. Se desmoronó como la nuestra, y eso que no había cuestiones interraciales de por medio. ¿Crees que es fácil estar casada con un policía? ¿Te imaginas lo que sentí después del tiroteo? ¿Sabes lo que fue lidiar con el hostigamiento de los periodistas que no paraban de hacer preguntas? No sabes lo difícil que ha sido defenderte después de tu chistecito: que primero no te acordaras de haberle disparado a un chico desarmado y luego lo recordaras de pronto.

—Es un hombre, Lisa. Joven, pero hombre —contesté con voz débil.

—¡Da igual, Marcus! —exclamó, y luego se hizo un silencio tal que creí que había colgado el teléfono—. Sé que no es algo fácil de escuchar —susurró al fin, tratando de sonar como si de verdad le importara—. Pero dicen que todo pasa por algo.

—Y ese algo es mejorar tu situación financiera, ¿verdad?

Hubo otra explosión de silencio antes de que contestara.

—¿Sabes qué es lo que más me alegra, Marcus? Que ahora mi hija tiene una figura paterna que se interesa más por su familia que por salir a emborracharse con sus amigotes mientras ven deportes en la tele.

¿Qué tiene de malo ver deportes?

El frenesí de mis pensamientos desbocados me impidió contenerme más.

—¿Sabes algo? Eso de siempre querer más y más te acerca más a las prostitutas que a ser una buena madre. Tal vez deberías echarle un ojo a eso, Lisa.

Tan pronto enuncié esas palabras, me arrepentí. Antes de que contestara, sentí que su odio se desbordaba por el auricular.

—Sólo un perdedor desempleado se expresaría así de algo que ni siquiera puede pagar. A otro perro con ese hueso, Marcus. Que te consuele tu madrecita.

Aventé el celular al otro lado de la habitación y rebotó contra la barra de la cocina, lo que hizo que Lucky se despertara de un brinco.

Me senté en la mesa de la cocina, y mi ira se fue transformando en una tristeza profunda, de esa que te hace querer llorar, aunque no puedas. El mundo se me vino abajo. Lo que me dijo Dimitri hacía unas semanas seguía traqueteando en mi cabeza, pero ya no tenía el menor sentido. Perdí mi carrera, y Lisa se fue para siempre. Pensé en mi hija, Hope, y en lo mucho que había cambiado desde que su madre y yo nos separamos, y entonces entendí que ella también debía de considerarme un perdedor.

Con un destello, todo me quedó claro: *Tiene razón*. Me arrepentí de la decisión que tomé aquel día en el juzgado. *¿Qué clase de hombre arriesga el futuro de su familia por una rata de alcantarilla?* Algo me apretó el corazón. Era como si algo se hubiera desprendido de mi ser y fuera imposible recuperarlo. Eso que algunos llaman espíritu o esencia, eso que me permitía levantarme cada mañana con la intención de procurar mejores cosas para Hope, para Lisa y hasta para el mundo, quedó pulverizado. Esta vez sí toqué fondo. Y no había forma de salir de ahí.

Me asomé a la alacena de la cocina, donde guardaba mi pistola calibre .38 de uso personal dentro de una caja de ciruelas pasa. Imaginé a Lisa llorando mientras mi padre le informaba que me había suicidado. Recordé las incontables veces que ella dijo que jamás abandonaría nuestro barrio.

—¡Perra mentirosa! —grité, y Lucky me volteó a ver y se me acercó. *Cuatro horas de distancia.* Nunca había vivido a más de quince minutos de distancia de mi hija.

Y lo único que quería en ese momento era que Lisa pagara las consecuencias.

Miré al gato que ronroneaba y frotaba su cabecita contra mi pantorrilla.

Tiene hambre, perdedor.

Me levanté para alimentarlo.

—Eres igual que Lisa, Lucky —dije, mientras el gato me seguía, maullando—. Sólo me quieres por lo que puedo darte. Cuando quieres algo eres amable, pero cuando lo obtienes te olvidas de mi existencia. La diferencia es que a ti te perdono porque eres un gato. —Las lágrimas me rodaron por las mejillas mientras vertía la bolsa de croquetas entera en el tazón de metal y veía cómo se derramaban y caían al suelo de loseta—. Con esto debería alcanzarte hasta que me encuentren.

Lucky ignoró la comida y salió por la pequeña abertura de la puerta corrediza. *Le estás hablando a un gato.* Lo más raro, sin embargo, era la forma en la que lo estaba haciendo. Me hizo recordar la visita de Dimitri y aquello que me enseñó de que todos tenemos historias. Y yo le estaba contando la mía a un gato llamado Lucky. *Qué patético.*

Saqué la caja de la alacena, hice a un lado las ciruelas pasas y saqué el arma. Me recliné en la silla de la mesa de la cocina y acaricié el cañón de acero inoxidable con los dedos, sin dejar de sollozar con fuerza.

Abrí el pestillo para liberar el tambor, el cual cayó a un costado. Leí lo que decía en la parte trasera de las balas: FEDERAL 18 SPCL. *Con esto bastará.*

Sacudí la pistola hacia un costado para cerrar el tambor y me la llevé a la sien. Estrujé la empuñadura de caucho negro sin poder contener el río de lágrimas que me caía por las mejillas. Puse un dedo en el gatillo y lo tensé. *Es la única salida.*

Lucky emitió un largo maullido gutural, y al verlo entrar alegremente a la casa con un pajarito en el hocico, quité el dedo del gatillo. En otras circunstancias habría intentado salvar al pobre animalito, pero ese día era distinto.

Parece que hoy se perderán dos vidas en la casa de Marcus Ogabi.

Volví a llevarme la pistola a la sien y miré la caja de ciruelas pasas que tenía enfrente. Me llamó la atención el nombre de la marca: Hummingbird.

Hummingbird… colibrí. Qué raro nombre.

Recordé que Hope odiaba las ciruelas pasas y que por eso decidí esconder la pistola ahí. Me di cuenta de que a mí tampoco me gustaban. *¿Hay algún ser humano al que sí le gusten? ¿Por qué diablos estoy pensando en ciruelas pasas?*

Dejé la pistola y me puse las manos en las sienes, como si estuviera en medio de una reflexión profunda. *¿Qué carajos está pasando aquí?*

Y entonces entendí: lo extraño no era hablarle al gato ni cuestionar el consumo mundial de ciruelas pasas con una pistola en la cabeza. Era poder *verme* teniendo esos pensamientos. Así como aquel día en la sala de visitas Dimitri me enseñó a ser testigo de mis propios pensamientos, los estaba observando llegar en este instante, casi de forma involuntaria.

Percatarme de mis pensamientos confirmó que había dos entidades en juego: estaba el *yo* profundamente herido que hablaba con el gato y pensaba cosas inusuales con respecto a las ciruelas pasas, y luego estaba el *yo* que veía esos pensamientos y se preguntaba por qué me estaban viniendo a la mente. ¿Cuántos *yos* había en mi cabeza? Pero, sobre todo, ¿cuál era el verdadero?

¿A cuál de ellos estoy por matar?

La parte de mí que observaba la llegada de los pensamientos se sentía bien. No estaba molesta por no tener trabajo ni estaba perdiendo la cabeza por la mudanza de su exesposa y su hija. Por lo visto, tampoco tenía la menor intención de suicidarse. Supuse entonces que lo mejor sería descifrar cuál de los dos era yo en realidad antes de cometer una especie de homicidio doble.

Recordé que Dimitri me habló de un punto medio y me dijo que cualquier estado emocional extremo, ya fuera positivo o negativo, solía indicar que no estábamos en un estado de presencia.

Reproduje los sucesos que acababan de ocurrir y recordé la imagen sombría del futuro sin mi hija y mi esposa. Al combinarla con la catastrófica idea inminente de vivir en pobreza extrema creé una película mental que nadie querría protagonizar. Todo estaba bien y había estado bien hasta ese momento, al menos afuera de mi cabeza. Mi proyección de un futuro que ni siquiera había ocurrido me provocó una fortísima agitación emocional que casi me cuesta la vida.

Carajo, si tan sólo pudiera recordar estar siempre presente, si pudiera permanecer sabiendo que este momento es todo lo que tenemos, mi vida sería mucho más sencilla. Me quedé quieto y tuve otra epifanía.

Acabas de volverlo a hacer, Marcus.

Caí en cuenta de que reprocharme por no estar presente era en sí mismo una acción que me impedía estar presente. Ese pensamiento, "si tan sólo pudiera recordarlo, mi vida sería mucho más sencilla", era una proyección del futuro, además de recurrir de cierto modo al pasado.

Me deleité con esa nueva revelación en torno a una verdad sencilla, pero que parecía compleja. *Estoy bien en este instante. Ya estoy ahí. No hay nada que debería o no debería haber ocurrido.* Lo único que necesitaba era enfocar mis pensamientos en este momento, este presente, y nada más.

Se me erizó la piel de los brazos, y un escalofrío me recorrió por completo la columna vertebral. Guardé la pistola en la caja, lentamente apoyé la cabeza sobre la mesa, junto a la caja, y miré el patrón cúbico del papel tapiz de la pared.

Lucky volvió, ya sin el ave en el hocico, y alzó la mirada hacia algo que estaba arriba de mí. Escuché un zumbido intenso y, al voltear, vi un colibrí verde con rojo que flotaba sobre mi cabeza. El corazón casi me estalla cuando descendió frente a mi cara, me miró a los ojos y salió disparado hacia la puerta.

Inhalé profundo y reproduje en la mente los sucesos recientes. Desde los colibríes hasta las ciruelas pasa, desde los encuentros misteriosos con ancianas hasta las palabras de un joven al que le disparé sin que lo mereciera. Recordé que las palabras de aquel joven me habían salvado la vida. Exhalé y susurré.

—Gracias.

LA VOLUNTAD DE LUCKY

MARCUS

Lucky le dio manotazos al teléfono que timbraba. *¿Me sigues cuidando, compadre?* Como la mayoría de los animales de compañía, Lucky sabía que algo me había pasado esa tarde y estaba prestándome más atención de la habitual.

—Aquí Marcus —contesté, mientras le acariciaba la cabecita a Lucky.

—Hola, Marcus. Soy Jim, de la Penitenciaría Estatal Carlton. ¿Cómo estás? —Las telarañas tardaron un segundo en disiparse. *Es James Devic, el que nunca pudo trepar el muro durante el entrenamiento policial.* Era la última persona de la que esperaba oír en ese momento. *Seguro tiene que ver con Dimitri—.* ¿Te llamo en mal momento, Marcus? —preguntó, ante mi falta de respuesta.

—Hola, Jim. Perdón por eso. Estaba distraído. No, no es mal momento. Para nada. Y, en respuesta a tu primera pregunta, lo único que puedo decir al respecto es que sigo vivo. ¿Tú?

—También sigo vivo, y bastante bien, la verdad. Pero no sé si puedo decir lo mismo del joven Tanomeo. Te prometí avisarte si algo le pasaba, y pues ya pasó. Al parecer se metió en problemas con dos miembros de la Dos Cinco y le fue bastante mal: una puñalada en el vientre, una cosa muy delicada. Es el tipo de herida que requiere al menos un mes de hospitalización, pero él salió de la enfermería en apenas cinco días, Marcus. Los doctores nunca habían visto algo así. O sea, no está completamente recuperado, pero ya anda de un lado para otro. Hasta parece de otra especie el cabrón.

Y que lo digas.

—¿Qué fue exactamente lo que pasó?

—Pues nadie quiere soltar la sopa. Es más, el muchacho no quiere decir nada porque, en sus propias palabras, "no quiere poner a sus compañeros en riesgo". ¡Hazme el favor!

—Sí, algo parecido dijo el día que nos vimos allá. Supongo que trae la soga al cuello. —Me preocupaba un poco su seguridad, aunque él no pareciera preocuparse por sí mismo.

—No estoy seguro de que sea eso. Algo pasó durante el ataque. Nadie sabe bien qué, pero uno de los exlíderes de la Dos Cinco, un tipo llamado Earl, ha estado actuando muy raro desde entonces.

Es el supremacista blanco que quiso intimidarnos.

—Lo ubico. Estaba en la sala de visitas cuando fui y amenazó al muchacho. Un matón de cuarta.

—Pues al matón de cuarta se volvió como una cabra. Dicen que tuvieron que transferirlo al ala psiquiátrica porque él lo solicitó. Dijo que quería ampliar sus horizontes y que él era Dios y no sé qué otras locuras. Como su comportamiento cambió radicalmente, los doctores pensaron que lo mejor sería mandarlo a psiquiatría para que lo valoraran. Pero no tiene mucho sentido que haya pasado de ser un racista violento a ser un loquito inofensivo.

—Mira, Jim, yo ya no sé qué cosas tienen sentido y qué cosas no. Si tuvieras idea de lo que me ha pasado desde que conocí al muchacho, te aseguro que no lo creerías.

Jim masculló que más o menos entendía.

Decidí contarle con franqueza los últimos sucesos relacionados con el tiroteo. Por el tiempo que pasamos juntos en la academia, recordaba que Jim era un tipo bondadoso y honesto, y al parecer de verdad le interesaba escucharme, así que le conté que había perdido mi trabajo y que al principio eso me movió el piso durísimo. Sólo evité mencionar el detalle de la pistola en la sien.

—¿Qué planeas hacer ahora, Marcus?

—Mira, todo pasó tan rápido que ni siquiera he tenido tiempo para pensarlo.

Guardó silencio un momento, pero supuse que era porque no sabía qué decir. Si hubiera estado en sus zapatos, yo no habría sabido qué decir.

—Mira, Marcus —dijo al fin, con voz franca—. No recuerdo mucho de mi crianza religiosa, para ser sincero, porque siempre me rebelé contra cualquier cosa que mis padres me impusieran. Pero sí me acuerdo de un pasaje de la Biblia que se me grabó y que a lo mejor no te vendría mal en este momento. Digo, si quieres escucharlo.

Inhalé profundo y suspiré discretamente. *Qué molesto.*

—Adelante, Jim. No tengo nada que perder.

—Dice así: "Dios todo lo hace según el designio de su voluntad".

Lucky me volteó a ver, pero yo estaba en blanco.

—No tengo idea de qué significa eso, Jim.

—Bueno, creo que significa que, detrás de cualquier cosa que pasa, hay una razón más grande. Como te dije, es de los pocos versículos que recuerdo, pero siempre me ha ayudado a salir adelante cuando las cosas se ponen pesadas.

—Mi exesposa dijo algo parecido antes de darme un puñetazo de realidad asqueroso. Pero, para ser sincero, no sé qué clase de dios pondría a la gente en este tipo de situaciones. Eso del "plan divino" nunca me ha sentado bien, y menos cuando veo el mundo en el que vivimos y lo mucho que sufre la gente.

—Entiendo —dijo Jim—. Mucha gente lo ve así.

—Gracias por llamar, Jim. Creo que debo irme. La voluntad de Dios es que encuentre un nuevo empleo, así que tengo que poner manos a la obra.

—Mucho éxito. Ah, bueno, hay un puesto disponible aquí en Carlton, como guardia de seguridad. Te quedaría como anillo al dedo. Las prestaciones son buenas y te pagan todas las horas extra que quieras. Sé que pasaste muchos años en la policía y que tu familia está allá, pero no está de más que lo consideres —dijo. Me quedé callado—. ¿Sigues ahí, Marcus?

—Sí, perdón —contesté despacio—. Sí, Jim. Gracias por pensar en mí. Lo tendré en cuenta.

—Bueno pues. Hasta la próxima. Cambio y fuera.

Jim colgó. Agarré mi laptop y busqué un mapa del estado. *Sería demasiada coincidencia.* Sin embargo, haciéndole justicia a la causalidad, resultó que la Penitenciaría Estatal Carlton estaba a no más de media hora del poblado de Fuller.

LLAMADA DE ATENCIÓN

ZACH

—¿Cómo estás, Di? —grité mientras bajaba de la litera de un brinco y aterrizaba en el suelo de concreto. Me daban ganas de abrazarlo, pero, ante la falta de confianza y la preocupación por su estado físico, me conformé con agarrarlo de los hombros.

—Todo bien, Zach. ¿Cómo va todo por acá, en la celda sagrada?

Que describiera así nuestra celda me pareció demasiado extraño.

—Todo sereno. Tal y como te gusta. —No quería preocuparlo con lo de la visita de Tanas, pero Dimitri volteó a verme con una mirada suspicaz. *¿Sabe que le estoy mintiendo?*

—Me da gusto. —Procedió a sentarse despacio en su cama.

—En el patio corre el rumor de que debiste pasar meses en la enfermería después de esa herida. ¡Pero saliste en menos de una semana! ¿Qué hay con eso?

—Hay mucho trabajo que hacer aquí, así que decidí volverme un componente consciente de mi propia sanación. —Dicho eso, se recostó en su catre.

—Bueno, no voy a preguntar qué significa eso último, pero ¿a qué trabajo te refieres?

Dimitri suspiró.

—Estar al servicio de la transformación de la vida de los hombres dentro y fuera de esta prisión —contestó.

Por su forma de expresarse, supuse que esa transformación era la que yo experimenté durante aquella conversación que tuvimos. Pero lo más curioso era la confianza y la seguridad con que expresaba su misión. Creo que eso fue lo que más me impresionó. No albergaba ni la más mínima duda al respecto, lo cual me recordó al hombre que yo idealizaba en mi infancia: mi padre. El hombre que convertía en oro aquello que tocaba.

—A veces me recuerdas a Terrance. Hablan muy parecido, con convicción. Así sea sobre una empresa multimillonaria que va a adquirir o una mujer a la que se va a cenar, en su cabeza sabe que puede…, y en general no se equivoca.

—Para empezar, me desconcierta que te refieras a tu padre por su nombre de pila. Pero sí, lo otro sí. Esas son las bases de la manifestación.

—Es un viejo hábito —dije, encogiéndome de hombros. Empecé a referirme a él como Terrance cuando entré al bachillerato y me enfureció descubrir lo que él le hacía al mundo—. Y sí, he oído algo sobre la manifestación, pero ¿cómo pretendes lograr esa transformación, sobre todo a la escala de la que hablas?

—Igual que tu padre. Verás, Zach, antes de que algo ocurra, en su mente él ya lo experimentó como un suceso completo.

—Sí, justo eso hace.

—Pues yo hago lo mismo. Y, por si fuera poco, también siento lo que se siente haber logrado esa proeza. Lo siento literalmente en el cuerpo, incluso desde antes de que ocurra.

Asentí, aunque esa parte de sentirlo en el cuerpo no me quedaba muy clara.

—Supongo que te funcionará mejor que a él porque lo que tú haces es bueno. Y lo que él hace, en general, no lo es.

Volteó a verme.

—No funciona exactamente así, Zach. O sea, hay una *alineación energética*, pero ese es un tema para otro día. Recuerda que no hay un concepto universal de *bien* que trascienda su forma subjetiva, la cual se basa en juicios de valor. Mucha gente afirmaría que lo que yo hago es bueno, que es bueno y justo ayudar a esta gente porque todos merecemos que alguien nos eche una mano. También podría decirse que es malo ayudar a gente que ha hecho daño, pero eso sería un punto de vista meramente subjetivo.

—Creo que entiendo por dónde va tu argumento, pero es difícil captarlo del todo por la forma en que me enseñaron a pensar.

—Lo sé. Es la programación —dijo y asintió—. Pero, si sigues mirando ambos argumentos, verás que los dos tienen razón. Y eso, si lo piensas bien, significa que, al mismo tiempo, también los dos están equivocados. Las cosas no son universalmente correctas, incorrectas, buenas o malas. Sólo son. Todo es parte de la creación. Y enfocarme en mi propia subjetividad, en lo que es bueno para mí, en lo que a mí me viene bien, es la mejor forma de vivir mi vida, según yo. Siento que estar al servicio de la totalidad es lo correcto y es lo bueno. Desde ese punto de vista, podría decir que algo es bueno o malo, pero sólo lo sería desde mi punto de vista personal. Lo mismo pasa con lo que no me funciona; sólo es malo *para mí*.

Creo que tu teoría tiene ciertas incongruencias.

—Pero, a ver, si mucha gente, si la mayoría de la gente dice que algo es bueno o malo, entonces tiene que serlo, ¿no crees? Eso es lo que permite que el mundo funcione.

—Y yo te preguntaría: ¿de verdad funciona?

—¿Qué cosa?

—El mundo. ¿Funciona? ¿En serio funciona?

Nunca lo había pensado así.

—Bueno, más o menos.

—¿Dirías que la población mundial está prosperando *más o menos*? ¿O más bien la mayoría *ahí la llevamos*? Ya sabes, un día a la vez. —*Era un argumento sensato.* Luego agregó—: Además, que no haya consenso sobre algo no significa que sea universalmente bueno o malo. Piénsalo así: cuando dos países se declaran la guerra, ¿cómo decidimos cuál tiene la razón y cuál está equivocado?

—Dependería de cuál fuera moralmente superior.

—¿Es en serio, Zach? —reviró, mientras yo me sentaba en el suelo, frente a él—. ¿Cómo decides quién es superior a nivel moral? Ambos tienen la razón y se equivocan porque cada uno cree que tiene la razón y que el otro se equivoca. Por lo tanto, ambos tienen la razón y también ambos se equivocan. Imagina cuánto sufrimiento ha causado y seguirá causando ese malentendido. Mira el mundo en el que vivimos, Zach. Todas las guerras, todas las disputas se basan en esa falsa creencia. —*Ese razonamiento me ofuscó, además de que la insinuación de mi presunta ignorancia me incomodó muchísimo. Dimitri se enderezó y me dio una palmada en el hombro*—. No te preocupes, amigo. Lo has empezado a entender. Eso es culpa de la programación, pero irá desapareciendo. Volvamos a lo que dijiste sobre aquello de que la manifestación podría funcionarme mejor porque hago algo que tú considerarías bueno. —*Asentí. Seguro se avecina otra revelación profunda*—. Con tu nueva comprensión de las cosas, o el que espero que sea un nuevo *saber*, podrías ver que la ley de la manifestación funciona en igual medida con cualquier acción humana. Todo es posible, sin importar si operas desde un espacio positivo o negativo. Puedes crear cualquier cosa, siempre y cuando estés completamente convencido de que, de hecho, puedes hacerlo. La prueba fehaciente está en todo lo que hacemos. Todo el tiempo estamos manifestando.

Lo reflexioné un poco e intenté encontrarle alguna otra incongruencia a su teoría.

—Entonces, quienes viven en la pobreza y la miseria, quienes nacen en esas circunstancias, ¿qué culpa tienen? —pregunté.

—Mira, la pobreza causada por un sistema monetario muy fallido que depende de la avaricia y el miedo desempeña un papel muy importante, pero no por eso deja de existir un círculo vicioso en el que nosotros, como colectividad, aceptamos un diálogo tanto interno como externo que nos mantiene atorados. Perdimos el camino, por decirlo de alguna forma. Por lo pronto, sugiero que nos concentremos en que te muestre por qué es tan desafiante salir de esta situación o, dicho de otro modo, cambiar las cosas como son en la actualidad. A partir de ahí, hablaremos de cómo podremos tú y yo producir un cambio. Claro que eso implicará enfrentar las fuerzas oscuras, por decirlo así. ¿No te parece muy emocionante?

Dimitri se veía genuinamente entusiasmado. *Pero… ¿fuerzas oscuras?*

—"Nosotros" es mucha gente, Di —contesté con recelo.

Soltó una carcajada tan fuerte que me asustó.

—O sea, si aceptas participar, Zach. Digo, ¿tienes muchas otras cosas que hacer aquí?

Me quedé mirándolo a los ojos, sin poder hablar, como un imbécil. En serio no sabía qué contestarle, sobre todo porque no entendía a qué se refería con "participar". Además, tampoco tenía idea de qué o quiénes eran las "fuerzas oscuras", ni entendía cómo podía emocionarle tanto enfrentar algo con un nombre tan ominoso.

Hora de cambiar el tema.

—Dijiste la palabra "colectividad" más de una vez, pero no me queda claro a qué te refieres.

—A la mayoría de la gente en el planeta. En este contexto, coincide con el concepto de conciencia. La conciencia colectiva es la visión compartida de la mayoría, una especie de entendimiento colectivo, por decirlo así. También lo podríamos describir como el nivel actual de conciencia de la mayoría de la gente. Pero estos entendimientos que se transmiten de generación en generación son tan limitados y están tan corrompidos que básicamente han mantenido la conciencia colectiva secuestrada durante milenios. Claro, con ayuda de las fuerzas oscuras. —*Y dale con las fuerzas oscuras.* Hizo una pausa para mirar hacia la puerta de la celda, y luego se inclinó hacia el frente y me susurró al oído—. Y ahí viene la mejor parte, Zach. Ese acuerdo mundial vetusto, vil y profano, que no ha sido cuestionado ni desafiado en ve tú a saber cuánto tiempo, está por volverse nulo e inválido. Te lo aseguro. —Se puso de pie de un brinco y me preguntó con voz alegre—: ¿*Você entende*, mi amigo?

Aunque quería ignorar todo eso de las "fuerzas oscuras", me intrigaba aquello de la colectividad.

—Lo pondré en mis propias palabras a ver si entendí bien: la conciencia colectiva está atorada en una especie de programación anticuada. ¿Es correcto?

—Correctísimo —contestó Dimitri y me señaló.

—Entonces, cuando hablamos de la visión colectiva del llanto, de que está mal o que es una especie de señal de debilidad…, eso sería otro ejemplo, ¿cierto?

—Muy cierto —contestó Dimitri con voz alegre, complacido de que hubiera empezado a atar cabos por mi cuenta—. La única razón por la que creías que llorar era un indicio de debilidad es porque escuchaste a alguien decirlo.

—Lo oí muchas veces, en voz de muchas personas —aclaré.

—Y, en algún punto, decidiste convertirlo en parte de tu voz interna.

—¿Mi qué?

—Empezaste a repetir las palabras de otros en tu cabeza, para tus adentros. Sus palabras y sus verdades se volvieron tuyas. Sin querer, adoptaste la noción colectiva falsa de lo que significa llorar, por no hablar de muchas otras cosas.

—Pero yo no recuerdo haber tomado esa decisión, Dimitri.

—Porque te lo inculcaron cuando eras muy chico. Y, dado que querías respuestas y querías ser parte de la tribu, por así decirlo, lo aceptaste. O sea que sí lo decidiste, pero no de forma consciente. ¿Qué otra cosa ibas a hacer con las herramientas limitadas que tenías a esa edad?

—Contigo todo gira en torno a las herramientas, ¿verdad, Di? —Debo decir que, a pesar de resultarme ajeno, empezaba a entender ese concepto tan excéntrico—. Hay mentiras detrás de muchísimas cosas —dije, meneando la cabeza de asombro.

—Las palabras de la programación colectiva están corrompidas, así que es hora de pulir las herramientas y reemplazar lo que haya que reemplazar, que es prácticamente todo.

—¿Por qué es tan difícil que el mundo cambie? ¿Por qué no hemos podido incorporar estas herramientas a la colectividad?

—Porque las palabras que nos decimos conforman nuestra realidad —contestó—. La mayoría de la gente diría que proveer abundancia a toda la gente del mundo, llevar una gran vida o ayudar a los presidiarios a despertar y ver su verdadero potencial son cosas que están fuera de nuestro alcance. Si la mayoría lo dice, te puedes imaginar de qué forma ese anticuado diálogo común se vuelve colectivo, lo volvemos nuestro. Esas voces se unieron y literalmente manifestaron la idea de que aspirar a una alianza de creatividad colectiva con la Tierra está fuera de nuestro alcance. Por ende, si sabemos que nunca estará a nuestro alcance vivir en una *economía de dones sagrados*, ¿qué nos queda? —Mi mente divagó mientras hacía los cálculos—. Te lo pregunto en serio, Zach —insistió.

—Sí, lo sé, pero no estoy muy seguro de qué implican esas medidas, aunque suenen muy bien. Pero lo que queda, la pobreza, la miseria, la injusticia, las imposibilidades, es lo único que puede quedar en un mundo que se dice a sí mismo que es imposible tener cosas buenas.

—Ni yo habría podido expresarlo con tanta claridad.

Oírlo decir eso me hizo sentir muy satisfecho.

—Y, entonces, ¿de algún modo tú, yo y los demás somos responsables de esto? —pregunté—. ¿De las cosas retorcidas?

—De lo bueno, lo malo y lo torcido, mi amigo. En términos subjetivos, por supuesto. Podría decirse que nos metieron en esto, que no teníamos opción, y en cierto modo es cierto. Pero también somos responsables de darle continuidad, incluso quienes están sufriendo mucho. Hasta la forma en que nos hablamos a nosotros mismos sobre aquello que no nos gusta mantiene vivo ese sistema.

Ya me perdí de nuevo.

—Creo que es otro de esos conceptos complejos que todavía no estoy listo para captar del todo. ¿Cómo podemos cambiar nuestra forma de pensar cuando esas cosas están ocurriendo en el mundo real? Si pongo el noticiario, veo lo que veo. Además, casi me violan un par de pervertidos. ¿Cómo podría no sentir lo que siento ni saber lo que sé?

—Podemos cambiarlo. Todo puede evolucionar y pasar de su estado actual a un estado de belleza. Todos y cada uno tenemos el poder para lograrlo si cambiamos la percepción que tenemos de las cosas que experimentamos. Podemos transformar nuestro diálogo interno, nuestra voz interna, y hacer que esas cosas signifiquen algo completamente distinto. Como hicimos con lo de tu padre —me explicó, y yo asentí. Luego, continuó—: Entonces, pensemos en lo que pasó con Earl y Pete, y el significado que tú le diste.

—Eso es fácil. El significado que le di es que fue muy jodido.

—¿Y podría significar otra cosa?

—¿Que los dos son unos cabrones de mierda?

Dimitri se rio.

—No, no va por ahí la pregunta. ¿No podríamos decir que es probable que ambos la hayan pasado mal en la vida?

—A juzgar por la dentadura de Earl, o más bien su falta de dientes, supongo que sí. Sí, es probable.

—Sé que estás tratando de tomarlo con humor, pero lo que acabas de decir tiene mucho sentido. Si alguien le tiró los dientes de un golpe en algún momento, ¿no crees que...?

—Las metanfetaminas, Di. Es probable que fueran las metanfetaminas —lo interrumpí.

—O quizá los perdió por consumir metanfetaminas. Como sea, ¿no dirías que eso indica que la ha tenido bastante difícil?

Me crucé de brazos.

—¿Y eso qué? Eso no justifica que se haya convertido en un violador, ¿o sí?

—En este caso, eso es justo lo que significa, porque eso es justo lo que pasó.

Se hizo un silencio sepulcral en nuestra celda, pues lo que Dimitri argumentaba era precisamente lo que yo no quería escuchar. Traté de encontrar una respuesta sensata.

—Es lo más estúpido que has dicho jamás, y eso que no acostumbras decir estupideces, Tanomeo. Sólo por eso lo dejaré pasar.

Sus carcajadas retumbaron en el pasillo y se mezclaron con los sonidos caóticos de nuestra ala de la prisión. Luego, al volver a hablar, se le borró la sonrisa.

—¿El hecho de que tu padre te dejara con la niñera e hiciera las cosas jodidas que hizo justifica que te convirtieras en un activista intolerante y chillón que terminó por mérito propio en prisión nada más para demostrarle al mundo que era alguien? —preguntó.

Auch. Eso dolió.

—Supongo que me lo tengo bien merecido, pero no es lo mismo. Yo no tuve que convertirme en nada. Esas fueron las decisiones que tomé, aunque no hayan sido las mejores.

—El hecho de que hicieras lo que hiciste significa que tenías que hacer exactamente lo que hiciste. ¿Crees que podría haber sido distinto? ¿Que podrías haber entendido mejor a tu padre? Quizá en un universo paralelo sí, pero en éste las cosas son lo que son. Ahora bien, en lo que respecta al futuro y a cómo reaccionarás la próxima vez, la decisión está en tus manos. Además, la única diferencia entre lo que hiciste antes y lo que hizo Earl es la acción en sí. Los actos en sí mismos son distintos, pero ambos provienen de un suceso pasado, ¿cierto?

—Espera, ¿en serio me estás comparando con un violador?

Dimitri asintió y sonrió.

—Sí, podría decirse que sí. ¿Cómo te hace sentir eso, Pitufo Gruñón?

—No es nada agradable. ¿Qué habría pasado si Earl hubiera cumplido con su misión? Dudo que estarías dándome el mismo sermón, ¿verdad?

—Pues no lo dudes, Zach. Claro que sería el mismo sermón y hasta lo habría declamado con más fuerza para intentar que me escucharas cuando *de verdad* lo necesitaras.

Qué ganas de cerrarle el pico de un golpe.

—No es lo mismo. Yo no lastimé a nadie.

—O sea, cuando tus acciones dejaron a setenta y cinco mil personas sin electricidad durante un día y medio en pleno invierno, ¿no causaste un poco, o más bien mucho, sufrimiento? ¿Qué hay del dolor que sintió tu padre cuando te rebelaste como lo hiciste? Y eso sin mencionar que culpaste a tu madre de dejarse engañar y de no dejar a tu padre, a pesar de que no estaba preparada para hacerlo. ¿No crees que la lastimaste? —*Ay, eso dolió todavía más.* Dimitri me puso una mano en el hombro y susurró—: Tú también has violado, Zach, sólo que de una forma distinta. Hasta que lo reconozcas y lo aceptes por completo, seguirás estando en causa de un mundo donde la violación, el dolor y el sufrimiento pueden existir. Tienes que verte reflejado en Earl. Y entonces estarás listo no sólo para cambiar tu vida, sino también para ayudar a otros a cambiar su vida en esta prisión y fuera de ella. Tú, yo, tu padre, tu madre, Earl y las más de siete mil millones de personas del mundo estamos juntos en esto. Cada quien hace lo mejor que puede con las herramientas que tiene en su caja de herramientas individual y limitada. Al saberlo y no sólo entenderlo, se genera compasión, y esa compasión te recompensará con una vida hermosa.

Me pasaron por la mente los delitos de cada uno de los prisioneros que conocía. Había extorsionadores, asesinos, narcotraficantes y ladrones. *¿Soy igual que ellos? ¿Somos todos iguales a ellos?*

—¡Sí, carajo! ¡Sí, sí! —gritó Vinny el italiano al final del pasillo.

Supongo que ahí está mi respuesta. Maldita sincronía de la vida. No me caía en gracia nada de lo que Dimitri decía, y él lo sabía.

—Supongo que es buen momento para confesarte algo, Zach. No estoy aquí para decirte lo que quieres oír.

—Sí, ya me quedó muy claro, hermano.

—Estoy aquí para decirte lo que necesitas oír para que puedas despertar de una condenada vez, amigo. Pero sólo si estás abierto a escucharlo.

—¿Despertar de una *condenada* vez? No necesitas censurarte, Di. Estamos en prisión. Y soy un niño grande.

—Prefiero no hacerlo, la verdad. No va conmigo.

Asentí y sonreí.

—Lo que tú digas, amigo. En fin, sobre eso de ayudarte a ayudar a muchos de los tipos que están aquí en prisión… —Mi mente seguía intentando procesarlo—. ¿En serio crees que sea posible? ¿Y de qué te serviría mi ayuda? Jamás había oído hablar de esas cosas que profesas y ni siquiera las he aceptado del todo.

Dimitri me miró a los ojos, con una expresión de absoluta confianza que me hizo creer en mí mismo.

—No es gratuito que hayamos terminado juntos en este lugar —dijo—, en esta celda en particular.

Esa era mi oportunidad para desquitarme.

—¿No me digas que eres uno de esos loquitos que creen que todo tiene una razón de ser y esas cosas?

—No lo *creo*. No creo en nada. Sólo lo sé. Creer es para quienes tienen dudas, para quienes no están preparados para saber la verdad. —*Yo sí quiero saberla*, pensé—. Pero, en mi mundo —continuó Dimitri—, elijo saber exactamente lo que voy a saber. Es otra forma de crear y manifestar mi realidad.

Este tipo está en un nivel muy cabrón.

—En cuanto a lo que no sé —dije—, ¿qué te parece si simplemente creo en ello? Es lo mejor que puedo ofrecerte, hermano.

Dimitri alzó el pulgar.

—Creer es una cosa hermosa, y para muchos es el punto de partida indispensable.

—Entonces, ¿cómo puedo ayudar? —dije, encogiéndome de hombros.

Su sonrisa apacible y cómplice indicaba que él ya había elegido saber que yo participaría.

—Gracias por sumarte a la causa.

» » « «

Seguimos conversando durante casi una hora en la que determinamos que mi labor consistiría en orquestar un programa que pudiéramos implementar con los presidiarios. Dimitri nunca había ido a la escuela, así que no sabía escribir muy bien y tenía pésimas habilidades de organización. Pero, lo que a él le faltaba, a mí me sobraba. Como programador informático, mis principales habilidades implicaban coordinar, administrar y manejar sistemas, por lo que para mí esto era pan comido.

—Pásame una camiseta, Zach.

Mientras se cambiaba, miré de cerca el vendaje enorme que le cubría la herida reciente. Supuse que con el tiempo no sería más que una cicatriz adicional entre muchas. Su cuerpo tenía varias heridas que se convertirían en cicatrices, aunque en su mente tuviera la piel prístina.

Qué tonto soy. En comparación con este tipo, yo siempre he vivido en Jauja.

—Mira, en cuanto a lo que hiciste por mí…, estoy en deuda contigo, sin duda alguna —dije—. Y haré lo que quieras que haga. Es mi deber moral.

Dimitri meneó un dedo.

—Todo lo que hago lo hago porque quiero, y cada movimiento es parte de una acción calculada. A partir de esa acción, hay una reacción igual de intencional. Si vas a participar, tendrás que hacerlo porque quieres, porque eso del deber moral es pura mierda egocentrista. Te lo pongo así: al ayudar a otros, debes sentir que te estás ayudando a ti mismo. Desde ese lugar habremos de mover montañas, mi amigo.

Eso me dio escalofríos de la cabeza a los pies.

—Me encanta esa confianza que proyectas, hermano. No sé de dónde viene, pero es inspiradora.

—Gracias por reconocerla. Con respecto al lugar *de donde viene*, ese es un tema al que tardaremos un poco en llegar, pero te prometo que llegaremos a él. Déjame decirte por lo pronto que, cualquier cosa que ves en mí y que te inspira no es más que un reflejo de tu verdadero ser, Zach, de aquel que ama todo lo que es y está comprometido con esta causa justa sólo porque siente que es lo que le parece correcto. —Se puso de pie, despacio, y me volteó a ver mientras se acomodaba la camiseta—. Esto es sólo el comienzo. Aquello en lo que participarás en esta prisión con el tiempo se extenderá más allá de estos muros. El mensaje que vine a comunicar llegará hasta los rincones más recónditos del planeta y cambiará todo. —Me puso una mano en el hombro—. Es algo que *sé*.

Otra vez los malditos escalofríos. ¿Cuántas veces puede pasarme esto en un solo día?

—Sigo sin saber cómo planeas lograrlo, ¿sabes?, sobre todo eso de llegar "hasta los rincones más recónditos del planeta" —mascullé, lo cual le dio risa.

—Como dicen, "la ilusión del tiempo lo dirá" —contestó Dimitri, confiado.

—Eh, no sé si eso es exactamente lo que *dicen*.

—Bueno, yo agregué eso de "la ilusión".

—Eso supuse. Pero sabes que no tiene sentido alguno, ¿verdad?

—Para mí sí lo tiene, y sé que también lo tendrá para ti en algún momento.

Desde que entró a la celda había querido preguntarle algo.

—Dimitri, ese día que Tanas nos interrumpió, estabas a punto de decirme una última cosa sobre mi padre y cómo reparar lo que pasó entre nosotros.

—Ah, sí. Es algo tan sencillo que es ridículo —dijo y se acercó a la puerta.

—El suspenso me está matando, Di.

Se detuvo en la puerta y, con una sonrisa, susurró:

—Necesitas disculparte. Es la única salida.

—¡¿Qué?! —grité.

—Lo siento, Zach —dijo entre risas y salió de la celda.

—¡Vete al carajo, cabrón!

Mientras se alejaba, sus risas hicieron eco en el pasillo.

TRABAJO INTERNO

MARCUS

Para ese entonces ya tenía una idea bastante clara de la diferencia entre patrullar las calles y patrullar el interior de una penitenciaría. Y, para ser sincero, prefería las calles. Fuera de la prisión, el crimen surge de forma ocasional y uno lo enfrenta conforme es necesario; adentro, en cambio, está en todas partes, todo el tiempo. Me sentía casi como un prisionero. Pero eso pronto iba a cambiar.

Cuando recién entré a trabajar aquí, me aventaron directo a las brasas: pasé las primeras ocho semanas en el bloque J, la sección de máxima seguridad nivel cuatro de Carlton. La creencia era que, si podías con eso, podías con cualquier cosa. Luego, un lunes en la mañana, me avisaron que me transferirían al bloque H de seguridad intermedia, nivel 2. El bloque donde estaba *él*.

—¿Cómo estás, colega? —me preguntó Jim mientras me estrechaba la mano afuera de las oficinas administrativas—. Veo que estaremos juntos en el bloque H.

—Eso parece. Gracias por ayudarme a conseguir este trabajo.

Era la primera vez que podía agradecerle de corazón que me hubiera ayudado. Ahora vivía cerca de Hope y, con las horas extra que me permitían trabajar, había recobrado la tranquilidad financiera.

Caminamos a la cafetería de personal, donde Jim me comentó que había dos criminales famosos cumpliendo condena en Carlton. Uno era Joaquín Flores, el famoso narcotraficante mexicano perteneciente a las altas esferas del cártel de La Familia. Después de varios años en prisión, lo trasladaron al pabellón general, donde se posicionó como líder de la pandilla más grande del sistema penitenciario, por lo que básicamente tenía las llaves de todo Carlton.

Verás: en prisión hay dos tipos de autoridad. Estamos los guardias, quienes podría decirse que nos dedicamos a cuidar el zoológico. Nos aseguramos de que los prisioneros vayan del punto A al punto B, ya sea el patio, el comedor, el salón de usos múltiples o sus celdas. Imponemos disciplina cuando es necesario, pero finalmente los presidiarios tienen sus propias reglas, diseñadas para mantener el orden en un lugar donde podría ser inexistente. Aunque uno creería que el director de la penitenciaría es quien manda en el zoológico, Joaquín Flores era el macho alfa de la manada y decidía qué pasaba dentro de las jaulas.

La descripción física que me dio Jim no sonaba tan bestial, la verdad: 1.75 metros de estatura, 70 kilos, 38 años, sin tatuajes, lentes de armazón grueso, tranquilo, educado y ávido lector.

—Llevo más de veinte años aquí, y creo que nunca me había topado con un jefe criminal tan interesante —afirmó Jim. Sonaba inesperadamente impresionado por alguien que, en su imaginario, no merecía impresionar a nadie.

—No parece la gran cosa.

—Mira, Marcus, es algo difícil de explicar. Lo que lo distingue es su nivel de sofisticación institucional y su inteligencia deliberada, disciplinada. Pero no me malinterpretes, porque claro que a fin de cuentas es un asesino despiadado, nada más que no te lo imaginarías de sólo verlo. Es como si no fuera un prisionero. Cuando estás con él, es como si fuera tu igual. —Jim meneó la cabeza—. No tiene sentido lo que dije, ¿verdad?

—Te entiendo. En el Distrito Este me llegué a topar con algunos gánsteres bastante estirados. ¿Quién es el segundo?

—¿El segundo qué? —preguntó, y luego se rio al recordarlo—. Ah, sí, es que ese no es tan memorable. Es Zachary Markland. ¿Has oído hablar de él?

—El nombre me suena conocido, pero no sé de dónde.

—Es imposible que no te suene conocido. Es miembro de la dinastía Markland, hijo de Terrance W. Markland.

—Ah, claro. Es el ciberdelincuente adolescente que hackeó el sistema penitenciario del centro de detención en el que estaba, ¿verdad? Sí, lo vi en las noticias. ¡Caray! Me cuesta imaginarlo entre criminales de verdad.

—Pues con el primer cargo que le imputaron se declaró culpable, pero su papá usó sus influencias para que cumpliera su condena en un campo de baja seguridad, trabajando como asistente de confianza. Pero no pudo contenerse y se metió al sistema para bajarle seis meses a su condena. Se habría salido con la suya de no ser porque, cuando lo liberaron, el centro actualizó su sistema, encontró la discrepancia y... ¡ta tán! ¡Bienvenido a

Carlton!

—¿Y todo por restarle seis míseros meses a su condena? No tiene sentido.

Jim se rio de nuevo.

—A nosotros nos parece ilógico, pero supongo que, para un niñito rico que vive a la sombra de un padre tan poderoso, era la única forma de demostrar su valía. Y, en cierto modo, eso le valió terminar aquí —me explicó. Meneé la cabeza, sin poder creerlo—. Supongo que al señor Terrance se le acabaron las influencias. Y el juez decidió darle un castigo ejemplar. El padre le retiró la charola. Y no creo que al famoso don empresario le haya gustado que la policía entrara a su casa y lo amenazara con cargos de ocultar a un delincuente. Encontraron al muchachito en la cava subterránea, y su padre ni siquiera sabía que estaba ahí.

—Sí, me acuerdo de que lo vi en las noticias. No pesa más de sesenta kilos, ¿verdad? Y tiene cara de niño. ¿Cómo lo sobrelleva?

—Te lo pongo así: si no fuera por su compañero de celda, ya se habría colgado. —Jim sonrió—. Te doy una oportunidad para adivinar. —Me miró a los ojos, a la espera de mi respuesta.

No... ¿Será?

—¿Está en la misma celda que Tanomeo? —pregunté, incrédulo, y Jim asintió—. ¿Cómo llegó ahí?

—Fue mi decisión. Dio la casualidad de que, cuando lo ingresaron, yo estaba de turno en el área de internamiento. Y lo hice por pura intuición. Ninguno de los dos pertenecía a una pandilla, así que supuse que podría funcionar. Y no me equivoqué. —Nos servimos café y nos sentamos. Le pregunté si había algo más que debería saber sobre Carlton—. Mira, no podía contarte mucho por teléfono, pero, ya que el director me pidió que te diera el recorrido, creo que es mi deber contarte los detalles sórdidos —declaró con una sonrisita traviesa.

Jim era la única persona en Carlton que estaba al tanto de mi preocupación por Dimitri, y tenía muy claro que debía mantenerlo en secreto, pues el exceso de simpatía por un prisionero era causal de despido.

Me compartió después algunos otros detalles, y quizá lo que más me sorprendió fue descubrir que lo que más le inquietaba era la presencia de un guardia de nombre Gene Tanas. Según Jim, Tanas era un sociópata manipulador que tenía información privilegiada con la que chantajeaba al director, lo que le daba un poder muy peligroso que usaba para beneficiarse.

Despúes de eso, Jim vio el reloj y se levantó.

—Hora de irnos, colega. Quiero mostrarte algo.

» » « «

Íbamos camino a la capilla.

—¿Me vas a llevar a rezar, Jim? —le pregunté entre risas.

Al llegar a la puerta, se detuvo y volteó a verme.

—No precisamente.

Escuché una voz conocida que hablaba en voz alta, con convicción y autoridad, y que yo había escuchado por última vez cuando fui de visita a Carlton. Al entrar a la capilla, encontramos a Dimitri declamando frente a las docenas de presidiarios que ocupaban las bancas.

Había dos prisioneros hasta adelante, sentados uno frente al otro, y la tensión visceral entre ellos era tangible. Uno era un muchacho latino, corpulento y lleno de tatuajes que tenía poco menos de treinta años. El otro, de complexión media, era un hombre caucásico de más de treinta años que le sacaba varios centímetros de estatura al otro.

Dimitri volteó a vernos de reojo, y una fugaz sonrisa se le dibujó en el rostro durante una fracción de segundo. Me desconcertó que no se sorprendiera más de verme ahí, pues de inmediato volvió a lo que le competía en el momento, que era su trabajo.

—A ver, Espinoza, ¿qué son esas ridiculeces del respeto? —le preguntó Dimitri.

El joven de origen latino se enfureció al oír la pregunta, resopló y se acercó al otro presidiario.

—No es una ridiculez. Ayer este pinche güero se metió adelante de mí en la fila de la comida. No son pendejadas, carnal. Este cabrón tiene que pagar por sus estupideces.

—¡Guau! ¿Se metió en la fila de la comida? ¡Eso es cosa seria! ¿Qué castigo merece? ¿Una puñalada? ¿Planeas matarlo y después matar a su familia? —El sarcasmo de Dimitri provocó una suave oleada de risas. Otros, en cambio, se cruzaron de brazos al ver cómo demeritaba la más sagrada de sus nociones.

—¡Pues chinga a tu madre, cabrón! ¡Ahora tú también me estás faltando al respeto! —Espinoza le gritó a Dimitri con los brazos extendidos—. ¿Quieres bronca, pinche Tano*güero*? —La astucia de Espinoza hizo reír a carcajadas a algunos de los mexicanos del público, aunque su referencia racial no fuera del todo precisa, pues la etnicidad de Dimitri seguía siendo un tanto misteriosa.

Dimitri alzó una mano en el aire.

—A ver, vamos a frenar un poco antes de que las cosas se pongan tensas. Recuerden que este es un lugar santo donde no se permite la violencia. Al menos *respetemos* esa regla, muchachos. —Luego, se volteó hacia el otro hombre—. ¿Es cierto lo que dice Carlos, Frank? ¿Te metiste en la fila a la hora de la comida?

—Sí, lo hice —contestó Frank con serenidad, pero con voz seria—. Se atrasó por estar platicando con su gente y eso nos afectó a todos, así que me pasé delante de él. En ese momento como que no le importó, pero luego hoy en la mañana me vino a reclamar. Ya sabes cómo es esto, Di. Yo no voy a bajar las manitas. Aquí eso no se hace. Hay que darse a respetar.

—Y dale con esa palabra: respeto. —Dimitri proyectaba autoridad en la voz sin necesidad de alzarla—. ¿Alguien sabe lo que significa en realidad? A ver, ustedes dos, vuelvan a sus asientos. Creo que antes de continuar nos hace falta una clase de lingüística.

Fue a la pizarra y escribió la palabra RESPETO en mayúsculas. Un chico blanco y de complexión enjuta que estaba sentado a un costado se levantó y le entregó un diccionario.

—Ese es Zachary Markland —me susurró Jim.

Se veía distinto que en la tele: más pálido y delgado, además de que se había rapado. Dimitri no necesitaba pedir el diccionario; el muchacho simplemente se lo pasaba, abierto en la página exacta, como si hubieran hecho esa misma rutina miles de veces. El tal Markland parecía entender a la perfección los gestos de Dimitri.

—¿Qué es esto? —le pregunté a Jim en voz baja.

—Le llaman Programa de Liberación Temprana.

—No entiendo.

—No te preocupes. No eres el único. —Jim se llevó una mano a la boca y me susurró al oído—. Deberías haber visto esto el primer día. Se apiñaron aquí casi todos los prisioneros porque creían que era un programa para reducir su sentencia. Después de descubrir la cruda realidad y estar al borde de amotinarse, al final sólo quedaron cinco en toda la capilla. Son los de la fila de hasta adelante.

—Pero, entonces, ¿por qué le pusieron ese nombre?

Jim hizo una pausa, como si intentara recordar algo.

—Tu amigo dice que vino aquí a ayudarlos a liberarse de la prisión de su mente. Aquello de "temprano" implica que la gente no tiene que pasar la vida entera atrapada en los confines de su pensamiento. Dice que pueden liberarse de él aquí y ahora, pero que es un trabajo interno porque sólo lo pueden hacer por sí mismos. Te voy a confesar algo, Marcus: al principio no entendía ni pío de lo que decía, pero, después de asomarme a varias de estas sesiones, empezó a tener sentido, aunque sea difícil de creer.

—Has de saber que lo he oído expresarse así más de una vez, y siempre me ha dejado una enseñanza. —Volví a escuchar la voz contundente de Dimitri y luego volteé a ver a Jim—. No puedo creer que apenas llegó aquí hace unos meses y ya está moviendo montañas. —Me miré el brazo y vi que se me había erizado la piel. Pero lo que no sabía en ese momento era que estaban escribiendo un capítulo de la historia carcelaria del país en Carlton. Los Siete Magníficos, como se les conocería después, habían iniciado el experimento de rehabilitación penitenciaria más influyente del mundo.

Jim asintió y me hizo una seña para que lo siguiera a una esquina de la estancia. Al avanzar, alcancé a leer lo que había escrito en la pizarra.

RESPETO.

Definición: Un sentimiento de admiración profunda por alguien o algo, inspirado por sus capacidades, cualidades o logros. Ejemplo: *El director siente un profundo respeto por las habilidades actorales de Douglas.*

Una vez que terminó, volteó a ver de nuevo a la multitud.

—A ver, hermanos, hay algo que no termino de entender. ¿Alguno de ustedes ve la conexión entre esta palabra y su definición exacta, y eso que Carlos quiere de Frank? —Miró a su alrededor, pero los presentes guardaron silencio. Luego volteó y se dirigió exclusivamente a Carlos Espinoza, que estaba sentado en la primera fila—. Permíteme hacerte esa pregunta directamente, Carlos. Como puedes ver, la definición de la palabra "respeto" denota una admiración profunda por alguien, inspirada por sus capacidades, cualidades o logros. ¿Podrías explicarnos cómo has desplegado esas capacidades, cualidades o logros para exigir que Frank sienta por ti eso que llamamos respeto? Digo, al menos Douglas, el del ejemplo, era buen actor. —El público se rio mientras Dimitri señalaba la pizarra. Pero Carlos se quedó serio, sentado con los brazos cruzados—. Tal vez… y sólo tal vez, confundiste la palabra "respeto" con otra…, con la palabra "miedo".

Me pregunté cómo había terminado Dimitri en una capilla dando cursos que, hasta donde yo sabía, no tenían nada que ver con Jesucristo y su religión.

—¿Quién autoriza esto? —pregunté—. ¿El director está al tanto de estas reuniones?

—Sí, claro que lo está. Tanomeo abogó mucho por esto, Marcus. El director y otros administrativos dieron todo tipo de razones para negárselo, pero él insistió. Luego, cuando le preguntaron qué religión predicaría, él contestó que sus enseñanzas eran de naturaleza espiritual y que todas las enseñanzas religiosas tenían esa base en común. De alguna forma les demostró que el budismo, el judaísmo, las enseñanzas de Cristo y otras creencias religiosas estaban relacionadas y, a fin de cuentas, comunicaban el mismo mensaje central. También tiene ciertos conocimientos legales, así que al final el director no tuvo más remedio que autorizar las reuniones. Pasan dos horas al día aquí, cinco días a la semana. Eso fue lo que acordaron.

—Carlos, quiero que sepas una cosa, hermano —dijo Dimitri—. Mientras sigas confundiendo el respeto con el miedo, nunca obtendrás aquello que tanto ansías. —Estaba parado directamente enfrente de él, con las manos en jarras—. Te lo voy a explicar con manzanitas. Verás: eso que llamamos miedo es algo que yo, en lo personal, nunca sentiré por ti. Si eso es lo que quieres que sienta la gente al verte, entonces lo único que puedo hacer es invitarte a ver de dónde provienen esas ansias de provocar miedo. —Retrocedió al centro del púlpito y se dirigió al público en general—. Esta es la parte interesante, amigos. Si ahondan en esto y hacen las preguntas precisas, verán que el deseo de que otros les teman proviene de su propio temor. —Dimitri los miró a los ojos, uno por uno.

—Vete al carajo, viejo. ¡Yo no le temo a nada! —gritó Carlos. Algunos de los presidiarios rieron.

—Ah, ¿no? ¿Estás seguro? A ver, Carlos, te repito que es una invitación a que veas de cerca las cosas. Eso es todo. Mira, no estás solo en esto. Todos los hombres aquí presentes, incluyéndome, además de todas las personas sobre la faz de la tierra, nos hemos dejado dominar por el miedo de una o de otra manera. Y muchos lo siguen haciendo.

—Qué carajos dices, Dimitri —exclamó un joven italoamericano—.

¿Cómo vas a saber que todo el mundo tiene miedo? Igual que Carlos, yo no le tengo miedo a nada.

—¿Que cómo lo sé? Excelente pregunta, Vinny. ¡Gracias! —Vinny, el italiano, sonrió con orgullo cuando Dimitri se dirigió al público nuevamente—. Hagamos esto. Los invito a todos a observar su situación personal. Pensemos en el delito por el que terminaron aquí. Yo argumento que, lo que sea que hayan hecho, lo hicieron por miedo—. Hizo una pausa mientras varios hombres, confundidos, se agitaban nerviosamente en su asiento, mientras otros tantos se cruzaban de brazos—. ¡Ah! ¿No me creen? De acuerdo. Juguemos entonces un juego. Anímense a gritar por qué delito terminaron aquí, y yo les diré cómo influyó el miedo en él. —Dimitri miró a su alrededor, pero nadie alzó la voz—. ¡Vamos! ¿Qué les preocupa? —agregó, con una sonrisa—. Si todos sabemos lo que cada quien hizo.

—¡Robo agravado y asalto a un banco! —gritó alguien al fin.

Dimitri contestó de inmediato.

—En cierto modo, temías no tener suficiente. Muy sencillo, ¿no creen? Que el deseo de tener dinero sea tan fuerte como para impulsarte a cometer un delito de esa magnitud sólo puede ser producto de un miedo nuclear. ¡El que sigue! —gritó, animándolos a participar.

—¡Intento de homicidio! —gritó otro.

—¿A quién intentaste matar?

—Encontré a mi esposa con otro hombre en nuestra cama, así que lo molí a palos —contestó el hombre, y la multitud rompió en carcajadas.

—Perfecto. Tenías miedo de que tu esposa estuviera enamorada de otro hombre. Y me atrevería incluso a decir que, en el fondo de tu corazón, tenías miedo de que te dejara. —El hombre no dijo nada—. Es más, si nos vamos un paso más lejos, Lyle, te apuesto a que tus padres se separaron cuando eras niño, ¿verdad? —Lyle asintió con la cabeza—. ¿Qué los separó? ¿Viudez o divorcio?

—Divorcio. Pero ¿qué tiene eso que ver haberle partido el hocico al amante de mi puta exesposa con un bate?

Algunos cuantos se rieron.

—¿Qué edad tenías cuando tus padres se divorciaron?

—Nueve años —contestó Lyle.

—Para cualquier niño de nueve años debe de ser difícil que sus padres se divorcien, ¿no crees? —Todo el mundo se quedó callado. Lyle ni siquiera se

movió de su lugar—. Claro que lo es. Para cualquier niño es difícil que alguno de sus padres se vaya de casa. En fin, ¿ven adónde quiero llegar con esto,
amigos? Muchas veces, algún suceso muy arraigado de nuestra infancia es
la verdadera causa de nuestro dolor actual. Yo le llamo "dolor pasado". En el
caso de Lyle, cuando nos aferramos muchísimo a alguien, suele ser porque
perdimos a otra persona cuando éramos pequeños. Ese dolor pasado es tan
intenso que haremos lo posible por no volver a sentirlo jamás, incluso si eso
implica lastimar o asesinar a otro ser humano. —Dimitri retrocedió, abrió
los brazos y, sin titubear, afirmó—: ¡Uno más!

Dimitri anda con todo hoy.

En ese momento entendí algo: la ira y los celos que sentía por Lisa eran
producto del miedo de que me arrebatara a Hope. Eran producto del dolor
pasado que me causó el divorcio de mis padres, hace más de 25 años.

—¿Y si soy inocente, hermano? —preguntó Vinny el italiano.

Todos los presentes, incluyendo a Dimitri, rompieron en carcajadas. A
mi lado, Jim bajó la mirada y meneó la cabeza.

—A ver, Vinny —dijo Dimitri—, ¿de qué te están acusando falsamente
esta vez?

—Dicen que traficaba heroína. Estoy en plena apelación —afirmó con
voz confiada.

—Sí, claro —dijo Dimitri con una sonrisa—. Esto entra dentro de la
misma categoría que el primer caso, en tanto que proviene de una ausencia
o, como dije antes, del miedo a no tener suficiente. Pregúntense si estarían
dispuestos a venderle veneno a una persona y contribuir de forma activa en
la destrucción de su vida si tuvieran todo el dinero del mundo y cualquier
otra cosa que quisieran o necesitaran. —Algunos de los reos negaron con
la cabeza—. Es cuando nos inunda el miedo a la carencia que aceptamos el
riesgo de terminar en un lugar como éste, ¿cierto?

—Ah, entonces unos lastiman a otros en todo el mundo porque no tienen
suficiente —anunció Vinny.

Dimitri asintió.

—Estás en lo correcto, hermano. Hay millones y millones de personas
que poseen o dirigen empresas que llevan a cabo acciones dañinas, o que
invierten su dinero o trabajan en ellas. Así sean empresas que contaminan
el planeta o que dañan la salud física o mental de la gente, esas personas
inconscientes se llenan los bolsillos, alimentan a sus hijos y viven del dolor y

el sufrimiento ajenos. Y podríamos llevarlo también a un entorno distinto al de los negocios. Cualquier daño o degradación, cualquier acto de codicia o de destrucción, cualquier pelea o discusión o guerra es producto del miedo. No necesito que me crean, amigos. Basta con que busquen la fuente de cada una de esas cosas, como acabamos de hacer aquí. Les aseguro que siempre encontrarán que el miedo acecha en las sombras. —Observé los rostros de los presentes. Algunos asentían, otros se enderezaban un poco en su silla. Se notaba que, al incluir a gente externa a la cárcel en sus ejemplos, los ánimos se relajaban—. Volvamos entonces a lo del verdadero significado del respeto, ¿de acuerdo? —continuó Dimitri y volteó a ver a Carlos—. Como pueden ver, es algo completamente distinto al miedo. Por eso, ahora que estoy frente a mi hermano Carlos, tengo que ser muy honesto. Hay que reconocerle sus méritos.

—Ándale pues, carnal —Carlos contestó con gesto brusco mientras descruzaba los brazos y los alzaba, sin renunciar a su pose de malandrín.

—Carlos *hizo* hoy una cosa que admiro mucho y que merece el respeto de todos los que estamos aquí. —Dimitri volvió a mirar a su público—. ¿Alguien sabe qué hicieron Carlos y Frank que merece verdadero respeto, según la definición genuina que está escrita en la pizarra?

Después de unos segundos, un hombre afroamericano de mediana edad alzó la mano y gritó:

—¡Que vinieron a resolver sus diferencias aquí, en lugar de hacerlo a golpes! ¡Eso es digno de respeto!

—¡Así es! Gracias, Malik. —Dimitri aplaudió como un niño emocionado. *Me pregunto si sabe lo raro que se ve cuando hace eso*—. Recuerden que eso que ellos hicieron no es del todo aceptable en prisión, hermanos. Así que hay que admirar su valentía y esa cualidad interna que les hace querer algo mejor para ellos mismos. ¿Me explico?

—¡Sí! —exclamaron los presentes al unísono. Fue una experiencia portentosa.

—¡Qué hermoso! —dijo Dimitri—. Por último, ¿cómo le llamaríamos a este acto consciente de romper un viejo patrón? —Miró de nuevo a su alrededor y lentamente señaló la última palabra escrita en la pizarra—. Diríamos que es un *logro*, ¿verdad? Dejar atrás una forma de hacer las cosas y cambiarla por una forma mejor es un logro. Y creo que eso es algo que también es digno de nuestro respeto. —Volteé a ver a Carlos mientras dos de los hombres sentados cerca de él le dieron palmadas en la espalda y otro chocaba puños con él. Carlos, que no esperaba esa reacción y no quería quedar como un tonto, no hizo más que asentir con orgullo—. ¿Les puedo pedir que vuelvan a subir? Ya casi se nos acaba el tiempo y me gustaría llegar a algunas conclusiones. —Frank y Carlos subieron a la tarima mientras Dimitri seguía hablando—. Quiero invitarlos a todos a que recuerden que el hombre verdaderamente poderoso es el que no deja que las palabras de otro le afecten. Tampoco se deja agobiar por tonterías triviales como el que alguien se meta en la fila o cruce el patio por el que supuestamente es el lado equivocado según los acuerdos ridículos entre pandillas. No se enfurece si alguien usa un baño que supuestamente le pertenece a cierta raza ni por cualquiera de las otras doscientas estúpidas razones por las que surgen pleitos aquí. Un hombre que de verdad es poderoso sabe cuándo pedir perdón y no teme hacerlo. Ese poder proviene no del miedo, sino de la humildad. Así que reconozcamos la humildad de nuestros hermanos y démosles el respeto que de verdad merecen.

En ese instante hubo una explosión generalizada de ovaciones. Las sillas se movieron y se escucharon chiflidos de emoción.

Dimitri miró a Carlos y a Frank, y retrocedió un par de pasos para permitir que ocurriera lo que debía ocurrir. La tensión se fue haciendo más tangible a medida que transcurría lo que parecía ser una eternidad. Al fin, Frank dio un paso al frente.

—Oye, Carlos, perdón por meterme en la fila, hermano —dijo y le tendió la mano. Carlos tardó unos segundos, pero al final asintió y le estrechó la mano.

—Todo bien, carnal —dijo Carlos con frialdad, mientras algunos les aplaudían. Dos incluso les chiflaron en respaldo.

—¡Bien hecho! —gritó uno.

—¡A huevo, Carlos! —exclamó otro de los mexicanos.

Zachary Markland le entregó a Dimitri un trozo de tela enrollada.

—¿Alguien está listo para afirmarse? —gritó y señaló los que parecían cuatro paliacates blancos de los que les dan a los presos, que estaban cosidos y ostentaban dibujos extraños. *¿Dónde he visto algo como eso antes?* Se hizo el silencio. Dimitri miró a Carlos y a Frank, y ambos negaron con la cabeza, rechazando su oferta—. Gracias por venir hoy, hermanos —les dijo Dimitri y les estrechó la mano. Luego se inclinó y acomodó el cuadrado de tela para que las esquinas señalaran hacia diferentes puntos de la habitación. Dimitri se paró en el centro e inhaló profundo. *Es la rueda del amor. Como la del pórtico de Ana*—. Yo, Dimitri Cato Tanomeo, afirmo el despertar logrado que ha ocurrido en esta prisión. Agradezco de antemano a la Divinidad por completar este milagro. Afirmo la justicia y el amor al interior de estos muros, a sabiendas de que existen, sin necesidad de que yo los nombre. —Se salió del círculo, alzó el pedazo de tela y lo dobló con cuidado—. De acuerdo —dijo—. Gracias a todos por haber venido, por tener el valor para mirar hacia adentro y por considerar que hay una forma nueva de hacer las cosas. Por esa razón, los aquí presentes podemos respetarnos los unos a los otros y a nosotros mismos, aquí y ahora. —Se llevó una mano al corazón e hizo una ligera reverencia.

Hubo unos cuantos aplausos breves, pero intensos. Era obvio que la mayoría de los asistentes exudaba entusiasmo por lo que acababa de presenciar. Y debo confesar que yo no era la excepción, aunque no pudiera demostrarlo en el momento.

—El tipo tiene labia, ¿verdad? —me preguntó Jim mientras veíamos a los presos acercarse a él para darle las gracias.

—Sin duda. Algunas cosas que dice son muy controversiales, sobre todo si van en contra del sistema de respeto de los presidiarios —contesté—. Es difícil creer que no le hayan partido el hocico por eso.

Jim se quitó las gafas y me señaló con ellas.

—Mira, yo llevo tiempo pensando lo mismo —dijo Jim—. Pero supongo que tiene que ver con la paliza que le puso a su padrastro, Eddie el Carnicero. Supongo que sabes que él también estuvo encerrado aquí hace años. Eddie es uno de los cabrones más sanguinarios que he visto en los veinte años que llevo en Carlton. Y también está lo que pasó con Earl Mills, de la Dos Cinco. A este chico lo rodea un halo de misterio, y nadie ha tenido los cojones para cuestionarlo… aún. —Asentí—. Marcus, debo irme. ¿Te aseguras de que desalojen pronto? La junta de AA empieza en unos minutos.

—Sí, Jim. Claro. Yo me encargo.

Me quedé parado en la puerta mientras los prisioneros salían de la capilla. Alcancé a oír la voz rasposa de Zachary Markland.

—Necesitaremos más cuadernos. Muchos más. No sé bien cómo hacerle para conseguirlos.

—Lo lograrás, Zach —le susurró Dimitri—. Confío plenamente en ti, amigo. Te prometo que aparecerán conforme los necesitemos. —Cuando el último de los presidiarios salió del salón, Dimitri volteó a verme y me sonrió—. ¡Oficial Marcus Ogabi! Por favor, acompáñanos —dijo Dimitri con entusiasmo.

Me acerqué despacio, sin saber bien cómo lidiar con la incomodidad de acercarme a él desde mi nueva posición de guardia de la prisión.

—¿Qué tal, prisionero Markland? —incliné la cabeza y volteé a ver a Dimitri—. ¿Cómo estás, Tanomeo? —le pregunté en tono formal.

—Muy bien. Zach y yo estamos trabajando con los prisioneros, y les estoy enseñando a otros cinco a hacer esto mismo. Vi que alcanzaste a ver la última parte de nuestra sesión de hoy. ¿Qué opinas? —me preguntó, con el entusiasmo de un niño.

Esperaba que me dijera "¿Qué haces aquí?" o "¡Qué sorpresa verte!". Pero me abordó como si nada. *Tal vez sabía desde antes que yo terminaría trabajando aquí.*

—Creo que es extraordinario que ayudes a estos hombres. Pero también creo que tienes que cuidarte de no ofender a alguien ni a los sistemas preexistentes.

—En cuanto a ofender a alguien, sería una excelente oportunidad para descubrir qué hay dentro de esa persona que podría sentirse ofendida. La ofensa es un tipo de creación colaborativa. En ese caso, no hay víctimas. En cuanto a ofender a los sistemas, eso sería absurdo. Es imposible ofender a un sistema. Se puede desafiar, anular, o aceptar y usar. Estoy aquí para desafiar y finalmente anular cualquier sistema que de raíz sea fallido. O sea, no sólo en Carlton, por si quedaba duda. —Hizo una pausa dramática, y luego me susurró—: ¿Pudiste hacerme el favor del que hablamos la última vez, oficial Ogabi?

Zach volteó a ver a Dimitri, confundido. Yo seguía digiriendo eso de "anular el sistema".

—Sí, lo hice —contesté al fin. Zach volteó a verme de inmediato.

—¿Ustedes se conocen? —preguntó.

—El oficial Ogabi y yo tenemos historia —contestó Dimitri—. Nos conocemos de antes. No de mucho antes; sólo lo suficiente.

—Espera. ¿Ogabi? Me suena ese apellido —dijo Zach y se dio golpecitos en la frente con el dedo índice mientras trataba de hacer memoria. Yo me negué a proveerle pistas—. ¡Ay, no! ¡Es el poli que te disparó, amigo! ¿Lo conoces? O sea, ¿lo conoces *mucho*?

Dimitri volteó a ver a Zach con cierta seriedad en la mirada.

—Eso parece, ¿no? Ahora, baja la voz. No olvides que estamos en una capilla. Hay que ser *respetuosos*, ¿de acuerdo?

La ironía hizo reír a Zach.

—Este tipo se cree comediante, oficial O. ¿Le puedo decir así? —me preguntó el hijo del millonario. Me le quedé viendo. Se veía demasiado feliz para ser un presidiario.

Otro personaje inusual.

—Dejémoslo en oficial Ogabi, Markland.

—Está bien. No hay problema. Entonces, ustedes ya se reconciliaron y toda la cosa, ¿verdad? —preguntó y nos señaló.

—Eres muy observador, Zach. Tanto que a veces me sorprendes —dijo Dimitri con una sonrisa.

—¡Qué fuerte! Digo, que esté aquí y todo eso, y que te hable como si nada. —Dimitri, perturbado, respondió encogiéndose de hombros, pero Markland no pudo contenerse y agregó—: Entonces, ¿qué favor te hizo?

—Carajo, prisionero Markland. Haces demasiadas preguntas —contesté con voz tajante.

—Es una camisola, Zach —dijo Dimitri—. El oficial Ogabi tuvo la gentileza de ir a mi antiguo hogar para resguardarlo. Es una camisola con un gran valor sentimental. Pero claro que es algo que hizo antes de entrar a trabajar aquí como guardia.

Zach tomó un vaso desechable con agua y le dio un sorbo.

—Tengo un montón de preguntas sobre los porqués, los cómo y los qué carajos está pasando, pero por lo pronto me las guardaré. Ahora, si el oficial quiere ayudar, a lo mejor podría echarnos una mano con eso de lo que estábamos hablando.

¿Cuándo dije que quería ayudarlos?

Dimitri sonrió.

—Como ya dije, el oficial Ogabi me hizo ese favor antes de ser oficial de la correccional. Ahora tiene que mantener su distancia. Pero ya veremos cómo conseguirlos nosotros.

Aquel fue el primer indicio de la disciplina de la que era capaz Dimitri y de su conciencia de que yo también debía ejercer la mía. Dimitri sabía que yo tenía que cumplir con mi trabajo y que era importante mantener intacta la relación entre preso y guardia. Luego miró el reloj invisible en su muñeca desnuda, como para darme a entender que era hora de que me fuera, por mi propio bien.

—En fin, Tanomeo, Markland, no se metan en problemas —dije con voz autoritaria y fui hacia la puerta—. Ah, una última cosa —dije y volteé a verlos desde lejos—. ¿Qué es eso que tanto necesitan?

Zach volteó a ver a Dimitri en busca de su aprobación. Dimitri asintió.

—Necesitamos cuadernos. Muchísimos cuadernos —contestó Zach.

—Ah, ¿sí? ¿Por qué necesitan tantos cuadernos? —pregunté—. ¿No les alcanza con los que tienen apilados ahí en el piso?

Zach negó con la cabeza y rio.

—No, usted no entiende, jefe. Necesitamos muchísimos más. Di tiene grandes planes para este lugar.

—¿Grandes planes? —pregunté.

—Sí, bueno, Dimitri dice que vamos a... ¿cómo dices, Di?... transformar la prisión de su estado actual a algo que sí funcione. —Zach se quedó esperando mi respuesta, pero yo no supe qué decir, así que volvió a intervenir—. O sea, se refiere a los reclusos. A ayudarlos a cambiar su vida y esas cosas.

—¿Algo así como lo que hicieron hoy? —pregunté.

—Bueno, en realidad es Di quien hizo todo. Yo sólo le ayudo cuando hay que organizar algo.

Dimitri alzó la mano para interrumpirlo.

—Y eso es tan importante como lo que yo hago, Zach. Recuerda que esto es trabajo en equipo y que ninguna contribución es menos importante que otra.

Aquella fue la primera vez que lo vi reconocer la contribución de sus colaboradores en la transmisión de su mensaje, pero no sería la última. Años después, luego de haber alcanzado el pináculo de su fama, seguiría compartiendo los reflectores con mucho gusto.

—Bueno, ¿y para qué necesitan muchos más cuadernos?

—Porque hay que documentar la experiencia individual de cada quien, sus problemas personales, sus descubrimientos y... bueno, básicamente para saber en qué parte del proceso van. Estoy creando un sistema para medir el nivel de conciencia de cada prisionero con respecto a los problemas que enfrenta en su vida y cómo reacciona ante ellos —contestó Zach, mientras yo veía a Dimitri ojear un cuaderno, como si esa parte de nuestra conversación no le interesara—. Para Di, esto es sólo el comienzo de lo que se avecina. Dice que muchos más se nos unirán y que debemos estar listos para recibirlos.

Este tipo tiene muy grandes aspiraciones.

—¿Cuántos creen que se unan a su causa? —pregunté.

—¿Cuántos prisioneros hay en total? —intervino Dimitri con absoluta calma, sin alzar la mirada del cuaderno.

Supuse que esa pregunta iba dirigida a mí, puesto que era el único que podía saber la respuesta.

—Bueno, en este bloque hay... —Mientras contestaba, Dimitri volvió a alzar la mano para interrumpirme. Fue extraño tener que detenerme a media oración, como si estuviera siguiendo órdenes de un reo.

—No me refiero a este bloque, oficial Ogabi, sino a la prisión completa —dijo con voz tajante. Pero yo me quedé callado. Zach arqueó las cejas y luego bajó la mirada. Me quedé viendo a Dimitri, sin contestarle. Todos sabíamos que eran miles. Dimitri asintió—. Como ves, necesitamos muchos más, así como un lugar donde guardarlos.

—¿En serio crees que puedes convencer a tantos hombres? —pregunté. Sonaba absurdo.

Pero eso pareció detenerlo en seco. Alzó el rostro y volteó a verme, confundido.

—Por supuesto que sí. —Volvió a clavar la mirada en el cuaderno—. Planeo ayudar a todos los que estén preparados. Y, ¿sabes una cosa? Si están aquí, en este lugar, yo digo que es porque están preparados.

—¿Por qué lo dices? O sea, cuando dices que están "preparados", ¿a qué te refieres exactamente?

—Mira, no todo el mundo está listo para ver la caca que lleva adentro —contestó Dimitri—. Muchos no han tocado fondo aún, oficial Ogabi, y, en la mayoría de los casos, eso es lo que hace falta para estar preparado para cambiar. Cabe aclarar que no hablo sólo de los presos que están en Carlton, sino de toda la gente del mundo. —Dicho eso, se rio—. Si lo piensas bien, es gracioso. La gente de afuera también es prisionera, pero no lo sabe aún. —Zach desvió la mirada, como si quisiera pasar desapercibido—. Habrá quienes se resistan, quienes estén satisfechos con el lugar en el que están, y no me refiero sólo a su entorno físico actual, sino a su estado mental, emocional y energético. A ellos, mis palabras les resultarán intolerables. Pero, sí, la mayoría vendrá; la mayoría despertará y se transformará.

Zach esbozó una sonrisa de fanático embelesado que creía a pie juntillas todo lo que su compañero de celda profesaba.

—O sea, ¿qué otra cosa podemos hacer? —exclamó Zach—. ¿Verdad, Di?

¿Otra vez? Luego chocaron puños. Fue la primera de muchas veces en las que me sentí excluido.

Sabía que a una parte de mí le agradaba lo que Dimitri decía y que a otra le ofendía que alguien, sin importar quién fuera, tuviera la soberbia de creer que era capaz de marcar una diferencia tan grande en el mundo. No fue sino hasta después que entendía que esa otra parte de mí, que no era parte de mi verdadero *yo*, estaba haciendo hasta lo imposible por hacerme menos y mantener al mundo reducido.

—Y eso no es todo —continuó Zach—. Di tiene planes todavía más grandes. Dice que Carlton será la primera comunidad despierta y soberana. Digo, porque hace falta una comunidad para despertar al mundo, ¿verdad? —comentó con entusiasmo—. Carlton será la comunidad que...

Dimitri volvió a alzar la mano para silenciarlo.

—Ya compartiste suficiente, Zach. No hay que espantar al oficial Ogabi antes de tiempo, y menos porque acaba de llegar.

Zach se rio.

—Ah, pero no tuviste problema en contármelo todo a mí, ¿verdad, hermano?

—Porque sabía que no ibas a escapar, Zach. Eres mi público cautivo, literalmente.

—Hay que cuidarse de este tipo, oficial —dijo Zach mientras alzaba una pila de cuadernos con los brazos.

—Bueno, ustedes sigan con lo suyo.

Mientras cruzaba el pasillo para continuar con mis rondas, me pregunté adónde llegaría todo esto. Éramos un gurú de 19 años que parecía estar desconectado de la realidad, un genio de las computadoras que devino en ciberdelincuente condenado y yo, un expolicía alcohólico a punto de divorciarse que terminó siendo guardia de una prisión, reunidos en un entorno nuevo e inusual. Definitivamente parecía el comienzo de una vida muy, muy nueva.

LA CASA DE LOS ESPEJOS

ZACH

Una tarde, mientras estaba solo en la celda, buscando un lugar para los cuadernos de los cinco primeros participantes, me puse a pensar en la forma en la que Di abordaba ese proceso de crecimiento. Sentía que lo primero que necesitaban los otros era observar sus propios patrones, ésos que saboteaban su vida. Y no se trataba tanto de las razones por las que habían terminado en prisión, sino de los pensamientos que en el presente los mantenían atrapados a nivel mental.

Todas las limitaciones, los problemas o los asuntos pendientes provenían de un recuerdo de un suceso desafiante del pasado. Dimitri insistía en que el primer paso era ahondar en lo ocurrido, porque, como él decía: "Todos tenemos algo que nos pasó. Nos ciegan nuestras experiencias pasadas. ¿Cómo esperamos vivir en paz y armonía si vemos el presente a través de los ojos de lo que ocurrió, de los ojos del pasado?".

Para entonces yo ya estaba en un punto en el que sabía que esa era la pura verdad, pero, por alguna razón desconocida, a veces era incapaz de apegarme a ella.

—¿Por qué de pronto se me olvidan estas cosas, Di? O sea, me refiero a esas cosas importantes que me enseñaste sobre mi padre y mi relación con él. Luego veo que sigo furioso, que lo sigo culpando por mis problemas y esas cosas. Siento que es una trampa en la que no dejo de caer. ¿Seguro que tu sistema funciona, hermano? —le pregunté entre risas mientras le daba palmadas en el hombro.

—Claro que funciona, siempre y cuando estés dispuesto a hacer el esfuerzo. Es la única forma de evitar caer en la trampa —contestó.

—¿Esfuerzo? ¿En qué tengo que esforzarme?

—Es algo en lo que hay que trabajar, Zach. Es algo que tienes que incorporar de forma consciente a tu nuevo diálogo mental.

—Creí que ya lo había hecho —contesté, frustrado—. Por lo regular, cuando aprendo algo nuevo, se me queda grabado a la primera. Y, como ya lo tengo ahí, no necesito hacer más. Pero esto es distinto, y no entiendo por qué.

—Porque la historia que nos contamos es ancestral…, tiene miles de años entre nosotros. La historia de la victimización es una especie de programa que ha formado parte de ti y de casi cualquier otra persona sobre la faz de la tierra desde hace mucho tiempo. Por eso no es como aprender una nueva técnica matemática en la escuela, sino que hay que estarlo desmantelando de forma constante. Imagina que es como una casa de espejos; cada vez que aparezca, tienes que hacerle saber que no es tuya. Eso ayuda a confirmar a nivel interno que ya no es tu historia. Y luego, en un momento dado, tienes que elegir una historia nueva.

—¿Cómo diablos se hace eso?

—Primero tienes que entender algo: no hay tal cosa como una víctima feliz —dijo. *Un concepto simple, pero profundo*—. Luego empezarás a darte cuenta de que hay una voz en tu cabeza que no es tuya. Es la que señala culpables y se victimiza por cosas del pasado. Tu verdadera voz, la que *sí* es tuya, es la que hace unos instantes preguntó por qué no puedes dejar de culpar a otros y caer en la trampa. —Lo miré con curiosidad mientras intentaba procesarlo—. Sé que puede parecer extraño eso de que haya más de una voz en tu cabeza —continuó—. Pero, con el tiempo, podrás identificarlas con más facilidad. Entre más las vayas distinguiendo, más experiencia y práctica adquirirás. Y entonces te volverás un participante activo, capaz de desviar tu diálogo interior, la voz en tu cabeza, de las garras del yo falso, del yo al que le encanta señalar culpables. Y, en respuesta a tu siguiente pregunta, para hacerlo hay que observarla hablar, tal como lo hiciste, pero desde un lugar de conocimiento de que esa voz no es tuya. Incluso podrías ponerle nombre si quieres. Podría ser algo así como Alejo, y de cariño decirle que es un… ya sabes.

Su broma tonta me hizo reír, pero al mismo tiempo no me parecía descabellado que, al señalar a la voz cuando apareciera, me quedaría muy claro que no era mía.

—Bueno, pues Alejo el Pendejo será. ¿Durante cuánto tiempo tendré que hacerlo? —pregunté.

—Una vez que tu verdadero yo vuelva a tomar las riendas de tu diálogo interno, el espejeo dejará de ser necesario. Así se logra la verdadera liberación. Básicamente eso significa que tendrás que hacerlo hasta que sólo escuches una voz: la tuya.

La verdadera liberación. Eso suena muy bien. Me pregunté qué tan lejos estaría de alcanzarla.

—Bueno, pero esto que acabas de decir me hace pensar que hay muchas cosas de por medio, muchas más de las que me has enseñado hasta el momento.

Di se rio y juntó las manos.

—Eres muy astuto, amigo. Y eso me encanta. Sí, hay más, pero por ahora basta con que te disculpes. —No me agradaba que quisiera llevar por ahí la cosa, y Dimitri lo sabía—. Tu diálogo interno corrupto empezó hace mucho, cuando eras muy joven. Fue durante el incidente incómodo original, que también podríamos llamar trauma, que descubriste que tu padre había hecho tales y cuales cosas. En ese entonces no tuviste más remedio que dejarte llevar por las claves que te dio un mundo inconscientemente enfermo, el cual te dijo que lo que tu padre hizo era malo, que no debió haber ocurrido y que tu padre era mala persona. Ese fue el momento crucial, cuando te dijiste a ti mismo: "Culpo a mi padre por X o Y". Eso dejó huella en tu cerebro. En distintas prácticas hay distintos términos para nombrarlo, pero a mí me gusta el de "impronta mental".

Pensé en las implicaciones de lo que me estaba diciendo. De ser cierto, la mayoría de la gente del mundo estaría llena de esas improntas mentales.

—Pero a ver, Dimitri, culpo a mucha gente de muchas cosas, no sólo a mi padre.

—Porque tienes muchas improntas, como casi todo el mundo —respondió sin titubear.

—Entonces, ¿por qué necesito disculparme con mi padre?

—Porque parece ser el actor principal de tu obra, o más bien de tu zozobra. Los problemas que tienes con él son los más importantes en tu vida. Él es a quien más culpas. El culpable original.

—Pero ¿cómo y por qué habría de ayudarme pedirle disculpas?

—En tanto que somos seres humanos con un poder genuinamente extraordinario, debemos responsabilizarnos de todo lo que creamos en nuestra vida. Tú creaste esa culpabilidad en torno a tu padre. El problema es tuyo. Él sólo hizo lo mejor que pudo con lo que tenía en ese momento. —En ese instante, traté de protestar—. Antes de que muestres tu desacuerdo, te pediré que dediques un momento a hacer una reflexión interna y veas que, en última instancia, tú estás en causa de todo eso. Pregúntate una cosa: ¿quién parece siempre estar ahí cuando hay un problema con algo..., o sea, cuando culpas a alguien de algo? Una vez que obtengas la respuesta, como el ser humano compasivo y comprensivo en el que te has convertido, verás que tienes que resarcir el daño. Pedirle perdón a la persona a quien dañaste elimina la impronta y sienta las bases para la liberación interna personal.

—Aunque me costara reconocerlo, entendía a qué se refería. Aun así, no me quedaba claro de qué forma la disculpa borraría la impronta de mi sistema—. Imagínalo, Zach: la supuesta víctima se disculpa con el supuesto culpable. Esa experiencia improbable y hasta incómoda, proveniente del amor y la compasión, tiene la capacidad de sacudir la impronta hasta desprenderla de tu mente. Insertar la incidencia aparentemente ilógica de la disculpa en donde por lo regular no existiría contrarresta la impronta del trauma original y hace que su poder disminuya o hasta desaparezca.

—Mira, hermano, todo eso suena muy interesante —dije—, pero ¿cómo eliminas el recuerdo de lo ocurrido?

—Es que justo de eso se trata, de recuerdos. Todo lo que viene de algún lugar que no sea el amor es un recuerdo distorsionado que siempre se basa en miedos. Lo que estás haciendo aquí, conmigo, es evolucionar a partir de la narrativa del recuerdo del pasado para llegar a la elección de una nueva verdad. La verdad de que, en última instancia, todos somos Uno. Cuando te apropies de esta verdad, dejarás de tener problemas con los recuerdos. Te liberarás... al menos de ese problema.

Empezaba a entender cómo el hecho de hacerme completamente responsable y luego soltar los viejos patrones a nivel energético a través de una disculpa aparentemente ilógica podría reequilibrar cualquier relación dañada. Las implicaciones de eso eran trascendentales e ilimitadas. Pero aún me quedaban dudas.

—No sé qué pensaría mi padre si me disculpo con él, Di. Sabe lo que hizo y los problemas que eso causó en nuestra familia. Supongo que pensaría que se me zafó un tornillo.

—No importa lo que él piense o diga. En realidad, su reacción no es lo más importante. Es para que tú limpies las cosas en tu interior y la energía con respecto a cómo lo ves a él. Cuando recreas a otro a través de la percepción que tienes de él, no sólo te recreas a ti mismo, sino a toda la gente del mundo.

¿De dónde saca Dimitri estas cosas?

—A ver, déjame ver si entendí bien: en cualquier situación donde alguien le haya hecho algo a otra persona, sin importar qué tan horrible haya sido, ¿la víctima tiene que disculparse con la persona que le hizo daño? ¿Esa es la enseñanza?

—Mira, nadie *tiene* que hacer nada. Pueden también quedarse en su propia miseria, como la mayoría de la gente. Verás: es imposible progresar o, por decirlo de otro modo, volar con libertad si estás cargando el peso del pasado. Los demás pueden seguir rumiando, ya sea de forma consciente o inconsciente, sobre lo que alguien o algo les hizo o les sigue haciendo para que su vida sea como es. Pero, a fin de cuentas, sí, justo esa es la enseñanza. Es el camino más rápido que conozco para deshacerse de la energía negativa acumulada en torno a cualquier situación. Claro que la persona, la supuesta víctima, tiene que entenderlo. Tiene que ser consciente del papel que desempeña en la destrucción de cualquier relación, de todas las relaciones que se han visto afectadas por el incidente o los incidentes del pasado en cuestión. Si nada más dicen las palabras, como hacen muchas personas seudoespirituales, no logran nada. Creo entonces que la pregunta es: ¿quieres ser como esas personas o volverte un ser humano extraordinario, Zach?

—Se aprecia la coerción en un tema tan denso —dije entre risas.

—Tengo que hacer mi mejor esfuerzo —contestó con su habitual buen ánimo.

—No imagino que mucha gente pueda hacer eso de responsabilizarse por su propio involucramiento a ese nivel. Sobre todo, si las cosas que les hicieron son cabronas y les causaron traumas extremos. ¿Cómo podrían llegar a ese punto? A lo mejor estoy fuera de lugar, pero eso que argumentas es… no sé, hermano.

Dimitri asintió.

—Mucha gente no puede lograrlo. El ego no se los permite, así que se quedan atorados en esa herida y no dejan atrás lo que les ocurrió. La mayoría ni siquiera sabe que lo está haciendo porque es algo que traen metido muy profundo y que por eso no hacen más que existir vilmente en el mundo, mientras causan enfermedades tanto a su mente como a sus relaciones y su propio cuerpo. En cuanto al perdón, ese no es el meollo del asunto. El perdón ocurrirá, pero será algo innato después de que se hayan responsabilizado. El perdón viene en segundo lugar y es más bien el resultado de hacerse responsables y ser compasivos.

Nadie en el mundo piensa como Dimitri.

Esperé unos segundos antes de ponerme en el papel de abogado del diablo.

—¿Por qué no puedes simplemente decir "Te perdono" y pasar página?

—Bueno, para empezar, una vez que eres libre ya no tienes nada que perdonar. Si aún tienes algo que perdonar, significa que sigues llevando a cuestas esa historia que, en última instancia, no es verdad. Verás: queremos que la gente se empodere lo suficiente como para trascender su historia y llegar a un espacio de *conocimiento* de que aquello que les pasó en realidad no es algo que *les pasó*, sino algo que pasó *para ellos*. A partir de ahí, y sólo a partir de ahí, es posible lograr algo que tenga un gran mérito. —Estiró la mano y me tomó del hombro—. Se trata de reconocer la verdad de que las cosas simplemente *son* y vivir aceptándola plenamente.

Esto es muy denso, pero creo que ya lo voy entendiendo.

—¿A qué te refieres con que todo eso tiene que ver con las enfermedades del cuerpo?

—La negación o incapacidad de limpiar los bloqueos energéticos en torno a los problemas no es más que una forma de resistencia hecha y derecha. Y esa resistencia *a lo que es* por lo regular se manifestará como enfermedad física. Es el último recurso del Sistema para hacernos despertar. ¿Ves entonces lo importante que es que el individuo se responsabilice? Porque, si no lo hace, ¿quién lo hará por él? ¿De qué otro modo podría terminar el ciclo? Sólo uno puede sanarse a sí mismo; nadie más puede hacerlo por ti. Y, por cierto, el Sistema del que hablo es con "S" mayúscula.

—¿Por qué "S" mayúscula? —pregunté.

Dimitri sonrió y susurró.

—Eso dejaré que lo averigües tú solo, pero te daré una buena pista… Es *así* de importante.

Pensé de nuevo en todo lo que me había dicho.

—Sí sabes que para una persona normal todo esto suena loquísimo, ¿verdad, Di?

—¿Ahora eres normal, Zach? ¿Como programa de lavadora? Es bueno saberlo.

» » « «

A diario teníamos destinado un ratito del día para salir al patio de la prisión. No era la gran cosa, y con tanto alambre de púas y enrejado no era precisamente el espacio más abierto del mundo, pero de cualquier modo era agradable.

Dimitri y yo caminábamos juntos por el perímetro, donde las pisadas de miles de prisioneros que hacían ese mismo recorrido a diario habían dejado un sendero de tierra erosionada en el pasto.

Mi mente seguía debatiéndose con el concepto de pedir perdón por el daño que te hicieron. Por un lado, la idea de disculparse y luego pedirle perdón a la persona que te hizo algo se me hacía extrañísima; pero, por otro lado, tenía algo de sentido. Salvo por una cosa…

—Oye, Di, hace rato hablamos sobre el perdón, y entiendo el tema, pero también dijiste que no hay nada que perdonar, ¿recuerdas?

—No hay nada que perdonar si estás despierto —contestó—, si *de verdad* estás en tu estado de conocimiento pleno. Pero no puedes esperar que la persona a quien le pides disculpas esté en el mismo punto que tú, así que, por mera cortesía, le pides perdón. Es parte de la práctica, Zach. —Asentí, sin quitar la mirada del camino—. El siguiente paso implica ir más allá y hacer otra cosa que parecería ilógica —dijo Dimitri—: *agradecerle* al otro por esa situación.

Alcé la mirada de golpe, confundido.

—¿Por qué alguien querría hacer eso?

—Porque, por más incómoda que haya sido la situación, ese acto de culpar al otro te ayudó a alcanzar una verdad más profunda y a volver a ser tú mismo. Esos problemas o quejas que tenemos en realidad son regalos, en especial cuando descubrimos la verdad detrás de ellos. ¿No sientes que eres una persona nueva después de todas estas revelaciones?

—Sí, de hecho, sí. Pero me parece un poco extraño decirle a alguien "gracias por este problema".

Dimitri asintió.

—Hay que dejar en claro que no necesariamente le estás agradeciendo al otro por el problema, porque, para empezar, nunca fue un problema real. Es más bien llevar lo ilógico a un nivel diferente, conmocionar de nuevo el sistema de una forma que trascienda la disculpa inicial. Ese coscorrón doble puede sacar a relucir una claridad más profunda, no sólo en el campo mental, sino también en el energético. En realidad, le estás dando las gracias al yo o a los yos superiores, los que te enviaron o crearon aquello que te trajo hasta aquí. Estás agradeciendo su participación en tu entendimiento. Pero bueno, esa parte es un tanto esotérica y no es el momento ideal para ahondar en ella. Aunque sí te diré una cosa: el verdadero tú, el que es capaz de ver la voz en tu cabeza, el que sólo quiere lo mejor para ti, posee un cacumen y un poder que no puedes siquiera imaginar. Es tan inteligente y extraordinario que te envió estas dificultades a sabiendas de que te ayudarían a volver a tu verdadera naturaleza de amor, alegría y paz.

—Creo que tienes razón, Di. No es el momento ideal para tanto esoterismo. Y por favor no vuelvas a usar la palabra "coscorrón", ¿de acuerdo?

Dimitri echó la cabeza hacia atrás y se rio.

Lo que me desconcertó fue la revelación de esa verdad. No sé cómo supe que era una verdad incuestionable, pero lo supe.

Dimitri aceleró el paso, lo que significaba que se había acabado la conversación.

—Sólo quiero ver si entendí bien —dije mientras terminábamos la última vuelta al patio—. Si digo que lo lamento, pido perdón y les doy las gracias tanto al problema como a la persona, ¿estoy listo? ¿Eso es?

—Eso es. Claro, sería útil que supieras de antemano que va a funcionar. Y no que lo *creas*, sino que *lo sepas*. Porque no es lo mismo. Por ahora, si sólo puedes creer, que así sea. Pero, una vez que lo hagas y funcione, lo sabrás. Y, cuando lo sepas, podrás dejar atrás la simple creencia. Porque las creencias son para quienes no saben. —Saqué mi cuaderno para anotarlo todo—. Una cosa más —dijo Dimitri antes de terminar la vuelta.

—¿Qué?

—Al final, di: "Te quiero".

—¿Por qué? —pregunté en tono de reclamo.

—Porque eso completa el ciclo. Y porque es verdad.

—¿Qué es verdad? —pregunté.

—Que lo quieres. Quizá no te des cuenta porque apenas lo estás descubriendo, o más bien recordando, pero claro que lo quieres, Zach. Quieres a tu padre y a cualquier otra persona o cosa que te brinde oportunidades dolorosas como éstas.

—Entonces, ¿sólo tengo que pasar por este proceso de disculpas con mi padre y ya?

—Sí. Hasta que tengas que volver a hacerlo.

—¿Volver a hacerlo? ¿No es cosa de una sola vez? —*Suena a que es algo demasiado demandante.*

Dimitri sonrió y meneó la cabeza.

—El programa que te lleva a señalar culpables y a pensar de forma negativa sobre ti mismo y sobre los demás y lo demás está arraigado en las profundidades de tu ser. Por eso hay que repetir el proceso cada vez que surja un pensamiento de esa naturaleza. Y eso es lo que se conoce como "limpieza".

—¿Limpieza?

—Sí, porque eso es lo que estamos haciendo. Aunque el sistema tiene su propio nombre: hoʻoponopono.

—¿Hoponoqué? ¿Por qué le pusiste un nombre tan raro? —pregunté, conteniendo la risa.

—No se lo puse yo. Se lo pusieron los hawaianos —contestó Di—. Es una práctica ancestral de curación o corrección.

Llegamos a la puerta que llevaba del patio al interior ominoso de la prisión y luego a nuestra celda. Me detuve, pero él siguió adelante.

—¿Cómo? ¿Esto no es algo tuyo? —pregunté de forma tajante, sin disimular mi sorpresa.

Dimitri volteó a verme.

—Bueno, lo que yo te compartí es una versión modificada. La retrabajé para usarla en situaciones de victimización, como la que tienes con tu padre. La práctica en sí usa esas mismas cuatro acciones, pero ahonda en una verdad más profunda, universal y esotérica. Un día, este mantra, "lo siento, perdóname, gracias, te quiero", servirá para salvar el mundo. Te lo explicaré mejor cuando estés preparado. Pero no, en el fondo no es algo mío. Es de todos, Zach.

—Por la forma en que hablas de estas cosas me pareció que las habías inventado. Pero entonces no es algo original, ¿verdad?

—¿Original? ¿Qué sería original? Las palabras que usamos y los pensamientos que emanan de nosotros provienen de algo que vimos, oímos o experimentamos en algún momento. Esta increíble sabiduría está a nuestro alcance, a la espera de que la usemos para transmutarla en nuestro propio espacio interno de conocimiento. Todo existió antes que nosotros, Zach. No siempre es necesario reinventar la rueda.

Eso es indiscutible.

Dimitri entró al edificio y me dejó ahí, pensando en la gente de mi mundo a la que le vendría bien esa *limpieza*. A mi madre, con sus problemas con su propio padre y los secretos oscuros de los que nadie habla. *¿Será por eso que siempre está enferma?* A mi hermana, que sufre mucho porque mi padre la hace a un lado cuando se trata de sus visiones de negocios. Al mundo, con toda su mierda. ¿Sería posible que de verdad ese método hawaiano fuera capaz de sanarnos a todos?

DEJAR DE SER VÍCTIMA

ZACH

Tengo que reconocer que me desconcertó un poco que casi todos los reos de nuestro bloque terminaron yéndose furiosos después de la sesión inaugural del Programa de Liberación Temprana. Pero Di lo vio de una forma muy distinta. Mientras se iban y nos fulminaban con la mirada o con expresiones obscenas, él me aseguró que todo en el mundo estaba bien y que quienes se quedaran se convertirían en el grupo nuclear. Y tenía razón. Al final, quedamos Di, yo y otros cinco.

Por desgracia, Di nos puso un apodo muy ridículo: los Siete Magníficos. Éramos Malik Abdul Ali, también conocido como Tyrone Henson, a quien le endilgaron un quinto (cinco años) por robo a mano armada; John White Eagle, quien tenía una condena de seis años por robo de auto; Carl Plowman, quien enfrentó cargos por malversación de fondos en tercer grado y estaba cumpliendo una condena de diez años; Robert McKenna, quien estaba de paso (un año) por posesión ilegal de un arma de fuego; y, por último, Chuck Clemans, quien terminó sentenciado a 28 años por varios cargos de intento de asesinato tras disparar contra la casa de quien antes lo agredió y golpeó.

Me fascinó ver a Di volver a hacer abiertamente y con otros presos lo que había hecho conmigo en la privacidad de nuestra celda. Y escucharlo en repetidas ocasiones me brindaría a la larga la capacidad de manejar esos mismos conceptos con fluidez.

Acababa de terminar de ayudar a Robert a vislumbrar una verdad profunda detrás de una infancia horrible en la que su tío abusó sexualmente de él durante años. El miedo a enunciar su verdad hizo que Robert creciera sintiéndose impotente, lo cual lo empujó a las garras del alcoholismo y la indigencia. Después de recibir durante una hora la sabiduría de Dimitri, fue capaz de ver la parte que él desempeñaba en aquella complejísima red de traumas familiares heredados. Desde ahí, logró capturar una verdad más amplia, un mensaje más vasto, y eso le permitió liberarse.

Luego, Dimitri lo invitó a practicar Ho'oponopono con su tío difunto y le explicó que no importaba que el tío no estuviera ahí presente. Lo que importaba era que Robert dejara ir aquello a nivel energético. Roberto nos contó entonces que también sentía la necesidad de hacerlo con su madre, pues siempre la había culpado por permitir que el tío lo violara.

Sobra decir que hubo varias descargas emocionales; aun así, aunque a la mayoría nos conmovió ver a Robert atravesar ese proceso, uno de nosotros se mantuvo impasible. Malik sólo permaneció de brazos cruzados.

—¿Tienes alguna duda, Malik? ¿Te parece que esto cuadra? —le preguntó Dimitri.

Malik asintió con una expresión arrogante.

—Más que una pregunta, diría que tengo un comentario.

—Nos encantaría que lo compartieras —contestó Dimitri.

Malik se enderezó, pero mantuvo los brazos cruzados.

—Bueno, veo que están hablando de cosas a nivel personal, y qué bueno que eso le ha ayudado a Robert. Hasta podría ver mi propia situación con mi esposa y los problemas que hemos tenido, y creo que nos podría funcionar y tal. Pero lo que no entiendo es cómo podría funcionar con personas de una raza en particular que han vivido sometidas por otros desde hace generaciones.

—¿Podrías ser un poco más específico, Malik? —le pidió Dimitri.

—Si un grupo étnico ha sufrido a manos de otro, entonces esta idea de que uno se haga responsable no es funcional. No podemos olvidarlo y ya. Hay daños irreversibles que han afectado a mi gente y que la seguirán dañando, sobre todo a la escala en la que está ocurriendo en estos tiempos. Pero no espero que sepas mucho de historia, en particular si no te afecta.

—Hablemos entonces de esclavitud —dijo Dimitri—. Es uno de los muchos males de la civilización que existe desde tiempos babilónicos. Ahora bien, asumo que estás hablando de la esclavitud de hombres y mujeres de origen africano que fueron traídos a Estados Unidos desde 1776. Muchos creen que Lincoln la abolió en 1863 al crear la Proclamación de la Emancipación, pero sabemos que no fue así. En realidad, dejó de ser legal cuando se ratificó la Decimotercera Reforma Constitucional, el 6 de diciembre de 1865.

Malik asintió levemente, en reconocimiento del bagaje histórico de Dimitri.

—Pero esa es sólo una parte —Malik refunfuñó—. ¿Qué hay de las injusticias contra los negros? Hasta hace poco no nos dejaban votar, y eso por no hablar de los otros tratos injustos que recibimos de los demonios blancos.

—¿En qué año naciste, Malik?

—En 1963. ¿Por qué?

—Bueno, dado que a la población negra finalmente se le reconoció el derecho a votar en 1965, tras la aprobación de la Ley de Derecho al Voto, durante el gobierno de Lyndon B. Johnson, me preguntaba por quién te impidieron votar cuando tenías un año de edad por culpa de las inequidades raciales provocadas por los demonios blancos de esa época. —Malik guardó silencio y miró a Dimitri con un desdén profundo—. Mira, Malik, vine a que hablemos de lo que les afecta hoy, en este instante, en este preciso momento, mientras estamos sentados en esta capilla. ¿De qué forma te afectan aquí y ahora las injusticias del pasado?

Con cada segundo que pasaba, Malik se enfurecía más.

—¿En serio quieres saberlo, Tanomeo? Todas me afectan. Todos los blancos representan el sufrimiento de mi gente.

Dimitri asintió, con una sonrisa.

—Bien, ahora sí estamos llegando a algo. Sólo tengo una duda: ¿qué piensas de los prejuicios? ¿Te agradan, te desagradan, te dan lo mismo?

Malik miró a Dimitri como si estuviera hablando con un loco y alzó las manos al aire.

—¿Acaso no entiendes, Tanomeo? Justo a eso me refiero, a los prejuicios. Esa es la enfermedad que ha condenado a la población negra desde hace cientos de años.

—Entonces estás en contra. Te desagradan —insistió Dimitri con tranquilidad.

—¡Claro que estoy en contra de los prejuicios! ¡Los detesto! Siempre los he detestado, desde que supe qué se traía entre manos el estúpido hombre blanco con su estúpida sonrisa perfecta.

No sonrías ni abras la boca, Zach. Nunca había estado en presencia de un hombre negro que estuviera tan furioso contra la gente blanca.

—Tal vez deberíamos matar a toda la gente prejuiciosa del mundo. ¿Qué opinas de esa idea, Malik? —preguntó Dimitri

Lo vi moverse en su silla, incómodo y desconcertado por la sugerencia de Dimitri.

—Yo nunca dije eso.

—No, lo dije yo. Pero en tu mundo podría ser un remedio al tema de los prejuicios mundiales desbocados.

—Sería una solución muy brusca, ¿no? —dijo Malik, con una actitud menos aguerrida.

—Yo pensaría que sí, pero supuse que quizá funcionaría en tu mundo. Bueno, ¿por qué no mejor los metemos a prisión por el resto de su vida? Funcionaría, ¿no crees?

Malik entrecerró los ojos.

—No sé si estás hablando en serio o no, Tanomeo. Pero, si hablas en serio, ¿cómo podríamos distinguir a los racistas de los que no lo son?

—Buen punto. Eso sería complicado, sin duda. —Dimitri asintió y alzó la mirada al techo, con expresión contemplativa, antes de mirar a Malik a los ojos y decirle con absoluta serenidad—: Bueno, supongo que podríamos empezar por ti, ¿no te parece?

Malik se levantó de golpe y se abalanzó sobre Dimitri de forma amenazante.

—¿Estás insinuando que soy racista, Tanomeo?

—Por supuesto. Si te queda el saco, que, por lo que veo, te queda de maravilla —contestó Dimitri. Luego asintió en dirección de la silla de Malik para indicarle que tomara asiento—. Mejor —continuó entonces con voz dulce—. Mira, estoy aquí para decir las cosas como son. Quizá no te guste, pero igual voy a decirlo. Si quieres seguir hablando de lo que ocurrió en el pasado, entonces nunca vas a poder avanzar. Esta es tu invitación para el despertar, Malik. —Hizo una pausa para permitirle procesar sus palabras. Pero Malik no se veía convencido, así que Dimitri continuó—. ¿Qué es lo primero que piensas cuando conoces a una persona blanca? ¿Te dices cosas como "no le agrado" o "cree que es mejor que yo" o "no me simpatiza"? —preguntó Dimitri con una fingida voz berrinchuda—. Te invito a que escuches qué te dice esa voz interna sobre la gente blanca. Observa las proyecciones sobre lo que la gente blanca piensa de ti o de la gente negra en general. Examina esa actitud de "pobrecito de mí" y "soy una víctima" que llevas no sé cuánto tiempo teniendo. Es una caca. Mira el daño que estás haciendo, no sólo contra ti mismo, sino contra el resto de la comunidad negra y la humanidad. Y si estás pensando en argumentar que muchos sienten lo mismo que tú, entonces yo te diré que hay mucha gente en el mundo que sigue dormida.

Al igual que ellos, estás contribuyendo a la frecuencia de vibraciones bajas del planeta. Y sí, estoy hablando de frecuencias de vibraciones. Pero eso lo explicaré otro día. —Hizo una pausa. Quizá yo era el único ahí que entendía eso de las vibraciones, pero no podía dejar de pensar en su uso de la palabra "caca". *¿Por qué seguía negándose a decir palabrotas?* Dimitri siguió mirando a Malik a los ojos—. Quiero que una cosa quede clara: estás en causa por racismo y prejuicio, no sólo por tu propia intolerancia, que es producto de tus proyecciones, sino en particular porque le dedicas muchísima energía al racismo al reconocer su existencia, hablar de él y pensar en él a diario. ¡¿Qué se necesita para que dejes de tener a la humanidad secuestrada a través de tu racismo, Malik?!

Era evidente que la diatriba de Dimitri había avergonzado a Malik.

—Para empezar —dijo Malik en voz baja—, no me desagradan todas las personas blancas, y quizá no debí usar esas palabras para describirlas. Nunca pensé que yo tuviera ese tipo de prejuicios. No sé qué pensar.

—Lo que puedes pensar es que todos tenemos prejuicios hasta cierto punto. Todos hacemos juicios previos sobre otros, así como también sobre las circunstancias de la vida. Es lo que hacemos los seres humanos. Seguirás teniendo prejuicios hasta que dejes de tener prejuicios, igual que cualquier otra persona que los seguirá teniendo hasta que deje de tenerlos. Creo que no tiene mucho sentido describirlo como algo malo; simplemente *es*. Si a alguien no le agradas por lo que cree ver con sus propios ojos, no le des importancia. Lo único que ve es algo de sí mismo que no le agrada. Y esa persona se lo pierde, Malik, ¡porque eres un gran tipo! No podemos deshacernos de la ignorancia sólo porque nos desagrada. No puedes hacer que un burro sea menos burro hasta que esté listo para evolucionar y dejar atrás sus burradas. —Eso nos hizo reír a todos—. Mira, hermano: yo vine a empoderar a otros y me niego a reconocer la posibilidad de que enfrenten desigualdades. Para mí, la desigualdad no existe. Y aunque las cosas parecen estar inclinadas en una dirección u otra, y a eso podemos llamarle inequidad, me niego a dedicarle energía. En vez de eso, me gusta observar todo como experiencias distintas para distintas personas, porque al final eso son. Además, si lo piensas bien, es como si esas experiencias desiguales hubieran llegado a nuestra vida por arte de magia para reunificarnos. Como está pasando en esta capilla.

¡Qué fuerte!

Malik se quedó mirando el centro del círculo; se notaba que, además de una contemplación profunda, albergaba una fuerte resistencia.

John White Eagle, quien era nativo americano, alzó la mano para intervenir.

—¿Qué hay de lo que le pasó a mi gente? Erradicaron a millones de mujeres y niños inocentes, a una cultura completa y su gente; prácticamente nos borraron de la faz de la tierra en un parpadeo. ¿Qué tienes que decir al respecto? ¿Qué tienes que decir sobre los genocidios?

—¿Qué tengo que decir al respecto? Que ocurrió y ya. Es parte del pasado. Ya fue. Al igual que lo de Robert con su tío, lo mío con mi familia y hasta la esclavitud —contestó Dimitri.

Creo que tiene sentido.

—Pero ¿qué hay de los efectos residuales? Me refiero a la falta de acceso a la educación, los altos índices de alcoholismo y drogadicción, la pobreza y esas cosas. ¿Qué hay de eso? —insistió John.

Dimitri asintió de forma empática.

—Si esas cosas existen, entonces existen. Si son resultado de algo que ocurrió, pues eso son. Una vez que clasificamos algo como malo, caemos en el ciclo del victimismo y renunciamos a nuestra capacidad innata para cambiar las cosas. Hay muchos problemas en el mundo que se pueden observar y cambiar, pero antes de empezar a hablar de cambios verdaderos es necesario que lavemos nuestros trapos sucios, que hagamos limpieza interna, pues. Díganme una cosa: ¿hay nativos americanos, gente de color y personas de otros grupos étnicos que se hayan sobrepuesto a las adversidades y hayan hecho algo con su vida? ¿Creen que lo lograron a base de lloriquear por lo que les faltaba o por lo mal que les fue en la feria? ¡Claro que no! Tenemos que dejar de lado esa cuestión separatista en todos los frentes, porque la rabia que cargan a cuestas a la larga provocará más violencia, destrucción y polarización. Les garantizo que nada positivo saldrá de eso. Los cambios que quieren ver reflejados en su gente son los que queremos para toda la gente del mundo, y la única forma de lograrlos es a través del despertar. Y yo digo que empecemos hoy, aquí, en esta capilla. —Nos miró uno por uno para ver si estábamos entendiendo. Y sí, lo entendíamos—. Estoy aquí para ser parte de la solución, no del problema —continuó Dimitri—. Busco hombres fuertes que puedan afirmarse en su poder, que estén listos para lo que enfrentaremos en este mundo. —Guardamos silencio mientras procesamos sus palabras—. Hermanos, esta nueva conversación interna a la que los invito a unirse implica que se responsabilicen por la forma en que perciben el mundo en este instante. Desde ahí, podrán afirmarse en su propio poder como los grandes creadores que son cada uno de ustedes y cambiar lo que requiere ser cambiado. Y a ambos les digo esto: quiero que sepan que sé que hay mucho por cambiar. Pero sólo desde ese lugar de sanación podrán crear libremente una nueva vida, una vida que valga la pena. —Dimitri se le acercó a Malik—. Si quieres ayudar a tu gente, es hora de despertar y dar un paso al frente.

Malik se puso de pie, cerró los puños y salió del círculo.

» » « «

Hicimos una pausa para tomar agua y relajar los ánimos. Malik, por su parte, pasó todo ese tiempo caminando de un lado a otro de la capilla, sin parar.

Cuando volvimos a nuestros asientos, Malik se apoyó con las manos en el respaldo y clavó la mirada en Dimitri.

—¿Qué me dirías si te digo que sé que estás diciendo la verdad, pero que no puedo aceptarla? ¡Carajo!

—Vuelve al círculo y te explicaré de dónde vienen tus inquietudes, Malik —dijo Dimitri. Malik volvió a tomar asiento, despacio. Se veía más tranquilo—. ¿Cuánto tiempo llevas culpando a los blancos? —preguntó Dimitri.

Malik inhaló profundo.

—Como desde los nueve años. Solía oír a mi madre hablar de eso. Ella era del sur, así que a ella le afectaba mucho, y no dejó de afectarle hasta el día que murió.

—Me atreveré a insinuar que esa parte de ti que sabe que lo que estoy diciendo es verdad es el verdadero tú. Pero también está la parte de ti que siente la necesidad de aferrarse a la ira y a la búsqueda de culpables. Ese es el tú que crees que eres, pero que en realidad no eres.

—¿Que qué? —preguntó Malik.

—Enfoquémonos primero en la parte que se niega a soltar. Hay algo dentro de ti que quiere que las cosas sigan estando como están, ¿cierto?

Malik alzó la mirada y contestó.

—Sí, ¿cómo lo sabes?

—Te lo pongo así: digamos que hay una voz en tu cabeza que no quiere que las cosas cambien. Tiene miedo porque sabe que este cambio en particular provocará su desaparición o al menos una reducción sustancial de su poder sobre ti. Como ves, en este instante crees que eres un férreo defensor de los derechos de las personas negras, que luchas por la igualdad racial o como sea que lo describas en tu cabeza y frente a otras personas. Y, dado que de verdad lo crees, tu mente forjó una identidad en torno a esa creencia. ¿Qué te parece?

—Caray. Entonces quizá por eso... —Malik se quedó callado, con la boca entreabierta—. No, no importa.

—Anda, dilo. Es importante darle su lugar a cualquier cosa que surja —intervino Dimitri.

—Está bien. Cuando me alejé del círculo, me pregunté qué pensarían mis hermanos y hermanas al verme cambiar mi discurso en torno a la cuestión racial. Pensé que era muy ridículo preocuparme por algo así, pero la sensación persistió.

—Increíble. Acabas de identificar al yo falso en acción. ¿Recuerdas que te dije que hay un tú que crees que eres tú, pero que en realidad no eres tú?

—Es algo difícil de olvidar —contestó Malik en tono burlón.

—A eso me refiero con el yo falso. Cuando te vino a la mente la pregunta de qué iban a pensar tus amistades, no fuiste tú quien lo pensó. Sólo te pareció que lo habías pensado tú porque nunca antes habías estado consciente de las voces. Pero tú fuiste quien, para empezar, se dio cuenta de lo absurdo que es pensar algo así. En pocas palabras, tú fuiste quien observó lo dicho y supo que algo no encajaba. ¿Me explico, Malik?

—Más o menos, pero sigo sin entender bien por qué se llama yo falso. ¿Cómo puede ser "falso" si lo estoy experimentando yo? —Malik estaba más absorto que nunca.

—Se usan muchas palabras para describir eso a lo que llamo "yo falso". Podríamos decirle ego, yo inferior, lado sombrío, mente egotista, yo pequeño y hasta Satanás, si acaso nos queda claro a qué se refería Jesucristo en realidad cuando hablaba de él. Y todo apunta en la misma dirección, que es lo que en la actualidad habita en la mente de la mayoría de la gente. Tras años de programación colectiva, el yo inferior nos ha hecho creer que somos pequeños. Luego, esa misma programación nos convence de que tener un título nos hace ser más grandes que el yo pequeño que incorrectamente creemos ser. Defensor de esto o aquello, profesor de algo, madre, padre, veterano, director de una empresa, sobreviviente de cáncer, víctima de abuso, presidente de algo o cualquier otra cosa que nos dé una identidad falsa que creemos que nos valida. Y eso nos gusta porque, en el mundo del yo pequeño, antes no éramos nada, mientras que ese título recién adquirido nos convirtió en algo.

Las palabras de Dimitri me hicieron recordar lo importante que había sido para mí obtener el título del "ciberdelincuente más famoso del mundo". La motivación de obtener ese estatus superó incluso mi deseo de libertad. De hecho, creía que no era nadie antes de dejar sin electricidad a una ciudad entera, lo cual cimentó para siempre mi estatus con ese título nobiliario. Pero lo que más me desconcertó fue lo insignificante que me pareció todo eso apenas una semana después de haberlo obtenido.

"—Además —continuó Dimitri—, al ver que surgió un pensamiento con respecto al temor de lo que pudiera pensar tu gente y, al mismo tiempo, reconocer lo absurdo que era sentir ese temor, ¿cuál de esos dos pensamientos, de los dos yos que tuvieron esos pensamientos, es el verdadero tú? ¿Eres el que tuvo el pensamiento absurdo o el que se dio cuenta de la llegada de ese pensamiento y tuvo la sensatez de reconocer su ridiculez? Esa es la pregunta del millón, Malik. Sólo puedes ser uno de los dos, porque es imposible ser ambos. O sea, no es posible pensar algo y al mismo tiempo ser el que percibe la llegada del pensamiento, ¿no crees?

Malik se tardó un minuto en procesarlo.

—No, pues no, ¡no se puede! —Por fin le había caído el veinte, y entonces empezó a reír a carcajadas, supongo que por primera vez en mucho tiempo—. Entonces, Dimitri, el que está pensando cosas absurdas no soy yo, ¿verdad?

—No, no eres tú.

—Entonces yo soy el que se dio cuenta de que era absurdo, ¿verdad?

—Sí, ese eres tú. Eres el que observa los pensamientos. Eres la conciencia detrás de ellos.

Malik abrió los ojos como platos.

—¡No jodas! ¡Es cierto! ¡Yo soy el que está consciente!

—Sí. Si quieres ser más preciso, podrías incluso afirmar: "Yo soy la conciencia".

—Yo soy la conciencia —Malik repitió despacio con una enorme sonrisa en el rostro.

Los demás se veían muy entusiasmados y maravillados por aquel proceso, salvo, por supuesto, Carl Plowman, el intelectual de la prisión, también apodado "el Profe", quien seguía con los brazos cruzados y se mostraba escéptico.

—Eso de lo que hablas es el ego. Lo he estudiado en todas sus variables y posibilidades, pero ¿hay evidencia física de su existencia? —preguntó.

Hasta habla como profesor universitario.

—Dime una cosa, Carl, ¿la luz existe? —dijo Dimitri.

—Por supuesto —bufó Carl.

—Demuéstramelo. O sea, todos coincidimos en que está claro que existe algo llamado luz. Entonces, demuéstramelo.

—Bueno, de acuerdo —masculló Carl y soltó una risita nerviosa. Luego empezó a señalar en distintas direcciones dentro de la habitación—. Está ahí. En todas partes.

—Permíteme ayudarte —lo interrumpió Dimitri y se acercó a las puertas de la capilla, donde estaban los interruptores de la luz—. Esta es la oscuridad —dijo y apagó las luces—. Esta es la luz —dijo y las encendió—. ¿Con eso demostré la existencia de la luz? —preguntó mientras volvía a su asiento. Nadie le contestó, pero eso no pareció importarle—. Algo parecido pasa con el ego. En la experiencia de Malik, hubo dos polos opuestos en juego. Sé que es algo subjetivo y que no estuvimos ahí dentro cuando él tuvo esa experiencia, pero cada uno de nosotros puede ser consciente de ello en nuestro interior. Entonces, Carl, la evidencia está en tus propias experiencias. Una vez que pases por ese momento en el que veas la voz de tu mente en acción, poniéndote siempre en el pasado o en el futuro, habrás demostrado su existencia.

—¡Sí, es cierto! —exclamó Malik y le tendió la mano a Dimitri—. No estás tan mal, Tanomeo.

¡Qué fuerte! Aquello no era poca cosa. Malik era el líder de la Nación del Islam, además de un oponente declarado de la raza blanca, así que verlo tenderle la mano a alguien que tenía algo de ascendencia blanca era impresionante.

Dimitri le estrechó la mano e intentó jalarlo para darle un abrazo, pero Malik se resistió. Dimitri se rio y dijo:

—Está bien, Malik. Hoy has hecho un gran avance. Pero paso a paso, ¿no?

—Así es, pero sí quiero afirmarme —dijo Malik con una sonrisa.

—¡Genial! ¡De eso se trata! —exclamó Dimitri y fue a buscar el tapete de prisa para evitar que Malik se arrepintiera.

Dimitri desenrolló la rueda del amor y la alineó con los puntos cardinales con ayuda del marcador que pusimos en la pared para indicar dónde estaba el sur. Malik se puso en el centro, sobre el recuadro de tela, e hizo lo suyo, además de agregar un ho'oponopono al final por si acaso. De ese modo, atestiguamos su transformación en una persona distinta.

Me recliné en mi silla y empecé a procesarlo. Malik me sorprendió con una palmada en la espalda cuando volvió a su asiento. Me sentí muy orgulloso de mi compañero de celda, el hechicero que había agitado su varita mágica para empezar a cambiar el mundo, una persona a la vez.

» » « «

En el transcurso de las siguientes semanas, Dimitri trabajó con cada uno de nosotros en las sesiones grupales, y los milagros siguieron ocurriendo, uno por uno. Cada uno fue experimentando revelaciones que nos cambiaron la vida para siempre.

No pasó mucho tiempo antes de que los Siete Magníficos fuéramos más magníficos que nunca, y para mí llegó la hora de hacer un esfuerzo adicional. Una vez que el grupo fue creciendo, en general por recomendación de boca en boca, o quizá por el ejemplo que ponían los miembros, se fue haciendo más complicado darle seguimiento al proceso individual, pero me las arreglé.

Solicité que los nuevos miembros llevaran consigo un cuaderno que me entregarían durante su primera sesión. No obstante, eso trajo consigo algunos problemas. Aunque era posible adquirir cuadernos en el quiosco de la prisión, muchos de los reos no tenían dinero o no estaban dispuestos a gastar el poco dinero que tenían en un cuaderno. Y entonces ocurrió algo muy interesante.

Una tarde, Malik y Carl fueron a vernos a nuestra celda. Sabían que teníamos un problema de inventario de cuadernos, así que ofrecieron comprar tantos como fuera posible con su propio dinero. Eso era muy poco común. Los prisioneros acostumbran intercambiar productos del quiosco, pero casi nunca regalan o donan algo.

A Dimitri se le llenaron los ojos de lágrimas.

—¡Caray, hermanos! Lo que está ocurriendo hoy, aquí, en esta celda, es el comienzo de algo enorme. Quiero que lo sepan. Son los primeros que contribuyen de una forma en la que pocos se atreverían.

—Para ser sincero —lo interrumpió Carl—, Malik tuvo que torcerme un poco el brazo.

Su franqueza nos hizo reír.

—Como sea, gracias por esto. Es el primer paso para lograr un cambio que se extenderá al mundo entero, donde otros darán a manos llenas lo que tienen para apoyar a sus hermanos y hermanas en su propio despertar. Sé que les sonará raro, pero ustedes acaban de hacerlo realidad, así que, desde el fondo de mi corazón, quiero que sepan lo mucho que lo aprecio.

Dimitri se llevó una mano al corazón e hizo una reverencia frente a cada uno de ellos. Ambos asintieron y sonrieron antes de darse media vuelta e irse.

—¡Qué inesperado! —dije mientras sacaba mi propio cuaderno para anotar lo que acababa de ocurrir.

—Esto es lo que pasa cuando la humanidad despierta, Zach. Así que más vale que te acostumbres, pues esto es sólo el comienzo.

Ya me había acostumbrado a oírlo decir esas cosas grandilocuentes. Dimitri era un gran soñador, y yo dejé de cuestionar sus declaraciones cuando empecé a ver que las cosas de verdad ocurrían.

Lo más sorprendente del encuentro fue que Carl hubiera contribuido. Era el único de los seis originales que no parecía haber tenido una revelación notable, pues casi siempre emprendía discusiones intelectuales con todo lo que Dimitri enseñaba.

Se me ocurrió preguntarle a Dimitri en tono casual qué pensaba al respecto.

—Todos tenemos algún tipo de bloqueo. La mente egotista de Carl es o era tan fuerte porque es un hombre muy culto. Al ego le encanta usar ese conocimiento, así como otras cualidades, para forjarse una identidad propia. Una vez que la persona entra al ámbito de la identificación del ego basada en el conocimiento, por lo regular empieza a creer que lo sabe todo. Y, cuando eso ocurre, como dice la caricatura, "eso es todo, amigos". Por fortuna para Carl, nuestras sesiones han conmovido su corazón y han generado un cambio.

—Bueno, pero ¿cómo le haces tú para que no te pase, puesto que eres tan culto?

—Antes del incidente, hubo una época en la que también tuve mucho conocimiento, como Carl. La diferencia es que nunca lo usé para creerme más que los demás. Por la forma en que me criaron, de verdad creía que no valía nada, así que era imposible que se me subiera a la cabeza. Pero luego, como bien sabes, pasó algo, y ese conocimiento se transmutó en sabiduría experiencial.

—Bueno, ya que sacas el tema, ¿estás listo para contarme cuál fue el incidente, Di?

—Todo a su tiempo, amigo. Por ahora, hablemos de cuadernos. Hay que estar preparados para lo que se avecina.

—¿Se vale que te pregunte cómo lo sabes? —dije.

Dimitri miró hacia la nada.

—Digamos que muy pronto ocurrirá un incidente en esta prisión. Vienen hacia acá, y tenemos que estar preparados.

SANGRE POR SANGRE

RONNY

Cuando el exguardia de la Penitenciaría Carlton, Marcus Ogabi, me pidió que contara mi historia, no quería tener nada que ver con estas pendejadas. Pero, después de lo que pasó, supe que era importante hacerlo.

Para empezar, debo aclarar que unirse a nuestra clica, La Familia, no es ningún chiste. Es para toda la vida. Es como cuando los vatos dicen "pa' siempre", y sabes que hablan en serio porque esto es sangre por sangre y no chingaderas.

Yo fui uno de los afortunados que lograron salir vivos. Traicioné el código y con eso firmé mi sentencia de muerte, pero igual aquí estoy, contándoles mi historia. Quizá les ayude a otros vatos que están metidos en esto o que están pensando en meterse.

Para empezar, si me hubiera quedado, seguiría en prisión, me habrían matado o estaría partiendo madres con los carnales en las calles. Pero no quería pasar el resto de mis días en ese desmadre.

De los seis años que estuve en Carlton, durante cinco fui primer teniente de uno de los jefes más cabrones de la historia: Joaquín "el Capitán" Flores, un tipo frío y calculador que parecía estar hecho para esta mierda porque vivió así desde que nació. Su padre, sus hermanos y hasta su hermana estaban metidos. De hecho, dicen por ahí que su tío abuelo fue el jefe de jefes que fundó la Eme hace muchos años.

El día que Dimitri Tanomeo llegó a Carlton, a Joaquín le dio mala espina. No era que no le cayera bien ni nada por el estilo. En ese entonces no sabíamos cuál era el problema, así que no le di mucha importancia. Pero, un mes después, Tanomeo hizo su primera reunión, y Joaquín mandó a Creeper, uno de los soldados, para que viera de qué se trataba.

—El vato se la pasó hablando de una pendejada de autoayuda o algo así, ese.

—Ah, ¿sí? ¿Cuántos eran, carnal? —le preguntó Joaquín.

—No muchos, carnal. Menos de diez. Había muchos más, pero se encabronaron y se fueron.

—Ah, ¿sí? ¿Por qué se fueron, Creeper? —pregunté.

Creeper se rio.

—La mayoría de los pendejos creyeron que era algo para reducir su sentencia. Es que lo llamaron Plan de Liberación Temprana o algo así.

—¿Está con alguna pandilla? —preguntó Joaquín mientras se limpiaba las uñas, que era lo que hacía cuando quería disimular que se había metido algo.

—No, carnal. El blanquito este, o mulato, o lo que sea, no está en ningún bando. Sólo había un negro, Malik. Ya sabes, el de la Nación. Pero es un don nadie.

—Bueno, Creeper, no quiero que lo pierdas de vista —le ordenó Joaquín.

—¿Quieres que lo quebremos, carnal?

—¿Dije que quería que lo quebraras, vato? Nada más échale un ojo, ese. Yo te diré cuando quiera que hagas otra cosa. Ahora, sácate a la verga.

Una vez que Creeper se fuera de la celda, Joaquín podría hacerme las preguntas que necesitaba que le respondiera sin que otros se enteraran de sus inquietudes.

—¿Qué opinas de él, Ronny?

—¿De quién? ¿De Tanomeo? No opino nada, ese. Sólo es otro pendejo cumpliendo su condena.

Joaquín se rio.

—Y por eso yo tengo las llaves del reino y tú no, carnal. Tengo el don de saber cuándo se nos viene encima una cagada.

Era verdad. Joaquín siempre sabía quién era capaz de apuñalarlo por la espalda y quién le era leal. Hasta sabía si iba a haber broncas en el patio antes de que ocurrieran. El vato presentía esas cosas.

—¿Qué te preocupa, Joaquín? No va a armar un desmadre para quitarte del trono, hermano. Ni siquiera está afiliado —dije y me reí. Yo era el único que tenía permiso de hablarle así.

—Chinga a tu madre, güey —dijo y se rio también, pero casi de inmediato se puso serio otra vez—. Ya sé, carnal, pero ese pendejo tiene algo raro. No sé qué es, pero hay que estar atentos.

En ese momento no estuve de acuerdo con él porque no entendía cuál era la amenaza, pero sus deseos eran órdenes. Nos dimos el apretón de manos especial, y luego asentí.

—Eso haremos. Tranquilo, hermano. —Me levanté, le hice nuestra seña y salí de la celda.

Poco después vería lo mucho que me había equivocado. Conforme lo de Tanomeo se hacía más grande, nosotros hacíamos menos dinero. Al principio no entendía cómo se relacionaba una cosa con la otra, pero un día que estaba solo en la celda, escuché que había un relajo en la celda de al lado. Era la de Freddy Archibald, un drogadicto de cuarta que luego también vendía droga y que les robaba a otros presos para pagar sus deudas. Desde nuestra celda se escuchaba todo, así que saqué el espejo para asomarme a ver qué carajos estaba pasando.

—Óyeme bien, prisionero. Vamos a encontrarlo, cueste lo que cueste, así que quizá te convenga decirnos de una vez dónde está antes de que rompamos lo poco que tienes —dijo el guardia Devic mientras sacaba a Archy al pasillo y otro guardia revisaba sus cosas.

—Oiga, ¿me deja decirle algo, jefe? —preguntó Archibald, y Devic dejó de zarandearlo.

En ese momento estuve seguro de que se le iba a ir la boca. *Cobarde de mierda*, pensé.

—Adelante —contestó Devic.

Pero entonces el pinche blanquito dijo algo que yo no esperaba oír.

—A lo mejor le cuesta trabajo creerlo porque hace muchos años que me conoce sólo como un adicto, pero le voy a decir una cosa: ya dejé de meterme esa basura. Juro por Dios que llevo meses sobrio. —El blanquito hasta se llevó la mano al corazón, lo que me dio un poco de risa, la verdad.

—Muy conmovedor, Archibald. Ahora, baja la cabeza y pásate los dedos por el cabello.

—Está bien, oficial, pero le juro que estoy diciendo la verdad.

—No te he visto en una sola junta de AA últimamente. De hecho, creo que nunca te he visto en una de esas juntas —dijo Devic. En el fondo, Devic era de los guardias más decentes; dentro de lo posible, claro. Era justo y todo eso, así que yo lo respetaba. Era el único guardia al que respetaba.

—Sí, eso es cierto, pero a lo mejor me ha visto en las juntas del PLT. No he faltado a una sola desde que empecé a ir, hace casi cuatro meses. Ese programa me está ayudando a lidiar con toda la mierda que traigo cargando desde que era niño. Y ya no soy víctima de mi pasado, así que ya no tengo pretextos para drogarme para escapar del presente —dijo Archy. Devic se rio porque no le creyó una sola palabra, pero a mí me pareció que tenía sentido porque hacía meses que Archy no nos compraba nada—. En serio, oficial, tengo la mente clara. Las palabras que ahora me digo a mí mismo, ya sabe, las palabras en mi cabeza, son bastante positivas. Ahora puedo hacerlo porque sé que la vida es justa y que es positiva, o que al menos puede serlo si yo así lo elijo, y eso estoy haciendo. Elegí la sobriedad para mí. Saldré de aquí en seis meses, y le juro que nada, pero nada de nada, se atravesará en el camino de mi nueva vida.

Devic retrocedió para verlo bien, y yo bajé el espejo unos segundos para procesar lo que Archy había dicho. Había dado por sentado que les estaba comprando a los negros, pero la verdad es que sí se veía diferente. Levanté el espejo otra vez y vi que salió el guardia Ogabi de la celda de Archy. Venía negando con la cabeza porque no había encontrado nada. A nadie en La Familia le caía bien el pinche negro Ogabi. Tenía algo sospechoso, como si estuviera escondiendo algo o alguna chingadera así.

—¿Qué piensas hacer cuando salgas? —le preguntó Devic.

—Cuando salga ya tendré el certificado del GED, y luego quiero estudiar valoración de bienes raíces. Mi tío lleva muchos años en eso. Cuando era joven, lo acompañaba a ver las propiedades, y pienso que, si él puede hacerlo, yo también.

—Parece que las palabras del preso Tanomeo te están sentando bien, ¿verdad? —preguntó Devic en voz baja, como si fuera un secreto, como si por fin le hubiera creído.

—Para ser sincero, siento que sus palabras ya son mías, en cierto modo —contestó Archy. *¿Quién es este huevón y en qué momento empezó a hablar de esa forma?*, pensé. Se había vuelto bien confiado, el pendejo. Como que algo dentro de él había cambiado—. El otro día pensé en que lo que ahorraré por no meterme nada podré usarlo para el curso de bienes raíces.

Devic llevó a Ogabi a un costado, cerca de mi celda. Guardé el espejo, me acerqué a los barrotes tanto como pude sin que me vieran y paré la oreja.

—¿Ves esto, Marcus? —preguntó Devic.

—Sí, está hablando igual que Tanomeo. Es bastante inquietante, la verdad. Pero en un buen sentido, creo —contestó Ogabi.

—Mírale los ojos. No tiene ojeras. ¿Y no crees que se está expresando con demasiada claridad? No es el Freddy Archibald que yo conozco. Y mira que lo conozco desde hace años, pero nunca se había visto así de bien. Creo que sí está sobrio.

Desde ese día, empecé a poner atención a lo que hacía Tanomeo. Lo empecé a seguir como un halcón, pero sin decirle a Joaquín lo que veía u oía. Eso me lo guardaba, aunque no sé bien por qué.

En realidad, no importó, porque luego Joaquín se enteró por sus propios medios. Un día, cuando estábamos solos en la cancha de balonmano, se le salió.

—¿No lo ves, Ronny? Entre más gente escucha a ese pendejo, menos quieren comprarnos, hacer apuestas o tener algo que ver con nuestros negocios.

—No sé si soy idiota o algo, carnal, pero no entiendo cómo eso nos afecta.

Claro que estaba mintiendo, porque ya sabía adónde quería llegar Joaquín, pero no quería lidiar con ello.

—Es porque no entiendes lo que está haciendo. Los está ayudando a dejar sus pinches adicciones. Y a nosotros no nos conviene que dejen de ser unos pinches adictos. O sea que nos está chingando. Debimos ponerle un alto cuando recién llegó.

Era la primera vez que veía a Joaquín ponerse así de loco por algo.

—Sí, carnal. Entiendo. Tienes razón, pero ¿qué podemos hacer?

Bajó la mirada al piso de asfalto, como siempre hacía cuando estaba intentando descifrar algo.

—¡Carajo, Ronny, no tenemos opción! Tendremos que hacerlo, carnal.

Reboté un par de veces el balón contra la pared para fingir que todo estaba bien, pero claro que no lo estaba.

—¿Das luz verde, jefe? —pregunté para confirmar su orden. Joaquín caminó de un lado a otro. Yo volví a aventar la pelota que rebotó con fuerza en el muro de concreto y fue directo hacia la cabeza de Joaquín. Él, sin siquiera voltear, alzó la mano y la atrapó en el aire.

—Sí, pero aún no decido cuándo. Hay que ver. El cabrón se ha vuelto demasiado popular, y los pinches presos están locos por él. Hay mucho en juego, Ronny. Si la cagamos, nos chingamos. —Tenía un buen punto: Tanomeo se había vuelto importante en Carlton. Por eso, para poder eliminarlo, tenía que planearlo alguien muy pinche listo, alguien bien calculador. Por fortuna, o por desgracia, dependiendo de qué lado estuviera uno, esa era la especialidad de Joaquín—. De modo que sí, Ronny, doy luz verde, pero me falta decidir cuándo y cómo. Ahorita no le digas nada a la clica. ¿Entendido, carnal?

Con eso, firmamos la sentencia de muerte del vato más pacífico de la pinche prisión. Antes, cuando Joaquín me decía que quebrara a alguien, nunca me sentía del todo cómodo, pero, como Tanomeo no estaba en ninguna pandilla, me hacía sentir peor. O sea, ni siquiera entendía lo que el tipo les estaba enseñando, pero sentía como si fuera a quebrar a san Francisco de Asís o algo por el estilo. Tuve que reunir toda la maldad que tenía adentro y enterrar en lo más profundo de mi ser la parte capaz de sentir algo.

LA TEORÍA DEL ENTRELAZAMIENTO

MARCUS

Conforme pasaron las semanas, me fui familiarizando con el resto de los personajes de la prisión. Entre los reos había narcos, ladrones, malandros, estafadores, violadores, gays, soplones, cristianos conversos, lambiscones y mandamases. Mi trabajo consistía en entablar relaciones con algunos de ellos para obtener información útil y no perder de vista a otros.

También me familiaricé con los guardias y aprendí a reconocer su temperamento. En muchos casos, eran tan desgraciados como los prisioneros, si no es que más. Entre las cualidades de mis nuevos colegas había corrupción, chismes, crueldad, nepotismo, politiquerías y estupidez básica. Por fortuna, Jim, a quien acababan de nombrar capitán, me seguía enseñando cómo moverme en ese ambiente.

Cualquiera creería que necesitaba obtener información privilegiada de los presos para llevar a cabo mi trabajo como guardia de la forma más profesional posible, y sin duda era una de mis principales motivaciones. Sin embargo, también muchas veces me hacía preguntarme a cuáles de esos individuos, en especial de los más poderosos, les resonaría lo que Dimitri estaba creando al interior de Carlton.

Y es que lo que estaba creando era enorme. Era difícil calcular cuántos se habían metido a su PLT para entonces, pero debía de ser más o menos la mitad de su bloque. Dependiendo de cuándo empezara cada quien, había tres niveles distintos, cada uno de los cuales tenía su propio horario y lugar de reunión. Dimitri estaba agitando las aguas, lo que me provocaba unas ansias constantes de mantenerlo a salvo.

Para entonces había asistido como oyente a muchas de sus sesiones y estaba completamente de acuerdo con lo que estaba haciendo, lo cual, sin embargo, me causaba cierto conflicto. Mi trabajo consistía en ser una figura de autoridad para los prisioneros, en ser alguien justo, pero firme. Sin embargo, por dentro mi atención siempre estaba puesta en él.

Intentaba estar donde él estaba y fijarme en cómo lo veían los otros reos. Casi siempre lo acompañaba Zach, su compañero de celda. También estaban los otros cinco que habían formado parte del PLT desde el primer día. En el comedor, muchos querían sentarse a su lado. Uno de los presos siempre estaba listo para cargar su charola y quitar los alimentos que él no comía, los cuales intercambiaba con alguien más a cambio de su porción de verduras, fruta, frijoles y pan.

El grupo se sentaba siempre en la misma mesa, y los espacios vacíos se llenaban de inmediato, al igual que las mesas contiguas. Al principio supuse que muchos querían estar cerca de él para oír sus palabras sabias, pero él rara vez tocaba temas profundos fuera de las sesiones en la capilla. De hecho, pasaba la mayor parte del tiempo bromeando y riendo con sus colegas. O a veces simplemente guardaba silencio.

También empecé a prestarles atención a los reos que no se interesaban en sus palabras. La mayoría mantenía su distancia y no le daban mayor importancia a Dimitri, pero había uno que sí lo hacía: por desgracia, era ni más ni menos que Joaquín Flores. Siempre se aseguraba de tener vista directa a la mesa de Dimitri y lo observaba con atención durante las comidas. Joaquín no se equivocaba, así que debía de tener motivos para estar tan interesado en Dimitri, y supuse que no podrían ser buenos, así que yo lo vigilaba mientras *él* vigilaba al muchacho.

Cuando estaba en las oficinas del personal, también prestaba atención a las conversaciones entre mis colegas para intentar descifrar qué opinaban de Dimitri. Y paraba la oreja durante los informes diarios del director porque me interesaba saber qué decían él y los demás guardias sobre el extraño joven que estaba ayudando a los reos de Carlton a cambiar su vida. Eso me hacía sentir como un espía, pero lo que no sabía entonces era que se avecinaba un gran cambio que a la larga terminaría convirtiéndome en un agente doble de verdad.

Parte del personal tenía sentimientos encontrados con respecto a los planes de Tanomeo. La mayoría era neutral y no le daba mayor importancia al asunto, siempre y cuando Dimitri no causara problemas. Sólo a dos nos impresionaba mucho lo que estaba haciendo: al capitán Jim Devic y a mí. A veces conversábamos al respecto, y quizá éramos los únicos que de verdad queríamos lo mejor para Dimitri, pero nuestras charlas implicaban cierto disimulo del que nunca hablábamos abiertamente, lo cual hacía un poco incómodas las cosas. Pero al menos era agradable saber que no estaba solo.

En el extremo opuesto había sólo un guardia que me parecía despreciable: Gene Tanas. Desde la primera vez que lo vi supe que sus intenciones no eran buenas.

Lo que más me inquietaba era lo mucho que despreciaba al muchacho y lo poco que lo disimulaba, lo cual me parecía incomprensible. Varias veces, mientras yo supervisaba alguna sesión del PLT, Tanas entraba, se cruzaba de brazos y miraba a Dimitri con desprecio, e incluso a veces susurraba insultos en voz lo suficientemente alta como para que algunos de los reos lo alcanzaran a oír.

No obstante, sus opiniones sobre Tanomeo siempre eran la cereza del pastel. Aquel guardia supercorrupto era un individuo sumamente dañado, un narcisista por naturaleza y cuasi sociópata que, en mi opinión, tenía más madera de delincuente que de protector de la justicia.

Era uno de esos tipos serios y de baja estatura que siempre pasaba su tiempo libre en el gimnasio. Su espesa cabellera teñida de negro, que contrastaba con su piel blanca, se veía tan plástica que lo hacía parecer un maniquí, y al caminar medio rebotaba, como si con eso intentara verse más alto. Más de una vez lo descubrí mirando fotos suyas en su teléfono. Y aunque no creo que tuviera más de cuarenta o cuarenta y dos años, era imposible saberlo a ciencia cierta por el exceso de bótox y de blanqueamientos dentales.

Corría el rumor de que cada año se embolsaba unos cien mil dólares más que nosotros porque traficaba drogas, celulares y quién sabe qué otras cosas para los miembros encarcelados de La Familia. Al principio dudé que pudiera ser tanto dinero, pero después de hacer cuentas tuvo mucho sentido. Brenda, una de las pocas guardias mujeres, me contó que Tanas tenía en la sala de su casa una cama de bronceado que, en su opinión, se veía tan fuera de lugar como los uniformes de la prisión que Tanas llevaba al sastre para que le quedaran incómodamente ceñidos al cuerpo bajo y fornido.

Una mañana, mientras estábamos en la sala de juntas, escuchando al director divagar sobre las políticas de la penitenciaría en torno al acoso sexual, lo observé con detenimiento.

—Director Shady, creo que es momento de hablar de la situación del prisionero 52066.

Debo confesar que me parecía gracioso que intentara darle solemnidad a su discurso usando el número de prisionero de Dimitri cada vez que se refería a él.

El director bajó la barbilla para mirarlo por encima de las gafas de lectura y, con su inconfundible y pausado acento sureño, le preguntó:

—¿Qué hizo esta vez, Gene? —Al parecer estaba harto, al igual que los demás, de oír a Tanas hablar de lo mismo desde hacía meses.

Tanas salió disparado de su silla como un escolapio hocicón. Alcancé a ver que Jim, quien estaba parado atrás del director, discretamente ponía los ojos en blanco. Me mordí el carrillo con fuerza para contener la risa.

—Bueno, para empezar, eso que está haciendo va en contra de las políticas de la penitenciaría. Me refiero a eso de organizar reuniones públicas en la capilla. Como bien saben, la capilla sólo debe usarse con fines religiosos. Y sé que usted es creyente, director Shady. ¿No le parece que es una cosa sacrílega o algo así?

El director se quitó las gafas despacio y alzó la mirada del documento asentado sobre el podio.

—No, hijo, no creo que la capilla sea únicamente de uso religioso. Ahí también se llevan a cabo las juntas de AA, las prácticas musicales y quién sabe qué otras cosas. —Era la primera vez que lo veía perder la paciencia—. Y agradeceré mucho que no vuelva a poner mi fe en duda, oficial Tanas. Digo, si quiere mantener su empleo.

Me enderecé en mi asiento mientras disfrutaba aquella fruta prohibida —que era ver el regaño que le estaban dando a Tanas— con una extraña combinación de satisfacción y pena ajena.

Por desgracia, Tanas no se inmutó.

—Sí, señor, pero hay algo más. La actitud de los reos que están participando en su programa ese. Se han vuelto bastante tercos, señor.

—¿Tercos? ¿En qué sentido? —preguntó bruscamente el director.

—Como que se están volviendo demasiado independientes, un tanto difíciles de controlar.

Quise intervenir, pero no debía hacerlo. Lo último que me faltaba era que descubrieran que yo también estaba involucrado. Volteé a ver a Jim, quien tenía los ojos cerrados. Él tampoco estaba dispuesto a alzar la voz.

Miré a mi alrededor, con la esperanza de que alguien dijera algo en defensa del programa, pero nadie se atrevió. La mayoría estaba mirando la pantalla de su celular, comiendo frituras o quedándose dormido. Para ellos, ese trabajo no era más que el medio para obtener un cheque a fin de mes, así que no les importaba lo suficiente como para poner atención, mucho menos para involucrarse.

—Vamos a ver las estadísticas —dijo el director Shady mientras revisaba sus archivos—. Aquí dice que las infracciones en general han disminuido desde el comienzo del programa. Eso incluye el decomiso de drogas. Además, la salud de los reos en general ha mejorado, según el informe médico. ¿A qué diablos se refiere entonces con que son difíciles de controlar, hijo?

—Director, aunque todo eso sea cierto, los reos se están volviendo un tanto… arrogantes. Temo que perderemos control sobre ellos si permitimos que esto avance —Tanas insistió.

—A ver, Gene, hagamos una cosa. Permítanme leerles en voz alta el informe para que todos lo escuchen: "En resumen, mi valoración global de lo que está intentando hacer el preso número 52066, Dimitri Tanomeo, es positivo. El Programa de Liberación Temprana (PLT) está diseñado para ayudar a los presos a sanar las heridas emocionales causadas por sucesos traumáticos y problemáticos de su pasado, además de animarlos a convertirse en miembros productivos de la sociedad una vez que terminen de cumplir su condena en Carlton. En mi opinión profesional, este programa tiene potencial para volverse parte de las estrategias penitenciarias encaminadas al proceso de rehabilitación que esta institución pretende lograr, así como para reducir las transgresiones y fomentar los comportamientos positivos". —Se quitó las gafas y cerró la carpeta—. Este informe lo firma el doctor Gabe Matera, que, como bien saben, es el jefe de psiquiatría de Carlton. Explíqueme entonces, hijo, ¿en qué sentido es problemático un programa que un profesional de la salud no sólo aprueba, sino que además recomienda incorporar a nivel institucional?

—Es sólo que creo que va a pasar algo —contestó Tanas, mirando fijamente a nuestro jefe, con la intención de hacerlo morder el anzuelo.

—¿Sólo porque en su opinión se han vuelto arrogantes y difíciles de controlar? Mire, hijo, vamos a ser sinceros. Usted sabe que en las próximas elecciones me postularé como candidato a la gubernatura, y lo último que necesito es meterme en problemas con una de esas insufribles organizaciones de derechos humanos. Ya no es como en los viejos tiempos. Tengo que cuidar cada paso que doy, además de que no le vendría mal a mi campaña que las estadísticas de la prisión mejoraran. —Concluyó, guiñándonos un ojo. El director había entrado a trabajar al sistema en una época en la que las prisiones se regían por pactos de caballeros, pero ahora tenía que adaptarse a un mundo nuevo que cambiaba más rápido de lo que su mente de sexagenario podía procesar. Y llegar a la gubernatura sería el logro máximo, además de su boleto de salida de la prisión y el de entrada a la política estatal, donde el sistema de pactos seguía vigente—. Creo que tendrá que lidiar con los reos arrogantes, Tanas. Si le resultan demasiado difíciles de controlar, tendremos que encontrar a alguien más que lo haga. —Tanas se puso de pie y se dirigió a la puerta—. No quiero saber más sobre el prisionero Tanomeo y su programa. Ni una palabra más, ¿me oyó? —le gritó el director mientras Tanas abría las puertas de par en par. Tanas alzó un pulgar en el aire antes de que las puertas se cerraran tras de sí.

Qué irrespetuoso.

» » « «

Después de aquella junta, volví a mi bloque con Jim y le pregunté su opinión sobre lo que acababa de ocurrir. Él contestó que no sabía mucho, pero que por el chismorreo de pasillo se había enterado de que Tanas tenía en sus manos algo grande con lo cual chantajear al director.

—Tiene que ver con un uso fraudulento de los recursos —dijo Jim—. ¿Ubicas el terreno vacío que está al otro lado del patio norte?

—Tengo entendido que supuestamente ahí iban a construir otro bloque de celdas, pero que luego cancelaron el plan —contesté.

—Así es. Se rumora que algo raro pasó con el dinero del proyecto. Es un gran misterio, pero se dice que a lo mejor los contratistas le ofrecieron sobornos a alguien. Lo que sí es un hecho es que en esa época Tanas era muy cercano al director, así que seguro sabe cosas. Digo, si es que esas cosas sí pasaron.

—Pero ¿por qué amenaza con despedirlo entonces? —pregunté.

—Es puro teatro. Shady lo amenaza con eso al menos un par de veces al año desde hace mucho tiempo. Pero Tanas sigue aquí, con su empleo intacto. Tendrían que agarrarlo con las manos en la masa, haciendo algo terrible de lo que no pudiera zafarse, pero no creo que vaya a ocurrir pronto.

Mientras caminábamos, pensé en las formas tan extrañas en las que el mundo funcionaba. Pensé en la corrupción en torno a casi todos los hombres en posiciones de poder y en cómo ellos abusaban de ese poder. Lo había visto en la policía y en el ejército. Esos puestos casi siempre los ocupaban hombres incompetentes, incapaces de ser honestos e íntegros. Aunque les daban poder para dirigir a otros, ellos sólo lo usaban para su propio beneficio.

—Bueno, quizá el regaño del director lo haga dejar en paz el programa del muchacho —comenté, en un intento por buscar algo de luz al final de ese túnel tan oscuro.

Jim se rio.

—No conoces a Tanas. No va a quitar el dedo del renglón. Lo único a lo que podemos aspirar es a que algún día alguien con mucho poder lo ponga en su lugar.

PÉRDIDA DE LA APROPIACIÓN

MARCUS

El PLT seguía estando conformado por los seis originales que estaban por debajo de Dimitri. Ahora eran ellos los que impartían las enseñanzas a otros, salvo por Zach, quien siempre parecía estar tomando notas. Dimitri había empezado a enseñar meditación a grupos reducidos de reos que habían formado parte del programa de forma temporal. Y, cuando no hacía eso, seguía preparando a sus cinco instructores y ayudándoles a pulir sus habilidades.

Recuerdo haber visto a miembros del grupo original coordinando sus primeras sesiones. Dimitri estaba presente y a veces intervenía para agregar detalles o contestar preguntas, de ser necesario. Ellos se esmeraban por transmitir su mensaje con claridad y repetían las palabras que él usaba. Lo hacían bien, pero ninguno era tan bueno como Dimitri. Él era el maestro, sin duda alguna.

Aunque me atrevería a decir que Malik no se quedaba atrás. Sabía hablarle a la gente y se estaba convirtiendo en un excelente líder por méritos propios. Claro que lo traía en la sangre, lo cual era obvio al ver que desde antes dirigía la Nación del Islam, una pandilla que gracias a él había dejado de ser exclusivamente para hombres negros y había abierto sus puertas a reos de cualquier ascendencia. De hecho, hasta los miembros de la Nación del Islam habían empezado a asistir de forma regular a las sesiones del PLT.

Claro que el PLT no era perfecto. Algunos estudiantes lo abandonaban sin mirar atrás y otros seguían metiéndose en problemas. Los atrapábamos con drogas, peleando entre sí o robándoles a los demás. No obstante, muchos de ellos, si no es que la mayoría, se volvieron prisioneros intachables.

A veces, mientras yo observaba las sesiones, Dimitri me miraba de reojo y asentía, sobre todo cuando hablaba de algo relacionado con aquello que discutimos durante mi visita, antes de que entrara a trabajar a Carlton. Ambos sabíamos que existía un vínculo entre nosotros, pero también estábamos conscientes de que debíamos desempeñar nuestros papeles diferenciados. Hasta ese momento no lo había ayudado abiertamente, aunque sí procuraba cuidarlo. Por ejemplo, cuando Dimitri caminaba por el patio, me aseguraba de que nadie lo acechara.

Un día, lo llamaron de la enfermería para hacerle una revisión de rutina. Como yo estaba de guardia, Jim me ordenó que lo escoltara.

Al acercarme a su celda, vi a Markland parado al fondo, viendo hacia el catre de Dimitri, con su libreta en la mano. Me pregunté por qué no estaba aún formado como instructor si estaba tan metido en esas cosas. Se veía que se había entregado en cuerpo y alma, tanto que hasta rayaba en la lambisconería. Yo quería estar así de involucrado. Markland sabía cosas que yo no, y eso me hacía sentir inferior. Pero lo peor era que se veía satisfecho, a diferencia de mí. Aunque hubiera aprendido lecciones importantes cuando me había tocado observar las sesiones del PLT, quería más.

Para ser sincero, envidiaba a los reos que se apegaban al programa. Su crecimiento era palpable, y yo también quería lograrlo. Se sentía una diferencia sustancial cuando estabas en el bloque H o en algún otro bloque de la prisión. Había menos ruido, menos peleas y menos agresiones. No es que fuera un lugar apacible, pues seguía siendo la cárcel, pero al menos era una sección mucho más tranquila que los otros bloques.

—Adelante, oficial Marcus —me dijo Dimitri en voz baja, con una sonrisa que indicaba que de verdad le daba gusto verme.

Asomé la cabeza por la puerta.

—De hecho, vengo a escoltarte a la enfermería. Te toca revisión, Tanomeo.

—Ah, ¿sí? ¿Otra vez? —Salió al pasillo y empezó a caminar frente a mí.

—¡Vamos, pues! —exclamé en mi papel de guardia de la prisión.

—Supongo que tenemos unos ocho minutos si caminamos despacio —susurró—. Es buen momento para que me hagas cualquier pregunta que tengas.

Su audacia me tomó desprevenido. Era la primera vez desde que había empezado a trabajar en Carlton que me hablaba de esa forma.

—¿Preguntas? ¿Qué tipo de preguntas crees que tendría? —dije, sin poder salirme de mi papel.

—¿No tienes ninguna pregunta? ¿Eso estás insinuando? Porque se ve que no la estás pasando muy bien. Ya sólo nos quedan siete minutos. Camina un poco más despacio.

¿En serio está contando los segundos?

Dimitri empezó a ir más despacio, así que no tuve más remedio que bajar la velocidad. *¡Qué descaro!* Una parte de mí seguía creyendo que debía comportarme como guardia, y otra parte más fuerte se negaba a reconocer que quería hacerle varias preguntas a un recluso de diecinueve años.

—La vida va muy bien. Ahora vivo cerca de Hope, así que la veo con más frecuencia. Cocinamos juntos, vamos al karaoke, nos reímos y vemos películas. ¿Qué más podría querer? —dije. Dimitri me echó una mirada muy particular y muy suya. En ese instante, mi fachada se derrumbó—. Bueno, sí, está bien —susurré—. Monto guardia en las sesiones y escucho lo que dicen tú y los otros. Tiene todo el sentido del mundo, pero no lo puedo poner en práctica en mi propia vida. A veces sí, pero luego recaigo.

—Dame los detalles, pero a grandes rasgos —me ordenó con una rapidez y un énfasis que me incomodaban, viniendo de un reo. Pero agité la cabeza y lo pasé por alto.

—Sigo bebiendo más de lo habitual, sobre todo en los días que mi hija no está conmigo.

—¿Qué te tiene así? ¿Qué está pasando? —preguntó. Pero yo hice una pausa. No quería reconocer que estaba celoso del novio de Lisa—. El tiempo sigue pasando, oficial Ogabi.

—La relación de Lisa con su novio me hace hervir la sangre de celos.

Tan pronto las palabras se me escaparon de la boca, Dimitri se abalanzó sobre ellas.

—Debes responsabilizarte de los celos y de todas las historias que construyes en torno a ellos. Todas. ¿Cómo se llama él?

—Eh, Beto. Pero hasta me incomoda decir su nombre. Fue muy doloroso que me arrebatara a la mujer que amo.

—Para empezar, no la amas. No de verdad. Quizá creas que la amas, pero no es así. Tal vez la deseas o hasta creas que la necesitas, pero eso no es el amor. Cuando de verdad amas a alguien, lo haces sin condiciones. No amamos *para lograr algo* ni *siempre y cuando* la otra persona haga algo. Piensa en tu hija. Supongo que la amas sin importar lo que pase. Ella no tiene que hacer nada para que la quieras, y no importa lo que pueda hacer en el futuro porque siempre la querrás.

Solté una risotada nerviosa porque la comparación me parecía absurda.

—Sí, pero eso es distinto. Es mi hija.

—Es distinto porque creciste en un mundo donde el amor romántico es sinónimo de posesión. La posesión implica pertenencia, y nadie te pertenece,

Marcus. Entre más pronto lo entiendas, más pronto permitirás que tu vida fluya con facilidad. Como puedes ver, Beto no te arrebató nada ni te causó dolor. El dolor es el vehículo que te permitió descubrir esta verdad acerca del amor incondicional. Así que sabrás que de verdad amas a una pareja cuando lo único que quieras sea su felicidad, como te pasa con tu hija.

Meneé la cabeza.

—No es algo fácil de procesar.

—Tal vez, pero es la verdad. Una vez que seas capaz de aceptar con absoluta honestidad que tú creaste este caos en tu mente, tendrás que disculparte.

—No, no, no. Te he oído hablar del joponoséqué y eso, pero no sé si estoy listo para hacerlo.

—Se llama ho'oponopono, Marcus, y si no resuelves esta situación, tus pensamientos y emociones en torno a los celos y la envidia se harán más poderosos y harán que tus experiencias sean más tortuosas todavía. Intentarás entonces ahogar los pensamientos y las emociones con alcohol o con algún otro patrón adictivo, lo cual sólo empeorará las cosas cuando pasen los efectos aturdidores temporales. —Hablaba tan rápido que me costó trabajo seguirle el hilo.

—Por como lo dices, parece que me esperan muchas cosas espantosas —dije.

—Si así lo decides. Eres el único que puede resolver esto. —Volteó a verme—. ¿Qué más? Rápido. Luego lo procesas.

—También me pregunto por qué los tipos que se ven más jodidos son a los que les va mejor en el programa. Como Robert, al que apodan Pruno. Ese tipo bebía casi a diario. Ahora está sobrio y se ve feliz. Se le nota. Y también Freddy Archibald. Lo mismo, pero con las drogas.

—Porque Robert y otros como él, que no necesariamente son adictos a sustancias, han tocado fondo, por decirlo de alguna forma. La mayoría de la gente tiene que tocar fondo antes de volver a levantarse. Recuerda que no es el alcohol lo que te hace beber. Son los pensamientos enfermizos que dice tu mente lo que te impulsa a hacerlo. Esos patrones de pensamiento destructivos que casi todo el mundo tiene provocan dolor y sufrimiento. Pero no tiene que seguir siendo así, Marcus. Ese puede ser tu fondo. Pero sólo tú puedes decidirlo. Nadie puede decidirlo por ti. Le está pasando a la mayor parte de la gente en el mundo entero, aunque de formas distintas. No importa si es la presión del miedo, el odio, la envidia, la tristeza, la avaricia, la soledad o los celos que se acumulan en su interior. Es la misma cosa. Esa sensación de estar a punto de explotar es lo que la mayoría experimenta, pero lo disimula o adormece de distintas maneras. Sin embargo, en realidad está ahí para comunicarles que es hora de aceptar que ya tocaron fondo y que están hartos de llevar una vida tormentosa. Es lo que te dice que es hora de volver a casa. Puedes empezar el proceso de ponerte de pie y recuperarte antes de que la toxicidad de tu bagaje personal te cause afecciones físicas que hagan que el alcoholismo parezca un juego de niños.

Suspiré, sin decir una palabra, mientras intentaba organizar las ideas en mi cabeza. Recordé que en una junta del PLT Dimitri explicó que las acciones compulsivas son producto de una mente hiperactiva e inconsciente que trata de llenar un hueco que para empezar ni siquiera existía. En ese momento no lo relacioné con mi forma de beber, la cual había sido parte de mi vida durante muchos años. Pero en esta ocasión veía el vínculo con absoluta claridad.

También debo confesar que fue un alivio saber que no era el único que se sentía así. Traté de encontrar posibles manifestaciones de lo mismo en personas conocidas, porque, como bien dijo Dimitri, no sólo se manifestaba a través del abuso de sustancias.

Recordé a mi madre, que no podía estarse quieta ni cinco minutos. Ella decía que le gustaba estar siempre ocupada, pero ahora entendía que estaba obsesionada con hacer algo todo el tiempo, sin importar lo que fuera. Imaginé que sería consecuencia de haberse divorciado de mi padre, pues seguía haciendo comentarios hirientes sobre él años después. Su ignorancia con respecto a su propio sufrimiento se debía a que prácticamente el resto de la gente estaba enredada en patrones similares, aunque con distintas caras. De hecho, hacía poco le habían recetado antidepresivos.

Casi toda la gente que conocía estaba enfrascada en un ciclo similar. Lisa, con su incesante búsqueda por tener más y más cosas; no importaba si era dinero, ropa o un hombre nuevo, porque siempre estaba cazando algo. Mi hermano, cuando no estaba persiguiendo un ascenso en el trabajo, se perdía en la pornografía y los videojuegos. Mi padre estaba tan absorto en su devoción por las fuerzas policiales que casi nunca salía de la oficina. Se había vuelto su vida entera, y cuando no estaba ahí se la pasaba viendo deportes o bebiendo con sus colegas. Era como si estuviéramos tratando constantemente de distraernos de nosotros mismos. Hasta mi hermana menor había tenido que ir al médico por problemas de cuello causados por el uso excesivo del celular, su principal adicción. El patrón estaba en todas partes, pero nadie parecía verlo.

Luego estaba Hope, a quien le encantaba jugar y pasar tiempo a solas. Me pregunté entonces si seguiría nuestros pasos y crearía un hueco inexistente en su interior. Pero recordé las palabras que dijo Malik en una de las sesiones, "Los padres balanceados crían hijos balanceados", y por fin me sentí listo para hacer algo al respecto.

Me agradaba eso que había dicho Dimitri de describir mi estado actual como *mi fondo* antes de que causara estragos en mi vida, aunque no me sentía capaz de hacer esa parte de disculparme.

—¿Qué más? —preguntó Dimitri.

—Hay una última cosa que me da curiosidad saber. ¿Por qué formaste a los primeros reos que se unieron al programa como instructores? Digo, salvo a Markland. Supongo que él no tiene las habilidades necesarias.

—Para empezar, Zach está más que calificado y conoce los temas mejor que nadie. Podría dirigir las sesiones sin problemas, pero por el momento se encarga de la labor titánica de organizarlo todo a mano. Está llevando registro de docenas de estudiantes. Ahora bien, en respuesta a tu pregunta sobre los cinco hombres que ahora se desempeñan como instructores, hay dos razones por las cuales los puse ahí. Para empezar, un maestro de verdad no crea más estudiantes, sino grandes maestros. He de resaltar que mi intención es formar a cualquiera que venga a oírme, porque, una vez que alguien es capaz de enseñar algo, se apodera del tema y lo vuelve parte de su organismo. Si llega a ese nivel, empieza a vivirlo en carne propia. Y si lo vive en carne propia, alcanza cierto grado de maestría. Así es como cambiaremos el mundo.

Estábamos cerca de las oficinas administrativas. *Sólo tengo una pregunta más.*

—El día que los vi a Markland y a ti por primera vez en la capilla, dijiste algo sobre despertar a la mayoría de los hombres que están en esta prisión. ¿Te acuerdas?

—Claro, pero nunca dije que iba a despertarlos, porque eso sólo pueden hacerlo ellos. Dije que facilitaría el despertar de la mayoría de los hombres que están en esta prisión.

—Sea como sea, en ese momento te veías muy confiado, pero sigues estando muy lejos de tu meta. ¿Cómo lidias tú con ese nivel de fracaso, dado que sabes todo eso que sabes?

Dimitri se rio.

—A veces me da risa lo cuadrada que puede ser la mentalidad del hombre promedio. —*¿Ahora soy un hombre promedio con una mentalidad cuadrada? Genial.* Dimitri continuó—. En mi mundo no hay fracaso, porque esa palabra sólo existe en la mente de los que no han despertado. Sigue habiendo tiempo. Y sigo defendiendo lo que dije aquel día, no sólo con respecto a la mayoría de los prisioneros del bloque H, sino de los reos de Carlton en general. Esa es la otra razón por la cual formé como instructores a los demás. —Miró a su alrededor para asegurarse de que nadie nos escuchara—. Pronto pasará algo que cambiará todo. Después de eso, verás que un montón de presos del bloque H se meten al programa. El PLT se esparcirá como pólvora en los otros bloques y trascenderá los muros de concreto y las rejas de hierro. ¿Te digo algo? Nadie podrá hacer nada para frenarlo. ¿Y sabes qué más?

—¿Qué? —contesté.

—Lo mismo ocurrirá afuera, pero a nivel mundial.

—¿De qué estás hablando, Dimitri?

—Me refiero al momento en el que los supuestos líderes inhumanos de este mundo harán su movida.

—¿Cuál movida? —Supuse que se refería al gobierno.

—Harán algo tan atroz que afectará al noventa y nueve por ciento de la población humana de una forma que ni siquiera imaginas. Pero yo estaré en la puerta, esperándolos. En ese momento, pondremos en marcha nuestro plan y emprenderemos la revolución de revoluciones. Y triunfaremos porque la Luz siempre acaba con la oscuridad.

Habla igual que Ana. Tal vez sí está loco.

—Suena a teoría de conspiración, pero bueno —susurré.

—Si lo necesitas, ignora por lo pronto lo que acabo de decirte. —Habíamos llegado a la enfermería—. ¿Recuerdas lo que te dije sobre pedir perdón?

—Sí —contesté con cierta apatía.

—No es sólo a tu ex a quien tienes que pedirle perdón.

—Ah, ¿no? —pregunté. *¿A quién más?*

—A Beto. A él le debes una disculpa. Si de verdad quieres deshacerte de la enfermedad que llevas en la mente, es indispensable que lo hagas. Y por lo pronto te dejo con eso, dado que ambos estamos siendo muy honestos. —*¿Qué demo...?* Me mordí el labio para contener las palabras. Me ardía la sangre de pensar en pedirle perdón a ese tipo, y Dimitri se dio cuenta de sólo verme—. Venga, amigo. Al menos sabes que estarás en la primera fila del suceso más grande que haya ocurrido jamás en una prisión, por no hablar de lo que pasará después en el planeta Tierra. —Soltó una risotada, sin importarle que eso pudiera revelar nuestra coartada—. Te deseo suerte ahora que vayas a disculparte. Y disfruta el espectáculo.

HASTA EL FONDO
MARCUS

Había empezado a creer que el tiempo significaba algo distinto para Dimitri que para el resto de la gente. Tenía rato que lo había escoltado a la enfermería, pero el PLT seguía sin extenderse como pólvora en otros bloques o fuera de la prisión, como había predicho él.

Sin embargo, la predicción que sí se hizo realidad al poco tiempo fue la de mi situación con Lisa. Dimitri me había dicho que empeoraría si no era honesto con ella. Cada vez me amargaba más, sobre todo desde que recibí los documentos para firmar el divorcio. Beto y ella habían hablado de casarse, y eso me dolía más que cualquier otra cosa. Supongo que no creía que fuéramos a ponerle punto final a nuestra historia tan pronto.

Las cosas entre Lisa y yo estaban tan tensas que no podíamos hablar durante más de un par de minutos sin que alguno de los dos hiciera una rabieta. Pero lo que en ese entonces no sabía era que las cosas iban a empeorar aún más.

Un sábado por la mañana, que era el día que me tocaba recoger a Hope para nuestra visita semanal, desperté más tarde de lo habitual. Por desgracia, no estaba en mi propia cama. La oficial Brenda Ferguson —mi colega de Carlton— y yo nos habíamos embriagado al terminar nuestro turno y terminamos en su departamento. Con algo de alcohol aún en las venas, me subí al auto y decidí romper una de mis propias reglas cardinales: manejaría en estado de ebriedad con mi hija en el auto.

En ese momento me pareció que no había alternativa. No podía llamar a Lisa y cancelarle porque, para empezar, se daría cuenta de que estaba borracho y, en segundo lugar, eso implicaría cambiar sus planes con Beto, lo cual la haría rabiar.

Me estacioné frente a su casa y toqué el claxon mientras masticaba tres tiras de chicle y me bañaba en colonia, por si acaso Lisa se acercaba al auto para reclamarme.

La puerta se abrió, y Hope salió corriendo. Me volteé hacia el asiento trasero para ayudarla a acomodarse en la silla para niños.

—¿Por qué tengo que seguir sentándome aquí, papá? —gimoteó—. Me da mucha vergüenza. Ya casi tengo ocho años, ¿sabes?

—No hay remedio, princesa, lo siento —respondí—. Para ser sincero, ojalá la ley dictara que tienes que usar la silla para niños hasta los diecisiete años.

Hope suspiró.

—Uy, pues qué bueno que no eres tú quien escribe las leyes, papá. —Siempre había tenido un sentido del humor peculiar y decía lo que sentía—. Tal vez algún día yo escriba una ley, papi.

—¿Qué ley escribirías? —pregunté mientras la veía por el retrovisor.

—Haría una ley que prohibiera que los hombres usaran demasiada colonia —contestó y se tapó la nariz.

—Ay, perdón. Sí, creo que hoy se me pasó la mano —dije entre risas y aceleré. Estábamos a unas cuantas cuadras de mi apartamento cuando escuché que se encendía la sirena de una patrulla—. ¡Mierda! —exclamé.

—Esa es una mala palabra, papi.

—Perdón, muñeca. Guarda silencio un momento, por favor. La policía nos detuvo.

—¿Por qué?

—No sé. Pero guarda silencio y déjame pensar.

—No hay mucho que pensar, papi. Oríllate y ya —dijo mientras señalaba la banqueta—. Oríllate, baja la ventana y pregúntale: "¿Por qué me detuvo, señor oficial?". Como lo hacen en la tele. A menos que sea una señora. Entonces le dirías señora y no señor.

Desenvolví otra tira de chicle y me la eché a la boca con un gesto frenético mientras me estacionaba. El corazón se me aceleró cuando le entregué mi licencia y la tarjeta de circulación al joven oficial. Era la primera vez que estaba del otro lado en un potencial arresto, y no me agradaba en absoluto.

El oficial me dijo que me pasé una señal de alto hacía unas cuantas cuadras y se asomó a saludar a Hope. Como expolicía, sabía que lo hacía para disimuladamente oler el interior del vehículo.

—¿Ha estado bebiendo, señor Ogabi? —me preguntó.

Sabía que lo peor que podía hacer era decir que sí.

—No, para nada, oficial.

—Mire, señor, como se pasó una señal de alto, le pedí que se orillara, pero también he percibido que arrastra un poco las palabras, además de que su auto huele mucho a alcohol. Eso me hace sospechar que sus niveles de alcohol en la sangre superan los límites legales en este estado.

—Accidentalmente me puse demasiada colonia, oficial. A lo mejor eso es lo que huele tanto.

Al oficial no le pareció gracioso.

—Tendré que pedirle que baje del vehículo para realizarle una prueba de alcoholemia *in situ*. —Supe que ya me había llevado el carajo. Sin importar qué hiciera o dijera, me arrestarían por sospecha de manejar en estado de ebriedad. Y mis niveles de alcohol en la sangre seguro estaban por encima del límite legal, lo cual me haría terminar en prisión, junto con una multa sustancial, antecedentes penales y problemas con Lisa que me impedirían volver a ver a Hope en mucho tiempo—. ¿Accede a realizarse la prueba de alcoholemia, señor?

Me negué y apelé a mi derecho a que me realizaran una prueba de sangre en la estación de policía.

—Es su colonia, oficial —intervino Hope desde el asiento trasero—. Ya le dije que no se ponga tanta. Y no vio el letrero de alto porque veníamos hablando.

—No es el momento, Hope, por favor.

—Hope, tu papi me va a acompañar un momento. Pero no nos iremos lejos. Necesito que te quedes aquí, con el cinturón puesto. ¿Me harías ese favor?

—Sí, pero mi papi no le dijo que él también es policía —masculló Hope.

El oficial me miró con curiosidad.

—Ya no lo soy —intervine de inmediato.

—Ah, ¿sí? ¿En qué distrito estaba?

—En el East Borough.

—Ah, sí, "la Fosa". Sí, he oído hablar de ella. Una zona ruda, ¿eh?

Hope se inclinó hacia el frente para hablar.

—Sí, muy ruda. Mi papi le disparó a un tipo que le disparó a su propio papá porque le había pegado. Y luego el hombre al que mi papi le disparó se murió en el hospital, pero luego resucitó, y ahora son amigos.

Bajé la mirada, desesperado.

—Era su padrastro, Hope. Además, ¿cómo sabes todo eso?

—Me lo contó mami.

El oficial abrió mi puerta.

—¿Me haría el favor de bajar del vehículo, señor?

Mientras bajaba del auto, otra patrulla se estacionó atrás de la primera. Noté que venían dos personas en los asientos delanteros, pero sólo una se bajó. Por las franjas en el uniforme, se notaba que era un sargento, y por su placa de identificación supe que se apellidaba Chávez. Era un hombre alto, de más de cincuenta años, piel morena y gruesa cabellera cana. Me observó mientras el oficial me leía mis derechos, volvió a su patrulla y se asomó por la ventana del copiloto.

Mientras el primer oficial me cacheaba, volteé a ver al sargento, quien estaba hablando por celular. Recibí la orden de darme media vuelta y poner las manos en la nuca. Cuando lo hice, miré el cabello de Hope. Aunque aún no se había enterado de nada, pronto sería inevitable que lo hiciera.

El sonido de las esposas al cerrarse y el metal que me apretó las muñecas me puso en los zapatos de los reos a los que había estado vigilando y de la gente a la que arresté cuando era policía. El alcohol, mezclado con la abrumadora certeza del daño que todo aquello causaría, me hizo llorar en silencio.

—Puede voltearse —ladró el oficial.

Al darme media vuelta, encontré al sargento frente a mí.

—Necesitaremos el teléfono de un representante legal que pueda venir a recoger a su hija, señor Ogabi. En caso de que no hubiera nadie, tendremos que llamar a Servicios Tutelares —anunció con seriedad, sin dejar de mirarme a los ojos.

Le di el teléfono de Lisa mientras intentaba limpiarme las lágrimas con el hombro y recé por que Lisa contestara. Lo último que quería era que Hope tuviera que irse con alguien desconocido de Servicios Tutelares.

¡Mierda! Como Hope viene en el auto, podrían imputarme cargos por poner a un menor en peligro. ¡Serían cuatro años en la cárcel! Di un pisotón y apreté la quijada.

—¿Me permitiría hablar con mi hija antes de que llegue su madre, sargento Chávez? Supongo que será la última vez que la vea en mucho tiempo.

El sargento cerró su libreta.

—Primero haré la llamada —contestó. Antes de dar media vuelta, me lanzó una mirada de decepción que jamás olvidaré.

En realidad, no debió de pasar mucho tiempo, pero sentí que pasé horas ahí, en la orilla de la calle, esposado. Cuando el sargento volvió, le susurró algo al joven oficial, quien fue a hablar con Hope. El sargento se quedó conmigo y me miró fijamente.

—¿Cómo lo tomó? —pregunté. El sargento cerró los ojos y meneó la cabeza.

Pegué la barbilla al pecho y clavé la mirada en el asfalto. Recordé aquel día en el callejón, cuando lo único que deseaba era poder retroceder en el tiempo. En esta ocasión, al igual que aquella vez, sabía que era imposible hacerlo. Aun así, le recé a un Dios en el que no creía para pedirle ayuda que sabía que no me brindaría. Mi vida se había derrumbado.

—Le haré un par de preguntas antes de permitirle hablar con su hija, señor Ogabi. —No pude hacer más que asentir. Estaba paralizado. El sargento volteó a ver al otro oficial—. Oiga, Stevens, ¿me haría favor de ir a conversar con la señora de la tercera edad que viene acompañándome en la patrulla? Dígale que ya casi terminamos.

—Seguro, sargento.

—Es una señora muy peculiar —murmuró el sargento Chávez cuando el oficial pasó a su lado. Lo siguió con la mirada hasta que estuvo lo suficientemente lejos y luego me susurró—: ¿Qué carajos crees que estás haciendo?

La espalda se me tensó por completo mientras abría los ojos como platos.

—Eh, es que…

—¡Cállate! ¡Todavía no termino! —Dio un paso al frente y se me acercó más de lo normal—. Sé quién eres. ¿En esto te convertiste al final? ¿En un hombre que pone en riesgo a su propia hija? —Sus palabras eran más enérgicas que el regaño de una madre furiosa—. ¡Habla! —exigió.

¿Qué podía decir en mi defensa? Estaba devastado. Lo único que tenía a la mano era la verdad.

—Soy un hombre torturado por sus pensamientos, sargento —contesté—. No voy a inventar excusas porque no las hay. Pero sí hay razones, y soy responsable de ellas. Nadie más que yo. Sólo yo. Lo único que puedo decir es que lo lamento mucho, señor.

Sentí la fuerza de su mirada silenciosa.

—Voltéate antes de que cambie de opinión —espetó mientras sacaba las llaves de las esposas.

Sentí que el alma me volvía al cuerpo y recordé aquel día en el hospital, cuando supe que Dimitri había resucitado.

—¿En serio? —pregunté.

—Estás como a seis cuadras de tu casa, ¿cierto?

—Sí, en la esquina de Floyd y King —contesté con ánimos, sin poder creer mi suerte.

—¿Crees que puedes conducir seis cuadras con una escolta policial y sin matar a nadie?

—Seguro que sí —contesté y sentí que los ojos se me llenaban de lágrimas de nuevo—. Pero, espere, ¿qué hay de mi ex? ¿No viene en camino?

Me miró fijamente a los ojos.

—A quien llamé fue a mi esposa. Le dije que yo iría por nuestro hijo a la escuela. Hay que protegerlo de los borrachos al volante —contestó. Pasé saliva con dificultad—. Te sugiero que busques a alguien con quien hablar sobre esos pensamientos que te torturan —agregó con cierta calidez—. Todos los tenemos. Y a veces nos viene bien que alguien nos tienda la mano. Hoy tocaste fondo, pero espero que sea la última vez.

Me quedé paralizado al oír esas palabras en particular.

—Eso haré. Digo, eso hago. Sí hablo con alguien. Pero necesito escuchar más y poner las cosas en práctica. Quiero que sepa que hoy declaro que este es mi fondo.

El sargento asintió y volteó a ver al otro oficial.

—De acuerdo, Stevens. Saldré primero. Usted escolte al señor Ogabi.

Cuando me subí de nuevo al auto, Hope estaba escribiendo algo.

—Lo siento mucho, princesa. Fue el exceso de colonia. Pero ya nos vamos a casa. —La miré a través del retrovisor.

—Me cayó bien ese policía —dijo, sin alzar la mirada.

—A mí también —murmuré—. ¿Qué escribes?

—Escribo sobre todo lo que aprendo y sobre todo lo que veo. Es algo privado, así que ya no me preguntes, por favor. —Alcancé a ver el humo del escape de la patrulla del sargento, lo que indicaba que estaba listo para arrancar—. Pero hay algo que se supone que tengo que decirte —agregó Hope de pronto.

¿Cómo que se supone que tienes que decirme algo?

—Ah, ¿sí? ¿Qué es, muñeca?

Se encendió la direccional de la patrulla, y el sol matutino se reflejó en el parabrisas del sargento y me deslumbró. Bajé la mirada por un instante, y cuando volví a alzarla, la patrulla iba saliendo despacio.

Hope soltó el bolígrafo y cerró su diario.

—Te lo voy a decir, pero no quiero que pienses que estoy loca —declaró.

—Jamás pensaría que estás loca porque *ya sé* que lo estás —contesté entre risas, pero ella se mantuvo seria—. ¿Qué se supone que debes decirme?

Alcancé a ver la silueta del sargento que iba conversando con su acompañante de la tercera edad. Llevé la palanca del auto a Drive y esperé a que su vehículo pasara lentamente junto al mío.

—Se supone que tengo que decirte que tú también tienes que escribir en un diario lo que pasa, en particular lo que *él* dice —respondió Hope.

Cuando la patrulla del sargento pasó a nuestro lado, volteé a ver a su copiloto. El reflejo de la ventana me impedía ver bien a la persona, pero por una fracción de segundo estoy seguro de haberla distinguido con absoluta claridad. En ese instante, supe que la persona que me miraba a los ojos al otro lado del cristal era Ana.

—¿Qué carajos? —grité.

—¡Otra mala palabra! —exclamó Hope mientras yo miraba fijamente la nuca de la persona que iba acompañando al sargento. *Mierda, estoy alucinando de nuevo.*

Tuve que armarme de mucho valor para no romper la formación y tratar de alcanzar la patrulla del sargento para confirmar mis sospechas. Volteé a ver a Hope, quien otra vez estaba escribiendo.

En ese instante supe que tanto eso como las demás anomalías que habían ocurrido en los últimos meses seguirían siendo un misterio. Podía elegir describirlas como ocurrencias aleatorias, coincidencias, sincronías o hasta mensajes profundos. A fin de cuentas, la decisión era mía.

PERRO VIEJO, TRUCOS NUEVOS

MARCUS

Una vez que nos estacionamos frente a la casa de Lisa el lunes en la mañana, abracé a Hope y le pedí de favor que le pidiera a su madre que saliera a hablar conmigo. Le había enviado un mensaje de texto, pero no me había contestado.

—Sí, papi —dijo Hope—. No olvides escribir todo en tu diario, como yo. —Antes de que Hope entrara, Lisa fue quien abrió la puerta. Con tacones, medía cerca de un metro ochenta. Traía un traje sastre negro que hacía que su cabellera larga y naturalmente rubia resaltara sobre su cuerpo bien proporcionado. Su estilo profesional, combinado con su expresión de hartazgo, tensó el ambiente de inmediato—. ¡Ahí está mamá, papi! —exclamó Hope, me lanzó un beso al aire y se fue corriendo a la casa.

—No tengo mucho tiempo, Marcus —dijo Lisa mientras se acercaba—. Tengo una entrevista de trabajo. Y si dices una palabra sobre Beto, me largo.

—Seré breve. —Me enderecé y me paré frente a ella—. Mira, Lisa, la he pasado muy mal con todo lo que ha ocurrido en los últimos dos años, y…

—Pero todo eso es tu culpa —me interrumpió.

Sentí la familiar punzada de ira. Sus palabras me pusieron a la defensiva, pero por primera vez me responsabilicé de mis sentimientos. Por fin entendía que ella no era la causante, sino que yo permitía que me afectara. Incluso me di cuenta de que ella estaba a la defensiva desde antes de que yo abriera la boca.

Atestigüé nuestro círculo vicioso en acción. Yo la ponía a la defensiva, ella me ponía a la defensiva, y así sucesivamente. Nunca lo había visto desde afuera con tal claridad mental, pero ese día decidí romper el ciclo.

—Tienes razón. Es mi culpa y de eso vine a hablar —contesté con un toque de entusiasmo. Ella ladeó la cabeza, confundida—. Me la he pasado culpándote de todo mi dolor y mis problemas. Te he hecho daño y, al hacerlo, destruí también nuestra amistad.

—No, Marcus, aquí el que está mal eres tú. Yo…

—Escúchame un momento, Lisa. —Estaba tan acostumbrada a cómo se daban las cosas entre nosotros que ni siquiera había puesto atención a mis palabras. Recordé que varios miembros del PLT habían comentado que lo mismo les había pasado al llamar a sus seres queridos para disculparse con ellos. "Hay que permanecer en un estado de compasión cuando nos disculpamos", decía Dimitri. "Entiendan que también dentro de ellos hay un ciclo en acción. Pero no se den por vencidos. Si no los escuchan, ustedes digan lo que tienen que decir y déjenlo por la paz. Ya luego ellos lo escucharán, en su interior, cuando estén listos"—. Lisa, me gustaría que escuches lo que te voy a decir. Lamento todo lo que pasó. Me responsabilizo por el daño que he causado, por las peleas y la mala sangre entre nosotros.

Se me quedó viendo como si no entendiera nada.

"Quiero pedirte perdón. Y también quiero darte las gracias por ser la persona que has sido para mí: una esposa increíble, una madre amorosa y una gran amiga. Pero, sobre todo, quiero agradecerte por ser una parte tan importante de mi vida y, aunque suene extraño, por ayudarme a crecer —dije. Lisa meneó la cabeza—. Es en serio. Tengo que darte las gracias por todo lo que hemos vivido. Me cambió la vida. Y quiero que sepas que te amo.

Como por arte de magia, sentí que algo se me escapaba del cuerpo. Me sentí más ligero cuando se esfumó el dolor que llevaba tanto tiempo cargando.

—¿Estás bien, Marcus? —me preguntó, con más preocupación que molestia.

—Sí. Sólo quería decirte eso —contesté y me limpié las lágrimas.

—No sé qué decir —contestó, aún con voz dulce. Hacía años que no la oía hablar así—. Sabes que no dejaré a Beto, ¿verdad? Que vengas aquí y me digas esas cosas, y que me digas que me amas y…

Lisa siguió hablando, pero yo me quedé quieto, sin ponerle mucha atención. Estaba muy ocupado viéndola ser ella otra vez y no el demonio que yo había creado a partir de nuestros dramas. Era surreal que hubiera ocurrido eso, como si al responsabilizarme ella hubiera cambiado. Lo que acababa de hacer recreó lo que Lisa significaba para mí.

—No quiero que dejes a Beto. No se trata de eso —dije entre risas—. De hecho, creo que también tendré que hablar con él en algún momento. —Lisa abrió los ojos como platos, lo cual me dio un poco de risa—. Pero no en este preciso instante. Estoy tratando de limpiar mi vida y deshacerme de lo que no me sirve. Y pelear contigo es algo que no nos sirve a ninguno de los dos... ni a Hope.

Lisa bajó la mirada.

—Dijiste que me amas. ¿Por qué dijiste eso?

—Porque es la verdad —contesté con una sonrisa y alcé las manos—. Por fin entendí qué es el amor incondicional y sé que no tienes que ser mi pareja para poder amarte. Puedo amarte sin importar lo que pase. ¿Cómo podría no hacerlo? Estuvimos juntos mucho tiempo. Creamos a nuestra hija perfecta. Y tú también eres perfecta. No permitiré que algo tan trivial como que te enamores de otro hombre se interponga en el camino de la verdad.

Lisa se cubrió la sonrisa con las manos y meneó la cabeza.

—No sé por qué, pero eso que dices tiene algo de sentido.

—¿Verdad que sí? —dije, y por primera vez en años reímos juntos—. Sigo trabajando en ello, pero por lo pronto me siento bien. Sólo necesito recordar cada tanto qué es lo que de verdad importa.

—Bueno, pues sigue así entonces, supongo... —contestó Lisa, aún un poco desconcertada.

—Haré mi mejor esfuerzo. Es lo único que puedo hacer.

—Cuídate, Marcus —dijo Lisa torpemente y cerró la puerta despacio.

Al volver al auto, por primera vez noté mi crecimiento. Vi que me había desplazado a un lugar distinto de donde Lisa estaba. Ella no había entendido del todo mis palabras. Yo, por otro lado, tenía que desprenderme del deseo y, sobre todo, de la esperanza de volver a estar juntos. Me di cuenta de que me había aferrado a la idea de ser pareja, como antes, pero que eso ya no era posible porque ambos habíamos cambiado.

Lo más extraño fue que no se me dificultó desprenderme. Fue muy orgánico. Ni siquiera tuve que esforzarme, y ya no me causaba dolor. Supongo que ya había sufrido demasiado para entonces.

Y también era desconcertante saber algo que ella ignoraba, pero para ser sincero no tengo idea de por qué me parecía importante. Luego recordé las palabras de Malik en una de las sesiones que coordinó: "Como verán, hermanos, llegará el día en el que se den cuenta de que, a nivel 'vibracional', ustedes y la otra persona ya no están alineados en la misma frecuencia. En ese momento tendrán que responder la siguiente pregunta: ¿estoy dispuesto a bajar mi frecuencia para seguir con esta persona o por lo pronto la dejaré ir con amor?".

Ese día no entendí el significado de sus palabras. Pero en esta ocasión, mientras veía la fachada de la casa de Lisa y Beto desde el asiento de mi auto, cobraron todo el sentido del mundo. Por primera vez sentí que debía seguir mi camino y dejarla ir, con amor.

» » « «

De camino a casa, mientras disfrutaba la sensación de ser un hombre nuevo, decidí hacer una parada en la tienda local de alimentos naturales. Dimitri solía hablar de la importancia de cuidar "el templo", que era como él le llamaba al cuerpo, y de elegir lo que le ponemos dentro. Pensé que también sería buena idea seguir el consejo de Hope y comprar una libreta que me sirviera como diario.

Me sorprendió descubrir que no vendían productos de origen animal, ni siquiera pollo o queso. Agarré toda clase de sustitutos "buenos para la salud" de los que jamás había oído hablar porque me sentía muy valiente y estaba dispuesto a probar cosas nuevas por primera vez en la vida.

Al llegar a la caja, me di cuenta de que había olvidado la libreta. Dejé mi carrito ahí, corrí a la sección de papelería y con desesperación examiné las opciones. *Vamos, agarra la que sea.* A ciegas agarré una libreta, pero cuando me volteé para irme escuché que una de las otras cayó al suelo. Resultó tener un colibrí en la portada. *¿Es broma?* Puse la otra en su lugar, agarré la del suelo y corrí de regreso a las cajas.

Al pasar por el pizarrón de anuncios de la salida, repasé la amplia oferta de servicios saludables que ofrecían a la comunidad. Había distintos tipos de yoga, así como varias cosas de las que nunca había oído hablar y que sonaban demasiado esotéricas: "Mapas del alma", "Alquimia de códigos de luz" y algo llamado "Desintoxicación progre". Pero ninguna me llamó la atención, salvo por una que resaltó entre las demás: "Meditación para principiantes", impartida por Meredith Jackson. Había visto que Dimitri impartía clases de meditación a los estudiantes del PLT, pero, como guardia, si quería vivir esa experiencia, tendría que hacerlo fuera de Carlton. Con las bolsas llenas de comida sana y el deseo auténtico de llevar una nueva vida, decidí llamar a la instructora.

» » « «

—¿Bueno? —contestó una mujer al otro lado de la línea.

—¿Hablo con Meredith? Quería pedir informes sobre las clases de meditación.

—Sí, soy yo. ¿Cuál es su nombre, señor? —me preguntó con voz alegre, lo cual se me hizo un poco sospechoso.

—Me llamo Marcus. Marcus Ogabi.

—Un placer conocerte, Marcus. Me llamo Meredith, pero mis amigos me dicen MJ. Las clases duran una hora, y enseño una práctica sencilla para quienes están empezando a meditar o quieren algo sencillo y tranquilo. En media hora empieza la siguiente sesión. Podrías unirte, si lo adorarías.

¿Si lo adoraría? Demasiado hippie para mí, pero ¿dónde había oído esa expresión antes?

—Más bien estaba pensándolo para después. Tal vez asista en algún momento.

—Está bien, pero ¿te digo algo, Marcus? El futuro nunca llega, ¿sabes? —*¿Qué carajos?* Me quedé callado, recordando el día que Dimitri dijo esa misma frase. Meredith continuó—. Despertar a nuestra versión superior nos lleva a un lugar de alegría máxima en la vida. Es la forma de cambiar el mundo.

En ese instante supe que, si aquello no era sincronía perfecta, tenía que ser una instructora de yoga desesperada y muy insistente que lo hacía por ganarse unos centavos.

—Sí, eso he oído. Más de una vez, de hecho. Es cierto eso de que todo ocurre en el presente, en el ahora —contesté, con la esperanza de que eso no abriera una caja de Pandora.

—Así es. Quien te lo dijo habló con la verdad. En fin, Marcus, ¿estás listo para cambiar el mundo? Digo, ¿qué otra cosa podemos hacer? ¿No crees?

Dicho eso, decidí que asistiría a mi primera clase de meditación.

» » « «

Al acercarme a la acogedora casita que parecía una cabaña de cuento de hadas, me sorprendió el sonido de las campanas de viento que colgaban del alero. Alrededor del tapete de entrada que decía *Bienvenid-OM* había varios pares de zapatos acomodados.

¿En qué me metí? Puse los ojos en blanco un instante y luego toqué la puerta.

—¿Marcus? Un placer conocerte. Soy MJ —dijo una mujer amable y de baja estatura que tendría poco más de cuarenta años. Me llamó la atención su larga cabellera negra al verla hacerse a un lado y señalar mis pies.

—Ah, sí —dije y me acuclillé para desatarme las agujetas. *Esto es ridículo.*

Me quité los zapatos, y luego ella se quedó mirando mis calcetines y se encogió de hombros.

—Gracias —contestó.

La seguí al interior, mientras admiraba en secreto la calidad de su largo vestido que parecía hecho a mano.

De inmediato noté lo distinta que era la atmósfera dentro de la casa. Era algo más que comodidad, pero no tenía palabras para describirlo porque nunca antes había sentido algo así.

Sobre varias mesas esquineras que habían sido talladas a mano había velas encendidas. El piso de parqué estaba cubierto de tapetes coloridos y exóticos, y en las paredes, como si fueran obras de arte, colgaban tapices traídos de lugares lejanos. Nada de lo que había ahí era nuevo. En realidad, las cosas se veían gastadas y no parecían seguir un orden estricto ni lógico, pero aquel desorden era perfecto en sí mismo.

Se percibía un suave olor a incienso mucho más agradable y natural que el de piña colada que le gustaba a Lisa. *¿Cómo puede hacerme sentir tan bien el incienso?* Hice una pausa para observar un sofá rojo de terciopelo que parecía salido de una tienda de antigüedades. Estaba cubierto de cojines bordados que me invitaban a acurrucarme entre ellos, pero hice un esfuerzo y seguí mi camino.

Después de unos minutos, por fin me vino a la mente la palabra que estaba buscando para describir esa sensación desconocida.

—Tu casa es *cálida* —dije con timidez. Ella se dio media vuelta en el pasillo y me encaró con los brazos bien abiertos. *¡Mierda! ¡Quiere que la abrace!* En cuestión de segundos, pasamos de calidez y comodidad a tensión e incomodidad. Crecí en un hogar donde uno sólo abrazaba a sus familiares directos, y prácticamente sólo en ocasiones especiales—. Eh, está bien —murmuré, abrí los brazos y me acerqué a ella. Sentí que me estrechó más tiempo de lo normal. Le di unas palmaditas nerviosas en la espalda para tratar de darle a entender que ya había sido suficiente, pero ella no hizo más que abrazarme con más fuerza.

Me guio al estudio, que no era más que una sala grande y vacía, con una alfombra azul peluda y cojines grandes tirados por doquier. Con timidez, asentí en dirección de los demás, quienes se veía que eran personas agradables. Salvo por MJ y yo, los demás eran blancos. MJ era de piel morena, pero su origen étnico era difícil de determinar.

Era obvio que los demás se sentían más cómodos que yo, y no sólo porque yo fuera el nuevo, el único hombre negro o el último en llegar. Me refiero a que exudaban una comodidad interna, como si estuvieran relajados en su propio cuerpo. Ninguno de los hombres llevaba calcetines ni reloj. Uno de ellos llevaba un bolso de mano, pero no se veía afeminado.

Me senté y crucé las piernas, intentando poner un pie sobre el regazo como hacían los demás, pero me resultó imposible. En secreto me alivió ver que la embarazada que estaba en el extremo opuesto del círculo tampoco podía cruzarse de piernas.

—Empecemos cerrando los ojos y conectándonos con nuestra respiración con tres inhalaciones profundas. Al exhalar, saquemos todo el aire de los pulmones —dijo MJ en voz baja—. Inhalen profundo… —Seguimos sus instrucciones al pie de la letra. Para la tercera exhalación, cuando nos indicó que exhaláramos con un suspiro audible, ya me sentía más tranquilo que al principio—. Ahora, conéctense con su respiración normal. Cuando les venga a la mente un pensamiento, no se resistan; déjenlo ir y venir, sin dejar de concentrarse en cada respiración. Permítanse ser testigos de esos pensamientos. De esa forma verán que no son suyos.

Me sorprendió oírla hablar como Dimitri sobre eso de atestiguar los pensamientos, o, como él le llamaba, "la voz en la cabeza". Fue fascinante ver a mi mente hablar por sí sola mientras yo sólo la observaba. Hubo momentos en los que logré llegar a un lugar libre de pensamientos, aunque duraran apenas unos cuantos segundos. Era inspirador y asombroso ver lo poderosa que era la mente, tal como lo había dicho Dimitri tantas veces.

Después, MJ abrió el círculo a quien quisiera compartir sus experiencias o tuviera dudas. Cuando llegó mi turno, volví a presentarme con voz nerviosa, procurando ser lo más breve posible, y comenté que había sido una experiencia útil. Y eso bastó para que MJ interviniera.

—Tengo curiosidad de saber qué te trajo aquí, Marcus.

—Bueno, he pasado por situaciones extrañas últimamente y pensé que sería buena idea iniciar este proceso… para intentar calmar la mente y esas cosas. —Hice una pausa y miré a mi alrededor; la mayoría sonreía y asentía. Eso me hizo sentir más cómodo y me dio confianza para continuar—. La verdad es que hay un muchacho en mi trabajo que ayuda a la gente con sus problemas. Pero yo no puedo participar del todo porque… —hice otra pausa por temor a revelar demasiados detalles— porque estoy trabajando.

—¿Cómo ayuda a la gente con sus problemas? —preguntó uno de los participantes.

—Es difícil de explicar, pero usa los problemas de cada persona para mostrarle otra forma de ver esos mismos problemas, y les enseña a los presos que… —*Uy*—. Digo, les enseña a las personas que ellas son las que les dan significado a esos problemas. Les muestra otra forma de vivir. Perdón, es mucho más profundo que eso y no es muy fácil de explicar. Pero supongo que no estoy calificado para hablar de ello. —Me sentí bastante avergonzado, pero sobre todo temí que alguien se hubiera percatado de mi desliz.

—Pareciera que estás hablando de cambiar la perspectiva propia —intervino MJ.

—Sí, así le llama él. ¿Has oído hablar de eso? —pregunté, sorprendido.

—Es una de las claves para llevar una vida extraordinaria —contestó.

—Hablaste de presos. ¿Trabajas en la Penitenciaría Carlton? —preguntó el tipo de la bolsa de mano.

—Así es —contesté en voz baja.

—Y, ese muchacho del que hablas, ¿está instruyendo a los prisioneros? —preguntó MJ.

—Sí.

—¿De casualidad se llama Dimitri? —preguntó MJ con mirada cómplice. Luego sonrió mientras esperaba mi respuesta.

—Eh, sí, ¿cómo sabes? —Su pregunta me dejó anonadado.

—La comunidad espiritual local es muy pequeña y se corre la voz cuando la gente hace cosas extraordinarias.

—Pero él no habla de cosas espirituales. Habla sobre el despertar y la liberación de la mente.

MJ soltó una risita.

—Sí, exactamente. No importa cómo lo llame. Es una cosa y lo mismo.

Era extraño estar en un lugar distinto a la prisión donde Dimitri fuera considerado un héroe. Después de la sesión, unas cuantas personas se me acercaron y me dieron las gracias por mi "apoyo energético" al trabajo de Dimitri. Usaron frases como "namaste" y "bendito seas", pero no me gustó escucharlas, quizá porque no las entendí. Como fuera, esa vibra tan esotérica me desanimaba un poco.

» » « «

Conforme seguí asistiendo a las sesiones de MJ y fui practicando más la meditación, el esoterismo me fue molestando cada vez menos. Fui entendiendo qué significaban los conceptos y me hice amigo de MJ al grado de que entendí que no estaba desesperada ni era muy insistente. En realidad, se parecía mucho a Dimitri; era una persona muy genuina y sólo quería lo mejor para los demás.

Me enteré que aquello que Dimitri enseñaba y sabía también lo enseñaban y sabían otras personas. Y que no era algo reciente, sino que llevaba miles de años existiendo. Al final de las sesiones, compartía lo que Dimitri y otros de los prisioneros enseñaban, y MJ llenaba los huecos cuando era necesario.

Aprendí que los accidentes no existían y que todo trabajaba a mi favor, aunque a veces fuera difícil reconocerlo. Entendí también que aquella conversación simple y abierta con Lisa creó un espacio que me permitió encontrar una nueva práctica y conocer gente nueva, lo cual me ayudó a encontrar la paz.

Y comprendí que aquello era sólo el comienzo de algo enorme, pero seguía sin saber qué era. Tampoco tenía idea de qué escribir en el diario, aunque lo llevaba conmigo en todo momento, por si acaso. Lo que sí sabía era que, si seguía trabajando en mí mismo y en mis problemas, las cosas seguirían desarrollándose y se revelarían cuando llegara el momento indicado.

EL EFECTO SEÑUELO

RONNY

—Creeper y tú tienen que asistir a esa cosa, Ronny. Quiero saber qué se trae entre manos ese pendejo —dijo Joaquín y señaló un anuncio escrito a mano que Markland había pegado en la pared de la sala de usos múltiples:

PLT EN EL PATIO (NORTE)
MARTES
3 PM
DIMITRI DISCUTIRÁ TEMA ABIERTO
TODOS SON BIENVENIDOS

—Está bien, Joaquín, pero ¿no crees que vamos a llamar la atención?

Joaquín se quitó los lentes y me señaló mientras lo pensaba.

—No creo, ese. Recuerda que Creeper ya fue a eso, al principio. Esa pendejada está abierta al público, sobre todo ahora que la van a hacer por primera vez en el patio. Creeper y tú pueden estar ahí nomás. Nadie va a pensar nada. —Volteó a ver a Creeper, quien lo venía siguiendo— ¿Qué dices, Creeper?

Creeper se acercó, nos miró a los dos y asintió.

—Simón, sin bronca, carnal. A ese vato le da igual quien vaya. No sospecha nada de nada. Pienso que hasta tú podrías ir a ver qué es esa mierda.

Negué con la cabeza porque ya sabía lo que se avecinaba.

—¿Te pedí que pensaras, puto? —le reclamó Joaquín. Había ciertas cosas que lo sacaban de quicio, y una de ellas eran los pendejos con iniciativa.

—Perdón, carnal.

—No te disculpes. Nomás no lo hagas, ese. Aquí el que piensa soy yo. Ahora lárgate, cabrón. —En secreto nos sonreímos mientras Creeper se iba con la cola entre las patas—. ¿Qué piensas entonces, carnal? —Yo era el único a quien se atrevía a preguntarle eso, y sólo cuando estábamos a solas él y yo.

—Que no deberías ir, Joaquín. Pero yo veo qué pasa y te paso el reporte, carnal.

Miramos a nuestro alrededor y nos detuvimos unos segundos. Sabía que algo se avecinaba. Luego me miró y asintió.

—Ya casi, hermano —susurró y se puso los lentes. Nos despedimos con el apretón de manos de La Familia y cada quien se fue por su lado.

Esas palabras, combinadas con esa mirada, sólo podían significar una cosa: que Tanomeo tenía los días contados, y quizá también algunos de los otros miembros de su grupo.

» » « «

Creeper y yo vimos cómo docenas de personas seguían a Tanomeo y a los otros seis hacia la orilla norte de la pista. Muchos de los reos que estaban en el patio se burlaron de ellos, mientras que otros tantos siguieron ejercitándose, jugando básquetbol o haciendo cualquier otra pendejada.

Nos fuimos a un rincón desde donde podríamos oír lo que Tanomeo decía, pero sin estar en el meollo del asunto, como los demás. Cuando empezó, me di cuenta de que su forma de hablar atrapaba a los vatos, y de inmediato supe que no era un tipo cualquiera. En cierto modo me recordaba a Joaquín; o sea, por aquello de que la gente lo escuchaba. La diferencia es que decía cosas positivas y, como ya me estoy sincerando al respecto, a una parte muy secreta de mí le gustaba, pero no podía demostrarlo. O sea, se suponía que yo no debía sentir esas cosas, así que las reprimí muchísimo para que se asfixiaran de golpe.

—De acuerdo, amigos. Gracias por venir hoy. Sé que es un entorno distinto al que acostumbramos, pero es agradable hacer esto al aire libre, ¿no creen? —gritó Dimitri. Vi que varios asentían, mientras que otros, al igual que yo, se quedaron serios y con los brazos cruzados—. También quiero agradecerles a los guardias de la prisión Carlton por acompañarnos y mantenernos a salvo. Lo agradezco mucho, chicos.

A Creeper y a mí nos dio risa que anduviera de lambiscón con los cerdos que lo acompañaban.

—¿Quién se cree este pendejo? ¿Es comediante o qué, ese? —le pregunté a Creeper.

—Es todo un viaje, ese. Y esto no es nada.

—Qué vato más raro —dije mientras meneaba la cabeza.

Volteé a ver al guardia Tanas. También tenía los brazos cruzados, pero se veía encabronado, lo cual me dio gusto. *Hijo de puta.*

Luego vi al Negro, el oficial Ogabi. No sé bien por qué me daba esa impresión, pero como que tenía algo muy jodido. El capitán Devic estaba ahí también. Él no era mal tipo. Nadie tenía nada contra él.

—Se me ocurrió que hoy dejáramos abierta la elección de tema. Supongo que quienes no están familiarizados con lo que estamos haciendo tendrán preguntas. Pero también está bien si las preguntas vienen de la gente que ya forma parte del programa. —Nadie dijo un carajo, así que Dimitri continuó—. Déjenme ponerlo en otras palabras. Seguro que muchos de ustedes están pasando por cosas difíciles. Tal vez es algo de afuera o algo de aquí. Hablemos de eso. Los invito a que den un paso al frente y lo griten al aire.

Durante más o menos un minuto, nadie dijo ni pío.

—Yo tengo algo. —Era el pinche italianito, Vincent Palermo. Estaba cumpliendo cinco años por distribuir heroína, y su acento de Nueva Jersey y su actitud de listillo me hacían querer partirle la cara cada que lo oía hablar.

—Bien, Vinny, ¿qué nos cuentas? —exclamó Tanomeo.

—La comida de aquí es una mierda —dijo. Creeper y yo nos reímos y asentimos, al igual que los demás, pero Vinny sólo se dio vuelta, alzó la mano y la agitó para que nos calláramos—. Hablo en serio, *bros*. No es broma. —Después de eso, guardamos silencio—. Quiero saber por qué. Es una especie de tortura. No entiendo por qué se ríen. ¿Por qué no me apoyan?

—¡Yo estoy contigo, Vinny! —gritó un reo.

—¡Y yo! —gritó otro, mientras varios aplaudían en señal de apoyo. Creeper y yo nos quedamos callados, aunque sabíamos que lo que decía era cierto.

—Bueno, hablemos de eso —intervino Tanomeo. La pandilla guardó silencio otra vez. Supongo que atrapó nuestra atención o algo así. Volteé a ver a Tanas de nuevo. Se veía todavía más encabronado. Aunque tuviéramos negocios con él y nos ayudara a meter la droga y esas cosas, siempre me pareció una pinche rata de mierda que no dudaría en vender a su propia madre por unas monedas—. En primer lugar, estoy de acuerdo contigo. Desde mi punto de vista, lo que sirven aquí no califica como comida. No se puede vivir con tanto veneno —dijo Dimitri y se rio de su propia referencia.

—¡Justo eso, Di! —gritó uno de los reos, mientras otros le echaban porras.

Dimitri continuó.

—En vez de enfocarnos en lo que no queremos, en lo que no nos gusta, concentrémonos en lo que queremos crear. ¿Me explico?

Nadie dijo nada en ese instante, pero luego Vinny alzó la voz.

—No, no te explicas. ¿Sabes por qué? Porque es su prisión, su comida, sus reglas. Aquí nosotros no tenemos voz ni voto, *bro*.

Tanomeo sonrió como un sabiondo que sabía algo que nosotros no y que estaba a punto de decírnoslo.

—Hay una cosa llamada manifestación, Vinny, y habrías oído hablar de ella si hubieras seguido asistiendo a las sesiones del PLT.

—Ey, soy un hombre ocupado, ¿sabes?

—¿Ocupado? ¿Haciendo qué? —Tanomeo se lo preguntó, imitando su acento italiano y fingiendo que no sabía que Vinny se dedicaba a rolar droga.

—Cosas. Ya sabes, cosas.

Los reos se rieron de la broma de Vinny, mientras Tanomeo retrocedía y miraba a la multitud.

—¿Qué pensarías si te digo que todos los presentes son expertos en el acto de la manifestación y la creación? —Hizo una pausa y miró nuestras caras de confusión.

Vinny volvió a romper el silencio y masculló.

—Mira, *bro*, puedes decir lo que quieras, pero aquí nadie manifiesta comida sabrosa, ¿eh? Te lo aseguro.

Nos reímos de sus pendejadas. Aunque no lo soportaba, era un tipo cagadísimo.

—Si tú lo dices, Vinny —reviró Tanomeo—. Si dices que no puede pasar, nunca va a pasar.

Vincent volteó a ver a los demás. Estaba igual de confundido que nosotros.

—¿Así que ahora es mi culpa, *bro*?

—No me gusta la palabra *culpa*. Digamos que eres responsable. Todos lo somos, de hecho, y no sólo los que estamos aquí en el patio o en esta prisión. No, hermanos, esto trasciende estas bardas y paredes de concreto. Pero vamos a detenernos aquí un momento. —Se frotó las manos, lo cual me recordó a Joaquín. Solía hacer eso antes de sentenciar a alguien. Esas cosas lo prendían muchísimo. Era como si fueran polos opuestos, pero idénticos de cierto modo. En ese momento no entendía por qué me daba esa impresión—. ¿Cuántos de nosotros hemos dicho o pensado que la vida es muy difícil, y lo decimos en serio? —preguntó.

Unos cuantos alzaron la mano.

—Pinches maricones —susurró Creeper. Me reí, pero para mis adentros quería levantar la mano también. Era cierto, muchas veces decía que la vida era una mierda, ¿saben?

—Permítanme adelantarme un paso más y preguntar en otros términos: ¿cuántos de ustedes han condenado su propia existencia al hacerle caso a la sarta de caca que nos decimos a nosotros mismos, como "Nunca podré ser más de lo que soy ahora" o "Las cosas nunca van a mejorar" o "La vida apesta"? —Nos miró uno por uno. Esta vez, los vatos se quedaron en silencio, sentados—. Alguien levante la mano, por favor —gritó mientras levantaba la suya y la dejaba así. Y los otros fueron levantando la mano también, uno por uno, excepto nosotros—. ¡Eso suponía! —gritó mientras meneaba la cabeza—. Vamos a llevarlo a una escala mundial y preguntarnos cuántos hemos visto el planeta todo contaminado, tanto en el aire, como en la tierra, los ríos y los océanos, y hemos dicho: "Nadie va a hacer nada al respecto". ¿Y qué me dicen de los sistemas estatales y financieros colmados de corrupción, diseñados para esclavizar a la gente del mundo? El sistema ha logrado mantenerse en pie con nuestra participación mutua, validada por apenas cuatro palabras que, al juntarse, forman una frase terrible que nos mantiene atados de manos desde hace miles de años: "Así son las cosas". ¿Cuánto tiempo más seguiremos diciéndonos eso? ¿En serio tenemos que destruir todo, nuestra salud, los recursos naturales, las relaciones con otras personas y el futuro de nuestros hijos? —Tenía las manos alzadas por encima de la cabeza—. Mírenlo, hermanos. Esto lo hicimos nosotros. Creamos una realidad que no queremos. Lo hicimos y lo seguimos haciendo. ¡Así de poderosos somos! —Luego soltó una carcajada—. ¿No ven lo ridículo que es?

Debo confesar que me impresionó que el vato mostrara una realidad tan cruda de forma tan positiva y convincente. El resto de su gente y otros cabrones se rieron también. Era obvio que lo entendían, pero la mayoría seguíamos sin saber qué carajos pasaba. Yo era uno de ellos. O sea, tenía claro cómo la había cagado en mi vida. Me culpaba por no haber cuidado a mi hijo ni haberlo sacado del barrio antes de que lo balearan. También sabía que le había causado mucho dolor a mi madrecita santa. Pero el resto de lo que dijo en ese momento no lo entendí en realidad.

—Dimitri, *bro*, te entiendo —dijo Vinny—. No sé si te creo del todo, pero

¿eso qué tiene que ver exactamente con que nos den mejor comida en este basurero?

Los asistentes lo apoyaron con aullidos y gritos tan fuertes que atrajeron la atención de los que estaban del otro lado del patio.

—¡Excelente pregunta! Justo iba a volver a eso, así que gracias por traer el tema a colación, Vinny. —Miró a los hombres y preguntó—. ¿Cuántos de ustedes crecieron pobres? Y me refiero a pobreza extrema. Pobreza de verdad. —Alzó la mano y la dejó ahí hasta que otros siguieron su ejemplo—. Casi todos, salvo Zach, por supuesto. —Todos nos carcajeamos, excepto Markland, que nada más meneó la cabeza y clavó la mirada otra vez en su cuaderno—. Díganme una cosa: ¿alguna vez han visto que uno de sus compas del barrio se haya vuelto serio y haya hecho algo de su vida? ¿Alguien que de verdad haya triunfado como los grandes?

Tyrone, un negro que estaba cumpliendo una condena de seis más dos por robo agravado, alzó la mano.

—Acá, guapo. En mi barrio, Ray Ray Washington. Tiene en la bolsa a todo el lado oeste de Samstone, toda la zona de interés social. Se mete al menos quinientos mil al año.

—¡No jodas! —exclamó uno de los reos.

—¡Un puto amo! —gritó otro.

Miré a los que cuchicheaban entre sí, y me pregunté cuánto se embolsaría Joaquín al mes con sus negocios tanto dentro como fuera de la prisión.

—¡Órale, güey! —me susurró Creeper, como si me leyera la mente, y chocamos los puños.

Tanomeo meneó la cabeza.

—Gracias, Tyrone, pero me refiero a alguien que la haya hecho en un ámbito legal.

Tyrone alzó las dos manos.

—Ah, pues me rindo —dijo, y todos se rieron.

Luego Malik, el negro de la Nación, dio un paso hacia Tanomeo y alzó la mano.

—Yo tengo un ejemplo, Di —dijo. Caí en cuenta de que muchos de los reos le decían así. Por joder, nosotros nos referíamos a él como "Tanogüero", aunque en realidad no era muy blanquito que digamos. Pero sonaba gracioso y por eso lo hacíamos—. Había un muchacho en el barrio que la tenía más difícil que cualquiera de nosotros porque su mamá se prostituía y fumaba crack. Y a saber cuál de los mil cabrones con los que se había metido era el papá. Como no había comida en su casa, estaba flaco y malnutrido. Tuvo que dejar la escuela a los catorce para ponerse a jalar en cualquier chamba que encontrara. Si no encontraba nada, mendigaba. Después de varios años, encontró un trabajo estable en el departamento de construcción de una empresa de bienes raíces que compraba edificios viejos y los remodelaba para luego venderlos. Poco a poco fue ascendiendo, se pasó al área de ventas y empezó a embolsarse plata de verdad. Ahora, no hay que olvidar que había sido un niñito pobre del barrio, al que después de todo eso le había empezado a ir bien. Tenía un auto y rentaba un departamento bien puesto al otro lado de la ciudad. Y ahí no acaba la cosa. El muchacho, que para entonces ya era un hombre, termina independizándose y convence al banco de que le preste para comprar su primer edificio. Busca dinero hasta debajo de las piedras para sacar adelante el proyecto y deja su departamento para mudarse al edificio viejo que compró. Se la pasa día y noche trabajando en la remodelación. Cuando por fin lo termina, se lleva una ganancia de más de doscientos mil pavos. Y ya no hubo vuelta atrás. Repitió el mismo patrón de comprar edificios comerciales y convertirlos en departamentos de lujo. El tipo se llama Edwin Grant, de Grant Investments. Y su cara está en todas las bancas y paradas de autobús de la ciudad.

Tanomeo asintió.

—Excelente historia, Malik. ¿Cuántos de ustedes han intentado hacer algo, romper el ciclo de la pobreza, pero, a diferencia de Edwin, fracasaron? Estoy hablando de sueños grandes, de intentar levantar un negocio, de planes que se van a la ruina, lo que sea. —Varios de los reos empezaron a alzar la mano despacio. Por dentro, yo también la alcé. Una vez intenté abrir un puesto de tacos con mi compadre Chema, con dinero que ahorré moviendo droga. Queríamos que a la larga fuera una cadena, pero se fue al carajo—. ¡Perfecto! ¡Eso es! —confirmó Tanomeo—. Entonces, ¿por qué Edwin logró triunfar mientras que ustedes fracasaron?

—¡Tuvo suerte! —gritó alguien.

—Sus circunstancias eran distintas. Tuvo una oportunidad —dijo alguien más.

—A ver, hablemos justo de eso. No tiene nada que ver con suerte, amigos. Y las circunstancias de su vida eran caca genuina. No tuvo una oportunidad, sino que la creó, así que tampoco va por ahí. Quiero saber por qué él sí pudo y ustedes no.

—Por sus talentos, *bro*. Algo en el ADN —gritó Vinny.

—No, tampoco es genético. Estoy seguro que el éxito en los bienes raíces no se hereda de generación en generación —dijo Tanomeo. Vinny alzó las manos al aire, frustrado. Tanomeo volteó a ver a Malik de nuevo—. ¿Volviste a hablar con él después de que la hizo en grande?

—Sí, visita el barrio una vez al año, en Navidad, para darles juguetes a los niños. Es uno de esos que nunca olvida sus orígenes.

—Qué increíble. ¿Le preguntaste alguna vez cómo lo logró?

—Qué curioso que lo preguntes —dijo Malik—. Mi primo se lo preguntó la última vez que estuvimos todos juntos, pero no dijo gran cosa. Sólo que sabía que podía, así que lo hizo.

—¡Wuujuu! No podría haber nada mejor que eso, ¿verdad? ¡Esa es justo la respuesta que estaba buscando! —Tanomeo aplaudió como payaso.

Malik se rio.

—Pues no era la respuesta que buscábamos mi primo y yo.

Dimitri volvió a aplaudir, entre risas.

—No, seguro que no. Pero es que es perfecta. —Se meció de adelante hacia atrás, como hacía Joaquín, con las manos entrelazadas. Se notaba que estaba muy metido en su cabeza, juntando las palabras que usaría para explicar por qué le parecía tan emocionante—. Examinemos las palabras de Edwin —dijo, con un dedo al aire—. "Sabía que podía, así que lo hice." No es posible que sólo supiera, sin duda alguna, que podía cambiar sus circunstancias de vida tan difíciles para volverse multimillonario, ¿verdad?

—Tiene que haber otra cosa, ¿verdad, Tanomeo? —intervino Vinny de nuevo.

—¿Y si les digo que no hay más que *eso*? Eso es todo. Tres palabras perfectas. —Dimitri se dio vuelta para escribir en su pizarrón imaginario, mientras repetía las palabras despacio y en voz alta: "¡Sabía que podía!"

—No jodas, *bro*. No me vengas con que basta con decir eso para que funcione. ¿Qué pendejadas son esas? —gritó Vinny, y otros lo respaldaron en voz baja.

—Tienes un buen punto, Vinny. No es nada más que lo dijo y ocurrió. En palabras de Malik, "sabía que podía". Fue el hecho de saber sin lugar a dudas que era posible lograrlo. Todos aquí saben hacer cosas. Tal vez sean cosas mundanas o algunas más complicadas, pero saben que saben hacerlas. De otro modo, sería imposible hacerlas. Cuando eran niños, había cosas que no podían hacer, pero luego llegó un momento en el que algo cambió y se dijeron a sí mismos: "Eso lo puedo hacer". Y entonces ocurrió. La única forma de que ocurriera era que tuvieran el conocimiento de que eran capaces. Por otro lado, si sabían que no podían hacer algo o creían que era imposible hacerlo (y he de decir que todos tenemos ese tipo de pensamientos limitantes), literalmente eran incapaces de hacerlo. Así de poderosos son.

Esperó a que los pendejos que lo oían procesaran sus palabras. Yo era uno de esos pendejos. Me pregunté cómo un tipo mucho más joven que yo y que venía de "la Fosa" podía decir ese tipo de cosas y de esa manera. Tenía mucha confianza en sus palabras, y eso era perfecto. Y ahí fue cuando tuve uno de esos momentos de revelación y entendí que era porque el tipo hacía exactamente lo que predicaba. O sea, sabía que podía, así que lo estaba haciendo.

¡Qué puta locura!

Vinny rompió el silencio.

—Ah, sí, claro. A ver, *bro*, tengo una pregunta. ¿Cómo sirve eso para convertirme en millonario y, sobre todo, para que nos den algo de comida decente en este muladar? —Los otros pendejos chiflaron en señal de apoyo. Yo nada más meneé la cabeza.

—A eso voy. Paciencia, hermano. —Es absurdo hablar de paciencia en una prisión. Varios de los cabrones se levantaron y se fueron—. La razón por la cual Edwin Grant logró hacer lo que hizo y otros no pudieron o no pueden es porque no tenía duda alguna de que era capaz. Quizá no haya sido fácil. Seguramente tuvo que insistir, sin darse por vencido, y…

—Eso es cierto —lo interrumpió Malik—. Nos dijo que fue a más de treinta bancos en menos de dos años antes de que uno aceptara darle el préstamo.

—Exactamente, y fue esa convicción de saber que podía lo que le permitió trascender la negativa, las partes difíciles. Quienes renunciaron a sus sueños cuando las cosas se pusieron difíciles lo hicieron porque albergaban un rastro de duda en la mente. Quizá hayan tenido buenas intenciones cuando empezaron, pero tan pronto enfrentaron uno o dos baches, se dieron por vencidos. ¡Pum! Y, cuando se detuvieron, confirmaron la validez de sus dudas, lo que sólo redujo las posibilidades de que se animaran a volverlo a intentar. Tal vez hayan dicho algo así como "Lo sabía" u otra combinación de palabras derrotistas, como "Es que no tengo los privilegios que tienen los demás". Eso es lo que llamamos papel de víctima, y muchos aquí saben desempeñarlo bien, pero me estoy desviando del tema. Esa duda se quedará en su mente y aniquilará cualquier posibilidad de salir adelante hasta que se deshagan de ella.

—¡Yo intenté abrir varios negocios legítimos, pero todos se fueron al carajo! —gritó desde atrás Dan Wilcox, un blanquito que había terminado en Carlton por fraude bancario y robo de identidad.

—Habrá que volver a tu infancia, Dan. Empieza ahí y encuentra en qué momento tomaste la primera decisión relacionada con dinero o negocios.

—Mi papá siempre tuvo broncas económicas.

—Ahí lo tienes. A partir de ese momento, decidiste que generar dinero o tenerlo en abundancia era difícil, o quizá incluso imposible.

Dan se quedó pensándolo.

—Pero ¿cómo lo logró el tal Edwin si él era más pobre que yo?

—Tendríamos que preguntárselo, pero, si tenía alguna herida del pasado relacionada con dinero, que seguramente sí, me imagino que la sanó. Cambió su forma de hablarse a sí mismo cuando se trataba de dinero. Tal vez llegó a un punto en el que decidió que estaba dispuesto a hacer lo que fuera con tal de cambiar su situación.

Malik alzó la mano.

—Recuerdo que mencionó que lo inspiró leer la historia de una mujer que también nació en la pobreza más extrema y salió adelante. Creo que se volvió una chef famosa o algo así.

Dimitri asintió.

—Genial. Lo inspiró alguien más, y la traducción de su diálogo interno debió de ser más o menos así: *Vi que alguien más lo logró; por ende, sé que puedo.* Pasó de pensar que podía a *saber* que podía porque cambió la forma en que se hablaba a sí mismo. Esa fue la clave del cambio, amigos. —Tanomeo se empezó a reír y aplaudió al mismo tiempo—. Es tan sencillo que en cierto modo parece complicado. —Luego alzó el índice al aire y gritó—. Esto se trata de que elijan una nueva realidad propia. Quizá tengan que ahondar en lo más profundo de su ser y hacer un esfuerzo genuino para encontrar el momento en el que eligieron la frase o las frases autodestructivas que aniquilaron sus posibilidades futuras y lidiar con ellas. Se trata de elegir una nueva forma de hablarse a sí mismos. Una vez que lo hagan, se les abrirá un mundo nuevo. —Volteé a ver a Creeper, quien básicamente estaba meneando la cabeza sin menearla. Se notaba que no le creía nada a Tanomeo, aunque confieso que yo sí. Luego Tanomeo nos dio la espalda y agitó las manos de forma intensa mientras brincaba de arriba abajo. Después supe que era porque se estaba sacudiendo la energía o una pendejada así. Luego volteó a vernos otra vez—. ¿Cómo conseguimos comida decente aquí? —Esperó que alguien contestara, pero nadie quiso, como antes. Malik miró a su alrededor antes de agarrarse los huevos y alzar la mano otra vez—. Veamos si alguien distinto a los guías tiene una idea —dijo Tanomeo. Malik asintió y bajó la mano.

—Pues es como dijiste, *bro*. Hay que empezar por saber que es posible, ¿no? —gritó Vinny.

—Perfecto.

Vinny asintió y apretó los labios, como si estuviera orgulloso de haber dado la respuesta correcta.

—Qué pendejo —me susurró Creeper. Asentí.

—Ahora bien, he aquí una pregunta aún más importante: ¿cuántos de ustedes saben que es posible conseguir mejor comida en este lugar? —Tanomeo alzó la mano y la dejó arriba. Lo mismo hicieron los de su grupo, y luego otros tres de los asistentes. Nadie más—. Bien. Necesitamos entonces hacer unos arreglos. Necesitamos un porcentaje mayor que éste para que funcione. Vinny, ¿te animas a acercarte y hacer un ejercicio conmigo?

—¿Por qué no? No es como que tenga otras cosas que hacer —dijo y se puso de pie.

—Tú no alzaste la mano. ¿Por qué?

—Eh, bueno, porque simplemente no va a pasar, Di. O sea, no hay manera de que nos den mejor comida.

—¿Por qué no va a pasar?

—Porque los del Departamento de Prisiones son unos tacaños de mierda. Y todos lo sabemos.

Tanomeo meneó la cabeza.

—¿Se te ocurre otra forma de que obtengamos mejores alimentos?

Vinny negó con la cabeza.

—No, no se me ocurre nada, Di.

—No, claro que no. De lo contrario, habrías alzado la mano. Veamos si podemos cambiarlo. —Se dio media vuelta y señaló la primera valla de seguridad—. ¿Qué ves ahí, Vinny?

—Una barda de alambrado de tres metros sesenta, y encima de ella dos tiras de alambre de púas plegable, con recubrimiento de zinc.

—No me refiero a la valla, Vinny, aunque veo que sabes mucho al respecto, por cierto.

—Pues porque llevo tres años intentando descifrar la forma de largarme de aquí. O sea, como yo veo las cosas, es más fácil escaparnos de aquí que lograr que dejen de darnos mierda insípida.

Todos, salvo Tanas, se carcajearon.

Tanomeo esperó a que dejáramos de reír.

—¿Qué ves al otro lado de la reja?

—No veo nada, *bro*.

—¿Seguro?

—Ya te dije que no hay nada, *bro*. Es un campo gigante y ya. Nada más.

Tanomeo tronó los dedos.

—Entonces sí hay algo: un campo gigante. —Se dirigió a donde estaba su botella de agua y le dio un sorbo—. ¿Alguien intuye adónde quiero llegar?

Nos quedamos mirando el campo. Yo no entendía un carajo. Luego, alguien tomó la palabra.

—Nunca va a pasar. —Era Tanas. Todos volteamos a verlo, sin saber de qué mierdas hablaba.

—¡Tranquilo, Tanas! —gritó Devic para silenciarlo mientras se ponía de pie con los brazos cruzados. En ese momento lo entendí. El vato quería plantar comida en la prisión.

—¡Cosechas! —gritó alguien en medio de la multitud, mientras Tanomeo alzaba el dedo otra vez.

—¡Eso es! ¡Cosechas! —exclamó, y nos volteamos a ver entre todos, pensando que al tipo se le había zafado un tornillo.

Vinny seguía al frente.

—¡No jodas, *bro*! ¿Cómo haríamos eso?

—Lo primero que tenemos que hacer es llegar a un punto en donde todos creamos que es posible —contestó Tanomeo y nos miró a todos—. Les pregunto de nuevo, ¿cuántos de ustedes están conmigo? —Cinco o seis manos nuevas se alzaron—. Es un buen progreso. —Luego, volteó a ver de nuevo al italiano—. Vinny, sigues sin alzar la mano. ¿Qué pasó?

—A ver, *bro*, por tres cosas. Y no creas que no lo he pensado bastante,

¿eh?, porque llevo como medio minuto o más masticándolo. Uno: nadie aquí sabe plantar cosas. Dos: las prisiones no dejan que los reos planten su propia comida, y…

—Hablarás por ti, rata de ciudad —lo interrumpió una voz del rincón—. Yo sí sé plantar cosas. Crecí en una granja y viví ahí hasta los diecinueve. —Era Harlan Smith, al que le decíamos "el *cowboy*". Tenía una sentencia de tres años por robo.

—Yo igual —dijo alguien y alzó la mano. Resultó ser otro blanquito llamado Wade—. Con este clima podrías plantar toda clase de hortalizas, verduras y hasta algunas frutas.

—¡Qué maravilla! Gracias, muchachos. ¿Y qué hay de la segunda inquietud de Vinny? ¿Alguien sabe de alguna prisión donde tengan plantíos?

—Mi primo estuvo encerrado un rato en la costa este, en una cárcel de seguridad media. Ahí no sólo plantaban cosas, sino que también tenían ganado —anunció John White Eagle, el indio que formaba parte del grupo de Tanomeo.

—Veamos entonces, Vinny, si esta nueva información cambia en algo tu perspectiva. —Miró a su público—. Díganme ustedes, señores, ¿cuántos creen que podríamos al menos mejorar un poco lo que comemos aquí? —Creeper y yo miramos a nuestro alrededor. Muchos más pendejos alzaron la mano.

—Qué vato más loco. Cree que puede salirse con la suya, ¿verdad? —me susurró Creeper entre risas.

Yo me encogí de hombros y volteé a ver a Tanomeo de nuevo.

—Me gustaría pedirles a todos, en especial a los que tienen la mano en alto, que volteen hacia allá e imaginen que ese campo gris, seco y vacío se transforma en un plantío frondoso, lleno de hortalizas y verduras coloridas. Imagínense (o alguien más, si el trabajo de campo no es lo suyo) que están allá, arando la tierra, llenando sacos grandes de comida, llevándola a la cocina. Sientan cómo se siente en su interior después de haberlo logrado. Sé que les estoy pidiendo algo un poco raro, pero les suplico que lo intenten. Es parte de un proceso más grande.

Cerró los ojos un segundo, igual que el resto de su gente, así que decidí intentarlo. De pronto me sentí contento de comer algo sabroso, pero no me duró el gusto porque Creeper me dio un codazo que me sacó del momento. Volteé a verlo.

—¿Qué carajos haces, carnal? —me preguntó.

—Me estaba durmiendo. ¡Cálmate, ese!

Tanomeo abrió los ojos y volteó a ver a Vinny de nuevo.

—¿Cuál era la tercera razón? —preguntó. Vinny se quedó quieto, como si se estuviera cagando de miedo. Luego miró a Tanomeo y ladeó la cabeza a la izquierda, hacia donde estaba parado Tanas—. ¿Te refieres a él? ¿A lo que dijo? —preguntó Dimitri mientras señalaba a Tanas, entre risas—. Hay algo que no estás viendo, Vinny —continuó, sin dejar de señalar a Tanas—. El oficial Gene Tanas sólo es un guardia de seguridad. Nada más. No es quien toma las decisiones aquí. Él viene a hacer su trabajo y sigue las reglas, igual que los demás.

—Híjole —murmuró Creeper.

Volteé a ver a Tanas. No le quitaba la mirada de encima a Tanomeo, quien seguía señalándolo, como para provocarlo o algo así. Muchos de los reos asintieron. Tanomeo volteó a ver a los asistentes, alzó las manos y dijo en voz baja.

—Ahora bien, si hace o no su trabajo, y si sigue o no las reglas está a discusión. —Todos se partieron de risa. Hasta el negro Ogabi.

Uno tras otro, los reos empezaron a chiflar y cosas así. Nadie se había atrevido jamás a hacer una cosa así, sin miedo. Como que todos estábamos de acuerdo con el cabrón de Tanomeo, que ni frente a un psicópata como Tanas bajaba las manos.

Miré hacia donde estaban el capitán Devic y el oficial Ogabi. Se veían nerviosos y cuchicheaban entre sí. Tanas tenía los puños apretados.

Vinny se quedó quieto, asintiendo.

—Ya que lo pones así, *bro*, supongo que sí se puede, ¿no?

—¡Tienes toda la razón, Vinny! —exclamó Dimitri—. Ahora necesito que me escuchen con atención. Necesito que hagan algo cuando vuelvan a su vida de prisioneros. Traten de visualizarnos a los que estamos aquí, y también a los demás reos, comiendo nuestra propia comida, cosechada con nuestras propias manos. Hagan esto mismo que hicimos aquí, pero por más tiempo, con los ojos cerrados, y véannos en el comedor disfrutando cosas ricas y saludables. Creen en su cabeza una imagen en la que celebramos y alzamos nuestros vasos de plástico llenos de jugo de moras cultivadas aquí mismo para brindar por Carlton y por todos y todo lo que permitió que fuera posible lograrlo. Primero tenemos que visualizarlo en la mente y luego sentirlo a diario, como si ya hubiera ocurrido. Si pueden lograrlo, lo demás se acomodará. Se los garantizo, porque la vida posee ese tipo de magia.

—Me apunto, *bro* —anunció Vinny con confianza mientras volvía a su lugar.

—En resumen —concluyó Tanomeo al ver que la gente empezaba a ponerse de pie—, cuando queremos manifestar algo, debemos eliminar todas las dudas internas en torno a la posibilidad de que ocurra. Para eso hay que ahondar en por qué creemos que no es posible. Luego imaginemos que ya lo logramos y sintamos cómo se siente estar ahí. Gracias por asistir, amigos. Lo aprecio mucho. Y, como siempre…

—¡No sé por qué te empeñas, Tanomeo! —gritó Tanas, lo que hizo que todos se detuvieran en seco—. ¿Qué crees que estás haciendo con estos pobres diablos? ¿En serio crees que alguno de ellos va a hacer algo que valga la pena?

Tanomeo buscó a Tanas entre la multitud.

—No, oficial Tanas, no lo creo —dijo, tan fresco como una lechuga, mientras se subía el cierre del abrigo y se acomodaba las mangas. Todos lo voltearon a ver—. No creo que vayan a hacer algo que valga la pena porque sé que ya lo hicieron. Estos hombres han tomado sus circunstancias de vida actuales, esta prisión, y la han convertido en algo positivo. Están cambiando su vida aquí mismo, ahora mismo, y lo seguirán haciendo mañana. Es un camino largo, pero, mientras tengan vida, lo harán. Y yo también. —Empezó a irse, pero luego se detuvo y volteó a ver a Tanas de nuevo—. Al menos estamos aquí, en nuestro proceso, haciendo un esfuerzo por ser mejores versiones de nosotros mismos. Es más de lo que puede decirse de casi toda la gente del mundo, incluyéndolo a usted, oficial.

Varios pendejos empezaron a chiflar, como cuando nos burlábamos del maestro en la secundaria. Otros incluso chocaron puños. Tanas parecía que iba a explotar en cualquier momento, pero no dejaba de mirar a los ojos a Tanomeo como si quisiera matarlo.

—¿Me estás faltando al respeto, prisionero? —preguntó.

—No, oficial Tanas —contestó Tanomeo sin perder la calma—. Eso lo hace usted solo, señor.

Tanas agarró su macana y fue hacia donde estaba Tanomeo, pero de pronto salió el capitán Devic de la nada y le bloqueó el paso.

—Suficiente, Tanas. Ya hiciste tu teatrito. Hora de irse.

Tanas se detuvo y esbozó una sonrisa incómoda.

—Dirás lo que quieras, Tanomeo, pero las estadísticas demuestran que estos perdedores nunca van a salir adelante, y gracias a eso yo seguiré teniendo empleo. Así que me da igual.

Miré las caras de los demás. Sus pinches palabras estaban surtiendo efecto y desanimando a la gente.

—¿A quién llamas perdedor? —gritó Wes, un verdadero hijo de puta y miembro respetado de la Hermandad Aria, mientras otros lo flanqueaban.

—¿Qué carajos? —gritó otro.

Le hice una seña a Creeper para que retrocediéramos. Lo último que queríamos era terminar en un pleito con Tanas, pues nuestra operación dependía de él.

—Esperen. El oficial tiene derecho a su propia opinión, igual que nosotros —gritó Tanomeo para intentar calmar a la banda—. ¡Tus estadísticas del pasado no valen nada para mí! —gritó por encima de los pendejos que estaban a dos de perder la cabeza—. Lo único que me importa es que haya posibilidades nuevas, la transformación que está ocurriendo aquí, en este patio, en esta prisión, en este instante. ¿Y sabes qué, Gene? Nada de lo que hagan tú ni otros demonios servirá, porque la luz siempre supera a la oscuridad.

Le di un golpecito a Creeper en el hombro para que retrocediéramos todavía más. Cuando oímos unos chiflidos, supimos que se iba a armar en grande porque ya venían en camino los refuerzos. El cabrón de Tanomeo estaba a punto de provocar un pinche motín.

—¡A tu celda, Tanomeo, o vas directo a solitario! —le gritó el capitán Jim mientras agarraba a Tanas de los bolsillos del uniforme para intentar tranquilizarlo.

Alcé la mirada hacia la torre, donde el francotirador nos estaba vigilando. El oficial Ogabi estaba diciendo algo por su radio, mientras que el capitán Devic le hablaba a Tanas al oído.

—Cálmate, Gene. Son demasiados y vienen más en camino. Tienes que calmarte. Nos estás poniendo a todos en peligro.

—¡Estoy bien! —exclamó Tanas y miró a su alrededor. Los reos de las canchas y las mesas se acercaban cada vez más. El francotirador agarró su rifle, y en ese momento volteé a ver a Tanomeo. Estaba mirando a Ogabi, quien lo veía y meneaba la cabeza, como si tuvieran una conexión secreta o algo así. Y mi sospecha se confirmó cuando Tanomeo le sonrió y se encogió de hombros, como si todo fuera una broma o algo así. *Esos dos cabrones se traen algo entre manos.*

—Vámonos de aquí, carnal —le dije a Creeper, y nos alejamos todavía más. Supuse que no tardarían en llegar más polis armados hasta los dientes, pero una parte de mí quería quedarse a ver cómo les partían el hocico a los guardias que estaban en el patio antes de que llegaran a rescatarlos—. Aquí está bien, Creeper. Quiero ver qué pasa, ese.

—Sí, carnal. Ahora sí se van a armar los putazos.

—De acuerdo, capitán Devic, nos dispersaremos —exclamó Tanomeo por encima de los gritos y aullidos de la banda furiosa—. Insisto en que mi única intención el día de hoy era hablar de mejor comida con los reos y de cómo obtenerla.

—¡El hijo de puta nos llamó perdedores! —gritó Sam Thompson, un verdadero cabrón del Frente Negro Unido, mientras fulminaba con la mirada a Tanas y al capitán Jim.

—Y que no vamos a lograr nada en la vida —agregó Vinny mientras se quitaba la camiseta. El pinche italianito estaba musculosísimo, encabronadísimo y listo para partir hocicos. En ese momento sonó la alarma y el francotirador se puso en posición, pero los guardias y los reos estaban demasiado mezclados como para que se animara a disparar.

Alcancé a ver que Tanomeo le susurraba algo a Mali, quien entonces les susurró algo a los otros. Todos asintieron, excepto Markland, quien se fue corriendo. Luego Big Sam y los otros se abalanzaron sobre los guardias. En ese momento, la gente de Tanomeo se tomó de los brazos y formó un círculo para proteger a los tres pinches guardias de la multitud furiosa.

—No jodas, carnal. ¡Están protegiendo a los cerdos! —dijo Creeper entre risas.

El primero en llegar a ellos fue Big Sam, quien en medio de la confusión se le fue encima a Tanomeo y le asestó un puñetazo tan fuerte en el pecho que hasta nosotros alcanzamos a oírlo. Pero eso no fue lo raro. Tanomeo actuó como si no sintiera nada. Sólo sonrió, lo que hizo que Big Sam se detuviera y se le quedara viendo. Creo que estaba igual de confundido que nosotros. Mientras tanto, a los otros pobres pendejos del PLT les estaban dando una paliza, y ellos sí que lo sentían.

—¿Qué carajos? ¿Viste eso, Ronny? —me gritó Creeper—. El pinche negro le puso un putazo de aquellos, ese. ¿Cómo no se cayó?

Tenía razón. En ese momento me quedó claro que Tanomeo no era un vato cualquiera. Y entonces empecé a hacerme preguntas. ¿Quién era ese tipo tan pinche listo que estaba dispuesto a provocar un motín nomás para poner a su propia gente como carne de cañón? Había visto a Joaquín hacer cosas que en el momento no parecían muy lógicas, pero que luego resultaban serlo. ¿Algo así estaba pasando aquí también? Y luego esas cosas sobre el pasado. ¿Cómo logró sanar tan rápido después de la puñalada que le pusieron? Y los rumores de lo que pasó cuando lo balearon. ¿Qué le pasaba a ese pinche vato loco? Como fuera, tenía mucho que contarle a Joaquín.

En ese momento volaron las latas de gas lacrimógeno, así que todos nos tiramos al piso. Escuchamos dos disparos de advertencia desde la torre, y al alzar la mirada vi que los guardias se le abalanzaban a Tanomeo y sus secuaces, y los esposaban a todos.

Al más viejo de todos, Robert (o Pasita, como le decíamos nosotros), le había ido peor que a los demás. Estaba todo torcido, escupiendo sangre al piso. Volteé a ver a Tanomeo y vi que Ogabi le estaba susurrando algo. Se notaba que el negro estaba enojado. *Esos dos cabrones se llevan demasiado bien para mi gusto.*

» » « «

Se decretó un confinamiento total en Carlton, así que, cuando estuve de regreso en la celda, le conté todo a Joaquín mientras los guardias terminaban de llevarse a los detenidos del patio. Joaquín me escuchó, asintiendo cada tanto, pero como si nada de eso le sorprendiera. Luego una oleada de gritos y aullidos nos pusieron en alerta. Saqué el espejo para ver qué estaba pasando.

—Es él, jefe —le dije a Joaquín.

Vi que venía escoltado por el oficial Ogabi y el capitán Jim. Atrás de ellos, los demás venían escoltados por oficiales con equipo antimotines. Los iban a llevar a las catacumbas, pero los martillazos de los barrotes y los chiflidos lo decían todo. Tanomeo se había convertido en el héroe del bloque de celdas H.

Joaquín se levantó cuando el escándalo aumentó. Me eché hacia atrás y le cedí el lugar para que estuviera al frente y viera a Tanomeo con sus propios ojos cuando pasara frente a nuestra celda.

—¡Comida rica! ¡Comida rica! ¡Comida rica!

La consigna se fue haciendo más escandalosa hasta que alcanzamos a ver a Tanomeo desde nuestra celda. Venía sonriendo y gritando al unísono con los demás. Miré de reojo a Joaquín. Asentía para sí mismo, como si eso hubiera sido justo lo que estaba esperando que ocurriera. Sin embargo, si soy sincero, creo que envidiaba a Tanomeo un poco. Era la primera vez que lo veía así.

Volví a asomarme a través de los barrotes y alcancé a ver que el oficial Ogabi le gritaba a Tanomeo.

—¿Esto es lo que querías? ¿Tanto para terminar pudriéndote en solitario?

El pendejo de Tanomeo nomás se rio.

—Hay perfección en todo proceso, oficial. ¡Ya lo verá!

Cuando estuvieron más cerca, Joaquín entró en personaje y se puso las manos en la espalda. Tanomeo seguía gritando la consigna cuando de pronto vio a Joaquín mirándolo y guardó silencio. Su expresión cambió, y se puso igual de serio que Joaquín. Se miraron directo a los ojos, y luego torció la cabeza antes de alejarse.

Joaquín se quedó quieto un rato. Estaba pensando, así que no lo interrumpí. Ya me imaginaba qué pasaría después. Sin embargo, mi problema era que había empezado a hacerme preguntas a mí mismo sobre ese tipo y lo que estaba intentando hacer en Carlton. Y sabía que eran preguntas y pensamientos peligrosos que podían costarme la vida.

Joaquín suspiró con fuerza. Luego se volteó, me miró a los ojos y asintió.

AMOR, NO MIEDO

MARCUS

—¿O sea que el prisionero Tanomeo y sus secuaces los protegieron a ustedes después de instigar a los otros reos? —preguntó el director Shady, frustrado, en el instante en el que Tanas y yo entramos a su oficina. Jim estaba de espalda a la puerta, regando las plantas que tenía el director en su librero. A Jim le encantaban las plantas más que a nadie en el mundo; creo que era un botánico de corazón.

—No sé si *instigar* sea la palabra adecuada, director —contestó Jim y volteó a verlo mientras nosotros colgábamos nuestros abrigos. Luego asintió en dirección del director, quien no le quitaba la vista de encima a Tanas.

—Siéntate, hijo. ¿Podrías contarme qué fue lo que pasó en el patio?

Tanas se sentó, pero sin relajarse.

—Es lo que llevo todo este tiempo diciéndole, director. Este tipo y su "movimiento" son una cosa peligrosa. Y lo que pasó en el patio lo demuestra. Todo lo que hace el prisionero Tanomeo es…

—Sólo responde a la pregunta. —El director empezaba a hartarse de los rodeos de Tanas.

—Les dijo a los prisioneros que podían plantar su propia comida. Allá afuera, en la lejanía, del lado norte de la pista. —*¿En la lejanía? ¿De dónde salió tanta formalidad? ¡Maldito lambiscón!*—. Y yo lo único que hice fue informarles a él y a los otros reos que eso no era posible y que no les creara falsas esperanzas. Usted sabe lo peligroso que puede ser ofrecerles algo a esos hombres y no dárselo.

El director, que estaba a punto de perder la paciencia, le dijo con voz suplicante.

—A ver, Gene, si las cosas fueron así, ¿cómo es que casi provocan un motín?

Por primera vez, albergué la esperanza de que Tanas tuviera los días contados. Aunque mintiera, Jim y yo podríamos alzar la voz y contarle lo que en realidad había pasado. Sin embargo, no sabía hasta qué niveles llegaba en realidad la corrupción.

Tanas se reclinó, cruzó las piernas y esbozó una ligera sonrisa.

—Supongo que tendría que haber estado ahí, director. A veces hay que estar en el meollo de las cosas para apreciar los sutiles detalles del quién, el qué, el porqué y el dónde.

Sentí que el corazón se me aceleraba. En ese instante supe, tal como Jim sospechaba, que Tanas tenía forma de chantajear al director y que lo estaba haciendo sutilmente en ese momento.

Jim bajó la mirada a sus manos para desconectarse de lo que estaba pasando.

El director carraspeó. Era muy notorio su cambio de ánimo.

—Revisaré las grabaciones para ver qué pasó.

Todos entendimos que las acciones de Tanas no tendrían repercusión. El director estaba siendo chantajeado por el guardia más despreciable de la prisión, y eso me asqueaba.

Luego le preguntó a Jim por los responsables del motín y las acciones emprendidas para castigarlos. Jim le contestó que la prisión estaba en confinamiento total y que Tanomeo y su gente estaban en las catacumbas, junto con Vincent Palermo y Big Sam Thompson.

—Pero eso no es suficiente, director —intervino Tanas—. Hay que ponerle fin al asunto este del PLT. —Meneé la cabeza y suspiré, sin importarme si los demás se daban cuenta. *Cómo detesto a este tipo*—. Quítele el privilegio de usar la capilla y prohíbale organizar reuniones grupales. Podríamos catalogarlos como miembros de una pandilla y ponerlos en distintos bloques, si es necesario. Digo, si hace falta, podría incluso transferir a algunos a otra prisión. Sin él, ya no tendrán poder.

El director se quedó sentado en silencio, con los ojos entrecerrados, como si intentara dilucidar algo.

—¿Acaso piensas las cosas antes de decirlas? —Nos miró a Jim y a mí, y luego volvió a ver a Tanas—. Estoy hablando en serio. ¿Piensas antes de hablar, hijo?

Ay, ya era hora. La esperanza volvió a brillar.

—Tiene que cortarle la cabeza a la serpiente. Es la única forma —dijo Tanas con seriedad, sin dejarse intimidar por el regaño del director—. Si no le gustan esas ideas, puede decir que hay un virus contagioso en Carlton, y con eso podríamos mantener el confinamiento. Someterlos para que se olviden de los estúpidos despertares de los que habla Tanomeo.

No podía creerlo. Miré de reojo a Jim, quien había volteado a verme, con la ceja arqueada.

La respuesta del director, o al menos lo que la motivaba, fue algo inesperado.

—¿Tengo que recordarte que mi campaña arranca la próxima semana? Si hago algo que atraiga atención negativa a la prisión y a mi administración, estaré cavando mi propia tumba. No sé qué parte de que las estadísticas de la prisión son esenciales para que yo llegue a la gubernatura no entiendes, Gene. —Le hizo una seña a Jim para que leyera la información de la carpeta que tenía en sus manos.

—Desde la creación del PLT —dijo Jim—, se ha observado una reducción del 28% en las infracciones generales de los reos del bloque H. La mayor reducción ocurrió cuando los miembros del grupo cercano a Tanomeo (es decir, McKenna, Henson, White Eagle, Plowman y Clemans) empezaron a compartir sus enseñanzas con otros reos en grupos más reducidos. Además, las cifras mejoran en otros bloques cuando aumenta la participación en el PLT.

—Veintiocho por ciento —intervino el director—. Nada mal, ¿verdad, Jim?

—De hecho, nunca se había visto una mejoría tan sustancial, señor —contestó Jim.

El director asintió y señaló a Tanas con el dedo.

—¿Oíste? Carlton nunca había estado tan bien. ¿Entiendes por qué no podemos hacer albor...?

—Disculpe, director —lo interrumpió Jim—. No sólo son las mejores estadísticas de Carlton en la historia, sino de toda la nación, si nos fijamos en las cifras per cápita.

Se hizo un silencio extraño en la oficina. Nadie esperaba oír algo así. Sin embargo, Tanas no se contuvo.

—¿No lo ve, director? Se fortalecieron cuando Tanomeo les enseñó a los otros a hacer lo que sea que él hace. Si seguimos así, terminaremos perdiendo el control sobre los reos. Se lo advierto: a los prisioneros hay que pastorearlos como ovejas. No hay otra manera.

—Basta, Gene. Necesito un momento para pensar —le espetó el director. El viejo se veía un poco aturdido. Volteó a vernos de nuevo, con un brillo en la mirada—. ¡Las mejores cifras del país! ¿Oyeron eso, colegas? Siento que ya estoy con un pie adentro… —exclamó mientras se estiraba y caminaba hacia la ventana. Jim asintió, convencido. *¿Es en serio?* El director observó la inmensidad del terreno contiguo. Vimos cómo le temblaba la nuca en el arrebato de la contemplación. Cuando se dio media vuelta, su expresión se había tornado bastante maliciosa, como si fuera otra persona—. No, amigos. Hay que tener mucho cuidado con la manera en que manejamos esta situación con el prisionero Tanomeo. El PLT podría ser algo así como un arma secreta. ¿Y qué se hace con las armas secretas? —dijo mientras nos miraba a cada uno, y luego frunció el ceño al no recibir respuesta—. Las mantenemos en secreto, ¡por Dios, muchachos! —Luego le susurró a Jim—. ¿Quién más tiene acceso a estas cifras?

—Sólo nosotros, señor. No se las he compartido a nadie más, pero pronto estarán a disposición del público —contestó sin mirar al director a los ojos. Jim llevaba bien puesta la camiseta corporativa y aspiraba a llegar lejos en el sistema penitenciario, pero también era el tipo de persona que no veía a los ojos a la gente a la que no respetaba.

—Pues se harán públicas, pero lo que el público no sabrá es cómo mejoraron tanto. Eso tendrá que quedarse en esta oficina hasta que se me ocurra cómo incorporarlo a mi campaña. ¿De acuerdo, muchachos? —Nos señaló a Tanas y a mí mientras se reclinaba en su silla de cuero. Asentí a regañadientes. *Este hijo de puta quiere llevarse el crédito del PLT para ganar la elección.* Era increíble que fuera tan descarado, pero supongo que creía que los tres estábamos de su lado. *¿Sólo a mí me parece indignante?* Luego se encorvó y bajó la cabeza como si fuera a contarnos un secreto—. No me gusta reconocerlo, pero creo que Gene tiene razón en algo. Hay que tomar las riendas de esta situación. No podemos permitir que el movimiento crezca, sino que debe mantenerse tal como está. Las cifras son tan buenas que, por sí solas, y con el respaldo del gobernador actual, me ayudarán a ganar la elección. Además, si ponerle fin a esto revierte las cifras, no se notará sino hasta dentro de varios meses, cuando me haya ido de aquí. —Volteé a ver a Tanas, quien se había enderezado y tenía las manos entrelazadas. *Qué asco de persona.* Ya sabía adónde quería llegar el director con eso: como cualquier persona con poder que piensa primero en sí mismo, iba a ejercer ese poder con tal de tener el control. Era tan corrupto que necesitaba controlar a Dimitri y sus seguidores para que las cosas le salieran tal como quería, sin interrupciones—. Esto es lo que vamos a hacer: saquen de solitario a los secuaces de Tanomeo y a los otros. Quiero que se quede completamente solo, sin nadie con quien hablar. Los demás estarán bajo advertencia disciplinaria, cada uno con un punto menos, incluyendo al italiano y a los otros. Pero a Tanomeo le tocan sesenta días en el hoyo. —El director se convirtió en ese momento en el segundo hombre más despreciable de Carlton—. Ese nivel de soledad lo hará pensárselo dos veces antes de volver a hacer sus desmadres en mi prisión. No puedo andar cargando con un motín, ¿verdad, muchachos? —Nos quedamos callados. Tanas sólo asintió—. ¡Era pregunta! —exclamó.

—No, señor —dijimos Jim y yo al unísono, sin entusiasmo.

—¡No, señor! —agregó Tanas un instante después, lo cual lo hizo quedar como un verdadero imbécil—. Eso no puede pasar, director. Y este tipo sería capaz de volver a intentarlo. Estoy seguro.

Ay, Dios.

—Como veo las cosas, hay que mantener a Tanomeo fuera de circulación y calladito hará que se desinflen los ánimos del PLT mientras descifro cuál es la mejor forma de sacarle ventaja a esto. Además, como que ya se le están subiendo los humos, ¿no? Es hora de que ponga los pies en la tierra. —El director volteó a ver a Jim—. Hablaremos con él después de cincuenta días. Supongo que para entonces estará más calmadito, listo para colaborar con nosotros, en lugar de llevarnos la contra.

Tanas, que no cabía de satisfacción, procedió a echar de cabeza al prisionero Markland por tener en su celda más de la cantidad permitida de cuadernos. Los guardias solíamos pasar por alto ese tipo de infracciones, salvo que quisiéramos meter a alguien en problemas.

El director ordenó realizar inspecciones sorpresa en las celdas de Markland y de los otros cinco miembros del PLT.

Con Dimitri en el hoyo, Tanas parecía dispuesto a luchar contra cualquier persona o cosa que intentara mantener vivo el PLT. Al no poder realizar reuniones grandes en espacios abiertos ni en la capilla, los miembros del PLT no tendrían más remedio que organizar sesiones pequeñas en las celdas.

El director se puso de pie para darnos a entender que se había terminado la reunión. Fui el último en salir, y al verme en la puerta, me llamó.

—Ogabi, ¿en serio les dijo a los hombres que podían sembrar su propia comida?

Era mi oportunidad para decir todo lo que me había estado guardando, como que permitirles sembrar su propia comida era una gran idea. Mejoraría los ánimos y permitiría a la prisión ahorrar dinero. De ese modo, podría colaborar con Tanomeo, en lugar de aplastarlo. Quería recordarle que esas estadísticas que se había apropiado no tenían nada que ver con él y que debía darle crédito a quien sí lo merecía. Por último, lo que más quería sacarme del pecho era lo mucho que me asqueaba que dejara que Tanas lo manejara como un títere por algún error de su pasado.

Si no fueras un cerdo egocéntrico y sin principios, podrías hacer cosas extraordinarias para ayudar a estos hombres.

—No precisamente, señor —fue lo único que atiné a decir.

—Ese muchacho está más loco que una cabra, sin duda alguna —masculló mientras meneaba la cabeza—. ¡Convertir Carlton en una granja! Después de eso, nada podría sorprenderme.

» » « «

Necesitaba un consejo sabio, así que, durante mi descanso, llamé a la única persona que podía dármelo.

—Hola, Marcus —contestó ella con su tono alegre, como hacía siempre que la llamaba.

Me había enamorado perdidamente de MJ. Siempre me apoyaba cuando enfrentaba un dilema y estaba al tanto de los personajes y de los papeles que desempeñaba cada uno, así que no tardaba en entender a la perfección cualquier cosa que le contara. Además, le tenía un gran aprecio a Dimitri y a su programa, y con frecuencia me preguntaba por él.

Sin embargo, lo único que me desconcertaba era que también les tuviera aprecio al director y a Tanas, a quienes yo básicamente odiaba. MJ decía cosas como "Cada quien está en su proceso, querido mío. Debemos compadecernos de ellos, pues no son más que un reflejo de algo que seguimos sin resolver en nuestro interior" o "Ellos también son parte del gran despertar, tanto como nosotros". Ese tipo de frases me frustraban mucho. Sin embargo, cuando las cosas se ponían difíciles, sus consejos me apaciguaban.

—Ay, querido mío, parece que debes tomar una decisión. Puedes advertirle a Zachary sobre lo que va a ocurrir y ayudar a salvar el programa, lo cual quizá te haga sentir que faltaste a tu palabra y traicionaste a tus colegas, o quizá al público, por aquello de que son prisioneros, pues. También podría haber repercusiones legales que pusieran en riesgo tu trabajo, o algo peor. Has avanzado mucho en tu camino, y quiero que sepas que te apoyo, sin importar lo que decidas. Y me atrevo a decirlo así porque confío que la resolución más pura se presentará mientras la luz siga revelándose en tu interior y en Carlton. Sólo necesitas escuchar.

Aunque su forma de hablarme fuera un poco esotérica, viniendo de ella me fascinaba.

—¿Escuchar?

—¿Recuerdas que Dimitri te enseñó que hay dos voces en tu cabeza? Tal vez puedas dedicar un momento a escucharlas cuando colguemos. Pregúntate cuál de las dos representa tu verdadero ser. Recuerda que una habla desde el miedo, mientras que la otra te empodera porque proviene del amor. Tendrás que elegir entre ambas.

Aunque no lo creas, se me hizo un nudo en la garganta y tuve que hacer una pausa antes de hablar.

—Tienes razón —dije finalmente—. Gracias, *Mpenzi Wangu*.

—Amo que me llames así, querido mío. Eres un gran hombre, Marcus, y tienes un corazón hermoso. Quiero que sepas que te veo. —Aquel era un halago de muy alto nivel, aunque en ese instante no lo supiera. En la jerga esotérica, cuando alguien dice que te ve, se refiere a que su yo superior reconoce tu yo superior. Lo mejor de esa persona ve lo mejor de ti. Tu mejor versión. Nunca nadie me había dicho algo así, ni siquiera mi madre—. Me pregunto cómo le irá al extraordinario Dimitri en solitario.

—Si tuviera que apostar, diría que va a meditar y a disfrutar el silencio. De hecho, me pregunto cómo diablos lo sacaremos de ahí cuando se le acabe el tiempo —contesté en son de broma.

MJ se rio, y su risa era un deleite absoluto.

—Es imposible no quererlo. Es un muchacho muy especial. Al menos sé que tú sí.

—¿Yo sí qué? —pregunté.

—Lo quieres. Y lo sabes, ¿verdad? —dijo MJ. Para ser sincero, nunca lo había pensado en esos términos, pues Dimitri era un hombre que no era parte de mi familia—. No te preocupes, que no es necesario que respondas. Sólo quería señalar algo que no es *taaaaan* obvio —dijo MJ con voz dulce—.

Y, bueno, ¿cómo está Jim?

—Supongo que el director lo tiene muy ocupado por aquello de la campaña. Lo raro es que ambos sabemos que se está cometiendo una gran injusticia con lo de Dimitri y el PLT, pero Jim no hace nada al respecto. O sea, a pesar de ser muy congruente en muchas cosas, también es medio lambiscón. Dice cosas como que, si él fuera el director, dejaría que el muchacho hiciera sus reuniones cuando quisiera, pero luego no hace nada. Sobre todo ahora que Dimitri más lo necesita.

La escuché reír al otro lado de la línea.

—¿No lo ves, querido mío? Jim ya tomó una decisión. Tiene miedo de perder la conexión con el director porque podría afectar su carrera.

—Exacto.

—Al igual que tú, enfrentó un dilema y tuvo que elegir entre el miedo relacionado con la pérdida de algo y el amor que nos impulsa a defender a quienes a veces no se pueden defender solos. Aquí la verdadera pregunta es: ¿cuál vas a escoger tú, querido mío? ¿El miedo o el amor?

UNO DE LOS NUESTROS

ZACK

Wes Stowan
3 años, agresión con circunstancias agravantes
Problemas: la madre lo dejó cuando tenía dos años, la rup-
tura con su primer amor
Principal dificultad: miedo al abandono, adicción al sexo y
la cocaína

Notas para Wes:
Recuerda que cambiar una adicción por otra no lleva a la
liberación. Debes buscar la raíz de esa personalidad adictiva
y sanar desde ahí. Empieza por recordar en qué momento el
niño traumatizado creó ese vacío imaginario interior. De ese
modo, podremos…

—¿Cómo va todo, Markland? ¿Qué escribes?

La voz seria y oficialista me desconcertó a tal grado que mi bolígrafo salió volando hasta el otro extremo de la celda. Estaba terminando una entrada en el libro de trabajo de Wesley Stowan, uno de los miembros más disciplinados del PLT.

Por alguna razón, la presencia del oficial Ogabi me puso más nervioso que de costumbre. No eran sus tics ni el hecho de que se hubiera asomado por la puerta dos veces en los diez segundos que llevaba ahí, sino por el hecho de que me preguntara por lo que estaba escribiendo.

—Son los cuadernos que usamos en el programa. Los diseñé para que funcionen como una especie de bitácora. Cada estudiante tiene su cuaderno, y los cinco facilitadores toman notas conforme los van orientando en las distintas fases del proceso transformacional. Sabe a qué me refiero con lo de "transformacional", ¿verdad? —pregunté con cautela para no herir su ego aparentemente frágil. Se me quedó viendo como si estuviera intentando descifrar algo.

—Claro que lo sé. Mi novia es maestra de meditación, así que sé de esas cosas.

—Ah, muy bien —contesté. *Este tipo no sabe nada de nada.*

—Dijiste cinco facilitadores, pero ¿no son seis?

—No incluí a Di en eso —contesté, y empezó a incomodarme no saber adónde quería llegar con sus preguntas.

—¿Por qué no? —preguntó el oficial Ogabi.

—Porque él no ve los cuadernos, señor. No lo necesita.

Volvió a asomarse por la puerta.

—No te entiendo, Markland.

—Di recuerda todo de todo el mundo. Tenemos reuniones semanales con los facilitadores, quienes hablan de sus estudiantes, y Di recuerda todo lo que le dicen.

—¿O sea que tiene memoria fotográfica? Nunca deja de sorprendernos, ¿verdad? —dijo y meneó la cabeza.

—No, porque eso significaría que recuerda todo lo que ve. Pero ni siquiera se acuerda de lo que cenó anoche ni de qué día es. Eso sí, cuando se trata de trabajo transformacional, no se le olvida nada. —Señalé el cuaderno—. Al llevar el registro de su progreso, podremos alcanzarlos en donde estén situados, como dice Di, cuando surjan nuevos desafíos.

—¿Nuevos desafíos?

—Sí, oficial. El universo seguirá imponiéndonos desafíos para que los transformemos en herramientas de crecimiento. Una vez que se transmute el sufrimiento en torno a esos desafíos, ya no serán necesarios y dejarán de surgir con tanta frecuencia. En donde estamos situados como especie, aún queda mucho trabajo por hacer. Eso significa que los nuevos desafíos surgen con más frecuencia. Eso hace que sea una cosa permanente; o sea, para el resto de nuestra vida.

Otra vez se me quedó viendo fijamente. *Se ve confundido, como si estuviera tratando de armar un rompecabezas.*

—¿Recuerdas el día que nos conocimos en la capilla? —me preguntó.

—Sí.

—Se ve que desde entonces has aprendido muchas cosas. En ese entonces no sabías tanto.

—Bueno, señor, es lo que pasa cuando vives encerrado en una celda con el maestro. Tiene que pasar tarde o temprano, ¿no? —Puse el cuaderno sobre la cama.

—¿Y los demás? ¿Están tan avanzados como tú?

—Como dice Di, lo mejor es no medirlo en términos de niveles. Avanzados o retrasados, por encima o por debajo, esos no son indicadores precisos de nada. El proceso está en todas partes. O sea, habrá cosas que yo ya haya experimentado y de las que haya aprendido que otro de los compañeros no haya vivido, y viceversa.

—Pero ¿qué hay del prisionero Tanomeo? Supongo que él sí está en otro nivel. —El oficial seguía basando sus nociones en las nociones programadas de jerarquía y clasificación.

—La maestría es otra cosa. Di incluso diría que no hay maestros, pero yo no estoy tan de acuerdo.

—Entonces, ¿cómo pueden enseñar a otros si no están en ese nivel? ¿Cómo saben qué decirles a los estudiantes?

Se veía que estaba intentando entender el proceso, así que le compartí una pequeña muestra de nuestras técnicas.

—Creo que lo que en realidad me está preguntando es qué hacemos cuando no tenemos una respuesta precisa para alguien, sobre todo ahora que Di no está.

—Sí, básicamente —dijo.

—Nos apoyamos en dos métodos cuando nos atoramos o cuando nuestro SIN se traba.

—Espera —dijo—, ¿qué es eso de SIN?

—Sistema Interno de Navegación. Todos tenemos todas las respuestas en nuestro interior. Existen en nuestra alma, que es el yo más auténtico que existe. ¿Me explico más o menos? —Era muy tedioso tener que asegurarme de que me siguiera el paso.

Ya no se veía tan nervioso, sino más bien interesado.

—Es como lo de la vocecita que proviene del empoderamiento y no del miedo, ¿verdad?

—¡Caray! ¡Veo que hizo su tarea, oficial Ogabi! —Mi entusiasmo era un poco exagerado, pero su sonrisa reflejó su vanidad—. Si por alguna razón no podemos conectarnos con esa voz de empoderamiento, como usted le llama, nos reunimos y lo desciframos como grupo.

El oficial asintió, convencido, lo cual me impresionó.

—¿Y cuál es el otro método? —preguntó—. Dijiste que eran dos.

Jalé la sábana que tapaba la parte de abajo de la cama inferior.

—Estos cuadernos son el último recurso.

—¿Qué diferencia hay entre éstos y ése en el que estabas escribiendo y los otros que están por toda la celda?

—Los que están bajo la cama —le expliqué—, esos que tienen una línea morada en el lomo, son los cuadernos con los que Di y yo empezamos. Ahí vienen sus enseñanzas, junto con más o menos ocho meses de información. De ser necesario, los revisamos en busca de una guía. Es tardado, pero basta con estar dispuestos a dedicar el tiempo a buscarla.

—Ya veo —dijo y volvió a asomarse por la puerta con nerviosismo—. Entonces, ¿los cuadernos esos son muy importantes para lo que están haciendo?

—¡Sin duda! Son esenciales para el programa. Y no sólo para los hombres que actualmente forman parte del PLT, sino también para los que se unirán. Me atrevería a decir que la combinación de los dos tipos de cuadernos nos da la guía perfecta para casi cualquier problema personal o emocional que alguien tenga en el mundo actual. —Su escepticismo era obvio.

—¿Cualquier problema que tenga alguien en el mundo actual? Me cuesta trabajo creerlo, recluso.

—Le aseguro que sí, pero quizá tendría que estar tan cerca como he estado yo. La respuesta a cada problema tiene diferentes fases, por llamarlas de alguna manera. Hay quienes están listos para escuchar una verdad más directa porque llevan tiempo en el programa o hicieron algo de trabajo personal antes de que los encarcelaran. John White Eagle es el mejor ejemplo de eso. Es un indio americano que se crio en la tradición Lakota. Di pasó un rato descifrando en qué parte del proceso estaba. Después de eso, John empezó a recibir enseñanzas más profundas para no perder el tiempo con cosas que ya sabía.

Ogabi asintió, pero se notaba que seguía teniendo dudas.

—Pero lo que inculcan los Lakota y lo que Tanomeo enseña no es lo mismo, ¿cierto? —preguntó.

—En lo más central, en lo esencial, sus enseñanzas son prácticamente idénticas, como pasa con la mayoría de las tradiciones espirituales ancestrales.

—Ya había oído eso, pero no sé si me lo dijo Dimitri o mi novia —dijo

Ogabi entre risas.

Bajó la guardia y empezamos a conversar como viejos amigos.

Ogabi tenía algo que me simpatizaba. Se veía que no era mala persona, y sabía que Di lo tenía en alta estima y solía decir que era "uno de nosotros". Percibí que de verdad le agradaba nuestro programa, aunque no fuera capaz de expresarlo con claridad.

—Supongo que es agradable tener una pareja que está metida en esto, ¿no? —dije, apoyándome en nuestra simpatía recién descubierta.

—A veces hay más comunicación de la que acostumbro, y no siempre es cómodo, pero parece que funciona —contestó. Se hizo un silencio extraño, como cuando no tienes nada más de que hablar, pero ansías con desesperación encontrar algo, lo que sea—. ¿Qué es eso? —preguntó y señaló el tapete que estaba en la cama de Di—. He visto que se paran encima de él y hablan.

—Di le llama "la rueda del amor". Pero le he dicho que ese nombre no va a tener éxito aquí, y Di estuvo de acuerdo, así que le llamamos "tapete de la afirmación", o TDA. Cosimos unos paliacates, y Di dibujó estas figuras y estos símbolos tan curiosos. La mayoría de los miembros del PLT tienen el suyo ahora. Es una buena práctica para seguir hablando de nuestras verdades profundas. Nos obliga a hacernos responsables.

—Pero ¿qué hace en realidad? ¿Qué son esos símbolos y direcciones?

—Para Di tienen un significado o una conexión muy profundos, pero no nos dice mucho sobre el origen de esa conexión. —El oficial Ogabi observó el tapete y asintió, como si ya lo conociera. Lo alcé y señalé una parte—. Lo único que sé es que hay que alinearlo correctamente con los puntos cardinales. Di marcó diferentes partes de la prisión, como la capilla, para que sepamos hacia dónde está el sur, por ejemplo. Para él, todo esto tiene algo que ver con los planetas, su alineación y navegación. En mi opinión, es una cosa más bien metafórica. Te paras encima y haces una declaración de cómo vas a cumplir o qué o cómo serás por el resto de tu vida. —Lo alcé y señalé el piso—. ¿Está listo, oficial? —le pregunté. Ogabi frunció el ceño e ignoró mi pregunta.

—Mira, Markland, sabes que tener todos estos cuadernos en la celda va en contra de las reglas de Carlton, ¿verdad?

—Sí, bueno, técnicamente sí. ¿Me va a poner un reporte o qué? —Sentí que me empezaba a poner a la defensiva. *Pensé que este tipo estaba de nuestro lado*—. No planea confiscarlos, ¿o sí?

Se asomó una vez más por la puerta.

—No —susurró—. Vine a decirte algo, pero tiene que quedar entre tú y yo. Mañana en la mañana van a revisar tu celda. Si son tan importantes como dices, tienes que sacarlos de aquí. Superan por mucho el límite permitido por cada prisionero, así que a ver cómo le haces.

Me surgieron muchas dudas, pero supuse que no era buen momento para expresarlas. *Pero hay una cosa que sí tengo que decir.*

—¿Quién es el cabrón mezquino que está detrás de esto? —pregunté. Ogabi me lanzó una mirada y una sonrisa irónica que lo decía todo—. El cabrón de Tanas —mascullé. Había mala sangre entre él y yo desde que lo de Earl y Pete le salió mal.

El oficial Ogabi agregó que harían revisiones en las celdas de los otros facilitadores, así que no serviría de nada darles los cuadernos a los otros Siete Fantásticos. La única alternativa era entregarle su cuaderno a cada uno de los estudiantes. Sería tardadísimo, pero no había más remedio.

Lo miré a los ojos.

—Gracias.

—Ya sé. Te estoy salvando el pellejo —dijo y sonrió—. Sólo hay una cosa que me molesta.

—¿Qué cosa? —pregunté, listo para recibir más malas noticias.

—Que no estaré aquí para ver la cara que pone Tanas al descubrir que los cuadernos ya no están.

Su sonrisa se ensanchó, al igual que la mía. *Bueno, en el fondo sí me agrada este tipo.*

—Oiga, oficial Ogabi, ¿cómo está Di?

Ogabi no pudo contener la risa.

—Casualmente me acaban de pasar un informe. Supongo que no te asombrará saber que le agrada estar allá.

—¡Qué sorpresa! —dije, más animado.

Me llevé la mano al corazón, hice una reverencia en señal de respeto, y el oficial partió.

» » « «

John White Eagle y yo estábamos a solas en mi celda, y el último bloque de cuadernos estaba debajo de la cama inferior. Los revisamos y separamos la mitad.

—Éstos me los llevo yo. Sus celdas están cerca de la mía —dijo.

—Bien, bien. Yo me encargo del resto. Todavía falta media hora para que apaguen las luces.

—¿Cómo sabes que van a revisar nuestras celdas? —preguntó.

—¿En serio importa, John?

—Quiero saber qué tan seguro estás porque quizá tengamos otro problema.

—¿Cuál otro problema? —pregunté.

—Recibí el paquete esta mañana. Ya tengo la medicina que me pediste.

—¿Medicina? —pregunté inocentemente antes de recordar que John había prometido meter algo de peyote de contrabando para mí—. ¡Ah, eso! —Nunca había tomado psicoactivos fuertes, salvo ácidos y anfetaminas. Quería probarlo por recomendación de John, pues en su reserva lo consumían con frecuencia, ya que ahí era legal. Claro que en Carlton no lo era.

—Sí, eso. Te lo daré ahora mismo, y tendrás que encontrar dónde esconderlo.

—¿De qué hablas, hermano? —le pregunté, aterrado de meterme en otro problema cuando apenas estaba saliendo del primero.

—Me refiero a dártelo ahora, *hermano*. —Estuve a punto de reírme de su mala imitación de mi forma de hablar, pero en ese momento sacó de su calceta una pelota envuelta en plástico.

—¿Dónde carajos voy a ponerlo?

—Por lo que dices, van a buscar los cuadernos, así que no creo que te revisen los orificios. —Inclinó la cabeza hacia abajo de forma sugerente.

—¡No jodas! —exclamé.

—Entonces sugiero que te la tomes esta noche —contestó con absoluta seriedad—. Pero recuerda que es un viaje largo y que es mejor hacerlo a solas y en silencio. Asegúrate de tener clara tu intención desde el principio y no olvides que en algún momento terminará. —Su voz era estoica, inexpresiva.

—¡Por Dios, John! No me asustes así.

—A veces hay gente que se asusta y cree que nunca va a terminar. Por eso te lo digo. Ah, y nunca he sabido de nadie que se muera por comer esto. Bueno, al menos no a nivel físico.

¡Uy, qué gran alivio!

John era la persona más impasible y seria que conocía. *Aunque su seriedad le da un toque gracioso.*

—¿En serio es así de intenso? —pregunté con voz nerviosa.

—Puede serlo. Pero la intensidad es *bueeeena* —contestó con voz grave.

—O sea, es que he probado otras drogas y…

John alzó la mano para interrumpirme.

—Jamás vuelvas a insinuar que el hikuri sagrado es una droga, Zach, o tendré que retirártelo.

—Calma, calma, Juanito Águila Blanca. ¿Qué es eso del hikuri?

—Es otra forma de llamarle al peyote, que no es una droga. Las cosas que te dan los doctores o que te metiste alguna vez en fiestas son drogas. Enmascaran el dolor o te alejan de él. La medicina de mi gente te lleva hacia aquello que necesitas ver. Se trata de sanar, no de enmascarar.

—Está bien, pues —dije mientras él hacía un gesto ritualista. Alzó la pelota plastificada en el aire antes de meterla entre el marco de la cama y el colchón de la cama superior.

—*¡Tókhi wániphika ní!* —exclamó antes de irse.

—¿Qué significa eso? —grité mientras se alejaba.

—¡Buena suerte! —contestó, sin mirar atrás.

» » « «

En este momento no entraré en detalles sobre mi viaje, pero he de decir que fue muy denso. Encima de todo, que el oficial Gene Tanas llegara a poner de cabeza mi celda no fue la mejor forma de terminarlo, pero la cara que puso al descubrir que no había nada no tuvo precio. Parecía un niño que bajó corriendo las escaleras el 25 de diciembre en la mañana y descubrió que ya no había regalos. Oro puro.

EL COLIBRÍ Y EL FUEGO

MARCUS

Casi siete semanas después de haber traicionado el uniforme al ayudar a Zach a evitar un potencial desastre para el PLT, ocurrió algo que me recordó una vez más todo lo bueno que el programa había logrado en muy poco tiempo.

Mientras vigilaba a los reos durante el almuerzo, me di cuenta de que algo había cambiado.

¿Dónde están los otros? Por lo regular se sientan juntos.

Vi a White Eagle en una mesa al otro lado de la estancia, así que me acerqué a oírlo compartir sus enseñanzas con los que estaban sentados en su mesa.

Busqué a los demás con la mirada y me sorprendió descubrir que estaban sentados en distintas partes del comedor, conversando con los interesados en sus enseñanzas. Todos excepto Markland. Se habían separado de forma estratégica para llegar a más prisioneros.

Fue un momento crucial que nunca olvidaré. Parado frente al bebedero de acero inoxidable, en medio del ruido y la conmoción de un comedor repleto de gente, entendí de verdad. El trabajo que estaba haciendo o que había hecho y seguiría haciendo el prisionero número 52066 sí funcionaba. Todo estaba bien, lo que significaba que Dimitri estaba bien también. Eso me convenció sin lugar a dudas de que el muchacho que estaba logrando cambiar las cosas en Carlton, a pesar de estar del otro lado de la prisión, sentado a solas en una celda aislada, también era capaz de cambiar el mundo.

Paré la oreja para escuchar lo que Charles Clemens les estaba diciendo a varios reos en voz baja.

—Lo importante aquí, hermanos, es que para empezar agradezcamos la comida que sí tenemos. Debemos ver y saber que es buena en la medida que nutre nuestro cuerpo. Si afirmamos lo contrario, no nos haremos ningún favor.

Ese tipo de sucesos me daban esperanzas. Pero volví a la realidad de golpe al recordar que hombres como el director Shady y Tanas prosperaban al mantener maniatados a los demás. Mientras más me enfrascaba en ayudar a Dimitri, a Zach y el programa, más me frustraba lo que veía a mi alrededor. Cuando terminó mi turno, sentí la necesidad de hablar con alguien, y sólo había un lugar al cual ir.

Tan pronto llegué, ella supo que algo no andaba bien.

—Pasa, querido mío. Siéntate y toma un poco de té. Puedes contarle lo que sea a tu MJ.

Me senté y le conté los detalles de mi día, empezando por el hecho de que había visto que sacaban a Dimitri de las catacumbas para llevarlo a la oficina del director, en donde le harían su evaluación de cincuenta días. Jim y otro guardia lo escoltaron por el edificio principal, encadenado con grilletes. Todo el mundo parecía saber quién era, y hasta los guardias de los otros bloques se detuvieron a mirar al famoso prisionero que casi provoca un motín en el patio. Cuando vi que salió en menos de diez minutos de la oficina del director, supe que algo había salido mal.

—Jim me contó después lo que pasó en la oficina del director. Al parecer, Dimitri se negó a cumplir la orden de disminuir la intensidad de sus prédicas y de no organizar reuniones más de una vez a la semana. Se apegó al derecho a la libertad de expresión y de reunión. Luego le dijo al guardia que debía capacitar a sus oficiales en cuestiones de cortesía básica. Como era de esperarse, el director respondió con la amenaza de dejarlo en las catacumbas más tiempo si no se alineaba.

—¿Y qué dijo al respecto el Gran Dimitri? —preguntó MJ y le dio un sorbo a su té.

Eso me dio risa.

—No lo vas a creer. Contestó que para él eso no sería un problema porque estaba disfrutando mucho el silencio.

—¡Obvio! —exclamó MJ y se rio también—. Ay, esto es fascinante, querido mío. ¿Qué más pasó? —Se acercó todavía más al filo de su silla.

—Luego declaró sin pena su intención de crear un campo de siembra de comida orgánica a gran escala en el terreno baldío que está junto al patio.

—¡No te creo!

—¡Te lo juro! Y luego hizo algo que te va a encantar.

MJ asentó su taza y aplaudió.

—¡Sí! ¡Cuéntame más!

Qué curioso que esto la entretenga tanto.

—El director dijo —carraspeé para imitarlo lo mejor posible—: "¿De dónde sacaste la idea de que los prisioneros pueden tener un plantío en Carlton, jovencito? ¿Acaso se te zafó un tornillo o qué?" ¿Sabes qué le contestó Dimitri?

MJ lo pensó un momento, y luego exclamó:

—¡Sí, se me zafó un tornillo!

—¿Cómo supiste? —pregunté, sorprendido.

MJ simplemente me guiñó un ojo.

Luego le conté que Dimitri le dijo al director que perder la cabeza era lo mejor que le había pasado en la vida. Le explicó que la mente egotista y los pensamientos que salían de ella eran la fuente de todo sufrimiento. Después le recomendó al director que se uniera al PLT y que estaba más que dispuesto a coordinar una versión del mismo para el personal de la prisión.

MJ estaba fascinada.

—¡Ay, qué alegría, Marcus!

—No precisamente, MJ —dije—. Al final, las cosas no le salieron también al Grandioso Dimitri. —MJ puso cara de preocupación. Estaba muy metida en la historia—. El director lo mandó otros treinta días a solitario. Y prohibió las reuniones del PLT en el bloque H hasta nuevo aviso.

Luego MJ fue reconstruyendo las distintas piezas del rompecabezas: dilucidó que las estadísticas habían mejorado tanto que al director no le importaba si empeoraban después, porque cuando salieran a la luz, ya sería gobernador. Y no se equivocaba.

—Eso está muy podrido —dijo—. Al director sólo le importan las cifras mientras pueda adjudicárselas.

—Correcto. Pero ¿por qué tanta insistencia en frenar a Tanomeo y su programa?

—Porque el director sólo está ahí para obtener más poder.

—Y dinero —agregué.

—Exacto. En el mundo de la política turbia y el deseo inconsciente, son uno y lo mismo.

Volví a pensar en la idea de que hombres como el director, Tanas y Sid prosperaban gracias al poder que ejercían sobre otros.

—El director le dijo a Jim que dejaría a Tanomeo en el hoyo hasta fin de año, de ser necesario. Y que no le importaría meter a los demás también.

MJ fue a sentarse junto a mí en el sofá.

—Estamos viviendo tiempos curiosos, sin duda. Esta es la dualidad de las cosas, donde la luz y la oscuridad desempeñan sus papeles a la perfección. Quizá sea difícil de entender a veces, pero podemos mantenernos en nuestro poder si elegimos verlo y aceptarlo tal como es. De hecho, es una buena práctica para lo que se avecina —dijo. Nunca me había sentido cómodo con eso de "aceptar las cosas como son". Y además estaba eso de "lo que se avecina", lo cual de plano decidí ignorar porque no estaba preparado para escucharlo. MJ fue por más té, mientras yo seguí rumiando el tema—. Sin embargo, querido mío, eso no significa que no podamos emprender acciones para cambiarlo —agregó desde la cocina.

Volteé hacia allá.

—Ahora sí nos estamos entendiendo, MJ.

MJ volvió a la sala con la taza de té en una mano.

—Tal vez sea momento de que el público sepa que ha habido cambios en Carlton, y, sobre todo, quién es el responsable.

Me estiré para darle una palmadita al asiento frente a mí.

—Ven, MJ. Siéntate. ¿Qué tienes en mente?

—En estos tiempos, a los medios les encanta difundir narrativas falsas para instigar miedo en la colectividad, pero podríamos aprovechar eso para hacer el bien —agregó con entusiasmo. Recordé que, en ocasiones, el departamento de policía también manipulaba a los medios, aunque a veces le salía el tiro por la culata. Luego MJ comentó que tenía una idea de cómo hacerlo que no implicaría que yo metiera las manos—. Tú vuelve al trabajo y deja que tu MJ se haga cargo del resto —dijo y guiñó un ojo—. Por ahora, ya no hablemos más de esto. Entre menos sepas, menos problemas tendrás cuando todo se vaya a la… ya sabes qué.

MJ era un tanto paradójica. No se atrevía a usar malas palabras, pero no le molestaba hacer cosas que agitaran las aguas.

—El director se va a encabronar tanto que las cosas se van a poner pesadísimas.

—Supongo que sí. Es lo que a veces nos toca enfrentar a los obreros de la luz.

—¿Obreros de la luz? ¿Qué es eso?

—Es lo que soy yo. Y tú también, querido mío; aunque quizá no estés del todo consciente de ello. Trabajamos para la Luz, la bondad en todo y para todos. Estamos aquí para generar un cambio en el mundo.

—¿Como lo que Dimitri dice que va a hacer?

—Sí, y ya lo está haciendo. Nosotros también, a nuestro modo.

—No estoy muy seguro de cómo estas cosas van a cambiar el mundo —dije—. Son cosas muy insignificantes en comparación con eso que tú dices. Claro que no estoy haciendo menos la labor de Dimitri con los reos de Carlton. Pero es sólo que el mundo es… es un lugar inmenso.

—Todavía tienes mucho por aprender, querido mío. —Asentó su taza en la mesa de centro—. Para que experimentemos el cambio, primero tiene que ocurrir a un nivel micro. Si no me equivoco, alguna vez me contaste que Dimitri les dijo a sus discípulos: "Tienen que ser el cambio que quieren ver en el mundo".

—Y a veces nada más grita "¡Sean el cambio!" al final de sus pláticas —agregué entre risas.

—Cuando tu experiencia, tu conciencia singular, evoluciona, se desplaza hacia la conciencia unitaria, que es tu experiencia siendo consciente de que no está aislada de otras experiencias, sino que es parte del Uno que está teniendo experiencias a través de ti. Así que, a grandes rasgos, ese nivel de evolución se refleja a nivel macro gracias a la ley universal de la manifestación, que dice "como es adentro, es afuera". En pocas palabras, mientras que los cambios grandes a nivel individual parecen pequeños cuando los vemos desde una perspectiva planetaria, te aseguro que no lo son. Influyen en todo porque eres todo, aunque no puedas verlo con tus propios ojos. Así funciona la ilusión, haciendo que un campo unificado parezca estar fragmentado. ¿Te resuena, querido mío? —Para ser sincero, casi nada de eso me resonaba. Esta vez me sentía como con una sobredosis de esoterismo, así que me recliné en el sofá, con la mirada en el techo, e intenté disociarme de sus palabras—. Si tan sólo pudieras verte como el colibrí en la historia del incendio, sabrías que lo que estás haciendo tiene mérito —dijo y se levantó para ir de nuevo a la cocina.

Me enderecé y alcé la mano.

—Espera, espera. ¿Qué es eso último que dijiste? —le pregunté.

MJ volvió a tomar asiento.

—La historia del colibrí. ¿La conoces?

—No. ¿Es una de esas parábolas superesotéricas?

—Si quieres te cuento la versión abreviada —dijo y se acomodó para iniciar el relato—. Había una vez un incendio forestal que estaba arrasando sin control. Los animales huyeron de sus hogares en el bosque, pues estaban impotentes ante las llamas inclementes. Todos huyeron, menos uno: el colibrí. Los otros lo miraron desde lejos mientras él descendía en picada hacia el río para tomar unas cuantas gotas de agua con el pico y volaba de regreso al bosque para dejarlas caer sobre el fuego. "¿Para qué te esfuerzas si eres diminuto?" "¡Se te van a quemar las alas!" "¡Tu pico es insignificante!" "Sólo son unas gotitas." "Así nunca vas a apagar el fuego." Le gritaron toda clase de cosas mientras él iba y venía y miraba a los animales desolados y derrotados. Luego, uno de ellos le gritó en tono desafiante y burlón: "¿Qué crees que estás haciendo, tonto?" El colibrí se detuvo en el aire y flotó encima de ellos. Sin titubear, contestó: "Estoy haciendo lo que puedo". —Me quedé sin palabras, y MJ se dio cuenta—. ¿Por qué no vas al espacio de meditación y lo contemplas un rato, querido mío?

Asentí y en silencio me fui al estudio. Me senté en un cojín, con las piernas cruzadas, y empecé a concentrarme en mi respiración. Me vinieron a la mente incontables pensamientos sobre lo que estaba pasando, pero, tal como me enseñó MJ, los dejé ir apenas llegaban. Después de unos minutos, logré por fin tener la mente en blanco.

Aunque fuera sólo un breve descanso de mi mente parlanchina, me ayudaba de formas inexplicables. Descubrí que, por medio de esa paz, al igual que el colibrí, MJ, Dimitri, Zach y yo, y todas las otras personas que participaban en la cruzada del despertar, estábamos haciendo lo que podíamos. Cada quien hacía su parte, y, tarde o temprano, el fuego abrasador que estaba consumiendo la conciencia de la humanidad se extinguiría gracias a los incontables colibríes que asumiríamos la responsabilidad de hacer la nuestra.

VIAJE VISIONARIO

ZACH

La noche después de que el oficial Ogabi y White Eagle fueran a mi celda, decidí emprender mi primer viaje de peyote, y fue lo más extraordinario del universo.

Al saber que duraría toda la noche y quizá hasta parte de la mañana siguiente, decidí empezar antes de que apagaran las luces. Arreglé todo para estar lo más cómodo posible y puse junto a mi cama una botella de agua y un balde de plástico por si acaso necesitaba vomitar, lo cual era bastante común durante esas experiencias, según John.

Establecí mi intención pidiéndole a la medicina que me revelara cómo usar mi vida para favorecer el despertar a nivel mundial. Luego pensé que eso le sonaría loquísimo a la gente que conoció al viejo Zach: el infame hacker que lo único que quería era demostrarle al mundo cuánto daño podía hacer; el DJ estrafalario que organizaba fiestas salvajes en las que se metía éxtasis y otras drogas; el activista voraz con un ego insaciable y muy tóxico que, sin darse cuenta jamás del daño que estaba haciendo, fomentaba la polarización social a través de la terna "victimario, víctima y salvador". Sí, mi vida había dado un giro extraordinario, y ahora estaba listo para llegar aún más lejos.

Me senté en la cama de abajo de la litera, que era la de Di, crucé las piernas y le agradecí al Universo de antemano por brindarme un viaje seguro y profundo, y luego me comí el cactus deshidratado. Tenía un intenso sabor amargo y desagradable que ni con agua me pude quitar.

Me recargué en la pared y esperé alrededor de una hora. Nada.

Para entonces, supuse que me habían dado gato por liebre o que la porción era muy pequeña. No obstante, en ese momento empecé a sentir algo en la boca y las manos. Era un hormigueo intenso que quería apoderarse de mí. Siguiendo las instrucciones de John White Eagle, me rendía ante él y permití que lo que llegara simplemente estuviera. Me acosté, abrí los brazos e inhalé profundo.

La sensación se fue haciendo cada vez más fuerte, pero también más y más incómoda en muchos sentidos, hasta que por fin me dejé ir y me inundó una paz que sólo había bordeado antes durante las sesiones de meditación con Di. La diferencia fue que esa paz persistió sin que mis pensamientos la interrumpieran, porque mi mente se quedó en blanco. No sé cuánto tiempo estuve así, pero en algún momento, con los ojos cerrados, empecé a ver cosas que pasaban en mi cabeza o algo parecido. No sé cómo describirlo. Era como si yo no estuviera ahí en realidad, sino en otro lugar donde sí estaban ocurriendo las cosas que veía. No era una alucinación, pues eso implicaría que lo que estaba viendo no existía o no estaba ahí. Todo lo que experimenté esa noche estaba ocurriendo en un lugar, sólo que no era el lugar donde yo estaba. Lo que entendí fue que era una cosa dimensional que mi pobre mente limitada no podía aprehender.

Estaba en lo que parecía ser el espacio sideral. O el espacio intrínseco, quizá. El profundo sonido hueco del infinito y la percepción visual de una galaxia interminable fueron abrumadores. Tuve que ponerme de rodillas y jalar aire con fuerza, como me dijo John que hiciera en caso de que las cosas se volvieran casi insoportables. Sentí que me iban a dar náuseas y abrí los ojos para buscar el balde, pero lo único que vi fue lo mismo que estaba viendo con los ojos cerrados.

Tenté a mi alrededor hasta que por fin encontré el balde, me lo puse bajo la barbilla y empecé a purgarme.

A lo lejos escuché que algunos reos se quejaban del escándalo de mis arcadas, pero no me importó. Estaban a millones de kilómetros de distancia. Yo estaba en las profundidades del espacio, pero también más cerca de mí mismo que nunca. Y todo mientras vomitaba en un balde de plástico sobre una cama de prisión.

Llegó un punto en el que ya no tenía nada que sacar, pero las arcadas continuaron. John me había dicho que eso también podía ocurrir, pues a veces hay espíritus energéticos negativos que se rehúsan a salir, así que hay que seguir tratando de expulsarlos. Claro que cuando me lo dijo no le creí nada, pero juro que durante el viaje vi que me salía una neblina negra de la boca con cada arcada.

Cuando por fin cedió, caí en un estado de paz y calma internas aún más profundo. Fue como si la purga me hubiera librado de toda negatividad. Me recosté en la cama y lo recibí con los brazos abiertos.

La visión galáctica se volvió más fuerte e intensa, lo cual ya no me molestaba en absoluto. De pronto, apareció de la nada una cascada gigantesca. Entre más la observaba, más grande se hacía y más se acercaba. De pronto noté que, de hecho, eran dos cascadas gigantes, una al lado de la otra, que fluían hasta fusionarse en el fondo.

Me concentré entonces en eso y vi algo que rompió todos mis esquemas.

—¡¿Qué carajos?! —grité mientras me volteaba de rodillas, con la cara hundida en el colchón. Lo que al principio parecía agua que descendía por las cascadas en realidad eran seres humanos. Personas, millones y millones de personas fluían sin parar como si fueran líquidas. Y las cascadas estaban ahí, o al menos yo estaba viéndolas desde algún lugar.

Después, como si ver unas inmensas cascadas hechas de seres humanos no fuera lo suficientemente raro, la visión se volvió todavía más psicodélica.

No sé muy bien cuánto tiempo había pasado para entonces, porque en ese estado de la conciencia el tiempo no parecía existir, lo que encajaba a la perfección con eso que decía Di de que el tiempo es un constructo humano. Estaba en pleno suceso atemporal e increíble cuando de la nada escuché una voz queda de mujer que susurraba despacio:

—Planta baja.

En ese instante se acabó. Me levanté y abrí los ojos. ¡Había recuperado la vista! Me miré las manos y las piernas para asegurarme de que todo siguiera en su lugar. Estaba jadeando y cubierto de sudor, lo que estoy seguro de que fue culpa del sobresalto por haber vuelto a mi cuerpo tan de golpe.

—¿Qué mierda fue eso? —pregunté en voz alta.

—Cierra el pico, pinche Markland —gritó uno de los prisioneros de la celda contigua.

No tenía idea de qué hora era, pero debía de ser tarde. Enterré la cara en la almohada e intenté recobrar el aliento.

—¿Qué? ¿Qué? ¿Qué? ¿Qué carajos? ¿Qué fue eso? —mascullé mientras intentaba encontrarle sentido a la experiencia más intensa de mi corta vida.

Conforme mi respiración se fue calmando, yo también me tranquilicé.

Planta baja. ¿Qué diablos significa eso? ¿Y de quién era esa voz?

Recordé entonces el consejo de John White Eagle: "Si tienes una visión, contendrá un mensaje. Necesitas encontrar cuál es, y eso lo lograrás procesando tu experiencia. No te preocupes porque siempre llega. Sólo basta con que estés ahí, con que estés presente, para que se revele".

Aunque las imágenes hubieran desaparecido, sentía que la medicina seguía surtiendo efecto. Me senté, crucé las piernas y empecé a meditar. Me sorprendió lo fácil que fue llegar al estado de ausencia total de pensamientos. Me quedé así, en esa paz sin mente, llevando la experiencia que acababa de tener al plano consciente. Contemplé el flujo constante de seres humanos que descendían en cascada y el significado que podrían tener con relación a la frase "planta baja".

Las horas se fueron volando. Me quedé recostado de espaldas en la cama de abajo, mirando la parte inferior de mi propio colchón, hasta que por fin lo entendí. Me levanté de un salto y agarré mi cuaderno con desesperación. Sentía que tenía que escribirlo por temor a que se me escapara el mensaje.

Muy pronto, ocurrirá un suceso provocado por las fuerzas oscuras y provocará que una gran cantidad de seres humanos fluyan hacia su despertar transformacional individual. A su vez, esto llevará a la humanidad a su nuevo paradigma. Debemos estar en la planta baja, creando el instrumento que acelerará esta transición a nivel mundial.

Eso era todo. No tenía la menor idea de cuándo ni cómo ocurriría esa transición ni de qué instrumento era el que necesitábamos crear. Pero era un buen comienzo haber recibido la confirmación de que algo grande se avecinaba, como solía decir Di, y de que nosotros desempeñaríamos un papel central en ello.

DESTINO MANIFIESTO

MARCUS

Un grupo grande de presos estaba chocando palmas afuera del comedor y reuniéndose en torno a las ventanas que daban al patio.

—¿Qué está pasando, Vinny? —pregunté. Apenas estaba agarrando el ritmo del trabajo de nuevo, después de que MJ me convenciera de tomar unas vacaciones. Insistió en que necesitaba descansar para lo que se avecinaba.

—Una cosa muy loca, oficial Ogabi. No lo va a creer.

—Háganse a un lado —ordené, y varios reos se quitaron del camino para permitirme ser testigo de algo que jamás creí ver y que definitivamente jamás olvidaré. En el campo abandonado al otro lado de la reja estaba Dimitri, aunque se suponía que debía seguir encerrado en las catacumbas. Y no estaba solo. También estaban ahí Wade Bowman y Harlan Smith, además de Jim Devic y el director Shady y sus sicofantes.

Sentí cómo se me erizaba la piel de todo el cuerpo al ver que los hombres seguían apiñándose junto a las ventanas. Nunca los había visto tan contentos. *Me pregunto si de verdad entienden lo que está pasando.* Aquello sobre lo que Dimitri les había hablado en el patio se había vuelto realidad como por arte de magia, tal como dijo que ocurriría.

Me dieron ganas de llamar a MJ para contarle las buenas nuevas, pero tendría que esperar hasta mi receso. Me pregunté qué tanto había influido la llamada que hizo a los medios, y la palabra "intención" empezó a retumbar en mi cabeza, pero ¿cuál intención o de quién? La intención establecida por varios reos ese día en el patio y después impulsada por los facilitadores del PLT. Pero ¿cuál era la fuerza que la había materializado? ¿Qué organizó los distintos componentes que en última instancia armaron este rompecabezas tan complejo? ¿Acaso importaba? Lo que importaba era que había ocurrido, y para los prisioneros era un auténtico milagro.

Jim debía de tener información valiosa al respecto, y quería escucharla de primera mano.

» » « «

Nos vimos para almorzar en la oficina del programa justo después de que yo llamara a MJ, quien estaba emocionadísima por escuchar las noticias.

—Caramba, jefe, esto no lo vi venir —dije mientras me sentaba—. ¿Por qué no me diste un adelanto?

—Porque yo me enteré hace apenas dos días —contestó Jim—. Apenas me dio tiempo de organizar la reunión entre quienes van a estar involucrados directamente en la primera fase del proyecto.

—¿Cómo que primera fase? —pregunté para iniciar la indagación.

—No estuve presente en las juntas, pero, por lo que entiendo, el muchacho negoció que se arme una cosa muy sofisticada de producción de comida orgánica. Va a empezar con frutas y verduras, y un invernadero enorme. Más tarde, se incorporará algo de ganadería, manejo sustentable del agua y quién sabe qué otras cosas.

—¿Entonces el director y Tanomeo volvieron a reunirse después de la primera vez?

—Sí, el director lo llamó de nuevo más o menos una semana después. Como te dije, no estuve presente, pero supongo que el director tuvo una especie de epifanía, pues ahora Carlton va a producir su propia comida.

Epifanía, mis huevos.

—¿Qué pasó con eso de que iba a dejar al muchacho en el hoyo hasta fin de año si era necesario?

—Se retractó. Y eso no es todo —dijo Jim mientras masticaba un trozo de carne seca.

—¿Hay más?

—Sí, y es justo la parte que más me desconcierta. Los medios van a venir a hacer un reportaje exclusivo sobre el PLT. Van a entrevistar a Tanomeo y al director.

—¿Qué es lo desconcertante?

Jim se acercó y me susurró.

—Para empezar, Shady no planeaba dar a conocer las cifras a los medios hasta que estuviera más cerca el día de la elección. Y me consta que no planeaba dar "exclusivas" a nadie. Necesitaba que esto saliera en las cuatro cadenas informativas y en internet, y no tenía la menor intención de hablar sobre el PLT. La idea era que sólo prestaran atención a *sus* estadísticas, pero ahora va a salir en televisión con Tanomeo y toda la cosa.

—Qué raro —dije para seguirle la corriente, como si no supiera que MJ había tenido algo que ver en ello.

—No entiendo por qué de pronto incluyó a Tanomeo si no era necesario —continuó Jim—. Tal vez se dio cuenta de que colaborar con él le convendría más. Es un tipo muy necio, pero supongo que a la larga entendió que era lo mejor para él. —*O quizá recibió una amenaza mediática y tuvo que poner su mejor cara para que no averiguaran por su cuenta lo que estaba pasando con Dimitri.* Jim agregó—: Y se ve genuinamente emocionado cuando habla de que "el presupuesto esto" y "el presupuesto lo otro". Incluso habló de levantar los ánimos de los reos, como si de pronto le hubiera empezado a importar. Al final estoy seguro de que todo tiene que ver con la elección, pero al menos es algo bueno que lo esté haciendo, ¿no crees?

Jim tenía razón. Dejando de lado la política, el resultado era positivo.

—Imagino que habrías querido estar pegado como una mosca en la pared de esa oficina cuando ocurrieron esas negociaciones, ¿no? —dije.

Jim asintió y se rio.

—Me habría encantado, colega. En fin, ¿te importaría ir a buscar a Tanomeo al hoyo y escoltarlo a su celda en el bloque H a las quince horas? Tengo una reunión con el administrador de la prisión para revisar varias cosas de esta iniciativa.

—No hay problema —contesté con absoluta calma. Por dentro, me alegraba tener la oportunidad de conversar un poco con él.

—Ah, pero sin esposarlo. Órdenes del director.

» » « «

A las tres de la tarde en punto estaba firmando la salida de Dimitri. Al verlo de cerca, noté que le había crecido la barba y que había adelgazado, pero estaba tan animado como siempre.

—¿Qué hay, oficial Ogabi? ¿Cómo va la vida? ¿Cómo sobrevivieron sin mí todo este tiempo? —preguntó en son de broma mientras avanzábamos por el pasillo.

—No fue fácil, pero nos las arreglamos —susurré—. Hablando en serio, ¿cómo lo sobrellevaste tú?

—Para ser sincero, fue glorioso —contestó. *Lo sabía*—. En comparación con el edificio principal, el nivel de ruido ahí abajo es mínimo. Pude hacer mucho trabajo interno y profundizar en mis prácticas de meditación. ¿Cómo le va a Zach? Me dijo un pajarito que tiene algo que contarme.

¿Un pajarito?

—Creo que está bien. De hecho, tus colegas están en las nubes después de haberte visto en el campo con el director. Bueno, todos los prisioneros se veían muy interesados.

—No lo dudo. Para muchos de ellos, es la primera vez que ven con sus propios ojos el resultado de la manifestación consciente.

Bajé la velocidad de la caminata a propósito.

—Bueno, para ser sincero...

Dimitri me interrumpió.

—Lo sé, oficial. También fue tu primera vez. Es increíble, ¿verdad? Saber a ciencia cierta que podemos crear cualquier cosa que queramos. Rompe paradigmas, ¿no?

—Yo sigo intentando entender cómo ocurrió tan rápido —dije, sin querer revelar demasiado por eso de mantener la dinámica guardia/prisionero, la cual era cada vez más imperceptible. Pero sí me animé a hacerle otra pregunta—. ¿A qué te refieres con eso de que te dijo un pajarito que Zach necesitaba contarte algo?

—Me tardaría un poco explicándolo —contestó—. Pero digamos que todos tenemos dones. Algunos no sabemos cuáles son porque están enterrados en las profundidades del cochambre de nuestra vida. Uno de los míos es la capacidad de conectarme con los campos energéticos y patrones de pensamiento ajenos, sobre todo si son personas cercanas. Es algo tan complicado que ni yo lo entiendo bien. A veces ocurre cuando no estoy con la persona, como hace unos días, durante una meditación. Zach se me apareció y sentí que tenía algo que decirme. Pero ya lo averiguaré pronto. El otro tipo de mensaje que recibo es cuando estoy con la persona. Ese es más común porque los sentidos me ayudan. Además, soy de naturaleza empática y siento lo que sienten los otros. En tu caso, el mensaje es muy específico.

—¿En serio? —pregunté, sorprendido.

—Dice que querrías expresar más de lo que te atreves a enunciar. Quieres hacer preguntas y comentarios, y ser parte de todo, pero sientes que no puedes porque eres guardia de la penitenciaría Carlton y yo... y nosotros somos prisioneros. Pero esa aparente división sólo es resultado de la config-uración de nuestra supuesta realidad actual.

Sí, tienes razón. ¡Los "mensajes" son reales!

Una parte de mí quería gritarlo a los cuatro vientos, pero no pude. Sim-plemente bajé la mirada al suelo de concreto y me puse a pensar en todas las cosas que quería, pero no me animaba a decirle. Como que mi novia espiritual había llamado a los medios para cambiar las cosas. Y mi acto de traición contra mis empleadores al compartirle información privilegiada a su mano derecha, Zach.

—Sí, supongo que por ahí va la cosa —mascullé.

Pero Dimitri me leía como un libro abierto, y mi respuesta tibia le causó gracia.

—Por ahora toma en cuenta esto: más allá de esta farsa, de esta absurda actuación en la que ambos estamos participando en papeles opuestos, te veo y veo tu lucha interna. Sé quién eres y lo que de verdad quieres. Entiendo que sientes la necesidad de desempeñar tu papel, el cual, por cierto, te sale de maravilla. También debes saber que se percibe y se aprecia tu apoyo de índole principalmente energética. Gracias por eso. Estás incluido y eres par-te esencial de todo lo que está ocurriendo. —*¿Principalmente energética? Ay, si supieras.* Dimitri continuó—. Pero, sobre todo, hermano, ten en cuenta que esta pantomima es temporal y se acabará pronto. Tú y yo caminaremos uno junto al otro. Y provocaremos un cambio total.

Pasó el resto de la caminata en silencio. Yo tampoco dije nada, pero fue más bien porque no podía. Sentía un nudo enorme en la garganta.

Hasta ese instante me había sentido ajeno, pero ya no era necesario que siguiera siendo así. Lo único que tenía que hacer era seguir desempeñan-do mi papel de oficial de la Penitenciaría Estatal Carlton en esa ridícula pantomima.

» » « «

Los aullidos y chiflidos eran ensordecedores. A medida que avanzába-mos, los reos salían de sus celdas para ovacionar a Dimitri, quien se había convertido en un héroe. Y no sólo para unos cuantos; a juzgar por la bien-venida, parecía que la gran mayoría estaba de su lado.

Dimitri avanzó con la cabeza en alto y sonrió y asintió en dirección de todos, teniendo cuidado de no pasar por alto a nadie. Sin embargo, cuando cruzamos la sala de usos múltiples, un grupo guardó silencio. Joaquín Flores y su mano derecha, Ronny Ortiz Orozco, alias "Sleeper", estaban sentados sobre una mesa, rodeados de unos cuantos soldados sentados en sillas. La tensión era palpable. Dimitri también la sintió, así que desvió la mirada. En prisión, hay conflictos de poder muy fuertes, y en ese momento Dimitri estaba en la cima de la cadena alimenticia. Antes no era más que un tipo que hacía cosas buenas, pero ahora era *el* tipo, y esa era la peor amenaza posible para el líder de La Familia y mandamás de todo lo turbio que ocurría en Carlton.

Dimos vuelta en una esquina y encontramos a Markland parado en el umbral de su puerta, esperando a recibir a su compañero con una enorme sonrisa.

—¿Qué hay, hermano? —le gritó mientras agarraba las cosas de Dimitri y lo aventaba hacia su cama. Luego se acercó para darle un abrazo fraterno.

—Todo bien, hermano. Veo que has mantenido el barco a flote, ¿verdad? —preguntó Dimitri, contento de verlo de nuevo.

Yo me quedé afuera, observándolos. Era uno de esos momentos desesperantes en los que deseaba ser parte de ellos, pero no podía.

—¡Ya lo sabes, Di! —exclamó Zach y lo señaló con un dedo—. Ay, hermano, tengo algo que contarte.

—Me lo imaginé —dijo y me guiñó un ojo. Yo simplemente meneé la cabeza, incrédulo.

Antes de irme, les dije:

—Cuídense las espaldas. ¿Me explico? —dije y asentí en dirección del salón de usos múltiples.

—Gracias. Lo haremos —contestó Dimitri con una sonrisa despreocupada.

—¿Cómo te fue allá, hermano? —escuché que le preguntaba Markland mientras me alejaba.

—No estuvo nada mal. Mi compañera de celda era una cucaracha y nos volvimos compadres. Con la influencia que al parecer tengo ahora, creo que solicitaré que la transfieran aquí conmigo.

Seguí mi camino, abatido, mientras sus risas retumbaban a lo lejos.

UN PLAN PERFECTO

ZACH

No quería interrumpir su momento de silencio, pero necesitaba saber si había metido la pata al contarle mi experiencia.

—¿Te molestó que comiera peyote, Di? —le susurré.

Di abrió los ojos.

—¿Cómo crees, Zach? Para nada. Estoy intentando encontrar la respuesta a la inquietud que te surgió durante la descarga. —Agarró la hoja donde yo había escrito mi revelación—. Escribiste: "El instrumento que acelerará esta transición". Estoy revisando si ya está listo para venir. Déjame terminar eso. —Cerró los ojos y volvió al lugar indeterminado del que yo lo había sacado.

Dimitri es como de otro planeta.

Momentos antes lo había puesto al corriente de varias cosas, entre ellas el crecimiento repentino del programa a pesar de su ausencia y el hecho de que la mayoría de los miembros había empezado a usar sus propios tapetes de afirmación. Eso le dio tanto gusto que agarró el suyo y lo abrazó. Era extraño que ese amasijo de trapos raídos lo conmoviera tanto.

Lo último que le conté fue lo de los cuadernos y lo de que el oficial Ogabi había intervenido para ayudar a la causa al informarme que revisarían nuestras celdas. Él, por su parte, me compartió los detalles del trato al que había llegado con el director tras puertas cerradas. El director quería que hablara con los medios sobre el PLT y el apoyo que había recibido para crearlo. Di se sentía capaz de decir eso, pero quería algo a cambio; así fue como nació el Proyecto de Sustentabilidad Alimentaria de Carlton y el director levantó las restricciones impuestas al PLT.

—¡Acaba de llegar, Zach! —exclamó entre aplausos y risas, como si se le hubiera zafado un tornillo—. ¿Puedes hacer una de esas… una de esas…? ¡Ya sabes! —Empezó a gesticular con las manos.

—¿Estás bien? ¿De qué hablas, Di?

—Estoy mejor que nunca. Me refiero a una de esas aplicaciones. ¿Sabes hacerlas? —Se veía emocionado, pero serio.

—¿Cómo que una de esas aplicaciones?

Inhaló profundo para calmarse y repetirlo más despacio.

—Zach, ¿sabes hacer apps para teléfonos? Nada más dime sí o no.

¿Qué clase de pregunta es esa?

—Di, sabes que soy un maestro de la ingeniería de software. En mi mundo, las apps son un juego de niños, así que nunca me interesaron. Pero, siendo totalmente claro, sí, por supuesto que puedo programar una estúpida app.

Volteó a verme con una sonrisita traviesa y resplandeciente.

—Justo eso esperaba que dijeras, mi amigo. Ya tengo la respuesta al misterio en torno al instrumento. He visto que la gente habla con su teléfono, y su teléfono le contesta. Y no me refiero a hablar con otra persona, sino que dicen algo, y les contesta una voz que no es humana, pero lo parece.

—¿Alguna vez has usado un celular o una computadora, Di?

—No, nunca. Mi infancia no fue así. La única experiencia que tengo es ver a los muchachos del barrio usarlos. Pero yo no era parte de su mundo.

—¿Por qué no?

—No sé. Nunca me lo pregunté. Tal vez porque mi madre era blanca, o supongo que más bien porque yo no hablaba y era *distinto*. No sé, pero no es relevante.

Quería indagar más sobre su origen étnico, pero en otras ocasiones sus respuestas habían sido vagas, así que decidí volver al tema.

—Hay muchos sistemas y asistentes virtuales inteligentes a los que les haces preguntas y te dan respuestas. Los crean usando procesamiento de lenguajes naturales, que es un banco de datos que procesa la pregunta en tiempo real y reconoce no sólo las palabras, sino también las inflexiones de la voz y otros detalles. El banco de datos está en constante crecimiento y aprende cada vez que lo usan. De hecho, los avances en inteligencia artificial son muy emocionantes. Y pasarán cosas que ni siquiera podemos imaginar…

—Más despacio, geniecito. Quiero saber si podemos poner lo que estamos haciendo aquí en Carlton en forma de app. —Esperé que me diera más detalles, pero eso fue todo. Me le quedé viendo mientras intentaba descifrar qué quería decir.

Es la primera vez que siento compasión por él.

—¿Quieres hacer una app del PLT para que transmitir las enseñanzas a través del celular? —pregunté sin el menor entusiasmo—. Di, esas cosas ya existen. Hay montones de videos y compilaciones que la gente puede escuchar para aprender cosas. —Hice un verdadero esfuerzo por no sonar condescendiente.

Dimitri me miró con una sonrisita.

—¿Dirías que eso es lo único que hace el PLT, Zach?

No tardó en caerme el veinte.

—¡Ah, claro! ¡Creo que ya entendí! —Saqué un cuaderno nuevo y empecé a tomar notas tan rápido como él hablaba. Perdimos la noción del tiempo mientras repasábamos desde todas las perspectivas posibles su brillante idea, que a la larga se volvió nuestra gracias a mis contribuciones. Detrás de la aplicación fácil de usar habría un sistema integrador muy complejo que superaría cualquier cosa existente. ¿Que si sería difícil de crear y codificar? Sí, pero sabía que podría hacerlo cuando saliera de prisión. Lo que no sabía era cómo obtendríamos la cantidad estratosférica de contenido que necesitaríamos.

—Sólo una cosa más —dije con voz mucho más seria—. ¿Qué hay del contenido?

—¿El contenido?

—Sí, hermano, el contenido. Necesitamos la orientación sabia para múltiples problemas en distintos niveles. ¿De dónde lo vamos a sacar?

En el rostro se le dibujó esa sonrisa muy suya que, cuando la veías, sabías de inmediato que ya iba diez pasos por delante de ti.

—Pero si ya lo tienes. Está en los cuadernos.

Tenía razón. Los cuadernos tenían incontables problemas personales que habían sido enfrentados con éxito y registrados.

—Buen punto, pero ¿cómo los sacaremos de aquí? Para empezar, técnicamente no son nuestros porque cada uno le pertenece al reo correspondiente, y a los que ya salieron les permitimos llevárselo. Aunque los conserváramos, las reglas de la prisión nos impedirían llevárnoslos. O al menos, no todos.

—No te preocupes por esos detalles —dijo—. Recibiremos ayuda en su momento. Ya lo verás.

—De acuerdo, pero igual necesitaremos mucho más contenido cuando salgamos de aquí. ¿De dónde lo vamos a sacar?

Dimitri frunció el ceño y me miró con cara de confusión. Luego alzó una mano en el aire.

—¿Y yo qué? ¿Estoy hecho de piedra o qué?

—Ah, claro, ¡qué tonto! Te tenemos a ti. Perdón, Di. Claro que tú podrás proveer el contenido necesario. Pero ten en cuenta que este es un proyecto inmenso y va a requerir mucho trabajo. Nadie ha hecho algo así antes.

—Pero sí entiendes que este es *el instrumento*, ¿verdad? No importa cuánto esfuerzo requiera. Esto *es*.

—Cuando dices que la app "es" —repetí, dibujando las comillas en el aire—, ¿insinúas que es lo que va a cambiar todo?

—Es una app para empezar, Zach, pero se transformará en algo mucho más grande.

Pensé en aquello de que la inteligencia artificial avanzaba a pasos agigantados, por lo que el cielo era el límite. Era la primera vez que imaginaba la posibilidad de que la tecnología salvara el mundo en lugar de destruirlo.

Asentí entonces.

—Esto *es*, Di. Ya lo veo. Gracias.

—A *ti* —contestó y me puso una mano en el hombro, lo cual me erizó la piel del cuerpo entero. Al verme la piel de gallina de los brazos, señaló—. A eso se le llama "estar en el flujo", Zach. Los escalofríos producto de la verdad nunca mienten. Sigamos adelante, ¿de acuerdo?

La sensación física, aunada al veloz movimiento mental, afectó mis emociones tanto que los ojos se me llenaron de lágrimas.

—Sí, hermano, pero no sé bien cómo entenderlo. Me vienen a la mente muchísimas ideas, demasiado rápido. Es alucinante, pero también increíble.

—Es el poder de la intención en marcha, Zach. Dado que tú y yo estamos alineados y buscando hacer el mayor bien posible para muchos, el Universo está de nuestro lado. Y prepárate, porque esto es sólo el comienzo, mi amigo.

EN VIVO A LAS 5

MARCUS

—Aquí Marianne Kelly, corresponsal de "En vivo a las 5". Como observarán, estamos al interior de la Penitenciaría Estatal Carlton, donde un programa novedoso ha tenido un impacto sustancial en la reducción de delitos dentro de la cárcel al ayudar a la rehabilitación de los prisioneros. Director Shady, ¿puede contarnos un poco sobre los resultados que ha tenido este nuevo programa en Carlton? —La atractiva reportera volteó a ver al director, quien estaba sentado frente a ella en una de las mesas de la sala de visitas.

¿Nuevo?

—Muchas gracias, Marianne. En primer lugar, déjame decir que estoy muy agradecido de que nos visiten para hablar de la mejoría sin precedentes que se refleja en las estadísticas de uno de nuestros bloques de celdas. El programa de prueba que implementamos se llama PLT, y hasta el momento ha generado una reducción del treinta y dos por ciento en los índices de criminalidad total y una reducción del treinta y cinco por ciento en los índices de reingreso de individuos que han cumplido su condena.

¿El programa de prueba que implementamos? ¿Nosotros?

Sentí que me hervía la sangre mientras el tipo presumía las cifras y los resultados de un programa del que no sabía nada ni había contribuido a crear. Me daban ganas de alzar la voz e intervenir, pero en ese momento yo no era más que un guardia encargado de cuidar a la prensa, el director y sus sicofantes de un criminal potencialmente peligroso, Dimitri Tanomeo, quien estaba apaciblemente sentado en una mesa al otro lado de la estancia. Era evidente que la fraudulencia flagrante del director me molestaba más a mí que a él. Dimitri se mostraba sonriente y parecía estar disfrutando la entrevista.

—Gracias, director. Según nuestras investigaciones, estas extraordinarias estadísticas son las mejores del país, digo, guardando toda proporción —señaló la periodista. Al director le brillaron los ojos.

—Sí, Marianne. Así es. Pero hay que señalar también que esas estadísticas y la posición en la que nos ponen no son solamente las mejores de este año, sino de toda la historia de cualquier prisión.

—Es extraordinario, director. Gracias por la aclaración. ¿Y qué significa PLT?

El director miró de reojo a Jim. No lo pude creer. ¡Se le había olvidado! O, en el peor de los casos, nunca lo había sabido. Yo también volteé a ver a Jim, quien intentaba torpemente soplarle la respuesta.

—Mira, no quiero acaparar el tiempo en pantalla. Sugiero que dejemos que el hombre que enseña el programa explique también algunas cosas. Lo que sí voy a decir es que agradeceré mucho que la gente de este maravilloso estado recuerde mi nombre este noviembre cuando vaya a votar. Les prometo que, de ser elegido, el nivel de mejoría que se ha observado en Carlton se reflejará en todos los rincones del estado.

—Haremos una pausa comercial, pero, al volver, hablaremos con el hombre encargado del programa sobre su funcionamiento.

—¡Listo! Volvemos al set en tres —anunció Phil, el productor. De fondo, alcancé a escuchar la cancioncita del noticiero mientras Phil se quitaba los audífonos y los colocaba en la mesa que estaba a mi lado. Miré al director, quien le estaba reclamando algo a Jim, probablemente el hecho de que no le hubiera recordado qué significaban las siglas del programa. *¿Cómo logró este tipo llegar hasta acá?*—. Rápido, colóquense frente al prisionero Tanomeo —les ordenó Phil a sus subordinados, quienes fueron hacia la mesa de Dimitri. Le sujetaron el micrófono a la camiseta y le dieron un golpecito a la punta del aparato—. Prueba de sonido. ¿Se escucha?

—Hola —dijo Dimitri, con una sonrisa. Phil lo miró, confundido, y luego volteó a ver al camarógrafo, quien alzó el pulgar. Dimitri se encogió de hombros, mientras Phil lo abordaba bruscamente.

—Actúa natural y no mires directo a la cámara. Habla con Marianne como hablarías con cualquiera.

Ay, sí, ¡qué fácil!, ¿no?

De entrada, me pregunté cómo reaccionaría el joven Dimitri al estar frente a una mujer hermosa después de tanto tiempo. Marianne se acercó y se sentó frente a él. Dimitri le sonrió y la saludó de nuevo.

—Hola, yo soy Marianne.

—Y yo Dimitri. Un placer. Vemos tu programa en la sala de usos múltiples.

—¡Un minuto para entrar al aire! ¡Silencio total! —gritó Phil mientras una joven se acercaba a la mesa para retocar el maquillaje de Marianne.

—Qué bien. ¿Listo, Dimitri? —preguntó la periodista.

—Sí —contestó él con una enorme sonrisa. Era obvio que le agradaba recibir ese tipo de atención.

—¡Silencio! —gritó Phil antes de la cuenta regresiva—. Cinco, cuatro, tres, dos…

—Estoy aquí con el prisionero Dimitri Tanomeo, instructor y creador del programa PLT, el cual parece que ha contribuido a salvar a varios prisioner-os de la Penitenciaría Carlton. ¿Podrías empezar por decirnos qué significa PLT y cómo funciona, Dimitri?

—Sí, pero primero quiero agradecerles y reconocer el interés que tienen en lo que está ocurriendo en Carlton. Este tipo de difusión sobre las cosas positivas que ocurren en prisión nos ayuda de múltiples maneras. —Cerró los ojos, se llevó la mano al corazón e hizo una reverencia con la cabeza.

—No tienes nada que agradecer. En el Canal 5 nos interesa mucho dar a conocer historias inspiradoras como ésta.

Dimitri se enderezó y carraspeó.

—PLT significa Programa de Liberación Temprana. Como puedes ver, es un juego de palabras.

—Sí, uno de los guardias me contó una anécdota graciosa sobre lo que pasó el día que lo inauguraron.

—Bueno, a Zach y a mí nos pareció gracioso. Pero a otros no les cayó tan en gracia llegar y ver que no tenía nada que ver con salir de prisión antes de tiempo. Por cierto, un saludo a Zach Markland, mi compañero de celda y fuerza organizadora del PLT. Nada de esto habría sido posible sin él.

—¿Podrías contarme de qué se trata el Programa de Liberación Temprana?

—Lo que estamos haciendo es básicamente aprovechar nuestro tiempo en Carlton para despertar a nuestro verdadero yo. Pero, para eso, primero debemos descubrir qué no somos. Debemos liberarnos de la programación de nuestra mente, aquella que infecta al noventa y nueve por ciento de la población del mundo. Verás, en nuestra cabeza hay una voz que muchos creemos que es nuestra y que nos dice cosas como "Soy incapaz" o "No es posible" o "Nunca voy a lograr que esto pase". Eso destruye cualquier posibilidad de hacer algo en muchos ámbitos, como formar una buena relación, vivir en abundancia, coexistir en equilibrio con la naturaleza…, básicamente todo lo que nos brinda contento.

Marianne asintió.

—Creo que entiendo a qué te refieres. Veo que muchos hombres aquí, si no es que la mayoría, sufre de esa programación, como le dices. Es probablemente lo que provocó que terminaran en prisión, ¿cierto?

Dimitri la miró a los ojos con expresión penetrante y esbozó una de sus sonrisas de siempre, ésa que te da a entender que dijiste algo que le parece gracioso, aunque no sepas qué fue.

—De hecho, sí, Marianne. Esa programación nos trajo aquí, sin duda alguna. Pero quizá pasaste por alto la parte de que el noventa y nueve por ciento de la población adulta del mundo está en el mismo predicamento.

La entrevistadora hizo una pausa.

—Sí, sí lo oí, Dimitri, pero esa gente no está en prisión —reviró en un tono condescendiente.

—Claro que sí. Todos están ahí. Sólo que es un tipo de prisión distinta, la cual puede ser más difícil de abandonar. Me refiero a la prisión que tiene encerrada a la mente veinticuatro horas al día, siete días a la semana, Marianne. Y la gente no sabe que está en prisión porque se ha vuelto algo muy normal. Eso es lo que está en causa de todo el sufrimiento del mundo. Sólo puedes ser libre una vez que identificas que existe y que no es tu estado natural. A partir de ahí, puedes empezar a liberarte. Por eso lo llamamos PLT. Estos hombres, los que forman parte del programa, están haciendo un gran esfuerzo y están más vivos que muchos de los que están en el supuesto "mundo libre".

Phil le hizo una seña a Marianne para indicar que era hora de hacer una pausa.

—Eso que dices es muy interesante, Dimitri, y quisiera saber más al respecto. Haremos una breve pausa y, cuando volvamos, hablaremos con uno de los hombres que se beneficiaron de este programa para saber cómo le cambió la vida.

—¡Corte! —anunció el productor y se arrancó los audífonos—. Eso no era precisamente lo que esperábamos, Dimitri —exclamó y volteó a ver al director con una expresión de desilusión absoluta.

—Oye, pero estoy aquí —exclamó Dimitri, y Phil volteó a verlo, sorprendido—. ¿Qué esperabas? De entrada, ¿por qué esperabas algo? —Su voz tenía un tono de autoridad bastante inesperado para un reo.

—No sé, pero algo diferente. ¿No puedes bajarle unas rayitas?

—¿Bajarle unas rayitas? No sé qué significa eso —contestó Dimitri con absoluta honestidad.

—Que no ataques a Marianne.

—¿Atacarla? Bueno, si ustedes le llaman ataque a eso... —empezó a decir Dimitri.

—Está bien —intervino Marianne—. Si lo piensas bien, tiene un buen punto. —Phil se le quedó viendo, incrédulo, y luego se fue todo indignado al otro lado de la estancia, donde estaban preparando la tercera entrevista. Vinny ya estaba sentado y ansioso por comenzar. *En vez de Vinny "el italiano", deberían decirle Vinny "el payaso".* Marianne se inclinó hacia el frente y le susurró a Dimitri—: Qué pena que la gente de afuera no tenga el PLT al alcance de la mano. Supongo que tendremos que quedarnos con nuestra programación.

Dimitri alzó la mirada de golpe.

—Ay, no, para nada. No quise dar a entender que el PLT es la única salida. Hay muchos caminos distintos hacia la liberación. Hay libros extraordinarios, programas poderosos e instructores maravillosos. Sería imposible mencionarlos a todos. Pero podríamos hacer un programa sólo de eso. Si quieres, te puedo pasar una lista —sugirió.

Marianne se sonrojó, estiró el brazo y, al tocarle la mano, le dijo:

—Me gustaría mucho, Dimitri —contestó la periodista. Me alejé unos pasos, sin dejar de prestar atención—. Dime una cosa, ¿qué planea hacer alguien como tú cuando salga de aquí?

Phil alzó la mano.

—Marianne, te necesitamos aquí. ¡Entramos en dos!

—Ya voy —contestó ella.

Dimitri se reclinó hacia el frente.

—Ponme de nuevo frente a la cámara y hazme esa misma pregunta. Te prometo que no te arrepentirás —contestó él con una sonrisa.

—Eh, no sé si Phil vaya a estar de acuerdo.

—Dile que hablamos y que voy a disculparme por el ataque, o algo así. Para demostrar que estamos en buenos términos. También quiero dar las gracias al director y a otros miembros del grupo original del PLT.

Marianne asintió.

—Estoy intrigada. Veré qué puedo hacer.

Nos quedamos Dimitri y yo solos en una esquina de la sala de visitas.

—¿Cómo me fue, oficial Ogabi? —preguntó con picardía.

Clavé la mirada seria en la pared de enfrente y murmuré.

—Eso fue muy poderoso, muchacho. No me pareció que fuera un ataque.

Dimitri se reclinó y susurró.

—Es una adulta y sabe tomar las cosas de quien vienen.

—Sí, pero ¿la gente que lo vea sabrá tomarlo de la misma forma?

Dimitri sonrió.

—Ah, ¿ellos? Sí, ya están listos, aunque no lo saben aún.

—¿En serio lo crees?

—Por eso estoy aquí.

—¿Por eso estás aquí? —repetí.

—Para mostrarles que hay algo para lo cual estar listos —contestó.

» » « «

Una vez que terminó la entrevista con Vinny, el equipo de grabación volvió a instalarse de nuevo junto a la mesa de Dimitri.

—¡Cerramos la entrevista con Dimitri en tres minutos! —anunció Phil antes de inclinarse sobre la mesa y acercarse a Dimitri—. Marianne dijo que querías darles las gracias a algunas personas. Eso está bien. Pero acuérdate de bajarle un poquito y de no mirar a la cámara.

Dimitri ignoró las palabras de Phil mientras le hacía supuestas señas de pandillero a Vinny, quien estaba muerto de la risa. Marianne volvió a la mesa, y entonces Dimitri se puso serio otra vez, o al menos tan serio como lo permitían las circunstancias.

—¿Listo? —le preguntó Marianne con una sonrisa traviesa.

—Siempre —contestó él.

—Silencio en el set. Al aire en cinco, cuatro, tres, dos…

—Acabamos de conversar con uno de los prisioneros, Vincent Palermo, y parece que el PLT lo ha ayudado mucho. Palermo nos mencionó que no eres el único instructor del programa.

—Sí, somos siete personas a cargo del PLT, incluyéndome.

—Es como aquel dicho de que el verdadero maestro es el que produce grandes maestros y no grandes estudiantes, ¿cierto?

Dimitri asintió.

—Sí, de hecho, he usado esa misma frase. La idea es que, una vez que estamos libres, necesitamos ayudar a otros a que lo logren también. Claro, cuando esas personas estén listas para hacerlo.

—Eso suena interesante. ¿Cuánta gente crees que esté preparada para esto?

—Justo estaba hablando de eso con un amigo muy querido —dijo y me miró de reojo. Que me reconociera como un amigo querido me erizo la nuca—. Y él me preguntó lo mismo. ¿Sabes qué le contesté, Marianne?

—¿Qué le contestaste?

Dimitri la miró directo a los ojos.

—Le dije que todos están listos. Todas y cada una de las personas que habitan este planeta. Sólo que no saben que hay algo para lo cual estar listas… aún.

—¿Aún?

—Es correcto, Marianne. Digo que "aún" porque en este mundo nuestro las cosas van a empezar a ponerse muy incómodas. Incómodas de una forma que ni siquiera imaginas y que obligará a la gente a estar lista. Aquello de lo que hablo está en camino, y fue creado y enviado por quienes han tenido poder sobre nuestra existencia física hasta ahora. Será el comienzo de su último esfuerzo desesperado por mantener el control, el cual se les seguirá escurriendo entre los dedos retorcidos gracias a que pronto la población mundial estará harta de escuchar sus mentiras. Harta de vivir en las sombras de la oscuridad.

Sin decir una palabra, Marianne se le quedó viendo. Estaba conmocionada. Phil, en cambio, agitó las manos de forma frenética. Seguramente se arrepentía de haber puesto a Dimitri otra vez frente a las cámaras.

A continuación, Dimitri reconoció a los otros miembros del grupo y a los participantes que habían tenido el valor necesario para salir de la norma y dar los pasos indispensables para mejorar su situación. Le agradeció al director su ayuda e involucramiento, y luego aclaró que todo lo que el PLT enseñaba estaba al alcance de la gente en distintos formatos, incluyendo libros de gente presente y pasada, videos, cursos y hasta en las enseñanzas centrales de la mayoría de las religiones.

—Sin las tácticas de intimidación, claro —señaló.

—Es bueno saberlo —contestó Marianne con una sonrisa nerviosa—. Eso significa que no tengo que encontrar la forma de meterme a escondidas a este lugar para recibir algunas de esas enseñanzas.

—Para nada. Pero sería increíble que volvieran a visitarnos de nuevo. Empezaremos un programa propio de alimentación orgánica con productos cultivados en la prisión, y quizá valdría la pena hacer un reportaje una vez que esté en marcha, ¿no crees? Si vienes, te invito a cenar aquí. ¿Qué te parece? —dijo Dimitri en broma.

—No me lo perdería por nada. Le pediré al director que nos avise cuando esté en marcha. En fin, hay una última pregunta que quiero hacerte —dijo Marianne. Volteé a ver al director, quien se veía satisfecho y feliz de que aquello hubiera terminado con una nota alegre—. Eres muy joven aún —continuó Marianne con voz dulce— y estás en la flor de la vida. En unos años, saldrás de nuevo al mundo. ¿Qué hará Dimitri Tanomeo entonces?

Dimitri bajó la mirada y empezó a apretarse las yemas de los dedos con suavidad. Se hizo un silencio sepulcral, tanto que hasta las mentes de los presentes se quedaron en silencio, como si el universo entero estuviera esperando su respuesta.

—Bueno, Marianne —dijo antes de voltear a ver directo a la cámara—, voy a cambiarlo todo. —Luego volteó a verme, y miró la cámara una vez más, ahora con una sonrisa—. Digo, ¿qué otra cosa se puede hacer?

Nadie supo qué hacer después. Finalmente, Phil empezó a hacer señas con las manos en el cuello para indicarle a Marianne que terminara la entrevista.

—Bueno, pues ya lo saben. Necesitamos más hombres como tú en el mundo, Dimitri Tanomeo. Gracias por compartirnos tu historia.

—Creo que hablo por todos los presentes cuando digo que agradecemos muchísimo tu visita —contestó él con gentileza.

—Gracias y buena suerte con el proyecto —dijo la periodista, y Dimitri asintió ligeramente.

—¡Salimos del aire! —gritó Phil. De inmediato se acercó a la mesa para desarmar el equipo de sonido.

—Caray, niño, no tienes vergüenza, ¿verdad? —masculló Phil mientras meneaba la cabeza con furia y le arrancaba a Dimitri el micrófono de la ropa.

—¿Por qué lo dices, Phil? —contestó Dimitri.

—Te dije varias veces que no vieras hacia la cámara, pero igual lo hiciste. ¿Y qué son todas esas tonterías conspiratorias? ¿Cómo vas a cambiar todo? —preguntó Phil sin el menor respeto—. Nadie puede cambiarlo todo. Mucho menos un convicto. —A Dimitri se le empezó a dibujar su habitual sonrisa. Phil no sabía lo que se le venía encima, así que continuó—. No quiero desilusionarte, hijo, pero ¿sabes lo que eso significa en el mundo real? ¿Ser exconvicto?

—Ilústrame, Phil, por favor.

—La humanidad entera está jodida y siempre lo estará. Así son las cosas. Siempre han sido así —dijo mientras seguía recogiendo los cables de los equipos y meneando la cabeza.

—¿Y ya? ¿En serio? —preguntó Dimitri con una risotada.

—Me parecía que alguien tenía que decirte la verdad, con eso de que estás aislado y no estás muy consciente de cómo funciona el mundo en realidad. Cuando salgas tendrás que conseguir trabajo y ganarte la vida. Ya sabes, para no volverte a meter en problemas. Y la gente en el poder, como tú dices, sabe qué nos conviene. Nos cuidan. Así que no agites las aguas, niño. Las cosas están bien tal y como están.

Dimitri esperó un poco para asegurarse de que hubiera terminado.

—Permíteme decirte unas cuantas cosas, Phil —señaló con absoluta calma mientras se enderezaba aún más que antes—. Me preguntaste cómo voy a cambiar todo, así que te diré cómo. Esa humanidad estropeada de la que hablas, esa cuyas aguas no debería agitar, se encuentra en un lugar muy interesante. Hemos co-creado una situación en la que esto a lo que llamamos vida, este don tan hermoso, no vale la pena para la mayoría. Por ende, el planeta es casi inhabitable y cada día está peor. Pero esto es parte de un plan diseñado por tus manejadores, Phil, esos que según tú nos cuidan. Nosotros permitimos que esto ocurriera y somos responsables de haber participado. Pero ¿sabes quién es responsable de mantenernos atados de manos? —Phil guardó silencio y se le quedó viendo a Dimitri, mientras este último se ponía de pie y se cernía sobre él—. ¿Lo sabes? —Lentamente, Phil negó con la cabeza. En ese instante, como no quería que nadie interrumpiera una escena tan gloriosa, me eché a un lado para bloquearles la vista. Por si eso fuera poco, crucé los brazos y le sonreí a Phil. Era la primera vez que hacía algo con Dimitri para contribuir a la causa, y fue increíble—. Eres tú, Phil. Tú y los demás que ostentan la posición de mayoría. Los que hablan como tú, piensan como tú y actúan como tú aceleran nuestro deterioro. Pero ahí es donde entro yo, ¿sabes? Mientras tú y los tuyos hacen lo que mejor saben hacer para impedir la transición hacia la Luz, yo estaré ahí para exponerlos. —Dimitri se empezó a reír—. Tienes razón en eso de que una sola persona no puede cambiarlo todo. Pero yo seré quien reúna a los otros y empiece un movimiento que sí lo logre. Y, a la larga, tú y los tuyos, los indecisos, caerán en la categoría más adecuada de "nueva minoría". —Phil se quedó paralizado, cada vez más pálido—. Aunque en este instante tú y la gente como tú tengan las llaves del reino, les sugiero que no se confíen. Porque esa vibración negativa, la que ha conducido a la humanidad durante demasiado tiempo, está a punto de disolverse. Así que disfrútala mientras dure, amigo. —Dimitri se reclinó de nuevo en su silla.

Phil pasó de depredador a presa en cuestión de segundos.

—Bueno, no es que… —empezó a decir mientras agarraba el resto de su equipo con las manos temblorosas.

—Espera, que todavía no termino, Phil —lo interrumpió Dimitri con una voz serena y un tanto más amistosa que antes—. Me preguntaste también si sé lo que significa ser exconvicto en el "mundo real". Y la respuesta es sí. Simplemente significa que pasé tiempo aquí, y nada más. Verás, los participantes del PLT y yo nos rehusamos a identificarnos como exconvictos, lo que significa que sabemos que *eso* no es lo que somos en realidad. Yo soy tan exconvicto como tú eres productor de un noticiero. Ambos somos mucho más que eso, Phil. Sólo no lo sabes aún.

Se me erizó la piel de los brazos, lo cual para entonces ya era cosa de casi todos los días. Volteé a ver a Phil, quien estaba igual que yo. Eso significaba que, aunque Dimitri fuera tajante, sus palabras surtían efecto en la gente. Lo más sorprendente fue ver que Phil estaba igual de conmocionado que yo, lo que significaba que teníamos algo muy profundo en común y que no era el monstruo que me había hecho creer. Ser un monstruo era un papel, como el que yo desempeñaba al trabajar como guardia.

Empecé a pensar en los otros papeles que había desempeñado a lo largo de mi vida. *¿Del lado de quién estoy?* Hubo ocasiones recientes y distantes en las que me sentí como Phil, pero había encontrado el camino a casa, a mi propia verdad, al escuchar a Dimitri y hasta a MJ hablar desde ese lugar de empoderamiento.

Caí en cuenta de que no había lados en los cuales estar. En cierto modo, yo era tanto Phil como Dimitri, lo que significaba que yo era todos y todos eran yo. La separación no existía, salvo en nuestra mente.

Phil soltó un gemido.

—Lo que quería decir…

—No es necesario. No tienes que retractarte ahora mismo. —El tono de Dimitri era más amable y compasivo—. Sé cómo se vive la impotencia y sé que mucha gente se siente igual que tú. Pero el cambio se avecina. No olvides lo que viviste hoy.

Dimitri se dio vuelta, llamó a Vinny y dejó al pobre Phil aturdido y solo con sus ideas, mientras seguía enrollando los cables de los micrófonos.

De camino al otro lado de la sala, Marianne se acercó y se paró junto a mí.

—No pude evitar ver que llevas un diario. Y me encanta el colibrí.

—¿No se te hace muy de niña?

Marianne soltó una risita.

—Para nada. El colibrí tiene muchos simbolismos. O eso he oído.

No tienes idea, niña.

—Creo que es verdad —contesté.

—¿Qué escribes en él?

Eso es muy personal.

—Todavía no he escrito nada. Mi hija insistió en que consiguiera un diario, así que lo hice.

—Siempre podemos aprender cosas de los niños.

—Quiero preguntarte algo. ¿Por qué dejaste que Dimitri dijera lo que quería en lugar de hacerle caso a tu productor?

Se veía desconcertada, como si no se reconociera.

—Digamos que… creo que el mundo necesita más diálogos con Dimitri. No sé si me explico.

Diálogos con Dimitri. Suena bien.

—Sí, claro —contesté.

Me guiñó el ojo y señaló mi diario.

—Seguro encontrarás algo que te inspire, oficial… —Ladeó la cabeza para ver mi gafete—. M. Ogabi. —Frunció el ceño—. ¿Por qué me suena ese nombre? —preguntó. *Que no se acuerde, por favor.* Casi de inmediato, abrió los ojos y la boca como platos. Luego me miró, volteó a ver a Dimitri y me miró de nuevo—. Eres el mismo que… —Al menos tuvo la amabilidad de no terminar la oración.

—Así es. Ese soy yo —contesté con timidez, con la esperanza de que eso fuera todo.

—A mí me tocó cubrir esa historia —dijo una vez que se recompuso—. Fue una noticia muy sonada. ¿Cómo terminaste aquí? ¡Qué casualidad!

—Sí, una gran casualidad, supongo —dije, pero ella empezó a negarlo con el dedo. En ese momento, Jim me hizo una seña para que fuera por Dimitri y lo escoltara a su celda—. Un placer conocerte, Marianne —agregué con una sonrisa.

—Igualmente —contestó y sonrió también antes de irse a alcanzar al resto del equipo del noticiero.

Me acerqué a la mesa de Dimitri.

—Vamos, es hora de que Vinny y tú vuelvan al bloque —dije. Dimitri se puso de pie y se estiró. Se veía fresco como una lechuga.

Para él, esto sólo fue un día más de prepararse para cambiar el mundo.

Al pasar junto a Marianne, la periodista volteó a ver a Dimitri, le sonrió y se despidió con la mano. Él le contestó el gesto.

Mientras Vinny, Dimitri y yo cruzábamos el pasillo hacia el bloque H, Dimitri me susurró:

—Eso sí me salió bien, ¿verdad, jefe?

Era obvio que se refería a la arrastrada verbal que le había puesto al productor.

—Fue muy duro. Podría decirse que eso sí fue un ataque.

Dimitri empezó a silbar. Era una melodía familiar, pero bastante inusual, incluso para él.

—Es adulto y sabe tomar las cosas de quien vienen —dijo y siguió silbando.

—¿En serio estás silbando el Kumbayá? —pregunté.

—Sí, claro.

NEGOCIOS FAMILIARES

ZACH

La sala de usos múltiples del bloque H estaba a reventar porque nadie quería perderse el segmento de Carlton en "En vivo a las 5". Los reos chiflaron y abuchearon al director cuando salió en la tele, y unos cuantos aclamaron a Vinny, pero cuando realmente perdieron la cabeza fue durante la parte de Di. Primero por lo mucho que había hecho por los reos, y luego porque mencionó los nombres de su equipo principal y reconoció al resto de los participantes del programa. Eso cimentó su estatus de héroe para siempre.

Me agradó escuchar mi nombre en televisión con relación a algo positivo, pero también trajo consigo una sorpresa inesperada: mi hermana gemela fue a visitarme.

Tess Markland, la *socialité* con estatus de celebridad menor viajó desde Los Ángeles por primera y única vez desde que me habían encarcelado. Era la única de mi familia que me había visitado hasta entonces; y aunque me emocionaba verla, me daba más curiosidad saber qué hacía ahí. Y es que, verán, a Tess sólo le importaba Tess. De cualquier forma, cuando menos sería algo entretenido.

Se sentó en la mesa más aislada de la sala de visitas, con las piernas cruzadas y las manos entrelazadas sobre el regazo mientras observaba la superficie cubierta de hollín que tenía enfrente. Se había quedado muy quieta a propósito. No quería mover algo e inhalar más partículas de las necesarias. Con su ropa deportiva azul de diseñador, tenis Buscemi y cola de caballo perfecta, sobresalía como la niña rica que era.

—¿Qué hay de nuevo, Tess? Se nota que viniste a darte un baño de pobreza.

—¿Qué pasó, Zacatón? —dijo en un tono muy casual, como si no llevara tanto tiempo tras las rejas—. Quería encajar, así que pensé: "¿Por qué no?"

Mi hermana está totalmente desconectada de la realidad. Se me escapó una risita.

—¿A qué debo el honor? ¿Hay una pasarela de modas o una recaudación de fondos para ballenas anoréxicas o algo por el estilo? —pregunté en tono sarcástico.

—No, bobo. ¿Acaso no puedo visitar a mi hermanito Zaquito?

—Soy como quince minutos más joven que tú, Tess. Y no me digas así. Es en serio, llevo aquí un buen rato y nunca habías venido. ¿Por qué ahora?

—Bueno, porque vi en internet el video de tu amigo Dimitri Tameme, y te mencionó, y entonces pensé que tenía que visitar a mi hermano el Zacate tan pronto fuera posible. —Luego susurró—: Este lugar es vomitivo, Zach.

—Así tiene que ser. Por eso es una prisión. Y se apellida Ta-no-me-o, y...

—¿Qué clase de apellido es ese? ¿Dónde está, por cierto? —me interrumpió y miró alrededor—. ¿De dónde es? ¿Es mitad negro? ¿Es soltero? ¿Tiene Instagram?

Volteé a ver el reloj. *¿Cuánto más va a durar esto?*

—No sé, Tess. Así se apellida y ya. Está en el bloque H en este momento. Sí, es mezcla de algo, y sí, es soltero. Y eso último no me tomaré la molestia de contestarlo.

—Ay, Zach, siempre tan hermético. Tienes que aprender a ser más compartido.

Mi hermana está más loca que una cabra.

—¿Compartido? ¿Con qué?

—Con tus recursos. Como el galán con el que vives, el cual parece tenerte en muy alta estima. ¿Sabe que tienes una hermana mayor? —Me guiñó un ojo.

—¿Qué te pasa, Tess? —pregunté con toda la sinceridad de la que fui capaz. Luego caí en cuenta de lo que me acababa de decir—. Espera, ¿dices que viste el video en internet?

—Sí. GNN transmitió a nivel nacional la grabación de los tarados de "En vivo a las 5", y luego se volvió viral en YouTube. Y algunos de nuestros amigos lo vieron y lo pusieron en su muro. Y nos etiquetaron a ti y a mí, así que está circulando. Lo compartí y ya llevo varios miles de "me gusta". La mejor parte es la última, cuando dice que va a cambiar todo. ¡Es la bomba! Hice un *remix* para que lo repitiera diez veces. Tu amigo está que arde, Zach.

Me dieron ganas de cambiar el tema.

—¿Cómo están papá y mamá?

Mi hermana suspiró.

—Bueno, mami tenía ganas de venir, pero ya sabes cómo es. No habría pasado de la puerta exterior, así que mejor te mandó besos y abrazos. Y papi… Bueno, ya sabes cómo está eso. Tu último chistecito lo sacó de quicio. Ya ni siquiera habla de ti.

En otros tiempos, cuando veía su alegría malsana al decirme algo así, me ardía la sangre. Pero esta vez me sentí distinto. Sentí lástima por ella, pero de forma amorosa y no condescendiente. Aun así, me dolió saber que mi padre no quería saber nada de mí.

—Tengo que llamarle en algún momento para arreglar las cosas con él.

Mi hermana fingió entristecerse.

—Ay, Zacatón, mejor ni lo intentes. Yo creo que ese barco ya zarpó.

Su frialdad me paralizó por completo, pero se me ocurrió una idea.

—¿Sabes algo, Tess? Hay otro tipo aquí con el que creo que te llevarías de maravilla.

—Mira, de una vez te digo que no me interesa el italiano al que entrevistaron. Los italianos pasaron de moda cuando se terminó *Los Soprano*.

Negué con la cabeza.

—Es un oficial de apellido Tanas. Trabaja aquí. Y te juro que sé que están hechos el uno para el otro.

—Ay, qué asco, Zaquito —gimoteó—. Imagínate a Tess Markland con un guardia de prisión. ¡Qué grotesco! Ni al caso. Tu amiguito Dimitri, en cambio, sería otro boleto. ¿No lo ves? Chico malo que al salir de prisión se convierte en sanador, de la mano de la *socialité* Markland. Esa combinación sí tiene caché.

Me negué a darle cuerda.

—¿Qué más, Tess? Se acaba el tiempo.

Me contó entonces de algunos amigos en común, pero eran puros chismes dramáticos. Me sorprendió darme cuenta de que no me interesaban en absoluto; de hecho, me provocaron repulsión, a pesar de que antes me habría enganchado de inmediato. Algo en mi interior había cambiado.

Ese crecimiento también me permitió hacer una clara distinción entre las tragedias de los miembros del PLT y el drama de Tess. Los reos asistían a las sesiones para hacer algo al respecto, lo cual los validaba. En el caso de Tess, en cambio, era puro chisme sucio. Debo reconocer que eso antes me habría hecho sentir mejor conmigo mismo, pero esta vez pude observar que sólo mi ser inferior habría querido oír hablar de las desgracias o dificultades de otro ser humano. Me hizo compadecerme más de mi pobre hermana, que tan perdida estaba.

—Hablemos de otra cosa, Tess —la interrumpí a media oración, lo que de inmediato la incomodó. Empezó a retorcerse en su asiento, sin saber qué hacer o decir—. Estás buscando tu celular, ¿verdad? —le pregunté.

—¡Qué tonterías dices! Los hijos de puta me hicieron guardarlo en mi bolsa y ponerla en un casillero antes de dejarme entrar. —No era una tontería porque era exactamente lo que estaba haciendo. Estaba tan enganchada con las redes sociales que recurría a su celular cada vez que algo la incomodaba. Y me di cuenta porque era exactamente lo que yo acostumbraba hacer. Una de las pocas ventajas de estar encerrado, además de las enseñanzas de Di, era poder librarme de esa horrible adicción que aprisiona a la mayoría de la gente, aunque de una forma distinta—. Sí, bueno, hablemos de otra cosa —dijo. La tensión en su voz revelaba que su ser inferior estaba al mando y se sentía amenazado por la posibilidad de una conversación más profunda. Decidí no insistir. Tess no estaba preparada, así que le tendí la mano en señal de que accedía a cambiar el tema—. En fin, ¿has pensado en qué harás cuando salgas? Papi vendió tu apartamento en la ciudad. Supongo que ya lo veías venir.

No, de hecho no. Literalmente no tenía adonde ir. Supuse que podría caer en casa de algunos amigos, pero no por mucho tiempo. Además, no tendría ni el espacio ni la privacidad necesarios para trabajar en la aplicación.

—No sé adónde iré —contesté—. Dimitri y yo estaremos trabajando en un proyecto juntos, pero igual tengo que descifrar un montón de cosas.

Mi hermana paró la oreja.

—¿Qué tipo de proyecto, hermanito querido? ¡Cuéntame!

Titubeé, pero necesitaba compartirlo con alguien.

—Es una cosa de tecnología. Es ambicioso, pero genuino. Te contaría más, pero tengo que guardar el secreto.

—Ay, Zachary Michael Markland, sabes que soy como una tumba. Te lo prometo.

Por lo que sabía de mi hermana, si me llamaba por mi nombre completo era porque estaba siendo sincera. La obligué a jurarme que no diría nada antes de explicarle a grandes rasgos lo que planeábamos, así como los costos y el trabajo que implicaría.

—¿Qué opinas? —le pregunté. A juzgar por su expresión, parecía agradarle genuinamente.

—¡Me encanta! ¡Estoy dentro! —afirmó.

Mierda.

—¿Cómo que estás dentro? Esta es una cosa mía y de Di. Esto no tiene que ver contigo.

—Piénsalo. Tú y Di (que, por cierto, me encanta que le digas así) me necesitan. Tengo un lugar perfecto para que vivan y trabajen, justo en la playa. Yo financiaré *nuestro* proyecto tecnológico con mi propio dinero…, que es algo que tú nunca has tenido. —Volvió a hacer cara de puchero.

Auch. No quería reconocer que eso último era cierto, pero mi hermana tenía razón. Tenía la casa de Malibú para ella sola. Mi padre se la había cedido legalmente para hacerme sentir mal cuando ella se graduó de la universidad y yo no. Pero lo más importante era que Tess tenía recursos, y muchos. Hace años había creado una línea de productos cosméticos y le había ido muy bien. Y si dos expresidiarios intentaban buscar inversionistas…, bueno, digamos que nos sacarían a patadas por mera precaución. Y Tess lo sabía.

—Para empezar, no puedes decir que es "nuestro" porque sólo es mío y de Di. A ti ni siquiera te interesan estas cosas.

—¿Qué cosas? —preguntó.

—¿Lo ves? Eso lo demuestra. Ya te dije qué cosas. —Negué con la cabeza—. Autotransformación. Despertar.

—Pero sí estoy metida en eso —dijo—. Sé de *mindfulness*. Fui con Taylor y Devin a una plática al respecto en Venice. —Volví a mirar el reloj—. Es más, tengo un secreto que te demostrará que sí estoy metida —continuó.

—¿Qué es? —pregunté.

Mi hermana subió la pierna a la mesa y se alzó el pantalón para mostrarme un pequeño tatuaje del tamaño de una moneda de cincuenta céntimos.

—Es el Om, el símbolo universal del yoga. Representa la vibración que permea el cosmos y nos lleva a un estado profundo de claridad y dicha.

Hundí la cara entre las manos.

—¿De dónde sacaste eso?

—De True Tattoo. Tienen un cinco perfecto en Yelp. Es donde Jenna…

—No —gruñí—. La definición del símbolo del yoga. Lo dijiste como si estuvieras leyéndolo de una tarjeta.

—Bueno, sí, lo saqué de una tarjeta que agarré en el estudio de yoga. Voy dos veces por semana. ¿Ves? Te aseguro que soy perfecta para el equipo.

Tuve que hacer una pausa para procesar que mi propia hermana se había

vuelto parte de la secta de borregos pseudo espirituales, lo cual me resultaba bastante ofensivo, para ser sincero. Era como si se hubiera convertido
en el peor tipo de farsante posible, lo que me hizo preguntarme si alguna
vez en su vida había dejado de fingir ser algo que no era. Siempre lo había
fingido de alguna forma. Pero la pregunta más importante era por qué me
indignaba tanto.

Porque te identificas con la cuestión espiritual.

Mi indignación venía de una postura de "¿Cómo se atreve?", la cual, al
verla de cerca, dejaba entrever que en el fondo me sentía amenazado. Vi entonces que era mi ser inferior, mi ego, el que intentaba proteger su posición.
Después de tanta práctica era más sencillo ver mis propios deslices, mis
propios momentos de olvido e hipocresía, lo que me permitía hacer una
pausa y pasar página.

Observé a mi hermana y sentí compasión. No tenía idea de que ya estaba
completa, así que seguía en la búsqueda, al igual que la mayoría de la gente.

—Déjame discutirlo con Dimitri. Sería genial poder empezar tan pronto
salga de aquí, y tú tienes los recursos para que eso suceda —dije. Tess me
dedicó una sonrisa condescendiente y una mirada de "ya sabía que me
saldría con la mía"—. ¡Basta! —exclamé—. Eso no significa que estés dentro.
Y tienes que prometerme una cosa.

—Lo que quieras —contestó.

—Que no te vas a poner toda neurótica con nosotros. Digo, *si acaso*
colaboramos.

—No sé de qué estás hablando, Zach.

—Claro que lo sabes. Prométemelo. Y eso no significa que estés dentro.
Tengo un millón de razones para optar por otro camino. Como sea, igual
tengo que comentarlo con mi socio.

—Te lo prometo, Zaquito.

—Que no me digas…

—Fin de la visita —anunció el guardia—. Los visitantes deberán salir por
la puerta blanca, al fondo de la sala. Los reos permanecerán sentados hasta
que se les diga que se retiren.

—Bueno, te llamo cuando sepa algo.

—¡Perfecto! —contestó. Me reí al verla usar la manga de la sudadera
para echar la silla hacia adelante—. Ah, y otra cosa, Zach. Tu amigo Di
tiene razón cuando dice que algo se avecina. Papi ha estado haciendo

movimientos. Muchos movimientos "ilógicos". Supongo que recibió "la llamada", ¿me explico? Me dijo que me preparara porque va a ser mucho más grande que la última vez que lo hicieron, cuando tú y yo éramos niños. Así que seguí sus instrucciones y liquidé casi todo, y lo guardé en otro lado, por si acaso. En resumen, a tu hermanita le espera un cheque bien jugoso. ¡Ka-ching! —Hizo una seña y se dirigió hacia la salida.

—¡Espera! ¿De qué estás hablando?

Se tapó la boca con una mano y susurró con suficiente fuerza.

—Ya sabes. Van a reventar el mercado de nuevo. Papi hasta se fue a la "isla de rescate" —dijo, haciendo comillas con los dedos—, para asegurarse de que esté lista. Mami dijo que al menos estarás a salvo en prisión. Pero, luego de ver este lugar, no estoy tan segura. En fin, amor y luz para los dos, hermanito. Dile a tu amigo Di que esas fueron mis palabras textuales. Namaste, Zaquito.

Al verla salir por las enormes puertas blancas para volver a su vida, una vida muy distinta a la mía, caí en cuenta de que me dejó colgado, tal como lo había hecho miles de veces antes.

» » « «

Al volver a la celda, le conté a Di los detalles de la visita de mi hermana y le compartí la oferta: el financiamiento para arrancar la app, pues sería muy difícil conseguir dinero, dadas nuestras circunstancias.

—Si se trata de negocios y de la parte técnica del asunto —dijo Di—, prefiero que tú te hagas cargo. Yo no tengo experiencia en nada de eso. Hasta donde sé, no veo por qué no haríamos esto con ella.

—Porque no la conoces, Di. Es un tipo de persona muy particular.

—¿No dirías eso de cualquiera, Zach?

—O sea, sí, pero a veces enloquece. Lo he visto.

—De nuevo, ¿no nos pasa eso a todos a veces? —preguntó con absoluta serenidad.

—Además, como que se subió al tren de las idioteces *new age*. Recita las palabras y se pone las prendas y hasta se hizo un tatuaje, pero no está haciendo el verdadero trabajo.

Dimitri me señaló.

—Tú me contaste sobre esa tendencia que está de moda, ¿no? Una cosa pseudo espiritual, ¿verdad?

—Exacto. Y ahora Tess está en ese rollo.

—Tess está experimentando su propia falta de autenticidad sin saber que es parte de su viaje espiritual. Quizá ahí es donde tocará fondo, en su hipocresía, su falsedad. Simplemente será otra oportunidad para que vuelva a casa. Y nada de eso justifica excluirla. ¿Recuerdas lo que siempre digo en este tipo de casos? Si lo piden, hay que dejarlos entrar... —Tendió la mano para indicarme que completara el mantra.

—...sin importar las apariencias.

—Así es. Como sea, no parece algo que pudiera interferir demasiado.

Si alguien es capaz de encontrar la forma de interferir en lo que sea, es Tess.

—¿Entonces qué hacemos? —pregunté.

—Tú toma la decisión. Por mí, lo que sea está bien. —Dicho eso, volvió a su lectura.

Temía que dijera justo eso.

—Me contó algo más que creo que necesitas saber —dije. Dimitri dejó el libro—. Al parecer, por medio de sus conexiones, mi padre descubrió que el mercado financiero mundial se va a venir abajo y que la cosa se va a poner espantosa.

—¿Tu padre tiene conexiones que se lo compartirían antes de que ocurriera? —preguntó Di.

—Mi padre es uno de los hombres más ricos del planeta y está conectado de formas que ni yo me imagino —contesté. Di levantó el libro de nuevo—. No te ves sorprendido.

—No lo estoy —contestó, sin alzar la mirada—. Desde hace tiempo sé que ocurrirá.

—A ver, voy a especular algo. ¿Que sepas eso tiene algo que ver con los momentos en los que hablas con tu abuela muerta? —Me sentí muy tonto haciendo esa pregunta, pero cada vez era más frecuente que tuviera esas conversaciones.

Dimitri alzó la mirada y sonrió.

—Sí y no. Tiene que ver con esos momentos, pero no es mi abuela muerta.

—Ah, pensé que sí porque le llamas Nana. ¿Ya estás listo para contarme más al respecto?

Dimitri cerró el libro y se frotó la cara, con expresión contemplativa.

—No, la verdad no. Sólo que, como ya dije antes, es mi guía. Además, lo que se avecina tiene que ver con enfermedad o algo así.

¡¿Enfermedad?!

—Tess no mencionó ninguna enfermedad. Tal vez no esté relacionado.

—Sí que lo está, mi amigo —dijo entre risas—. Sólo nos enteramos de lo mismo por medios distintos para acelerar nuestro trabajo, tanto a nivel personal como colectivo.

No quise ahondar más en el asunto. Había otras cosas que resolver, e intentar decodificar la mente de Dimitri no era una de mis prioridades.

—Hablando de trabajo, hay otra cosa que necesitamos descifrar, Di.

—¿Qué cosa?

—Para poder sacar de Carlton toda la información contenida en los cuadernos voy a necesitar una cámara digital o un celular con buena cámara. No hay otra manera.

Dimitri lo reflexionó un instante y asintió.

—Tiene sentido. ¿Cómo lo conseguimos?

—Tal vez sea un poco arriesgado, pero ¿recuerdas que el oficial Ogabi me advirtió sobre la revisión sorpresa? —dije.

—Ya sé adónde quieres llegar, Zach. Y aunque fue muy generoso de su parte, quizá esto ya sea demasiado pedir. No es Tanas.

—No, no lo es, pero parece que está de nuestro lado —respondí.

—Podría preguntarle y ver qué dice. No creo que sea lo más divertido del mundo, pero por lo pronto es la mejor solución que tenemos.

Se quedó mirando la pared de enfrente. Le incomodaba la idea, pero era el único que podía pedir una cosa así.

Sonreí.

—Como siempre dices, Di, es lo que es.

LA GRAN PREGUNTA

MARCUS

—¡Ponlo otra vez! ¡Ponlo otra vez! —exclamó Hope e hizo clic en el botón de reproducción del video de YouTube.

Era increíble ver a las dos personas más importantes en mi vida reunidas para ver la grabación del reportaje, y no sé cuál de los tres estaba más emocionado por eso. MJ quería ver los resultados de su intervención telefónica, y como era la primera vez que veía a Dimitri, su presencia imponente la dejó sin aliento. Yo me contentaba con ser parte de ello, aunque sólo apareciera en el fondo de las tomas, como un simple guardia. Y Hope bajaba la velocidad de reproducción cada vez que yo aparecía en pantalla. La enorgullecía verme en las noticias, y, al igual que MJ, estaba tan impresionada por Dimitri que empezó a hacer preguntas.

—Me cae bien Dimitri, papi. Es muy simpático.

—Así es, corazón. Y es muy buena persona. Es gracioso y hace reír a la gente, igual que tú.

—¿Es tu amigo? —preguntó con absoluta inocencia.

—En cierto modo. Pero es complicado.

—¿Por qué?

—Porque Dimitri es un reo y yo soy un guardia. Y eso genera cierta dinámica que dificulta que seamos buenos amigos. ¿Me explico?

Hope suspiró y negó con la cabeza.

—Es como eso que le dijo a la reportera sobre la programación.

Un silencio perfecto nos envolvió. Volteé a ver a MJ, quien ya me estaba mirando y asintió, con las cejas arqueadas. Miré de nuevo a Hope, sin saber bien cómo contestarle.

—Tienes razón, Hope. Eso es, a fin de cuentas. O sea, ¿entendiste lo que Dimitri estaba diciendo? —pregunté y sentí que un montón de emociones se asomaban.

—Creo que sí —contestó—. ¿Yo estoy programada igual que la mayoría de la gente, como dijo él?

No quería asustarla, así que miré a MJ en busca de consejo, pero ella sólo se encogió de hombros y sonrió.

—Él se refería sobre todo a personas adultas, corazón.

—Pero no quiero estar programada cuando sea grande —dijo Hope con voz temblorosa.

De inmediato se me llenaron los ojos de lágrimas. No sabía qué contestarle, pero por fortuna MJ sí.

—No te va a pasar, Hope. No al grado del que habla Dimitri. Saber que no quieres que eso pase te ayudará a impedirlo.

—Pero ¿cómo voy a saber cuándo hacerlo? —preguntó Hope.

—Lo sabrás porque estás aprendiendo algo que se llama *conciencia*. Además, a medida que tu padre sea más consciente, podrá guiarte mejor.

—¿Como lo hace Dimitri con los otros señores de la cárcel?

—Justo así —contestó MJ.

—¿Ya oíste, papi? ¡Vas a ser un héroe, igual que Dimitri!

MJ carraspeó.

—Tu papá ya es un héroe, Hope.

Me limpié las lágrimas y volteé a verla de nuevo. La sonrisa que tenía Hope en ese momento se me quedaría tatuada en la memoria por el resto de mis días.

—Sí, es cierto, papi. ¡Eres mi héroe! ¡Gracias! —Se levantó de un brinco y me abrazó con todas sus fuerzas. En momentos así, recordaba que ser padre era una de las mejores experiencias de la vida. Luego nos echamos de nuevo en la alfombra y nos reímos. Miré de reojo a MJ, le guiñé el ojo y le di las gracias en silencio—. ¡Ponlo otra vez! —gritó Hope y se puso de pie. Le di un beso en la frente mientras MJ se levantaba para acompañarme a la puerta y despedirme.

Mientras conducía al trabajo, el silencio se apoderó de mi mente y me sentí en paz. Sólo albergaba pensamientos positivos, como el asombro de que una nena de nueve años pudiera entender lo que había escuchado en aquella entrevista. También me impresionaba lo mucho que MJ me amaba, aunque yo estuviera muy lejos de alcanzar su grado de conciencia. Pero supongo que lo hacía porque veía que iba en camino. Pensé también en Dimitri, en cómo sus palabras habían conmovido a mi hija, lo que a su vez me conmovió a mí.

Y me inundó una gratitud poderosísima que en última instancia me permitiría ayudar a Dimitri de una forma que jamás habría imaginado posible.

» » « «

—¿Cómo va todo, prisionero Tanomeo? —pregunté al asomarme a la celda 111.

—Todo bien, oficial. ¿Cómo te va en este bello día?

Di un paso al frente, atravesando apenas el umbral.

—También bien. No tengo nada de qué quejarme —contesté con torpeza al recordar que no tenía motivos oficiales para estar ahí. Lo peor de todo es que el silencio incómodo que vino después duró como medio minuto.

—Te invitaría a sentarte, pero supongo que no aceptarías la invitación —dijo Dimitri entre risas.

—Me gustaría, pero sabes que no puedo, ¿verdad?

En respuesta, Dimitri simplemente asintió. Me di cuenta de que era lo más humano que le había dicho desde mi llegada a Carlton.

—Gracias por mencionarlo, oficial —respondió y se llevó la mano al pecho.

—Pero vine a decirte algo —agregué, y Dimitri se enderezó y puso su libro en el catre.

—¿Qué pasó?

Estuve a punto de decir algo todavía más vulnerable que hizo que me sudaran las manos, así que me las metí a los bolsillos.

—Bueno, es que mi hija Hope vio tu video y...

—Nuestro video —me interrumpió con una enorme sonrisa y me señaló—. Tú también sales en él, oficial. Yo te vi, yo te vi...

Dios, es como un niño chiquito. Me frustraba mucho el trabajo que me costaba mostrarme así de vulnerable.

—Creo que te llevarías bien con Hope, ¿sabes? Mentalmente son más o menos de la misma edad.

—Me daría mucho gusto conocerla —contestó sin titubear, sin que mi comentario mordaz lo afectara o como si no lo hubiera entendido—. Todos necesitamos volver a ser niños de nuevo, porque eso es lo que somos.

—Alguna vez te oí decir que somos niños en cuerpos grandes y que la salvación radica en volver a ese estado infantil de jugar en el mundo.

—Qué impresionante que te acuerdes —dijo Dimitri y asintió.

—Bueno, se dice fácil, pero es difícil —contesté con una sonrisa.

—Sólo es difícil o seguirá siendo difícil si afirmas que es difícil —dijo él. *Hora de otra enseñanza de Dimitri*—. ¿Hay ocasiones en las que te permites decir lo contrario?

Recordé que horas antes había estado jugando en el suelo con Hope, como si yo también fuera un niñito. Fue agradable no hacer otra cosa más que jugar, pero Dimitri se refería a llevar eso mismo a otro nivel.

—Sí, sí. Te he oído hablar de todo eso, pero todavía no llego a ese punto. Y no sé si lo lograré.

—Sería una pena, oficial.

—En fin, volviendo a lo que te quería decir, le caíste muy bien a Hope y le gustó mucho lo que dijiste. Aunque es pequeña, entendió tu mensaje de alguna forma, y eso nos unió de una forma muy agradable. No es que no seamos unidos, pero fue un gran momento. Así que quiero darte las gracias por lo que haces por la gente…, incluyéndome.

Dimitri cerró los ojos para procesar mis palabras. Luego los volvió a abrir despacio y contestó:

—Gracias por eso. Me hiciste el día. —Se llevó una mano al corazón e hizo una reverencia. Luego, de la nada se entusiasmó—. ¿No es increíble cómo vienen las nuevas generaciones, listas para hacerse cargo de la nueva Tierra? Siempre me asombra escuchar ese tipo de cosas porque confirman que la Conciencia Divina está en marcha en todos sentidos. Puede ser la prueba de que, a pesar de lo que la oscuridad nos echa encima y nos seguirá echando, juntos nos sobrepondremos y saldremos victoriosos. ¿Por qué otra razón llegarían al mundo en estos tiempos estos niños arcoíris que traen una configuración genética distinta? Con razón le pusiste Hope. —Me tomó unos segundos procesarlo. MJ había mencionado algo parecido antes, pero no había profundizado tanto como él—. Salúdame mucho a Hope y dile que siga así.

—Mi novia, MJ, también es una gran entusiasta de tu trabajo. Es maestra de meditación y ya había oído hablar del PLT antes de que nos conociéramos.

—¡Qué locura!

—Eso mismo pensé yo. Hasta habla como tú y cree en las mismas cosas y así.

—Bueno, dile que le mando mucho amor y que le agradezco su apoyo.
Hora de irme.

—Tengo que seguir, pero...

—¡Espera! Sólo un segundo —dijo y se me acercó—. Necesito pedirte un favor. Y es grande. —Su tono serio me hizo retroceder unos centímetros.

—En otras circunstancias te diría que por supuesto, pero, dado que tú estás aquí y yo soy un guardia, empezaré por preguntarte cuál es el favor.

Dimitri asintió.

—Entendido, jefe. —Me hizo una seña para que me asegurara de que no hubiera nadie afuera de la celda.

—Adelante —dije.

—Zach y yo vamos a crear una cosa tecnológica que ayudará a la gente de afuera como lo estamos haciendo aquí en la prisión. Es algo muy grande. De impacto mundial. Zach empezará a trabajar en ella cuando salga.

La pausa que hizo a continuación me permitió darme cuenta de que seguía celoso del vínculo entre ellos, así que crucé los brazos.

—¿Eso qué tiene que ver conmigo? —Mi tono amargo llamó su atención.

—Bueno —continuó Dimitri despacio—, para que eso ocurra, Zach necesitará la información que está plasmada en cada uno de los cuadernos de los prisioneros.

—¿Por qué no se los lleva cuando se vaya?

—Para empezar, porque son demasiados. En segundo lugar, aquí hay fuerzas que están en nuestra contra, así que no podemos arriesgarnos a que los confisquen si cometemos el más mínimo error. Son las mismas fuerzas que harán hasta lo imposible en el futuro para impedir que las masas sepan la verdad. Pero me estoy desviando del tema. Básicamente necesitamos digitalizar la información de los cuadernos para poder sacarla de aquí —dijo. De pronto sentí mucho frío y rogué que no me pidiera lo que temía que iba a pedirme. Estaba tan nervioso que ni siquiera registré lo que dijo sobre las fuerzas oscuras. Dimitri me miró directo a los ojos y susurró con falsa modestia—. Necesitamos una camarita digital.

Cerré los ojos. *Ojalá no hubieras dicho eso.* Quería ser parte de su movimiento y ayudarlo en la medida de lo posible, pero aquello no sólo me costaría el trabajo, sino que acabaría del mismo lado de las rejas que él.

Me asomé por la puerta, y cuando volteé a verlo de nuevo, me estaba mirando fijamente, en espera de mi respuesta. *¿En qué te estás metiendo,*

Marcus? Me sentí atrapado. Aunque no quisiera hacerlo, no tenía más alternativa que ponerlo en su lugar.

—¿De qué diablos hablas? ¿Con quién carajos crees que estás hablando? —dije entre dientes.

Dimitri se me acercó más que nunca, se inclinó hacia el frente y me susurró al oído.

—Con el hombre que nos advirtió que revisarían las celdas. Con el hombre que nos ayudó a salvar esos valiosos cuadernos que en el futuro ayudarán a más personas. Gracias por eso. Y, aunque no estoy del todo seguro, creo que también es el hombre que tuvo algo que ver con que los medios se enteraran del PLT, lo cual, a su vez, obligó al director a cambiar de estrategia. Eso no sólo salvó el programa, sino que tuvo el beneficio adicional de que ahora habrá un jardín y un huerto en Carlton. Si tuviste algo que ver con eso, te lo agradezco. —Hizo una pausa y luego continuó—: Lo que te estoy pidiendo es un favor, y puedes negarte a hacerlo. Pero lo necesitamos. Quiero que sepas que no es nada fácil para mí pedírtelo, como tampoco debe de ser fácil para ti que te lo pida.

Se sentó en su catre y se apoyó contra la pared. Con absoluta serenidad, clavó la mirada en la pared de enfrente, como esperando que yo diera el siguiente paso.

—¿Cómo diablos voy a meter algo así aquí? —Cerré los ojos y bajé la cabeza, a sabiendas de que estaba insinuando que accedía a hacerlo.

—Zach estuvo investigando y averiguó cómo le hace nuestro guardia favorito para meter drogas y otras cosas de contrabando.

Supe de inmediato a quién se refería, lo cual sólo empeoraba las cosas.

—¿En qué me *ayuda* saber eso de él?

Dimitri me miró con expresión confundida antes de proceder.

—A ver, no puedes compararte con Tanas. Lo que él hace promueve una vibración baja y proviene de su temor a la falta. Lo que estamos haciendo nosotros es contribuir a elevar las vibraciones de la gente en la que influye nuestro trabajo. Esto proviene del amor y nada más. Sólo tienes que preguntarte desde dónde estás operando al momento de tomar la decisión.

Me explicó que podía usar una taza de café grande y desechable, a la cual podía hacerle un fondo falso. Al llegar a la prisión y pasar mi mochila por el escáner, podría poner la taza a un lado, cruzar el arco y luego tomarla de nuevo. Era exactamente lo que hacía cada mañana cuando llegaba con el termo que me regaló Hope en Navidad, el cual decía "El mejor papá del mundo", así que sabía que podía funcionar.

¿Por qué lo estoy considerando? No podía creer que de verdad estuviera contemplando quebrar la ley a ese nivel.

—¿Estás loco, Tanomeo? —susurré—. ¿Qué pasa si revisan la taza o me obligan a pasarla por la máquina? ¡Esto es un delito! Es muy distinto a darles el pitazo de que van a revisarles la celda. ¿Quieres que termine aquí contigo? ¿Crees que por eso estoy aquí?

Me observó con expresión curiosa, como si estuviera armando un rompecabezas mental.

—Voy a contestar tus preguntas en orden. Uno: puede ser que sí, dependiendo de a quién se lo preguntes. Dos: según las investigaciones de Zach, las probabilidades de que eso pase son casi nulas. Tres: aunque me encantaría pasar más tiempo contigo, definitivamente no, porque creo que estás mejor allá afuera. Y, por último, sí, en cierto sentido sí. De otro modo, no estarías aquí. —Sonrió, asintió una sola vez y volvió a ponerse serio—. Escucha, sé que es mucho pedir y que sólo tú puedes decidir si lo harás o no. Pero sólo quiero compartirte una última idea. Si te fijas en todo lo que ha ocurrido en tu vida, en todas las sincronías o como sea que les llames que han pasado desde que nos conocimos esa noche en el callejón, verás que cada una de esas cosas te trajo hasta aquí, hasta este instante. No sé mucho sobre tu mundo, pero me da la impresión de que no es gratuito que se haya configurado de esa forma, ¿no te parece?

Yo también había llegado a esa misma conclusión varias veces.

—Sí, podría decirse que sí —contesté a regañadientes.

Luego me explicó que, cuando las cosas se alineaban a ese grado para hacer algo bueno por el mundo entero, las acciones iban acompañadas de un halo protector. Después volvió a reclinarse contra la pared y agarró su libro para indicar que la conversación se había terminado. Yo tenía mucho en qué pensar; sin embargo, al llegar al umbral, me dio a entender que, desde su punto de vista, yo ya había accedido.

—Zach dice que necesita una minicámara Yaeg y un par de tarjetas de memoria. No sé qué es nada de eso, pero supongo que tú sí. Dijo que lo venden en el Amazonas o algo así —susurró en tono casual mientras abría el libro, y yo me quedé paralizado y boquiabierto.

—Para ti es como pedir una pizza, ¿verdad? ¡Dios! Phil, el productor, tenía razón. Tienes muchos huevos, muchacho.

En el Amazonas. Ahora sí nada me sorprende.

Al salir al pasillo, se me escapó una risita.

—Gracias, oficial —dijo la voz a mis espaldas.

ES LO QUE ES

MARCUS

Durante las dos semanas siguientes, hubo mucho progreso en Carlton. Los invernaderos se llenaron de verduras y hortalizas, y empezaron a funcionar al cien. La biblioteca recibió cientos de títulos nuevos, en su mayoría obras de desarrollo y transformación personal, recomendadas por Dimitri. Al director le estaba yendo muy bien en las encuestas electorales, sobre todo gracias al PLT, aunque no hubiera tenido nada que ver con él.

—Al final del día son puras politiquerías, compadre —me dijo Jim—. El director está haciendo todo para sacar ventaja. Incluso volvió a invitar a los del Canal 5 para mostrarles cómo va el programa de alimentos. Creo que lo que le sugirió Tanomeo a la reportera rindió frutos…, al menos para el director.

Sostuve el tenedor en alto mientras masticaba el último bocado de pay.

—Estoy de acuerdo, Jim. A veces me provoca repulsión, pero, si lo piensa uno bien, ¿qué más da? Acá las cosas siguen mejorando, y hay menos delitos y menos violencia con la cual lidiar, además de que los reos se están alimentando mejor, con comida orgánica y todo. No es tan terrible.

—Y por eso, pero sólo por eso, no me voy a quejar, Marcus.

Y para no poner en riesgo el avance de tu carrera si el director gana la gubernatura.

Empezaba a acostumbrarme a las distintas caras que usaba la gente según las circunstancias. Gracias a las sesiones de la PLT que me había tocado supervisar, fui dejando de juzgar las actitudes de la gente. Claro que las reconocía cuando las tenía enfrente, pero bastaba con ver mi propia hipocresía y falta de autenticidad para dejar de emitir juicios estúpidos sobre otras personas. ¿Quién era yo para juzgarlas? Había mentido, engañado y hasta filtrado información confidencial a un reo, y ahora estaba a punto de meter cosas de contrabando a una prisión estatal a la que había jurado lealtad. No importaba que me justificara diciendo que en el fondo era algo bueno, pues igual había faltado a mi palabra. Señalar los errores ajenos, aun si sus motivaciones eran distintas a las mías, era lo último que me correspondía hacer.

—Salud por eso —dije, alzando mi botella de jugo y chocándola contra su lata de refresco.

Mientras recorría los pasillos, de camino al bloque H, me pregunté qué pensaría Jim si supiera lo que planeaba hacer. ¡Carajo! Si se hubiera enterado de lo que hice hace unos meses, desde entonces me habrían sacado a patadas. Le simpatizaba Dimitri y le agradaba lo que estaba haciendo, además de que reconocía la hipocresía del director. Pero, para hombres como Jim, la ley era la ley, sobre todo porque esas politiquerías repercutían en su vida.

» » « «

Después de dos días de caminar como león enjaulado frente a la camarita y la taza de café de Monty's modificada, llegó la hora de la verdad. El plan era pasar la noche en casa de MJ, quien en la mañana me daría un termo con café tibio para servirlo en la taza alterada justo antes de bajarme del auto, en el estacionamiento de la prisión. En teoría era cosa fácil, pero seguía teniendo mis dudas, y MJ se dio cuenta.

—Aquí hay dos fuerzas en juego, querido mío. Dimitri y los otros seis están contribuyendo a la Luz. Y hablo de la Luz con mayúscula, porque es la fuerza que se opone a la oscuridad, a la maldad, al miedo, a las vibraciones bajas o como quieras llamarles. Si les ayudas… o les *ayudamos*, contribuiremos a lo que es positivo, bueno y de una vibración elevada. Y eso trae consigo el apoyo de reinos invisibles. Sé que suena muy esotérico, pero te prometo que podrás hacerlo. —Me dio una palmada en la rodilla.

Meneé la cabeza, confundido.

—Dimitri dijo algo parecido, que había un halo de protección alrededor de esto o algo así, pero no sé…

—Yo sí —me interrumpió MJ—. Y veo que entrarás a la prisión sin problema alguno, con la taza en la mano. Estoy sintiendo en este instante cómo se siente ser esa versión de mí misma que se alegra muchísimo al recibir la llamada en la que me cuentas que cumpliste tu misión.

—No sé cómo podría ver eso que tú estás viendo, pero me alegra que al menos uno de los dos pueda hacerlo —contesté entre risas nerviosas.

—Todo saldrá bien. Basta con que uses la misma técnica que usaron Dimitri y los otros para mejorar la comida de la prisión. Es lo mismo, pero dicho con otras palabras.

Esa noche, después de irnos a la cama, hice mi mejor esfuerzo por sentir cómo se sentía pasar desapercibido en la entrada de la prisión. Me imaginé dentro de la penitenciaría, caminando de prisa hacia los casilleros de hombres para cambiarme de ropa y desarmar el interior de la taza, sacar la cámara y guardarla en mi bolsillo delantero. Entre más lo visualizaba, mejor funcionaba. Me sentía feliz de haberlo logrado, a pesar de seguir recostado en mi cama.

» » « «

Una vez que estacioné el auto, vertí el café en la taza, le puse la tapa de plástico y me dirigí a la entrada. La máquina de rayos X estaba a cargo del mismo novato de todos los lunes en la mañana. Puse mi mochila sobre la banda y el café encima de la máquina, como hacía siempre que llegaba a Carlton. Pasé por el arco detector de metales y me estiré para agarrar la taza, pero el joven guardia se me adelantó.

—¿Y el termo que siempre traes? —preguntó mientras sostenía la taza alterada y la inspeccionaba.

—¿El que me regaló mi hija? Lo perdí el fin de semana. Pero no le vayas a decir, porque no me lo va a perdonar —dije en son de broma, con el estómago revuelto.

—Ni siquiera está caliente tu café —dijo y miró de cerca la tapa.

No había pensado en una posible respuesta a eso. Me metí las manos temblorosas a los bolsillos, lo cual seguramente me hizo parecer más sospechoso. Tenía la boca seca, y a mi alrededor todo empezó a moverse en cámara lenta. Imaginé el peor escenario posible, en el que el otro guardia encontraba la cámara y pedía apoyo por medio de su radio. Bajé la mirada, y me llamó la atención el libro que estaba junto a su silla: *La vida secreta de los colibríes*.

¡No es cierto!

—Es por la sensibilidad en los dientes. Me acaban de hacer una endodoncia —dije mientras abría la boca y señalaba mi dentadura—. No puedo tomar nada muy caliente ni muy frío. No me encanta la idea, pero no puedo vivir sin café.

El joven guardia se encogió de hombros y me entregó la taza. Tan pronto me alejé un poco y solté el suspiro de alivio que había estado conteniendo, lo oí gritarme desde lejos:

—¡Ey, Ogabi! —dijo. *¡Mierda! ¡Mierda!* Se me bajó la presión arterial y me mareé, pero logré voltear a verlo—. Qué difícil. No sé qué haría si no pudiera tomarme una cerveza bien fría al final del día —agregó con un resoplido.

—Tómate una a mi salud entonces —le contesté mientras el alma me volvía al cuerpo. Volteé de nuevo hacia el frente y avancé de prisa hacia los vestidores, casi sin aliento.

Los dedos me temblaban mientras giraba la perilla de la puerta de mi casillero. Al abrirla, encontré una nota de Jim que decía que fuera a su oficina tan pronto como llegara. *¿En serio? ¿Ahora mismo?* Me puse el uniforme deprisa y caí en cuenta de que debía tirar el café para poder sacar la cámara. Había un par de guardias en el baño, así que no podía tirarlo en ningún lado. No tuve más alternativa que beberlo de golpe. Luego, con mucho cuidado, desprendí el fondo falso y saqué la cámara envuelta cuidadosamente en plástico. Dejé la taza y su tapa en mi casillero, me guardé la cámara en el bolsillo delantero de la chaqueta y me dirigí a la oficina de Jim.

—Adelante, Marcus —me dijo—. ¿Te importaría cerrar la puerta?

—¿Qué pasó, Jim?

—Acerca una silla. —Me hizo una seña para que me sentara más cerca de él. Se notaba que quería contarme algo importante y probablemente preocupante—. Tú y yo hablamos de casi todo lo que pasa aquí en Carlton, ¿verdad?

—Sí, supongo que sí —contesté, sin saber adónde quería llegar con eso.

—O sea, hablamos de las cosas que pasan tras bambalinas, ¿verdad?

—Ah, sí. Claro, claro.

—Y sé que puedo confiar en ti cuando hablamos de estas cosas, ¿cierto? O sea, que quedan entre nosotros.

—Por supuesto. Soy una tumba, Jim.

—Gracias, amigo. Necesitaba confirmarlo antes de contarte los últimos acontecimientos. Agradezco poder hablar con alguien de esto.

De momento titubeé, pero al final me animé a indagar. A fin de cuentas, ya estábamos ahí.

—¿Qué pasó, Jim?

—Esta mañana el director recibió una llamada de nuestro ilustre gobernador, W.H. Stages. Y se enteró de que los medios vendrán de nuevo a la prisión a hacer un reportaje sobre el programa alimentario porque llevan toda la semana promocionándolo en la tele. —Jim miró alrededor para asegurarse de que nadie nos escuchaba. Luego, se inclinó hacia mí, y yo hacia él—. Le dijo a Shady que tenía que bajarle el volumen al PLT, incluso si eso significa silenciarlo. Dice que lo que Tanomeo está haciendo va a sacarlos de la jugada tarde o temprano. Quiere que las estadísticas vuelvan a donde estaban, cuanto antes. "Entre peores cifras, más inversión." Esas fueron sus palabras textuales, según el director.

—¿Qué? —Sentí que se me helaba la sangre.

—Lo que oíste. ¿Te acuerdas de Charlie Clemans, del grupo original del PLT, al que Tanomeo entrenó como instructor?

—Siempre me cayó bien. No era justo que lo hubieran condenado a veintiocho años en prisión por aquel tiroteo. Pero salió adelante y logró que lo transfirieran a la correccional Fieldstat, ¿cierto?

—Así es. ¿Y sabes qué hizo apenas llegó ahí?

—Ni idea, Jim, pero sospecho que planeas contármelo.

—Empezó su propio PLT.

—¿En serio? —tartamudeé—. ¿Entonces ya hay un PLT en otra prisión?

—¡Hay PLT en cinco prisiones de dos estados distintos! Se está esparciendo como un virus, y el gobernador y los directores de esas otras correccionales están diseñando acciones para frenarlo. Las infracciones se redujeron en todas esas prisiones, igual que aquí. En total hay unos mil reos involucrados en el programa en todo el país. —De inmediato entré de nuevo en calor y se me erizó la piel... de pies a cabeza. Me quedé boquiabierto, contento, pero conmocionado—. Y eso no es todo —continuó Jim—. ¿Quieres saber más? —Para entonces no pude hacer más que asentir despacio—. Escucha esto: ¿ubicas la Penitenciaría Estatal Femington?

Eché la silla hacia atrás.

—Es la cárcel de mujeres más grande del estado. ¿Por qué lo preguntas? —Se me quedó viendo hasta que me cayó el veinte—. ¿En serio? —exclamé.

—Sí.

—¿Cómo?

—No tengo idea, pero el director tiene la sospecha de que, cuando liberaron a uno de los instructores del PLT de Fieldstat, empezó a salir con la mujer que empezó el programa en Femington. Están tratando de confirmarlo, pero parece que el temario se fue pasando de persona a persona entre visitas y conversaciones telefónicas. ¿Sabes cómo le llaman allá al programa?

—¿Al programa? ¿Cómo? Ni idea —dije y lo reflexioné un instante—. ¿PLTM? —pregunté entre risas.

—Sí, justo así. ¿Cómo lo supiste?

—Bueno, porque la M sería de mujeres, ¿no? No es nada del otro mundo, Jim. —Cuando asenté las manos en su escritorio y bajé la mirada, Jim soltó una risotada. Yo tenía sentimientos encontrados. Me alegraba mucho saber eso, pero también estaba furioso—. Es asombroso. Sé que el sistema penitenciario está diseñado para obtener ganancias, pero nunca imaginé que la corrupción pudiera llegar tan lejos.

—De acuerdo. Si no fuera porque Shady necesita tener al gobernador de su lado para ganar, quizá no estaríamos teniendo en esta conversación. Pero quién sabe. —Se rascó la cabeza mientras reflexionaba algo.

—¿Cómo que "quién sabe"? Todo se reduce a eso, ¿no?

—Pues esa es la cosa. Parece que es algo mucho más profundo. Según Shady, el gobernador recibió "la llamada". Ese fue el término que usó, pero no tengo idea de a qué se refería ni de quién lo llamó. No me gusta hacerle muchas preguntas cuando está así de acelerado. Sólo lo dejo que se desahogue. Lo que sí entendí es que a alguien no le agradó lo que dijo Tanomeo en televisión.

—¿De qué hablas? —pregunté, pues tenía la sospecha de que aún quería contarme algo más.

—Después de la llamada, el gobernador se empeñó en impedir la próxima entrevista. Hizo hasta lo imposible para convencer a Shady de cancelarla.

—¿Y todo por algo que dijo un prisionero?

—Sí. Pero al final el director lo convenció de que, con lo poco que falta para la entrevista y las expectativas que ha generado, lo mejor sería convencer a Tanomeo de alinearse. El gobernador aceptó, pero hizo que el director le prometiera que tendría control absoluto sobre las palabras de Tanomeo.

Meneé la cabeza.

—¿Bajarle el volumen al PLT y controlar a Tanomeo por la fuerza? No estoy seguro de que sea posible. ¿Cómo piensa hacerlo?

—Ni idea, pero si quiere ser gobernador tendrá que encontrar la forma.

Está en una posición muy comprometedora, entre los medios, el gobernador y Tanomeo.

—Pero ¿por qué con Tanomeo? Podría no permitir que esté presente en la entrevista, ¿no?

—El director ya se comprometió a que Tanomeo esté. ¿No has visto el anuncio en el Canal 5?

No sabía bien cómo enunciar las siguientes palabras frente a otro hombre.

—En este momento no tengo tele —dije, bajando la mirada.

Jim me miró con genuina preocupación y se puso serio.

—¿Cómo que no tienes tele, Marcus?

Una parte de mí quería contarle todas las cosas que habían cambiado en mi vida desde que conocí a MJ, pero preferí morderme la lengua. Supuse que no entendería.

—Es una larga historia —contesté.

Jim hizo una pausa, no sé si para tratar de descifrar mi respuesta o para imaginar cómo sería la vida sin tele.

—Bueno, pues lo lamento mucho, compadre —dijo finalmente—. Como sea, están armando otro reportaje con Tanomeo sobre el programa alimentario. ¿Recuerdas que le hizo a Marianne la broma de que la invitaría a cenar al final de la otra entrevista?

Todo empezaba a tener sentido.

—Si Tanomeo se entera de lo que está pasando, lo divulgará en televisión nacional, y eso pondría en riesgo que el director gane la gubernatura.

Jim negó con la cabeza y me señaló.

—No, no sería un riesgo. ¡Acabaría con su carrera! La campaña de Shady depende por completo de la recomendación de Stages y de manipular las estadísticas. Aun si cancelan el PLT y eso empeora las cifras, no se va a notar sino hasta después de la elección. Shady gana de cualquier manera. Pero, si Shady le retira el apoyo al programa, Tanomeo se lo va a comer vivo frente a los medios. Por otro lado, si Shady no hace lo que le pidió el gobernador, perderá su apoyo. Y el gobernador quiere estar segurísimo de que el PLT está contenido, a punto de ser desmantelado y erradicado por completo. Shady está entre la espada y la pared. Planea hablar con Tanomeo para convencerlo de que se ponga de su lado antes de la entrevista.

—Es una locura —dije.

—Y eso no es todo. De verdad no estaba seguro de contarte esto —dijo, titubeante, así que me acerqué un poco más.

—Ya estamos en este camino, Jim. ¿Qué más da un secreto más? —dije entre risas. Fue uno de esos momentos en los que me daba la impresión de que, si el infierno de verdad existía, tenía un lugar reservado para mí.

—Además de acabar con el PLT, el gobernador Stages le ordenó al director desmantelar por completo el programa alimentario antes del final de su gestión. Le dijo a Shady que, cuando llegara a la gubernatura, podría anunciar públicamente que faltaron algunos permisos o que hubo problemas de salud provocados por algo de la tierra de cultivo. Puras mentiras, claro. Le dijo al director que necesitaba confundir al público con información imprecisa y que podía pedir el apoyo de los medios si era necesario. —Jim volvió a mirar alrededor y susurró—. El punto es que vamos a derribar los invernaderos y todo, Marcus. Pase lo que pase.

En ese momento sentí algo indescriptible, comparable con como creía que me sentiría si alguien le hacía daño a Hope. La sangre me hervía tanto que no pude evitar cerrar los puños.

—¿El director te contó todo eso, Jim?

—Palabra por palabra, compadre. Y no se veía nada contento. Supongo que necesitaba sacárselo del pecho y yo soy el más cercano a él. Confía en mí. Como yo en ti, si lo piensas bien. —Jim hizo una pausa—. Pero no vas a...

No podía seguirlo escuchando. Estaba lívido.

—Tengo que ir al baño en este instante —dije, sin inflexión en la voz.

—¿Escuchaste lo que te dije? —preguntó Jim.

—Sí, claro. Ahora vuelvo. —Me levanté, salí de prisa de su oficina y me dirigí al baño de hombres, donde caminé de un lado a otro. Para ser sincero, no me atrevo a repetir lo que pensé en ese instante sobre esos hombres, incluyendo a Tanas.

Calma, Marcus. Que este sea el fondo.

Me miré al espejo, me eché agua fría en la cara e inhalé profundo. Empecé a observar esos pensamientos, que era el primer paso para confirmar que no eran míos.

Observé el desarrollo de la película mental. Varios hombres desmantelaban literalmente los invernaderos y rompían las macetas mientras un tractor aplastaba los cultivos. Vi a los reos asomados por la ventana desde donde habían presenciado el arranque del proyecto. Tenían el corazón roto;

las autoridades aplastaron sus sueños, así que olvidaron de inmediato las enseñanzas de Dimitri. En ese momento una voz gritó en mi cabeza: "Date cuenta de que estás creando una realidad que no existe. Pregúntate si esa es la versión que eliges encarnar en el reino físico de la existencia, ¡porque eso es justo lo que estás haciendo!"

Eran las palabras que alguna vez Dimitri había gritado en la capilla, durante una de las sesiones del PLT. No pude contener la risa mientras me secaba la cara.

—Esto no se acaba hasta que se acaba, Marcus —le dije a mi reflejo—. Cualquier cosa puede pasar.

» » « «

Dejé de darme palmadas en la espalda tan pronto como entré al bloque de celdas. Volví a estresarme por contrabandear la cámara cuando recordé que aún tenía que entregársela a uno de los dos prisioneros. Pero el plan era empezar con una caminata de reconocimiento. Sabía que lo mejor sería entregarla cuando sólo estuviera uno de los dos en la celda; de ese modo, si pasaba algo, sería mi palabra contra la de sólo uno de ellos.

Al pasar, vi que la suerte estaba de mi lado. Zach estaba solo en su catre, escuchando música y fingiendo que pinchaba discos en una tornamesa imaginaria. Seguí adelante, asomándome a las otras celdas, la mayoría de las cuales estaba vacía, pues a esa hora casi todos los reos estaban en la sala de usos múltiples. Cuando llegué al final del pasillo, me di media vuelta y volví sobre mis pasos. Miré a mi alrededor y entré a la celda 111.

—Hola, Markland. Apaga eso —dije mientras le daba un empujón en el pie con los nudillos.

—¿Qué hay de nuevo, oficial?

—¿Qué hay de nuevo? Que este lugar es un desastre. Quita tus zapatos del camino y arregla esto de inmediato. —Bajó de un brinco y me miró a los ojos, sorprendido. Me paré enfrente de sus zapatos y rápidamente dejé caer la cámara dentro de uno de ellos—. Esto es un chiquero, Markland. ¿Así te educó tu mamá?

Zach se asomó al zapato y me siguió la corriente.

—Perdón, oficial Ogabi. Se me están pegando los malos hábitos de mi compañero de celda. Yo creo que a él sí lo criaron en un chiquero. —Agarró los zapatos y los metió debajo de la cama. Luego se puso a doblar ropa encima del catre.

—Si no quieres que te amoneste, Markland —continué—, sugiero que pongas más atención a la limpieza de tu espacio personal. —Estaba tan nervioso que no sabía si estaba exagerando, sobre todo cuando sentí el disparo de cafeína en las venas. Inhalé profundo, me asomé por la puerta y susurré—: Necesito decirte algo, así que pon atención. —Zach siguió doblando ropa mientras volteaba a verme de forma discreta. Le solté todo lo que me había contado Jim con lujo de detalle. Necesitaban saberlo todo para encontrar la forma de hacer algo al respecto—. ¿Me oíste, Markland?

Zach asintió, y me pareció que su mirada había perdido algo de vitalidad.

—Qué mierda es la política —susurró—. Es como la cura del cáncer, ¿sabes? Existe, pero no la sacan al mercado porque el cáncer es un negociazo que le da trabajo a mucha gente. Es la misma gata revolcada. Tanto que nos hemos esforzado… para que no sirva de nada.

—No puedo opinar al respecto, pero supongo que querrás pasarle esta información a tu compañero de celda. —En secreto me complació saber que podía ser más optimista que Zach, a pesar de todo el trabajo que él había hecho con "el maestro".

—Eso haré. Gracias —contestó. Se veía angustiado, pero quizá no tanto por el programa como por sus propias razones. Era uno de esos reos que entraban en pánico ante el primer indicio de peligro.

Me dirigí a la puerta, volteé a verlo de nuevo y exclamé:

—¡Quiero que esto quede impecable!

—Sí, señor. No volverá a pasar, oficial —contestó en voz alta mientras yo me iba.

Antes de dar vuelta en la esquina, me detuve e inhalé profundo varias veces para expiar mis culpas. Acababa de traicionar mi trabajo, a mi amigo Jim, mi propia palabra y, probablemente en opinión de algunas personas, a mi propio país.

Estaba en medio de una paradoja mental en la que la voz en mi cabeza se esforzaba por hacerme sentir culpable y dudar de mis acciones. Con una última exhalación, decidí erguirme, caminar hacia adelante y hacer el trabajo para el que me habían contratado hombres corruptos que, a su vez, habían sido contratados por otros hombres igual de corruptos que ellos. Al mismo tiempo, seguiría adelante con la traición, a sabiendas de que formaba parte de un panorama más amplio, de un plan más grande que algún día podría derrocar al sistema corrupto para el que yo trabajaba. Cuando la vocecita volvió a hacerse notar, en un intento por confundirme, apelé a la voz más audible y grande, la que de verdad me representaba, para que se irguiera igual que yo y afirmara: "Es lo que es".

CONOCE A TU ENEMIGO

ZACH

—¡Qué hijo de puta! ¿Verdad, Di? —Acababa de ponerlo al tanto de los nuevos obstáculos y frenos, derivados de la corrupción profundamente arraigada en la política y la avaricia modernas.

—Siendo justos, Zack, no sabemos exactamente qué está pasando en su vida.

—¿A qué te refieres con lo que está pasando en su vida? ¿Qué hay de lo que nosotros hemos pasado y de lo mucho que nos hemos esforzado? Todo eso está en riesgo.

—No estuvimos ahí durante su discusión con el gobernador Stages, pero lo que sí sabemos es que ambos están haciendo lo mejor que pueden con las herramientas limitadas que tienen al alcance. —Típico de Dimitri. Genio y figura, hasta la sepultura. Siempre veía las cosas desde la perspectiva del otro, lo cual a veces me sacaba de mis casillas. Decía que eso era vivir en un estado de compasión, pero en mi opinión era más bien ser un pelele y un tibio—. Al mismo tiempo —continuó Di—, es información muy valiosa para nosotros. Nada más para ver si entendí bien, ¿esto te lo contó el oficial Ogabi y te trajo la cámara? —Nos habíamos detenido en el pasillo, de camino al comedor.

—Así es, Di. También trajo un par de tarjetas de memoria. Mañana empiezo a trabajar. Robert va a ayudarme. Se hará cargo de cuidar la puerta en lo que yo tomo las fotos. —Seguimos caminando. Me incliné un poco hacia él y susurré—. Tendrás que descifrar qué hacer con lo del director. Te va a mandar llamar pronto. Creo que hay mucho en juego, Di.

—Lo sé. Pero no olvidemos que también puede haber una oportunidad. Siempre la hay. Necesito pedir que me guíen —dijo en voz baja, con absoluta confianza. Luego me puso una mano en el hombro y sonrió—. ¿Nos vamos a tomar unas cuantas "sefis" mientras tengamos la cámara?

Solté una carcajada.

—Así se habla, Di. Estamos haciendo historia en la Penitenciaría Carlton.

Y se llaman selfis, por cierto. Y también tomaremos unas cuantas fotos del equipo. —Su energía tenía la capacidad de reanimarme, sin importar qué tan desmoralizado estuviera.

—Prisionero 52066, Dimitri Tanomeo, preséntese en la oficina del programa. —Exclamó una voz en los altavoces—. Prisionero Tanomeo, a la oficina del programa.

—Mierda, Di. Se ve que no tienen tiempo que perder. Comemos rápido para que te puedas ir —dije mientras me formaba en la fila.

—Ey, Tanomeo, oí que te vocearon, bro —le gritó Vinny desde el principio de la fila—. Te cedo mi lugar. Yo tomo el tuyo.

—Apúrate, Di. Luego nos vemos —dije mientras él se dirigía hacia donde estaba Vinny.

—¡Ni en sueños, Tanomeo! —gritó Tanas desde el otro lado del comedor—. Te vas directito a la administración. ¿Qué parte de "presentarte" no entendiste?

—Otro hijo de puta —susurré mientras Di pasaba a mi lado de camino a la salida.

—El ayuno intermitente es muy saludable, Zach —contestó entre risas antes de cruzar la puerta.

» » « «

Más tarde, cuando volvió a la celda, parecía que lo había revolcado una ola.

—Te tuvieron ahí mucho tiempo, Di. ¿Qué pasó?

—El director quería hablar conmigo.

—¿Sobre qué?

—Pues dice que quiere ser gobernador y que nada lo va a detener. —La mirada de Di era seria—. Pero de verdad *nada*.

—Siéntate, hermano —le dije. Dimitri se sentó en su catre y yo me acomodé en el piso, frente a él.

—Fui a su oficina y me hice el tonto —continuó Di—. Para medir las aguas. Al principio todo fue muy cordial. Me ordenó reducir muchísimo las sesiones del PLT y me dijo que ya no podíamos hacerlas en lugares públicos. Primero le echó la culpa a la burocracia, pero obviamente eso era pura caca.

Dijo que en las celdas podemos hacer lo que queramos, siempre y cuando no haya más de dos personas presentes.

—Con eso va a matar el programa. ¿Cómo podríamos difundir el mensaje de liberación personal con ese tipo de aislamiento obligatorio? —pregunté mientras procesaba la gravedad del golpe.

—Eso es justo lo que quiere, Zach. Y ahí no acaba la cosa. Me dijo que agradecería que, cuando venga el equipo del noticiero a entrevistarme de nuevo, no mencione nada de eso ni tenga otro de mis exabruptos. Quiere que practiquemos exactamente lo que voy a decir frente a la cámara, y que, puesto que soy un tipo positivo, sólo debo decir cosas positivas y previamente aprobadas. O sea, sus palabras. Me prometió que, si lo hago, ampliará la biblioteca y construirá más invernaderos de los que ya tenemos.

—Pero, según lo que dijo el oficial Ogabi, eso es pura patraña.

—Pero el director no sabe que yo lo sé, así que dejé que siguiera dorándome la píldora un rato. Cuando terminó, me preguntó qué opinaba de su oferta.

—¿Le dijiste que se la metiera por donde no le pega el sol?

—Ya sabes que no soy ese tipo de persona, Zach. De hecho, me sentí mal por el pobre viejo. Se notaba que no la estaba pasando bien. Sin embargo, tampoco podía darle gusto, así que le contesté que lo pensaría.

—Pero ¿qué tienes que pensar? Yo me habría enfurecido y lo habría mandado a la mierda.

—Tal vez por eso me tocó estar en esta posición, navegando este gran barco en medio de la tormenta. He visto cómo te pones cuando te enojas, Zach. Pero ¿qué tanto te funciona de verdad?

Esbocé una sonrisa burlona y asentí.

—Sí, sí, ya sé, Di. Ya hemos tenido esta conversación. Déjame encargarme de lo mío, y tú hazte cargo de lo tuyo. Sólo llévanos en la dirección correcta, ¿de acuerdo?

—¿Alguna vez los he decepcionado?

—Jamás.

—En algún momento —continuó—, incluso se sinceró y me explicó que había fuerzas externas que querían derrumbar nuestro proyecto hasta que no quedara nada. Y dijo que él tenía que obedecer, pero que, aunque de momento impusiera muchas restricciones, si yo lo ayudaba él me prometía que las iría quitando poco a poco hasta volver a lo que llamó "la nueva norma".

Lo interrumpí.

—Que es justo algo que el gobernador no querría, porque él quiere acabar con nosotros de forma permanente. ¿Crees que el director te está engatusando para que colabores con él?

—Eso parece. Pero igual me da la impresión de que no está del todo convencido y lo está haciendo porque se siente acorralado. Con la vida tan poco auténtica que lleva, es probable que crea que no tiene más alternativa que jugar sucio.

—¿A qué crees que se refiere con eso de la "nueva norma"? —pregunté, sin poder confiar en sus supuestas promesas.

—¿Quieres saber qué significa en realidad, más allá de lo que él tiene en mente? —Dimitri carraspeó y me miró a los ojos—. Significa que planean quebrarnos con tácticas que se han usado a lo largo de la historia. Nos van a aislar, a silenciar, a enemistar. Y luego, cuando no podamos más, justo antes de que perdamos la fe, volverán con una nueva norma.

Más o menos entendía de qué estaba hablando.

—Esa *nueva norma* será una vida más restrictiva que la que tenemos ahorita, ¿cierto? ¡Es maldad pura, Di! —exclamé—. Entonces, cuando pongan esto en marcha, la vida en Carlton, que de por sí nunca ha sido maravillosa, no volverá nunca a ser la misma, y no podemos hacer nada al respecto, ¿verdad? —pregunté, pero de inmediato me arrepentí de haberlo expresado en esos términos. Era como si se me hubiera olvidado con quién estaba hablando.

Dimitri esbozó una enorme sonrisa.

—Ese es justo el aspecto en el que te hace falta trabajar, mi amigo.

—Perdón. En fin, ¿cuál es tu plan, Di?

Me volteó a ver de nuevo, confundido.

—¿Plan? No tengo uno de ésos, Zach —contestó entre risas—. Sólo sé que todos estamos en un viaje heroico, y eso significa que siempre existe no sólo la posibilidad, sino también la probabilidad de que nos sobrepongamos a cualquier cosa que nos lance nuestro antagonista. —Me señaló—. ¿Recuerdas lo que siempre digo que hay que hacer para que eso ocurra?

—Es imposible olvidarlo —gimoteé. No es que no me gustaran sus mantras, sino que me agotaba tener que repetirlos durante las sesiones.

Dimitri se frotó las manos.

—Digámoslo juntos, Zach.

—Sí —asentí, aunque para mis adentros puse los ojos en blanco.

Luego, declamamos al unísono.

—Elijo ser el héroe de este increíble juego que no sólo elegí jugar, sino que creé por voluntad propia. Recibo con brazos abiertos la caca que me tiren encima, pues los obstáculos paradójicamente perfectos del tablero creado por mí sólo aparentan frenarme, cuando en realidad lo que hacen es empujarme hacia la meta.

Dios, ojalá nadie nos haya escuchado. Me levanté y me asomé por la puerta; no había moros en la costa.

—Y apenas estamos empezando, Zach —agregó. *Ay, no, falta más—.* Sintamos qué se siente estar del otro lado mientras nos plantamos en un lugar de confianza en que las cosas que queremos existen en el reino de lo que ya logramos. Al hacerlo, sentaremos las bases para que ocurra la magia, mientras la mente y el corazón se unen y crean lo que es necesario crear para garantizar ese resultado. Desde ese lugar, el *plan* se nos mostrará cuando sea necesario. —*Ya sé qué viene después de esto—.* ¿Y qué es lo que hace que esto sea tan poderoso? —preguntó.

—Ya sé, Di, ya sé.

Volvimos a declamar al unísono.

—Que dos o más se reúnan.

—Bueno, y luego viene la parte no tan buena —dijo, bajando la voz.

—¡Ay, no! ¿Pasó algo más?

—Como no acepté de inmediato, el director se puso pesado conmigo —dijo Di.

—¿Cómo que pesado?

—Me recordó que faltaba poco más de una semana para que viniera el equipo del noticiero y me dijo: "Mira, muchacho, te recomiendo que aproveches este tiempo para pensar en las cosas que de verdad te importan. He oído que sus nombres están en una lista y que su programita ha reducido las ganancias de alguien. Sería una pena que algo les ocurriera, ¿me explico? Por otro lado, podría pedirle al oficial Tanas que se asegure de mantenerlos a salvo hasta la entrevista, y después también. Como ya dije, si colaboras conmigo, haré lo que esté en mis manos para adelantar tu audiencia de libertad condicional. ¿Qué te parecería eso, muchacho?"

Por primera vez desde el incidente con Earl, el miedo me paralizó por completo.

—Perdón que te lo pregunte, Di, pero ¿dijo "*sus* nombres" o sólo "*tu* nombre"?

Di se encogió de hombros.

—Habló en plural. Refiriéndose a ti y a mí. —Asintió—. Y también habló de que algo *nos* ocurriera. Y luego…

—Ya entendí. No tienes que entrar en detalles. —Me inundó el pánico—. ¡Mierda! Todo iba muy bien. Era como si hubiéramos estado protegidos todo este tiempo —dije y meneé la cabeza—. ¡No quiero volver a vivir así!

—Pues no lo hagas —contestó Dimitri con absoluta calma, a pesar de mi histeria.

Inhalé profundo para frenar mi mente.

—Hace tiempo mencionaste que Joaquín Flores te daba una vibra extraña —dije—. ¿Crees que él es el que anda tras nosotros?

Dimitri asintió.

—Si lo piensas bien, tiene mucho sentido. ¿Cuántos hombres han dejado de consumir o de apostar, por no hablar de las otras actividades que controla La Familia? Creo que gracias a nosotros ya no ganan lo mismo que antes.

—¿Nosotros? Si fuiste tú. Tú empezaste esto. —Me cubrí la cara con las manos. Sabía que estaba siendo una gallina, pero no podía evitarlo.

—Técnicamente lo empezamos juntos, ¿recuerdas? Pero existe la posibilidad de que sólo quieran mi cabeza. Seguro que me ven como el líder. ¿Eso te hace sentir mejor?

Esa pregunta me obligó a frenar en seco.

—No, hermano. No quiero que te pase nada. Lo siento; esto me pone muy mal. ¿Cómo puedes estar tan tranquilo sabiendo que te quieren matar? No sé por qué no le dijiste al director en ese instante que estabas de su lado. ¿Por qué no puedes seguirle la corriente? Todavía podrías ir y decirle que aceptas su oferta.

Se me quedó viendo como si no entendiera.

—Pero si acabas de decirme que debí mandarlo a la caca, ¿recuerdas?

¿Eso dije?

—No, lo que dije es que eso habría hecho *yo*. Pero *tú*, al ser el capitán, debiste aceptar…, creo. Habría sido lo mejor, ¿no? —Para entonces, mi cobardía ya no tenía límites.

—Zach, ¿estás abierto a aprender en este momento?

Ya me había hecho esa misma pregunta antes. Significaba que estaba listo para echarme encima verdades muy densas. Me froté la cara y me di unas ligeras bofetadas.

—Sí, está bien. Dale.

—¿Recuerdas lo que te enseñé sobre las dos emociones que básicamente controlan todo? —preguntó.

Ya sabía adónde quería llegar, pero no tenía ganas de acompañarlo. Sin embargo, Di era Di, y yo era su público cautivo, así que no tuve más remedio que ceder.

—El miedo y el amor. Y sí, en este momento estoy en un estado de miedo, lo reconozco.

—Gracias por asumirlo. ¿Recuerdas que hablamos de que es natural que los humanos sientan miedo? Es un mecanismo que adquirimos al comienzo de nuestra existencia y que tenía una buena razón de ser. En ese entonces lo necesitábamos. Pero, como tú y yo bien sabemos, la mente humana moderna no ha recibido el memo todavía.

—¿El memo?

—Ese que dice: "Atención, usuario: puede mantener el miedo guardado la mayor parte del tiempo. Las probabilidades de ser devorado por un león son casi nulas. ¡Ya la libró!"

Solté una risotada.

—Supongo que yo tampoco he recibido el memo, ¿verdad?

—Claro que sí. Después de vivir en esta celda conmigo durante tanto tiempo y al haber hecho el trabajo que hemos hecho con otros…, lo has recibido varias veces. Sólo te falta integrarlo a tu realidad actual.

—Pero ¿cómo lo hago? Sé que permanecer en estado de fuga o lucha cuando no hay una amenaza inmediata es dañino en muchos sentidos. No me gusta cómo se siente a nivel corporal, y eso es un gran indicador de que tengo que cambiar algo dentro de mí.

—¡Caray! ¿Quién lo iba a pensar, Zach? Hasta te detuviste a ver qué le pasaba a tu cuerpo. Estoy orgulloso de ti, mi amigo —dijo Di. Ese halago me relajó un poco. Luego, agregó—. Volvamos al amor y al miedo, y a su relación con la luz y la oscuridad.

—Esa parte me la sé —intervine con entusiasmo—. El amor es al miedo lo que la luz es a la oscuridad. Me lo enseñaste en uno de los libros que tienes bajo la cama. Y sé que no podemos deshacernos del miedo por pura voluntad ni por la fuerza.

—No, no podemos, así que hay que iluminarlo en este instante con la luz del amor. Y para eso hay que hacer cierto trabajo. Como ya te he dicho, el trabajo que tienes que hacer contigo mismo nunca se acaba. Lo que sientes frente a la situación actual es señal de que hay más por hacer. —Se me acercó muchísimo—. ¿En dónde estamos en este instante, Zach?

Alcé la mirada y vi a mi alrededor.

—En nuestra celda, en Carlton.

—¿Estamos vivos en este instante, en nuestra celda, en Carlton?

—Sí, lo sé, en este preciso instante estamos vivos.

Dimitri me hizo recordar que ese momento era perfecto, ese presente, ese segundo, porque es el único instante que de verdad ocurre. Cualquier estrés o ansiedad que yo le pusiera encima era cosa mía. Recibí la invitación a quedarme ahí, con él, en el ahora. Claro que también podía elegir quedarme en un futuro imaginado o en un pasado que sólo existía en mis recuerdos, donde seguiría sufriendo.

Me lo había dicho muchas veces, y gracias a la meditación y al ejercicio de observar mis pensamientos, había logrado permanecer ahí, en el ahora, durante periodos prolongados. Pero esta vez era distinto.

—Entiendo —dije—. En serio entiendo. Pero, al hacer las cosas a tu manera, es como si ignoráramos el peligro que tenemos enfrente. Somos como palomas listas para que La Familia nos cace y nos sirva en tacos —Dimitri se esforzó por no reírse de mi broma sobre los tacos. Continué—: Sé que crees que nunca morimos en realidad y que somos seres eternos, pero supongo que yo no he llegado ahí, así que siento que este tipo de vida es irresponsable e imprudente.

—¿Sabes qué sería imprudente? Que vuelvas a poner los tacos de paloma y La Familia en la misma oración. Además, estoy seguro de que nadie nunca ha comido tacos de paloma.

Me explicó entonces que permanecer en el presente no implica ignorar posibles peligros, sino hacer lo necesario para prevenirlos o prepararse para ellos. La diferencia es que se hace de forma consciente, en un estado de presencia en el que se pueden tomar decisiones sensatas. Si algo ocurre, cuando ocurra será también un presente, y entonces uno hará lo mejor posible para enfrentarlo.

—Pero a ver, compadre, ¿cómo carajos le haces para estar en el ahora siempre?

—Porque sé que no hay paz en ninguna otra parte. He intentado vivir de otra forma, pero no me funciona. Eso no significa que no tenga momentos en que me siento como tú, ¿sabes? Pero no duran más de uno o dos segundos. —Me guiñó un ojo, pero yo sólo sonreí y meneé la cabeza—. La única diferencia es que tengo más práctica volviendo al presente. —Me dio una palmada en el hombro—. Vas muy bien, hermano. Sigue observando esos pensamientos. Y recuerda que, al final del día, tú eliges dónde… o quizá más bien "cuándo" quieres estar.

Me sentí mejor después de aquella conversación, la cual me confirmó que el amor en verdad extingue el miedo.

—Bueno, pues mientras estamos en el ahora, tengamos una discusión consciente sobre cómo podemos prevenir o reducir las probabilidades de que esta nueva amenaza nos ponga en peligro —dije.

—Bien dicho, mi amigo. Y eso es justo lo que vamos a hacer.

» » « «

Pasamos más de una hora contemplando las posibles acciones que podría emprender cada una de las partes, así como las mejores opciones que teníamos a nuestro alcance para sobrevivir la tormenta que al parecer se avecinaba.

Dilucidamos que Tanas era el perro faldero del director. Según Di, después de que el director le dijo que se fuera, alcanzó a escuchar que llamaba a Tanas por radio. Le ordenó que fuera a su oficina cuanto antes. Supusimos que quizá Tanas era el vínculo lejano del director con la pandilla de Joaquín, pues era el más corrupto de los guardias y varias veces lo habíamos visto cuchicheando con Joaquín o con su mano derecha, Ronny Orozco, alias Sleeper.

Sabíamos que, aunque hiciéramos lo que el director quería, que básicamente era que lo obedeciéramos, eso quizá no resolvería el problema con La Familia. A ojos de Joaquín, no había forma de resarcir el daño. Su negocio se había visto afectado de forma permanente, y él quería vengarse y castigarnos de forma ejemplar.

Por fortuna, Di y yo coincidíamos en algo muy específico: era esencial que ambos saliéramos vivos de Carlton. Él necesitaba hacerlo para seguir adelante con el plan de cambiar el mundo. En mi caso, yo sólo quería salvar el pellejo.

Al final se nos ocurrió un plan, o más bien una serie de medidas. Una de ellas era compartirles a los Siete Fantásticos que quedaban lo que estaba pasando. En equipo podríamos desarrollar un sistema de conciencia elevada en torno a nuestra seguridad personal. Ninguno iría solo a ningún lado, y nos cuidaríamos las espaldas siempre que fuera necesario. También acordamos que le contaríamos todo al oficial Ogabi; pero, por si acaso, decidimos que quizá lo mejor era que Dimitri y él no hablaran directamente. Por lo pronto, yo seguiría fungiendo como intermediario.

Tendríamos que poner en marcha otras maniobras cuanto antes. Pero lo principal era que no se me olvidara estar en el presente y no entrar en pánico, lo cual a veces era más fácil en teoría que en la práctica.

PÁNICO Y LOCURA EN CARLTON

MARCUS

Habían pasado ya varios días desde que Zach me puso al tanto de lo que ocurrió en la reunión entre Dimitri y el director. El aire que se respiraba en el bloque H era distinto. No se podían hacer reuniones públicas del PLT, y los guardias teníamos la instrucción de amonestar a cualquiera del grupo original que se reuniera con cuatro o más personas en cualquier parte de la prisión. Por si fuera poco, la restricción de no más de dos hombres por celda extinguía cualquier posibilidad de avanzar en su trabajo.

En cuanto a Dimitri, al parecer se estaba tomando muy en serio la amenaza de la que Zach me habló. Casi no pasaba tiempo a solas en su celda y por lo regular se le veía caminando con al menos dos de los otros miembros de su grupo. Los demás siguieron su ejemplo. Además, se notaba que La Familia se traía algo entre manos, pues los miembros de la banda de Joaquín habían estado paseando por los pasillos más de lo habitual. Algo se avecinaba, pero no había forma de saber qué era ni cuándo ocurriría.

Deseaba con ansias poder hacer algo al respecto, pero no tenía más remedio que seguir desempeñando mi papel como guardia de seguridad de la Penitenciaría Estatal Carlton. No podía contarle a nadie lo que Zach me había dicho, pues Dimitri se había reunido con Shady a solas, en su oficina, sin testigos. Por lo pronto, el peligro inminente que percibíamos era mera especulación. Y si le compartía a alguien los detalles, sería obvio que estaba coludido con ellos.

Hasta Jim, mi mejor aliado, estaba demasiado preocupado por su carrera como para protegerme si acaso le soltaba la sopa. Tenía las manos atadas. Lo único que me quedaba por hacer era vigilar tanto a Tanas como a La Familia y mantener la oreja parada por si acaso alcanzaba a oír algo que pudiera servirle a Zach.

Al llegar al salón de usos múltiples, vi a los miembros del PLT separados en distintas mesas. Tanas se les acercaba, paseando de mesa en mesa, para impedirles hablar de cuestiones transformacionales. El plan del gobernador y del director estaba funcionando a varios niveles. Distanciar a los miembros del PLT e impedirles hacer aquello que tanto les gustaba mermaba su espíritu. Eran mucho más fáciles de controlar y hasta se veían dóciles. El hecho de que dos hombres por sí solos pudieran aplastar a decenas más tenía cierta aura de maldad.

Claro que no era culpa de los muchachos del PLT. Ellos estaban rodeados de concreto, alambre y armas sostenidas por hombres que recibían órdenes de psicópatas como Shady. Pensándolo bien, tampoco era culpa de los guardias. Estaban programados de esa manera y no conocían otros puntos de vista.

Era evidente que los de la mesa de La Familia les estaban prestando muchísima más atención a Dimitri y su equipo, y la tensión se sentía desde el otro lado de la estancia.

Necesitaba hablar con Zach.

» » « «

Más tarde, de camino a buscar a Zach, Dimitri y yo nos cruzamos en el pasillo mientras él se alejaba de su celda. Probablemente iba hacia el patio. Con un gesto muy discreto, asentí en dirección de él, pero me ignoró y siguió su camino. Era evidente que sabía mejor que yo cómo guardar las apariencias.

—¿Qué hay de nuevo, oficial? —susurró Zach mientras acomodaba cosas en la celda, como si lo estuviera hostigando otra vez.

—Supongo que sabes que La Familia podría atacar en cualquier momento. Estoy haciendo lo que puedo. Ojalá pudiera hacer más —dije y me agaché para hacer como que me asomaba bajo la litera.

El muchacho estaba hecho un manojo de nervios.

—¡Carajo! Sigo sin poder creerlo. —Se esforzó por fingir tranquilidad, pero le temblaban las manos y cada cuatro palabras se le quebraba la voz—. Di me dijo que sigue esperando orientación. Pero por favor no me pregunte qué significa eso, oficial. Hay muchas cosas que sigo sin entender. —Meneó la cabeza—. ¿Cómo terminaron en el mismo bando el director y La Familia? ¿Cómo pueden pasar estas cosas? Siento que no la voy a librar. Pero necesito sobrevivir y salir de este agujero infernal.

Era obvio que Zach empezaba a perder la cabeza, y yo no estaba contribuyendo a que se sintiera mejor. Era hora de salir de ahí.

—Si están en el mismo bando, como parece, debe de haber sido por Tanas. No hay más. Ya sé que sobra decirlo, pero la forma en que lo enfrenten determinará su supervivencia. Tengo que irme.

—Espere. Llévese esta tarjeta. Tiene un montón de archivos. —Se metió una mano al bolsillo.

—Pensé que iba a ser cada tercer día —dije, sorprendido.

—¿Qué más da? Saquemos ésta de una vez. Y vamos a necesitar más. Es en lo que habíamos quedado, ¿recuerda?

Zach tenía razón. No había mucho más que decir al respecto.

—¿Cómo, pues? —pregunté.

—¿Cómo qué?

—¿Cómo me la vas a dar?

—¿Es en serio? —pregunté, con los ojos cerrados—. Mide menos de dos centímetros. La pondré en la esquina del catre, y usted la tapará con la mano y se la llevará. Es una cosa de nada, oficial O.

Me desconcertó su actitud. De por sí no me encantaba que me llamara "oficial O", pero lo peor era su tono. Era como si hubiéramos intercambiado papeles, y yo no estaba listo para eso. Pero ¿qué otra cosa podía hacer?

Zach lanzó la tarjeta de memoria hacia la cama. La agarré y me dirigí a la puerta.

—Tengan cuidado —susurré.

—Lo intentaremos —contestó en voz baja.

Salí al pasillo y descubrí que venía hacia mí ni más ni menos que Ronny Orozco, la mano derecha de Joaquín y segundo al mando de La Familia. Definitivamente no era lo que mi espíritu necesitaba en ese momento. Su expresión facial me dio a entender que él tampoco esperaba verme salir de la celda 111. Se detuvo en seco, metió las manos a los bolsillos, se dio media vuelta y se fue en dirección contraria.

Se traía algo entre manos, y no podía ser nada bueno. Como si se hubieran coordinado, tres de los soldados de Joaquín —Octavio Chávez, alias Spyder; Pablo Hernández, alias Creeper; y Óscar López, alias Lil' Loco— entraron al pasillo por el extremo opuesto. Tan pronto me vieron, hicieron lo mismo que Ronny: se dieron media vuelta y se fueron.

Agarré el mango de la macana. El corazón se me aceleró y sentí que se me cerraba la garganta. Acababa de impedir que le hicieran daño a Zach.

Esto tenía que terminar de una vez por todas.

CON LAS MANOS EN LA MASA

RONNY

—¡Alto ahí, prisionero! —me gritó el pinche negro Ogabi. No traía nada prohibido, así que no me importó una mierda: me detuve y me di media vuelta.

—¿Qué puedo hacer por usted, oficial? —pregunté con la barbilla en alto y los brazos extendidos. Él sabía bien quién era yo y con quién me asociaba, y tenía claro que no me podía hacer un carajo. Pero igual se me encimó como para intimidarme.

—¿Qué estás haciendo aquí, Orozco? ¿Necesitas algo? —Estaba todo sudoroso y sin aliento. Nunca había visto al vato así. Se notaba que estaba muy encabronado.

—¿Necesitar algo? —Me reí—. Nomás estoy buscando a mi carnal, pero no anda por aquí. Estará en la sala de tele, así que voy para allá, a ver qué pasa. ¿Algún problema, oficial?

—¿Problema? El único problema es que no te has puesto contra la pared, ¡parásito!

Puto negro de mierda.

Me puse contra la pared, y el tipo me puso las manos encima. Me tomó de la nuca con una mano, y con la otra me racheó por todas partes. No era normal que hiciera eso, y su falta de respeto me estaba encabronando mucho.

—¿Parásito? ¿A quién carajos le dice parásito?

—A ti, Orozco. Tú eres el parásito. Óyeme bien, si no me llamas "oficial" o "señor", vas a terminar en el hoyo en menos de lo que canta un gallo. ¿Comprendes, ese? —me gritó al oído. No le contesté. Inhalé profundo y me contuve. Esperé a que terminara—. ¿Entendido?

—Sí, entendido, oficial —grité.

—¿Qué traes ahí, Orozco? —Me empujó la cabeza contra la pared tan fuerte que tuve que voltear hacia un lado.

—¡Eh, quieto! ¡Ya déjeme! ¡No traigo nada, cabrón!

—¿Dónde está el arma, prisionero? —preguntó. Intenté zafarme, pero me agarró los huevos con más fuerza que ningún otro guardia antes—. ¡No te muevas! —Me quedé quieto y meneé la cabeza. El cabrón entendió de inmediato— ¡¿Qué?! ¡¿Qué vas a hacer al respecto, vato?!

Lo que Joaquín y yo decidamos hacerte, cabrón. No sé qué será, pero ya verás, pinche negro.

Seguí asintiendo y sonreí de forma burlona. No tuve que decir más.

En ese momento se encendió su radio.

—10-29. Ataques en el patio alfa, lado este. Código tres. Hay varios reos implicados. También en el extremo sur, atrás de las canchas. Todo el personal disponible, responda de inmediato.

Ogabi retrocedió un instante y me vio sonreír.

Me regodeé en la satisfacción de que sabía más que él, pero el negro no era idiota. Volvió a agarrarme de la nunca.

—Están organizando ataques sincronizados, ¿verdad, cabrones?

Me reí para mis adentros, pero fingí demencia.

—No sé de qué habla, oficial, pero parece que lo necesitan en el patio. Es un código tres, ¿no? Podría ser un motín o algo así. ¿Quién sabe? Lo mejor será que vaya a ver, ¿no?

Se dio media vuelta y gritó.

—¡Prisionero Markland!

El pinche blanquito rico asomó la cabeza.

—¿Qué pasó? —Cuando me vio contra la pared, se puso todavía más pálido.

—¿Dónde está Tanomeo? —preguntó Ogabi.

—N-n-no sé. Se fue hace rato.

—Cierra la celda y no salgas de ahí, que ya se armó la grande. Mandaré a alguien para acá —le gritó Ogabi.

Estos putos se hablan con demasiada confianza. ¿Por qué al pinche mayate le importa tanto Tanomeo? Actuaba como si se lo estuviera tomando personal o algo así, lo que confirmaba las sospechas que tuve ese día en el patio. Estos cabrones estaban coludidos.

El blanquito se escondió de nuevo, y Ogabi me volvió a gritar al oído mientras me apretaba el cuello.

—Ya sé a qué viniste, pero no te vas a salir con la tuya hoy. No en esta celda —susurró.

—No sé de qué habla, oficial. Como le dije, nomás andaba buscando a mi carnal.

Verán, Tanomeo era el principal objetivo, pero Joaquín quería que, al mismo tiempo, nos quebráramos a tantos de sus aleluyas como fuera posible. A mí me tocaba vigilar, y a Spyder, Creeper y Lil' Loco les tocaba llevar el acero. Al llegar ahí, me pasarían mi puñal si ambos estaban en la celda. Si Tanomeo no estaba ahí, mi plan era dejarlos encargarse de Markland mientras yo iba al patio a alcanzar a los otros vatos para quebrar a Tanomeo y a los demás a puñetazos.

El negro se rio, como si supiera que le estaba mintiendo.

—Dile a tu jefe que no se le va a hacer. No mientras yo esté aquí.

Me encogí de hombros. *Tal vez lo que necesitamos es que no estés aquí.*

Fue como si me leyera la mente, porque me estrelló contra la pared de nuevo.

—¡Tranquilo, ese! —grité con la cara embarrada en la pared de concreto.

—Ya sé que esto llega muy alto, pero no les tengo miedo —declaró.

Sentí que me escupía en la oreja. Luego dijo una pendejada que hizo que su nombre terminara en el primer lugar de mi lista.

—Qué buena vida elegiste, Ronald. Seguro que tu hijo está orgulloso de la basura en la que se convirtió su padre. —Me dio un empujón en el hombro y retrocedió—. Lárgate. No quiero volver a verte por aquí.

Volteé a verlo y lo fulminé con la mirada, como hacemos en el barrio. Quería que supiera que era un hombre muerto caminando, pero no podía decirlo en voz alta, así que nomás me fui.

» » « «

Mientras iba de regreso a la celda para poner a Joaquín al tanto, recordé lo que había pasado días antes, cuando Joaquín me dio los detalles sobre cómo quería que fuera el golpe. Hasta ese momento, había tenido la esperanza de poderme librar de esta mierda, pues mi fecha de liberación estaba a la vuelta de la esquina. Pero Joaquín, con sus ansias de dinero y poder, no me lo iba a permitir. Lo que menos le importaba era mi libertad.

—¿En serio quieres que sea así, carnal? —le pregunté, con la esperanza de que reconsiderara la orden de quebrar a Tanomeo y a Markland en su celda—. El pendejo tiene muchos amigos, y se nos va a armar en grande, carnal.

Joaquín se puso de pie y me hizo una seña para que hiciera lo mismo. En ese momento supe que yo y mi gran bocota la habíamos cagado.

—Ronny, si te digo que tienes que hacer tu trabajo, ya sabes qué hora es, ¿verdad, pendejo? —murmuró, con esa voz que te hace saber que está hablando muy, muy en serio.

—A la orden, capitán. Nunca te fallaría. Pero estas pendejadas me ponen a pensar, ese.

—No hay nada que pensar. Sólo hay que hacer. Y punto. ¿O te da miedo, puto? —Joaquín sabía que no necesitaba decir más para darse a entender.

—Carajo, carnal. No me da miedo. Ya me conoces. La Familia hasta el fin, ese —respondí, sin titubear. Verán, si alguien de La Familia se ablanda, es hombre muerto. Así de simple.

» » « «

Mientras volvía a mi celda, después de una misión fallida, sabía que Joaquín me estaría esperando. Por fortuna, Creeper y los otros podían corroborar mi historia de que el negro Ogabi salió de la celda antes de que nosotros llegáramos a hacer nuestro trabajo.

Los tres se salieron tan pronto llegué, así que de inmediato supe que ya había valido madres.

—¡Me vale verga el pinche oficial, Ronny! ¡Tendrían que haber llegado antes que él! —gritó Joaquín antes de que pudiera explicarle lo que los otros ya le habían explicado. Aproveché el ruido de la sirena para contarle lo que había pasado con Ogabi y explicarle que había sido meramente un problema de sincronía—. No se echaron a ninguno de los dos importantes —gritó—. ¿Qué carajos les pasa? ¿Eh? Y luego dejas que el pinche mayate te hable así. ¡Debiste darle cuello en ese instante! ¡Al carajo tu fecha de salida, ese!

Tal vez sí me estoy ablandando.

Siguió regañándome durante un buen rato, y yo me quedé quieto y aguanté. Me di cuenta de que así había sido toda mi vida. Cuando era niño lo hacía mi padre, y ahora lo hacía Joaquín. Y si acaso intentaba alejarme de este lado del mundo, gente como Ogabi tomaba la estafeta.

El otro lado, ése que decían que era mejor, no tenía nada que ofrecerme. Para mí todo era igual. Sabía que tenía que ponerme los pantalones y hacer lo que me tocaba hacer.

STRAIGHT OUTTA CARLTON

MARCUS

—10-29, H-21, Ogabi en camino. Tiempo estimado: dos minutos —exclamé con el radio pegado a la boca antes de salir corriendo hacia el patio. Al pasar junto a la celda de Markland, me asomé de reojo y vi que literalmente estaba escondido debajo de las sábanas.

—Entendido, H-21.

La sirena que anunciaba el confinamiento de emergencia se disparó en ese momento. Me preocupaba que ya hubieran agarrado a Dimitri, y en mi imaginación empecé a reproducir películas mentales de los peores escenarios posibles. Los ojos se me llenaron de lágrimas y sentí una fuerte opresión en el pecho, causada por la culpa y la ira que sentía.

No debiste decirle eso. Ahora sí te pasaste, Marcus.

Justo antes de que me contrataran en Carlton, Orozco había perdido a su único hijo, un niño más o menos de la edad de Hope, por culpa de una bala perdida. Todos sabemos que ningún niño se merece eso ni que su padre debe estar encarcelado cuando pasa algo así, pero lo más importante es que nadie debería echárselo en cara al padre con tal de hacerlo entender algo. Aunque mi única intención era herirlo con mis palabras, por alguna razón me salió el tiro por la culata y terminó hiriéndome también.

Al mismo tiempo, me preocupaba Dimitri y esperaba que siguiera vivo. Todo parecía desmoronarse al mismo tiempo, así que tuve que hacer un gran esfuerzo por mantener la compostura.

Cuando irrumpí en el patio, vi que la acción estaba a unos doscientos metros de mí. Alcancé a distinguir la silueta robusta de John White Eagle, quien estaba arrodillado junto a un preso herido. Y al parecer no era el único lesionado.

Seguí corriendo y vi que se acercaban guardias de todas partes. A lo lejos, distinguí a un miembro de la pandilla de mexicanos apuñalando a alguien que estaba tirado en el suelo. Aceleré el paso, con la macana en la mano, y, al ver quién era el agresor, algo en mi interior me impulsó a ir más rápido.

Era Jerry Méndez, alias Lil' Joker, el más fuerte de los soldados de Joaquín. Tenía una condena de diez años y estaba dispuesto a hacer lo que fuera por La Familia, sin importar las consecuencias.

Cuando estuve lo suficientemente cerca, vi que estaba apuñalando a Malik, quien apenas estaba consciente. Alcé la macana sin advertencia y se la reventé en la nuca. Al instante, la daga sangrienta cayó al suelo. El cuerpo de Jerry Méndez cayó lánguidamente sobre Malik. Pateé el arma tan lejos como pude, y al tipo lo giré hacia un costado, mientras de la cabeza le salía un mar de sangre púrpura que formó un charco en la tierra.

Por medio de la radio solicité asistencia médica de emergencia.

—Quédate conmigo, Malik. La ayuda viene en camino.

Malik boqueaba para jalar aire y me miraba con expresión de pánico. Tenía puñaladas en el cuello y el pecho. Miré a mi alrededor en busca de Tanomeo, pero no lo alcancé a ver entre los gases lacrimógenos.

White Eagle llegó y se arrodilló a mi lado. Tenía una herida en el brazo, pero eso no le impedía ayudar a otros heridos.

—Yo me encargo —le dije—. Ve a plantarte afuera de la celda de Markland tanto tiempo como puedas. Está ahí solo. —Se me quedó viendo, confundido, supongo que preguntándose por qué me preocupaba Markland y por qué le había ordenado que ayudara de esa forma—. ¡Apúrate! —le grité, sin importarme que alguien sospechara de mí. Cuando se dio vuelta para irse, se me ocurrió preguntarle—: ¿Dónde está Tanomeo?

—No estoy seguro. No estaba con nosotros. —White Eagle se echó a correr mientras yo hacía presión sobre las heridas de Malik, quien para entonces ya había perdido la conciencia.

Retrocedí de un brinco cuando llegaron los médicos, que de inmediato atendieron a Malik y Méndez.

Me reuní con los otros guardias en el preciso instante en el que Jim llegó al lugar de los hechos.

—¿Cuál es la situación aquí, Ogabi? —me preguntó y señaló a los médicos que estaban inclinados sobre los dos reos.

—El prisionero Méndez estaba atacando al prisionero Malik cuando llegué aquí. Le advertí que se quitara, pero no obedeció, así que tuve que usar la fuerza. —*Otra mentira. Seguía cavando mi propia tumba*—. Le di un macanazo, y por eso tiene una herida profunda en la cabeza. El otro tiene múltiples lesiones en la parte superior del cuerpo. Los médicos están atendiéndolos a ambos.

—¿Qué hay de los demás? ¿También fueron agredidos por La Familia? —Señaló a los otros instructores del PLT, los cuales estaban agachados o acostados en el suelo, esperando atención.

—Todavía no los interrogo. No hace mucho que llegué. Pero sí, eso parece.

—De acuerdo. Estamos en confinamiento, así que hay que actuar deprisa. Entre más rápido hagamos arrestos, más probabilidades habrá de obtener evidencia útil.

Una vez que se disipó el gas lacrimógeno y que se asentó el polvo, el conteo de heridos ascendió a cinco y no se hizo ningún arresto, aunque se levantarían cargos contra Jerry Méndez, quien para entonces estaba en un coma inducido, pero se esperaba que saliera adelante. Tyrone Henson, alias Malik Abdul Ali, estaba conectado a un respirador artificial, pero también se esperaba que sobreviviera. Los otros tres estaban siendo atendidos y se veían relativamente bien.

Dimitri iba camino a una cita con el director cuando se desató el caos. ¿De qué habían hablado el director y él? Esa pregunta y muchas más me daban vueltas en la cabeza. ¿Dimitri había decidido vender su alma con tal de que adelantaran su audiencia? ¿Sería que el director había tenido algo que ver en el ataque porque le preocupaba la entrevista? ¿O era nada más la venganza de Joaquín Flores?

No obstante, lo que más me asombraba era la suerte de Zach y Dimitri, los principales objetivos del ataque, pues salieron bien librados de aquel incidente, sin siquiera un rasguño.

» » « «

—¿Te acuerdas de lo que te dije, querido mío? No hay suerte, sólo sincronía —me dijo MJ mientras me sentaba en su sofá—. Dimitri, Zachary y hasta tú están sincronizados.

Después del que había sido el día más infernal que había tenido hasta la fecha en Carlton, no estaba de humor para las reflexiones esotéricas de MJ.

—Estoy pasando por cosas muy serias, así que ¿podríamos ponerle pausa a la charla espiritual, MJ? —pregunté con el ceño fruncido.

—Claro que sí, querido mío. Haré té para los dos.

Una vez en la cocina, procedí a contarle todo, hasta el último detalle, incluyendo mi sospecha de que Tanas y el director estaban coludidos, y el error que había cometido al insinuárselo a Orozco. Incluso hablé de Dimitri y de mi temor de que se hubiera aliado de alguna forma con el director. Luego le conté lo del macanazo que le di a Méndez. Pero la peor parte fue cómo le hablé a Orozco, con profunda ira. Le confesé a MJ que me avergonzaba haberle dicho esas cosas y hasta le conté que se me habían llenado los ojos de lágrimas.

También la hice consciente de la situación en la que me había puesto al hacerles esas cosas a los miembros de La Familia. Mi vida estaba en peligro, pero no fue sino hasta que estuve lejos de Carlton que empecé a procesarlo. Me había burlado siempre de Markland porque sentía que era medio cobarde, pero era aterrador estar en sus zapatos, y ahora lo sabía.

MJ me entregó una taza de té y se sentó conmigo en la mesa de la cocina.

—Siempre puedes pedirle una disculpa —dijo inocentemente. Le expliqué por qué no era posible hacerlo y por qué, en última instancia, eso sólo empeoraría las cosas—. Ho'oponopono nunca empeora las cosas. Lo único que hace es limpiar esas cuestiones de raíz. Sé que no quieres oírme hablar de cosas espirituales, pero ¿qué crees?

Apoyé la frente sobre la mesa.

—¿Qué?

—Que igual lo voy a hacer —contestó. *Dios, esta mujer no se puede contener*—. Como bien sabes, ho'oponopono es un paso importantísimo hacia la paz en la vida de todos, y...

La interrumpí y le expliqué que, aunque Dimitri y ella creyeran que así se podía obtener la paz mundial, había una excepción, un lugar donde eso no funcionaba.

—Y se llama Penitenciaría Estatal Carlton —concluí.

—No hay excepciones cuando se trata de ser tu yo auténtico, querido mío —dijo MJ. Recordé el primer encuentro con Ana, aquel en el que me habló de autenticidad. Sentí que aún no entendía el concepto, porque, ahora que volvía a escucharlo, años después y en voz de mi novia, seguía sin convencerme. Aun así, MJ continuó—: Escucha, corazón, no quiero aburrirte con mis palabras, pero sólo tienes dos opciones. Puedes ver la forma en que estás sincronizado con los otros y saber que esa sincronía está conectada a un reino superior, al que podríamos llamar el Reino de Intención. Y sería

"Intención" con mayúscula, ¿me explico? —agregó con un guiño.

—Creo que no estoy entendiendo —contesté—, pero eso nunca ha sido un impedimento para ti.

—Ustedes están trabajando para traer al mundo algo que cada persona, cada ser vivo en este planeta, desea. Paz, amor y armonía para todos. Nuestro derecho de nacimiento, nuestro estado natural. A eso me refiero. Y es lo que también quiere la Intención, que volvamos a ese estado.

—¿Y eso en qué me ayuda a salvar el pellejo en Carlton, después de lo que hice hoy?

—Ahí es donde viene la parte de la elección. Tienes la opción de seguir haciendo lo que se necesita hacer para que esto ocurra. O puedes renunciar hoy mismo, irte de Carlton, mudarte lejos, conseguir otro empleo y olvidarte de todo esto. Puedes volver a esa vida de desesperación silenciosa que llevabas antes. Cuando menos no estarías solo, pues según Thoreau la mayoría de las personas hacen justo eso.

—Si lo pones en esos términos, parece la alternativa cobarde. La mayoría de las mujeres les dirían a sus esposos o parejas que se fueran de un lugar donde en cualquier rincón acecha el peligro.

MJ se puso seria y me miró fijamente a los ojos.

—Para empezar, no soy como la mayoría de las mujeres. Ya deberías saberlo. En segundo lugar, de ti depende lo que quieras crear en Carlton y en tu propia vida. Puedes elegir vivir dentro del drama de los peligros que acechan en cada rincón o puedes confiar en el acto de sincronía que se está desarrollando, y no sólo frente a tus narices, sino también a través de ti. —Azotó la taza vacía sobre la mesa con tal firmeza que me sobresaltó—. ¿Sabes qué? No te disculpes con el mexicano aquel si no sientes que es el momento indicado, pero al menos tienes que reconocer que es la única salida. Si puedes hacerlo, avanzarás un paso más, y la Intención se hará cargo del resto.

No sabía si estábamos teniendo una pelea o qué era exactamente lo que estaba pasando.

—¿Estás enojada conmigo? No entiendo —dije.

—No estoy enojada, Marcus, pero alguien tiene que decirte estas cosas. A veces no sólo es difícil escucharlas, sino también para la persona al otro lado de la mesa es difícil enunciarlas.

—¿Y qué hay de Dimitri? ¿Él en dónde queda? Si vas a ser así de tajante,

¿qué hay de él? —pregunté.

—¿Qué hay de él?

Suspiré.

—No sé si ya se dio por vencido. ¿Qué hacía yendo a hablar con el director? Me repugna que se doblegue ante los deseos políticos de Shady. Al mismo tiempo, entiendo que quiera estar a salvo y mantener a salvo a los demás. Pero ya no hay PLT, no hay plan, MJ, y te garantizo que tampoco habrá venganza, por lo poco que conozco a Dimitri —dije y sentí que un leve pánico me inundaba.

MJ llevó las tazas y la tetera al fregadero antes de voltear a verme.

—¿Cómo sabes si ya se dio por vencido? ¿Estás seguro de que no hay plan? Podría estar ocurriendo algo que tú y yo no alcanzamos a ver. Algo de grandes dimensiones. Te dije que este era el año, ¿no?, el año en que se retira el velo.

—Sí, pero en mi opinión eso suena muy esotérico. Y no sé si estoy de acuerdo. —No estaba de humor para discutir conspiraciones espirituales.

MJ se sentó de nuevo y me dio una palmada en la rodilla.

—Sé que no te va a gustar lo que te voy a decir porque se te va a hacer muy esotérico, pero quizá Dimitri simplemente está esperando orientación —dijo MJ. *Dios mío, que pare ya, por favor*—. En cuanto a venganza, es probable que tengas razón. No imagino a Dimitri involucrándose en algo así. —Sus divagaciones empezaban a sacarme de quicio.

—Pues yo no imagino a alguien que no *quisiera* venganza después de que intentaran matar a sus amigos. ¿De qué otro modo podría asegurarse de que no volviera a ocurrir?

—Ay, querido mío, hay personas que no buscan venganza. Estás con una de ellas en este momento. ¿Has oído eso de que "ojo por ojo deja al mundo entero ciego"?

—No, creo que no.

—Lo dijo Gandhi. La venganza no trae nada bueno. Sólo implica volverse a meter en el ciclo del sufrimiento, pero desde otro lugar, cuando la idea es salirse de ese ciclo por completo. La única forma de salir de este desastre que hemos creado es distanciándonos del patrón de miedo que engendra más miedo.

Me sorprendió que se incluyera en ese "hemos creado". Se estaba responsabilizando del tremendo desastre en el que estaba el mundo, que era justo lo que Dimitri decía que toda la gente debía hacer. Pero, desde mi punto de vista, MJ era la última persona responsable de eso.

—Sé que me voy a arrepentir de preguntarlo, pero ¿a qué te refieres con eso de esperar orientación? —pregunté.

—Significa que Dimitri está esperando instrucciones o respuestas provenientes del reino superior del que te hablé antes.

Lo sabía. Ya me arrepentí.

—Ajá —dije—, y mientras tanto los van a quebrar a él y a los otros por no hacer nada al respecto.

—Tal vez piensa que es más importante salir ileso de Carlton para poder emprender la batalla principal desde el exterior. No lo sabemos.

—Me da la impresión de que no importa lo que yo diga porque tú siempre encuentras la forma de justificarlo. He invertido mucho en esto para que funcione, a pesar de los riesgos y demás cosas. ¿De qué lado estás, MJ?

MJ soltó una carcajada, lo cual me hizo enojar aún más.

—Perdón, querido mío. Es sólo que eso de estar de un lado u otro es como de niños de kínder. —Luego se recompuso—. El único lado del que estoy es aquel que no se ve, el puro, el carente de maldad. Y aunque no quiero entrar en detalles, he de decir que no está separado de ti, de mí ni de nadie ni de nada en este planeta y más allá. A ti, por otro lado, sólo te interesa aquello que conviene a tus expectativas, a tus apegos, y eso está condenado al fracaso, Marcus. Te invito a que lo sueltes en este instante.

Qué pendejadas.

—Me iré a casa. Tengo que volver a la prisión mañana temprano —contesté con brusquedad.

—Quizá sea lo mejor —dijo MJ—. Has tenido un día difícil. Tienes mucho que procesar. —En el fondo, yo quería que me impidiera irme, pero ella no era así. Ella no entraba en ese tipo de juegos, lo que además ponía en evidencia que yo estaba fingiendo que quería ir a casa, aunque ella no se diera cuenta de que era mentira. Así que no me quedó más remedio que irme—. Ah, espera. Tengo que darte la tarjeta de memoria.

—¿Ya la tienes? —gimoteé, pues no quería lidiar con eso, al menos no en ese momento.

—Fui al centro comercial a comprarla, en lugar de esperar a que la trajeran por paquetería. De ese modo será imposible rastrearla.

—O sea que, a pesar de todo lo que viví hoy, ¿tengo que contrabandear esto mañana en la mañana?

—Como ya dije, siempre puedes darte por vencido —contestó con cierto sarcasmo, pues me conocía muy bien y sabía que era incapaz de hacerlo.

—No, es nada más que, después de lo de hoy, supuse que…

—¿Zach envió un memo diciendo que se postergaba la recopilación de datos hasta nuevo aviso? —preguntó MJ con una sonrisa irónica.

—Dámela, pues —exclamé—. Aquí está la que Zach me dio hoy.

Intercambiamos tarjetas de memoria, y luego ella agregó:

—Sé que muchas veces no digo lo que te gustaría escuchar, pero algún día me agradecerás por decir lo que se necesitaba decir.

—¿Eso crees? —pregunté.

MJ asintió.

—No lo creo. Lo *sé*. —Me abrazó e intentó besarme en los labios. Pero yo giré la cara hacia un lado, y ella soltó una carcajada, lo cual me enfureció aún más. Después de eso, me fui directo a la puerta—. Cuídate esta noche, querido mío. Y siéntete libre de regresar cuando te sientas mejor. ¡Te amo de aquí a la luna y más allá!

Incluso después de que cerró la puerta, seguí escuchando sus carcajadas.

TEORÍA DE CONSPIRACIÓN

MARCUS

—Eh, ¿tienes un minuto, Jim? —pregunté mientras él sacaba unas carpetas de su portafolio. Había llegado temprano a la sala de juntas para poder sopesar en privado el ambiente después del ataque en el patio.

—Tengo varios —contestó—. Apenas me estoy preparando. El director asistirá a la junta informativa de hoy. ¿Cómo te sientes después de lo de ayer? Ah, y por cierto, ¿cómo se te ocurre ponerte en la mira de La Familia? Los he visto acabar con guardias por cosas mucho más leves.

No supe qué contestar, así que mentí.

—No sé, Jim. Todo pasó tan rápido que supongo que no lo pensé.

—Tienes suerte de que la cámara haya grabado a Méndez apuñalando a ese miembro del PLT, porque así no podrán acusarte de abuso de fuerza, sobre todo con lo abrumado que está el director con otras cosas. El gobernador Stages quiere que Shady utilice el suceso de ayer como pretexto para cerrar la prisión definitivamente.

Me empezaron a temblar las manos. Y me enfadé de nuevo.

—Eso no tiene sentido. No fue un motín, sólo un simple ataque. Eso pasa todo el tiempo. ¿Quién le informa de estas cosas al gobernador y qué le hace creer que puede cerrar Carlton por un simple ataque? Pasan cosas peores todo el tiempo, y no por eso cierran las cárceles del país de forma permanente.

—Lo sé, amigo. Las cifras nos respaldan, pero no sólo se trata de Carlton. También les preocupan Fieldstat, Moebin, Femington y Livingsworth, que es donde los reos que fueron transferidos de aquí empezaron sus propios PLT. El programa se está propagando. El gobernador habló de cierres indefinidos por el peligro que implica el PLT, y está trabajando con la Dirección de Prisiones para clasificarlo como una pandilla estatal, para luego declararlo una especie de pandemia nacional o algo así. ¿Puedes creerlo?

Alcé la mano para interrumpir a Jim un segundo en lo que ponía en orden mis ideas.

—¿Qué está pasando? Siento que estoy en otro planeta —dije, con los ojos desorbitados.

—Me siento igual que tú. Lo que me dijo el director Shady fue que, cuando el director de Moebin intentó desarticular el PLT por órdenes del gobernador, hubo una especie de levantamiento. Al final no se puso violento el asunto, pero poco faltó para que eso pasara. Los miembros del PLT y los pocos reos que no pertenecían al programa se negaron a que les dijeran que no podían ejercer sus derechos, incluyendo las libertades de expresión y asociación. Primero trataron de impedirlo por el camino de lo legal y buscaron apoyo de la Unión Estadounidense por las Libertades Civiles. Pero, como no funcionó porque el gobernador intervino, entonces hubo una pequeña revolución, una especie de protesta. Digo, fue mucho menos de lo que pasó aquí ayer, pero aun así el gobernador la usó de pretexto para declarar estado de emergencia institucional. A los presos les revocaron sus derechos de inmediato, y la prisión entró en confinamiento total. El gobernador dijo que no levantará al confinamiento hasta que se apruebe la clasificación del PLT como pandilla. Y con eso acabará con el programa para siempre, porque cualquier material relacionado con él se considerará contrabando ilegal en todas las prisiones del estado. También va a exigirles a los miembros de los PLT que asistan a seminarios de desprogramación si quieren que las cosas vuelvan a la normalidad una vez que se acabe el confinamiento. Está manejándolo como si se tratara de un virus, Marcus, y la clasificación fuera la vacuna. Y esto último podría ser un rumor, pero al parecer está intentando encontrar una forma de marcar a los miembros del PLT que se hayan sometido a la desprogramación para que puedan recuperar sus privilegios anteriores, como usar el quiosco de la prisión, salir al patio e ir a la sala de usos múltiples.

—¿Qué? ¿Cómo? —pregunté.

—No sé, pero supongo que los tatuaría si pudiera salirse con la suya —resopló Jim.

Para entonces, el corazón me latía tan rápido que me llevé una mano al pecho para intentar frenarlo. *¿Quiere desprogramarlos de su desprogramación?*

—Un momento, Jim, ¿exactamente qué diablos es eso del estado de emergencia institucional y cómo es posible que estas cosas sean legales?

—No tengo idea, compadre. Esta mañana lo oí por primera vez en mi vida. Sé que va a sonar descabellado, pero me da la impresión de que el gobernador se lo sacó de la manga, lo juro por Dios. Digo, es una mera sospecha. O sea, a lo mejor si existe en el código penal o algo así, pero no tiene sentido que lo declaren por algo tan insignificante como un ataque relativamente pequeño. Sería como confinar al mundo entero por una gripa, que es algo que nunca dejaríamos que ocurriera, pero estos pobres diablos no tienen alternativa. Es como si el gobernador y sus superiores no quisieran que los reos fueran mejores personas ni que *despertaran*, como diría Tanomeo. No sé, Marcus —dijo, con una expresión inusual en el rostro—, una parte de mí quiere creer que mis sospechas son una locura y que todo lo hacen por el bienestar de los ciudadanos y los prisioneros. Pero otra parte de mí sospecha que se traen algo raro entre manos. Es como si hubiera una conspiración detrás de todo esto de la que ninguno de nosotros se da cuenta. Y no sé si es para bien o para mal, porque eso último implicaría que nuestros líderes no buscan lo mejor para la gente. Me niego a creer que pueda ser posible. No quiero creerlo. Estoy seguro de que saben qué es lo más conveniente porque estudian este tipo de cosas y saben lo que puede pasar en el futuro. —Inhaló profundo y luego suspiró—. Este nivel de control debe de ser indispensable.

En ese instante, en la sala de juntas de la Penitenciaría Estatal Carlton, vi a un buen hombre caer en la trampa de la aquiescencia. Su miedo a aceptar una verdad incómoda abrió la puerta, y una vez abierta, su programación pasada entró y la cerró tras de sí. Me quedé aturdido, casi sin palabras. Verlo venir de Jim me dolió a nivel interno.

—¿Y ahora nuestro director va a hacer lo mismo aquí? ¿Cómo le ayudará a ganar la elección acabar con la cosa misma que está haciendo que lo elijan? —pregunté, asombrado de cómo al principio quería controlar el PLT para beneficio personal, pero luego llegó un tiburón más grande al tanque y se le voltearon las cosas.

—Justo por eso el director está tan insatisfecho, compadre. O sea, está insatisfecho, pero tiene que someterse porque las órdenes vienen de arriba y necesita que el gobernador esté de su lado. Dijo que esperará hasta después de la grabación del noticiario para soltar la sopa, pues Tanomeo ya accedió a portarse bien en la entrevista. De hecho, Tanomeo estaba en su oficina cuando se armó el relajo en el patio. Llegaron a una especie de acuerdo, y creo que Tanomeo obtuvo un buen trato al aceptar las condiciones del director. Quizá hasta le adelanten la fecha de su audiencia, pero eso no lo sé a ciencia cierta. Es un mero presentimiento. Creo que si Tanomeo supiera lo que en realidad va a pasar después de la grabación…, tal vez se habría negado a participar. —Con gestos nerviosos, Jim reacomodó los documentos que tenía enfrente antes de continuar—. El director quiere que lo insinúe en la junta de hoy para que los otros guardias se dispongan a tomar medidas más hostiles contra el PLT y los prisioneros. Y aunque es lo último que querría hacer, es mi trabajo y no tengo alternativa.

Para entonces, la realidad actual de que Jim era el perro faldero del director me tenía sin cuidado, pues mi atención estaba puesta en otra cosa.

¿Tanomeo accedió participar? ¿Traicionó su propia causa?

—¿Alguna otra buena noticia, Jim? —pregunté en tono sarcástico.

Jim titubeó y esbozó una sonrisa culpable.

—Bueno, sí, hay otra cosa, pero no sé si quieras saberla.

Alcé las manos al aire.

—Ya qué más da.

—Shady me informó esta mañana que el gobernador le ordenó que creara la Unidad Especial Anti-PLT.

—¿Qué?

—Lo que oíste. Y ya te puedes imaginar quién la va a coordinar en Carlton.

Aquel fue uno de esos momentos en la vida en los cuales dudaba si de verdad había un Dios. Si en serio existía, ¿por qué era tan cruel?

Me hirvió la sangre cuando la puerta se abrió y entró el pendejo que estaría a cargo de la nueva Unidad Especial Anti-PLT. Avanzó pavoneándose por el pasillo, torturándome mientras miraba cada silla como si estuviera en una mugrosa sala de cine. Finalmente, tomó asiento en el extremo opuesto de la sala y se irguió, con las manos entrelazadas sobre el regazo, como una perrita chismosa.

—¡¿Él?! ¡No! —siseé, como si me hubiera poseído un demonio.

Jim asintió.

—Sí, él. —Jim volvió a enfocarse en sus archivos. Aturdido, me puse de pie en silencio. Jim me susurró—: Como siempre, esto queda entre nosotros, compadre.

Durante los siguientes cinco minutos, el resto de los oficiales fue entrando y tomando asiento. El director entró unos minutos después y se puso a revisar el archivo que Jim había ordenado frente a él, en la mesa. No estaba de buen humor, como acostumbraba. Por lo regular saludaba a todos los presentes, como el buen demagogo que le gustaba encarnar. Pero esta vez apenas nos vio de pasada, y a mí me fulminó con la mirada por un brevísimo instante.

Una vez que Jim terminó de poner al tanto a los guardias con su retórica mundana, el director tomó la palabra y dio un breve discurso enlatado. Shady reconoció la labor de los guardias que estuvieron en la primera línea durante el incidente del día anterior. Luego habló de la importancia de prevenir motines y elogió la rapidez de respuesta ante la violencia en Carlton. A continuación, leyó los nombres de los guardias que habían acudido al llamado. Dado que fui de los primeros en llegar al lugar de los hechos, esperaba que mencionara mi nombre, pero eso nunca pasó.

Cuando terminó, cerró su computadora y volvió a su asiento. Al pasar cerca de mí, hizo un esfuerzo consciente por evadir mi mirada. De reojo volteé a ver a Tanas, quien me miraba y sonreía con malicia. En ese momento se resolvieron todas mis dudas y me quedó claro que ya sabían, lo que implicaba que también sabían que yo estaba consciente de que me habían descubierto. Mientras Jim volvía al podio y hablaba de las restricciones draconianas que se implementarían en Carlton si el PLT seguía esparciéndose, se me revolvió el estómago y me dieron náuseas.

Las palabras de Jim se convirtieron en la ininteligible música de fondo de una mala película que se reproducía en mi cabeza. Tenía toda clase de escenas terribles que involucraban no sólo al director y su compinche psicópata, sino también a la pandilla más poderosa del lugar. Estaba tan metido en ese *performance* que ni me enteré de que yo también estaba en la película. No había testigos que pudieran ayudarme a volver al instante presente. Me había sumergido tanto que hasta se me había olvidado su existencia.

Quería volver a la simpleza de mi antigua vida, la de la desesperación silenciosa, como la había descrito MJ. No me importaba, porque si ir a trabajar, ver deportes, emborracharse y dormir hasta tarde era una forma de desesperación silenciosa…, empezaba a parecer más atractiva que esto.

DOS CARAS, LA MISMA MONEDA

MARCUS

De la sala de juntas me fui directo a mi auto. Me sentía asqueado, y seguí así durante casi una semana. Estaba asqueado de mi vida y de aquello en lo que se había convertido. Estaba asqueado de Tanas y del director y de sus idioteces. Pero lo peor era cuánto me asqueaba el miedo, así que supuse que estar lejos de Carlton me mantendría a salvo, fuera de peligro. Por lo tanto, solicité un permiso por enfermedad, a sabiendas de que quería volver para la entrevista con el Canal 5.

» » « «

Tenía menos de una semana sin ir a la prisión, pero eso bastó para que "Carltonlandia" cambiara tanto que al volver sentí como si estuviera viviendo una vida distinta. Les habían impuesto tantos cambios tiránicos a los prisioneros que me costó trabajo ponerme al corriente. Los guardias penalizaban a los reos que se reunían en grupos de más de dos, aunque fuera por cuestión de segundos. Y todo eso era para cumplir con las órdenes del gobernador de aplanar la curva del crecimiento estadístico positivo en la prisión.

Las restricciones no se limitaban sólo a los miembros del PLT. Todos los reos que se reunieran por cuestiones que Tanas no considerara esenciales —en su papel de coordinador de la Unidad Especial Anti-PLT— recibían penalizaciones adicionales. Traté de entender por qué la nueva regulación afectaba también a quienes no eran miembros del PLT. ¿De qué les preocupaba tanto que hablaran? ¿De su fecha de liberación, de deportes, de mujeres, de drogas? Encima de todo, Tanas se aseguró de que los reos supieran que esa nueva realidad de semiconfinamiento y las reglas estrictas que traía consigo eran consecuencia del pleito entre La Familia y el PLT. Eso provocó fricciones entre los prisioneros, pues la mayoría culpaba al PLT de agitar aguas que creían que debieron haber permanecido quietas. Eso detonó más peleas entre prisioneros, lo que a su vez derivó en más restricciones y en la consolidación de dos bandos. Por un lado, estaba la minoría que apoyaba al PLT y lo que representaba. Por otro, estaba la facción que prefería el antiguo sistema de control, encabezado por Joaquín Flores.

Nunca creí vivir en un mundo donde un simple ataque en el patio, que suele ser el pan de cada día en la prisión, se usara como pretexto para imponer medidas sumamente represivas contra otros seres humanos. Era evidente que aquella estafa tenía que ver con algo más que seguridad laboral, política o dinero. La llamada que había recibido el gobernador aquel día había sido de una persona o un grupo de personas temerosas de perder algo muy importante. Quien fuera se sentía amenazado por la entrevista de Dimitri y lo que dijo cuando se le preguntó qué haría al salir de prisión. Esas cuatro palabras, "Voy a cambiarlo todo", eran el origen de aquella locura inventada. También era evidente que la persona o el grupo que temía perder algo estaba muy por encima de los muros de cualquier prisión.

Para entonces, Carlton parecía más un campo de concentración que una penitenciaría. Había oído que Tanas se sentaba en el cuarto de vigilancia y espiaba a todo el mundo desde los monitores. Una vez ahí, esperaba a que uno de los reos metiera la pata y saludara a otros en el patio o algo así de insignificante para ordenarles a sus secuaces que intervinieran y esposaran a los transgresores, los auscultaran y los amonestaran. Lo más grotesco era que los otros guardias habían acogido esa nueva norma sin titubear y trataban a los prisioneros peor que si fueran ganado.

Recordé una enseñanza de Dimitri sobre el ser inferior que habitaba en el inconsciente humano y que intervenía de forma energética para alimentarse de los cadáveres de presas indefensas. "Este tipo de canibalismo se extinguirá pronto en un mundo despierto. Quienes se vuelquen contra los suyos a la larga se autodestruirán o serán expulsados de la tribu. Así funciona la verdadera justicia. Es Amor en acción, el camino hacia nuestra liberación", explicó en aquella ocasión.

Cuando escuché por primera vez esas palabras, no las entendí en realidad, pero ahora tenían todo el sentido del mundo. Me encontraba en un lugar extraño. Seguía aferrándome a sus palabras, a sus enseñanzas, pues era la única esperanza que me quedaba. Al mismo tiempo, tenía mis dudas

sobre su participación en una entrevista que sólo beneficiaría al director y…
bueno, también a Dimitri, en caso de que hubiera mordido el anzuelo de la
promesa de una liberación temprana.

¡Dios, espero que no lo haya hecho!

» » « «

Le hice una seña a Dimitri para que saliera de su celda y pudiera escoltarlo a la entrevista. Tenía listo todo lo que quería decirle y preguntarle. Hacía
mucho que no estábamos juntos a solas, así que planeaba sacarle el mayor
provecho posible. Sin embargo, hubo un inconveniente. Y ese inconveniente fue él. Se veía distinto, más serio que antes, más preocupado. Cuando
salió de la celda, retrocedí tres pasos para respetar el *distanciamiento con los
prisioneros.* Luego me puse la careta, que era el otro requisito implementado
por la unidad especial anti-PLT de Tanas.

—¿Es en serio? —preguntó mientras observaba mi atuendo.

No pude descifrar si se sentía asqueado, insultado o ambas cosas. Empezamos a caminar, y cuando bajamos las escaleras, me adelanté para empezar
a cuestionarlo.

—Hace mucho que no hablamos, y tengo algunas preguntas —dije.

—Hoy no iremos por ese camino. Es hora de la verdad. Aunque yo también tengo preguntas para ti —dijo él. Me quedé callado. Sólo podía pensar
en lo mucho que nuestra dinámica había cambiado y en por qué no me
atrevía a hacerle las preguntas que tenía preparadas—. Oye —exclamó y me
sacó del ensimismamiento—. ¿Qué están haciendo con la comida? La salan
tanto que es casi imposible comerla. Y no contiene nada de los invernaderos
ni del jardín. Es la misma basura tóxica de antes. A Zach le quitaron el
trabajo en la cocina desde la semana pasada y lo mandaron a limpiar baños.
Por las nuevas regulaciones, ni siquiera podemos hablar con quienes sirven
la comida, así que no tenemos ni idea de qué es lo que nos dan de comer.
Empezamos a correr la voz para iniciar un ayuno prolongado. Y todo iba
bien, hasta que nos impusieron otra regulación que dice que, si no comemos
lo que nos sirven, tenemos que quedarnos en nuestra celda y no podemos
ir al patio ni a la sala de usos múltiples. Literalmente nos están forzando a
meternos cosas al cuerpo sin importar si queremos o no. También quitaron

del quiosco cualquier cosa que tuviera algún valor nutricional. Sólo hay refresco, dulces, chatarra y café.

No quería contestar esas preguntas porque me impediría hablarle de mis problemas, pero contárselos le parecería infantil.

—Es cosa de Tanas y su nueva unidad especial. ¿Sabes de lo que hablo? —pregunté a regañadientes.

Susurró con voz más directa y puntual.

—Han cortado casi toda la comunicación entre el mundo exterior y nosotros, así que sólo sé lo que Zach me dijo que le contaste sobre la estrategia política del gobernador. Claro que eso lo confirmé en la reunión con el director, pero no sabía que lo llevaría tan lejos. Lo que sí sé es que le están poniendo cosas a la comida que no tenía antes porque siento sus efectos en el cuerpo. Yo puedo revertirlos a nivel interno, pero los otros no. Nunca llegamos a esa parte de las enseñanzas. Ah, y cerraron la biblioteca. ¿Qué hay de eso? —Hizo una pausa. Se veía muy frustrado, cosa inusual en él. Finalmente, agregó—: Sabes que todo esto es un montaje, ¿verdad? O sea, el confinamiento injustificado en el que nos tienen. Están poniendo a los demás en contra del PLT y usándonos como chivo expiatorio, lo que hace casi imposible que los reos nos unamos y descifremos cómo lidiar con esto. Claro, sólo es *casi* imposible.

Hablar a través de la careta me hacía sentir más alejado de él que nunca. Al mismo tiempo, por fortuna disimulaba el movimiento de mis labios frente a las cámaras.

—También es cosa de Tanas —contesté—. Ordenó que le pusieran fluoruro de sodio puro a la sal. Dice que tiene un efecto calmante en los prisioneros. También declaró que la comida del jardín es inapropiada para consumo humano con base en supuestas inquietudes de salud relacionadas con el brote de influenza anual de Carlton, así como una dizque falta de precaución durante el cultivo y el manejo de los alimentos. Claro que es pura pendejada. Lo del cierre de la biblioteca es temporal. La reabrirán hoy, después de que la unidad especial retire los libros no esenciales, que son los que tú solicitaste. Digo, nunca he leído *1984* de George Orwell, pero oí que lo van a quitar del catálogo. Lo de la comida del quiosco no lo sabía. Apenas volví después de pedir un permiso por enfermedad, y…

Se detuvo, bajó la cabeza y empezó a hablar consigo mismo en portugués. No tenía idea de qué estaba diciendo, pero pasó más o menos un minuto así, como si estuviera hablando por teléfono, aunque obviamente no fuera el caso. Incluso en un momento dado se rio, lo cual me puso nervioso, pensando en cómo se vería eso en las cámaras. Carraspeé con fuerza, lo cual funcionó porque dijo *adeus* en voz alta y empezó a caminar de nuevo.

—Háblame de la unidad especial de Tanas. ¿De qué se trata? —preguntó, sin darme explicación alguna sobre lo que acababa de ocurrir.

—Se llama anti… —Guardé silencio al ver a un hombre de baja estatura y cabellera negra perfecta que venía caminando de prisa hacia nosotros.

—¿Adónde estás llevando a este prisionero y por qué nadie me lo notificó? —gritó.

—Lo voy a llevar a la entrevista en la sala de vigilancia. El capitán Devic me ordenó que lo escoltara ahí. Si tienes algún problema con eso, sugiero que lo resuelvas con él —contesté. Dimitri miró a Tanas de arriba abajo, casi como si nunca antes lo hubiera visto.

Tanas sacó una carpeta.

—Aquí está la nueva regulación que dicta que cualquier líder del PLT que vaya a ser trasladado por un oficial de la correccional a través de la prisión debe tener autorización del liderazgo de la UEAPLT, que soy yo. Tendrías que estar al tanto de ella, Ogabi.

—Déjame ver eso —le exigí, y él me entregó el papel que traía dentro—. Espera un minuto. Esto es de hoy y sólo lo firmaste tú. —Solté una carcajada—. Nada más falta que me digas que acabas de redactar e imprimir este documento.

Hubo una larga pausa durante la cual Tanas fue esbozando su habitual sonrisita malévola.

—Eso era justo lo que iba a decir a continuación —asintió.

Volteé a ver el papel y luego lo miré de nuevo a los ojos.

—No puedes simplemente escribir reglas de la nada. Es ilegal. Además, ¿qué es eso de UEAPLT? —Miré de nuevo las siglas para intentar descifrar su significado—. ¡Ay, Dios! Olvídalo.

—También es creación mía. ¿Lo ves? —preguntó Tanas. Me le quedé viendo como si fuera un psicópata.

—Nada más juntaste las primeras letras de Unidad Especial Anti-PLT. Son unas viles siglas, y eso no tiene nada de creativo, Tanas —dije en tono burlón, pero mis palabras se le resbalaron. Tanas mantuvo la barbilla en alto, y me dieron ganas de darle un puñetazo, pero sabía que eso me metería en muchos problemas.

—Puedo crear reglas nuevas a diario si me parece conveniente. Nada más esta semana he escrito veintiuna, y vienen más en camino.

—Eso es ilegal. Tiene que serlo —dije y le incrusté la hoja en el pecho sin temor a arrugarla. Él sonrió y la guardó de nuevo en la carpeta después de estirarla un poco con las manos.

—Esto es mucho más grande de lo que te imaginas, Ogabi. Ha habido cambios sustanciales a nivel administrativo. Y me refiero a cambios ejecutivos que me han concedido todo el poder necesario para materializar el NOC. —Hizo una pausa y me miró a los ojos. Obviamente esperaba que le preguntara de qué estaba hablando.

—De acuerdo. ¿Qué mierdas es el NOC, Tanas?

Se entusiasmó, como si yo estuviera de su lado.

—Es la realidad futura de esta prisión y, con suerte, de todas las prisiones del país. Pero, por ahora, la denomino Nueva Orden Carltoniana, o NOC. —Empezó a rebuscar entre sus documentos, con una gran sonrisa—. Ese nombre lo creé yo también. Quiero mostrarte el boceto del NOC. Todavía no lo aprueban, pero, con ese cambio que ya mencioné, será facilísimo implementarlo. Con esto, los que tenemos el poder, o sea el director y yo, tendremos mucho más control sobre los reos.

¿Más control sobre reos encerrados en una prisión? ¿Qué diablos le pasa a este tipo?

No pude contenerme más.

—Esa orden ejecutiva, ese supuesto estado de emergencia institucional, ¡es una grandísima mierda! —exclamé, y de inmediato me arrepentí, al ver que su arrogancia orgullosa se transformaba en interés genuino.

—¿Dónde oíste hablar de eso, Ogabi? —preguntó con tono siniestro. No le contesté, pues no sabía qué decir. Jim me lo había confiado en secreto, y yo acababa de meter la pata hasta el fondo—. Es un tema del que sólo se habla entre personas de un círculo muy selecto. Estábamos esperando hasta mañana para anunciarlo.

—N-n-no sé. Lo oí en algún lado, hace mucho tiempo, y supuse que estas mierdas que están haciendo eran una cosa así.

—¿Lo oíste en algún lado? No sé por qué me cuesta trabajo creerlo. —Me miró fijamente, esperando que le contestara. Como no recibió respuesta de mi parte, volvió a buscar algo en su carpeta y continuó con voz alegre—:

Permíteme llamar tu atención hacia este otro documento. —Me lo tendió y señaló—: Si lo ves, ahí en medio explica que los guardias no tienen permitido entablar conversaciones de ninguna índole con líderes del PLT, salvo que sea algo esencial. Y los estuve viendo en la pantalla y sé que estaban conversando. Por cierto, bien pensado eso de la careta. Aunque a ti no te vi hablar, tengo una toma clarísima de Tanomeo parloteando cuando ambos se detuvieron ahí atrás.

—Tanomeo estaba hablando en portugués, y no me estaba hablando a mí. Pregúntaselo a él. Y, sobre la careta... —Aquello empezaba a confundirme—. Agh, ¡olvídalo, Tanas! —grité, asqueado por la situación.

Pero él no había terminado.

—Entonces tú no estabas hablando con Tanomeo, y oíste lo del estado de emergencia hace mucho tiempo. Sí, claro. —Cerró la carpeta—. No te preocupes. Lo dejaré pasar esta vez, Ogabi. Pero quítate la careta durante el resto del traslado.

—¿Lo vas a dejar pasar? ¿De qué hablas? Tú no tienes autoridad sobre mí. Ambos somos...

—Si pudieras echarle un vistazo a este documento —me interrumpió mientras abría de nuevo su carpeta y sacaba otra hoja—. Establece con claridad que, mientras yo esté a cargo de la unidad especial...

Alcé la mano para silenciarlo.

—Guárdalo, que no voy a leerlo —reviré—. Esta prisión solía estar a cargo del director, pero veo que ahora la maneja una entidad completamente distinta.

—Ni te imaginas —susurró Dimitri.

—¡Silencio! —le gritó Tanas a Dimitri y me apuntó con un dedo a la cara—. La careta. Quítatela, por favor.

Miré de reojo el documento que aún tenía en mis manos.

—Mira lo que dice aquí, Tanas. Encima de la parte de la restricción de comunicaciones. Dice que nosotros, los guardias, debemos usar caretas protectoras mientras interactuamos con los líderes o miembros del PLT. Ni siquiera te acuerdas de las reglas que acabas de implementar.

Me tendió la mano para que le devolviera el papel.

Qué pendejo.

Examinó el documento, ligeramente confundido.

—Bueno, como ya dije, redacté muchas regulaciones nuevas en la última semana.

—De acuerdo, Tanas —dije, encabronado—. Ahora ya no sé qué hacer con lo de la careta. ¿Me la pongo o no? Porque primero me dicen que tengo que hacerlo, pero luego tú me dices algo completamente distinto. ¿Estás intentando confundirnos? Porque, si de eso se trata, lo estás haciendo de maravilla.

—¿Qué les parece si los acompaño? De ese modo puedo asegurarme de que sigamos las reglas al pie de la letra —dijo, como el pendejo engreído que era.

¿Qué otra cosa podía hacer? Empezamos a caminar. De inmediato, Tanas se interpuso entre Dimitri y yo, lo cual me pareció extraño y se me hizo que también se veía gracioso, dadas las diferencias de estatura entre los tres. A diferencia de mí, Dimitri parecía disfrutar la compañía de Tanas y no le quitaba la mirada de encima. Dio unos cuantos pasos y lo miró de arriba abajo. Era como si le intrigara la presencia del diminuto nazi que marchaba por el pasillo entre nosotros.

—Veamos —dijo Dimitri—, embutirnos a los reos con fluoruro extra y prohibir la venta de agua embotellada en el quiosco. ¡Guau! O sea… ¡Guau! —Señaló hacia mi cara—. Y lo de las caretas que despersonalizan a los guardias cuando están con miembros del PLT y esas cosas. Ah, y me imagino que eso de quitar los botones que cambian los canales de la televisión de la sala de usos múltiples para que sólo podamos ver las noticias aterradoras de GNN también es obra tuya. —Tanas guardó silencio y siguió andando, como si no lo hubiera escuchado—. ¡Es una genialidad! —Dimitri exclamó con un asombro que parecía genuino. Tanas, sin voltear a verlo, esbozó una sonrisa petulante y asintió una sola vez en señal de aceptación de lo que parecía ser un cumplido genuino. Volteé a verlos de golpe para confirmar que de verdad Dimitri había dicho eso—. No, en serio. Usar el fluoruro como agente aturdidor es un viejo truco, pero combinarlo con ese canal de noticias amarillistas para infundirnos miedo es una maravilla. ¡En serio! —Tanas se encogió de hombros y se unió a Dimitri en la admiración de su obra maestra. Me quedé boquiabierto. No podía creer que Tanas básicamente estuviera admitiendo todo eso. Al mismo tiempo, me sorprendió ver que el último hombre que esperaba que lo halagara lo estuviera llenando de cumplidos. Dimitri continuó—: Y luego, como tiro de gracia, nos señalaste como culpables y polarizaste a los reos para que peleemos entre nosotros.

Me quito el sombrero, señor. —Dimitri se puso una mano en el corazón. *¿Qué?* Era como ver a dos adversarios deportivos conversar sobre su último partido—. El problema, la reacción y la solución son muy convencionales —continuó Dimitri—. Pero es lo que ustedes usan siempre. Es una estrategia vieja y confiable. Y lo entiendo. ¡Funciona!

Avanzamos un rato en silencio.

—No mencionaste la depuración de la biblioteca —susurró Tanas con una voz grotescamente empalagosa.

—Lo sé, lo sé —contestó Dimitri y asintió—. Eso lo sigo procesando, pero sin duda es una estrategia soberbia. Y quitar *1984* del catálogo..., la cereza del pastel.

—¡Gracias, Dimitri! —dijo Tanas con la misma vocecita empalagosa. Me enfurecía que lo llamara por su nombre de pila. Ni siquiera yo me atrevía a hacer eso. Tanas lo señaló con un dedo—. Bueno, ¿y qué tal lo que tú hiciste con el prisionero Mills aquella noche en la cocina? Ahora está como una cabra. ¿Te importaría iluminarme un poco sobre qué pasó ahí?

¿Qué demo...?

Dimitri esbozó una enorme sonrisa.

—Casi lo olvido. Es verdad que el viejo Earl nunca volverá a ser el mismo. Pero no diría que está loco. Sólo es diferente, más feliz. Y sabes bien que no puedo darte muchos detalles, pero digamos que esa palabra que usaste, "iluminar"..., pues digamos que esa sería una buena pista.

—¡*Touché*! —dijo Tanas, alzando un dedo en el aire.

—No creíste que iba a funcionar eso de enviarlos a Pete y a él tras de Zach, ¿verdad? —susurró Dimitri.

Tanas se encogió de hombros de nuevo.

—No podía saberlo si no lo intentaba. A veces sueltas un anzuelo a ver si algo pica después.

Miré a mi alrededor para asegurarme de que verdaderamente fueran ellos dos con quienes estaba caminando por el pasillo.

Dimitri asintió.

—Supuse que algo así había sido.

—Hablando de después —dijo Tanas entre risas—, ya tengo listas cosas nuevas para ti.

—¿Se puede saber qué son? —preguntó Dimitri.

Tanas tardó unos segundos en contestar, como si estuviera debatiéndose con su propio ego.

—Bueno, supongo que no debería darte muchos detalles, pero he aquí una buena pista: la próxima vez que te escolten a algún lugar, no sólo los guardias irán enmascarados —contestó con una risita.

Yo no quería involucrarme en los juegos de Tanas, pero Dimitri estaba muy metido en la adivinanza.

—Ah, creo que ya entendí —dijo Dimitri entre risas, con un dedo alzado—. ¡Buena ésa!

Tanas no se pudo contener.

—Sí, todos los miembros del PLT que sean escoltados al interior de Carlton tendrán que llevar bozal.

—Una táctica muy salvaje, sin duda, Tanas. Muy deshumanizante —exclamó Dimitri—. Cubrirles la cara tanto a los reos como a los guardias es un doble revés para provocar disociación psicosomática. ¿Te inspiraste en el holocausto? Sé que los nazis estaban desarrollando ese tipo de técnicas para controlar mentalmente a sus víctimas, pero… —Dimitri hizo una pausa y volvió a alzar el dedo, como si fuera a hacerle otra pregunta a Tanas.

—Pero ¿qué? —dijo Tanas y lo miró con un dejo de inquietud.

—No querría echarle caca a tu pastel ni nada por el estilo, y aunque no dudo que pueda funcionar con algunos de los miembros más recientes del PLT…

—Suelta la sopa de una buena vez —espetó Tanas, con cierta preocupación en la voz.

—No servirá de *nada* con los miembros avanzados ni con los instructores —dijo Dimitri—. Tienen demasiada claridad. No va a funcionar. Lo siento.

Ya no podía más. Me detuve y los vi seguir adelante sin mí, como si yo no existiera.

¿Qué carajos está pasando aquí? Dimitri halagando las vilezas de un psicópata mientras el psicópata acepta los cumplidos con orgullo, como si estuviera en una ceremonia de premiación. Luego ambos discutiendo estrategias de batalla pasadas y futuras, y casi aconsejándose mutuamente.

Corrí para alcanzarlos, mientras ellos seguían andando en silencio. Aun así, a pesar del silencio, percibí una conexión entre ellos. No era una conexión amistosa ni fraterna, como la que Dimitri tenía con varios de los hombres de Carlton, sino algo más familiar entre personas con una larga historia.

Luego, Dimitri inhaló profundo, agitó los hombros y movió la cabeza de un lado a otro, como si se estuviera estirando.

—Sabes que en algún momento voy a tener que ponerme en medio de todo esto, ¿verdad, Gene?

Tanas se detuvo justo antes de entrar a la sala de vigilancia y asintió en dirección de Dimitri.

—Ese es el juego que vinimos a jugar. O sea, ¿qué otra cosa podemos hacer? ¿Verdad? —dijo Tanas. *¿Qué demo...?* Tanas volteó a verme y resopló—. El prisionero es todo tuyo. Y, por Dios de los cielos, Ogabi, procura seguir las reglas. —Después de eso, desapareció tan rápido como había aparecido.

Dimitri soltó una carcajada.

—Ay, ese tipo es un encanto, ¿no crees? O sea, no siempre, pero... ya sabes...

No sabía qué era eso que acababa de presenciar, pero había sido genuino, aunque de una forma inexplicable. Y ahí lo voy a dejar. Fue algo genuinamente extraño.

RENEGADOS

MARCUS

Una vez que entramos a la trampilla entre los portones de seguridad y escuchamos el bloqueo del controlador, Dimitri abrió los ojos como platos.

—Nunca había estado en un lugar así. ¿Qué es? —me preguntó.

—Se usan para separar las áreas que no son seguras de las que sí lo son. Una vez que nos examinen, abrirán la segunda puerta para dejarnos entrar. —Alcé la cara hacia la cámara y asentí—. Vamos a entrar a la zona más segura de Carlton. Es donde están los monitores de todas las cámaras de seguridad. Me sorprende que hayan dejado entrar a los del noticiero, por no hablar de un prisionero. Digo, yo nomás he estado aquí una vez y fue durante la capacitación.

Dimitri alzó la cara hacia la cámara y susurró:

—Siempre hay una razón oculta para todo. Que esto ocurra en un lugar tan seguro podría tener una razón de ser.

—Explícame una cosa. ¿A qué te referías cuando dijiste que Tanas era un encanto? —Seguía desconcertado por esa afirmación—. A nadie le agrada Tanas. Seguro que ni a su mamá.

—Hay cosas que aún no estás listo para saber. Todo llegará a su debido tiempo. Pero en realidad lo que te desconcierta es la naturaleza del juego.

Espera, ¿dónde he oído eso antes?

El director estaba esperándonos adentro y le dio la bienvenida a Dimitri con una enorme sonrisa fingida. De inmediato lo jaló a un costado y empezó a cuchichear con él, como si yo no existiera.

Asentí en dirección de Marianne y el resto del equipo, que esta vez sólo eran dos personas: un camarógrafo y un muchacho que parecía ser el productor nuevo.

—Henos aquí de nuevo, oficial Ogabi —dijo Marianne con una sonrisa—. Volví para una nueva edición de "Diálogos con Dimitri". Veo que aún tienes el diario de colibrí.

—Así es, y sigue vacío. Para ser sincero, no sé bien qué escribir en él.

—Ay, yo sí sé —contestó. Estaba más que dispuesto a escucharla, pero en ese momento su atención se enfocó en Dimitri, quien ya había terminado de hablar con el director. *Y yo que pensé que por fin sabría sobre qué escribir*—. ¿Cómo se encuentra el día de hoy, *mi buen señor*? Ya teníamos tiempo sin vernos, ¿no? —Marianne se dirigió a Dimitri con voz alegre, como si fueran amigos de toda la vida.

Dimitri la miró a los ojos sin decir una palabra durante más tiempo de lo convencional. Se notaba que sentía un profundo amor por ella, pero no necesariamente romántico, sino como de reconocimiento. Claro que él amaba a toda la gente con la que estaba, pero ella lo trataba como un ser humano, y él lo percibía.

—Todo bien. Manteniéndome presente durante las circunstancias actuales de la vida —contestó Dimitri—. ¿Y tú?

—Intentando hacer lo mismo —dijo ella—. Pero se requiere mucha práctica, sin duda. He leído varios libros desde nuestro último encuentro y quería darte las gracias. No sé cómo transmitir la magnitud de lo que ha pasado desde que te conocí y di comienzo a este proceso. Pero de algún modo creo que lo sabes.

Marianne se le quedó viendo con una sinceridad que yo nunca había visto en una periodista. Era posible ver a través de la fachada del maquillaje, el peinado y la personalidad televisiva. Marianne era un ser humano como cualquiera de nosotros, con problemas y desafíos, y eso me permitió ver la bella persona que era, tal como Dimitri la veía.

—Gracias por el reconocimiento —contestó él en voz baja—. ¿Dijiste que requiere práctica?

—Sí, claro. Al menos en mi caso.

—Entiendo. Es sólo que, cuando ponemos palabras como "requiere" o "se necesita" antes del concepto de "práctica", nos aleja del resultado que deseamos obtener desde el principio. Por eso invito a la gente a mantenerse en el estado de práctica. La invito a "convertirse" en la práctica misma de estar presente. Y eso se hace aguardando en un estado constante de indagación profunda, de ésa que nunca se termina, y trabajando desde ahí.

Miré el monitor y vi a Jim en la trampilla, así que presioné el botón para dejarlo entrar. Cuando entró, asintió al verme y se dirigió deprisa hacia el director, quien estaba con el productor, seguramente diciéndole qué quería que ocurriera y saliera en pantalla. Jim le pidió al director un momento a solas y le dijo algo. Por su reacción, se notaba que no era nada bueno.

—Sólo no empiecen sin mí —escuché que susurró el director antes de irse.

—Ahora venimos —me dijo Jim—. Mandé a otro lado al oficial encargado de los monitores para que tengan más espacio aquí. Pero échales un vistazo a las pantallas y déjanos entrar cuando nos veas. Tenemos que hacer algunas llamadas. Hay problemas con la comida. Pero, por órdenes del director, la entrevista no empieza ni termina mientras no estemos aquí.

—De acuerdo, Jim. Creo que no podría ser de otra manera.

Más tarde me enteraría de que los secuaces de Tanas de la UEAPLT habían destruido toda la comida del jardín y el invernadero. Llevaban días desechando los alimentos maduros para obligar a los reos a volver a alimentarse de las porquerías procesadas de antes. Por lo tanto, no había nada para el almuerzo entre Marianne y Dimitri. Me quedé ahí a solas con los otros cuatro, pero Dimitri no pareció percatarse. Los monitores lo tenían cautivado.

—Mira, ahí está Vinny —le dijo a Marianne y señaló una de las pantallas. Ella se acercó mientras él agitaba la mano para saludar a la imagen—. Hola, Vin. ¿Puedes verme? ¡Hola! —gritó—. ¿Te acuerdas de Vinny? Hoy no le tocó acompañarnos. —Dimitri seguía agitando la mano para llamar la atención del italiano.

Marianne le habló con dulzura, como una madre.

—Sí, lo recuerdo, Dimitri. Pero creo que no puede vernos ni oírnos. Es un sistema de circuito cerrado.

Supongo que ella también siente un amor profundo por él.

—Ay, qué mal. —Dimitri puso una cara de decepción que resultó graciosa, así que se rieron mientras yo observaba al director a través de los monitores. Estaba en su oficina, gritando algo al teléfono. Jim estaba en la cocina, buscando con desesperación en los refrigeradores algo que pudiera parecer que venía del jardín.

Observé a Marianne prepararse mientras seguía vigilando cada tanto al director, quien con frecuencia miraba su reloj. Jim hacía lo mismo. Tenían que regresar pronto. Me di cuenta de que Dimitri estaba observando un monitor en particular, en el cual había visto a Jim antes de dejarlo entrar.

Me le acerqué y alcancé a ver la espalda de quien parecía ser una guardia de la penitenciaría, de baja estatura y regordeta. Era una mujer de cierta edad que tenía en las manos un enorme juego de llaves con el que intentaba cerrar la puerta exterior de la trampilla, lo cual no tenía sentido alguno.

—¿Quién es esa guardia y por qué está tratando de cerrar la puerta? Nunca la había visto —dije en voz alta. Dimitri siguió mirando el monitor, paralizado, sin hacer gestos ni movimiento alguno, salvo el de los labios al contestar.

—Yo sí.

Volteé a verlo y luego miré de nuevo a la mujer en la pantalla. Agarré el radio para llamar a Jim, pero Dimitri alzó la mano para detenerme. La mujer terminó y volvió a colgar el juego de llaves de su cinturón. Cuando se dio media vuelta para irse, volteó a la cámara un segundo y guiñó un ojo. Era Ana. Al igual que en otras ocasiones, el corazón se me aceleró de inmediato.

—¡Mierda! —exclamé mientras Dimitri se iba al rincón más alejado de la habitación.

Volteé a ver los monitores de nuevo, pero no la encontré en ninguno. Ana se había esfumado tan rápido como apareció. Miré entonces a Dimitri, quien de nuevo estaba hablando consigo mismo en portugués.

¿Qué carajos está pasando esta vez?

Marianne y sus compañeros me miraron, extrañados. Sin duda vieron mi reacción, pero no a la persona que la provocó, una persona que al parecer sólo Dimitri y yo podíamos ver, pero de quien no debíamos hablar.

—¿Todo bien, oficial Ogabi? —preguntó Marianne.

—En este *preciso* instante, todo está de maravilla —contesté con una risita nerviosa, aprovechando aquello de estar en el presente.

Dimitri se volteó y se sentó frente a ella. Miré los monitores y descubrí que Jim y el director venían de regreso, así que en cuestión de minutos llegarían a los portones de seguridad.

—Marianne, ¿ves que hay un momento en la vida que puede demostrar y definir a ciencia cierta quiénes somos como personas? ¿Ese momento en el que uno tiene la oportunidad de contribuir a algo grande? —preguntó Dimitri y la miró directo a los ojos.

Sin tener tiempo para aclarar sus dudas ni para pensar en lo que él acababa de preguntarle, Marianne contestó:

—¿Qué necesitas que haga, Dimitri? —Estaba dispuesta a lo que fuera. Se me erizó la piel de todo el cuerpo y se me llenaron los ojos de lágrimas al verla aceptar en cuestión de segundos algo que a mí me había tomado la vida entera. Y en ese instante sentí un profundo amor por ella también.

—Cuéntame rápidamente una cosa sobre lo que se graba aquí y cómo llega a la televisión de la gente —preguntó, y ella se arrancó con una larga explicación técnica. Pero Dimitri la interrumpió—. Nada más dime algo: cuando empecemos, ¿alguien puede detenernos?

—No realmente. Esta es una transmisión directa que no se puede interrumpir porque va directamente de la camioneta a los televidentes durante mi franja de veintiún minutos, menos los dos cortes comerciales. Después de eso, nos cortan la transmisión de forma automática.

—¿Quién está en la camioneta?

—Nadie. Usamos tecnología de transmisión remota desde aquí. —Señaló un aparato sobre la mesa. Me asomé al monitor del estacionamiento y vi la camioneta del noticiero estacionada en una esquina.

—¿Te molesta si posponemos el almuerzo y reventamos esta burbuja de una vez? —preguntó Dimitri con emoción.

—¿Sin el director? —preguntó ella, con una sonrisita suspicaz.

—Definitivamente sin el director. Ah, y sin cortes comerciales.

Esa parte de los comerciales puso a Marianne a calcular las consecuencias laborales de lo que Dimitri le estaba pidiendo que hiciera. Mientras tanto, volteé a ver el monitor para calcular las que yo tendría que enfrentar.

—Me vas a deber el mejor almuerzo de mi vida, Dimitri Tanomeo —contestó Marianne con una sonrisa enorme. Ajustó el micrófono y se preparó para hacer lo que fuera necesario. Su valentía me dejó boquiabierto.

—Entramos al aire en cinco, Marianne —anunció el joven productor, quien no tenía idea de lo que estaba ocurriendo en realidad.

Dimitri volteó a verlo, luego miró a Marianne y le preguntó:

—¿Qué pasó con Phil, el productor? ¿Segura que no está por ahí, acechando en las sombras? ¿No tendrá una forma secreta de sacarnos del aire?

—No, Phil ya está en las grandes ligas. Aceptó un puesto muy importante en GNN.

Dimitri se rio.

—Claro, claro.

Marianne me miró y luego volteó a ver a Dimitri.

—¿Qué hay de él? —preguntó.

—Él es de los nuestros —contestó. Esbocé una sonrisita mientras Marianne asentía.

—¡Lo sabía! —exclamó.

Era extraordinario volver a ser parte de todo.

—¡Un minuto! —gritó el nuevo productor mientras Marianne y Dimitri se preparaban. Volteé a ver el monitor. Jim y el director ya estaban frente al portón de seguridad—. ¡Treinta segundos!

Me incliné para decirle una última cosa a Dimitri.

—Ya están en la puerta, Dimitri. Cuando consigan una llave, entrarán a la trampilla sin problemas.

—No va a ser tan sencillo. Las llaves están escondidas. Si las encuentran, nada más no les abras la segunda puerta hasta que terminemos.

Me puse tan nervioso que no supe qué contestar. Quien sí reaccionó fue mi estómago, con el habitual dolor que aparecía cada vez que las cosas se ponían pesadas, lo cual era cada vez más común desde que conocí a Dimitri.

—Silencio, por favor. Entramos en cinco, cuatro, tres, dos…

PLATA POR ORO

MARCUS

—Buenas tardes —dijo Marianne—. Estamos en vivo en la Penitenciaría Estatal Carlton, donde nuevamente nos acompaña Dimitri Tanomeo, el joven a quien visitamos hace unos meses. —Volteé a ver el monitor. El director estaba enloquecido y golpeaba la puerta con desesperación mientras Jim hablaba frenéticamente por teléfono, supongo que tratando de averiguar dónde estaban las llaves—. Dimitri —continuó la entrevistadora—, la vez pasada me prometiste una cena, pero al parecer me dejarás plantada. Dime una cosa, ¿qué tiene que hacer una chica para que la invites a salir?

Dimitri se sonrojó, entre risas nerviosas. Jamás lo había visto así, frotándose la cara con ambas manos.

—Bueno, Marianne, gracias por volver a Carlton. Por circunstancias ajenas a nuestro control, es preferible que en esta ocasión tengamos una conversación más profunda sobre el destino del mundo.

—¡Caray! ¡El destino del mundo! Son palabras fuertes, Dimitri. Sin embargo, desde nuestro último encuentro, tus enseñanzas me han ayudado muchísimo, así que no puedo hacer más que cederte la palabra.

Volteé a ver la pantalla de nuevo y vi que Jim y el director estaban mirando fijamente un celular. *¡Mierda! ¡Están viendo la transmisión!* El director se veía mortificado. Jim sacó su celular y, segundos después, sonó el teléfono de la sala de control. Lo desconecté mientras el joven productor, cuyo nombre era Alex, se asomó a la pantalla de la cámara de la trampilla y luego me volteó a ver, confundido. Yo sólo me encogí de hombros y seguí viendo la entrevista.

—Gracias, Marianne. Tengo mucho que decir, así que empezaré con esto: el mensaje que quiero transmitir es para todas las personas del mundo entero, con la intención de que permee todos los ámbitos posibles, desde el político y el social, hasta el racial y el religioso. Apelo a que este mensaje atraviese cualquier frontera y se infiltre en las instituciones militares y las instancias gubernamentales hasta arraigarse en el corazón y la mente de cualquiera que lo escuche.

Marianne se enderezó en su silla, separó las manos y las posó en su regazo, con las palmas hacia arriba. Alex, el productor, se dejó caer en la silla más cercana, con la mirada fija en Dimitri, como si el resto del mundo no existiera. Debo confesar que se me había olvidado lo poderosa que era su energía.

—¡Adelante, Dimitri Tanomeo! ¡El micrófono es tuyo! —afirmó Marianne con una determinación que jamás había oído en el canal de noticias locales.

—Tengo una buena noticia y una mala noticia. La buena es que el cambio se avecina; la mala es que el cambio se avecina —dijo Dimitri con una risotada, y Marianne entrecerró los ojos.

—¿A qué tipo de cambio te refieres? ¿Cómo puede ser algo bueno y malo a la vez?

—Me refiero a la evolución, Marianne. Una evolución acelerada, profunda y perfectamente despiadada. Dependiendo del cristal con el que la miremos, ya sea de forma individual o colectiva, será algo bueno o malo, si es que decidimos utilizar esos términos imprecisos, lo cual haremos por el momento para poder pasar a lo que sigue. La evolución a la que me refiero es de índole espiritual. Tiene que ver con la transición de nuestra especie de una realidad de tercera densidad menos consciente a una realidad de cuarta densidad. Hay quienes ya están en ese proceso —explicó Dimitri. Yo jamás había oído hablar de eso, y Marianne se veía igual de perdida que yo—. Pero ahorita no ahondaremos en eso, aunque quiero dejar en claro que este cambio acelerado ya está en proceso. Durante mucho tiempo, la humanidad ha permanecido en un circuito de espera. Hemos co-creado un mundo que se mantiene en pie con ayuda de un pegamento muy endeble. Es como el pegamento blanco que usan los niños en la escuela. A ese pegamento podríamos llamarle "miedo" o, para ser más precisos, "miedo egótico". Tememos que se acaben las cosas que necesitamos o queremos, así que pasamos por encima de otros para obtenerlas, sin darnos cuenta de que en realidad la carencia nunca existió.

"Muchos señalan a quienes tienen y no comparten, mientras que otros culpan a quienes quieren algo, pero se niegan a hacer cosas. Hemos construido sistemas gubernamentales diseñados para servir a la gente, pero luego los ponemos en manos de individuos que sólo los usan para enriquecerse.

Idealizamos a supuestas estrellas que no son más que traidores que promueven la codicia, la violencia y la depravación a través de sus canciones y actuaciones dentro de la industria del entretenimiento. Y luego están los niños arrogantes que consumen el contenido no supervisado y propagado por la misma tecnología, mientras pasan su infancia en el campo de entrenamiento de la violencia, la perversión y la separación. Y todo esto se debe a que estamos desconectados del Amor que somos.

”Nos alimentamos con el veneno producido por las megaempresas agroalimentarias que quieren enfermarnos hasta que terminemos en manos de sus cómplices, las organizaciones médicas y las grandes farmacéuticas. Esa gente que, en vez de garantizar nuestra salud, se asegurará de que caigamos en el ciclo inevitable del *mal-estar*.

”Y eso no es lo peor. Entre menos dinero tenga la gente en el bolsillo, más miedo alberga. Y esa es su principal arma. Luego la amplifican a través de los medios tendenciosos que están diseñados para mantener a la gente intranquila. Si a eso le sumamos las películas y los programas televisivos actuales, tenemos la receta perfecta para una sopa de pura caca. —Hizo una pausa e inhaló profundo—. Ah, y casi lo olvido. También le echamos más leña al fuego cuando nos tratamos unos a otros con odio, cuando nos juzgamos unos a otros desde un lugar de superioridad moral, cuando nos indignamos por lo que hacen los demás. Todo eso es un síntoma de la compasión perdida que alguna vez nos hizo humanos. ¿Cómo no va a haber un estado constante de sufrimiento en este mundo que inconscientemente hemos construido y, peor aún, preservado? —Hizo una pausa para darle a Marianne la oportunidad de intervenir.

—No sé si estoy de acuerdo contigo en eso de que nosotros somos responsables. Yo definitivamente no participo de esa perversión y violencia, y hago hasta lo imposible para que mi hijo tampoco la consuma.

—Me refiero a algo mucho más complejo que hacer o dejar de hacer cosas. Imagina un mundo donde no existiera aquello que nos aleja de nuestro estado natural de vibraciones altas.

Marianne esbozó una sonrisa titubeante.

—¿Te refieres a un mundo donde no haya maldad? ¿Cómo sería posible?

—Esto trasciende el concepto subjetivo de bien y mal, la cual es una conversación más compleja que la que estamos teniendo ahora —dijo Dimitri—. Pero, en términos generales, sí, a eso me refiero. El hecho de que nos resulte imposible imaginarlo es indicativo de la profundidad del problema. Aunque sea difícil reconocerlo, unimos fuerzas con la oscuridad al nacer en una realidad donde la Tierra está permeada por una vibración energética baja. Nuestra complacencia y colaboración permiten que el ciclo de vibraciones bajas continúe y hasta florezca. —Me preocupó que hablara tanto de energía y vibraciones, porque ese tipo de cosas siempre me terminaban distrayendo—. Pero primero, antes de que la gente se distraiga con estas cosas —dijo y miró directo a la cámara—, necesito advertirles sobre lo que se avecina, así que no se vayan.

Buena jugada, Dimitri.

—¿Qué se avecina? —preguntó Marianne—. ¿Las cosas se pondrán peor? Pensé que el cambio evolutivo del que hablabas sería el remedio a los males que ya mencionaste.

—Lo es, pero hay seres con una orientación negativa, arquitectos de un plan muy oscuro que conciben esta evolución como una amenaza a su propia supervivencia, pues eso es justo lo que es. Esas fuerzas se alimentan de la frecuencia de vibraciones bajas basada en el miedo que propagan y promueven seres humanos inconscientes y manipulados, y harán hasta lo imposible por mantener intacto el sistema que les da de comer.

Cuidado, Dimitri. Piensa en tu público.

Sin percatarse del silencio incómodo, Marianne lo miró fijamente y luego agarró y bebió de golpe el vaso de agua que estaba en la mesa, que en realidad era de Dimitri.

—Eso tiene mucho sentido, pero de una forma sumamente perturbadora, Dimitri. ¿Algo de esto tiene un lado positivo? —preguntó, mientras enterraba las uñas en el vinil de su asiento.

—¡Hay un gran lado positivo! —exclamó Dimitri con un entusiasmo excesivo para un tema que la mayoría de la gente consideraría deprimente—. Justo estamos en la fase de la calma que antecede la tormenta. ¡Imagínalo, Marianne!

La expresión facial de la entrevistadora cambió, y las arrugas en su rostro se volvieron más definidas. Pero luego meneó la cabeza y volvió a intervenir.

—No quiero imaginar eso. Sé que llevas un tiempo encerrado, pero la polarización en el país y en el mundo está peor que nunca. La gente normal adopta una postura política u otra, y al hablar de posturas me refiero a que hay un odio visceral entre ellas. Así que no entiendo cómo podríamos estar en una fase de calma. Si eso fuera cierto, no sé qué nos depararía la tormenta de verdad.

—Por tu reacción, me parece que no fui lo suficientemente claro —dijo Dimitri y asintió.

Marianne se relajó un poco, con la esperanza renovada de que Dimitri se retractara.

—Olvídate de imaginarlo. Te invito a *saber* que se avecina. Todo eso que describiste fue diseñado y ejecutado a la perfección por los arquitectos de los que hablé hace rato. Ellos son los que se esconden en las sombras, detrás de los supuestos líderes del mundo, y juegan de ambos lados del tablero de ajedrez político en el que tú y yo sólo somos peones. Mantienen al caballo blanco hidratado y listo para llevar a quienes difunden sus mensajes falsificados, pues tienen la astucia de disfrazarse de virtud moral para pasar desapercibidos dentro de su propio caballo de Troya. Créeme cuando digo que esto que estamos viviendo, la inmensa polarización, el miedo, la desconexión con el Ser y el resto de esa caca, no se compara en nada con la tormenta de proporciones bíblicas que nos tienen preparada. Estoy hablando de una absoluta debacle financiera, de censura draconiana, de disturbios salvajes en las calles, de hambruna, de vacunaciones forzadas, de una tiranía comparable con el Holocausto, y hasta de otra guerra mundial. Todo por pura diversión.

La expresión adusta de Dimitri lo hacía parecer alguien completamente distinto del joven que hacía unos minutos se había reído como un niñito. Hablaba muy en serio, y todos los presentes sabíamos que tenía razón. Sentí una punzada dolorosísima en el estómago. Hasta el camarógrafo se asomó y lo miró fijamente. Pero la más afectada era Marianne.

Dimitri señaló la caja de pañuelos desechables que estaba en el estante a mis espaldas. Con cuidado de no meterme a la toma, la puse discretamente sobre la mesa. Marianne se limpió las lágrimas y se disculpó. Luego, volvió a mostrarse vulnerable. Se notaba que había dejado ir su propia resistencia a las palabras de Dimitri.

—Entonces, ¿cuál es el lado positivo? ¿En qué momento llegará? —preguntó con la voz entrecortada y abatida. Se me escapó una lágrima al verla así.

El humor de Dimitri volvió a ser animoso y gentil, e incluso le sonrió a Marianne con dulzura. Lo había visto hacer eso muchas veces durante las reuniones del PLT. Primero arremetía con fuerza, hasta asegurarse de haber vencido al ego. Luego volvía a ser el muchacho gentil y amable de siempre. Tenía un don y lo había perfeccionado.

—El lado positivo está en medio de la polarización, esperando que lo veamos —contestó en voz baja—. Sólo debemos dar la cara juntos, en unidad, salirnos de su plan y empezar uno nuevo y de nuestra propia creación antes de que sea demasiado tarde.

Marianne se veía un poco más llena de vida.

—Entonces estás diciendo que no estamos condenados a llegar a una tercera guerra mundial.

—No lo estamos, pero debemos poner manos a la obra, despertar y responsabilizarnos por lo que pasa en nuestra mente y en nuestro mundo. Pero reafirmo lo que ya dije, porque hasta que no haya evidencia de que el gran despertar está en marcha, su plan maligno seguirá en pie y avanzando. Nuestra transformación, tanto individual como colectiva, implica responsabilizarnos de todo, ya que es lo único que impedirá que el caballo rojo salga del establo. Pero debemos hacerlo deprisa.

Me pregunté si era el único que se había confundido con lo del caballo blanco y el caballo rojo.

—¿Cómo podemos despertar de forma individual a ese grado del que hablas, Dimitri? Digo, sin tener que recibir un balazo en el pecho y ver la muerte a los ojos. —Marianne le sonrió con inocencia, a sabiendas de que era un riesgo mencionar un tema potencialmente delicado—. Imagino que eso que te pasó explica por qué eres así.

La audacia de la entrevistadora lo hizo sonreír.

—Es una observación muy astuta —le dijo—. Se ve que hiciste tu tarea. Y no, no podemos esperar que le pase lo mismo al resto del mundo. Hay formas más amables de deshacerse de eso que debe morir en nosotros y en el mundo para que haya muchísimos renacimientos. —Me miró de reojo y guiñó el ojo.

—¿Qué podemos hacer entonces? —preguntó Marianne.

—Tú y yo lo estamos haciendo en este instante al transmitir este mensaje al mundo. Pero, como diría el poeta, nos falta "mucho camino por andar sin dormir", Marianne. Tenemos que unirnos a la gente allá afuera que está lista para hacer su parte. Pero a los indecisos, o a los que aún no están listos, les digo que se afirmen y decidan estar preparados cuanto antes. ¡Porque esta es su invitación al despertar!

Escuché a Marianne pasar saliva discretamente mientras echaba la cabeza un poco hacia atrás.

—Creo que hablo por el resto de los presentes cuando digo que tienes toda nuestra atención. E imagino que también tienes la de nuestros televidentes. ¡Adelante! ¡Haznos abrir los ojos!

—Primero debemos estar listos para dejar que muera lo que tiene que morir. Como en cualquier otro proceso evolutivo, lo que ya no sirve debe desaparecer para que lo nuevo nazca en su lugar.

—Siento que la antigua yo murió de alguna forma después de todo el trabajo que he hecho desde nuestra última entrevista, pero tuve que dejar atrás muchas cosas e incluso a algunas personas.

Dimitri asintió.

—A veces debemos *dejar ir por amor*, por amor a otros y a nosotros mismos, para no alimentar su enfermedad.

—Por supuesto —contestó ella—. Desde ese día me hice consciente de cómo los medios populares promueven esa enfermedad, y por eso dejé de ver GNN y otros canales de noticias parecidos, aunque parezca contradictorio, tomando en cuenta que soy reportera.

Marianne es tan espontánea que hasta parece que se le olvidó que está en televisión, en vivo y en directo.

—Felicidades por eso. Una de mis principales recomendaciones para cualquiera que vea esto es que dejen de ver las noticias en este instante… Bueno, cuando terminemos esta emisión, claro. —Ambos se rieron—. Otra recomendación igual de importante, si no es que más, es que se deshagan de la horrible adicción a las redes sociales que están diseñadas para manipularnos y esclavizarnos. —Marianne asintió—. Y, pase lo que pase, y lo digo con todo mi corazón, no permitan que sus hijos las usen. La mayor amenaza para el futuro del mundo es el daño irreversible que provocan las redes sociales en los adultos jóvenes y los niños que se enganchan a ellas.

—Estoy muy de acuerdo contigo, Dimitri. No fue fácil que mi hijo de quince años las dejara. De hecho, tuve que llevarlo a terapia, ¿sabes? Para que hablara con alguien de lo que está viviendo. Pero ya lleva seis meses fuera de ese mundo.

—Qué maravilla, Marianne. Todos tenemos mucho que depurar, ¿verdad?

—Así es. Pero a veces es difícil dar los primeros pasos. Ah, y también dejé de beber alcohol y de consumir azúcar.

Energizado por sus palabras, Dimitri se frotó las manos y apenas la dejó terminar antes de intervenir.

—¡Increíble! Si vemos de cerca lo que de verdad te pasó, trascendiste tu miedo a hacer esos cambios y te sumergiste en ellos. Y, una vez que diste esos primeros pasos, encontraste tu propia valentía, que es otro de los pasos necesarios para despertar.

Marianne asintió.

—¿Y sabes algo? Entre más claro tenía lo que quería en la vida, lo que en verdad me trae alegría y felicidad, más cambios hice para mejorarla. Es muy interesante que estemos hablando justo de esto, porque he estado leyendo un libro que habla sobre los temores que llevamos a cuestas y que se originan a partir de nuestro miedo a la muerte.

—¡Exactamente! —exclamó Dimitri—. Y lo que causa *eso* es la narrativa falsa que reciclamos una y otra vez desde el primer día que descubrimos que vamos a morir. Nos han dicho tantas mentiras sobre la muerte que la experiencia de este hermoso regalo que es la vida ha quedado relegado a una mera existencia burda.

Marianne asintió, inspirada, e intervino.

—Para mí fue muy difícil, porque temía estar sola, pero solté relaciones que ya no me servían. La primera fue el vínculo poco saludable con mi ex. Luego, reduje mucho la comunicación con alguien de mi familia inmediata que se ha vuelto muy tóxica y sólo quiere hablar de lo que está mal en el mundo, ya sea la contaminación, el racismo, la política o cualquier otra cosa, para sentirse superior a mí y a los demás. Es antiesto y antiaquello, y se la pasa reclamándome que no reconozco mis privilegios, a pesar de que crecimos en la misma casa… ¡y tenemos el mismo ADN! —Marianne continuó, pues las palabras de Dimitri habían tocado una fibra sensible—. Al principio dudaba de mí misma y me preguntaba si ella tenía razón y si debía sentirme culpable. Pero ahora sé que está un poco afectada por una especie de enfermedad mental socialmente aceptada. Nadie en nuestra familia entiende qué le pasó, pero tuve que ponerle fin a su constante reafirmación de sí misma y a sus agresiones verbales en contra de los demás.

Dimitri asintió.

—Es lo que yo llamo "amar de lejos". Es algo que se volverá cada vez más común en este mundo. Es lo contrario a ser un facilitador —explicó Dimitri.

Amar de lejos. Eso me gusta—. ¿Qué ocurrió una vez que dejaste ir esas relaciones e hiciste esos cambios? —le preguntó.

Después de una breve risita, Marianne hizo una pausa silenciosa antes de contestar.

—Empezaron a llegar cosas mejores a mi vida, una y otra vez. Aunque había momentos de soledad, sólo era cuestión de sobrellevarlos. Y a pesar de la muerte repentina de mi madre, dejarla ir y rendirme ante la situación me cambió la vida.

Mientras los escuchaba, recordé el momento en el que me rendí ante la muerte de mi relación con Lisa. Casi de inmediato se abrió un espacio que me permitió conocer a MJ.

—Gracias por compartir esa experiencia. Al igual que tú, mucha gente tendrá la tendencia a resistirse a esta transición evolutiva y a las múltiples muertes y finales que conlleva. —Hizo una pausa reflexiva—. Y es comprensible, si lo piensas bien. Recordemos que la evolución es lo que motiva este cambio, así que su aceleración se debe meramente a la muerte inminente de lo que ya no nos sirve, tanto a nivel individual como colectivo. Y puede ser algo incómodo. Pero significa que no podemos seguir como hasta ahora. La manera antigua ya quedó atrás. —Dimitri inhaló profundo—. Así que quiero dejar esto muy en claro porque es hora de ir directo al grano. Estoy hablando en realidad de la muerte de nuestra desconexión con el Espíritu. —Marianne entrecerró los ojos. Al menos yo no era el único que se había perdido en esa parte de la explicación—. Es muy sencillo. Hemos perdido contacto a nivel individual y colectivo con la esencia del Amor que somos. Y hablo del Amor con "A" mayúscula, Marianne. La crisis venidera será el vehículo que nos lleve a casa. La pregunta es: ¿quién queremos que esté al volante? El conductor que elijamos determinará la duración y el traqueteo del camino.

"Los arquitectos del plan oscuro no tienen compasión alguna por nosotros ni por lo que sentimos, porque carecen de sentimientos propios. Por eso promueven una vida de victimización, odio, soberbia y el resto de la caca de vibraciones bajas que al final debemos purgar de nuestra existencia si queremos volver a prosperar. Nosotros, el colectivo que ya despertó, que no hay que confundir con el desastroso movimiento progre, debe ser el conductor designado. —Alzó la mirada al techo y soltó una carcajada—. ¿No te parece fascinante? Todas sus horrendas acciones, tanto las actuales como las futuras, al final están promoviendo que volvamos a casa. ¡Es como la gasolina que mueve el auto! —Alzó las manos al aire, entre risas—. Es un momento extraordinario para vivir, ¿no crees?

Marianne estaba seria. Hubo una pausa extraña antes de que ella contestara.

—¿Por qué esa gente de la que hablas tiene el poder suficiente para dificultar el cambio?

—En breve, porque nosotros se lo dimos. Hace rato lo mencioné a grandes rasgos cuando dije que son dueños de lo que comemos, de la industria médica y de las grandes farmacéuticas. Y hay más gente en ese grupo que es dueña de literalmente todo lo que nos mantiene vivos. Por cuestiones de tiempo, no ahondaré en quiénes son esos otros personajes ni en cómo llegamos hasta aquí. Prefiero volver a resaltar lo que debemos hacer tan pronto como sea humanamente posible. —Guardó silencio, se enderezó, nos miró uno por uno y luego posó la mirada en la cámara—. Muy pronto se desatará una serie de sucesos que detonarán un miedo inmenso en casi todos los seres humanos. Esa parte *es* inevitable, Marianne. Me refiero a sucesos provocados por los actuales dueños de este mundo, diseñados para someternos, ya que les aterra perder el control ilusorio y temporal que creen ejercer sobre nosotros. Pero nosotros, los miembros del PLT de Carlton y de otras prisiones donde se lleva a cabo el programa, nos hemos liberado de nuestra mente. Nos hemos reconectado con la Fuerza Vital eterna que no es distinta de nosotros, sino que *es* nosotros, tal como los rayos del sol no son distintos del sol. Ahora lo sabemos y nos hemos fusionado con aquello que somos, más allá del cuerpo físico, más allá de nuestra identificación con nuestro nombre, estatus, título, raza u ocupación. Eso significa que ahora sabemos sin lugar a dudas que en realidad nunca moriremos, solo trascenderemos del cuerpo físico a la siguiente experiencia, sea la que sea. Hemos alcanzado este estado de conciencia estando en prisión porque cada uno de nosotros tocó fondo y eligió erguirse desde ahí, para jamás volver a esa oscuridad. Y lo hicimos reconociendo y sacando a la superficie las cosas que llevamos dentro que no son el Amor que somos.

"Cuando vemos los juicios poco compasivos en nuestro interior, hacemos lo necesario para sanarlos porque representamos una nueva Tierra, una nueva forma. Incluso hemos hecho unos tapetes llamados Ruedas del Amor. Nos paramos en ellos cuando estamos listos para afirmar las verdades que acabo de mencionar. Si los presidiarios podemos hacerlo, entonces el resto del mundo también. Basta con que la gente reconozca su situación de vida actual como el fondo al que ha llegado y se comprometa a erguirse desde ahí. Y cualquiera puede hacerlo ahora mismo o esperar a que las cosas empeoren. Lo bueno es que no tendrá que terminar en la cárcel para encontrar su motivación porque ya está ahí. —Marianne se cruzó de brazos, supongo que como un gesto de incredulidad o resistencia. Dimitri meneó la cabeza despacio, con la mirada fija en los brazos cruzados de Marianne, que era algo que también hacía en las sesiones del PLT. Marianne entendió la indirecta y separó los brazos al instante—. Quizá dudes que sea posible —continuó Dimitri—, pero justo estoy aquí para demostrar que sí lo es. Soy el vivo ejemplo de que es posible, como también lo son cerca de mil presos más que te dirían lo mismo que yo. ¿Cómo se hace? Enfrentando la oscuridad con luz. Sé que se dice fácil, pero no es tan sencillo hacerlo porque tu luz se ha atenuado demasiado. Es indispensable que la recuperes antes de que sea demasiado tarde, antes de que los arquitectos de la oscuridad lleguen más lejos. Si ya estás listo para hacerlo, basta con que te sumerjas en las sombras de tus experiencias de vida.

"Ahora bien, que quede claro que esto no se trata de usar la espiritualidad como forma de desconexión ni es una de esas cacas pseudo espirituales. Ni la hermosa palabrería ni la ropa vaporosa los llevarán adonde necesitan llegar para erguirse y enfrentar lo que se avecina. Esto implica reconocer la oscuridad interna, algo que todos llevamos dentro, y transmutarla. Ahí encontrarás la historia que te cuentas a ti mismo sobre tu propia vida, y ya sabes a cuál me refiero: la historia en la que tú eres la víctima de algo que hace que tu vida sea difícil. O, peor aún, la que te permite perpetuar la victimización de otras personas para mantenerlas sometidas, mientras tu propio ego descontrolado te hace creer que eres el héroe de armadura plateada cuya verborrea protege a otros de las injusticias sociales y la inequidad. En ese momento reconocerás que todos los participantes de esas historias estaban haciendo lo mejor que podían con lo que tenían al alcance.

"Aunque suene extraño o imposible, es una verdad vital que debe volverse parte de tu conocimiento celular antes de que te liberes de la prisión de tu mente. Una vez que des ese paso, no tendrás más alternativa que cambiar lo que te dices a ti mismo en torno a lo que significa tu propia historia o la de alguien más. Ahí es cuando mueres con respecto a tu pasado, aquel que lleva consigo las creencias y los conceptos que te limitan. Ahí es cuando empiezas a estar presente en el único momento que existe, el ahora. Y entonces, por medio de tu compasión y visión de vida recién halladas, tendrás que reparar el daño que se ha hecho hasta el momento. Aunque esta parte parezca muy difícil, dada la incomodidad de dejar al antiguo yo atrás y de enmendar lo que se requiere enmendar, no se trata de cambiar oro por plata, sino plata por oro. Así de mucho te ama el Amor que eres, el cual sólo espera tu regreso con las manos llenas de cosas bellas.

Se notaba que Marianne se había conmovido hasta las lágrimas, así que mejor desvié la mirada para que no me pasara lo mismo.

—Bien dicho —contestó finalmente la entrevistadora—. Siento que podríamos terminar aquí, pero quizá quieras ahondar en cómo reparar el daño que involucra a otras personas. Supongo que es la parte más difícil, pues lo que les ha pasado a muchas personas tiene muchas facetas, y…

—Basta con perdonar a la gente implicada —la interrumpió Dimitri con brusquedad, como si no tuviera nada más que decir al respecto.

—¿A toda la gente? ¿Incluso a la que te hizo…?

—A toda. No hay nada que una disculpa y el reconocimiento pleno de la responsabilidad propia no puedan arreglar, sin importar el lado de la mesa en el que estés sentada. Luego pide perdón. Agradécele al otro por contribuir a tu crecimiento y dile que lo amas. Porque es cierto, tal como los hijos de la Luz Divina aman a todas las personas y todas las cosas.

Quedé maravillado, pero traté también de entender cómo había logrado transmitir en cuestión de minutos un mensaje profundísimo que por lo regular tardaba horas o días enseñándole a gente como yo. Más tarde descubriría que fui testigo de lo que Dimitri luego denominaría *inyección crítica acelerada*. Cuando salí del asombro, vi a Alex muy nervioso, con su celular en una mano y pasándose el índice de la otra mano sobre el cuello mientras miraba a Marianne.

Le están diciendo los de la televisora que corte la transmisión.

Bajó la mirada hacia el transmisor remoto de la mesa y luego volteó a ver a Dimitri, quien asintió ligeramente en dirección hacia mí. Justo antes de que Alex lo agarrara, jalé el aparato hacia mí para ponerlo lejos del alcance del productor, mientras le hacía una seña a Dimitri para advertirle que sólo le quedaban cinco minutos.

Marianne volteó de nuevo hacia Dimitri y continuó.

—Así que es hora de cambiar plata por oro, ¿cierto? Veo a qué te refieres, pero me pregunto si será porque he hecho parte de ese trabajo interno del que hablas. Me preocupa que la gente allá afuera no entienda el mensaje o no actúe en consecuencia. ¿Qué le pasará al mundo si esos sucesos ocurren y mucha gente no responde a tus palabras sabias?

—Quienes estén listos para oír eso que ya saben en el fondo de su ser actuarán de inmediato porque están en proceso de recordar que ellos son la sabiduría misma y que lo único que queda de ella es su encarnación. Pero habrá otros que requieran un empujón, y te aseguro que el empujón viene en camino. Claro que habrá algunos que, aferrados a sus miedos, se quedarán del lado de la oscuridad y harán lo que sus amos tienen planeado. Esa gente dejará que los grandes medios de información impulsados por facciones políticas determinen cada una de sus acciones, y decidirán seguir haciéndolo aunque la información sea cada vez más confusa. Son las mismas personas que tergiversarán las libertades personales, incluyendo la libertad de expresión, para hacerlas encajar en una nueva definición retorcida de egoísmo, racismo o cualquier otra tontería que se les ocurra.

Marianne soltó una risotada.

—Conozco a unas cuantas personas que tomarán ese camino. Muchas, de hecho.

—Hay más ovejas en el rebaño que pastores —dijo Dimitri—. En cuanto a cómo se verá el mundo por culpa de la gente que se quede dormida, te aseguro que será algo muy poco relevante entre más despierta estés. Te conectarás con tu propio conocimiento de que cada persona está en su viaje individual y especial, y la forma en que se desarrolle o no ese viaje ajeno tendrá poco que ver contigo y con lo que quieres crear para ti. Esto significa que verás más allá del desequilibrio de las polarizaciones extremas. Y, dado que podrás hacer eso, alcanzarás a ver la perfección en todo proceso, incluso en la destrucción o la muerte o cualquier otra cosa que surja y deba morir. Sabrás que todo es tal como tiene que ser.

—Es una forma muy intensa de concebirlo —dijo Marianne mientras asentía—. ¿Qué sigue entonces?

Al ver el monitor, descubrí que un escuadrón de guardias armados hasta los dientes con equipo antimotines, escoltado por Jim y el director, intentaba abrir la puerta a empujones. Dimitri también los vio.

—Hasta ahora lo que tenemos es la muerte de nuestro pasado. Eso es lo primero, y a través de eso nos volvemos presentes. En segundo lugar, encontramos nuestra propia valentía al soltar aquello que ya no nos sirve. Luego reparamos el daño, y al final vemos y aceptamos la perfección en todos los procesos. Una vez que despiertes al yo liberado por medio de la exposición de tu propia historia y que hayas purgado los juicios tóxicos que emites en torno a ella y a otros, entonces y sólo entonces podrás entrar en contacto con el Amor que eres. Ahí es cuando te incorporas a la misión de *agencia* de tu propia vida y te colocas en un estado de servicio a otros. A partir de ahí, no tendrás más opción que desempeñar ese nuevo papel durante el desarrollo de la transición. Ahí será cuando te pongas a la altura y te afirmes en defensa de la Luz eterna y el Amor que existe en todo lo que es. Los otros, los "indecisos", no podrán hacer más que colapsar en los brazos de quienes sólo quieren lo peor para ellos. —Hizo una pausa e inhaló profundo—. Ahora, quisiera hablarle al puñado de elegidos que ya están listos. —Miró directo a la cámara—. Mantente alerta, grandioso guerrero de la Luz, de los funcionarios gubernamentales ebrios de poder que están listísimos para controlarte a ti y todo lo que hagas. Observa la hipocresía de su maldad cada que ellos hacen caca sobre las distintas constituciones del mundo y te arrebatan tus derechos y tus libertades humanas. Conmina a quienes ostentan placas de autoridad en la milicia, el gobierno y la policía, así como a tus familiares, a que bajen las armas cuando se les ordene atacar a sus prójimos soberanos. De no ser así, deben saber que rendirán cuentas frente al juzgado más importante de todos, el juzgado de la ley del karma, por todos y cada uno de los delitos que cometan en contra de la humanidad.

"Ten certeza en tu *saber* de que la entidad oscura mantendrá vivo el plan del miedo y la separación con ayuda de los medios masivos para crear una hipnosis mundial de miedo y ataduras, mientras inventa estratagemas y engaños para obligarlos a pelearse entre ustedes. Ahí es donde el trabajo que has hecho en ti mismo rendirá frutos, pues soltarás la espada que injustamente blandiste para luchar contra tus hermanos y hermanas con el pretexto de la religión, el activismo social, la política, la raza y cualquier otra forma de separación que la oscuridad ha promovido en tu mente. Para ganar esta batalla, la unidad debe volverse el lugar común donde nunca antes existió. Eso implica amar a quien alguna vez odiaste y llamaste enemigo. Esto implica verte a ti mismo en otros, sobre todo en la gente o las cosas que te causan problemas y que son tus más grandes espejos. —Marianne se movió en su silla con gesto incómodo—. ¿Qué pasa? —le preguntó Dimitri.

—No sé qué tan lista estoy ni qué papel desempeño en todo esto. Creo que sigo teniendo mucho miedo, lo cual seguramente me impide saber qué vine a hacer a este planeta.

Dimitri le sonrió con dulzura.

—Al verte, Marianne, veo a Buda.

Marianne se animó al instante y se le dibujó una sonrisa en el rostro. Él señaló sus ojos con emoción.

—Ahí, justo ahí está la chispa de la Conciencia de Cristo que emana a través de ti. —Se le quedó viendo un largo rato, como si estuviera hipnotizado por lo que veía dentro de ella. Luego salió del trance—. Mira nada más todo lo que has hecho hoy, Marianne. Ya estás haciendo lo que viniste a hacer. Sigue así, trabajando tanto hacia adentro como hacia afuera, y seguirás abriendo ese canal para dar paso a la Energía de Cristo.

Marianne ladeó ligeramente la cabeza, sin dejar de sonreír.

Seguro que eso la confundió.

—Ay, gracias. Pero hay un par de cosas que no me quedan claras, Dimitri —dijo ella y bajó la mirada a su libreta—. En primer lugar, ¿a qué te refieres con eso de que hay que "hacer hasta lo imposible por detenerlos"? ¿Qué tan lejos debemos llegar?

—Una vez que hayas despertado de verdad, sabrás exactamente qué hay que hacer por el bien superior, pues usarás tu corazón antes que la mente para decidir cómo recuperar el poder. —Titubeó un instante, miró a su alrededor y susurró—. Y una cosa más: hagas lo que hagas, y lo digo muy en serio, no les permitas bajo ninguna circunstancia que te inserten su veneno.

—Qué poderosas palabras. No sé muy bien a qué te refieres con esa última frase, pero no voy a… —se quedó callada un instante, con expresión confundida—. En fin, aquí va mi segunda pregunta. Hablaste de los seguidores que se dejan llevar o incluso de quienes trabajan para la oscuridad o actúan en su representación. ¿Qué hacemos si esas personas son nuestros familiares o amigos?

—Como un ser humano consciente, ya no tendrás espacio energético en tu vida para quienes elijan permanecer en el sueño profundo, como esa persona de tu familia de la que hablaste antes. Y eso es porque se "revelarán" como enemigos de la Vida misma. Y hablo de la Vida con mayúscula inicial. Una vez que los dejes ir, porque eso es lo que harás, alguien o algo nuevo aparecerá en el lugar que alguna vez ocuparon esas personas, tal como lo dijimos antes. Y dado que tú estarás trabajando en favor de un mundo nuevo por medio del amor a la Vida y la difusión de la luz, lo que termine llenando ese espacio reforzará el brillo del tuyo.

Marianne soltó una risita.

—Es un tanto gracioso eso que dices, porque básicamente implica cancelar a los canceladores.

—A ver, no *tenemos* que hacer nada, pero si los seres con vibraciones más altas quieren mantener su frecuencia ahí arriba, no tienen más remedio. O sea que sí, veo que ocurrirá a una escala inmensa en la que las cosas darán un giro de ciento ochenta grados y la gente se dará cuenta de que eso no es más que una narrativa impulsada por los medios que trabajan para la oscuridad, ya sean electrónicos, televisivos o físicos, junto con el séquito sombrío de la industria del entretenimiento.

—Sería genial, pues veo a mucha gente buena confundida y preguntándose si de verdad es culpable de esto o aquello.

—Diles que sólo serán culpables de su propia aquiescencia si no se ponen de pie y hablan con su propia verdad sobre lo que está ocurriendo. Si les preocupa que los cancelen, yo les digo: ¡cancélenme de una vez!

¡Qué maravilla!

—¿Lo dices en serio?

—Si no hablara en serio, no lo diría. Si no les gusta lo que digo, cancélenme. Me encanta. Es más, si alguien me hiciera una camiseta con esa frase, la usaría a diario. —Alzó un dedo—. Al salir de aquí, claro.

Todos nos carcajeamos, hasta el productor, quien empezó a agitar una mano para pedirnos que paráramos de reír.

—Eres muy osado, Dimitri. De eso no hay duda —dijo Marianne con una sonrisa.

—Si queremos cambiar las cosas —contestó Dimitri—, quienes saben la verdad tendrán que ser osados cuanto antes y unirse a la Aldea Soberana.

Marianne asintió.

—Aldea Soberana. Eso me gusta.

El muchacho le había dado al clavo, y nadie podía negarlo.

Dimitri señaló a Marianne con un dedo.

—¿Sabes algo? El verdadero desafío es estar bien con *todo* porque simplemente es parte de la perfección en curso. Es importante recordar que todas las personas se levantarán o se derrumbarán dependiendo del momento en el que estén listas. En este nivel no hay bien ni mal. Es más complejo de lo que podrías imaginar. Por eso, amar a esas personas de lejos no significa juzgarlas ni señalar que están haciendo algo mal. Es lo contrario a lo que hacen ellos.

"Y una cosa más... Quiero que sepas que habrá un periodo de conmoción, escepticismo, ira y dolor cuando la gente descubra la verdad incómoda sobre lo que están haciendo quienes ostentan el poder. Esos que creías que estaban ahí para cuidarte, en realidad están dirigiendo un sistema casi derruido. Pero lo importante es qué harás con esa verdad. Una vez que aceptes las cosas como son, te invito a atravesar una liberación emocional necesaria: llora, grita, haz aspavientos, golpea la almohada, lo que sea. Pero, después de un rato, déjalo ir. En el lugar que quedó vacío pon tu nuevo papel de empoderamiento y tu misión, en lugar de seguir alimentando al enemigo con vibraciones bajas provenientes de la ira y el dolor. Conviértete en la práctica de soltar, de dejar ir, pues seguramente ahí se te pondrá a prueba. —Hizo una pausa contemplativa y luego asintió—. Dicho todo eso, quiero dejar bien clara otra regla de este juego. En cualquier momento, la oscuridad y cualquiera que esté bajo su hechizo puede transitar al lado de la Luz, donde le esperan amor y cuidados. Y eso abarca a gente en todo el espectro de la humanidad, desde cómplices en los mundos de la tecnología y el entretenimiento, hasta golpeadores de esposas, pateadores de perros, señaladores de culpables y soplones. No están exentos tampoco quienes instigan las guerras, los disturbios o las transgresiones constitucionales, ni los justicieros sociales de a pie que viven engañados y perdidos en su narcisismo cultural. Esta oferta está abierta hasta para su jefe, capataz, supervisor, dueño y director del Hades..., el Príncipe de las Tinieblas mismo. Todos están invitados a volver a casa, ¡a la Luz de la Divinidad! —exclamó y alzó las manos como un predicador. Luego carraspeó y se recompuso mientras se acomodaba en su silla—. Sólo quería que quedara claro.

—Qué bueno que lo aclaraste, Dimitri —Marianne contestó con una risita—. No esperaba que dijeras eso, pero es agradable saber que todos tienen una segunda oportunidad.

—Eso hace el Amor: da segundas y a veces hasta terceras oportunidades.

—¿Y cuartas? —preguntó Marianne entre risas.

—Siempre habrá espacio en la casa del Gran Espíritu. Eso es lo que puedo asegurar.

—¿Sabes qué no dejo de preguntarme, Dimitri? ¿Cómo es posible que la oscuridad sea la impulsora de ese proceso evolutivo?

Dimitri soltó una risotada.

—Si bien es paradójico, no nos equivoquemos: su única intención es traerle a la gente del mundo mil años de sufrimiento. Y su peor pesadilla es que nos unamos para crear en conjunto un sendero placentero y hermoso para transitar hacia ese proceso evolutivo. Ahí es donde radica la paradoja. A pesar de sus intentos por separarnos, a pesar de la caca que nos avienta y nos seguirá aventando, en realidad nos está impulsando a unirnos. Y eso es porque por naturaleza tendemos a unir fuerzas en tiempos difíciles. Por eso no puede ganar. Sólo existe la ilusión de que está ganando.

Marianne suspiró con fuerza.

—Parece que no será un trabajo nada fácil eso de reunirnos en unidad con tanta división en el mundo. ¿Crees que lo lograremos?

—No lo parece, ¿cierto? —contestó Dimitri—. Esa es la parte más descabellada, porque la solución real es muy simple. Basta con volver a la auténtica naturaleza compasiva de amarnos a nosotros mismos y a los demás para recobrar al instante el poder que cedimos hace mucho tiempo. Desde mi punto de vista de estratega, me atrevo a decir que ellos tienen las de perder porque creen que han hecho lo suficiente para llenarnos de miedo y hacer que nos olvidemos de que somos lo contrario a la oscuridad, que somos Luz, su kriptonita… o kriptobrilla, como me gusta llamarla. Pero luego veo dónde estamos hoy a nivel colectivo y reconozco que sí lo hemos olvidado, lo cual me impide darte una respuesta contundente.

—Entonces, ¿qué podemos hacer? Ellos son enormes y poderosos, y parecen imposibles de detener, ¿no? —preguntó Marianne con un dejo de pánico en la voz.

Dimitri tardó un poco en contestar, y su respuesta fue un tanto inesperada.

—Sólo me atrevo a decir que sí. "Ellos tendrán las armas, pero nosotros tenemos las cifras. Vamos a ganar, pero debemos tomar las riendas." —*¿Acaba de citar a Jim Morrison?* Dimitri soltó una risita y se sentó en la orilla de la silla, sin contener su entusiasmo—. Hablando en serio, la Luz siempre arrasa con la oscuridad. Y en realidad no estaba bromeando: con que haya una cantidad lo suficientemente grande de almas despiertas, algo así como ciento cuarenta y cuatro mil, bastará para recobrar el poder.

Marianne alzó la mano.

—Es una cifra peculiar. Pero ¿no crees que esa cantidad de almas despiertas ya existe, con tanta práctica de yoga y sanación que hay?

—Sí es un número peculiar, y no, no existe. Si existiera, no estaríamos donde estamos. Seguro que hay esa cantidad de gente y hasta más que cree que ya ha despertado. Pero yo me refiero a seres que genuinamente encarnan la cuarta densidad.

—¿Tú eres uno de ellos, Dimitri? —preguntó ella, casi susurrando.

Dimitri bajó la mirada hacia sus manos. Las puntas de sus dedos rebotaban al chocar entre sí, como si Dimitri estuviera pensando qué decir.

—Lo soy, en términos generales —contestó con absoluta humildad—. Pero eso trae a colación un punto interesante. Poco a poco, la gente empieza a cuidar más que nunca su mente y su cuerpo. Se ejercitan, prestan atención a lo que comen, hacen yoga y meditan. Incluso han aprendido la importancia de estar presentes y observar la mente y sus percepciones. La mayoría de la gente apenas comienza el viaje hacia la conciencia total. Y eso trae al mundo luz y una vibración positiva, razón por la cual la oscuridad está enloquecida y a punto de sumergirnos en el caos. —Alzó la mirada al techo, como si fuera a explotar de emoción—. Volviendo a las cifras, es más o menos como lo que dijo Jesús de cuando dos o más se reúnen. ¿Te imaginas dos mil millones, Marianne? —Ella se quedó callada, supongo que porque no sabía si era una pregunta seria o no. Dimitri se relajó un poco—. O sea, el número original funciona también, pero se me antojó jugar con el número dos. —Se miró las manos y siguió jugueteando con sus dedos.

¿En serio está tratando de calcular la cantidad exacta? Recordé que MJ se unía a meditaciones mundiales porque creía que eran poderosísimas. Me pregunté si algo así tendría en mente Dimitri. *Dios, espero que no esté pensando en una especie de milicia o algo así.*

Marianne alzó las manos al aire.

—Entonces sí estamos en problemas, ¿verdad? —Su rostro volvió a reflejar su miedo, el cual era imposible de disimular.

—El miedo que traes dentro en este instante no es algo malo —dijo Dimitri—. De hecho, te está llevando a casa al obligarte a recordar la verdad profunda de tu propia temeridad. Una vez que de verdad lo recuerdes a través de un trabajo interno profundo y veas lo que está ocurriendo en el panorama general, no volverás a preguntarte eso de la misma manera.

—Inhaló profundo—. Sin embargo, para no dejarte con la duda, mencionaré una cosa que la oscuridad ha pasado por alto. Algo que inclinará muchísimo la balanza en dirección a la Luz. —Se quedó paralizado, con la mirada perdida al frente.

—¡Suelta la sopa, Dimitri! ¡Por favor! ¡Dinos qué es! —Marianne estaba a punto de gritar, lo que sacó a Dimitri del trance y le sacó también una sonrisa.

—Soy yo.

El camarógrafo volvió a asomar la cara mientras el silencio nos envolvía. Hasta el golpeteo distante en la segunda puerta de la trampilla se detuvo. Miré los monitores y vi a Jim con el celular en alto, a la vista de todos, y el director agarrándose la cabeza con ambas manos.

Dimitri continuó.

—Usaré cada célula de mi ser para reclamar lo que nos pertenece y, de ser necesario, moriré una segunda o hasta una tercera vez. Reviviré mi propia oscuridad, la que viví buena parte de mi vida, con la única intención de revelar las debilidades de la oscuridad y presagiar y exponer su siguiente movida en el campo de batalla, tanto en el plano material como en el inmaterial. Seguiré poniendo mi vida al servicio de los demás, dentro de la prisión y fuera de ella, mientras procedo a reunir un ejército de soldados despiertos que estén listos para hacer lo que sea necesario con tal de recobrar la soberanía de nuestra especie. Y al final, cuando nos elevemos victoriosos, rendiremos homenaje a los soldados caídos en todos los extremos del campo de batalla, pues sin ellos no habría montañas que escalar, juegos que jugar, viajes en los que el héroe pueda triunfar.

Dimitri cerró los ojos e inhaló profundo, como si estuviera preparándose para algo. Luego, Alex alzó el dedo índice para indicar que quedaba un minuto. Escuchamos que la segunda puerta de la trampilla tronó y cedió ante la fuerza de los embates. Vimos al escuadrón de guardias correr por el pasillo. A juzgar por su estatura, el guardia blindado de pies a cabeza que encabezaba al grupo era ni más ni menos que Tanas, seguido de Jim y el director.

—Bueno, Dimitri, gracias. Parece que nos espera una gran aventura, queramos o no —concluyó Marianne con una sonrisa poco convincente—. En lo personal, me atrevo a decir que tenemos que tomarnos muy en serio tu invitación a despertar.

Escuché el pisoteo de las botas tácticas que se acercaban. Y luego, de la nada, Alex se puso de pie, buscó la conexión eléctrica de los monitores y los desconectó. Todo se oscureció. Luego me miró y se encogió de hombros.

—Basta con hacer lo mejor posible —dijo Dimitri—, tal como lo hicieron aquí el día de hoy. Sigan así, y todo saldrá tal y como debe salirles.

—Treinta segundos —susurró Alex mientras Dimitri se acercaba a la cámara.

—Gracias a ti por escucharme. Te amo profundamente. Tanto que te dejaré con esto… —Hizo una pausa y nos miró a cada uno de los presentes con los ojos de un muchacho que genuinamente quería lo mejor para nosotros. Le hice una seña para que se apresurara, pues sabía que en cualquier momento se abriría de golpe la puerta de la sala de control. Y que lo que ocurriría después seguramente no sería bueno para ninguno de nosotros—. Si quieres experimentar una realidad distinta a la que vives en la actualidad, conviértete ahora mismo en esa realidad. Si quieres amor, sé quien profesa amor. Empieza por ti mismo. Si quieres compasión, sé compasivo con toda la gente del planeta. Sé el cambio que quieres ver en el mundo. Es lo único que necesitas hacer.

—Cinco, cuatro, tres, dos… —susurró Alex.

—¡Sé el cambio! —exclamó Dimitri frente a la cámara y les guiñó el ojo a los televidentes.

Alex se levantó de un brinco, con una enorme sonrisa en el rostro.

—¡Salimos del aire!

Un hermoso silencio inundó la sala. El mundo pareció quedarse quieto mientras nos mirábamos mutuamente con humildad. Luego Dimitri cerró los ojos y apoyó las manos sobre la mesa, listo para lo que se avecinaba.

SHOCK Y PAVOR

MARCUS

El silencio no duró mucho. El camarógrafo se quitó de un jalón los audífonos mientras Alex alzaba la mano para chocar palmas con él, en medio de un aullido victorioso. Me conmovió su emoción cuando nos estrecharon la mano a Dimitri y a mí. Era agradable ser parte del equipo a ese nivel, dada la importancia del asunto. Pero las risas y la diversión duraron poco, pues casi de inmediato tres guardias vestidos con equipo táctico irrumpieron en la sala. Tanas y Hopper traían tásers en las manos y le apuntaron a Dimitri, en cuyo torso vibraron de forma errática los puntos rojos de los rayos láser. Dimitri bajó la mirada, asombrado, e intentó tocarlos con el dedo, como un gato.

—¡Genial! —exclamó.

Jim entró después, mientras que el director se quedó al otro lado de la puerta, hablando por teléfono con quien supongo que era el gobernador furioso.

—¡Apaguen todas las cámaras en este instante! ¡Órdenes del director! —exclamó Jim.

Mierda, ahora sí estoy en problemas.

—Ya se acabó la transmisión. Las cámaras están apagadas —anunció el camarógrafo con serenidad mientras recogía los cables sin temor alguno a las consecuencias.

El director entró y observó la sala en silencio. Se veía asqueado, atemorizado y enfurecido, todo a la vez. Me quedé en firmes, con la mirada fija al frente, esperando a que ocurriera cualquier cosa.

—¡Nadie se mueva! ¡Esta es la escena de un crimen! —gritó el director.

Dimitri seguía con las manos apoyadas en la mesa frente a él, y las abrió en señal de obediencia.

—¿La escena de un crimen? ¿Cómo? —preguntó Marianne y se puso de pie—. El hombre no hizo nada ilegal.

—Pero tú sí, Marianne —la reprendió el director.

—¿De qué habla? ¿Es un crimen hacer mi trabajo y realizar la entrevista que vine a hacer, en la habitación que usted nos indicó? ¿Es un crimen que empezáramos a transmitir cuando nos lo indicó la televisora, aunque usted no estuviera aquí? ¿Qué delito es ese?

—Revisa tu estúpido teléfono, corazón —le dijo el director con voz sarcástica y volteó a verme. Yo mantuve la mirada al frente, con absoluto estoicismo, mientras él me veía de arriba abajo. Y entonces sentí también la mirada de Jim haciendo lo mismo.

—No sé qué estabas pensando, muchacho, pero esto no se quedará así. Voy a llegar al fondo de esto. Te lo aseguro.

Hazte pendejo, Marcus.

—Señor, yo sólo estuve parado aquí todo el tiempo. El prisionero no se ha movido ni ha amenazado a nadie. Yo estaba listo para hacer lo que fuera necesario. —Agarré el mango de la macana y la moví de un lado al otro para darle a entender que hablaba en serio—. No está esposado porque así se quedó cuando usted se fue, señor. Y no me pareció necesario…

—¿Te estás haciendo pendejo o de verdad eres así de pendejo? —me preguntó. Volteé la cara al sentir que la ira empezaba a asomarse—. Contéstame, muchacho —insistió.

Una parte de mí quería saltar por encima de la mesa y molerlo a golpes. Era la parte de mí que no soportaba que un hombre blanco le dijera "muchacho" a un hombre negro. Pero también me di cuenta de que se veía desesperado, y sabía lo que era sentirse así. También sabía lo que era hablar desde la ignorancia porque también lo había hecho alguna vez.

—Supongo que soy un pendejo, señor —contesté—. El prisionero…

—Estábamos allá afuera intentando entrar. ¿Por qué carajos no nos diste acceso al vernos en las…? —Señaló los monitores apagados.

—Ay, eso fue culpa mía, director —dijo el camarógrafo con voz serena mientras seguía desarmando el equipo—. Los desconecté para mejorar la iluminación de la sala.

El director no pudo argumentar más, así que empezó a caminar de un lado a otro de la sala.

—Dame tu celular, oficial Ogabi —dijo Jim en un tono muy impersonal. Metí la mano al bolsillo, saqué el teléfono y se lo entregué. Tras presionar el botón central, me mostró todas las llamadas perdidas y los mensajes que me había estado enviando.

—Perdón. Le quité el sonido. Sabía que la entrevista era importante y no quería causar problemas. Solo quería ayudar —dije, con voz entrecortada, como si de verdad tuviera miedo.

Jim miró el costado del teléfono y asintió en dirección del director.

—Silenció el puto teléfono —anunció Tanas en tono burlón, meneando la cabeza.

Volteé a ver a Marianne, quien se había tapado la boca con una mano mientras con la otra revisaba su celular. El director volvió a salir para hacer una llamada.

—Me despidieron. Y, por lo que veo, quieren sangre. Algo relacionado con los costos de publicidad porque no hicimos cortes comerciales —dijo Marianne con voz temblorosa mientras los ojos se le llenaban de lágrimas. Pero de repente se le dibujó una sonrisa en el rostro, igual que a Dimitri, y ambos empezaron a reírse—. ¿Qué crees que ocupe el espacio donde estaba mi trabajo como reportera, Dimitri? —le preguntó entre risas.

—No sé, pero ¡será algo increíble! —exclamó Dimitri, lo cual los hizo reír aún más. A Tanas le hirvió tanto la sangre que se puso rojo como tomate.

—El prisionero guardará silencio y no se resistirá al arresto —le ordenó. Dimitri y Marianne dejaron de reír, y al voltear vi que Tanas le estaba apuntando de nuevo a Dimitri con el táser.

¿Cómo arrestas a alguien que ya está en prisión, idiota?

—¿Pero por qué, oficial? Si sólo está sentado ahí. No representa una amenaza —señaló Marianne en tono suplicante.

Dimitri intervino en un tono apacible y neutro.

—No te preocupes, Marianne. El oficial Tanas sólo está siendo congruente con las enseñanzas que recibió en su calidad de siervo de la oscuridad. —Era como si lo estuviera eximiendo de culpas—. Las órdenes que recibe provienen de la misma fuerza de la que hablábamos, y en este momento su ego, la contraparte energética de esa fuerza, ha tomado las riendas. Está bien. —Sonrió mientras se encogía de hombros, como si no estuviera pasando nada.

—Esta es la primera y última advertencia, Tanomeo. Te daré una descarga si sigues hablando. ¡Tienes que someterte!

Fiel a su esencia, Dimitri soltó una carcajada. El repentino tronido del táser nos sobresaltó a todos. Marianne se levantó de un brinco mientras Dimitri veía los electrodos que se le enterraron en la piel, justo debajo del cuello. La descarga eléctrica emitió un sonido crujiente, y Dimitri empezó a sacudirse sin control. La cabeza se le fue hacia atrás, y de su boca hiperabierta salió un gruñido agónico.

—¡Basta ya! —gritó Marianne y empezó a sollozar. Tanas, en cambio, se aferró al gatillo y siguió sonriendo mientras su némesis sufría. Había rebasado ya el rango de tiempo permitido, así que puse una mano sobre la cachiporra mientras trataba de armarme de valor para ponerle fin a la agresión. Sin embargo, antes de sacarla, ocurrió algo sorprendente. A pesar de la descarga que seguía recorriéndole el cuerpo, Dimitri se sentó y nos señaló.

—¡Deberían ver sus caras! —dijo y volvió a reír a carcajadas—. Por un momento pensé en empezar a escupir y esas cosas, pero luego supuse que sería demasiado exagerado.

Todos nos quedamos boquiabiertos, incluso Tanas, quien miró el táser, volteó a ver a Dimitri y miró su táser de nuevo.

—¡No puede ser! ¡Debe de estar descompuesto! —exclamó Tanas por encima del ruido crujiente de las descargas que seguían entrando al cuerpo de Dimitri. Le hizo una seña al otro guardia para que también le disparara con su táser, pero Hopper titubeó.

—No está descompuesto, Tanas. Claro que siento la energía. Y he de decir que el voltaje de ese aparatito es cosa seria, ¿eh? Sólo no funciona conmigo. ¡Lo siento! —Sin dejar de reír, volteó a ver de nuevo a Marianne. Estaba paralizada, igual que los demás, pues no podía creer lo que veían sus ojos.

—Esto no es humanamente posible. Hopper, quiero que le apuntes al corazón y le dispares.

Hopper dirigió el puntero rojo hacia el lado izquierdo del pecho de Dimitri, quien bajó la mirada, fascinado.

—Gene, eres el último que debería usar la palabra "humano" para describir lo que es posible o no para nosotros. ¡No es un tema del que puedas hablar por experiencia propia! —le gritó Dimitri, sin dejar de sonreír.

¡No digas locuras, Dimitri!

Me desconcertó ver a Tanas responderle con una sonrisita burlona, encogiéndose ligeramente de hombros, como si le estuviera dando la razón.

¿Qué demo...?

—¡Ahora! —gritó Tanas, y los alambres salieron disparados hacia el puntero. Dimitri se encogió de hombros y soltó una risotada.

—¡Te lo dije, Tanas! —exclamó entre risas, alzando la voz por encima de los crujidos de ambos tásers de veintiséis mil voltios cada uno—. He de decir que esto ya es un desperdicio de recursos, muchachos. —Dimitri se puso de pie lentamente, se arrancó los alambres y los dejó caer sobre la mesa. Tanas sacó su cachiporra, y Hopper y los demás le hicieron segunda—. Eso no será necesario —dijo Dimitri con calma mientras alzaba las manos y se acercaba a Tanas. Se detuvo frente a él, juntó las manos y le ordenó—: ¡Espósame! —Tanas miró el dorso de las manos de Dimitri y, con cautela, volvió a colgar su cachiporra del cinturón. Luego hizo una pausa antes de sacar las esposas y miró a Dimitri a los ojos, quien le sonrió y volteó las manos hacia arriba. En respuesta, Tanas retrocedió un paso—. Adelante. Sólo son manos. Espósame —repitió Dimitri y alzó un poco las manos en señal de obediencia.

Tanas examinó su rostro.

—Espósalo tú, Ogabi.

Saqué mis esposas.

—Voltéate, Tanomeo —dije y volví a entrar en el papel que me sorprendía que me hubieran dejado volver a interpretar. Al esposarlo, no ocurrió nada fuera de lo común.

Vi que el director entró de nuevo a la sala y le entregó algo a Tanas antes de irse por última vez. Tanas lo escondió a sus espaldas mientras volvía a la mesa, y luego nos mostró una máscara tipo bozal, como la que usaba Hannibal Lecter en *El silencio de los inocentes*, aunque de plástico blanco.

—¡Pónsela! —me ordenó Tanas y la deslizó sobre la mesa. La agarré justo antes de que cayera por la orilla. Al alzarla, vi que Marianne estaba meneando ligeramente la cabeza. Dimitri se mostró curioso y quiso ver la máscara más de cerca.

—Ni en sueños, Tanas —contesté.

—Pónsela y llévalo a una celda en solitario, su nuevo hogar.

—Lo llevaré a solitario sin problemas, pero, en vista de que soy el oficial a cargo de escoltarlo y no lo considero una amenaza, me niego a abusar de la fuerza de esta manera.

Tanas sonrió y asintió, como si hubiera encontrado mi punto débil.

—Me suena a que ustedes se llevan muy bien, Ogabi. Tal vez sea necesario abrir una investigación al respecto.

—No es eso. Diría lo mismo de cualquier prisionero. Obligarlo a usar una máscara innecesaria es un abuso de poder para someterlo. Si voy a llevarlo, esas son las condiciones.

—Entonces no lo llevarás tú. Hopper, ponle la máscara al prisionero Tanomeo y llévalo al agujero.

Hopper titubeó y bajó la mirada al suelo un momento. Marianne aprovechó para alzar la voz.

—Si le pones esa máscara —anunció—, les voy a echar encima a la Unión por las Libertades Civiles y les voy a armar cualquier cantidad de escándalos posibles hasta que deseen no haber nacido. —Todos volteamos a verla—. Quizá ya no sea reportera, pero sigo teniendo voz y contactos en todo el país y más allá. —Agarró su libreta y bolígrafo, lista para irse—. Ya fue suficiente por hoy, ¿no creen, muchachos? ¿Por qué no dejamos las cosas como están y seguimos con nuestra vida?

Gracias a eso, pude escoltar a Dimitri sin necesidad de ponerle la máscara, aunque tuve que hacerlo en compañía de otros tres guardias con uniforme táctico. No podíamos hablar, pero, aunque hubiéramos podido, creo que no lo habría intentado. *¿Qué fue lo que pasó allá adentro?* Sentía que el mundo había cambiado por completo después de eso. ¿De qué otra forma podía ser? La magnitud de sus palabras, junto con el peso de las posibles implicaciones futuras, era inmensa.

¿Dimitri acaba de declarar la guerra? ¿En qué me metí? ¿En serio fue algo tan grande como se sintió?

Mi mente divagó. Me preocupaba mi seguridad tanto como la de mis seres queridos. También me surgieron inquietudes más básicas, como cuánto tiempo pasaría Dimitri en el agujero. ¿Y acusado de qué? ¿De decir la verdad? Me pregunté qué pensaba Jim de todo eso. Quería sincerarme con él más que nunca, pero su comportamiento en la sala de control, aunado a sus aspiraciones profesionales, era indicio de que no sería la mejor idea. Pensé en las elecciones y en cómo eso le afectaría, y en lo furioso que debía de estar el director por tener que lidiar con el gobernador. ¿Shady y Jim me habían creído? Si no, ¿qué tanto podía afectarme eso? Que me despidieran sería en realidad una bendición, pero tenía la impresión de que el director tenía habas cocinándose en otro lado.

—Oye —me susurró Dimitri—, ¿pensarías que estoy loco si te digo que se me antojaba usar la máscara? —*¿Qué demonios le pasa a este chico?* Lo miré fijamente, con el ceño fruncido—. Me pareció que se veía divertida. Y esperaba que Zach me la viera puesta. —Empezó a reírse para sus adentros.

—¡Silencio! —gritó Tanas desde atrás.

Al llegar a la entrada de la unidad de segregación, me llamó la atención ver entreabierta la puerta de la sala de juntas. Adentro había dos hombres de traje oscuro, sentados a la mesa con el director, quien se levantó y salió a decirle algo a Tanas al oído. Un escalofrío agudo me recorrió la espalda y, por segunda vez en el día, sentí una fuerte punzada en las entrañas. *¿Quién carajos son esos tipos?*

—Ogabi, nosotros nos haremos cargo desde aquí —dijo Tanas—. Vuelve al bloque H y termina tu turno. —Mi primer impulso fue abalanzarme sobre Tanas por darme órdenes, pero luego recordé el nuevo mandato anti-PLT. Me tranquilicé, le quité las esposas a Dimitri e intenté ver mejor a los hombres de traje. Al darse cuenta de ello, Tanas se adelantó y cerró la puerta. Me inundó una sensación terrible al ver a Dimitri frente a frente. No estaba bien dejarlo solo con Tanas y los otros, sin importar quiénes fueran—. Gracias por tu servicio, oficial Ogabi, y adiós por ahora —me espetó Tanas mientras volvía trotando hacia nosotros. Tuve que hacer un gran esfuerzo por no interrogar al hijo de puta sobre quiénes eran esas personas y qué estaba pasando, pero, después de que insinuara en la sala de control que Dimitri y yo éramos amigos, supe que debía tener cuidado. Esa era una ofensa por la que hasta el sindicato podía expulsarme si acaso se iniciaba una investigación.

Dimitri me miró de reojo.

—No te apures. Estaré bien —me susurró.

Mientras me alejaba, literalmente sentí que se me estrujaba el corazón por haberle fallado a Dimitri, pero también por haberme fallado a mí mismo y a la gran misión en general.

GRITARLE AL DIABLO

MARCUS

El resto del día fue desafiante, completamente distinto al momento en el que estuvimos solo nosotros y la gente del noticiero en la sala de control. En ese instante sentí que estábamos creando juntos un mundo nuevo, al grado de que casi olvidé el mundo no tan agradable que había creado fuera de ahí. Tendría que pagar caro el tipo de problemas que me había buscado con La Familia, y no sabía cuándo llegaría la hora de la verdad. Sin importar en qué parte del bloque H estuviera, sabía que era presa fácil.

Durante el día vi a Markland varias veces, pero era pésima idea intentar hablar con él. Tal vez me lo estaba imaginando, pero, durante los rondines, me daba la impresión de que varias miradas me seguían. Y no eran sólo las de la banda de Joaquín, sino también las de sus aliados. *¿En qué momento se jodió tanto mi vida? ¿Las cosas volverán a estar bien?*

Cuando por fin terminó el día laboral, me sentí aliviado. De camino al auto, vi que había una camioneta negra sin placas estacionada en la zona restringida. Me acerqué despacio e intenté asomarme, pero tenía las ventanas polarizadas. *Seguro que es de los tipos de traje.* Eso significaba que llevaban horas ahí adentro. De camino a mi auto, se me revolvió el estómago de nuevo, pues era angustiante no saber qué le estaba pasando a Dimitri. Saqué entonces el celular para llamar a MJ, pero luego recordé que estábamos peleados.

Me apoyé en la cajuela del auto y guardé el celular en el bolsillo. En ese instante sentí la tarjeta de memoria. ¡Se me había olvidado por completo! El plan era dejársela a Markland, pero había estado tan disperso durante el día que se me pasó hacerlo. Me quedé pasmado, mirando la línea blanca que marcaba los lugares de estacionamiento sobre el pavimento negro, y por dentro me recriminé por haber metido el contrabando y haberlo sacado de nuevo sin darme cuenta, lo que significaba que tendría que volver a hacerlo. La suma de todo me hizo arder la sangre: Tanas, el director, Joaquín, Ronny, Jim, los problemas con MJ, y ahora también los malditos hombres de traje de la camioneta negra. Quería explotar, gritar y matar a alguien, todo a la vez.

—¡Mierda! —exclamé.

—¿Tuviste un mal día, Ogabi? —dijo una voz. Miré a mi alrededor y vi a Tanas sentado en su auto, estacionado junto al mío.

¡Mierda! ¡Seguro vio todo! Tenía que recomponerme.

—Se me olvidó una cosa. Eso es todo —contesté mientras buscaba las llaves, con la cara completamente enrojecida.

—Te entiendo, hermano. Supongo que era algo importante, ¿no? Porque parecía que te iba a explotar la cabeza, carnal —dijo con una sonrisa—. Pero a todos a veces se nos olvidan cosas, ¿verdad? —Tanas era uno de esos típicos hombres blancos que intentaban hablar con jerga en presencia de hombres negros o latinos. Era otro aspecto desagradable de su personalidad grotesca.

—Sí, supongo —contesté e intenté ignorarlo mientras metía la llave en la cerradura del auto.

—Pero olvidar puede meternos en broncas, ¿me entiendes, hermano?

Solté el llavero, que chocó contra el costado del auto. Mi respiración se volvió superficial y rápida, como la de un puma que está a punto de abalanzarse sobre su presa.

—No realmente, Tanas. No te entiendo —contesté. Me había quedado completamente quieto y seguía dándole la espalda.

—No hay que olvidar dónde están puestas nuestras lealtades y esas cosas. Hay que recordar quién lleva la sartén por el mango, carnal. Se trata de respetar la mano que te da de comer, hermano. Este lugar puede ser muy pinche peligroso, así que yo que tú me andaba con cuidado.

Volteé a verlo. Me estaba mirando con la misma sonrisa malévola que esbozaba cuando quería sacarme de quicio. Y le estaba funcionando. Me dieron ganas de decirle muchas cosas, ninguna de ellas positiva. Pero me obligué a hacer una pausa y recordar la pregunta que antes me había ayudado: *¿Qué haría Dimitri en mi lugar?* Sin embargo, para entonces había llegado a un punto en el que no sabía ni me importaba. Inhalé profundo y conté hasta cinco —tal como me había enseñado MJ—, pero eso tampoco sirvió.

—No he olvidado mis lealtades ni por un segundo, pendejo. Pero las mías parecen estar puestas en un lugar muy distinto a las tuyas…, *carnal.*

Tanas arrancó su auto.

—Espero que de verdad no sea el caso, por tu propio bien… y esas cosas.

Esa fue la gota que derramó el vaso. Me abalancé y abrí la puerta de su auto de un jalón, mientras él buscaba con desesperación la palanca de velocidades. Lo agarré de la camiseta para tratar de sacarlo, pero él pisó el acelerador, y el auto avanzó hacia adelante. Me aferré a él y me tambaleé para intentar seguirle el ritmo. Entonces Tanas pisó el freno de golpe, y me estrellé contra la parte interna de la puerta. Sentí cómo mi frente chocaba con el marco metálico de la ventana, lo que me causó un dolor tan intenso que tuve que soltar a Tanas. Escuché el golpeteo de los botones de plástico contra la puerta fría antes de sentir el cosquilleo de la sangre que me caía por el ceño. Me llevé ambas manos a la frente, sin dejar de mirar fijamente a Tanas, mientras él ponía la palanca en posición neutra y activaba el freno de mano.

—Uy, qué dolor —dijo en tono burlón, con una risita siniestra, y bajó el pie izquierdo—. Déjame verte para *asegurarme* de que necesites puntadas. —Retrocedí unos cuantos centímetros y me quité las manos de la cara. Mientras las gotas de sangre me caían sobre los ojos, me dio la impresión de que la frente se me hinchaba cada vez más—. Ahora sí te voy a partir el hocico, Marcus. Aunque sea nomás una probadita de lo que te van a hacer los vatos.

Con un ojo cerrado, alcé los puños al aire. Pero entonces escuché un pitido. Miré hacia atrás, sin poder distinguir nada. En secreto me sentí aliviado, aunque seguramente aún me esperaba otra clase de problemas.

Tanas se paró de puntitas para asomarse por encima de los autos.

—Uy, claro. Tenía que venir tu novio a salvarte.

—¿De qué hablas, pinche corrupto demente? —grité, sosteniéndome la cabeza con una mano. En ese momento vi que Jim venía corriendo hacia nosotros.

—Es tu última oportunidad de sacarlo todo, Ogabi. Cuando tu nalguita llegue, más te vale tener un buen pretexto. —Su respiración era entrecortada, pues le sorprendió que me le abalanzara de esa manera. En el fondo era un cobardón, pero lo compensaba con sus palabras—. Por cierto, ¿estás tratando de que despidan a Devic? Porque eso es justo lo que va a pasar si sigues metiendo las narices en los asuntos de los demás. —No le contesté. La cabeza me daba vueltas: Tanas acababa de confirmar que había tanta corrupción como yo sospechaba—. Y otra cosa: ahora que dirijo la Unidad Anti-PLT, declaré que los tapetes esos que usan tus amiguitos son contrabando ilegal. Los quemaremos en el campo donde antes estaban las cosechas, justo a la hora del almuerzo, para que los muchachos vean el espectáculo completo desde la ventana.

¡Qué hijo de puta! Ahora sí estaba enojado, y cuando eso pasaba, me salía el barrio que llevaba dentro.

—¿Dónde dejaste la jerga, carnal? ¿O ya te dio puto, culero? —grité y agité la cabeza con furia. Luego le bajé al tono y exclamé en tono casual—. No eres más que un pinche putito nalgasmiadas que se las quiere dar de bien vergas. —Hice una pausa e intenté recordar la última vez que me había expresado de esa manera—. Jim no sabe lo que yo sé, así que no te metas con él, hijo de puta. Y te juro por Dios que ni tú ni tus compinches enfermos se van a salir con la suya.

Tanas arqueó ligeramente las cejas. Era obvio que lo sorprendieron mi lenguaje y mi bravuconería, pero no lo detendrían.

—La pregunta que deberías hacerte es si seguirás aquí para verlo, Ogabi.

No toleraría ni una amenaza más. Me le fui encima.

—¿Qué demonios está pasando aquí? —gritó Jim al llegar corriendo. Venía sin aliento. Yo me paralicé, y Tanas se quedó callado y volteó a verme, como si Jim no fuera el único que quisiera saber mi respuesta.

—Mira, Jim…

—Nada de Jim, oficial. ¡Me dirás capitán Devic porque soy tu superior! —exclamó.

Sentí una fuerte opresión en el pecho: era la tristeza de darme cuenta de que ese hombre a quien yo consideraba un gran amigo había dejado de serlo, al menos por el momento.

—Capitán Devic, es que…

—¿Es que qué? Ni digas nada, que lo vi todo desde mi oficina. Abriste la puerta de este hombre y lo agarraste.

—Fue un malentendido —intervino Tanas. Jim lo fulminó con la mirada a él también—. Supongo que en parte fue mi culpa. Para algunos oficiales es difícil aceptar que ahora deben rendirme cuentas, capitán Devic.

A espaldas de Jim, le mostré el dedo medio.

—No dudaría ni por un instante que hiciste algo, Tanas —reviró Jim—. Pero tú te pasaste de la raya, Ogabi.

Quise soltar toda la sopa en ese instante, pero, después de la amenaza de Tanas, no me atrevía a poner en riesgo el trabajo de Jim.

—Así es, capitán. Lo lamento mucho, señor.

Jamás lo había visto así de enojado. Dio un par de pasos al frente, se enderezó y, con un tono autoritario que jamás habría esperado de él, preguntó:

—¿Deseas levantar cargos penales contra el oficial Ogabi por agresión física y daños contra tu integridad, oficial Tanas?

Volteé a ver a Jim de golpe. *¿En serio se está poniendo de su lado?* Luego recordé que Jim no tomaba partidos: él siempre hacía las cosas conforme a la ley.

—No, capitán Devic, no será necesario. Ya lo resolvimos. Creo que ambos estamos comprometidos con "ser el cambio que queremos ver en el mundo", ¿verdad, Ogabi?

¿Cómo te atreves? Volteé a ver a Tanas, quien seguía sonriendo. Volví a mostrarle el dedo medio y contesté a regañadientes.

—Sí, estamos bien.

—¿Puedo irme, capitán? —preguntó Tanas.

—Sí, vete. Nos vemos mañana —contestó Jim y volteó a verme.

—Ah, pero sólo estaba en receso.

Tanas echó el auto en reversa y volvió a estacionarlo junto al mío, mientras Jim lo miraba, confundido.

Sí, Jim, pregúntale por qué decidió tomar su receso en su auto, el cual, curiosamente, estaba estacionado junto al mío.

—De acuerdo —dijo Jim mientras Tanas abría la puerta.

—Y asegúrese de que le vean esa herida en la cabeza, capitán. Necesitamos que esté bien atento, con lo peligroso que es este trabajo.

No podía creer que el tipo volviera a amenazarme, mucho menos frente a nuestro superior. Le lancé una mirada de odio que al parecer él recibió con mucho gusto, pues me guiñó un ojo justo cuando Jim no lo estaba viendo.

—De acuerdo, Tanas. Tú vete y sigue haciendo tu trabajo —dijo Jim como si supiera algo sin saberlo en realidad.

Una vez que Tanas se fue, Jim se me quedó viendo con una mirada incierta.

—Justo ayer el director me preguntó qué pensaba de ti, si traías puesta la camiseta. Le dije que eras uno de los mejores oficiales con los que había trabajado. Pero luego pasó lo de la sala de control, y ahora esto.

—Jim…, digo, capitán Devic, es que…

—Nada de lo que puedas decir me hará creer que lo que hiciste estuvo justificado. —Se me acercó y me susurró—. Mira, sé que Tanas no es el tipo más agradable del mundo, pero tienes que controlar tus emociones. Este tipo de pendejadas no pueden pasar ahorita. Estamos lidiando con demasiadas cosas. ¿De acuerdo?

—Sí, pero es que hay cosas que no sabes y que…

Jim alzó un dedo para silenciarme. De cualquier forma, ya había dicho más de lo debido.

—Seguro que sí. Pero ¿te digo algo? No quiero saberlas. No me interesa enturbiar las aguas porque Shady todavía puede llegar a la gubernatura. Si eso pasa, me va a promover. Y entonces por fin podré implementar cambios de verdad. Así que guárdate eso que crees que sabes y no muevas nada hasta que Shady se vaya. ¿Entendido, Ogabi?

¿Está hablando en serio?

Qué decepción. No me tragué ni por un minuto eso de que quisiera hacer cambios de verdad.

—Sí, señor. Entendido.

—Ahora tengo que ir a lidiar con el desastre que provocó Tanomeo con su chistecito. Quiero creer que no tuviste nada que ver con eso, a pesar de lo que se insinuó en la sala de control. Como sea, ve a que te revisen esa herida. Pero no a la enfermería de aquí. Entre menos gente sepa de esto, mejor.

—De acuerdo. Nos vemos mañana. Y gracias, señor.

—Una cosa más —dijo Jim cuando me volteé para ir hacia mi auto—. No me digas señor. Ni tampoco Jim. De ahora en adelante, sólo capitán Devic.

Esas palabras me causaron un dolor que hacía mucho no sentía. Según yo, indicaban que ese era el fin de nuestra amistad, y eso me rompía el corazón. Lo único que me quedaba hacer era asentir, con la mirada fija en el suelo.

—De acuerdo, capitán Devic.

» » « «

Fui al hospital, donde me dieron unas cuantas puntadas y me recetaron analgésicos, y luego emprendí el camino a casa. No dejaba de sentir que me derrumbaba. MJ, Hope y hasta Lisa me llamaron, pero no quise hablar con nadie. Me estacioné frente a una tienda de comestibles con la intención de comprar hielo para la cabeza, y de camino a la caja me llamó la atención el pasillo de las bebidas alcohólicas. No había pasado por ahí desde que casi me arrestan por conducir en estado de ebriedad.

Me detuve a ver los estantes llenos de botellas que contenían una sustancia que había jurado no volver a consumir jamás. Pero era como si todas me estuvieran saludando y pidiéndome que me acercara.

¿Qué más da? Estar a dieta no impide ver el menú, ¿cierto?

LA RECAÍDA

MARCUS

Me despertó el lejano sonido del timbre de mi celular. *¿Por qué estoy en el sofá?* Cuando alcé la cabeza, mis labios pegajosos casi se llevan consigo el cojín. Tenía la cara hinchada, todo se veía borroso y me dolía la cabeza. Apenas si pude distinguir al gato que estaba sentado en la silla frente a mí.

—¿Qué pasó, Lucky? —pregunté, como si de verdad esperara una respuesta. Observé la habitación oscura a mi alrededor. Todo se veía normal, pero luego alcancé a ver algo asentado en el piso, atrás de la mesa de centro. Me paré para examinarlo más de cerca—. ¡No, carajo! —exclamé y, de un manotazo, tiré la lámpara de pie que estaba junto a mí. Era una botella vacía de coñac. Me asomé a la cocina y vi cuatro latas vacías de Coca-Cola junto a una bolsa de supermercado—. ¡No! ¡No! ¡No! —grité al darme cuenta de lo que había hecho. El estómago se me revolvió mientras me tambaleaba hacia el baño, donde caí de rodillas y vomité hasta el alma en el retrete. Me quedé tirado ahí un rato mientras intentaba recordar los sucesos de la noche anterior. Supuse que en un momento dado había perdido el conocimiento, sin duda. Agarré el celular que, misteriosamente, estaba escondido en el bote de la ropa sucia—. ¡No jodas! ¡No puede ser! —grité al darme cuenta de que había dormido de más. Me puse de pie, encendí la luz y me miré en el espejo—. ¡Sólo esto me faltaba! —exclamé al ver mi frente herida y recordar la causa.

De golpe, me vinieron a la mente imágenes de todos los sucesos dramáticos de mi vida. *Tal vez deba beber un poco más, para volver a olvidar.* Observé mi cara hinchada por el alcohol; por si eso fuera poco, la herida de la frente se veía fatal. Me había arrancado el vendaje del hospital en medio del estupor, así que empecé a buscar con desesperación una curita en la caja vacía. *¿Cómo voy a ir al trabajo con este aspecto?*

—¿Cómo vas a ir al trabajo *sintiéndote* así? —le pregunté a mi reflejo en voz alta.

Me duché y me acicalé lo mejor posible. Quería eliminar cualquier evidencia de lo que había hecho para no tener que recordarlo al volver. Busqué por todas partes el vendaje que me habían puesto en el hospital, el cual resultó estar en el tazón de comida del gato. Ya iba tarde, así que con mucho cuidado le despegué las croquetas y me lo puse sobre la grotesca herida.

De camino al trabajo, no podía parar de mirarme en el retrovisor. No sólo me preocupaba la apariencia de la herida, sino la combinación con la cara hinchada, los ojos inyectados de sangre y el hecho de que seguía teniendo alcohol en la sangre. Necesitaba café, pero, dado que MJ me había convencido de dejar de tomarlo hacía una semana, ya no tenía en casa. No me daba tiempo de parar en el camino, así que tendría que esperar hasta después de la junta matutina.

Como era de esperarse, cuando los demás oficiales me vieron, de inmediato quisieron saber qué me había pasado. No iba a soltar la sopa ni tampoco a mentir, porque no sabía si alguien ya se había enterado o si Tanas se los contaría en algún momento.

—Fue una tontería de mi parte. Eso es todo. Prefiero no hablar de eso —decía cada vez que me preguntaban. Pero la realidad era que, en menos de cuarenta y ocho horas, había permitido más de una vez que mi ira interfiriera en mi paz. Encima de todo, no tenía idea de cómo le estaba yendo a Dimitri ni de lo que había pasado con los tipos de traje.

Jim no asistió a la junta matutina, lo cual me pareció extraño. Al parecer, nadie conocía su paradero. Y como necesitaba con desesperación un café, fui corriendo al comedor del personal.

» » « «

—Va a tardar unos quince minutos en estar listo. Acabo de ponerlo. Es una máquina vieja, así que es un poco lenta —dijo el reo encargado mientras acomodaba de prisa las charolas de pan y galletas sobre la mesa.

—¡Pero si ya son las seis de la mañana! ¿Por qué no lo prepararon antes? ¡Todos los días está listo a las seis, excepto hoy! —exclamé.

El tipo se me quedó viendo y se estrujó las manos con gesto nervioso.

—Porque el teniente abrió tarde la puerta de la cocina. Estoy haciendo lo mejor que puedo, oficial.

—Está bien. Lo entiendo —dije mientras observaba al hombrecito blanco de estatura baja y calva pronunciada que iba y venía del almacén. Tal vez era la resaca, pero sentí pena por él y me arrepentí de haberle gritado. *¿Qué se sentirá vivir en esta prisión y tener que darles gusto a guardias insensibles como yo?* Volví a sentir la tensión familiar en el pecho. Me di vuelta para irme, pero, tras avanzar dos pasos, me detuve. En mi cabeza, escuché la voz de Dimitri durante la entrevista: *No hay nada que una disculpa y el reconocimiento pleno de la responsabilidad propia no puedan arreglar.* Me temblaban las manos. *Caray.* El tipo estaba en la cocina, así que tuve que llamarlo a gritos—. ¿Puedes salir un momento, prisionero?

—Sí, señor. Ahí voy —gritó. Escuché el choque de unas sartenes antes de verlo en la puerta—. Todavía no está listo, sólo faltan unos…

Alcé la mano para silenciarlo.

—No tiene que ver con el café. ¿Cómo te llamas?

—Gilbert R. Sullivan. Prisionero 72348, señor.

Lo miré de arriba abajo e inhalé profundo.

—Bien, Gilbert, quiero pedirte una disculpa por haberte gritado. He tenido un par de días muy malos y me desquité contigo. Lo lamento mucho. Espero que puedas perdonarme.

Una quietud muy notoria inundó la estancia. Algo había ocurrido; de algún modo, seguía ocurriendo. No sé cómo describirlo, pero algo pasó dentro de mí, y supongo que también dentro de Gilbert, porque en ese momento esbozó una enorme sonrisa. De inmediato lo vi tal y como era: no como un prisionero ni como un hombrecito digno de compasión. Vi al buen tipo que habría sido si no hubiera estado jamás en este lugar y si sólo fuéramos dos personas teniendo un intercambio verbal.

—Eh, está bien, oficial, pues, yo, eh…, no sé qué decir… señor. —Se tapó la mano con la boca para disimular los dos dientes faltantes que su enorme sonrisa había dejado entrever. El silencio se estaba volviendo incómodo, aunque también tenía una cualidad agradable—. Todos pasamos a veces por momentos difíciles, oficial, y a veces se nos olvida quiénes somos. Si soy sincero, a mí me ha pasado también. Así que claro que lo perdono.

Cualquier culpa, compasión o tristeza que la situación me hubiera hecho sentir con respecto a él o a mí mismo se evaporó, y lo único que quedó fue algo que sólo me atrevería a describir usando un término que aprendí de Dimitri: la ausencia de separación. Eso significa que, en ese instante, pude ver a Gilbert como una persona igual que yo. Supuse que debía de tener una familia que lo quería y que, al igual que yo, había cometido errores que ahora estaba pagando. Eso me hizo sentir mucho mejor que hacía unos minutos.

—Ya se me hizo tarde. Nos vemos luego, Gilbert. Y gracias.

—¿Gracias? —preguntó, confundido.

—Sí, gracias. Ya sabes, por ayudarme a ver algo que no había visto antes.

El hombre bajó la mirada al suelo y meneó la cabeza, sin poder creer lo que acababa de pasar.

—Bueno, pues gracias también a usted, oficial. —Soltó una risotada—. Es la primera vez que veo que un celador le pide disculpas a un preso. —Clavó la mirada en la cafetera—. Todavía no está listo.

—No puedo esperar. Debo irme —dije.

—Cuídese, oficial.

Agarré un croissant para después e hice una pausa, con la intención de conjurar el valor necesario para intentar hacer otra cosa inaudita. Me llevé la mano al corazón e hice una reverencia casi imperceptible mientras murmuraba las palabras, tal como había visto a Tanomeo hacerlo. No fue algo tan fluido, sino más bien un poco apresurado, pero lo hice. Me di media vuelta y me fui, sin saber cuál había sido la reacción del prisionero Gilbert.

» » « «

A sabiendas de que me tocaba relevar a Brenda, me eché a correr por el pasillo, pero con cada paso me sentía más y más mareado. Esperaba que mi retraso de diez minutos no la hiciera enfurecer demasiado. Después de una noche de intimidad etílica, nuestra amistad se había transformado en una extraña tolerancia incómoda. Como bien decía mi padre: "A los amigos no se les jode, ni en sentido figurado ni en horizontal". También decía que no hay que andar "metiendo la caña de pescar en el muelle corporativo". Pero yo transgredí ambas reglas en una misma noche muy vergonzosa, y era hora de pagar el precio.

—Llegas tarde y tengo muchas cosas que hacer.

—Perdón, Brenda —dije—. Estoy pasando por un momento complicado.

—Sí, ya lo veo —contestó con desprecio al verme la frente—. Ni se te

ocurra creer que porque nos acostamos me puedes tratar como tu pendeja.
Qué pesada.

—No. Para nada. Lo siento mucho. No volverá a ocurrir.

—Más te vale, cabrón —me reclamó. ¿Qué tan perdido me sentía como para haberme acostado con esa mujer? Aún furiosa, agarró su termo y sus llaves, y agregó—: Oí que ayer te partió la cara Tanas. *¡Qué risa!* Y también vi la entrevista. Dicen que podrías haberle puesto un fin a ese teatrito y no lo hiciste. —Me miró de arriba abajo—. Pensé que eras más cabrón que bonito, Marcus. —Se rio y meneó la cabeza—. ¿Tanas? ¿En serio? Seguro que hasta yo le podría partir el hocico al lameculos ese.

—En realidad no pel… No importa. —Me dolía demasiado la cabeza como para dar explicaciones y lo único que quería era que Brenda se fuera.

—Y mejor aléjate de los supervisores. Hueles a alcohol. De hecho, mejor que ni te vean. Estás hecho una mierda.

—Hmmm, gracias, supongo —dije y volteé a ver mi reflejo en la ventana. *Es verdad, estoy hecho una mierda.* Brenda se fue sin despedirse—. ¡En serio lo siento, Brenda! —le grité. No volteó a verme; sólo alzó una mano, con el dedo medio en alto, y siguió su camino.

» » « «

Después de que se me olvidara hacer el intercambio de tarjetas de memoria por el ajetreo del día anterior, decidí que la primera celda a la que iría sería la de Markland. Para ser sincero, ya no sabía de qué iban servir las tarjetas; tampoco si Dimitri y los suyos iban a salir vivos de Carlton. Pero es que el alcohol me volvía así de pesimista.

—¿Qué hay, Markland? —mascullé desde el umbral de su celda.

—¿Por qué demonios dejaste que Tanas te partiera el hocico? —dijo Markland mientras bajaba de la litera de un brinco.

—En realidad no… No importa. —Metí las manos a los bolsillos de la chaqueta y sentí la tarjeta de memoria. Me acerqué y la lancé sobre la litera superior como si fuera cualquier cosa. Zach se abalanzó sobre ella y la escondió.

—¿Qué haces? —susurró con desesperación, volteando hacia la puerta.

—Es lo que pediste. Es una cosa de nada, Markland —balbuceé—.

Gracias a Dios es la última. Tenla lista lo más pronto posible porque ya quiero ponerle fin a esta locura.

Introducir la cámara y las tarjetas de memoria a la cárcel era lo más ilegal que había hecho hasta ese momento, y sería mi perdición si alguien se enteraba.

Zach se me quedó viendo.

—Caray. Estás ahogado. —Me entregó su café—. Tómatelo, amigo. No creo que a Di le agradaría verte así. —Se asomó y me hizo una seña para que me apurara. Me entregó la tarjeta de memoria que ya estaba lista para salir de Carlton, la cual guardé en el mismo bolsillo de la chaqueta mientras tomaba los últimos sorbos de café.

—Sabe horrible —dije, casi sin aliento.

—Es la mezcla especial del quiosco de la prisión, oficial Ogabi. Aquí no hay Starbucks —dijo entre risas y agarró la taza para lavarla—. En fin, ¿qué pasó?

—Ha sido una semana infernal.

—Y que lo digas, Ogabi —contestó en tono sarcástico, sin importarle la falta de respeto—. Ha sido intensa para todos, entre que la mafia mexicana quiere matarme, que mi compañero de celda está desaparecido y que el director prohibió todo lo relacionado con el PLT. No sé bien qué pasó, pero no creo que el director haya estado de acuerdo con que Di dijera esas cosas en la entrevista. Que fue épica, por cierto. La vi en uno de los celulares ilegales. Algo le pasó a la tele de la sala de usos múltiples. El único canal que se ve es GNN, y ahí jamás pasarían una entrevista así. —Se puso serio de pronto—. ¿Dónde diablos está mi amigo, oficial Ogabi?

Le dije todo lo que sabía, y Markland palideció cuando mencioné a los hombres de negro.

—¿Dices que venían en una camioneta negra? —preguntó.

—No sé de quién más podría ser. Estaba estacionada en la zona restringida, como si no les importara nada.

—Podría ser el FBI, la CIA o algo peor. ¿Por qué no te quedaste con él? Pudiste haberte negado a irte.

No solía hablarme en ese tono, pero las circunstancias no me permitían reclamárselo.

—Así no funcionan las cosas —dije—. Podría haber sido peor para todos si lo hubiera intentado. Pero voy a indagar qué pasó. Sólo te pido que me tengas paciencia. No me siento muy bien que digamos.

—¿Te vas a ahogar en alcohol cada vez que las cosas se pongan difíciles? Esto es apenas el comienzo. No es nada en comparación con lo que se avecina, y…

—Ya basta, por favor. Estás igual que Dimitri, que se la pasa hablando de lo que se avecina y de lo inmenso que va a ser. Pero ahorita no hay indicios de eso, ¿o sí?

—¿A qué te refieres?

—Bueno, a que les cancelaron el programa y, por lo visto, Dimitri no va a poder reactivarlo. Ustedes no hacen más que cumplir las órdenes anti-PLT como niñitos bien portados. Pero no hay garantía de que Dimitri saldrá de aquí vivo ni de que será parte de "lo que se avecina". —Puse cara de idiota mientras dibujaba las comillas en el aire. Era muy cínico de mi parte, pero también era producto de la frustración etílica. En ese momento me di cuenta de que me había pasado de la raya.

—Estás sufriendo mucho, ¿verdad? —preguntó Zach.

Era difícil decirle cómo me sentía. No quería hacerme la víctima, pero tenía que sacármelo de encima.

—Es por todo esto que estoy haciendo con ustedes. Mi vida se está viniendo abajo por culpa de esto. —Me señalé la frente—. No sería tan terrible si pareciera que el programa sigue activo, pero no tenía idea de que se iba a morir tan pronto.

Zach se enderezó y me miró a los ojos, como si fuera a desmentirme.

—Nunca muere porque vive en los hombres que desean llevarlo consigo. En cuanto a no romper las nuevas reglas, Di está recibiendo directrices específicas. No espero que entiendas qué significa eso porque apenas lo entiendo yo. Sólo te pedimos que tengas fe en el proceso. Ahora bien: lo más importante es que todos salgamos de aquí con vida. Esto sólo es el campo de prueba, y afuera es donde se hará el trabajo de verdad. Recuerda que la fuerza que te genera dudas es la misma que no quiere que estemos unidos. Sabe que estamos aquí para quitarle el poder. ¿Me explico?

¡Dios! ¡Suena igual que Dimitri!

—En realidad, no; pero quizá lo entienda en uno o dos días.

—A veces toma tiempo procesarlo —dijo—. En cuanto a salir con vida, ¿cómo vas con eso? Están diciendo cosas.

—¿Qué cosas?

—Que tu nombre está en una lista, igual que el mío y el de Di, pero que aún no dan luz verde. ¿Cómo pasó eso si eres celador?

Le conté lo que había ocurrido aquel día afuera de su celda con Orozco, la mano derecha de Joaquín. Después del susto inicial de saber que había estado a punto de perder la vida sin saberlo, se tranquilizó.

—¿Por eso te pusieron en la lista?

—También le dije otras cosas —contesté—. Me pasé de la raya. Metí a su hijo en esto. Al que murió por una bala perdida el año pasado.

—¿Por qué harías algo así? —preguntó Zach, meneando la cabeza.

—Porque me dejé llevar por mis emociones.

—No hay mucho que pueda decirte sobre cómo percibirás el desarrollo de esta situación, independientemente de que el PLT esté muerto o no —dijo Zach—. Tendrás que elegir entre confiar o no. Pero, en lo que respecta a Ronny, eso tienes que arreglarlo. Sabes que no hay de otra. No sólo por tu seguridad, sino porque… Ya sabes.

—Es sólo que no es algo fácil de arreglar —dije.

Zach insistió en aquello de las disculpas. Fue agradable escucharlo de nuevo, aunque no pude evitar preguntarme si su verdadera motivación para instarme a pedir perdón tenía más que ver con su propia seguridad que con mi proceso.

—Recuerda que es una persona y no una banda. En este caso, es Ronny O. Sé que es un peso pesado, pero también sé que tienes que arreglar las cosas con él.

—De acuerdo —murmuré. Discretamente solté un suspiro de alivio. Sin importar si sus palabras eran genuinas o no, lograron tranquilizarme. A falta de Dimitri, Zach era capaz de ponerse en sus zapatos, y eso era impresionante.

—Una cosa más —dijo—. Ya sé que entiendes lo grave que es la situación, pero, si lo que pasó el otro día en el patio y lo que casi pasa en mi celda es indicativo de lo lejos que están dispuestos a llegar los distintos actores para alcanzar su objetivo, debes tener mucho cuidado.

—Y ahora que Devic y yo nos distanciamos será peor. Ahora estoy solo. —Aproveché para contarle lo que había pasado con Jim.

—El capitán Devic es de buen corazón. El otro día Di y yo estuvimos hablando de él. El único problema es que ahorita es el tapete del director, pero quizá no siempre sea así.

Se nos acabó el tiempo, así que salí de su celda en silencio, con una serie de pensamientos dándome vueltas en la cabeza, a pesar de la resaca. Pasé las siguientes horas rumiando lo rápido que había cambiado la opinión que Jim tenía de mí e ideando cómo solucionarlo. Quería contarle que el director había amenazado de muerte a Tanomeo, y me pregunté si sabía quién estaba detrás del ataque contra los miembros del PLT o si estaba al tanto del resto de los detalles sucios. Pero me había dicho que no quería saber nada de nada. Por si fuera poco, no dejaba de escuchar la voz de Tanas en mi cabeza: "¿Estás tratando de que despidan a Devic?" De cualquier modo, sin evidencia tangible, yo tenía las de perder.

LA VERDAD SALE A LA LUZ

MARCUS

Justo antes del almuerzo, me avisaron por el radio que Jim quería verme. Al entrar a su oficina, de inmediato me di cuenta de que estaba furioso.

—Cierra la puerta y toma asiento —dijo con absoluta seriedad.

Intenté hacer plática sobre las plantas que tenía en su oficina. Varias veces habíamos hablado de ellas, e incluso había puesto algunas en la oficina del director, lo que en mi opinión era un gesto muy lambiscón. Pero, para ser sinceros, Jim era un *verdadero entusiasta* de la botánica.

—¿Ésta cómo se llama? —pregunté mientras acariciaba las hojas de una planta sobre su escritorio.

Sacó mi expediente de un cajón.

—Es una *Aglaonema* roja —contestó con frialdad mientras abría la carpeta—. Bueno, ¿qué es lo que está pasando? —preguntó y me miró con expresión curiosa—. Y no finjas que no sabes a qué me refiero. Te peleas con tus colegas, llegas a trabajar en condiciones inapropiadas para desempeñar tus funciones, y luego, esta mañana, el director vuelve a preguntarme dónde están tus lealtades, obviamente refiriéndose a lo que pasó en la sala de control. Además, como nos han visto fraternizar a ti y a mí, también han empezado a cuestionar mis lealtades.

Me pareció muy poco coincidente la coincidencia de que Tanas también hubiera hablado de mis lealtades y de dónde las tenía puestas.

—Estoy pasando por un mal momento —dije—. Pero lamento haberte causado problemas.

—¿Por qué el director sospecha tanto de ti? —preguntó Jim.

¿Quizá porque nuestro director aspirante a gobernador es supercorrupto, Jim?

Desee poder presionar un botón para que el mundo se enterara de la verdad. Pero no existía tal cosa, así que no tuve más remedio que quedarme ahí en medio, desempeñando el papel de opositor silencioso del director, sin tener a alguien que me cuidara las espaldas o que estuviera de mi lado.

—No lo sé a ciencia cierta, capitán Devic, pero quisiera saber por qué le preocupan tanto mis lealtades o mi persona si él está haciendo su trabajo con honestidad —contesté.

Hubo una pausa inusual. Sólo había dos posibilidades: o me había pasado de la raya con mi insinuación velada o Jim estaba reflexionando al respecto.

—Te diré dónde están puestas mis lealtades, oficial Ogabi. En mi trabajo. Ni más ni menos —contestó Jim. Me había pasado de la raya—. Por lo que veo, en tanto que soy tu supervisor, tengo buenas razones para reportarte. Te notifico que, a partir de este momento, estás a prueba. Sugiero que no cometas más errores durante los próximos tres meses. De lo contrario, tu situación laboral en Carlton se verá muy afectada.

Creo que fue la combinación de la resaca con la mala noticia, pero todo empezó a darme vueltas. Las manos se me llenaron de un sudor frío, así que me las metí a los bolsillos.

—No puedo darme el lujo de perder este empleo, capitán Devic —contesté en tono suplicante mientras él llenaba la documentación.

—Me lo imagino. No metas la pata y todo saldrá bien. —Terminó, firmó los papeles y me los mostró para que yo hiciera lo mismo. Saqué la mano derecha del bolsillo, agarré el bolígrafo y firmé—. ¿Qué es eso? —preguntó.

—¿Qué cosa?

—Eso que tienes pegado al pulgar —dijo y señaló la tarjeta de memoria que se me había adherido a la mano por culpa del sudor.

Esto no puede estar pasando.

En lugar de que todo siguiera girando, me inundó el pánico. De hecho, tuve que jalar aire para lograr balbucear algo mientras pensaba en una posible respuesta.

—Eh, esto… —dije y la agarré con la otra mano—. Es la tarjeta de memoria de la cámara de Hope. Quería que descargara sus fotos y se la devolviera. Supongo que se me olvidó devolvérsela ahora que la vi. Es tan pequeñita que no me di cuenta.

Se estiró hacia mí y me la desprendió.

—Debe de ser una cámara muy pequeña —dijo mientras la inspeccionaba y de reojo miraba el costado de su computadora. *Que no tenga un puerto de entrada, por favor*—. ¿Por qué tu hija tiene una cámara tan pequeña? ¿Y cómo se…? —masculló mientras seguía buscando el puerto de entrada.

—Es una niña pequeña, así que supongo que quería algo de su tamaño. Se la compró su padrastro, así que la verdad no sé. —Creo que eso ni siquiera tuvo sentido. Tenía que seguir hablando—. Mi novia tiene una de esas cosas para extraer los archivos. Yo no sé nada de tecnología, así que nada más se la doy a ella.

La observó detenidamente y luego me volteó a ver, antes de devolvérmela.

—Ya tienes dos *strikes*, Ogabi. No busques el tercero. Buena suerte —dijo con voz fría pero justa.

El corazón me latía tan deprisa que temí que me fuera a dar un infarto.

—No lo haré. En serio. Y, de nuevo, una disculpa. Gracias, señor. Digo, capitán Devic.

» » « «

Pocos días después, Jim volvió a convocarme a su oficina, pero esta vez por una razón muy distinta.

—Adelante —dijo y me hizo una seña para que cerrara la puerta. Se parecía más al Jim de siempre y no a la versión furiosa que había conocido recientemente—. Sabes que tengo mis fuentes, ¿verdad? —preguntó, haciendo alusión a los informantes que de cuando en cuando le contaban cosas confidenciales de lo que pasaba en el interior.

—Sí, claro.

—Pues verás: uno de ellos, Clyde Ratford, me dio el pitazo de que hay un aparato rolando por el bloque H.

Por "aparato" se refería a un dispositivo electrónico no autorizado, por lo regular un celular, que estaba en la celda de alguno de los presos.

—¿En serio? ¿Quién lo tiene? —pregunté.

—Eso no es lo importante ahora. Lo que importa es algo que Ratford escuchó por ahí.

—Ah, ¿sí? ¿Qué cosa? —pregunté.

—Que en la lista de enemigos de La Familia está el nombre de un guardia negro.

Aunque no era fácil oír eso que ya sabía, era bueno oírlo en palabras de Jim, pues significaba que era el momento de actuar. Inhalé profundo y pasé los siguientes quince minutos contándole todo lo que sabía y sospechaba. Ya no dependía de que él confiara sólo en mi palabra, pues ahora había más evidencia. Le revelé cuál era mi situación con La Familia y hasta lo relacionado con Tanas y el director, obviamente sin mencionar la naturaleza de mi relación con Dimitri y Zach, ni mucho menos mis propias acciones ilegales.

Cuando terminé, Jim se quedó mirando el bolígrafo que tenía en la mano. Me pregunté qué estaría pensando. La gubernatura del director y el futuro profesional de Jim estarían en riesgo si mi colega hacía algo en contra de los jugadores de quienes yo le había revelado cosas.

—Eso que dices de La Familia te lo creo. Definitivamente te pasaste de la raya con ellos. Pero bueno, sobre lo demás, no quiero decir que sea imposible, pero me parece muy improbable. Voy a traer a Ratford para hablar con él frente a ti. Le dije que obtuviera toda la información posible. Ahora que sé que el que está en la lista eres tú, quiero que me acompañes durante el interrogatorio. Veamos qué le podemos sacar entre los dos. Como sea, Ratford me debe una. Mañana en la mañana fingiremos encontrar algo indebido en su celda para traerlo a interrogar. No puede venir nada más porque sí, como lo hizo ayer, porque sería demasiado sospechoso. —Asentí, aliviado de saber que no era el único agente doble en Carlton, aunque el otro fuera un preso—. Hasta entonces, no te pongas en riesgo. Haz pareja con Ken Chiou para las rondas. Quiero cerrar este asunto antes de la última gira de campaña del director este fin de semana. Las elecciones son el martes.

Seguía sin entender por qué el director había elegido a Jim para que lo acompañara a eventos de campaña. Supongo que sabía que podía confiar en que Jim diría lo indicado acerca de la prisión y lo que ocurría en su interior. Además, Jim siempre llevaba el uniforme impecable, y seguramente eso hacía quedar bien al director. Supuse que serían cosas políticas que yo no entendía.

—De acuerdo, capitán —dije y me puse de pie para irme. Por fuera me mostré relajado, pero por dentro estaba muy satisfecho de saber que por fin la verdad iba a salir a la luz.

» » « «

A la mañana siguiente, fingimos una redada en la celda de Clyde Ratford. El tipo se mostró sorprendido, aunque quizá no estaba fingiendo, pues sí encontramos varias cosas ilegales, si bien se trataba de puro contrabando menor. Clyde era un buscavidas cualquiera y comerciaba cosas en la prisión para tener un poco más en un lugar donde hasta el último centavo importaba. Embolsé y etiqueté la evidencia tan rápido como pude mientras Jim jalaba a Clyde hacia su oficina.

Mientras me quitaba los guantes negros de látex, de espaldas a la entrada de la celda, sentí una presencia atrás de mí. Me di la vuelta, y el corazón casi me explota al descubrir que justo afuera de la celda estaba ni más ni menos que Joaquín Flores. Me miró directo a los ojos, y no tuve más remedio que sostenerle la mirada. Despacio, bajé la mano hacia la cachiporra. El tipo sonrió y alzó las palmas mientras retrocedía con paso casual.

—Amor y paaaaaz, oficial Ogabi. ¿No es eso lo que inculca *nuestro amigo*? —Hablaba despacio, con absoluta confianza, sin acento extranjero ni vocabulario florido. Actuaba como si tuviera la sartén por el mango, lo cual, para ser sinceros, era verdad.

—¡Dos pasos más hacia atrás, prisionero! —exclamé. El tipo se tardó en obedecer mientras yo avanzaba hacia el umbral y me asomaba al exterior. Estaba solo.

—¿Encontraron todo lo que buscaban? —preguntó, sonriente.

—¿Qué? —dije, confundido y con el corazón acelerado, mientras intentaba recuperarme del susto.

—En la redada. ¿Encontraron lo que buscaban? —insistió. Lo ignoré y salí de la celda—. En todos los años que llevo aquí —continuó—, nunca había visto que buscaran algo en la celda del viejo Clyde. Ni una vez. Tuvo que ser algo importante para que lo sacaran tan rápido. —Examinó la bolsa de evidencia que yo aún tenía en la mano, así que me la puse bajo el brazo para ocultar su contenido.

—Esto no tiene nada que ver contigo, prisionero —espeté—. Te sugiero que vuelvas por donde viniste.

—Eso haré, oficial Ogabi. Sólo salí a pasear y me pregunté qué estarían haciendo el capitán y usted. Todo parece indicar que no se puede estar seguro en estos pasillos con tipos como Clyde sueltos. —Se dio media vuelta y se fue con paso lento. Los reos de las demás celdas asintieron con respeto al verlo pasar.

» » « «

Tan pronto entré a la oficina de Jim, cerré la puerta. Clyde seguía esposado y estaba sentado en una silla metálica frente al escritorio de Jim. Puse otra silla a su lado y dejé caer en ella la bolsa de plástico. Clyde bajó la mirada.

—¿Qué quieren? —preguntó.

—¿Qué más sabes, Clyde? Puedes hablar con libertad. El oficial Ogabi está al tanto de nuestra conversación.

Clyde volteó a verme y luego miró a Jim, quien asintió para indicarle que hablara.

—Usted me pidió que indagara un poco más sobre quién era el oficial en la lista, capitán Devic. Y pues eso hice, y no sé si esto es una coincidencia o algo así, pero… —dijo y volteó a verme—, es usted, oficial Ogabi. Usted es el oficial que está en la lista, señor.

—¿Cómo lo supiste, Clyde? —le preguntó Jim.

—Me lo dijo uno de los mandamases.

—¿Quién? —insistió Jim.

—Ahí sí ya no puedo decir más, capitán. De por sí ya se ve mal que haya estado en su oficina dos veces esta semana, señor. No puedo decirle nada más, sólo que el oficial Ogabi es el blanco. Es demasiado peligroso para mí.

Tenía razón, y eso que no se imaginaba la peor parte. Mi interacción con Flores en la celda de Clyde era muy mala señal, pero no quería espantarlo, así que no lo mencioné.

Pero Jim no sabía si creerle a Clyde o no. Quería un nombre para poder conectarlo con mi versión de los hechos. Sin embargo, después de amenazarlo con el contrabando que encontramos, logramos que al menos nos dijera por qué habían surgido los problemas, lo cual tendría que ser evidencia suficiente.

—Oí que el oficial se metió en cuestiones personales, con un problema familiar o algo así. Algo sobre el niño al que le dispararon. Y pues ese es el tipo de gente que no permite que nadie le falte al respeto, oficial. Pero es todo lo que sé. Es todo.

Jim no necesitaba más para corroborar mi versión. Agarró la bolsa, abrió el cajón de su escritorio y la dejó caer adentro. Me aventó las llaves para que le quitara las esposas a Clyde.

—Puedes irte, Clyde. Si te enteras de más detalles, te agradeceré que nos los compartas.

—Eso me va a dejar un hueco en el bolsillo, señor. ¿Seguro que no me lo puede devolver? —preguntó Clyde y señaló el cajón.

—Estoy seguro de que saldrás adelante. Te lo compensaré luego —dijo Jim. Abrí la puerta, y Clyde se escabulló hacia el pasillo—. Todo parece indicar que tu vida está en peligro —me dijo Jim—. Haré algo al respecto. Pero nada de lo que dijo Clyde confirma tus sospechas sobre Tanas o Shady. Así que, mientras esté fuera, te quedarás a cargo de mi oficina. Eso significa que sólo actuarás en mi nombre en funciones que tengan que ver con mis responsabilidades. Le iba a pedir a Ken Chiou que me cubriera luego de tener que escribir el reporte en tu contra, el cual no archivaré hasta que vuelva. Creo que es lo más seguro, dadas las circunstancias. Cuando regrese veremos qué hacer con La Familia. De ser necesario, los transferiré a todos a distintos bloques.

Pero no estás dispuesto a hacer nada en contra de la corrupción del director. ¡Genial! Así de cuadrado era Jim. O quizá sólo quería ascender más que cualquier otra cosa. De cualquier forma, debía conformarme con lo que había logrado.

—Gracias, capitán. Es algo que me quita el sueño.

Me miró a los ojos y me señaló.

—Sólo necesito que hagas una cosa por mí.

—Lo que sea, sin duda —contesté.

—No metas la pata, ¿me oíste? No te emborraches ni te pelees con Tanas ni con nadie más. Son sólo dos días. ¿Crees que puedes aguantar dos días? —Me hablaba como si yo fuera un adolescente problemático o un preso cualquiera—. Te estás tardando mucho en contestar, Ogabi.

—No. Digo, sí —respondí de inmediato—. No me meteré en problemas.

—Listo. Ya te has encargado antes de mi oficina, así que ya sabes cómo me gusta que se hagan las cosas.

—Sin duda.

Se puso de pie y me puso una mano en el hombro al salir.

—No hagas que me arrepienta de esto, Marcus —me susurró al oído.

El miedo a meter la pata, mezclado con la alegría de que Jim hubiera vuelto a llamarme por mi nombre de pila, fue desconcertante. Asentí, me puse de pie, me di media vuelta y le estreché la mano.

—No te arrepentirás —contesté—. Te lo prometo.

HOMBRE MUERTO CAMINANDO

RONNY

Me tardé una pinche eternidad, pero por fin me agarré los huevos y tomé la decisión. Tenía que hacerlo. De eso dependía mi vida.

Caminé hasta la administración, que es algo que ninguno de nosotros hace jamás. La señora de la recepción me dijo que podía pasar. *Eso fue fácil.* Antes de entrar, miré a ambos lados para ver quién andaba por ahí. De todas las pendejadas que había hecho en la vida, ésta era la más densa, la peor, la más peligrosa.

Me preparé mentalmente. *Hazlo rápido, sal de ahí y que luego pase lo que tenga que pasar.* Me temblaban las pinches manos mientras giraba la perilla.

—En un segundo te atiendo.

El oficial estaba en una silla, inclinado sobre el cajón inferior del archivero, dándome la espalda. Me moví hacia un lado para tratar de verle la cara. Tenía que asegurarme de que fuera él. No veía nada, así que esperé a que acabara con sus archivos. Sentía que me iba a explotar el corazón. En ese momento, se enderezó y se volteó.

¿Qué carajos? Era el mayate de Ogabi en la oficina del capitán Devic. No lo había visto desde el día en que se metió conmigo, afuera de la celda de Markland. Y pude notar que él también se sorprendió al verme, porque se echó para atrás de golpe y se pegó en la cabeza con el archivero. Estaba completamente paranoico y alzó las manos como si eso lo fuera a salvar si yo decidía quebrarlo. Va a sonar muy jodido, pero era la primera vez que veía a un pinche negro ponerse tan pálido.

—¿Qué haces aquí, Orozco? —preguntó con la voz medio temblorosa. Por como se agarró de la silla, supuse que creyó que había ido por él.

—¿Dónde carajos está el capitán Devic? ¿Eh? —Lo miré con odio y le hablé recio. Pero era más por costumbre que por otra cosa. No sabía de qué otra forma comportarme frente a alguien que me había insultado y que había desgraciado a mi hijito. O sea, no lo iba a quebrar, pero tenía que actuar como si fuera a hacerlo. O sea, las pendejadas que Ogabi me dijo fueron muy jodidas, pero la verdad es que me empujaron a ir a esa oficina a hacer lo que tenía que hacer. Así que podría decirse que le debía una, pero ni loco se lo iba a confesar.

—No estará en la oficina ni hoy ni mañana. Yo estoy a cargo. ¿Qué necesitas? —El tipo se ponía muy nervioso al verme. Pero ¿qué iba a hacer yo? Se notaba que seguía asustado. Nos miramos fijamente a los ojos. Siempre es jodido hacer eso, y esta vez no fue la excepción. *El primero que habla, pierde*, me dijo Joaquín alguna vez, así que cerré el pico. Cuando se calmó, rompió el silencio, como era de esperarse—. Prisionero Orozco, si te puedo ayudar en algo, házmelo saber.

Me le quedé viendo unos segundos más. Aunque el tipo ya hubiera perdido, yo no había ido ahí a hacer eso, así que me relajé tantito y saqué las manos de las bolsas.

—No sé, eh, creo que se supone que tengo que contarle al capitán estas cosas —dije y me di cuenta de que le cambió la cara de inmediato cuando vio que no había ido a quebrarlo. Como ya dije, nosotros nunca íbamos a la administración, así que supo que era cosa seria.

—Siéntate, Ronald. Por favor —dijo el cabrón. *¿Ahora sí me vas a tratar como persona, puto?*—. Mira, quiero decirte algo sobre lo que pasó el otro día —continuó, sin disimular sus emociones. Se veía que estaba vulnerable y hasta se tuvo que limpiar los ojos—. Mira, el otro día que pasó lo del pasillo... Sólo quiero disculparme por la parte que me toca. Y necesito pedirte que me perdones. —Bajó la mirada al escritorio, como si estuviera derrotado. Pero se veía sincero, ¿me explico?

¿Qué carajos? Me sacó de pedo que el vato se disculpara por lo que había pasado. Y se veía que sí se arrepentía, pero a mí eso no me servía de nada. Cada que tenía que pensar en mi hijito se me hacía un nudo bien doloroso en la garganta. Apreté la quijada y dejé que los ojos se me llenaran de lágrimas, pero sabía que ninguna se atrevería a caer. Así de cabrón era yo en ese entonces.

—Simón, ese. Claro que sí. Te perdono.

Pero el tipo siguió hablando.

—Además, también quiero agradecerte la oportunidad que me diste de aprender algo y crecer como persona.

Como que al tipo ya no le importaba que lo viera tan vulnerable, y eso nomás hizo que me doliera más la garganta. Y con cada palabra que decía, la cosa se ponía peor. O sea, era doloroso, pero no de mala manera. Luego masculló no sé qué mierdas al final, pero eso no lo entendí. Para entonces yo nomás quería que cerrara el pico.

—Está bueno, jefe. No se diga más. Todo bien. —Además, yo había ido a esa oficina a hacer otra cosa. Nomás necesitaba escupir las pinches palabras. Si no, terminaría volviendo a la vida que ya sabía que no quería—. Vine a renunciar a mi afiliación a la pandilla. Quiero protección. Ya me harté y estoy listo para soltar la sopa. —Como que entró en shock o no sé qué carajos, pero se quedó mirando el escritorio antes de voltear a verme. Luego empezó a buscar algo en lo cual escribir. Lo último que esperaba era que yo fuera a traicionar a mi gente y a pedir que me pusieran en custodia protegida.

—¿Cuál es tu número de prisionero? —Pasó de ser un blandengue asustado a comportarse como un funcionario y todo eso. Se veía muy nervioso y sacado de onda por lo que le había dicho. Le di toda la información que me pidió—. Bien, bien, Ronald —dijo, pero luego me miró como si sospechara de mí o algo así—. ¿Cómo sé que no me estás timando?

Me le quedé viendo un buen rato y meneé la cabeza. *Como todo el mundo en mi vida, este pinche mayate no me cree nada.*

—Mira, eh, creo que me equivoqué. Olvida que estuve aquí. —Me levanté.

—No, no, siéntate. Lo que quiero saber es cómo llegaste a esta decisión. El otro día, afuera de la celda 111, no me dio la impresión de que estuvieras tan harto. Ese día tenías en mente otra cosa, ¿verdad? —me preguntó. Me encogí de hombros y sonreí, actuando aún como un gánster, a pesar de que quería dejar esa vida atrás—. Quiero que tengas muy claro cómo funciona esto, Ronald. Durante la declaración, estarás obligado a señalar a todas y cada una de las personas con las que estuviste implicado en actos delictivos en Carlton. Necesitarás informarnos también sobre ataques pendientes y sobre cómo y con ayuda de quién meten el contrabando a Carlton. Si sospechamos que estás omitiendo algo, no te transferiremos al programa de custodia protegida.

Se refería al patio de los bichos raros. Ahí pasaría el resto de mi sentencia después de mi declaración. Ahí La Familia no podría hacerme nada, y yo podría empezar a pensar en una vida nueva.

—Sé lo que hay que hacer y estoy dispuesto a hacerlo, carnal. —*Estás dispuesto a ser un soplón, Ronny.* No había de otra. Lo último que quería era traicionar a mi gente, en especial a Joaquín; era como el hermano que nunca había tenido. Pero era él o yo, y por primera vez en mi perra vida iba a ponerme a mí primero—. Mira, llevo mucho tiempo dándole vueltas a este asunto, carnal. Estoy harto de esta vida, ¿me entiendes? Me queda menos de un año aquí y todavía puedo lograr algo allá afuera. Esa pendejada que me dijiste el otro día me jodió la cabeza, ¿sabes? O sea, me encabronó y todo, pero tenías razón. —Se me quedó viendo como si estuviera hecho de piedra o algo así—. No me crees, ¿verdad?

—Ya no sé qué creer. ¿Qué hay del ataque en mi contra?

Bajé la cara y asentí. *Al carajo.* Inhalé profundo y suspiré con fuerza.

—Es un hecho. Joaquín espera que yo y dos más te quebremos. Quiere que sea rápido. Por eso se lo conté a la vieja chismosa.

—¿De quién hablas? —preguntó Ogabi.

—De Clyde, su informante. Así les decimos a los soplones. Llevamos años diciéndole lo que queremos que ustedes sepan. Muchas de las redadas que hacen son cosa nuestra. Joaquín dice que así evita que se metan con La Familia.

—Un minuto. ¿O sea que ustedes le dijeron a Clyde que yo estaba en la lista?

—No, nada de "ustedes". Fui yo, ese. Se lo conté para que él soltara la sopa, ¿me entiendes? Y, por lo que veo, por eso estás ahora aquí, en esta pinche oficina. —Vi cómo meneaba la cabeza como si estuviera confundido o yo qué sé.

—A ver, déjame ver si entendí bien. ¿Estoy en la lista por lo que te dije?

Pensé cómo contestar esa pregunta, porque tenía muchas aristas.

—El día que me faltaste al respeto en el pasillo y me dijiste esas cosas, me lo tomé muy mal, ese. Confieso que quería quebrarte. Fui con Joaquín, y él me dijo que tuviera paciencia. Desde esa noche no dejo de pensar en mi hijito y en lo que pensaría de toda esta mierda. Ya no quiero matar, carnal. Decidí que ya no quería. Pero, cuando te metes con Méndez como lo hiciste tú, ya no importa si quieres o no quieres hacer algo. Joaquín dio la orden, y tu nombre pasó a ser el primero en la lista. Y me toca a mí, y estoy demasiado metido como para mostrar debilidad. Me tienen que poner en custodia protegida, ¡pero en serio!

—¿Qué hay de Tanomeo y Markland? —preguntó.

—Joaquín no soporta a ese cabrón. Dice que es una amenaza para nuestro estilo de vida o una mierda así. Y como que me culpa de que no lo hayamos parado antes. Dice que el daño que nos hizo al ayudar a los otros reos es irreversible.

—¿Y tú qué opinas? —Me estaba preguntando mi opinión sobre algo que yo no entendía, pero que sabía que era bueno. Esa pregunta me hizo sentir que de alguna manera estábamos en el mismo nivel. Como si estuviéramos platicando, pero no como guardia y delincuente, sino nomás como un par de vatos.

—Mira, carnal, creo que Tanomeo es muy derecho. He oído algunas de las cosas que dice y, aunque no lo creas, de algún modo me ayudaron a tomar la decisión. O sea, no es que sus palabras me hicieran entender esto o aquello porque no lo he escuchado tanto. Pero veo que otros reos están mejor, y simplemente sé que, si logro salir de esto, yo también puedo estar mejor. Además, no quiero sonar como un maricón ni nada, pero nomás de verlo me siento mejor, ¿me entiendes?

Ogabi asintió, y me dio gusto que no pensara que yo era puto o algo así.

—Te entiendo muy bien, Ronny. Haré todo lo posible para ingresarte al programa, pero toma en cuenta que es un proceso. Sabes lo que implica, ¿verdad?

—Simón, y estoy de acuerdo con todo. Le voy a llamar a mi mamita santa para que se salga de la casa y se vaya una temporada a México con mi tía. Conozco a Joaquín y sé de lo que es capaz. —Luego, Ogabi me preguntó pendejadas sobre Tanas y hasta dónde llegaba la corrupción—. Mira, no sé hasta dónde llega esa mierda, pero sé que el director le entra a veces. Casi siempre Joaquín negocia las cosas con Tanas. Pero ese puto me pone nervioso. Ese cabrón no tiene lealtades. ¿Sí me entiendes?

—Sí. A mí tampoco me agrada.

—Y también me enteré de lo que te hizo. ¿Sí fue así? —Le señalé la frente.

—No. Esto me lo hice con el auto. No llegamos a los golpes. El capitán Jim intervino antes de que pudiera ponerle una mano encima.

Cerré los ojos y asentí.

—Ruego a Dios que tengas otra oportunidad, carnal. A ese pendejo le hace falta que le den una sopa de su propio chocolate. Ese cabrón no tiene lealtades —dije de nuevo, porque ese es mi estilo.

El oficial sonrió.

—Uno nunca sabe. —Luego agarró el celular e hizo una llamada.

—Ora, ora, ¿a quién le hablas, carnal? —pregunté. Ahora el paranoico era yo.

—No te preocupes. Estoy tratando de localizar a Jim. Digo, al capitán Devic. Él sabrá qué hacer. Yo no había estado en esta situación antes.

Asentí.

—Simón. Como yo con Joaquín. Tengo que hacer lo mismo, consultarle las cosas antes de hacer lo que sea. —Me reí—. No contesta, ¿verdad?

—No, pero sabes que puedo sacarte del bloque principal y meterte a solitario si quieres salir ahora mismo. Creo que es lo que deberíamos hacer. Estarás ahí cuando menos un mes en lo que se procesa tu reclasificación a custodia protegida. Quizá hasta más.

¿Un mes en el puto agujero? No estoy listo para esas pendejadas.

Le contesté que volvería al bloque y esperaría a que Devic volviera.

—Nomás ten cuidado con la vieja chismosa, ese. Es el eslabón más débil de esta cadena. Si Joaquín sospecha algo, le puede sacar la sopa bien fácil. Y entonces voy a ser un hombre muerto caminando, ¿me entiendes, carnal? —Me levanté para irme.

—Tal vez sería mejor llevarte a solitario en este instante. Es lo más seguro. —Otra vez se veía paranoico.

—No, carnal. Estoy bien. Diré que tuve que venir a firmar un papel o algo. Estaré bien.

Ogabi asintió de nuevo.

—Gracias, Ronny.

—Órale pues, oficial. Gracias a ti también. Como que todo parece bueno de una forma muy pinche rara que no sé explicar, pero creo que vienen cosas buenas. A lo mejor para ti también. —Jamás le había dicho algo así a alguien, pero se lo dije de corazón.

—Yo también lo creo. Cuídate. Yo haré todo lo que pueda para que esto se resuelva.

—Gracias, oficial. Tú también cuídate, ¿me entiendes? —Agarré la perilla de la puerta y la giré—. O nomás no te acerques mucho al bloque H y al patio, ¿de acuerdo? —Asentí y le sonreí—. La vida es bien jodida, ¿verdad? —agregué y me fui.

LIMPIEZA PROFUNDA

MARCUS

Al día siguiente desperté a las cuatro de la mañana, una hora antes de que sonara la alarma. Supongo que me sentía menos abrumado por la situación: estaría a salvo en la oficina de Jim, Orozco ahora estaba de nuestro lado, y las cosas parecían ir por buen camino.

Vi que se encendió la pantalla de mi celular. Era un mensaje de Ken, a quien le había tocado cubrir el turno nocturno de la prisión.

KEN: ¿ESTÁS DESPIERTO?
YO: SÍ. ¿QUÉ PASÓ?
KEN: HACE UNA HORA ENCONTRAMOS A CLYDE RATFORD MUERTO EN SU CELDA. DEGOLLADO Y CON SIGNOS DE TORTURA. ¿PUEDES VENIR ANTES?

¡No puede ser! ¡Mierda!

YO: ACTIVA EL CÓDIGO ROJO. VOY PARA ALLÁ.
KEN: ENTENDIDO.

Me rocié agua en la cara y vi que las manos me temblaban. Traté de jalar aire como pude.

Una vez que me subí al auto, al principio no pude meter la llave para arrancarlo. El llavero se me cayó dos veces y tuve que buscarlo a tientas en el suelo oscuro. Golpeé tres veces el tablero con la parte inferior del puño.

—¡Mierda! ¡Mierda! ¡Mierda!

Flores había atado cabos, tal como temía.

Al llegar a Carlton, me estacioné y pasé el control de seguridad tan rápido como pude. La sirena del confinamiento seguía activa.

El mismo novato del control de seguridad pasó mis cosas por los rayos X.

—Se están armando para la extracción de la celda. Más vale que te apures si vas a entrar con ellos.

—¿Cómo que extracción? Ratford ya está muerto.

—No es eso. Acaba de pasar algo en el bloque H. Celda 269. Uno de los vatos, de los cabecillas, quebró a su compañero de celda. Perdón, todavía no me aprendo sus nombres.

—¡Hijo de puta! —grité mientras corría por el pasillo, más allá de las oficinas—. Déjenme entrar —grité para que me dieran acceso al bloque H. Cuando llegué ahí, encontré a Ken Choui y a otros tres oficiales poniéndose el equipo táctico—. ¿Qué pasó? —pregunté.

—Orozco está herido. No sabemos si está vivo. Franklin estaba pasando lista y encontró a Flores degollando a Orozco. Lo neutralizó con el táser a través de los barrotes, pero dice que hay sangre por todas partes y que no sabe si nada más es de Orozco o de los dos.

Flores lo atacó mientras dormía. ¡Mierda! Debí mandarlo a solitario ayer, aunque no quisiera.

Me acerqué el micrófono del radio que llevaba enganchado al hombro.

—10-27 a Central. Aquí el oficial Marcus, capitán en turno. Solicito ambulancia aérea de inmediato. Reo herido con hemorragia intensa y lesiones graves en el cuello y la garganta.

—10-27, entendido —contestó la Central.

—Pero el protocolo dice que hay que valorar la situación en persona antes de pedir apoyo médico, Ogabi. Seguro nomás se pelearon, y Flores se defendió y le dio un navajazo.

Agarré mi mochila del piso y saqué mi chaleco.

—La sangre es de Orozco. Flores lo atacó mientras dormía. No me preguntes cómo lo sé, pero hay que sacarlo de ahí ahorita mismo. Yo me responsabilizo por completo de lo de la ambulancia.

Ken se puso el casco mientras meneaba la cabeza. Los otros se encaminaron hacia la celda, seguidos de cerca por Ken.

Mientras corría tras ellos, pasé por la entrada de la cocina y vi la cinta amarilla que envolvía la puerta y la manija. Supuse que ahí estaba el cuerpo de Clyde, esperando la llegada del forense. *Todo esto es tu culpa, Marcus.*

Los prisioneros chocaban sus pocillos contra los barrotes y gritaban insultos al verme pasar. Al girar una esquina, me resbalé y caí sobre la cadera. Me levanté de un brinco, y el volumen de los aullidos, ahora mezclados con risas, aumentó unos cuantos decibeles. Me dolía tanto la cadera que el resto del camino lo recorrí medio trotando y medio rengueando.

Cuando llegué a la celda de Orozco, los otros ya habían extraído a Flores. Estaba esposado, boca abajo sobre el piso. Le habían rociado gas pimienta y estaba jadeando, escupiendo e intentando frotarse los ojos contra el concreto, sin mucho éxito. Saqué el cuello de mi camiseta por debajo del uniforme para taparme la boca y pasé por encima de él para entrar a la celda.

Orozco seguía tendido en su catre. Me dio un ataque de tos mientras me arrodillaba junto al oficial enmascarado que le estaba buscando el pulso en el cuello.

—¡No hay nada! —exclamó.

—¡Búscaselo en la puta muñeca! —grité. El corazón me latía tan rápido que se me iba el aliento. Cuando podía inhalar, me atragantaba con el gas pimienta. La escena me recordó de inmediato al día en que le disparé a Tanomeo. Aunque yo no fui quien navajeó a Orozco, sí fui yo quien le permitió volver a su celda, a sabiendas de que Ratford estaba en peligro por la suspicacia de Flores—. ¿Está vivo o qué?

—No encuentro el pulso, pero es que con estos guantes tampoco puedo estar seguro.

—¡Quítate! —le grité y jalé el brazo de Orozco hacia mí. Su cabeza se sentía pesada e inerte. Le busqué el pulso con las manos desnudas.

Por favor, Dios, ayúdame, sólo esta vez. Le estaba rezando a un dios en el que no creía, pero que, en momentos así, ansiaba genuinamente que existiera.

Me pareció percibir una pulsación, pero no estaba seguro. Le miré el cuello de cerca e inspeccioné las heridas para ver si tenía la arteria principal lacerada. Tenía más de una docena de cortadas, y de la mayoría seguía brotando sangre. Luego, un poco abajo de la garganta, encontré una punción profunda, de unos seis centímetros de longitud, de la que casi no salía sangre. La abrí ligeramente y vi que la carótida palpitaba. ¡Estaba íntegra! El otro oficial me dio una palmada en la espalda, y al voltear lo vi asentir, como reconociendo que Orozco seguía estando entre los vivos.

En ese momento llegó el equipo médico de la prisión, así que me apresuré a hacerles espacio. Ken agarró una botella de agua y me la vertió en la cara.

—Casi no la libra —dije intentando recobrar el aliento.

Ken asintió.

—El helicóptero llega en cinco —dijo. Volteé a ver a Flores—. Tenías razón —me gritó, y apenas pude escucharlo por encima de los gritos de los otros reos—. Ya lo revisé. Ni un rasguño.

—¡Quédate ahí! —ordené y me acerqué a Flores, quien seguía boca abajo, esposado. Al arrodillarme a su lado, percibí el olor de la sangre casi seca que le cubría las manos y los brazos. Le tomé la nuca sudorosa y busqué el punto de presión exacto atrás del lóbulo de la oreja. Luego, le enterré ahí el pulgar. Agitó las piernas esposadas y gritó. Volteé a ver a Ken, quien de inmediato me dio la espalda. No sé si no quería ser testigo o si quería cubrirme de la vista de los demás.

Flores torció la cabeza para intentar zafarse, sin éxito. Entonces liberé la tensión para dejarlo hablar.

—¡Puto negro de mierda! —gritó.

—Si ese hombre muere, ¡te vas a pudrir aquí de por vida, hijo de puta! —le dije al oído.

—Perfecto. Me importa un carajo, güey. ¡Arriba La Familia! Además, ¡ese bocón ya está muerto, ese!

Con la palma de la mano abierta, le di un fortísimo revés en la nuca.

—Te equivocas, Flores. Está vivo. La cagaste, ese —le grité al oído y luego le enterré la rodilla en la columna vertebral, mientras con los dos pulgares le presionaba con fuerza el mismo nervio a ambos lados de la cabeza para causarle el doble de dolor.

Me había pasado de la raya otra vez, pero no me importaba. Estaba sacando la rabia que tenía enterrada en las profundidades de mi ser, el dolor de la injusticia, mis propios miedos. Estaba torturando a un prisionero, tal como uno de los hombres de Joaquín había torturado a Ratford. Por eso se enteró de que Orozco filtró a propósito la información de que habría un ataque en mi contra.

Me agaché para verle la cara y noté que tenía la lengua de fuera. Su cuerpo se retorcía hacia adelante y hacia atrás. Por un instante, sólo hubo silencio. Estaba completamente enfrascado en mis acciones dementes.

—¡Marcus!

Alcé la mirada y vi a Ken, ya sin el casco, gritándome. Todo iba en cámara lenta. Volteé a ver a los otros guardias y a los paramédicos. Todos me estaban mirando.

De pronto, me empujaron por detrás y caí encima de Flores. Me levanté de un brinco y, al voltear, vi que ahí estaba Tanas, seguido de cerca por

Brenda.

—¡Ya estuvo bueno, Ogabi! —me gritó.

Me le abalancé, pero Ken me contuvo. Tanas se me fue encima, aventando puñetazos al aire. Los guardias nos separaron y me inmovilizaron contra la pared. De reojo alcancé a ver que los paramédicos se llevaban a Orozco.

—¡Cálmate, Ogabi! —me gritó el oficial Mike Rodríguez. Se había quitado el casco también, lo cual me ayudó a salir del trance. Me miré las manos y entendí que esta vez había llegado demasiado lejos.

—Ya estuvo. Todo bien. Pueden soltarme. —Relajé los brazos y el torso para darles a entender que obedecería.

—Tienes que irte de aquí en este instante. Nosotros nos encargamos —dijo Rodríguez y miró de reojo a Flores, quien había empezado a carcajearse.

—La sangre con sangre se paga, ese. Y Ronny lo sabía —me susurró Flores—. Una cosa más, pinche cerdo. Tráete una cobija, ese, que ya está puesta tu camita.

—¡Cállate, cabrón! —le gritó Rodríguez mientras le daba un pisotón atrás de la rodilla.

Yo no paraba de resoplar.

—¿Qué significa eso? —le dije a Rodríguez, pero él ignoró la pregunta. Miró de reojo a los otros oficiales que también eran de ascendencia mexicana—. Horvac, Sims, lleven a Flores al agujero —les ordené—. Quizá deberías acompañarlos, Tanas. —Los dos hombres levantaron a Flores y lo tomaron cada uno de un brazo. Flores alzó la cara, con una gran sonrisa, y empezó a andar, con el pecho bien inflado. Tanas los siguió de cerca—. ¿Qué quiso decir con eso? —insistí.

Rodríguez titubeó, pero al fin cedió.

—Es una expresión de los carteles. Lo de la cobija es porque el cuerpo se enfría cuando mueres —contestó. Para entonces ya nada podía afectarme. Estaba anestesiado. Rodríguez siguió hablando—. Mira, yo fui testigo de la amenaza, así que la podemos sumar a los cargos. Mientras tanto, ve a relajarte, Ogabi. El director va a llegar en menos de una hora y seguro que hará mil preguntas. Necesitas tener la cabeza fría.

Mientras se alejaba, me di cuenta de que los prisioneros me estaban mirando a través de los barrotes. Habían visto todo, lo cual tuvo el efecto inesperado de silenciar a varios. Tenía que mantener la frente en alto mientras caminaba en sentido contrario a Rodríguez, aunque sintiera que algo peor que la vergüenza me estaba devorando entero.

Estaba bañado en sudor y me sentía profundamente sucio. Sólo quería echarme un poco de agua encima. Me escabullí en el baño de los prisioneros, que estaba vacío, y me lavé las manos con desesperación. El sudor de Joaquín, mezclado con la sangre de Ronny, se iba por la cañería mientras la película mental de mis acciones más recientes volvía a empezar. Una punzada de angustia me recorrió de pies a cabeza, y las lágrimas me bañaron las mejillas. Miré mi reflejo en el espejito de plástico mientras me echaba agua a la cara con ambas manos. Caí de rodillas y seguí llorando en silencio. Luego tosí y escupí en el suelo, intentando contener las náuseas que me provoqué al reprimir las ansias de sollozar. Me abofeteé varias veces, me sequé la cara y salí del baño.

Cuando iba de regreso a la oficina, vi a Zach apoyado de pie contra los barrotes de su celda. Al igual que la mayoría de los presos, trataba de darse una idea de lo que estaba ocurriendo.

—¿Qué pasó, oficial Ogabi? ¿Está todo bien?

—No te preocupes, Markland —dije y me detuve frente a su celda.

Seguía siendo un simple animal que acababa de pelear con su enemigo. No albergaba alegría ni tristeza, sino sólo la certeza bélica de aquello por lo que luchaba. Albergaba maldad y tenía las manos igual de sucias que Flores. Me le fui encima con la misma ira con la que él y sus hombres atacaron a Orozco y Ratford. No había diferencia alguna. Volteé a ver a Zach sin expresar emoción alguna y seguí mi camino.

HASTA QUE CANTE LA GORDA

MARCUS

Había pasado una semana desde el incidente. Estaba sentado en el ante-comedor azul y redondo de siempre, sin empleo. Pero esta vez las cosas eran distintas. Mi mentalidad era distinta. En lugar de llevarme una pistola a la sien, sostenía en las manos el periódico local, en la página de ofertas laborales. Antes, perder mi trabajo habría sido como si se acabara el mundo; esta vez, logré que sólo implicara que algo nuevo estaba ocurriendo, lo cual era verdad.

Le debía esa recién descubierta forma de percibir los sucesos de la vida a las frases que había oído en voz de Dimitri. Sus enseñanzas, aunque hubieran sido esporádicas, me estaban ayudando a ver las cosas desde otro punto de vista. Y donde había huecos, MJ se encargaba de llenarlos.

Seguía peleándome con toda clase de cosas, como la culpa que me generaban las omisiones que habrían podido salvarle la vida a Clyde y mantener a salvo a Ronald Orozco, quien seguía en coma, pero estable. MJ me aseguraba una y otra vez que las cosas pasaban y que habrían pasado tal como se suponía que pasaran, lo cual más o menos encajaba con la teoría de Dimitri de que todo proceso tenía una perfección profunda.

Para ser honesto, no estaba preparado para aceptar del todo esa visión ni creía que pudiera estarlo jamás. Sin embargo, el proceso que el director usó para expulsarme de Carlton y posteriormente ganar la elección le salió tal como él esperaba. Empezó ejerciendo la regla de los tres *strikes*; el tercero fue lo que le hice a Flores mientras estaba esposado en el suelo.

El director me tuvo exactamente donde quería durante cada parte del proceso. Primero, una suspensión inmediata de dos semanas con goce de sueldo mientras evaluaban la situación. Luego, me harían renunciar formal-mente, lo que supondría que de forma tácita asumiría la responsabilidad de todo, y luego me concederían una extensión de un año de mis prestaciones actuales. La única condición era que firmara un contrato de confidenciali-dad que me obligaba a no difundir información alguna sobre los empleados, las políticas y las autoridades de Carlton, ni sobre cualquier otra cosa que pudiera dañar la buena reputación de la institución. Si rechazaba el trato, Tanas, respaldado por Brenda como segundo testigo, interpondría varias quejas sobre mi comportamiento abusivo en contra del preso de origen latino. Y eso me condenaría a terminar en prisión.

Me tomé un descanso de la búsqueda de ofertas laborales y visité el sitio web del Canal 5 para ver al director Shady darle atole con el dedo a Richard Simpson, el nuevo reportero que había cubierto el incidente. No había visto nada de la cobertura hasta entonces porque MJ dijo que era vomitiva, y yo de por sí ya estaba muy afectado por lo que había ocurrido.

—Director Shady, ¿nos contaría qué ocurrió anoche aquí en Carlton que provocó la muerte de un prisionero y dejó a otro en coma?

—Mira, Rick, no podemos entrar en detalles hasta que tengamos la información completa, pero todo parece indicar que se trató de un tema de pandillas.

—¿Es cierto que ambos incidentes ocurrieron en el transcurso de apenas unas cuantas horas?

—Eso parece, pero, como ya dije, la investigación apenas está en curso, así que no puedo decir mucho más —contestó el director.

—Una última pregunta. Escuchamos que usted y el capitán al mando de la penitenciaría estaban de gira por tratarse de los últimos días de su campaña.

—Es correcto, hijo.

—¿También es cierto que el oficial que dejaron a cargo no estuvo a la altura de las circunstancias? De ser así, ¿cree que eso pueda afectar sus probabilidades de llegar a la gubernatura?

—Esas son dos preguntas, Rick. Pero te contestaré ambas. —Con la sonrisa de un auténtico demagogo, miró directo a la cámara—. Para empezar, yo no estaba al tanto de que ese individuo estaba cubriendo al capitán Devic, lo cual fue negligencia por parte de mis subordinados. De haberlo sabido, habría puesto a alguien más responsable y experimentado a ocupar ese lugar en nuestra ausencia. El oficial involucrado ha tenido problemas previos de abuso de sustancias y agresión en el trabajo, pero, como ya dije, no tengo todos los detalles. Por lo pronto, el oficial fue suspendido en lo que se hacen las averiguaciones necesarias.

"Si descubro que el oficial transgredió de alguna forma los lineamientos de esta institución, tendré que emprender las acciones procedentes para impedir que este tipo de cosas vuelvan a ocurrir. En cuanto a la elección, Rick, basta con que los votantes de este grandioso estado vean las estadísticas recientes de esta prisión, que son resultado de los programas instituidos durante mi mandato. Por ahora, debo enfocarme de nuevo en ganar la elección y seguir dirigiendo esta prisión, la cual, a pesar de los desafortunados incidentes del día de ayer, aún tiene las mejores estadísticas de todo el país. Gracias.

—Ahí lo tienen —dijo el reportero—, en palabras del mismísimo director de Carlton. Si apenas nos sintonizan, estamos afuera de la Penitenciaría Estatal Carlton para dar seguimiento a la historia del violento asesinato del prisionero Clyde Lucas Ratford, cuya fotografía aparece ahora en pantalla. Hasta el momento no se han señalado posibles sospechosos. Horas después, se suscitó un ataque violento contra otro prisionero, un tal Ronaldo Ortiz Orozco. Se rumora que Orozco es capitán y segundo al mando de la banda delictiva de origen mexicano La Familia. Canal 5 ha confirmado que el sospechoso en este caso es ni más ni menos que el compañero de celda de Orozco, el presunto general de esa misma pandilla, Joaquín "el Capitán" Flores. Se rumora que esta banda criminal dirige la mayoría de las actividades delictivas tanto al interior de la penitenciaría como en las calles del estado. Orozco está en terapia intensiva y su estado de salud es grave.

La pantalla se dividió y, en el otro costado, apareció Stacy Leposa, la reportera que había sustituido a Marianne Kelly.

—Con respecto a las elecciones, Richard, al parecer lo que insinuó el director Bill Shady es correcto. Hasta la fecha, a pesar de estos incidentes aislados, los datos obtenidos por Canal 5 demuestran que Carlton sigue estando muy por encima de las demás cárceles del país en materia de seguridad interna.

Mostraron imágenes de los jardines y los invernaderos que habían tomado en su primera visita, mientras hablaban sobre programas cuyo éxito, hasta la fecha, el director seguía adjudicándose a pesar de haberlos cancelado.

Qué cantidad de patrañas.

Luego pasaron a las encuestas electorales, encabezadas por el corrupto Bill Shady.

Empecé a intuir que algo no andaba del todo bien. Era como si el canal de noticias locales y el equipo del programa "En vivo a las 5" estuvieran coludidos para lograr que Shady ganara la elección. En un mundo ideal, las noticias serían imparciales y se enfocarían en historias extraordinarias, como el espacio televisivo que Dimitri y Marianne medio secuestraron para la entrevista, y el discurso de empoderamiento que dio Dimitri con respecto al estado de nuestro mundo. En vez de eso, después de que la entrevista inicial se hubiera viralizado, el canal televisivo quiso hacer control de daños y desacreditó a Dimitri, diciendo que era un enfermo mental y que el director había prometido brindarle ayuda psiquiátrica. Muchos intentaron obtener copias de la entrevista para retransmitirla, pero fue eliminada de YouTube, donde la etiquetaron como "información tendenciosa" y advertían que "ponía a la gente en riesgo".

Las que *sí* se popularizaron fueron las incontables parodias, incluyendo videos modificados que mostraban a Dimitri con un gorro puntiagudo de aluminio. Sus quince minutos de fama fueron menospreciados por los incontables borregos que se subieron al tren anti-Dimitri, dirigido por los medios televisivos y las redes sociales. Y como él no estaba ahí para defenderse, pasó al olvido en poco tiempo.

Claro que no todos lo olvidaron. MJ creó una página web que vendía camisetas con algunas de las citas que yo había oído en las sesiones del PLT. Mi favorita era "No hay tal cosa como una víctima feliz", y, en segundo lugar, "Para *progresar*, primero hay que *despertar*". Además de la frase, muchas de las camisetas tenían algún tipo de diseño geométrico esotérico o un árbol especial de algún tipo, junto con la marca: SÉ EL CAMBIO.

MJ fue muy diligente y diseñó una amplia gama de productos para los que, según sus cálculos, eran los mil seguidores verdaderos de Dimitri, los cuales comprarían cualquier cosa relacionada con él. La idea era reservar parte de las ganancias para dárselas a Dimitri cuando saliera de la prisión, e incluso puso en la página web un reloj que llevaba la cuenta regresiva hasta la fecha de su liberación, para la cual faltaban varios años.

Pero MJ también sabía que algún día esa página tendría otro propósito, pues llegaría el momento en el que Dimitri necesitaría una plataforma para expresarse, ya que seguramente lo censurarían por completo en las redes sociales. MJ se entregó en cuerpo y alma a ella, pues decía que algún día sería la pista de aterrizaje de la soberanía, la verdad y la libertad.

» » « «

El acuerdo entre los medios de comunicación y el director, así como la estrategia de enterrar la entrevista de Dimitri, surtieron efecto, pues en cuestión de una semana ya teníamos un nuevo gobernador electo: William Shady.

Yo seguía desempleado. Claro que había trabajos, pero eran de medio pelo. Y empezaba a darme cuenta de que, si quería seguir viviendo cerca de mi hija, tendría que conformarme con el medio pelo.

Hope Ayishat Ogabi era el pilar de mi vida, y yo era su… Bueno, no sé bien qué era yo para ella. Sólo sé que me amaba. Y que siempre me decía lo correcto, en el momento que más lo necesitaba. No era nada más la ternura con la que me decía cosas cursis como "Te quiero, papi". Esa niña exudaba sabiduría de verdad. A veces tan cabrona como la sabiduría de Dimitri. Y yo no entendía cómo era posible que una niña supiera cosas que un adulto como yo desconocía.

Coqueteé con la idea de que quizá todos sabíamos esas cosas al nacer, pero que el mundo nos hacía olvidarlas. Aunque fuera una locura, era congruente con el concepto de programación de Dimitri. Si a todos nos habían programado, ¿cómo éramos antes de eso? ¿La pizarra en blanco que son los niños antes de la programación contiene respuestas? Si es así, ¿cuáles son?

Ese tipo de cuestionamientos profundos me mantuvieron cuerdo en circunstancias que, de haberse presentado en otra época, me habrían llevado a perder la cabeza. En especial después de escuchar la noticia de que Bill Shady era el nuevo gobernador del estado. Saber que el exdirector había ganado la elección me hizo preguntarme cómo estarían Dimitri, Zach y los demás. Me sentía culpable de no haber podido sacar la última tarjeta de memoria de la prisión. Y tenía prohibido visitarlos, pues parte del trato era que no volviera a poner un pie en Carlton. También me daba curiosidad saber qué había pasado con Joaquín Flores y su pandilla, y si lo habían transferido a otro bloque o a una prisión distinta. Había oído que Ronald Orozco estaba mejor y ya no necesitaba ventilador mecánico, lo cual era un alivio. Seguía sin hablar con Jim, a quien alguna vez había considerado un buen amigo. Supuse que habría obtenido el ascenso que buscaba y se estaba acoplando a su nuevo trabajo. Pero no sabía si ya era consciente del nivel de corrupción que lo rodeaba.

Mientras pensaba esas cosas, llamaron a la puerta. Al abrir la cortina para asomarme, vi que afuera estaba estacionada una camioneta de la prisión. Se me aceleró el corazón y entré en pánico. *Ya se enteraron de todo lo que hice por Zach y Dimitri.* Supuse que me arrestarían, pero luego caí en cuenta de que para eso tendrían que haber enviado agentes de la policía estatal. Me asomé de nuevo, en busca de patrullas oficiales o vehículos de incógnito, pero no había nada.

—¿Quién es? —pregunté, con la mano en la perilla de la puerta.

—Hola, Marcus. Soy yo: Jim. ¿Podemos hablar un momento?

Era la primera vez en mucho tiempo que Jim me llamaba por mi nombre de pila, pero ¿de qué otra forma iba a decirme ahora? Abrí la puerta.

—Hola, capitán Devic. ¿Cómo estás? —Le tendí la mano. De forma muy inesperada, me jaló hacia él para darme un abrazo fraternal. Eso me hizo sonreír y hasta soltar una risita, y en ese instante volvimos a ser amigos de nuevo.

Pasó a mi lado y se fue a sentar al sofá. Se veía muy entusiasmado. Cerré la puerta y me senté frente a él.

—Ya no me digas capitán, Marcus. Vuelve a llamarme Jim, como antes. Las cosas ya cambiaron.

Sí. Estoy desempleado y ya no eres mi capitán.

—¿Cómo estás, Jim? ¡Qué gusto verte! Te juro que hace apenas unos minutos estaba pensando en ti y en Carlton. —Me senté en la orilla del sillón y lo miré de arriba abajo—. Debo decir que te ves distinto. Más contento. Supongo que ese ascenso te vino bien, ¿no?

Jim bajó la mirada y meneó la cabeza, sin dejar de sonreír.

—Shady ascendió a alguien más.

—¿Qué? ¡Eso no tiene sentido! ¿Qué pasó?

Jim soltó una risotada.

—Me pasó la política encima, Marcus. Así es la política. Es la cosa más grotesca y corrupta que podrías imaginar —contestó. No pude evitar sonreír para mis adentros—. Necesitaban un segundo chivo expiatorio después de que te fuiste. El director tenía que demostrarle al gobernador que él no fue quien te dejó a cargo de la prisión. Y, siendo honestos, es verdad que no fue decisión de él. Pero bueno, la corrupción llega muy lejos. Esto nada más es la punta del iceberg.

Guardé silencio y volví al familiar lugar de la culpa.

—Lamento mucho haberte puesto en ese lugar, Jim. Tenía muchas cosas en la cabeza, pero nunca quise hacerte daño.

—Lo sé, amigo. Como dice el libro de los Proverbios: "Confía en el Señor con todo tu corazón, y no te apoyes en tu propio entendimiento". Las cosas son como deben ser. Y no te guardo ningún rencor. De hecho, lamento haber sido tan brusco contigo. Quizá necesitabas un amigo más que un jefe. Estaba tan enfrascado en conseguir ese ascenso que… supongo que perdí el camino —dijo Jim. No supe qué contestarle. Creía haber perdido a mi amigo para siempre, ¡pero había vuelto! Los ojos se me llenaron de lágrimas, y supongo que Jim se dio cuenta porque cambió el tema casi al instante—. En fin, te traje algo. —Metió la mano al bolsillo y sacó un pañuelo dobla-do—. Cierra los ojos y extiende la mano —agregó mientras desenvolvía el contenido.

Accedí con suspicacia. Sentí que el corazón me retumbaba.

Tan pronto lo tuve en la palma de la mano, supe qué era.

—Pero… ¿cómo?

—Bueno, es una larga historia —suspiró, mientras yo abría los ojos y los clavaba en la última tarjeta de memoria—. Pero primero, ¿me ofreces algo de beber? —Le expliqué que sólo tenía agua filtrada por ósmosis inversa, pues MJ me había convencido de sacar de la alacena los refrescos, las cer-vezas y cualquier otra cosa poco saludable. Jim se rio y dijo que agua estaba bien. En un vaso, serví agua del gran dispensador de vidrio que MJ había llenado con cristales y piedras coloridas y brillantes. Tuve cuidado de que Jim no alcanzara a verlo, pues no quería tener que darle explicaciones—. ¿Te acuerdas de que, cuando interrogamos a Clyde, mencionó que me había pasado el dato de que había contrabando en una celda?

Hice una pausa.

—Sí. El "aparato", como se dice allá.

—En ese momento no le di mucha importancia, pero luego todo cobró sentido —dijo Jim, y conforme hablaba, sus palabras me ponían cada vez más nervioso. Le entregué el vaso con agua y me mantuve estoico, pues no quería decir nada que me incriminara más—. Mira, antes que nada, quiero que sepas que no estás en problemas ni nada por el estilo. Lo juro por Dios. Así que quita esa cara de perro regañado. —Sonrió y continuó—. La vez an-terior que hablé con Clyde, cuando básicamente fue a advertirme que había el plan de atacar a un oficial negro de la penitenciaría, al final le pregunté si tenía algo más que contarme, como de costumbre. Mencionó a Zachary Markland y una camarita. ¿Sabes cómo supe que tenía que ver contigo?

Inhalé profundo y suspiré, aliviado de no estar en problemas, pero con ansias de saber cómo había atado cabos.

—¿Cómo?

—Pues todo se reduce a lo de la camarita. Recordé el día en que se te pegó una tarjeta de memoria a la mano. Me dijiste que era de la camarita de tu hija. Y no sé por qué, pero algo me hizo pensar que lo mejor era reservarme esa información y descifrar las cosas por mi cuenta. Cuando terminó el confinamiento, cuatro días después de los ataques contra Orozco y Ratford, decidí hacer una revisión extraoficial tan pronto como los presos salieron con desesperación de sus celdas para ir al comedor. ¿Te imaginas qué encontré escondido adentro del colchón de Markland? —preguntó en tono sarcástico.

—¿La camarita Yaeg X21 de mi hijita? —contesté con una sutil sonrisa.

Jim se rio.

—Claro que me daba mucha curiosidad saber qué contenía, así que me la traje a casa. Eran montones de páginas de los cuadernos que supongo que usaban en el PLT de Tanomeo. Me impresionó mucho descubrir cuánto trabajo habían hecho esos muchachos en Carlton durante los últimos años. Y la capacidad de organización de Markland es digna de reconocimiento.

Miré la tarjeta y luego volteé a ver a Jim de nuevo. Tenía que dejar las cosas en claro.

—La camarita nunca fue de mi hija.

Jim sonrió.

—Me lo imaginé, amigo.

—Te juro que todo tiene una razón de ser —agregué, listo para explicar el porqué de mis acciones.

Jim se puso de pie y se dirigió a la puerta.

—Lo sé —dijo—. Armé parte del rompecabezas y tengo una idea más o menos clara de lo que pasó y de por qué pasó, pero no necesito estar al tanto de los detalles. Ahora que sé lo que sé sobre la política, me queda claro que lo que hiciste y la razón por la que lo hiciste fueron algo bueno, aunque en ese momento no me lo imaginaba.

—Espera, ¿viniste hasta acá para darme esto? —pregunté.

—Y para ver cómo estabas, por supuesto —contestó Jim entre risas.

Lo miré con suspicacia.

—¿Hay algo que no me estás diciendo, Jim?

—Ve lo que hay en la tarjeta —contestó con una gran sonrisa—. Míralo todo, hasta el final. —De un trago, se acabó el agua que le quedaba.

—Está bien, lo haré —contesté mientras él abría la puerta y salía al porche. Me sentía confundido y no sabía qué decir sobre aquella visita tan extraña y críptica de mi exjefe.

—Cuídate mucho, Marcus. Y dile a tu novia que esas rocas coloridas le dan un toque exquisito al agua —agregó mientras bajaba las escaleras.

—Nada más dime una cosa antes de irte —le grité—. ¿Cómo le haces para estar tan contento? No te dieron el ascenso que querías desde hace mucho, así que no entiendo.

—Ve lo que hay en la tarjeta. Y haz lo tuyo. Lo correcto. Si no sabes qué es lo correcto, pregúntate qué haría *él*.

—¿Quién es él?

Jim se detuvo antes de abrir la puerta del auto y soltó una risotada.

—Pregúntate qué haría Dimitri. Y a partir de ahí sabrás qué hacer.

¿Qué haría Dimitri? Eso me gusta.

Jim se subió al auto y abrió la ventana.

—Como dice el dicho: esto no se acaba hasta que cante la gorda. Al parecer, amigo mío, la gorda ya va a salir al escenario.

» » « «

Fui corriendo a la computadora. Vi las incontables fotos que tomó Zach de los cuadernos, similares a las de la primera tarjeta, y luego encontré varias fotos de Dimitri sentado en su litera, leyendo, y algunas en las que salía sonriendo.

¿Para esto usaron la cámara?

Seguí adelante hasta que vi varias fotos de Zach y él juntos. Por último, había una foto grupal de los miembros restantes de los Siete Magníficos, apretujados en una celda.

¡Qué forma tan estúpida de incriminarse!

—¡Es una grandísima pendejada! —exclamé, y Lucky se bajó del escritorio de un brinco. Caminé de un lado a otro, enfurecido de que nos hubieran puesto en riesgo a todos de esa manera. Pero al poco rato entendí que eso no era lo que me hacía rabiar, porque ese riesgo era inexistente. "En el presente", la tarjeta ya no estaba en Carlton, y la indiscreción no había sido tan grave. Yo seguía viviendo en un pasado imaginado. Y, por infantil que suene, entendí que lo que en realidad me estaba pasando era que me dolía no ser parte del grupo, no estar en las fotos tomadas con la cámara que yo había comprado.

Llegué hasta el final y encontré un video. Por un momento dudé en abrirlo porque verlos reír y seguir con su vida iba a ser demasiado doloroso para mi ego. Pero al final me ganó la curiosidad. Presioné el botón de reproducción, y para mi sorpresa, el video mostraba al director Shady entrando a su oficina y sentándose en su escritorio. Luego, miraba a la cámara y decía:

—Cierra esa mierda y ven a sentarte.

A continuación, aparecía Tanas en escena y se sentaba frente a él.

—Ya nos deshicimos de él, jefe. No importa que haya sido de otra manera. El punto es que ya no va a volver.

—A veces eres más bruto que una piedra. Nuestro verdadero problema es Tanomeo. Te ordené que dejaras que los malditos mexicanos lo mataran, y de paso al simio de Ogabi, si es que tenían buenas razones. Según tú las tenían. Pero ni siquiera eso pudiste hacer, ¿verdad, Gene? ¡Esto ya es un puto circo de mierda!

—¿Qué otra cosa iba a hacer? —decía Tanas—. Clyde le fue con el chisme a Devic, y cuando se enteraron de que Orozco fue el que filtró lo del ataque contra Ogabi, tuvieron que darle cuello. Y no tuve más remedio que ayudarlos, porque si Orozco soltaba la sopa, me llevaría entre las patas. He hecho muchas cosas por ellos, y saben muchos secretos que hasta podrían perjudicarlo a usted, señor.

Alcé las manos al cielo.

—¡Lo sabía! —grité. No podía creer que hubiera tanta evidencia incriminatoria en ese video tan breve. Me levanté de un brinco y empecé a dar vueltas por el cuarto—. ¡Mierda! ¡Mierda! ¿Ahora que hago? —mascullé. Al final, decidí llamar a MJ—. ¿Puedes venir en este instante? Quiero enseñarte una cosita… No, no me refiero a eso. Hablo en serio, MJ. *Sé el cambio punto com* puede sobrevivir una hora sin ti. Sólo ven, por favor… No, no estoy ebrio. Ya ni siquiera bebo café, ¿recuerdas? Sólo apúrate. Es algo bueno… Vale. Adiós. —Corrí en círculos hasta cansarme. Luego agarré a Lucky y le di un beso en la mollera—. ¡Así se hacen las cosas, amigo mío!

Cuando MJ llegó, la llevé a la cocina y le pedí que se sentara. Reproduje el video desde el principio y la dejé ahí para que lo viera. Ella se quedó quieta, sin moverse siquiera, mientras yo daba vueltas en el salón.

—Bueno, ¡dime algo, por favor! —exclamé, entrando a la cocina, sin parar de moverme.

MJ meneó la cabeza.

—No sabía que el director fuera racista.

Me detuve.

—Yo tampoco. Es la primera vez que lo escucho usar esas palabras —contesté, frenético. Para entonces, ya me había puesto a dar saltos de tijera.

—Qué asco me dan esas personas. ¿Y el otro es el que te partió la cara? ¿Cómo se llama? ¿Tanson?

—No, mi amor, él y yo no… Bueno, no importa. Pero sí, es él, y se llama Tanas. —Empecé a bailotear de nuevo, entre carcajadas.

—Lo que no entiendo bien es por qué esto te pone tan contento.

Me detuve de nuevo, frustrado por su falta de entusiasmo. Cerré la computadora portátil y contesté:

—Porque significa que ganamos, mi amor. ¿No te das cuenta?

—¿Qué ganamos?

—A ver, para empezar, mis sospechas eran ciertas.

—¿Eso es todo? ¿Sientes que ganaste porque el video te dio la razón? —preguntó, como si demeritara mi triunfo.

—Esto pone en evidencia lo profunda que es la corrupción.

MJ asintió.

—Eso es cierto, pero el hecho de que ocurran estas cosas en nuestro mundo no es algo digno de celebración. —Inhaló profundo—. Para ser honesta, también me hace sentir mal que hayas tenido que escucharlo expresarse de ti de esa manera.

Dejé de bailar. No lo había procesado de esa forma. Es decir, no me había molestado en absoluto, lo cual me sorprendió muchísimo, pero tenía que disimularlo.

—Soy como el teflón y todo se me resbala, mi amor. Ya llevo rato aprendiendo de una gran maestra, así que era de esperarse. —Eso la hizo sonreír.

—Caray, querido mío, sí que has progresado mucho. Pero aquí no hay maestros en realidad.

—Sí, bueno, pero el punto es que estos dos terminen en la cárcel. Eso es algo bueno, ¿no? —pregunté mientras tronaba los dedos y meneaba la cabeza al ritmo de una música que sólo existía en mi cabeza.

¡Karamu, fiesta, forever! ¿Lionel Richie? ¿En serio?

—Estoy segura de que eso conllevará un proceso específico y una investigación y demás. Pero ¿qué tiene de bueno si al final habrá otro político corrupto esperando tomar su lugar? Lo que sí es un hecho es que aquí se acaba la carrera del director. Y su gubernatura. Ese tipo de vocabulario ya no le sienta bien a la gente. ¿Dices que Jim lo grabó? ¿Cómo hizo para esconder la cámara de esa forma?

Lo reflexioné durante unos segundos.

—No lo había pensado. Supongo que la escondió de alguna forma entre las plantas del director. Siempre está arreglándolas y regándolas y demás. A Jim le encantan las plantas, ¿sabes?

—Qué tipo tan listo. Y tan valiente. ¿Por qué crees que te lo dio a ti, querido mío?

Me senté a su lado.

—Lo mismo me estaba preguntando. Y lo único que se me ocurre es que sabe que no tengo nada que perder. Pero el problema es que no puedo hacer nada contra Carlton por el contrato que firmé —dije. MJ se puso de pie y me miró con suspicacia antes de tenderme la mano—. ¿Qué? —pregunté, pero ella no quitó la mano.

—Creo que ya sabes qué —dijo.

—No, no sé.

—Pon la tarjeta en mi mano.

—Ay, no, MJ, no quería insinuar eso. No había pensado en eso. No soy tan listo, de verdad. No tienes que hacer nada. ¡En serio!

—Sí, sí tengo. Ya involucré a los medios en esto una vez y puedo volverlo a hacer —contestó. Casi se me salen las lágrimas—. Verás, querido mío, en esto consiste hacer nuestra parte, como lo del colibrí y el fuego.

—Y por eso te amo tanto, Mpenzi Wangu.

—O sea, ¿qué otra cosa podemos hacer? —dijo ella y me guiñó el ojo.

¿Qué caraj…? En ese instante, el tiempo se detuvo, y, al mirarla a los ojos, vi en su interior a Anna, a Dimitri, a Hope, a Zach y hasta a Tanas. Sentí que el corazón me retumbaba mientras ataba cabos y veía cómo todo me había llevado hasta ese punto. Era como si todos fuéramos parte de una enorme

orquesta invisible que tocaba una melodía triste, pero hermosa, que quizá el mundo entero alcanzaría a escuchar algún día.

» » « «

Más tarde, me senté a especular sobre lo que ocurriría una vez que el video se volviera noticia. Sin Shady ni Tanas, quedaría un gran vacío en Carlton, lo que seguramente traería consigo muchos cambios. Sonreí al pensar en Jim, que para entonces estaría en el lugar indicado para ascender. *Por eso estaba tan contento.* Al parecer, Jim había aprendido el truco de la política y había derrotado a Shady en su propio juego. Lo único que quedaba era dejar que todo se acomodara. Y así fue.

No sé qué hizo MJ, pero sé que no perdió el tiempo. En cuestión de días, el video se dio a conocer en todos los noticieros locales; en menos de una semana, llegó incluso a los medios nacionales. Por las noches, veía en la tele a los equipos de periodistas que transmitían desde el exterior de la prisión, donde grupos de protestantes exigían que se hiciera justicia y se castigara al director y a Tanas. Curiosamente, la gente estaba más indignada por el insulto racista que por las implicaciones homicidas. Me daba la impresión de que, si yo hubiera sido caucásico y me hubieran descrito con algún otro insulto, aquel asunto no habría pasado a mayores. Era como si la gente estuviera usando mi raza para armar un escándalo que sólo los beneficiaría a ellos. *¿Qué diablos le pasa al mundo?*

Y por fin llegó el día. En las noticias, vi a Gene Tanas y a Bill Shady salir de la prisión, escoltados por policías. Iban esposados. Me paré frente a la tele y alcé los brazos con gesto victorioso. Había ganado, o al menos eso creía en el momento. Fue algo glorioso, por decir lo menos.

ATENCIÓN, COMPRADORES

MARCUS

A diferencia de ese suceso, el resto del año no fue tan glorioso. Acepté trabajar como guardia de seguridad en el Walmart local porque, aunque fuera un trabajo de medio pelo, al menos me permitiría estar cerca de mi hija. También me daba cierta paz no tener que preocuparme de que mi vida estuviera en peligro.

Pasaron varios meses, y con el tiempo me fui acostumbrando a mi nuevo empleo. Me quedé en el *saber* de que no tenía caso vivir furioso porque me había ido mal en la feria. Había aceptado mi nueva vida, a sabiendas de que la mejor forma de criar a mi hija era estar cerca de ella y ser parte de la suya. Encontrarle el lado positivo, como recibir un cheque de manera periódica y conocer gente distinta fuera del entorno penitenciario, era casi como una práctica en sí mismo. Elegí ajustar mi diálogo interno en torno a mi propia percepción para cambiarla, y me estaba funcionando.

En cuanto a Dimitri, Zach y todo lo que había ocurrido en la prisión, se había convertido casi en un sueño. No tener comunicación con ellos durante tanto tiempo me había hecho pensar que sus planes habían sucumbido por completo. Zach ya debía de estar fuera, y yo no podía dejar de preguntarme cómo hacerle llegar las fotos de la última tarjeta o si acaso todavía las quería.

Mientras almorzaba en el comedor de empleados y veía cosas en el celular, me topé con un artículo que de inmediato atrajo mi atención: "REO PERDONADO POR SER UN PRISIONERO MODELO. La gobernadora Catherine Trejos anunció el día de hoy la decisión de perdonar a un prisionero en particular: Dimitri Cato Tanomeo. 'Después de analizarlo con detenimiento, decidí que el prisionero Tanomeo es el candidato perfecto para beneficiarse de esta orden ejecutiva. Su historial en Carlton y su esfuerzo por crear programas que ayudaran a muchos otros reos lo convirtieron en un prisionero modelo'". Revisé deprisa el resto del artículo, que explicaba que el proceso podía tardar hasta seis meses, y que durante ese tiempo el reo debía mantener su expediente limpio.

De inmediato llamé a MJ para ponerla al tanto de la situación, pues sabía que ella no veía televisión ni leía las noticias.

—¡Qué excelente noticia, querido mío! ¡Qué bueno por Dimitri! —exclamó después de que le leí el artículo.

Sentí escalofríos en todo el cuerpo.

—¿Verdad?

—¿No es irónico que el tipo que inventó el Programa de Liberación Temprana esté a punto de ser liberado de forma temprana? —preguntó entre risas.

—Sí, lo es. Pero una parte de mí se pregunta si no lo estarán haciendo con fines políticos. Quizá quieren acabar de golpe con el PLT, si acaso todavía existe, o quizá quieren sacarlo de la jugada.

—Ojalá no sea el caso, pero, visto lo visto, supongo que cualquier cosa es posible. De cualquier forma, es muy hermoso que vaya a salir. Lo celebraremos más tarde. Tengo que llegar a mi curso.

—Está bien. Te amo.

—Yo a ti, querido mío.

Me pregunté cómo celebrarían la noticia los miembros de los Siete Magníficos que seguían en prisión y cómo sería la vida en Carlton sin Dimitri. Una vez que lo perdonaran, lo liberarían en cualquier momento. El simple hecho de pensar en su liberación y la de Zach me inspiraba, y eso era algo que hacía mucho que no sentía. En ese momento recibí un llamado en la radio.

—Wilma llamando a Seguridad. Un pájaro se metió a la tienda. ¿Puedes sacarlo? Se fue volando por el pasillo siete hacia el fondo.

Me negaba a que la presencia de un pajarito en la tienda interrumpiera mi almuerzo. MJ se había ido a un retiro para instructores de yoga y no me había preparado el almuerzo ese día, lo que significaba que podría comer sándwich de pollo.

—Recibido, Wilma. ¿Llamaste a Mantenimiento?

—Sí, pero el único que puede apoyarte es Stevie. Va para allá —gimoteó.

Me convencí de que tener mala actitud era requisito indispensable para trabajar como gerente de piso en Walmart. Llamé a Dave Vidick, quien estaba encargado de las cámaras de seguridad.

—Dave, ¿puedes dejar los monitores un momento y ayudar a Stevie a atrapar al pájaro que se metió a la tienda?

—Entendido, Marcus, pero le estoy siguiendo la pista a alguien que parece estar robando. Estaba a punto de advertirte al respecto.

Maldita sincronía perfecta.

—Bueno, supongo que no tengo opción entonces. Iré a resolver lo del pájaro y de paso le echaré un vistazo al sospechoso. Quédate en los monitores y avísame qué pasa. Me llevaré el auricular.

—Entendido, jefe.

Caminé deprisa hacia el pasillo siete, pero no encontré nada. Llamé a Mantenimiento y le dije a Stevie que revisara los pasillos del fondo de la tienda mientras yo revisaba los del frente. Atravesé con rapidez los pasillos ocho y nueve, mirando de arriba abajo.

—La sospechosa es mujer, musulmana —me dijo Dave por el auricular—. Trae una de esas capas negras y se está paseando por todos los pasillos. Acabo de perderla de vista, pero creo que está cerca de donde estás tú.

—No es una capa, Dave, sino una burka —contesté, mientras alzaba el pulgar en dirección a la cámara. Jamás había oído que una musulmana robara en Walmart, pero supuse que sería sencillo esconder cosas bajo una prenda así.

Una voz intervino en el auricular.

—Wilma, habla Stevie. ¿Qué tipo de pájaro estamos buscando? O sea, ¿es grande y negro, o pequeñito como un pinzón?

—Ay, por Dios —mascullé mientras daba vuelta hacia el pasillo diez. *Es un puto pájaro. Si ves un pájaro, ése es. No es nada del otro mundo. Estas cosas sólo pasan en Walmart.*

—Es un gorrión, Stevie —Wilma gimoteó en respuesta—. Esos desgraciados vuelan muy rápido, así que buena suerte atrapándolo.

Bajé el ritmo al entrar al pasillo once. Mi mente no había tenido tiempo de atar cabos, pero frente a mí aleteaba un colibrí verde con rojo.

Eso no es un gorrión. Se parece a Huitzil. Lo tenía justo enfrente de mí. Nos miramos a los ojos. Luego, en mi visión periférica, alcancé a distinguir a la musulmana que entró al pasillo por el otro extremo. Por lo poco que alcancé a ver, agarraba cosas de los estantes y se las metía en las mangas.

—¡Está justo enfrente de ti, Marcus! —exclamó Dave. Alcé de nuevo el pulgar hacia la cámara, sin dejar de mirar al colibrí—. Definitivamente está metiendo cosas bajo su parka, o como sea que se llame.

El colibrí se dio la vuelta y se fue zumbando por el pasillo, hasta quedar suspendido sobre la musulmana ladrona. Lo seguí y me fui acercando a la mujer encorvada y de baja estatura que me estaba dando la espalda mientras acomodaba cosas bajo la tela. Luego se enderezó, se dio media vuelta y avanzó dos pasos antes de detenerse. No le alcanzaba a ver la cara, así que no pude distinguir su reacción cuando le bloqueé el paso. Alcé la mirada para buscar al colibrí, pero se había ido.

—Señora, soy jefe de seguridad de Walmart. Tenemos razones para creer que está ocultado productos de la tienda bajo la ropa. Necesito que me acompañe a la oficina, donde una empleada nos asistirá.

Se me quedó viendo, mientras yo la ojeaba de arriba abajo para tratar de descifrar dónde estaba escondido el contrabando.

La mujer meneó la cabeza sutilmente y susurró en voz baja:

—No.

Escuché de nuevo la voz temerosa de Dave por el auricular.

—¿Necesitas apoyo, Marcus? Digo, podría bajar, pero creo que deberíamos llamar a las autoridades. ¿Y si tiene una bomba escondida bajo la capa esa?

Alcé la mirada hacia la cámara y negué con el dedo.

—Es una situación delicada, señora. Yo no puedo auscultarla, y en este momento no hay oficiales de seguridad mujeres en la tienda. Así que me gustaría mostrarle el video en el que se observa que esconde cosas bajo la ropa. Pero para eso necesito que me acompañe a la oficina.

La mujer negó de nuevo con la cabeza.

—Eso no pasará…, oficial… de seguridad… de Walmart. —Hablaba despacio, con voz monótona, separando las palabras de forma excesiva. Se notaba que tenía cierto acento, pero, al verla a los ojos, algo me llamó la atención.

Empecé a perder la paciencia.

—Escuche, señora, es mi trabajo, y…

—Y qué trabajo…, oficial… de seguridad… de Walmart.

Retrocedí un paso, sin entender por qué la mujer intentaba sacarme de quicio. *¿Quién es usted para juzgarme, señora de Medio Oriente?* Alcé tres dedos de la mano derecha para comunicarme con Dave en código. Él me llamó al celular, y entonces lo puse en altavoz.

—¿Confirmas que debo llamar a la policía? —preguntó. Alcé el pulgar en respuesta—. ¿Les digo que tenemos una posible amenaza terrorista?

Este tipo cree que todo es una conspiración.

—No, Dave, nada más es una ladrona necia y ya.

—De acuerdo. Entonces no pido un escuadrón antibombas. Ahora mismo llamo.

Suspiré y me pregunté en qué momento mi vida se había vuelto tan extraña.

—La policía viene en camino, señora —le contesté con voz serena.

—Ya oí. No estoy sorda, oficial… de seguridad… de Walmart.

—Voy a pedirle que deje de repetir esa frase.

Alzó la mano para taparse la boca cubierta por el velo, y la escuché reírse.

Nos quedamos callados unos segundos.

—¿En serio es musulmana o nada más se le ocurrió vestirse así para robar?

—Te contestaré si me contestas algo después —contestó. Me quedé pensando un segundo y luego asentí. *No tengo nada que perder. Puedo no contestarle si no quiero*—. Me preguntas si soy musulmana. Y mi respuesta es: soy todas las cosas. Soy el fuego, el agua, el suelo con todo y su tierra. Soy el tú, el yo, el todos y todas las cosas juntas, y, en última instancia *soy* la ladrona a la que se le ocurrió vestirse así, pero no para robar cosas. Es para hacerte la pregunta que vine a hacerte. —Alzó una mano y se quitó la burka. Reconocí su rostro de inmediato. Era Ana—. ¿Esto es lo que viniste a hacer a este planeta, Marcus Angbo Ogabi? —Me miró directo a los ojos, a la espera de mi respuesta.

—Creo que voy a vomitar de nuevo —murmuré.

Ana retrocedió un paso.

—No, no lo harás. No hay tiempo para eso. —Pasó el dorso de una mano frente a mi vientre, y las náuseas desaparecieron—. Te preguntaré de nuevo: ¿a esto viniste? —Me miró a los ojos, y por un instante me perdí en lo que parecía ser el cosmos. Tuve que parpadear varias veces para salir de ahí.

—¿Qué quieres de mí, Ana? —pregunté con expresión seria.

—No te toca a ti hacer las preguntas. Te toca contestar la mía. Además, ya sabes lo que quiero, que es nada. Yo sólo sé. Sé lo que viniste a hacer aquí con él. Tú también lo supiste alguna vez. Y ese *saber* sigue estando en ti. Vine aquí a sacarlo a la superficie, pues todos los aspectos de tu ser deben estar a bordo. De lo contrario, puedes quedarte aquí. No tiene nada de malo. Puedes quedarte en este trabajo, como oficial… de seguridad… de Walmart.

—¡Deja de decir eso!

Ana alzó la mano, y el colibrí volvió y se quedó flotando sobre su cabeza, mientras me miraba directo a los ojos.

—Te lo preguntaré una última vez, Marcus. ¿Esto es lo que viniste a hacer al mundo?

Mientras estaba de pie frente a ella, algo empezó a cambiar en mí, o más bien algo empezó a cambiar para mí. Era como si un video de mi vida entera se reprodujera a mil por hora frente a mis ojos. Vi mis temores, así como todo lo que amaba y toda la gente a la que amaba. Era evidente que ellos y nosotros éramos uno y lo mismo. Supe que todo era perfecto, bueno y justo, incluyendo cualquier cambio que me ocurriera para permitirme vivir la vida que había venido a vivir. Cerré los ojos, y las lágrimas me mojaron las mejillas. Asentí, y por primera vez en mucho tiempo, el aire que inhalé se sentía más frío, como si hubiera refrescado. Me sentí más alto. Estaba listo para abrazarla, y bastaba con acercarme a ella.

Escuché el sonido de pasos y, al abrir los ojos, la vi alejarse. El colibrí me siguió mirando un instante antes de dar media vuelta y seguirla.

Ana estaba cerca del final del pasillo.

—¿Qué sigue? —le grité—. Si puedes leer mis pensamientos, ¡sabes que ya estoy listo! —Ella siguió andando, como si no me hubiera escuchado. Supuse que no quedaba más remedio que hacer un último intento desesperado—. ¡Oye, Ana, lo siento, perdóname, gracias y…! —Giró de golpe a la izquierda al llegar al final del pasillo y se esfumó, con todo y el colibrí—. Y te quiero —susurré. De pronto, el colibrí volvió a asomarse, me miró una última vez a los ojos y luego salió disparado detrás de Ana.

En ese instante, un joven entró al pasillo. Apenas alcancé a distinguir sus facciones, pero iba hacia mí, caminando a paso veloz, con las manos abiertas. *Se nota que no es de por aquí.*

Cuando estuvo más cerca, vi que el hombre elegante me sonreía. *¿Me está mirando?* Volteé hacia atrás, por encima del hombro. No había nadie detrás de mí.

En ese momento, alzó las manos y exclamó:

—¡¿Qué hay de nuevo, hermano?!

Me quedé boquiabierto al caer en cuenta de que era Zach Markland.

—¿Qué? ¡Espera! ¿Dónde está Ana? ¿Ella te envió? ¡Seguro la viste! —pregunté, confundido. Lo que acababa de pasar me dejó en un estado que sólo podía describir como de absoluta perplejidad. Apenas podía mantenerme en pie.

—¿Quién es Ana, oficial O? —preguntó.

—Iba justo hacia allá, de donde tú venías. Iba acompañada de un colibrí. ¿No lo viste? —le pregunté mientras me limpiaba los ojos.

Él se me quedó viendo con gesto inexpresivo. Supuse que estaría pensando que se me había zafado un tornillo.

Al voltear, vimos que Dave venía corriendo hacia nosotros.

—¿Está bien? —le preguntó Dave a Zach mientras me agarraba el brazo y me entregaba una botella de agua.

Zach miró a Dave y luego a mí.

—No estoy seguro. Depende de lo que ahora signifique para él estar bien. Tiene como un minuto que nos encontramos, pero me atrevería a decir que está medio mal.

Le di un sorbo al agua e intenté recobrar el aliento. Alcé la mascada que Ana había dejado caer al suelo y se la mostré a Zach.

—Esto es de ella —susurré.

Zach volteó a ver a Dave, con expresión preocupada.

—No sé bien qué pasó —dijo Dave—. Lo estaba viendo todo en la pantalla, pero de pronto se apagaron los monitores. —Dave señaló la cámara del techo—. Cuando se prendieron de nuevo, estabas aquí solo, y la musulmana se había ido.

—A ver, dime una cosa, el oficial no siempre actúa así, ¿verdad? —le preguntó Zach a Dave con voz inquieta.

—No, nunca lo había visto así.

Zach volteó a ver a Dave de nuevo.

—Qué bien, porque lo necesitamos bueno y sano, como dice Di. ¿Tienen un lugar donde pueda recostarse un momento?

—Tenemos un sofá pequeño en la oficina de seguridad.

Ambos me acompañaron a la oficina, donde me recosté.

—Le voy a hacer un café —dijo Dave y fue hacia la cafetera.

—No, colega, no le des eso —intervino Zach con una autoridad inusual en él, como si hubiera tomado las riendas de la situación—. ¿Tienen algún té herbal?

Dave se fue a preparar té y a llamar de nuevo a la policía para cancelar la solicitud de apoyo, mientras Zach acercaba una silla.

—¿Dijiste que me necesitaban? —pregunté como un niñito inseguro.

Zach se rio y me dio una palmada en el hombro.

—Eso dije, porque así es. Di me envió a buscarte. Caray, por un momento pensé que tendría que decirle que se te había botado la canica, como a Earl. Ya sabes, que habías perdido la cabeza o algo por el estilo. —Se acercó y me susurró—. Pero no es el caso, ¿verdad, oficial O?

—Estoy bien. Nada más fue… No importa. Probablemente es mejor que esto me lo guarde.

—Lo que a ti te funcione, hermano. Entonces, ¿qué dices? —preguntó.

—¿Qué digo de qué?

—¿Te subirías a un avión para alcanzarnos en la casa de playa de mi hermana Tess el próximo viernes? Ese día va a llegar Di de la prisión. ¡Va a ser ÉPICO!

Me puse de pie.

—¿Quieres que vaya a tu casa? ¿Por cuánto tiempo?

—Eh, no sé, ¿por tiempo indefinido? Tenemos espacio de sobra, así que eso no será problema. Y mi novia es chef… Bueno, es chef vegana, así que tendrás que adaptarte. Pero te vendrá bien, te lo prometo. Estamos formando nuestra agencia, y, según Di, tú eres uno de los superhéroes originales.

Por fin estaba ocurriendo: mi sueño, o quizá más bien mi propósito, había vuelto a materializarse, a pesar de que creía que se había esfumado para siempre. Sólo tenía que decir que sí. Pensé en mi hija y en lo que implicaría para ella que yo estuviera lejos. Me preocupaba también mi relación con MJ. Habíamos llegado muy lejos en poco tiempo, y no quería que esto entorpeciera las cosas entre nosotros. Pero luego pensé en el panorama completo y en cómo podía contribuir de una forma que, a su vez, ayudaría a mucha gente, incluyendo a Hope y a MJ.

—Ahí estaré, Zach. Gracias.

—No, gracias *a ti*. Di dice que te necesitamos. No habría vuelto a poner un pie en esta parte del país si no fuera porque alguien tenía que venir a buscarte. —Sonrió cuando Dave volvió con la taza de té—. Tengo que irme. Debo volver al mundo real. Llámame cuando te sientas menos mareado y afinaremos los detalles. —Asentí—. En fin, nada más quiero que confirmes con toda tu integridad, porque sé que Di insistirá, si te veremos ahí el siguiente viernes.

Sonreí con tanta fuerza que estoy seguro de que los pómulos me bloquearon la visión.

—Con toda autenticidad y mi integridad intacta, lo confirmo. Ahí estaré. No me lo perdería por nada del mundo, hermano —contesté. Zach soltó una risita y me tendió la mano, me ayudó a ponerme de pie y me abrazó—. Sólo hay un detalle. Se llama Lucky.

—¿Es tu novia? Habría que preguntarle a Di, pero supongo que no habría problema, pues la Inteligencia Divina es para todos —contestó Zach.

—No es mi novia; es mi gato. Llevo años con él.

Hubo una larga pausa en la que Zach me observó.

—¡Ah, tráelo! —Exclamó. *Eso fue fácil*—. A Tess le va a encantar.

Se rio de nuevo, lo cual me hizo pensar que ocurriría justo lo contrario.

—Yo soy Dave —intervino Dave—. ¿Tú eres el famoso Zach Markland, y Di es el famoso Dimitri?

—Sí y sí —contestó Zach mientras se preparaba para irse.

—Marcus solía hablar de ustedes todo el tiempo.

Era cierto. Durante los primeros meses le conté muchas cosas a Dave.

—Tranquilo, Dave, que no quiero que me retiren la invitación —dije.

—No te preocupes —contestó Zach—. Di y yo somos libros abiertos. —Se puso de pie y me señaló—. Ya te ves mucho mejor. No dejes de sonreír, que te necesitamos al cien a partir de la próxima semana.

—Gracias por venir, Zach. Lo aprecio mucho.

Zach se llevó una mano al corazón y asintió, y luego le estrechó la mano a Dave. Se estaba poniendo el saco cuando Dave lo interrumpió.

—Entonces ustedes van a salvar el mundo, ¿verdad?

—Algo así —contestó Zach—. En realidad no hay un mundo al cual salvar, pero es el juego que elegimos jugar.

—Ah, eso me gusta. O sea, ¿qué más podemos hacer? ¿Verdad? —exclamó Dave.

¿Es en serio? Asenté con furia la taza vacía en la mesa contigua. Ambos voltearon a verme mientras me acostaba de nuevo en el sofá y miraba el techo con los brazos cruzados.

¿Acaso soy el único al que no le toca decir esa frase?

CASTILLO DE ARENA

MARCUS

Mientras manejaba el subcompacto de dos puertas rentado por la autopista de la costa, no dejaba de maravillarme la diferencia radical entre el lugar donde había pasado mi vida entera y el hermoso paisaje de las mansiones que daban a la playa. Era media tarde, el clima era fresco y perfecto, y el sol brillaba. *Si esto no es el paraíso, no sé qué sea.*

Me estacioné en la entrada. Era un portón de madera tallada con diseños hermosos, envuelto en una sofisticada herrería de bronce, o tal vez de oro, porque uno nunca sabe. El portón se abrió de forma automática, así que entré. Luego llegué a una segunda entrada, donde un elegante caballero de cabello cano, traje oscuro y auricular se acercó a mi ventana.

Bajó la mirada a su teléfono y luego me volteó a ver.

—Buenas tardes, señor Ogabi. Bienvenido a la casa de playa de los Markland. Me llamo Stan. Le abriré la puerta para que meta el auto. Avance por la derecha, donde verá de frente el estacionamiento de visitas, y la entrada a la casa está al final del sendero. No hay pierde, señor. Zachary y el señor Tanomeo ya están ahí.

—Muchas gracias —dije y discretamente le eché un vistazo a la pantalla de su teléfono. Mostraba una foto mía de cuando estaba en la fuerza policial. El vigilante se asomó por un breve instante al interior de mi auto antes de alejarse y decir algo al micrófono que llevaba en la solapa. El portón se abrió, así que entré. *Estos no son ricos, sino lo que le sigue.*

Estacioné el auto rentado junto a un Porsche convertible blanco y un Bentley azul oscuro de cuatro puertas. Escuché cómo rompían las olas en la playa y el sonido de lo que parecía música india u oriental que provenía de la casa. La brisa del mar que me acariciaba la cara traía consigo el olor a agua salada y vida marina, y avancé por el sendero impecable, rozando con los dedos el costado de secuoya de la mansión.

Al llegar a la entrada, me percaté de que a un costado de la puerta había varios pares de zapatos. *Como en la casa de MJ.* Miré el timbre con expresión nerviosa, pues sabía que del otro lado había un mundo completamente distinto al que conocía. Y lo presioné.

La puerta no tardó en abrirse, y una hermosa y despampanantemente mujer blanca de menos de treinta años, vestida toda de blanco y con una especie de turbante, me recibió con una sonrisa. Llevaba un atado de salvia encendido en una mano y una enorme pluma negra en la otra, la cual usó para dirigir el humo hacia mí. No me molestó porque MJ hacía exactamente lo mismo cada vez que llegaba a su casa después de mi turno en la prisión. Nunca había entendido bien por qué lo hacía, pero sabía que tenía que ver con algo de las energías.

—Námaste, Marcus. Bienvenido. Soy Starseed. Por favor, quítate los zapatos antes de entrar. —Su tono de voz era terso y apacible, como una mezcla entre MJ y mi difunta abuela. Me agaché y me desaté las agujetas. Cuando entré, la joven me abrazó. Me di cuenta de que, bajo las vaporosas mangas del vestido, tenía los brazos cubiertos de tatuajes. No alcancé a distinguirlos bien, pero eran muy elaborados, a diferencia de los que tenían los presos de Carlton o la gente de la ciudad donde crecí y donde trabajaba—. Ven rápido. Va a caminar sobre la arena por primera vez.

Me tomó la mano y me guio por un corredor no muy largo que llegaba a un salón enorme con una gigantesca ventana que daba a la playa cercana. Zach y otra joven, que supuse que era su hermana, estaban viendo hacia allá, pero voltearon cuando entramos.

Al verme, Zach esbozó una enorme sonrisa. Su hermana, en cambio, me miró de arriba abajo con suspicacia, así que digamos que mi primera impresión de ella no fue la mejor. Ahora bien, siendo sincero, he de decir que la hermana de Zach me intimidaba por varias razones, en especial porque exudaba riqueza, poder y autoridad, tres cosas que yo nunca había tenido.

—¡Hola, oficial O! —exclamó Zach. Le tendí la mano para saludarlo, pero, en vez de estrecharla, me dio un fuerte abrazo. Y no uno de esos abrazos fraternales de la prisión, sino un abrazo de verdad, como los que me daba mi abuela o hasta MJ, aunque quizá no tan cercano. Era extraño abrazar así a un hombre. Le di una palmada en la espalda y me zafé tan rápido como pude—. Te presento a mi hermana Tess. Tess, él es el oficial O. —Ella sí me tendió la mano de inmediato, como dejando muy en claro que no quería abrazos, lo cual para mí estaba perfecto.

—Es un placer conocerte, Tess. Tu casa es muy hermosa. Y, de hecho, me llamo Marcus. Gracias por recibirme.

—Bienvenido, Marcus. Zach me ha hablado mucho de ti. Gracias por cuidar a mi hermanito durante sus "vacacioncitas" —dijo mientras dibujaba comillas en el aire, con un tono de voz inexpresivo, como si tuviera que obligarse a enunciar las palabras.

—¡Mira, mira, oficial O! ¡Ve esto! —gritó Zach y me hizo una seña para que me acercara a la ventana—. Acabamos de llegar del aeropuerto. Era su primera vez en un avión. —Me acerqué y me paré en un enorme tapete colorido, tejido a mano—. Ahora va a caminar por la playa. También es la primera vez que ve el mar. Quiso ir solo.

Dimitri estaba parado en la orilla de una terraza de madera, dándonos la espalda, mirando la inmensidad azul. Nosotros guardamos silencio y vimos al hombre descalzo, que había crecido en un infierno que sólo él conocía, poner por primera vez un pie en la arena. Estaba tan fría que alzaba los brazos por los aires con cada paso lento que daba hacia la costa. Se detuvo un momento para agarrar un puñado de arena, que observó con detenimiento mientras se escurría entre sus dedos. Luego siguió avanzando, esta vez un poco más rápido, y se detuvo justo antes de la línea hasta donde llegaba la marea.

—El agua está helada. Como a doce grados centígrados —dijo Zach con una sonrisa, mientras abrazaba a Starseed, quien supuse que era la novia chef vegana.

Dimitri dio dos grandes pasos, y el agua le rodeó los pies y le mojó el dobladillo de los vaqueros viejos que traía puestos. Retrocedió de un brinco, se dio media vuelta y huyó del agua helada. Los demás nos carcajeamos al ver que él también se reía. Empezó a correr sobre la arena, de adelante hacia atrás, de un lado a otro, como un niño. Me recordó la primera vez que llevé a Hope a la playa. Luego corrió tras un par de perros, y sonreí al ver que los dueños riquillos de inmediato les ponían la correa para alejarlos del muchacho loco de los vaqueros deslavados y la camiseta de franela raída.

Miré de reojo a Tess, quien estaba viendo a Zach y negaba con la cabeza porque su hermano reía con tanta fuerza que estaba al borde de las lágrimas.

—Es una playa privada, Zach —le dijo con absoluta seriedad, lo cual sólo lo hizo reír con más fuerza.

—Tranqui, hermanita. Es bueno que tengan la "experiencia Di" al menos una vez en su pretenciosa vida.

Volteé a ver a Dimitri de nuevo, quien ahora estaba sentado en la arena, con las piernas cruzadas, viendo hacia el mar.

—¿Está a punto de…? —pregunté para asegurarme de que la intuición no me estuviera fallando.

—Eso parece —contestó Zach, y lo vimos quitarse la camiseta y ponerse de pie, aún de espaldas a nosotros.

—Esto se está poniendo interesante —susurró Tess mientras se acercaba más a la ventana.

—¡Ay, no! —exclamó Zach de pronto.

—¿Qué? ¿No dijiste que está bien que tengan la "experiencia Di"?

El muchacho tenía un físico deslumbrante. En la prisión nunca lo vi ejercitarse. Sólo hacía yoga en el patio, pero de alguna forma había mantenido su musculatura. Tess sacó el celular y empezó a tomarle fotos.

—¿Qué te pasa? —le recriminó Zach.

—Instagram, Zaquito. Instagram. Es lo que mueve al mundo —contestó ella con una sonrisa.

Casi me carcajeo al ver que Starseed le hacía señas a su cuñada para que después le enviara esas fotos por mensaje directo.

Dimitri volteó a ver la casa. Seguro nos vio mirándolo por la ventana, porque agitó las manos, con una enorme sonrisa.

—¡Ugh! ¿Qué le pasó en el pecho? —gimoteó Tess, pues las cicatrices de Dimitri eran muy notorias, aun a la distancia.

—Quemaduras de cigarrillo. Se las hizo su padrastro. Empezó cuando tenía apenas cinco años —contesté, aliviado de haber encontrado una forma de participar en la conversación—. Ciento nueve cicatrices.

Zach volteó a ver a su hermana.

—Ahora son ciento once, contando las otras dos: la del ataque de los arios y la del tiroteo. —Una especie de silencio inusual nos envolvió; el tipo de silencio que surge cuando alguien dice algo inapropiado—. ¡Trágame, tierra! ¡Perdón, Marcus! —dijo Zach y asintió hacia mí.

Tess se dio media vuelta y susurró.

—Eres un idiota, Zacatón.

Sonreí y alcé el pulgar derecho.

—Todo bien —dije. Luego, señalé a Dimitri—. Como él dice, es lo que es.

Volvimos a guardar silencio y a concentrarnos en el protagonista de aquel encuentro. Para ser sincero, casi había olvidado que todo empezó cuando le disparé, pero también era algo que ya no me molestaba recordar, sobre todo porque sabía que a él no le molestaba. Si él no tenía problema con esa parte de nuestra historia, yo tampoco. Había quedado en el pasado, y ahora estábamos en el presente, haciendo algo bueno.

—Tómale una foto así, Tess —dije para cambiar el tema justo cuando Dimitri se paró en la orilla del mar, con los brazos extendidos.

Tess vio la escena y empezó a fotografiarla al instante. Luego revisó las fotos.

—Esta imagen va a ser icónica, si es que Dimitri llega a ser lo que Zach dice que va a ser —comentó mientras me mostraba la mejor toma.

—Ya lo es, Tess. Ya lo es —intervino Zach, asomándose a la pantalla.

Dimitri le dio la espalda al océano y se quitó los vaqueros, de modo que se quedó en calzoncillos blancos. De repente, se echó a correr hacia el agua helada.

—¡¿Cómo crees?! —exclamó Zach y empezó a reír sin control.

Lo vimos sumergirse y ser arrastrado por las olas, mientras aullaba y gritaba, seguramente por la mezcla del frío y la emoción de meterse al mar por primera vez. A mí me dio risa verlo escupir el agua salada después de probarla.

Tess dejó de tomar fotos para hacer una llamada.

—Stanley, ¿puedes mandar a alguien a la playa con una toalla tibia y una bata de baño? Uno de nuestros huéspedes enloqueció y se metió al mar. A ver qué hacen para sacarlo de ahí. Está en calzoncillos, así que traten de agarrarlo antes de que llegue la policía.

Zach guardó silencio y volteó a ver a su hermana.

—¿Qué te pasa, Tess?

—Es una playa privada, no el patio de una prisión —reviró ella.

Eso no tiene sentido, pobre niña rica. Nadie anda en calzones en el patio de una prisión.

En cuestión de un minuto, dos hombres elegantes, con camisetas polo azul y pantalones color caqui, convencieron a Dimitri de que se saliera del agua. Uno de ellos sostenía la toalla y la bata de baño.

» » « «

Starseed me guio a la que sería mi habitación. A cada paso, las rueditas de mi maleta roja desvencijada chocaban con fuerza contra los escalones de madera pulida. Si eso no era suficientemente vergonzoso por sí solo, Lucky chilló desde el interior de su transportadora durante todo el camino, mientras del otro hombro me colgaba el tirante del bolso de lona que me habían regalado en la fuerza policial.

—Supongo que después del viaje querrás ducharte y descansar. Nos reuniremos para cenar luego de que se ponga el sol. ¿Tienes alguna alergia alimenticia de la que deba estar al tanto? —me preguntó Starseed mientras acariciaba a Lucky, quien ronroneó felizmente una vez que estuvo libre de su prisión.

—No, ninguna. Como de todo.

—Bueno, aquí sólo comemos cosas de origen vegetal. Confío en que no tendrás problemas con eso.

Era una mujer tan agradable que me bastaba con oírla hablar.

—Ningún problema. Mi novia también es vegana y ya aprendí a lidiar con ello —contesté, y ella se rio—. Muchas gracias, Starseed. Así te llamas, ¿verdad? —Se me hacía un poco raro llamarle así porque intuía que no era su nombre de nacimiento.

—Sí. No ha cambiado desde tu llegada. Pero, si me lo cambio, te aviso.

Buena jugada.

La habitación era más que perfecta. La vista, la temperatura, el olor… Todo era de primera clase. Me senté en la orilla de la cama y me dejé ir de espaldas. Era la cama más cómoda en la que había estado jamás. Luego quité el edredón para sentir las sábanas tersas y probé las almohadas, que eran como estar entre nubes.

Después recorrí la habitación y examiné hasta el último rincón.

—¡Caramba! —exclamé y saqué el celular para grabar el baño, que seguramente costaba más que la casa de mi infancia. Se lo envié a Hope, y entonces ella me llamó casi de inmediato.

—¿Ese es el baño de la casa? ¿En serio? —preguntó.

—Bueno, es *mi* baño. El de mi cuarto.

—¡No puede ser!

—Tan puede ser, que es. Estoy seguro de que hay muchos otros cuartos así en la casa. Y mira la vista —dije y apunté la cámara hacia la playa.

—Caray, papi, pues esa gente es mega.

—¿Mega? —pregunté.

—Sí, son mega ricos. Como los que salen en MTV Cribs.

—De hecho, creo que son más mega que cualquier celebridad que muestre su casa en la tele. Hasta tienen un empleado que parece mayordomo, pero no es un mayordomo como el de las películas. Es un tipo que resuelve todo cuando ellos necesitan algo. Se llama Stan. —En ese momento, me vino una idea a la mente—. Por cierto, Hope, ¿te puedo pedir que esta conversación quede entre nosotros?

—¿Por qué? —preguntó con voz desafiante cuando volteé la cámara y volví a ver su cara.

—Porque creo que este tipo de cosas son muy personales. —Hubo una pausa en la línea—. ¿Hope?

—Sí, como quieras.

—¿Sí qué?

—Sí, acepto que no voy a compartir lo que hablamos con nadie, pero quiero dejar en claro que lo hago bajo amenaza —afirmó.

—De acuerdo, doña Dramas —contesté en tono burlón, y Hope se rio.

—Oye, ¿ya le diste su camiseta? —preguntó.

—Esperaré hasta mañana. Quiero asegurarme de que estemos él y yo solos —dije. MJ había diseñado una camiseta con la frase "Cancélenme de una vez", y no sabía cómo iban a reaccionar los demás al verla, en especial Tess, que me daba la impresión de que se indignaba por cualquier cosa.

—Hay que ser valientes, papi, como dijo Di en la entrevista. Mira, yo traigo puesta la mía. —Me mostró su camiseta rosa.

—¿MJ la hizo también en tamaño infantil?

—¡Claro! ¡Los niños también tenemos que alzar la voz! Somos los que nos haremos cargo de este desastre cuando ustedes se vayan —contestó entre risas—. Es broma, papi. Es un desastre muy lindo, y sé que es el juego que vinimos a jugar.

Caray. Me dieron escalofríos en el brazo. Al voltear, miré el reloj.

—Me tengo que ir, muñeca. Tengo que bañarme y arreglarme para la cena. Es comida vegana. Seguro que puedo con eso y más, ¿verdad?

—¡Ay, qué envidia!

—¿Lo dices por el baño?

—Por las dos cosas, en realidad. Pero más por la comida buena. Me pregunto si será tan rica como la de MJ. Si por mí fuera, comería eso todos los días.

—¿De qué hablas, niña? Ya te pareces a MJ.

—Pues qué bueno, porque quiero ser como ella cuando crezca. Quiero hacer la parte que me toca, como el colibrí de la historia. ¿La conoces, papi? El otro día MJ me la contó para explicarme por qué te fuiste allá.

—Sí, la conozco —contesté con una sonrisa de complicidad.

—A veces eso es lo único que podemos hacer: lo que nos toca. Como tú allá, en la playa. O sea, ¿qué otra cosa podemos hacer? ¿No? —dijo Hope. Y me dejó sin palabras, así que guardé silencio y me limpié las lágrimas—. Diviértete en la cena, papi, y diles a tus amigos que estoy muy agradecida con ellos.

En otras circunstancias, mi primera reacción habría sido preguntarle por qué, pero en el fondo de mi corazón sabía cuál era la respuesta.

—Lo haré, muñeca. Buenas noches —contesté.

—Espera, ¿ya empezaste a escribir otra vez en tu diario?

Para ser sincero, la vida se había vuelto tan caótica desde la entrevista que no lo había abierto siquiera.

—Aún no. No sé qué escribir, pero siempre lo llevo conmigo —dije y le enseñé que estaba sobre el escritorio.

—Tienes que poner manos a la obra, papi. Así es como en realidad harás tu parte, como el colibrí de la portada. Si esa no es una señal, no sé qué sea. —*Y que lo digas, princesa*—. Ya te dije qué cosas debes escribir, ¿te acuerdas?

—Sólo me dijiste que debía conseguir un diario —contesté.

—¿Otra vez con lo mismo? Te dije que tenías que escribir *en un diario* lo que él dijera. En fin, ya me voy, que mamá me está llamando. Dale un beso a Lucky de mi parte. Te quiero. Ya me voy. Ah, ¡sé el cambio! —exclamó con voz grave mientras hacía un saludo militar. Luego de eso, colgó.

¿Sé el cambio? ¡Creo que Hope es la discípula estrella de Dimitri!

Desee que me hubiera explicado mejor a qué se refería con "lo que él dijera". Me senté y miré la portada del diario antes de cerrar los ojos.

—Vamos, Huitzi, o como sea que te llame Ana, ayúdame a inspirarme. ¿Qué significa eso? —Esperé en silencio que algo llegara. Pero no pasó nada—. Eso supuse. Sólo le funcionas a Ana. —Me sentí un poco incómodo al darme cuenta de que estaba hablando con un cuaderno.

Lo abrí y vi que alguien había escrito algo en la primera página con letra gruesa: "Diálogos con Dimitri". Marianne usó esa frase el día que la conocí.

Supongo que en secreto la escribió en mi diario durante la última entrevista. *Qué osada.*

Sentí un hormigueo inesperado en la punta de la cabeza, casi como si me vibrara. Agarré una pluma y se me ocurrió la idea de escribir un libro con el título que Marianne me había dado. Era la primera vez que experimentaba la verdadera inspiración, y estaba encantado.

Volteé la página para comenzar y descubrí que Marianne ya había escrito la primera línea. Se me hizo un nudo en la garganta al leerla:

—Y así es como cambiamos el mundo…

POR FIN EN CASA

MARCUS

Bajé las escaleras mucho antes de que fuera hora de cenar. Me tenía nervioso ver a Dimitri después de tanto tiempo, sobre todo fuera de Carlton, y supuse que estar en ese espacio antes que los demás me permitiría sentirme más cómodo. Sin embargo, al dar vuelta a la esquina, descubrí que él ya estaba ahí, parado sobre la hermosa alfombra con Starseed, quien parecía estar a punto de llorar. Dimitri no me había visto aún, así que guardé mi distancia y lo observé.

Se veía renovado, con lo que parecía ser ropa recién comprada: un par de pantalones beige de algodón y una camiseta verde claro de manga larga que parecía tener estampado un patrón geométrico, muy parecida a las que usaba MJ. Supuse que habían enviado a alguien a comprarle ropa nueva.

Dimitri volteó a verme por encima del hombro y esbozó la misma sonrisa genuina con la que me había recibido siempre, desde aquel día en el juzgado. Starseed se fue a la cocina para darnos algo de privacidad, y Dimitri le dio las gracias antes de voltearse hacia mí.

—Hermano querido —susurró—, ansiaba que llegara este día. —Se paró frente a mí, cerró los ojos y me puso una mano sobre el corazón. Empecé a temblar, pero justo en ese momento se dejó caer sobre mí y me abrazó con todo su ser. Me cayeron lágrimas por el rostro, pero no me importó. Era un sentimiento profundo y real, aunque difícil de definir. Era la sensación de estar en casa. Dimitri retrocedió, y yo me limpié las lágrimas—. Gracias por todo, Marcus. En serio no tengo palabras, aunque haya mucho por decir. Pero ahora tenemos algo de tiempo, a diferencia de antes. Te prometo que muy pronto te pondré al corriente.

—Me parece muy bien, porque no sé exactamente qué se supone que vengo a hacer aquí —contesté.

—En este instante, nada en particular, salvo estar presente. —Me puso una mano en el hombro y me miró directo a los ojos—. Tengo que preguntarte algo. ¿Estás listo para esto, amigo?

Hubo un silencio. Alcancé a escuchar el sonido de las olas que rompían en la playa frente a la casa y los graznidos de las gaviotas, pero lo demás estaba quieto, como si la humanidad entera se hubiera detenido lo suficiente para permitirme responder una pregunta que en cierto modo sabía que trascendía la simple idea de ponerme al corriente. Era más que eso. Dimitri me estaba preguntando algo mucho más incisivo. Me estaba preguntando si estaba dispuesto a dar mi vida por esto. Quería saber si estaba listo para recibir los golpes que nos lanzarían hombres y mujeres corruptos en posiciones de mucho más poder que el que tenía el director Shady. Quería saber si estaba listo para enfrentar la feroz resistencia de las fuerzas de un sistema mucho más salvaje y violento que La Familia. Pero sobre todo quería saber si llevaba suficiente luz en mi interior como para enfrentar a la oscuridad que estaba por hacer su jugada más grande en el escenario mundial, en contra de la humanidad entera.

Las manos me empezaron a temblar cuando volvió el viejo y conocido patrón de preocupaciones. Como si hubiera estado programado, lo siguieron las náuseas. Pero luego volvió la voz que había escuchado hacía mucho en el hospital. Esta vez no me pregunté de quién era, pues su dueño estaba parado frente a mí. Era más grande que nosotros, aunque al mismo tiempo era nosotros y todos los otros seres del mundo porque era el mundo, el Universo y más allá. La voz sólo dijo una palabra: "Confía".

Asentí mientras buscaba las palabras.

—Lo estoy, Dimitri. Estoy en esto al cien —dije finalmente y le puse una mano en el hombro. Él bajó la mirada y pegó su frente a la mía, mientras los ojos se me volvían a llenar de lágrimas.

—Vamos a cambiarlo todo, Marcus —me susurró, mientras nos tomábamos de los hombros, nuestras frentes se encontraban y veíamos nuestros pies descalzos sobre la alfombra colorida—. Y no hablo sólo de los que estamos en esta casa, sino de muchos otros agentes que se levantarán y darán la cara. Y créeme que lo harán, hermano. Llegaremos a ser cientos, miles y luego millones… y hasta más. Haremos ni más ni menos que guiar a la humanidad hacia su despertar inevitable. ¿Y sabes cómo lo haremos?

—No —contesté, sin alzar la mirada por temor a lo que sospechaba que diría después.

Dimitri se enderezó.

—Mírame, hermano —dijo con un toque de seriedad. Alcé la cara despacio y lo miré a los ojos—. Vamos a empezar una revolución —agregó. *Eso me temía.* Se me revolvió el estómago cuando el reconocible miedo me estrujó las entrañas—. ¿Te gusta mi camisa? Este patrón es la flor de la vida. Es algo que existe, Marcus. Representa la verdad de que todo está interconectado. Siente qué suave es. Está hecha de bambú, según dice en la etiqueta. —Se llevó una mano a la nuca para sacar la etiqueta y mostrármela.

No le contesté de inmediato. Seguía intentando entender cómo pasó de armar la revolución a hablar de una camiseta de bambú en cuestión de segundos.

—Sí, es linda —murmuré mientras veía que mi vida entera pasaba frente a mis ojos.

Zach entró al salón y nos vio a Dimitri y a mí parados muy cerca el uno del otro, mientras Dimitri me mostraba el cuello de su camiseta.

—Uy, perdón, si quieren los dejo solos —dijo. Ambos se rieron, pero a mí no me pareció graciosa la insinuación.

—Ven acá, hermano Zach. ¡Hagamos eso de los tres mosqueteros! —exclamó Dimitri.

TODOS PARA UNO

ZACH

—No estoy muy seguro de qué es eso de "los tres mosqueteros", pero sólo se vive una vez, ¿verdad? Digo, salvo honrosas excepciones, ¿no? —dije y le di un codazo a Marcus, mientras Di se hacía a un lado para formar un triángulo—. ¿Qué hay de nuevo, oficial O? —pregunté al ver que seguía con el ceño fruncido, pues era obvio que no le había caído en gracia mi broma de que había algo entre ellos.

Di debió de percibirlo también, porque nos tomó a ambos de la mano y bajó la mirada para rezar.

—Estamos aquí reunidos para unir a estos tres hombres en matrimonio…

Marcus se liberó de un jalón, y Di y yo nos doblamos de la risa.

—Espera, Di, te tengo un regalo de bienvenida. Es el mejor momento para dártelo. —Corrí a la cocina y, cuando volví, lo sostuve en alto para que se desenrollara en el aire.

Di se quedó pasmado y se llevó las manos a la boca.

—¡Una rueda del amor! —exclamó. Me encogí de hombros porque esa cosa del círculo del amor me seguía pareciendo bastante cursi.

—Prefiero el término "Tapete de la afirmación", pero es tu regalo, así que llámalo como quieras. Tess me puso en contacto con su diseñadora en India, así que está hecho a la medida. Es un poco diferente al que tenías allá adentro, y bastante más grande. Está hecho de cáñamo. Y mira los cristales y las gemas que tiene entretejidos. En cada una de las cuatro direcciones tiene cuarzos herkimer en el radio, y uno grande en la apacheta central. Las piedras coloridas representan los siete chacras. Tenemos ónix negro, heliolita, ámbar, pirita, cuarzo rosa, lolita y amatista. El aro exterior y los colores de relleno están hechos a mano, con tintes naturales. Y hasta pusieron tus animales espirituales ahí.

Se lo entregué. Los ojos se le llenaron de lágrimas y así, pero al ver a Marcus percibí la vibra de envidia que le supuraba hasta por las orejas. *Tranqui, compadre. Es sólo un regalo.*

—Gracias, Zach —dijo Di. Colocó el tapete en el suelo y lo alineó hacia el oeste, guiándose por el sol que se asomaba por la ventana.

Ambos nos paramos encima de él de inmediato, mientras que a Marcus hubo que insistirle un poco más.

—Venga, oficial O. Ponte ahí. Es fácil.

Después de dudarlo unos segundos, finalmente nos acompañó.

Dimitri miró hacia el mar e inhaló profundo.

—Henos aquí. Sí que ha sido un viaje inusual para los tres. La perfección de cada aspecto de nuestra vida y nuestras experiencias nos ha reunido para que hagamos algo más grande de lo que es siquiera descriptible. Pero podemos intentarlo, ¿no? —Se le escapó una risotada, así que asentí para darle la razón—. Cada uno dedique un momento a meditar sobre qué quiere ver en el mundo para nosotros, para los demás, para la Madre Tierra y más allá. —Nos bajamos del tapete y nos sentamos en la alfombra. Di se sentó en posición de loto, yo en media flor de loto, y Marcus con las piernas cruzadas frente a él. Di inhaló profundo y exhaló—. Bien. Mantengamos los ojos cerrados mientras los invito a que simplemente juguemos con la idea de una realidad que ya existe, en la que lo que sea que queramos ver en el mundo ya está ocurriendo en este instante.

Ya había hecho eso con Di alguna vez y recordaba lo difícil que había sido hacerme a la idea de "simplemente jugar". La mente me decía que era una locura simplemente jugar con algo que no estaba ocurriendo en realidad. Y se me dificultó hasta que al final decidí soltar esos pensamientos y simplemente jugar. Una vez que lo hice, ocurrió algo muy interesante, algo que me cambiaría la vida. Me di cuenta, recordé o supe, no sé bien, que en efecto había múltiples realidades donde todas las posibilidades ya existían. Esa epifanía me llegó cuando al fin me dejé llevar y jugué con la idea. Era como si algo se hubiera liberado cuando por fin me rendí.

Abrí un ojo y le eché un vistazo a Marcus. Tenía la frente arrugada. *Sí, se le está dificultando.* Pero Di, como el mago que era, lo percibió de inmediato.

"La clave es relajarse y soltar los pensamientos que dicen que no es posible. Jugar con las ideas de lo que podría ser. Ver lo que deseamos como algo que ya está hecho y estar ahí con ello, dentro de ello —dijo. Volteé de nuevo, y la frente de Marcus se había alisado bastante—. Sientan cómo se siente eso, cómo los hace sentir que su sueño ya sea una realidad. ¿Están experimentando alegría? ¿Cómo se siente su cuerpo? ¿Cómo está su respiración?

—Eché un vistazo de nuevo y vi que Marcus estaba sonriendo, lo cual me hizo sonreír también. Luego miré a Di. Tenía los ojos cerrados mientras se le dibujaba una gran sonrisa, como si pudiera verme, que supongo que sí podía. Cerré los ojos y atestigüé la realidad lograda de nuestro inmenso triunfo. Y se me erizó la piel con escalofríos de autenticidad—. Los invito a permanecer en el conocimiento de que lo que sea que visualizaron ya existe. Sólo necesitan quedarse en la sensación de qué se siente estar en esa realidad y vivir su vida desde esa versión de ustedes mismos que ya está ahí, viviéndola.

Es más fácil decirlo que hacerlo.

Dimitri nos invitó a ponernos de pie y volver al tapete de la afirmación.

"Cerremos los ojos de nuevo por un instante. Y si quieren compartir lo que ya saben que existe y cuya sensación están viviendo ahora, ese logro que ya alcanzaron, siéntanse libres de hacerlo. De ese modo, tendremos oportunidad como equipo de adentrarnos con ustedes en esa realidad.

Fui el primero en hablar.

—Bueno, yo vi que los tres lanzamos una app que estaba cambiando el mundo. Nos dimos palmadas de celebración antes de entrar a una entrevista sobre el éxito de un tipo de tecnología que el mundo nunca había visto.

—Zach, habla en presente —me interrumpió Dimitri.

Buen punto.

—Sí, de acuerdo. —Carraspeé—. Te veo a ti, Di, bajo los reflectores, con audífonos y micrófono, hablando frente a una cantidad brutal de gente. Ni siquiera me atrevería a calcular cuánta gente es.

—Eso me agrada —intervino Di, y los tres nos reímos.

—La tierra ya sanó, las aguas son cristalinas, la gente está sana y llena de amor, y no sólo de amor para ellos y los demás, sino también para todos los seres vivos del planeta. —Me hacía sentir bien compartirlo con ellos. Lo único que no dije en voz alta fue que también me veía abrazando a mi padre y comiendo con él.

—La realidad en la que me veo también los incluye a ustedes —dijo Marcus con timidez, como si nunca hubiera hablado de algo así—. Y, como dijo Zach, lo que sea que hicimos ha sido inmenso para el mundo. Veo a Dimitri como el líder de algo enorme, y a muchos otros líderes avanzando, como lo hicieron ustedes en la prisión, pero a una escala masiva. Me da orgullo haber podido contribuir a algo mucho más grande que cualquier cosa que hubiera imaginado jamás. Veo a mi hija jugando en el mundo, siendo feliz a lo largo de su vida. Veo a mi madre hablarme por teléfono para decirme que está orgullosa de lo que he logrado y de ver que estoy ayudando a la gente. Nos veo a MJ y a mí juntos, muy felices. —Después de eso, titubeó—. Luego la cosa se pone extraña.

—Está bien que sea extraña —susurró Di para animar a Marcus a continuar.

—Me vi en una presentación de un libro, autografiando un libro que escribí. Estaba en un edificio grande, lleno de gente. O sea, un auditorio enorme, a reventar de lleno. Fue como si hubiera ido a un lugar donde la idea o hasta el libro mismo ya existiera y estuviera ayudando a mucha gente con éxito.

—Hmmm —dijo Dimitri en voz alta, seguido de una larga pausa—. Les agradezco a ambos por ver la realidad a la que yo ya entré y en donde me paro en ese escenario de atención global en este instante. Gracias, Zach, por encabezar este imperio tecnológico, el más usado en el planeta. Tu trabajo ha ayudado a muchos a despertar, y ahora puedes sentirte orgulloso de eso. A tu lado, Star ha hecho su parte y ha contribuido mucho al fungir de puente para quienes necesitan salir del viejo paradigma y entrar al nuevo. —*Mierda, sí que lo ve como si ya hubiera pasado.* Miré de reojo a Marcus, quien tenía el ceño fruncido otra vez. Creo que no estaba entendiendo. Di continuó—: Marcus, siéntete orgulloso ahora de ser quien ha manejado muchísimas cosas para traernos hasta aquí, como líderes de la más nueva oleada de conciencia espiritual mundial. Tu hija, que ahora es adolescente, hace un trabajo extraordinario con nosotros. También veo a tu pareja, MJ, ayudándonos. Es un alma muy hermosa. —Otra vez miré de reojo a Marcus y vi que le caían lágrimas por las mejillas—. Ese libro del que hablas ha cambiado la vida de muchísimas personas, y esos auditorios se llenan en el mundo entero, pues tú también te has convertido en una figura emblemática en este juego. —Miré a Marcus de nuevo, y ahora estaba sonriendo—. Me siento sumamente vivo en este escenario, pues mi Padre celestial, la fuente infinita de toda la creación, me brindó la energía necesaria para abrir espacio para el renacimiento de muchos.

Esto se está poniendo denso. Escuché a Di moverse, así que entreabrí los ojos una última vez y lo vi con los brazos extendidos en alto, con la cara apuntando hacia arriba.

"Respondo aquí y ahora al llamado del Padre, junto con la Madre Espíritu, mientras me afirmo con mis hermanos, los agentes del cambio originales, victoriosos en una batalla que ya ganamos. Nuestros corazones les hablan a todos los que nos han escuchado y se han unido a nosotros en agencia. Los amo a todos. Gracias, Gran Espíritu, Padre Creador..., Dios, por darnos esto y por infundirle este propósito a una vida donde antes no había nada: mi vida. Gracias por todos los mensajes que entregaron ángeles de ambas polaridades bajo la ilusión de dualidad. Amo este planeta despierto y los seres que lo habitan. Agradecemos de antemano cualquier trabajo que desee ser realizado en el futuro mientras permanecemos humildemente al servicio absoluto de la Luz Divina y su misión. —Inhaló profundo y exclamó con voz de mando—: Y es así.

Escuché que bajó los brazos, y yo también inhalé profundo. *Ahora sí va en serio.* Abrí los ojos. Algo había cambiado. Había una calma que no había estado ahí antes, o al menos no así de profunda. Y yo estaba presente de forma total y absoluta, mucho más que en cualquier meditación que hubiera hecho y hasta más que cuando consumí peyote.

En ese instante, el sol descendió lo suficiente como para que un rayo entrara por el vidrio e hiciera visibles las partículas de polvo que parecían hojuelas flotantes de oro. Fue surreal cómo se detuvo el tiempo. No sabía si eso que estaba presenciando era real, pero al ver a Marcus lo confirmé. Estaba boquiabierto, observando la magia.

Ambos volteamos a ver a Di al mismo tiempo. Él tenía los ojos cerrados aún, y podría jurar que vi su aura. Era blanca, con un toque dorado en las orillas. Me pregunté si el mundo de verdad había cambiado, incluso fuera de esa habitación. Mi primer instinto era buscar a Star y preguntarle si lo había sentido, pero en ese instante me distraje escuchando a dos perros que ladraban en la playa. *Si este es un mundo nuevo, los perros siguen ladrando en él.* Marcus debió de verlo también, pues se puso a llorar... de nuevo.

Dejó de mirar a Di y su atención se enfocó en la ventana corrediza que estaba detrás de mí, como si hubiera visto un fantasma.

—¡Miren eso! —exclamó y señaló algo mientras se limpiaba las lágrimas.

—Sí —contesté—. Es cristal UL1, a prueba de balas. Es parte del mobiliario de todas las propiedades de la familia Markland.

—No estoy hablando del vidrio. ¿No lo ven?

Di por fin abrió los ojos y luego los entrecerró para tratar de distinguir algo que claramente no estaba ahí. Se acercó a la ventana para examinarla de cerca y le dio unos cuantos golpecitos con los nudillos. Tras confirmar su grosor y calidad, asintió.

Me preocupaba más el estado mental de Marcus. Se notaba que estaba agitado, igual que esa vez en Walmart que creyó ver a una señora y un colibrí. *Ay, Dios, que no esté loco, por favor.* No le había contado a Di sobre los exabruptos de Marcus en Walmart y esperaba no tener que hacerlo esta vez.

—¡A ver! ¡Esto es ridículo! ¡Pero si está ahí! ¡Flotando! —dijo Marcus.

—¡Mírenlo! —gritó Di y señaló con el dedo.

—¡Por fin! —exclamó Marcus.

—¡El sol! ¡Creo que se está poniendo! —agregó Di, con la frente pegada al cristal.

—¿Qué? —preguntó Marcus. Al parecer había creído que Di también veía lo que él alucinaba y no le agradó enterarse de que no había sido así—. Ay, da igual. Olvídenlo —masculló y aventó las manos al aire.

—¿Quieres un té, oficial O? Creo que eso ayudó la vez pasada —susurré, con cuidado de que Di no me oyera. Quería que Marcus entendiera que estaba dispuesto a mantener su problemita en secreto. Volteó a verme y se dejó caer en el sofá, donde cruzó los brazos como un niñito berrinchudo que no se había salido con la suya—. Oigan, amigos, iré a pasar el rato con Star mientras se pone el sol. Creo que hablar con Di la sacudió mucho. Los veo al rato para cenar —anunció—. Gracias por la experiencia de los tres mosqueteros. Me da gusto tener un nuevo grupo con el cual identificarme ahora que ya no estoy en los Siete Magníficos. ¡Aquí vienen los Agentes del Cambio, señores!

Dimitri soltó una carcajada.

—Eso es todo, amigo.

Marcus, quien no entendió la broma sobre la identificación del ego y seguía enojado de que no compartiéramos su alucinación, simplemente alzó el pulgar en despedida.

Di volteó a verlo.

—Vamos tú y yo allá afuera —le dijo—. Vamos a ver la puesta del sol. —Apretó el botón de la ventana corrediza para que se abriera, y salieron a la terraza mientras yo subía corriendo a buscar a mi amada.

EL RENACIMIENTO DE UNA ESTRELLA

ZACH

—Acabamos de tener la sesión más genial del mundo allá abajo —le dije a Star cuando entré a nuestra habitación. Pero por su expresión era obvio que algo no andaba bien en Starlandia. En ese momento, encendió una rama de salvia para cambiar las vibras del cuarto—. ¿Qué pasa, nena? —le pregunté.

—Lo que tu amigo me dijo hace rato fue muy fuerte. Lo sigo procesando. Necesito que abras espacio para mí, Zach. —Starseed Bliss, anteriormente conocida como Eve Fischer, trabajaba medio tiempo como modelo de ropa, pero también era *coach* de vida espiritual y chef vegana. Sin embargo, sus verdaderas pasiones eran el activismo tenaz en favor de la justicia social y la cultura de la cancelación. Era el tipo de persona que se dedicaba a destruir la vida de alguien más por medio de redes sociales, justificándose en algún error pasado de esa persona, sin importar qué tan antiguo fuera ese pasado.

El movimiento de las MACHIN, las Mujeres Adultas Contra los Hombres Infames, fue uno de los primeros en surgir. Su idea original era sensata, pues pretendía darles voz a las víctimas de abusos. Pero, una vez que el ego inconsciente de algunas de sus integrantes conoció la oscuridad y el poder mal habido, convirtieron el movimiento en algo siniestro que satanizaba a cualquiera que no apoyara su discurso. Lo tergiversaron tanto que, cuando regresé de mis "vacacioncitas", tuve que andarme con cuidado frente a Star por temor a que me cancelara también. Verán, antes de la cárcel, yo estaba con ella en las trincheras, luchando por lo que creía que era lo correcto. Pero luego conocí a Di y aprendí la verdad sobre la compasión y sobre cómo funciona la energía. Y ahora, al parecer, ella también había probado una cucharada de ese proceso.

—¿Quieres contarme más? Pasé varios años con él en la misma celda, así que quizá pueda ayudarte a procesarlo más rápido.

—Lo voy a intentar. Pero es que es mucho —contestó con voz entrecortada.

—Así son las cosas con Di. Él no se anda con rodeos. Va directo al punto —contesté. Me sorprendía que le hubiera soltado tantas verdades a Star durante sus primeras horas en la casa.

—Primero me preguntó si estaba dispuesta a sumergirme en lo más profundo. Le dije que claro, que eso es lo mío. Supongo que no me había dado cuenta de cuánto me faltaba trabajar en ello. —Empezó a llorar, pero no la interrumpí, pues entendía la importancia de liberar las emociones—. ¡Qué cabrón! Sabe darte donde más te duele, ¿verdad?

—Sin duda —contesté y le sobé los hombros—. Pero, en realidad, lo que está haciendo es hablarle a la versión de ti misma que ya despertó y abrió los ojos por completo. Y entiendes que lo hace meramente por amor, ¿verdad?

—Eso es lo más problemático. Sé que tiene razón, pero no sé cómo llegar ahí, ¿me explico? No sé cómo aceptarlo del todo. —Cuando me fui, Star se convirtió en una especie de gurú para muchas personas. Parecía tener la vida que el mundo entero ansiaba: la apariencia, las actitudes, el vocabulario espiritual. Lo tenía todo. Era extraño oírla hablar con convicción sobre los temas que ahora regían mi vida. La diferencia era que yo tenía a Di, y él me impulsaba a respaldar mis palabras con acciones. Ella acostumbraba hablar de la divinidad femenina y se autodenominaba "diosa"; para mí lo era, sin duda, pero detrás del telón seguía teniendo viejas heridas sin sanar, y Di no había hecho más que arrancarle los vendajes sucios—. Empezó diciéndome un montón de cosas sobre la mentalidad de víctima —continuó mientras se limpiaba las lágrimas.

—Di siempre empieza por ahí. —Me reí para mis adentros—. ¿Te explicó aquello de que no existen las "víctimas felices"? Eso me encanta. —Ella seguía seria. Era obvio que no le había parecido graciosa mi falta de seriedad.

—Sí —contestó—. Pero ¿sabes qué? Yo creía que ya había sanado todo y que ya había terminado. —Qué ridícula frase: "haber terminado". Ni que fuera una obra de arte recién firmada. Star era el tipo de persona que creía haber llegado a la meta, que ya no tenía que hacer nada más por sí misma porque meditaba, asistía a supuestas ceremonias de medicina herbolaria y dominaba el léxico pseudo espiritual. Era una evasora profesional que no estaba lista para hacer el verdadero trabajo espiritual. Aun así, Di tenía la capacidad de lograr que la gente se sintiera preparada—. Insistió hasta que empecé a ver algunas de las cosas que pasaron con mi tío, de los episodios de abuso en mi juventud, y entendí que estaba arrastrando muchísimo rencor contra él y contra los hombres en general. Si bien fue una parte muy difícil de la conversación, y lloré muchísimo, al final fue algo muy positivo. De hecho, creo que voy a llamar a mi tío Chet para pedirle una disculpa, aunque parezca una locura.

—Lo sé y te entiendo —reconocí—. ¿Cuándo piensas hacer esa llamada? Recuerda que la sincronía es esencial, nena. —Ella asintió a regañadientes. Para ser sincero, yo esperé demasiado para llamar a mi padre, y ya no sabía si algún día tendría la oportunidad de hacerlo.

—Le dije a Dimitri que lo haría mañana —continuó ella—, porque supuse que era el último esfuerzo que me faltaba hacer. Pero para él no fue suficiente. Quería saber a quién más culpaba. Así que le conté sobre mi activismo y le dije que señalar culpables en ese caso estaba justificado, a diferencia de lo de Chet. En ese momento se enderezó, como si mis palabras lo hubieran llenado de energía o algo así. Se puso muy serio, en plan muy genuino, y me dijo: "De hecho, Starseed, los justicieros sociales y el resto de la gente que se la pasa señalando con el dedo hacia afuera lo hace desde su victimismo, lo cual no ayuda a nadie". Y eso me detonó, porque, según yo, estamos generando cambios en el mundo. Pero él se rio y dijo: "Mira cuánta energía le están invirtiendo a lo mismo que critican. Se comportan como si quisieran un mundo donde nada de eso existiera, pero siguen secuestrando a la humanidad con sus sandeces moralinas que no son más que el reflejo de las deficiencias y culpas irresueltas que nuestro culpable interior lleva cargando. Muchas veces me pregunto qué se siente identificarse tanto con lo que ustedes hacen que ni cuenta se dan de la destrucción que conlleva". Me enfurecí. Probablemente porque él tenía razón y yo no tenía argumentos lógicos para rebatir, así que recurrí a mi defensa habitual: "No me malgenerices, Dimitri. Hablas en masculino y eso no me incluye. Yo me identifico con los géneros femenino y no binarie. Y tú dijiste *ustedes mismos*".

—¿En serio le dijiste *eso*? —pregunté, y ella asintió.

—Sí. ¿Y sabes qué me contestó? Que si estaba bromeando. Y que, si era una broma, en realidad no era muy graciosa y que no debíamos desviarnos del tema. Zach, en ningún momento aceptó que hay más de dos géneros. ¡Simplemente siguió hablando sin reconocer mi dolor! —Gimoteó con tal fuerza que no pude contener la carcajada, pero ella me fulminó con una mirada furiosa—. ¡No puedo creer que te parezca gracioso! Estás siendo muy insensible, Zach. Creí que este era un espacio seguro.

¡Dios! Había olvidado esas tonterías de los espacios seguros.

Star suspiró y prosiguió:

"El punto es que siguió y siguió hablando. Me dijo: "Volvamos a ti y a tus amigos narcisistas. Mira, a los justicieros sociales y los defensores de la cultura de la cancelación, a toda esa gente *woke* y progre que va en sentido contrario del Amor y la Verdad, que ostenta un estandarte de control mental, que les dice a los demás qué vidas son las que deben importar y qué deben hacer y decir y pensar…, yo les llamo TVP: la *tríada victimista parasítica*. Primero está el perpetrador, luego la víctima y, al final, ustedes, los falsos defensores que vienen a salvar el día que nunca necesitó que lo salvaran. El problema de esa estructura es que necesitan un suministro infinito de víctimas para sustentar su triste intento de autovalidación. Y lo hacen a través de la señalización de virtudes que en el fondo son engañosas, forzadas y egocéntricas". Luego hizo una pausa y me miró con repulsión, Zach. Nunca nadie me había mirado así. En general soy yo quien ve a los demás de esa manera. Y me mortificó muchísimo. Y luego agregó: "Creo que es importante que se sepa lo verdaderamente dañino que es que estén culpando a la gente y señalándola con el dedo, y la maldad que hay detrás de todo ello. Sé que no es algo fácil de escuchar. Y no quiero que me malinterpretes. Estoy muy consciente de las otras formas de comportamiento humano malicioso en el extremo opuesto del espectro que son responsables de la situación actual del mundo y de lo que se avecina. Ninguno de los dos extremos funciona. El problema es que la gente de la que estamos hablando ahorita terminará tocando fondo y llevándose a la humanidad entre las patas, y no podemos permitirlo, ¿verdad, Star?". Me dio gusto que reconociera que había otros responsables además de nosotros. Luego se rio y dijo que el término *woke*, así como lo usamos, como sinónimo de "conciencia social progresista", probablemente fue una trampa astuta que nos puso la entidad oscura para confundir a gente inconsciente como yo y hacernos pensar que es un sinónimo de "despertar". Pero la gente que de verdad está consciente ve el engaño a simple vista. Todo eso me detonó muchas cosas, así que inhalé profundo, me enderecé y le dije quién soy en realidad: una alta sacerdotisa, una diosa, una guerrera de la luz que lucha bajo la luz divina de la conciencia y el amor.

Ay, no.

—¿Y qué te contestó? —le pregunté, aunque ya sabía la respuesta.

—Me dijo que, si en serio eso era, en el fondo no estaba representando esa verdad cuando les endilgaba a otros mis propias culpas y prejuicios y victimismos irresueltos. Eso me enfureció. De hecho, tuve que distanciarme un minuto. Fue un momento intensísimo para mí, Zach. Cuando volví, me preguntó algo que me movió aún más. Me preguntó cómo se sentía mi cuerpo cuando atacaba a quienes perseguía. O sea, ¿se siente como que fluye de un lugar de amor o se siente constreñido, como si proviniera de la furia y la polarización? Y ahí me puse a llorar, porque siempre se ha sentido horrible. Pero me acostumbré tanto a sentirme una mierda, se volvió algo tan natural, que ya ni cuenta me daba. Y entonces le dije: "¿Sabes algo, Dimitri? De una vez te digo que no serías muy popular en las universidades. La mayoría de los estudiantes se ven como héroes que están luchando por el bien". Entonces se levantó de un brinco y me contestó: "¡Ahí está! ¡Justo eso! Verás: no hay ninguna batalla que librar, en especial entre humanos. De hecho, lo que la entidad oscura quiere que hagamos es que peleemos entre nosotros, específicamente por su naturaleza parasítica que nunca se sacia de energía negativa. Y eso mantiene el ciclo andando, acumulando almas perdidas para fortalecer su causa sádica, atizado por las acciones de tus amigos progres. Te saqué de la ecuación porque veo que el águila está aterrizando, Starseed". Me impresionaron tanto sus habilidades para leer la energía ajena que le dije que podía llamarme Star si quería.

"Luego asintió y continuó: "¿En serio crees que los millennials que sienten que tienen derecho a todo y otras víctimas quebrantadas que están lidiando con la culpa oculta en torno a lo que sea que estén atacando tienen lo que se necesita para arreglar un sistema dañado? ¿Cómo podrían hacerlo si la primera palabra que les sale de la boca es "no"? Quienes permanecen en un estado de resistencia frente a *lo que es* deberían ser los últimos en sentarse a la mesa a discutir algo tan complicado como nuestra transición hacia una autogobernanza social. Sólo los ciudadanos que han experimentado el despertar pueden recrear un mundo despierto, lo cual debe ocurrir primero en el individuo. Eso significa que tú, Star, tienes que poner tus cosas en orden para poder alzarte en presencia conmigo y los otros agentes del cambio". Después de eso se rio de nuevo. "Porque, como bien dicen, unidos nos alzamos, mientras que divididos caemos, y yo diría que ya hemos caído suficiente. Si tan sólo podemos hacer esto, no habrá espacio para que florezcan los males de nuestro mundo. En ese momento perecerán, desaparecerán de la existencia, y el juego terminará".

"Sus palabras me volaron la cabeza, Zach. Pero seguía teniendo conflictos internos, así que le dije que se me hacía difícil aceptar que lo que yo hacía no ayudaba y que quizá incluso hasta hacía daño. Y también me dio una respuesta a eso: "Los apegos identitarios intensos, ya sean conceptos mentales o lo que te has dicho a ti misma que eres, pueden ser difíciles de soltar, pero del otro lado yace una paz que no has sentido desde la infancia. Te lo prometo". Sentí que eso que me decía era la verdad, pero como que mi mente no me daba permiso de concebirla. Y él me dijo: "Eso es porque tu corazón lo sabe. La mente es donde se almacena la información corrompida. Lo único que necesitas hacer es borrarla. Y eso ocurrirá cuando te rindas y si escuchas a tu corazón a partir de ahora". Y entonces yo contesté: "Pero, si me uno a ustedes, significará que todo lo que hice no sirvió de nada". Él me sonrió y dijo: "¿No ves que ya eres parte de nosotros, Star? Todo lo que has hecho, aunque en su mayoría sea negativo, te trajo hasta aquí. La pregunta es: ¿cómo quieres afirmarte en este mundo de ahora en adelante? Si quieres afirmarte como tu ser auténtico y verdadero, empieza por soltar lo otro. Si no, sigue aferrándote a esa narrativa falsa. La decisión es tuya".

"Hizo una pausa para dejarme procesar las cosas, pero el conflicto interior seguía ahí, y él se dio cuenta. Entonces agregó: "Lo que te digas a ti misma a nivel mental, así como la forma en que te identifiques con ello, dependerá de tu perspectiva o de lo que elijas decirte al respecto. Puede ser una parte enorme de tu crecimiento, la parte perfecta de un rompecabezas aún más complejo y perfecto que está por ser resuelto. O puedes negarlo todo y quedarte ahí adentro. Pero has de saber que, si eliges lo segundo, te quedarás en el estado actual del infierno en la Tierra junto con los justicieros sociales, los paladines de la cancelación y todos los otros que señalan con el dedo hacia afuera". Luego se me acercó más y me susurró: "Y justo ahí es donde la oscuridad quiere que estés, Star. Ahí es donde yace el control. Sólo cuando ese dedo señale en sentido contrario y se concluya el trabajo de la oscuridad profunda, tú y los demás podrán reconocer el diamante en su interior, lo que abrirá las puertas al dominio de su opuesto exacto, el lugar que yo llamo casa. C-A-S-A, Star. Cielo Abierto, Suelo Amoroso. El amor del cielo en la Madre Tierra, Star. Es tu derecho de nacimiento". Te juro que se me puso la piel de gallina, Zach.

—Los escalofríos de autenticidad nunca mienten, nena —dije, y ella asintió.

—Bueno, y escucha esto. Él se empezó a reír, y entonces le pregunté qué le parecía tan gracioso. "Ah, estaba pensando de nuevo en la ironía del término *woke*, que en realidad representa todo lo contrario al despertar: estar absorto en el ego, atacando a otros de esa forma. El despertar no se ve así. El Amor no hace eso. ¿No crees que le podríamos cambiar el nombre a 'cultura de la dormición' o algo así?" Aunque no quise que se diera cuenta, Zach, eso me pareció muy gracioso. O sea, Dimitri tenía un buen punto. Parte de mí se siente muy tonta, pero la otra parte no está segura de poder dejar atrás esa forma de pensar. Ya sabes, con los conservadores, la energía masculina, nuestro presidente, el racismo y todo eso.

¿Energía masculina?

—Te entiendo, nena —dije—. El presidente también fue difícil para mí. Finalmente pude ver que el odio hacia él que yo llevaba cargando a cuestas era propagado sobre todo por los medios de comunicación y las redes sociales. Ese odio era algo que llevaba enterrado en las profundidades de mi ser. Que me afectara tanto y me hiciera rabiar de esa manera sólo demostraba lo herido que yo mismo estaba. Siento lástima por la gente que sigue haciéndolo. Lo más triste es que, una vez que te abres a esas vibraciones bajas, gente que ha hecho lo mismo entra en tu radar y se crea una especie de celebración del odio que desciende en una espiral de condena interminable.

Star sonrió y empezó a asentir. Ya lo iba entendiendo.

—Zach, por primera vez he podido ver lo mucho que mi vibra disminuye cuando estoy ahí. Ya no quiero saber más de esa mierda. Estoy lista para bajar la espada, como dijo Dimitri en la entrevista. Eso se me grabó muchísimo, Zach, pero supongo que necesitaba que alguien me lo explicara con palitos y bolitas para que no me quedara la menor duda. Siento que tengo que poner algo en mis redes para que mis seguidores sepan qué pasa. Para invitarlos a que también bajen la espada.

—Creo que se va a necesitar más que un meme, nena. —Solté una carcajada, pero a ella no le pareció simpático mi chiste.

—¿Cómo van a cambiar las cosas entonces? —preguntó.

Para mí la respuesta era muy clara, pero titubeé para que ella pensara que necesitaba tiempo para encontrarla. Quería ser considerado con ella.

—No hay una solución política al problema espiritual que enfrentamos. ¿Recuerdas que, durante la entrevista, Di mencionó algo sobre cómo perdemos la conexión con nuestra propia esencia? La solución radica en que recuperemos nuestra conexión con el Amor, con A mayúscula, como dijo Di. Y con eso me refiero a un amor universal e incondicional por todas las personas y todas las cosas en este planeta.

—¿Eso no es lo que yo hago cuando exhorto a otros a que dejen de hacer lo que están haciendo? —preguntó.

Me preparé para abordarlo desde un ángulo que sabía que no le iba a gustar.

—Hay que profundizar mucho más, así que te invito a mirar de dónde viene eso que haces. Todos debemos llegar al conocimiento de que lo que creemos sobre quienes nos conflictúan está conectado con algo en nuestro interior que no está trabajado aún —le expliqué. Star se me quedó viendo, horrorizada—. Es cierto, nena. Y no habría podido ser de otro modo. Así funciona la manifestación. Yo no podía verlo hasta que Di me mostró que ese tipo de quejas, y la forma en que nos sentimos con respecto a ellas, eran una reflexión más profunda de mí mismo. La que tenía en contra del presidente tenía que ver con mi padre y con una cuestión de injusticia. Pero esa nueva visión de las cosas me cambió la vida. —Hice una pausa porque Star estaba boquiabierta y no me quitaba la vista de encima ni para parpadear—. Entonces, lo que necesitas saber, Star, es que lo que te desagrada de los otros o de cualquiera por quien sientas desdén es algo que te desagrada de ti misma. Tienes que verte reflejada en ellos porque para eso están aquí, hasta el presidente, aunque suene descabellado.

Star se dejó caer en la cama y se tapó la cara con las manos.

—Nooooo —gimoteó. A veces la transformación se ve así.

—No te preocupes —le dije—. Yo tardé un poco en llegar a ese punto, más allá de los ismos y las culpas, pero te prometo que ocurrirá. Tiene que pasar, porque en este momento la humanidad está en una encrucijada que literalmente es de vida o muerte. Di dice que necesitamos acabar con la polarización y volver a la unidad, que es la peor pesadilla de la entidad oscura. —Star se veía muy afectada por el amargo trago de realidad que ella misma se obligó a dar. Luego, agregué—: ¿Qué tal cuando la inconsciente turba progre saca a relucir la mierda del pasado de la gente para tratar de cancelarla?

—Ay, yo también he sido parte de esa turba, Zach.

—En palabras de Di, "sólo los bien dormidos usarán el arma de las transgresiones previas contra quienes las cometieron mientras se tambalean por el camino que lleva a su propia perdición".

Star bajó la mirada y retorció las manos nerviosamente. Tenía lágrimas en los ojos.

—Ahora lo veo, pero ¿por qué está pasando esto? ¿Por qué hay tantas grandes empresas y hasta medios de comunicación detrás del movimiento progre? ¿Por qué se volvieron parte tan importante de esa polarización?

—Aunque tengo la respuesta, te la daré en forma de pregunta. ¿No crees que el más grande engaño que podría maquinar la entidad oscura sería derrumbar a la humanidad bajo la apariencia de una supuesta virtud moralina? ¿Te lo imaginas?

Eso le resonó con tal fuerza que simplemente se quedó sentada, con la mirada fija en la pared.

—Eso significa que los periodistas de GNN y la gente de esas grandes empresas, además de muchos políticos, están quizá…

—No todos se han infectados por completo —la interrumpí—. Es más bien como si estuvieran hechizados, como lo estuvimos nosotros alguna vez. Al igual que nosotros, sus vibraciones eran bajas desde el principio. Pero luego, al creer esa mentira, se les presenta su propia oscuridad frente a frente. Y lo que ocurre es que la proyectan hacia afuera, hacia otras personas, así como lo hiciste con el presidente y, al parecer, con otros hombres. Yo lo hacía con mi padre y otras personas. De hecho, es una gran oportunidad para que hagan el trabajo necesario y purguen esa oscuridad interna, como lo estás haciendo tú ahora. Sólo que todavía no se dan cuenta. Pero mira, Star, luego están los que *acechan* detrás de los medios populares, la política y las grandes empresas. Son los globalistas, los que les imponen ciertas narrativas a los borregos, y ésos son de otra calaña. Ésos sí están metidos hasta el cuello y han dejado que la infección se apodere de ellos por completo.

Star se quedó boquiabierta.

—Es una mierda superdensa, Zach.

—Me alegra que por fin lo veas. Esperaba que Di lograra llevarte ahí. Y gracias a Dios funcionó, porque si no…

—¿Si no qué? —gritó, casi entre risas.

—¿Cuánto tiempo crees que habría aguantado viviendo con esa energía, nena? Estuve *así* de cerca de amarte de lejos, como diría Dimitri —contesté.

Ambos nos reímos.

—Sí me vuelvo muy tóxica cuando salgo con esas idioteces, ¿verdad? —preguntó. Sólo le sonreí, aliviado de que las hubiera dejado atrás—. Entonces, ¿puedo quedarme?

—¡Por supuesto! ¡Bienvenida a nuestra aldea, Star! —exclamé, y ella se dejó caer sobre la cama, se cubrió la cara con una almohada y gritó.

—En fin —dijo y se irguió de un brinco—, luego le pregunté a Dimitri: "Si somos el Amor y la Verdad de los que hablas, ¿qué está pasando entonces? ¿Por qué tengo que ser así de oscura?" Me contestó que es todo ese asunto del pecado original, pero no como me lo habían enseñado en el catecismo. Le conté que, aunque crecí en un hogar muy religioso, dejé de ser practicante al ver tanta hipocresía en la religión. Y él me dijo: "Te entiendo, hermana. Pero yo no vengo a repetir las palabras retorcidas que conllevan el pecado del miedo diseñado para controlar a las masas". Luego hizo la distinción entre esas enseñanzas y las verdaderas enseñanzas de Jesucristo, las cuales son perfectas y están llenas de Verdad, con V mayúscula. Le di la razón, pero también le señalé que esa insinuación de que a mí y a otros nos ha infectado el diablo me recordaba mucho a la Iglesia. Y entonces me explicó: "Es porque lo sigues viendo como un ser mitad hombre y mitad cabra, que tiene cuernos rojos y cola puntiaguda. En realidad, su naturaleza es energética y mucho más poderosa que eso. En tu caso, por ejemplo, ¿cómo fue posible que una mujer que en la médula es puro Amor tuviera plantada la semilla del odio de forma tan profunda que cayó a ciegas en las garras de su maldad y atacó a otros? La oscuridad sabe que sólo puede atraer a quienes olvidaron o jamás descubrieron que el único y verdadero poder que existe es el del Amor". Entonces le pregunté por eso a lo que llama oscuridad o por la persona responsable de dicha oscuridad.

Arqueé las cejas.

"Ya sé, Zach. Es una conversación densa, pero no podía quedarme con la duda. Y me contestó: "Hace mucho tiempo, Star, y me refiero a hace muchísimo, muchísimo tiempo, eso que llamamos oscuridad decidió separarse de nosotros, de la Luz. Para ello, decidió adentrarse en exactamente lo opuesto y olvidó quién, o más bien qué era. Dado que todo es Uno, en cierto sentido, nosotros también lo olvidamos. Sin embargo, desde ese punto de olvido, se creó un empujón para hacernos recordarlo de nuevo, pues en el estado de olvido no hay paz. El Amor no puede aguardar en un lugar donde ha sido olvidado". Le pedí que me diera un minuto para procesar sus palabras antes de continuar. Luego de eso, agregó: "Entonces, a través de tu caída, de tu propio olvido, decidiste que estabas en lo correcto y que otros se equivocaban. Dejaste de lado la compasión, que es el Amor. Por ende, desde la perspectiva de un mundo enfermo y retorcido, eso te hacía mejor persona que los demás. Pero, como en realidad nada de eso es cierto, la mente egotista, enferma e infecta, que es la representante terrenal de la oscuridad y su naturaleza parasítica, salió en busca de otras falsedades porque tiene una enorme necesidad de aferrarse a la negatividad y alimentarse de ella. Así funciona el ciclo dentro de la distorsión del victimismo, que es su arma más seductora. Pero sólo puede apoderarse de ti de forma temporal, pues todos estamos aquí para recordar y vamos a volver a casa. Por eso el Amor nos reunió aquí el día de hoy". Te imaginarás que para entonces todo ese asunto ya me tenía conmocionada, Zach, pero Dimitri no se detuvo: "¿Estás consciente de lo que te estoy diciendo al hablarte de estas cosas, hermana?".

"En ese momento, la conversación dio un giro. Dejé de oponer resistencia y cedí. No pude hacer más que asentir. Y entonces él me preguntó: "¿Ves la perfección en tu caída así como la perfección más profunda de tu regreso? ¿El regreso que te está ocurriendo en este instante, aquí, sentada en un tapete, dentro de una mansión en Malibú? El regreso que te traerá de vuelta a tu Verdad como la diosa que eres, la diosa que ayuda en lugar de lastimar, que ama en lugar de odiar, que incluye a otros en lugar de expulsarlos de la tribu. Como ves, a través de tu regreso, ayudarás a otros a encontrar su propio camino de vuelta. En ese momento genuinamente estarás trabajando en favor de la Luz y no en su contra". Luego se levantó, me tomó la mano, me miró a los ojos llorosos y dijo: "Bienvenida a casa, hermana Starseed Bliss". Ahí me solté a berrear, Zach. Fue una experiencia absoluta y transformadora. O sea, es que, ¿quién es este tipo?

—Créeme que lo sé. He estado ahí —dije.

Star siguió relatando el resto de la descarga de Dimitri.

—Luego dijo: "Volviendo a eso que mencionaste sobre la Iglesia, quiero que sepas que lo entiendo. El Amor del que yo hablo, o Dios, es algo que tu Iglesia y muchas otras afirman que existe fuera de ti, pero eso es falso. No es algo a lo que debas aspirar ni que debas ganarte siendo buena, ni algo para lo cual debas arrodillarte, rezar, dar dinero o cualquier otra locura de la que quieran convencerte. En realidad, tú has sido ese Amor desde siempre. Cristo dijo que el reino de Dios está dentro de ti, y sé a ciencia cierta que así es. Hermana, eres el Amor de Dios. Siempre lo has sido y nunca serás algo más, al igual que el resto de las cosas en este Universo y más allá. Por eso sé que no hay otra separación más que la que crean nuestro olvido y nuestra caída. Pero el truco es permanecer en el conocimiento de la verdad, ese sitio en el que te encuentras ahora. No titubees ni te dejes arrastrar por las malignas fruslerías del lado opuesto que te instan a la separación y te seducen con el deseo de culpar a otros. No hay un camino más directo de vuelta al infierno en la Tierra, y sé que ya no quieres más de eso".

Empecé a hacerle un masaje en los hombros. Había tenido la experiencia completa con Di, y para algunas personas es difícil lidiar con Di cuando está siendo *muy* Di. La habitación se estaba oscureciendo rápidamente. La tomé de la mano y la llevé a la terraza para que viéramos el final de la puesta del sol. Bajamos la mirada y vimos a Marcus y a Di en la terraza inferior. Di se estaba riendo y haciendo el tonto, saludando al sol y a la gente en la playa. Star simplemente meneó la cabeza.

—¿Cómo le hace para actuar como un niño y también cargar con la sabiduría de un anciano iluminado? —preguntó Star.

No era una pregunta fácil de contestar.

—Tiene que ver con el despertar que experimentó cuando murió en el hospital. Pero para él es cualquier cosa, Star.

—No lo entiendo, pero me gustaría saber más. ¿Cómo puede provocarte algo así una experiencia de vida o muerte? —dijo mientras lo señalaba.

Dimitri se había sentado en la tumbona y con una mano movía el respaldo hacia arriba y hacia abajo.

—Dale una oportunidad, Star. Nunca había visto un atardecer. De cierto modo sigue siendo un niño. O quizá es que nunca tuvo una infancia de verdad. Y entonces ahora es *así*.

Para entonces, Dimitri ya se había subido a la tumbona y estaba imitando los movimientos de los surfistas en el mar.

MUÉSTRAME EL CAMINO

ZACH

Estábamos caminando sobre la arena, viendo el atardecer en el horizonte, cuando de pronto Star me preguntó:

—¿Qué es eso de los Agentes del Cambio? ¿Quiénes son esos agentes y de qué se trata eso que hacen?

Se notaba que la conversación con Di había despertado su curiosidad sobre lo que estábamos haciendo. Hasta entonces yo no había hablado con nadie de esas cosas, y era un poco irreal decirlas en voz alta.

—A Di le encanta crear nuevas ideas y visiones, ¿sabes?, como eso de la Aldea Soberana. Es una cosa de verdad en la que está trabajando para materializarla en el mundo. También se mueve en realidades fuera de este mundo, más allá de lo que la mayoría de la gente puede siquiera entender. Estoy segurísimo de que también de ahí viene todo eso que dice sobre la "oscuridad". Ahora, en su mente, con los Agentes del Cambio ha creado un grupo de superhéroes que han venido a neutralizar esas fuerzas de la oscuridad y a devolver el equilibrio a nuestro mundo quebrado. Dice que los tres originales somos Marcus, él y yo.

Star se detuvo.

—¿El tipo del gato? Se ve tan… tan… ¿conservetas?

Wow. Meneé la cabeza.

—¿Es en serio, Star? ¿Después de todo lo que acabas de aprender? No puedo creer que hayas dicho eso. Qué vergüenza —dije. Star se tapó la boca con una mano. *Qué poco compasivo de tu parte, Zach.* Recordé lo mucho que había tardado en dejar de juzgar a otros y cuántas veces había metido la pata durante ese proceso. Además, ¿qué clase de ejemplo le estaría dando si la juzgaba por ser juzgona?—. Di dice que todos y cada uno de nosotros tiene una luz que resplandece como un diamante en nuestro interior, y que, una vez que se active, será capaz de acabar con cualquier limitante o impedimento impuesto por el ser inferior. El oficial O está trabajando en esa activación en este instante. —Star juntó las manos en señal de plegaria y se las llevó a la frente. Después de eso, seguimos caminando—. Di va a escribir un libro —agregué—. Y dice que va a ser rompedor.

—¿En serio? ¡Qué genial! —Star se emocionó de pronto—. ¿Te acuerdas de que te conté que Di me dijo algo sobre estar en presencia de los Agentes del Cambio? Tal vez yo también podría ser una superheroína. Digo, *si es que* dejan entrar a las mujeres, claro —dijo con un guiño.

Solté una carcajada.

—Ya eres parte del clan, nena. No te preocupes.

Star se echó a correr y dio una vuelta de carro. Antes de que nos conociéramos, ella había sido gimnasta.

Seguimos andando en silencio. La arena a nuestros pies estaba fría, pero la calidez de nuestra recién descubierta admiración mutua hacía que no lo notáramos.

—Tengo muchas dudas sobre el pecado —dijo ella después de un rato—. Sobre su origen y sobre lo que me enseñaron cuando era niña. En especial algo que Dimitri dijo en la segunda entrevista con Marianne Kelly. Así que le pregunté: "Cuando mencionaste al caballo blanco y al jinete rojo, te estabas refiriendo a los cuatro jinetes del apocalipsis, ¿verdad? ¿Cómo se conectan con eso que estabas diciendo?". Y me contestó: "Eres muy lista, ¿verdad, Star? No sabía si alguien había entendido esa referencia". Y yo le dije: "No olvides que mi papá es predicador, Di". —Alcé la cara de golpe, sorprendido—. Sí, así lo llamé, Zach: Di. Ya somos así de cercanos. —Me volvió a guiñar un ojo—. En fin, me explicó que era una gema oculta que había plantado para la gente extraordinariamente astuta. Y luego los dos nos carcajeamos. Cuando ves más allá de su rigurosidad, es un tipo muy gracioso, ¿no te parece, Zach?

—Sí, sí, sí. ¿Y qué te dijo después? —le pregunté con brusquedad, pues tontamente me sentí un poco herido de que ella también lo llamara Di.

—Bueno, pues se arrancó con toda la explicación. "Veo al jinete del caballo blanco, que se supone que entra primero, como la falsificación de Jesús, el Anticristo que trae a nuestro mundo el mensaje falso de lo que 'debería ser'. Y lo hace insistiendo en que su camino, ese que siempre impulsa la separación, es el correcto. Y luego señala todo y a todos los que según él están equivocados. Este jinete, el anticristo, atrae cada vez más soldados quebrantados, pues hay muchos en ese estado, por medio de las energías oscuras de la culpa, la ira, la vergüenza y el reproche conforme va ganando terreno a diario en el Campo de Batalla Terrenal". Entonces yo le pregunté: "¿No se supone que el anticristo es humano?", a lo que él contestó: "Se ha interpretado así, pero la Biblia está llena de metáforas. Jesús se apoyaba en ellas constantemente debido al entorno en el que estaba. Para mí, en este momento de la historia, ese anticristo es más bien la cruzada de narcisismo emprendida por individuos infectados por esas energías oscuras, que las usan para generar polarización y posicionarse en contra de otros. La evidencia de que eso es justo lo que está pasando en este momento es lo que ya hablamos sobre la cultura progre y la búsqueda de culpables. Y es que *esa* acción, la única que esa gente perpetúa, es lo contrario a la energía de Cristo, que es el Amor. Esa gente opera desde una polaridad de odio, y ése es el anticristo en acción".

"Me tardé unos minutos en entenderlo, Zach, pero, cuando lo logré, le dije que claro que me identificaba con su teoría al ver cómo la energía en la que yo estaba definitivamente no era de amor ni de luz. Fue muy difícil aceptarlo, Zach. No es fácil reconocer que eres parte de algo tan maligno. Entonces le pregunté por el segundo jinete, y él me dijo: "El caballo rojo simboliza el derramamiento de sangre que deriva de la ira y el odio, todo lo cual es producto de lo que hace el jinete del caballo blanco. Como ya dije antes, a través de la separación se sientan las bases para materializar la anarquía en las calles, la rapiña, los disturbios, el malestar social, la destrucción, la violencia y, en última instancia, la guerra". O sea, Dimitri decidió ir muy profundo, Zach. Y eso no fue todo. Luego continuó: "Después viene el jinete del caballo negro, que es muchas cosas, pero sobre todo es la hambruna, y sólo puede llegar cuando le han abierto camino las labores de los dos jinetes anteriores. La guerra social y cultural que crearon ambos, junto con la violencia subsecuente, causará una tremenda depresión financiera que derivará en falta de alimento. Todo eso forma parte del plan para tomar el control, pues ellos, los controladores oscuros, le presentarán a su gente, a sus seguidores, una solución: un nuevo sistema económico en el que el costo de la supervivencia será su aquiescencia, que la mayoría ya otorgó al participar en la creación de esa separación. En cierto modo ya portan la marca, pero luego habrá un paso más, que tendrá que ver con el cuerpo físico, pues será necesario ponerles un sello. Ahí se cristalizará la realidad de su nueva esclavitud, y entonces los soldados quebrantados se darán cuenta de que los embaucaron".

Star guardó silencio. Se había agitado. Las palabras de Di la habían conmocionado muchísimo.

"Te juro que me puse a temblar de verdad cuando imaginé lo que se avecinaba. Dimitri se dio cuenta y me dijo: "Star, dado que de verdad somos los creadores de nuestra realidad, todo eso podría tomar un camino muy distinto. Literalmente podríamos recrear la metáfora del jinete del caballo negro para simbolizar la carencia de Amor, la cual podría considerarse un tipo de hambruna que ya ha ocurrido". Y entonces yo argumenté: "Espera, ¿cómo puedes simplemente *considerarlo* de otro modo? En la iglesia de mi padre, la profecía hablaba del hambre y de los otros tres jinetes", a lo que él respondió: "Sí, y esa es la norma en cuanto a la explicación que se le da a la mayoría de la gente, porque así lo explica la Iglesia del Control. Pero, dado que las enseñanzas de la Biblia son crípticas y están abiertas a interpretación, y dado que sabemos que Jesús fue un buen hombre, podemos decidir verlas de forma distinta. Podemos llegar al acuerdo de dar un paso más y reconocer que nos engañaron lo suficiente con el jinete del caballo blanco, que nos han hambreado suficiente del Amor que somos y que han derramado la sangre de mil apocalipsis. ¿No crees que el cuarto jinete, el pálido, ya creó un infierno en la Tierra, justo afuera de nuestra casa? Es hora de ensillar y montar al verdadero caballo blanco, que es la auténtica segunda venida. Porque verás, Star, Jesús no va a volver. En realidad ya está aquí y aguarda en el espíritu de la Conciencia de Cristo enterrada en lo profundo de cada uno de nosotros".

"Ahí le tuve que poner un alto, Zach. No sólo estaba hablando de cosas densísimas, sino que también me estaba conflictuando mucho porque una parte de mí despreciaba lo que la Iglesia representa. Y otra parte de mí tenía miedo de que lo que él acababa de decir fuera una blasfemia. Y se lo hice saber.

—¿En serio? Necesito saber qué te contestó —dije en tono suplicante, y ella soltó una risita y meneó la cabeza.

—Me dijo: "¿De qué te ha servido ese miedo hasta el momento, Star?". Así nomás, Zach, sin titubear. Me tardé un momento en responderle: "No de mucho, Dimitri. Por primera vez entiendo cómo usan el miedo en la Iglesia del Control". "Eso es justo lo que hacen", dijo él. "Si tan solo escucharan y fueran sinceros sobre las auténticas palabras de Jesús, el mundo sería un lugar mejor. Las personas sabrían el poder que tienen, o más bien el poder que *son*. Jesús dijo: 'En verdad os digo: el que cree en mí, las obras que yo hago, él las hará también; y aun mayores que éstas hará, porque yo voy al Padre'. Lo último que la Iglesia del Control quiere que sepas es qué tan importantes son sus palabras en realidad. Claro que no me refiero a todos los líderes eclesiásticos. Hay algunos que también empoderan a la gente."

"Y yo le dije: "Mi papá definitivamente no es uno de ésos". ¿Sabes qué me contestó? "Pero *tú* puedes serlo, Star. Tú puedes ser quien ayude a asistir a otros para que avancen hacia la cuarta densidad. Sé que lo llevas dentro. Sólo necesitas seguir con tu proceso de ascenso, el cual está ocurriendo en este instante, mientras hablamos". En serio Dimitri te empodera, aunque al mismo tiempo sea un tipo medio raro, Zach. Así que, mientras procesaba todo eso en mi cabeza, se me ocurrió preguntarle qué pasaría si la colectividad no elegía ver las cosas a su manera. O sea, ya sabes, si la gente se queda en la mentalidad victimista o a la espera de que Jesús la venga a salvar. Y su respuesta fue: "No sé cómo se vería eso exactamente. Pero nadie lo sabe. Sin embargo, puedes esperar que haya censura, control mental, vigilancia, emboscadas y cualquier otra estrategia que permita mantenerlos a ustedes a raya. Piénsalo así: si Satanás se sale con la suya, porque sé que toleras que use ese nombre, te podrías imaginar un mundo de subyugación absoluta y lo que eso implica. Salir y reunirte con tus amistades con la libertad con la que lo haces ahora dejará de ser posible. Te dirán adónde puedes ir, adónde puedes conducir y para qué y cuándo. Los negocios que no estén bajo su control desaparecerán a la larga. Imagino incluso que usarán tácticas de despersonalización, como obligar a la gente a cubrirse la cara. Aunque suene desmoralizante, eso es lo que ocurriría en un mundo demente. Así fue cuando estábamos en Carlton. Gobernarán hasta lo que pienses y digas, que es algo parecido a lo que está pasando en este instante con los lacayos de Satanás, los paladines hipnotizados de la cultura de la cancelación arrastran por el lodo de las redes sociales los nombres de quienes no se dejan subyugar. Pero será peor en ese futuro distópico, porque la entidad oscura habrá eliminado el efectivo. Con su propia divisa digital, la privación como forma de apagarle la luz a la humanidad se volverá el arma predilecta contra quienes se resistan. Al final, parecerá un abrevadero de bajas vibraciones para los malvados, mientras la gente permanece sentada en su caja, interconectada con la inteligencia artificial del mal que se apoderó de ellos cuando aceptaron la marca. Por eso, Star, puedes ver que, al permanecer en un estado colectivo de inacción, dejaríamos el destino del mundo en manos de los cuatro jinetes. Y no podemos permitir que eso ocurra".

"Luego se empezó a reír y a menear la cabeza como si estuviera por encima de todo eso o algo así, y continuó: "Y, ¿sabes qué, Star? Pase lo que pase, yo estaré en paz. Porque vine aquí a hacer Su voluntad, en vez de mi voluntad. En última instancia, el Universo es el que tiene el control. Yo sólo sigo las coordenadas y estoy aquí para ayudar a la gente a acelerar el proceso al asistir a quienes están listos para avanzar en su despertar. De nuevo, esto sólo se puede hacer si primero lanzas el odio, los juicios, la falta de unidad y el autodesprecio al lago de fuego al que pertenecen". Y ahí se quedó, porque entonces entró tu amigo Marcus. También es un personaje peculiar. Creo que no le gusta mi nombre o algo por el estilo. Tampoco parece convencerle mucho la forma en que comemos. ¿En serio Tess no tiene problemas con que traiga a su gato?

Me reí.

—No te preocupes por el oficial O. Es buen tipo, aunque sea medio terco.

Star sonrió, y no pude quitarle la mirada de encima, pues me tenía asombrado el monumental cambio que había ocurrido en cuestión de horas. Estaba genuinamente en paz, más allá de la fachada de supuesta paz que ostentaba como lo que la definía como diosa espiritual, alta sacerdotisa o lo que fuera que se considerara esa semana.

Star se dejó caer en la arena.

—¿Por qué nos está pasando esto, Zach? ¿Por qué hacemos todo esto?

Inhalé profundo, pues reconocí que era una pregunta de las grandes.

—La explicación que da Di es muy sencilla: es el juego que vinimos a jugar. Para él, que transmutemos la oscuridad de nuevo en Amor es el objetivo de dicho juego. Justo como lo explicó en la entrevista.

Star asintió y me señaló.

—¡Eso estuvo É-PI-CO!

Asentí para darle la razón.

—Al hacer esto, volvemos a lo que en realidad somos, sanamos nuestra desconexión, volvemos a estar completos. De hecho, es más preciso decir que empezamos a recordar la completitud que siempre hemos sido, pero que no habíamos podido experimentar en su totalidad. —La miré a los ojos—. ¿Me explico, nena? ¿Ves a qué me refiero?

—Supongo que sí lo estoy entendiendo, porque de otro modo no estaría alucinando —dijo Star y asintió.

—Básicamente el mundo está despertando porque ya casi tocamos fondo. Y, dado que eso está pasando, la oscuridad se está desesperando. Se la ha pasado aventándonos toda clase de mierda y reptando en los reinos de la polarización y la división mientras nosotros seguimos avanzando hacia la unidad. Lo que la oscuridad no entiende es que, entre más mierda nos aviente, más se acelera el despertar, lo que implica que tendrá menos de qué alimentarse. Según la teoría de Di, con eso debería morir de hambre, y así se salvaría el planeta.

Star se estaba desmoronando.

—Ay, me asombra que estés mucho más avanzado que yo. Pero no me voy a dejar tentar por ese ego poco saludable. Sólo dejaré que la verdad del Amor hable a través de ti. Con A mayúscula, ¿verdad?

La amé más que nunca. Su mirada desbordaba autenticidad.

—Así es, nena. No estoy ni más ni menos avanzado. Sólo he mejorado mi memoria. Y quiero ayudarte y ayudar a otros a mejorar la suya también.

—Qué bien, ¿no? —dijo mientras se limpiaba las lágrimas, y después prometió que se distanciaría de cualquier viejo patrón que promoviera la destrucción de nuestro mundo, de su gente o de la vibración positiva que ella en realidad era.

¿ENTRAS O SALES?

MARCUS

Lo seguí hasta la terraza.

—¡Míralo, Marcus! —exclamó y señaló el atardecer con más entusiasmo del que yo había visto a alguien demostrar, salvo quizá por Hope—. ¡Es el primero que veo! ¿Y para ti? —preguntó.

—De hecho, también es el primero. Al menos en el Pacífico —contesté en voz baja.

Dimitri estaba tan asombrado que tenía los ojos abiertos como platos.

—¡Yo nunca lo había visto en ningún lado!

Era un poco extraño estar ahí con él, pues, mientras él desbordaba alegría, yo estaba conflictuado. Las cosas que Dimitri había dicho en la casa habían sido muy poderosas y representaban todo lo que yo quería escuchar y a lo que quería pertenecer. Sin embargo, justo antes de que entrara Zach, mencionó algo sumamente aterrador que me hizo preguntarme si había cometido un tremendo error al renunciar a mi empleo y a dejar a mi hija y a mi novia para atravesar el país por esto. No lo conocía lo suficientemente bien como para saber qué tan en serio debía tomar sus palabras.

Me paré junto a él en la terraza y apoyé las manos en el barandal, igual que él. Dimitri tenía la mirada fija en el sol, como si estuviera en medio de un trance. Luego, señaló la orilla del mar.

—¿Por qué la gente usa mascarillas en la playa?

—¿Qué? ¿Dónde? —pregunté.

Seguí su dedo que señalaba a un hombre que iba caminando sobre la arena húmeda, justo a la orilla del mar. Y sí, traía puesta una especie de mascarilla, como las que usan los médicos.

—Ni idea —contesté—. Nunca había visto eso. —La mano de Dimitri cayó a un costado, y él asintió con expresión empática mientras el silencio nos envolvía de nuevo. Segundos después me armé de valor para interrumpir su dicha—. Entonces… quieres sublevarte, ¿cierto? —pregunté en voz baja, como si fuera algo trivial.

Despacio, volteó a verme, y estoy seguro de que mi sonrisa fingida no lo engañó. Del bolsillo sacó una bolsa de cacahuates, volteó de nuevo a ver el sol y se rio.

—Sí, pero de forma pacífica. —Me tendió la bolsa—. ¿Cacahuates?

Literalmente suspiré de alivio, y él se dio cuenta. Tomé un puñado.

Al final no está tan loco, gracias a Dios.

—Sí, eso sería mejor, Di, sin duda.

Al oírme, soltó una carcajada. No sé si fue porque lo llamé por su apodo, por mi falta de autenticidad o por ambas cosas.

—Tal vez de forma pacífica. Ya se verá —susurró y se quedó callado un largo rato mientras veía el sol desaparecer en el horizonte.

Me está tomando el pelo, ¿verdad? Recuerda estar en el momento presente, Marcus. Aquí y ahora no hay ninguna revolución. Estás en una mansión en Malibú. Todo está bien.

Dimitri se inclinó hacia el frente, con la mirada fija en las olas.

—Entonces, ¿estás dentro? —preguntó con voz grave y solemne.

Cerré los ojos, y los sucesos del último año se reprodujeron en mi cabeza. *Qué sarta de locuras.* Volví a abrirlos. Esa pregunta sólo tenía una respuesta posible.

Asentí y contesté en voz baja.

—O sea, ¿qué otra cosa podemos hacer? ¿Verdad?

Dimitri aplaudió y le dio palmadas al barandal con la mano derecha.

—¡Ya estás hablando en mi idioma, hermano! —exclamó. Como si hubiera estado planeado, el colibrí alucinatorio de siempre se nos acercó zumbando dos veces. Esta vez ni siquiera moví la cabeza para seguirlo con la mirada. Ya me había hartado de darle tanta importancia a algo que sólo yo veía. Luego se quedó flotando frente a la terraza y nos miró. Para tratar de ignorarlo, me obligué a observar a los surfistas que estaban hacia el norte. *Qué ridiculez*—. Es muy lindo, ¿verdad? —dijo Dimitri entre risas—. Pero también es un dolor de muelas, ¿sabes? —agregó de forma casual.

Mi mirada se disparó entre el colibrí y él.

—Espera, ¿de qué estás hablando exactamente, Dimitri? —pregunté.

Alzó la mano y señaló al ave.

—De Huitzil. Creo que siempre aparece en los momentos más extraños.

El pájaro se acercó, como si supiera que Dimitri estaba hablando de él.

—A ver, ¿cómo es que ahora lo ves si antes no lo veías?

—Marcus, siempre he podido ver a Huitzil. Pero no hablo de él cuando están presentes otras personas que no pueden… aún. —Saber que él y yo compartíamos algo que los otros no, sin importar qué tan avanzados estuvieran en su formación, me dio cierta satisfacción. Dimitri alzó la palma de la mano hacia el cielo, y el pajarito voló hacia él y se posó en ella. Luego, Dimitri caminó hacia la playa, hasta llegar a un lugar donde yo no pudiera escucharlo, y habló con el ave antes de lanzarla al aire. Huitzil se fue zumbando hacia el sol poniente—. Ya le demostré quién manda aquí, ¿verdad? —dijo Dimitri entre risas al volver a la terraza. Luego se frotó las manos para entrar en calor y preguntó—: Ah, ¿quieres saber cómo le van a llamar?

—¿A qué cosa?

Me lanzó una mirada extraña, como si fuera mi deber entender de qué me estaba hablando.

—Ay, pues a lo que va a detonar el momento decisivo de la evolución humana. O sea, nada más que el logro más importante de la humanidad en toda la historia —contestó y soltó una risotada.

—Ah, ¿a eso? —sonreí y le guiñé el ojo—. No, ni idea. Pero, como de costumbre, tengo la sospecha de que me lo vas a decir.

—Así es, hermano. Así es. —Señaló hacia el mar que aún reflejaba cierto brillo dorado que resplandecía sobre el agua como diamantes. Me pareció incluso que Huitzil estaba bailando encima de él, mientras las gaviotas graznaban al fondo. El corazón se me aceleró tanto que hasta alcancé a ver que el pecho me vibraba mientras Dimitri se inclinaba hacia mí, con expresión de absoluta seriedad—. Esta cosa, este movimiento que estamos armando, va a conmocionar al mundo con tal fuerza que toda la gente se unirá en armonía amorosa, lista para hacer lo que se necesita hacer. Y quedará asentado en los libros de historia, y se le recordará durante siglos y siglos como *la Revolución Esencial.*

Y ES ASÍ.

EPÍLOGO

MARCUS

En un periodo muy breve, los verdaderos dueños de nuestro mundo, quienes controlaban lo que necesitábamos para nuestra supervivencia básica, harían la jugada más maligna de la historia. El globalista oculto empezaría a impulsar políticas identitarias partidistas que enfrentarían a los políticos entre sí de una forma más sanguinaria que nunca. Después, en esa misma línea, los políticos enfermos de poder, junto con los medios encabezados por la oscuridad, manipularían al público por medio de ideologías polarizantes —como el sexismo, el racismo y el culturalismo— para desgarrar el tejido social. Al poco tiempo, la colectividad empezaría a comportarse como niños en un patio de juegos que se pelean por juguetes, mientras las ciudades arden en llamas, y riñen por sus egos e ismos, cegados por la gruesa venda de lana con la que les taparon los ojos.

Pero Dimitri tenía un plan propio. De entrada, retiraría el velo para mostrarnos a mí y a los otros miembros del equipo la cruda verdad. Luego, trabajaríamos en conjunto para mostrársela al mundo, y de ese modo, con la precisión de un reloj, muchos empezarían a dar un paso al frente y a unírsenos, lo que nos convertiría en una fuerza imparable. Y a partir de entonces la oscuridad redoblaría sus esfuerzos y desataría algo que infundiría aún más miedo entre las masas, en un intento desesperado por aferrarse a su percepción ilusoria de control. Pero lo que la oscuridad no se imaginaba era que eso lo usaríamos en su contra e inspiraríamos a otros a asumir su propia audacia y a decirle no al odio y sí al Amor, con lo que la oscuridad terminaría en total bancarrota.

No tardaría en llegar al estado de conocimiento de que todos los sucesos difíciles de mi vida habían estado sincronizados a la perfección para traerme hasta este momento, hasta este lugar, en donde te hablo desde un futuro hermoso. El tiroteo, perder mi empleo, divorciarme de Lisa y los disturbios en Carlton fueron diferentes tipos de muertes. Del otro lado de cada una hubo vida, vida nueva, y no sólo para mí. Como puedes ver, fue sólo hasta que Dimitri atravesó su propia muerte y renacimiento que yo pude erguirme del lado opuesto de un mundo sumamente atribulado después de que ese mundo pasó por lo mismo. Hubo una época en la que maldecía a los representantes de la entidad oscura por generar dolor en el mundo, pero ahora que estoy aquí, después del Emplazamiento, pienso de forma diferente.

Espero que nos acompañes también durante la recreación de la siguiente fase de este viaje, que es la más crucial. Así, juntos soportaremos los dolores de parto mientras la entidad oscura nos empuja hacia nuestro renacimiento de Unidad y paz en la Tierra, tras el cual desaparecerán la duda y la confusión colectivas en torno a la verdadera naturaleza de su juego.

DE *LA INVITACIÓN: VOLUMEN 2 DE LA REVOLUCIÓN ESENCIAL*

UN MAL NECESARIO

STAN

Dicen que con dinero baila el perro, y es gente como la familia Markland la que pone a los cachorritos a bailotear.

Todos los que fuimos niños en los setenta queríamos volvernos millonarios. Y, conforme fui creciendo, al igual que la mayoría, dejé que el dinero —o las ansias de poseerlo— se convirtiera en mi dios. Me inquietaba, lo deseaba y urdía planes para obtenerlo. Poco antes de cumplir veinte, luego de que mis padres murieran en un accidente automovilístico extrañísimo, me uní al ejército, y unos cuantos años después fui reclutado por "la Agencia"… la CIA, pues.

La lealtad a algo que supuestamente era por *el bien común* pareció curar mi inquietud por enriquecerme. Y las brasas de deseo que quedaron se extinguieron a mis cuarenta y tantos años cuando empecé a trabajar para Terrance Werner Markland, uno de los hombres más ricos del mundo.

Los ultra millonarios son los seres humanos más dañados y retorcidos del mundo, y tengo anécdotas que lo demuestran. Pero, al final, ¿quién soy yo para juzgar a un hombre como el señor Markland? O sea, el tipo es un hombre de principios. Genuinamente cree que la gente debe vivir su vida como le dé la gana, y Dios es testigo de que eso es justo lo que él ha hecho. Basta con ver su matrimonio fallido con Dora, una mujer suicida y limítrofe que es adicta a los antidepresivos y al alcohol a causa del estilo de vida adúltero de *su* marido. Por no hablar de su hija malcriada, narcisista y sedienta de fama que siempre estaba a punto de violentarse si sus publicaciones no se viralizaban y la lanzaban a la InstaFama.

Por último, Zach: el delincuente reincidente e hijo alienado que hacía menos de un año había sido liberado de la Penitenciaría Estatal de Carlton tras cumplir su sentencia en régimen ordinario. En pocas palabras, lo que quiero decir es que, si quieres superar tu amor por el dinero, pasa un mes con una familia de millonarios. Después de eso te contentarás con tu humilde empleo de nueve a cinco.

En ese momento de mi vida, poco antes de cumplir el medio siglo, el trabajo era mi vida entera. Había pasado de ser el jefe de escoltas de una de las cuatro unidades de seguridad de la residencia principal del señor Markland en el Medio Oeste americano a ser el AC (agente a cargo) de Tess en Malibú, California. Hacía años que me habían asignado el cuidado de Tess, y debo confesar que no era nada sencillo. Una *socialité* pseudofamosa de medio pelo que lo que más quería en la vida era estar al nivel de Paris o de Kim, aunque ni todo el oro del mundo pudiera arreglarle los genes. Estuve a su lado durante las cirugías plásticas y los ardides publicitarios fallidos y la implementación de otras tácticas feroces que no vale la pena mencionar. Ahora que tiene como veinticinco decidió conformarse con perseguir los millones. Si el público se negaba a darle la atención que tanto quería, haría hasta lo imposible con tal de obtenerla de la única persona con la que nunca había logrado vincularse: su padre.

El sueño de Terrance era que Zach siguiera sus pasos y algún día encabezara el imperio Markland, pero el mal uso que hizo el muchacho de su ingenio acabó con las ilusiones del padre tan pronto aprovechó su talento informático para hackear y desconectar la red eléctrica de toda una ciudad en el momento más crudo del invierno.

Hay que reconocer que el señor Markland respaldó a Zach y logró que recibiera una "condena liviana" en una prisión de mínima seguridad, de esas que vulgarmente se conocen como "campamentos escolares". Pero nadie habría podido imaginar qué tan profunda era la locura de Zach hasta que hackeó el sistema de la prisión para reducir su sentencia. Cuando salió a la luz, los medios se regodearon hasta el cansancio con la persecución del hijo de uno de los hombres más ricos del mundo.

Para el señor Markland, el pináculo de la humillación ocurrió cuando llegaron alguaciles a su enorme propiedad con una orden de cateo en las manos. Encontraron a Zach escondido en la bodega de vinos. Hasta la fecha, ningún integrante del equipo de seguridad tiene idea de cómo ingresó a las instalaciones sin ser detectado.

Como verán, cuando estás donde yo he estado, conoces todos los trapos sucios de esa gente. Y hablo en serio cuando digo que te enteras de *todos* sus secretos. Claro que, como EPC (escolta profesional certificado), juré que jamás los revelaría. Sin embargo, con todo lo que está pasando en el mundo, creo que puedo hacer una excepción.

Tienen que entender que, en mi papel de agente a cargo de Tess Markland, no sólo estaba obligado a ver cualquier cosa, sino también a hacer cualquier cosa. Desde subirle el cierre del vestido en las boutiques hasta ahuyentar a los paparazzi que la esperaban afuera y ensuciarme las manos cada que a Tess se le ocurría alguna locura. Si era necesario decirle que se veía divina durante uno de sus "momentos", lo hacía sin titubear. Lo que más quería el señor Markland era que su "bebita" estuviera a salvo (es decir, cuerda) y feliz. Créanme que no era nada sencillo.

Entraba y salía tanta gente de la casa de Tess que el protocolo de revisión era pesadillesco. Como creció en un entorno extremadamente resguardado, cuando se convirtió en una adulta hecha y derecha encontró la forma de burlar el sistema. Encontrar un equilibrio entre ser un lambiscón y ejercer la poca autoridad que tenía permitido sobre alguien que podía reemplazarme en un parpadeo era sumamente desafiante, por decir lo menos. Pero al final de cada mes seguía recibiendo un cheque firmado, así que todo estaba bien. Se suponía que su padre no intervenía, y así era, aunque para eso yo tenía que comunicarme con su AC, Jude Samuel Arnold, a quien le decíamos Arno. En su calidad de jefe de seguridad del señor Markland, Arno siempre se aseguraba de darle el mismo reporte al jefe: "Todo está bien con su hija, señor".

Claro que no "todo" siempre estaba "bien". Tres años antes, luego de pasar una semana de viaje a Marruecos, Tess volvió con un potencial pretendiente e insistió en meterlo a la casa de playa de Malibú sin permitirme investigarlo y comprobar sus antecedentes. Sin embargo, gracias a mi formación como antiguo jefe de operaciones de la Agencia, sabía que había ciertos huecos que no debía ignorar. Información adicional indicó que había una probabilidad "más que moderada" de que fuera un topo enviado a infiltrarse en la familia Markland para beneficio de quienes lo pusieron ahí. Esa información lo llevó al nivel cuatro: amenaza de seguridad elevada. La relación duró dos meses más, hasta que el tipo apareció colgado de una viga de madera en su departamento de Beverly Hills. Y eso es todo lo que puedo decir al respecto.

El forense determinó que fue un suicidio, y en redes sociales los *trolls* reforzaron esa idea haciendo comentarios crueles de que el tipo no pudo "aguantar la vida con Tess". Tess pasó un par de días alterada, hasta que, como era de esperarse, encontró a su siguiente víctima, como solíamos decirles Arno y yo a sus galantes. No eran víctimas reales, sino más bien sanguijuelas que trataban de aprovecharse. Al parecer, ese era el único tipo de gente que llegaba a su vida. En términos generales, la actitud de Tess era grosera y egocéntrica. Así que era difícil que alguien genuinamente se enamorara de ella.

La única constante era su mejor amigo, el rey de las sanguijuelas —o reina, más bien—, a quien Tess le decía "mi perrita". Tengo que reconocer que era una descripción muy precisa. Coco me despreciaba porque yo era el único en la órbita de Tess capaz de "frenar de golpe" las cosas. Y a veces él —o ella— terminaba pagando los platos rotos.

Coco se llamaba Javier Alfonso Vásquez y era hijo de Manuel Vásquez, un jornalero de origen mexicano que emigró a Estados Unidos con la esperanza de tener una mejor vida. Ahí conoció a Amalia Dilag, una joven de Filipinas naturalizada estadounidense con quien se casó. Ambos criaron a su único hijo en un barrio de la Sección 8 de Boyle Heights, en el este de Los Ángeles. Cuando Javier tenía dieciocho años, se fue de su casa, se cambió legalmente el nombre a Coconut Spice y se asentó al otro lado del cañón, en el Valley, a un breve viaje en auto de distancia de la mansión de Tess.

Coco y Tess se conocieron antes de que ella se volviera medianamente famosa. Y Coco era el que siempre le decía que la fama la estaba esperando a la vuelta de la esquina. De hecho, en ese entonces decía que "*los* estaba esperando", pero con el tiempo Tess acapararía los reflectores al mostrar en redes sociales la riqueza y el estilo de vida estrafalario de su familia.

Coco aprovechó el frenesí del VO (virus ocular) para hacer una marca propia de lentes que protegían contra el VO-19, y varias veces le pidió a Tess que los promoviera y "solamente" lo etiquetara. Moría porque ella lo mencionara de paso en sus redes sociales, pero Tess casi nunca lo hacía. Aun así no quedaba duda de que Coco había llegado para quedarse, sin importar que lo pisotearan, con tal de beneficiarse de las migajas ocasionales.

El otro principal vividor era Ryan, que casi todo el tiempo fungía como camarógrafo de Tess, a pesar de que su verdadero talento era la programación computacional. Al igual que Zach, había sido considerado uno de los mejores programadores del país y le habían ofrecido una beca para que estudiara en una de las universidades más prestigiosas del mundo. Pero, como era de esperarse, Ryan no tuvo que usar su don para conseguir trabajo, pues Tess le pagaba una cantidad exorbitante de dinero a cambio de que la fotografiara y subiera sus fotos a internet.

La siguiente en la lista es Starseed Bliss, antes conocida como Eve Fischer, quien ahora le cocina a Tess (pura comida vegana y orgánica). Quizá se le podría considerar una amiga de verdad, o al menos lo fue mientras Zach estuvo en su "vacacioncita". Antes de que lo arrestaran, llevaba varios años saliendo con Star. Cuando Zach desapareció del mapa, Star se fue acercando a Tess, logró escapar del Cinturón Bíblico y se asentó en Los Ángeles, donde por fin se liberó de las garras de su padre, el predicador recalcitrante que había controlado todas y cada una de sus acciones desde que era niña.

Irónicamente, Star se volvió una mujer "espiritual", y Tess iba por ese mismo camino. Ya saben a qué tipo de gente me refiero: ropa holgada, cangurera de cuero, sombrero de ala ancha y un afán insoportable de predicar la última moda del autocuidado. Es el tipo de estupidez que con muchísima facilidad atrae a los angelinos. Y Tess mantenía a Star cerca para estar siempre al tanto de las tendencias. Star le ayudó a elegir la ropa indicada y a usar la jerga pseudoesotérica que cada día era más popular.

Sin embargo, cuando Zach volvió, las cosas entre Tess y Star cambiaron. Star volvió a enfocarse en su novio, y se notaba a leguas que Tess se moría de los celos. Eso sólo empeoró la tensión en la casa de playa, aunque no fue nada en comparación con lo que se avecinaba.

Quizá se pregunten por qué no me largué de ahí. Bueno, además de la "isla de supervivencia" de la familia Markland, que se jactaba de brindar la mejor soberanía alimentaria independiente imaginable durante un apocalipsis inminente, también estaba el jugosísimo cheque.

Y, aunque ya había superado mis deseos infantiles de pertenecer al 1%, haber abandonado "la Agencia" antes de tiempo y no tener prestaciones gubernamentales era, sin duda, un problema. Así que tener algo de plata, un plan de retiro y seguridad alimentaria era mi boleto a una vida con cierta semblanza de comodidad y hasta con ciertos recursos para solventar mis gustos relativamente costosos.

La llegada de la gente de Zach —Dimitri Cato Tanomeo y Marcus Angbo

Ogabi— representó el principio del fin... o el principio del principio, dependiendo del cristal con el que se mirara. "Los tres mosqueteros", como les apodaba Zach, se estaban dedicando a cambiar el mundo y usaban la tecnología —y el dinero de Tess— para lograr su misión.

Ogabi era tan incapaz de adaptarse que eso parecía eclipsar su existencia entera y no daba pie a muchas sospechas. Era un policía venido a menos que luego trabajó como guardia penitenciario (empleo que también perdió) y a quien Zach finalmente "rescató" de su más reciente trabajo como jefe de seguridad en un Walmart antes de invitarlo a la propiedad. Tenía antecedentes militares, pero no eran significativos, lo que me hacía pensar que, en términos generales, al tipo le faltaba disciplina. Su hija adolescente, Hope, vivía en un barrio suburbano de clase media con Lisa, la exesposa de Ogabi, y Alberto "Beto" González, el futuro esposo de Lisa. ¿Ogabi era un carroñero, igual que los otros? Aún tenía mis dudas. Lo que sí sabía era que no contribuiría en nada si hubiera una crisis en la residencia de Malibú. Era demasiado débil.

La forma en que Zach hablaba de sus planes me hacía creer que podía tratarse de algo grande. Y básicamente *se la vivía* en su sala de programación, lo que les daba bastante credibilidad a sus afirmaciones grandilocuentes. Antes de que lo encarcelaran, Zach casi nunca se esforzaba por lograr algo que no fuera intentar demostrar su valía para dejar de vivir a la sombra de su poderosísimo padre. Su alto coeficiente intelectual y extraordinarias habilidades argumentativas, junto con su visión elitista transformada en activismo social, hacían que estar cerca de él no fuera sencillo para mucha gente. Era un parrandero aficionado a pinchar discos y a hacer travesuras al que nada le importaba tanto como su reputación de "chico malo" y su estatus social. Pero algo cambió en la cárcel. Para ser sincero, me dio esperanzas. Y no sólo por él, sino por la casa entera. Mientras lo observaba, me preguntaba si había una metodología o un razonamiento detrás de sus recientes rachas enloquecidas de trabajo interminable, propulsadas por bebidas energéticas y sándwiches veganos. O quizá sólo era otro parásito que seguía mamando de la teta de Terrance Markland, a quien, según Arno, no le agradaba ni tantito la idea de que Zach se estuviera quedando en la casa de playa.

Sabía que obtendría respuestas a mis preguntas tan pronto pudiera hablar con el hombre que estaba detrás de todo esto. Mandé a un integrante de mi equipo a recogerlo al aeropuerto y salí al estacionamiento de la casa de playa cuando llegó. Esa fue la primera vez que *lo vi* en persona.

—Hola, me llamo Dimitri —me dijo con voz alegre. Inesperadamente lo soltaron antes de tiempo gracias a que recibió un indulto gubernamental, y traía puesta la misma ropa que cuando lo arrestaron, salvo por la camiseta, que era parte del uniforme de los presos. Los pantalones tenían manchas de sangre, supongo que de cuando casi mata a su padrastro a golpes. Sí, confieso que había leído el informe policial y su historial en la prisión. Era mi trabajo saber absolutamente todo sobre cualquier persona que pusiera un pie en esa propiedad de los Markland.

—Si no te importa, Dimitri, enviaré a alguien a comprarte ropa nueva —le dije. El tipo bajó la mirada hacia sus pantalones y zapatos, y meneó el dedo gordo que se asomaba en una esquina. Luego se rio y me miró de arriba abajo.

—Sí, claro, pero en este instante no tengo dinero para pagártela.

—No tienes que pagar nada, hijo. De eso se encarga el fideicomiso.

Verán, los Markland no eran millonarios, sino de otra especie: multimillonarios. Lo que tenían podía duplicarse una y otra vez, y eso era justo lo que hacía. La perspectiva del señor Markland era un tanto distinta a la de la mayoría de los hombres. Una vez que los invitados cruzaban el segundo portón, pasaban a formar parte, de modo que todo lo que se les daba, desde ropa hasta comida, era suyo y de nadie más. De ahí los parásitos.

Dimitri esbozó una gran sonrisa y se rio.

—Pues qué generoso es ese fideicomiso. No sé bien cuál es mi talla de zapatos, pero me imagino que…

—Es 12 ancho. También tenemos el resto de tus medidas. En una hora recibirás un nuevo guardarropas.

El muchacho me miró, confundido, antes de asentir y sonreír de nuevo.

—Ya sé quién eres. Eres Stan "el espía", o al menos eso eras. Zach me habló de ti —dijo. Me le quedé viendo mientras él me observaba con los ojos de un niñito. Mi trabajo no implicaba darle un reporte sobre mi pasado, pero el tipo insistió—. ¿En dónde estabas? ¿En la CIA? —Ni siquiera parpadeé—. ¿Operaciones tácticas? ¿Black Ops? —Me quedé quieto, y él me miró a los ojos con más intensidad—. ¿Asuntos Internos? ¿Mercenario de operaciones encubiertas? —En ese instante parpadeé—. Ah, así que *eso* hacías.

No pude contener una sonrisita.

—Tienes una imaginación muy activa, muchacho.

El tipo se rio.

—¡Eso es justo lo que diría un espía, Stan! —contestó. Fruncí el ceño. *¿Quién se cree este listillo?*—. Zach me dijo que tendría que "charlar" contigo. ¿Crees que podamos saltarnos la parte en la que me torturas e irnos directo al momento en el que te cuento todo?

Asentí y esbocé una sonrisita. Uno de mis talentos como operativo encubierto era mi capacidad para leer a la gente como un libro abierto, pero con este tipo no era tan sencillo. Era un personaje muy peculiar. No me quedaba duda de que fuera honesto, tal vez hasta *en exceso*. Era gracioso, y su torpe inocencia le imprimía cierto encanto, pero eso hacía que me mantuviera instintivamente en alerta.

—¿Qué planeas hacer durante tu estancia aquí, en la propiedad?

El tipo reviró sin titubear.

—Salvar al mundo. —Luego se rio y murmuró algo así como que en realidad no había un mundo al cual salvar, sino que era el juego que había venido a jugar.

Titubeé. ¿Qué se le contesta a alguien que dice que vino a salvar el mundo?

—Sí, algo así me dijo Zach. ¿Podrías ser más explícito?

Dimitri sonrió.

—De hecho no, no podría. Es una cosa muy tecnológica de la que Zach sabe más que yo. Pero es algo que va a *despertar* al mundo.

En ese momento no me quedaba muy claro qué significaba eso de "despertar al mundo". ¿Se refería a que la gente despertara y se diera cuenta de lo que estaban haciendo los verdaderos dueños del mundo y de los planes que estaban ejecutando con ayuda del virus ocular? ¿O consistía en revelar el verdadero poder de la especie humana, una verdad que esos mismos dueños del mundo mantenían oculta tal y como lo habían hecho sus ancestros durante miles de años?

Para que tengan algo de contexto y entiendan a qué me refiero, supongan que hay una guerra entre dos sistemas de pensamiento. Uno de ellos sostiene que los humanos están hechos a imagen y semejanza de Dios y que vivir a imagen y semejanza de ese Dios creador conlleva santidad. Bajo ese modo de pensamiento, los derechos humanos y la soberanía prevalecen. El otro sistema de pensamiento se basa en la "supervivencia del más fuerte" y conlleva una jerarquía de la humanidad. Ahí se ubican los elitistas, la "clase dominante", la gente que —gracias a su riqueza, poder y superioridad intelectual— cree que puede decidir quién permanece en el planeta y si acaso gozará de libertades.

Miré a Dimitri de arriba abajo con curiosidad y en ese momento recordé una profecía secreta de la que Arno me habló alguna vez. Él tenía autorización especial en Langley, por lo que podía enterarse de primera mano de lo que en verdad ocurría detrás de la cortina de Oz. Según Arno, los dueños del mundo, fieles seguidores del segundo sistema de pensamiento, creían que lo que hacían —sus planes para arreglar el mundo reduciendo la población "a su manera"— en el fondo era benevolente. El primer pendiente en su lista era desmantelar cualquier tipo de unidad entre seres humanos. Primero usarían a un político para detonar el ego y los traumas latentes de buena parte de la población, con el objetivo de incitar divisiones y enfrentamientos entre la gente de a pie. Luego, atizarían el fuego a través de Hollywood, de las redes sociales y de los medios de comunicación masivos para reforzar dicha división. Y pondrían de cabeza las creencias, los principios y la moral de la colectividad durante una fase de la profecía que se conocería como "la inversión".

Pero eso no sería todo. Los dueños iniciarían una guerra psicológica contra la humanidad usando una narrativa exagerada, difundida hasta el cansancio por los medios y las redes, la cual provocaría una psicosis masiva a nivel mundial. Sabían que, si generaban ansiedad crónica a través del miedo, y la combinaban con aislamiento físico obligado, provocarían que una inmensa cantidad de gente se descompensara a nivel psicológico y se volviera vulnerable, crédula y fácil de manipular. Por último, implementarían su principal fórmula ganadora: PRS (problema, reacción, solución). Y eso detonaría el mayor secuestro de la conciencia humana del que se hubiera tenido conocimiento hasta la fecha. "El problema", que en ese momento desconoceríamos, provocaría "la reacción" deseada en las masas: miedo a la muerte. Luego sacarían a la luz "la solución": una medida temporal para aliviar la ansiedad que las masas temblorosas engullirían sin siquiera cuestionarla y sin querer ver la verdadera finalidad de todo eso. Y, dado que este tipo de plan funciona estrictamente a través de la manipulación de las emociones y no interviene la razón, hasta los intelectuales caerían en la trampa y se volverían beligerantes si alguien llegara a cuestionar su narrativa. Porque lo último que querrían sería volver al pavoroso estado de ansiedad provocado por el miedo a morir.

Ha de decirse que la profecía incluía muchas cosas más, como guerras, hambrunas e inteligencia artificial que en última instancia nos llevaría al transhumanismo que tendría como objetivo final introducir una realidad de encapsulamiento para las futuras generaciones.

Sería congruente con lo que los conspiranoicos creían, pero su teoría asumía que todo era por maldad. Nosotros, en cambio, lo considerábamos un mal *necesario*, como ocurría con muchas de las acciones que emprendía la Agencia.

Debo aclarar que, para nosotros (es decir, Arno, algunos otros en el campo del espionaje y yo), lo que los dueños llamaban "el Gran Reinicio" era sólo eso: un nuevo inicio. *Un mejoramiento de toda la humanidad.* Era indispensable para la supervivencia de la especie. Los que habíamos perfeccionado el oficio estábamos tan acostumbrados a invadir países extranjeros y eliminar "amenazas a la democracia" que considerábamos que estas eran el tipo de cosas que había que hacer para salvar a la humanidad.

La profecía fue descubierta por primera vez en una de las escrituras de Nag Hammadi que fueron halladas en 1945. El texto, que data del siglo IV, predecía la llegada de un enemigo significativo que entraría a escena para detener el Gran Reinicio y en su lugar impulsaría algo llamado "el Gran Despertar". Muchos considerarían que ese enemigo sería un héroe. En la Agencia simplemente lo conoceríamos como el Disruptor, un cáncer que debía ser erradicado.

Los detalles de la profecía eran bastante crípticos y vagos, en parte porque, en 1947, un agente desapareció uno de los libros de la serie original de catorce justo antes de que fueran traducidos. Según Arno, a quien me gusta llamar "el Erudito" porque parece saber más que cualquiera, los dueños habían ordenado que la Agencia custodiara con uñas y dientes el texto "faltante". Lo mantuvieron oculto de la población porque su contenido podría afectar mucho a quienes tenían el poder y el plan de implementar la profecía. Dado que esa parte era un misterio para todo el mundo, incluyendo a los dueños del mundo, había toda clase de especulaciones sobre quién sería el supuesto Disruptor.

Después de extensas investigaciones, determinaron que esa persona entraría al juego justo después de la primera mitad de la segunda década del siglo XXI. Se predijo que aquel individuo trascendería hacia lo que la profecía denominaba "modo de activación", lo que implicaba reunir o "activar" a otros y dar lugar a un misterioso suceso mundial conocido como "el Emplazamiento".

La batalla sería un juego de números: los dueños serían muy pocos, pero tendrían las armas y el dinero. La única esperanza del Disruptor sería reunir a muchas personas, pero no para emprender una batalla física. Por extraño que suene, su arma sería otra: la *energía*.

Arno me compartió algunos otros detalles ambiguos sobre cómo obtendría poder esa persona. La traducción de las escrituras faltantes insinuaba una muerte y un posterior renacimiento. El texto señalaba con claridad que obtendría el control de una vasta cantidad de dinero y recursos gracias a la activación de un individuo muy pudiente, simplemente denominado "el Mecenas".

En ese momento no teníamos idea de lo que todo eso significaba en realidad. Y, como eran detalles tan paranormales, en realidad no les prestamos mucha atención. Lo que *sí* teníamos muy claro era que, una vez que el Disruptor fuera identificado, había que eliminarlo.

Ahora bien, cuando conocí a Dimitri, apenas era el principio de la década, no más de la mitad, y el muchacho era tan inculto e infantilizado que no parecía muy normal. Pero debo confesar que, estando frente a ese muchacho y sabiendo lo que sabía sobre sus antecedentes —que era un tipo que hablaba con una autoridad inusual acerca de "despertar" a otros—, fue inevitable preguntarme: *¿podría ser él?* Meneé la cabeza y entré en razón. *Es altamente improbable.*

Aun así, sabía que, sin importar lo que tuviera planeado hacer, siempre existía la posibilidad de que representara un peligro, como mucha de la gente que había entrado a la órbita de Tess. Tenía al muchacho registrado como nivel dos —amenaza moderada a baja—, pero, con base en el protocolo, tendría que bajarlo a nivel uno. Supuse que la mejor forma de evaluar la situación sería preguntárselo directamente. Me aclaré la garganta.

—¿Exactamente de qué vas a despertar al mundo?

Me miró directamente a los ojos y, con toda la seriedad del mundo, contestó:

—De todo, Stan. De todo.

Nivel tres, amenaza de seguridad media a alta.

AGRADECIMIENTOS

Antes que nada, quiero agradecerles a quienes me ayudaron directamente en la creación de este libro; los aprecio a todos y cada uno de ustedes, y le brindaron a este proyecto más de lo que podrían imaginar: Nichole Netaya, quien estuvo desde el principio y me impulsó a escribir esta novela aunque no me sintiera capaz de hacerlo. Andrina Hutter, quien se incorporó para apoyarme en la conclusión del primer borrador, a pesar de las fuerzas que parecían estar tratando de impedirlo. Uma y Sandra De Vos, quienes se unieron al final para brindarle a este proyecto una capa de amor que ayudó a mejorarlo bastante. Estoy profundamente agradecido con Amanda Johnson, de Awaken Village Press, por ser la orquestadora de orquestadoras y mantenerlo todo unido mientras atravesaba las pruebas de su propia transformación durante el proceso. ¡Eres extraordinaria, hermana!

Les agradezco a los miembros de su equipo: al artista Daniel Holloway, quien hizo un trabajo increíble en el diseño editorial de la maqueta del manuscrito; a Carrie Cojocari, por organizar tras bambalinas el caos del proceso editorial; al artista Tim Murray, por ceñirse a mi visión al momento de crear una portada extraordinaria; a Marianne Johnson, la mamá de Amanda, por ser una compañía muy agradable para trabajar y por dar todo de sí durante la fase final de la edición; a Juliet Davey por su apoyo en la corrección de pruebas; a Amy Odland, los correctores y los primeros lectores por su apoyo para lanzar este proyecto. Y, por último, pero no por ello menos importante, a Christina Luna por salir de la nada en el momento en el que más la necesitaba(mos).

Un agradecimiento especial a quienes me apoyaron con la investigación: a Brooke Hyman y Brittney O'Hara por ayudarme con la información médica; a Akshay Sachdeva por la terminología tecnológica y las traducciones al hindi; a Monica Mosapor por el apoyo con la lingüística del latín; a David Ayotte por su ayuda con el material relacionado con Ra; a David Lema por su contribución con el contenido financiero; y a Charlie Clemans por ser tan generoso con su tiempo y compartirme sus anécdotas relacionadas con la vida al interior de una penitenciaría estatal.

En cuanto a experiencias transformadoras, quiero agradecerle a Eckhart Tolle, cuyas palabras sencillas para comunicar mensajes profundos en el libro *El poder del ahora* llegaron a mis manos en un momento crucial y me salvaron la vida cuando creí que no valía la pena seguir adelante. A Ana Huya Escavia, mi abuela postiza, quien me ayudó a abrir mi corazón cerrado y me cambió la vida para siempre. A Marcus Ogabi, quien me brindó su sabiduría experiencial y me enseñó la diferencia clara entre creer en algo y saberlo. Por último, al maestro de maestros, Dimitri Tanomeo, gracias a quien aprendí y entendí cosas desde el primer encuentro y quien me cambió la vida para siempre. Gracias, Di.

También están las personas que me han inspirado, aunque sería imposible mencionarlas a todas. Gracias a Neale Donald Walsch, Charles Eisenstein, Doshin Roshi, Jordan Peterson, Carlton Pearson, Joel Osteen, Byron Katie, Teal Swan, Michael Bernard Beckwith, David Icke, el doctor Hew Len, Paramahansa Yogananda, Sri Nisargadatta Maharaj y Sri Ramana Maharshi.

Gracias a todas las personas que me han enseñado algo, que me han compartido palabras de aliento o han estado a mi lado cuando las necesito. Gracias a Adam Fischer, Stephanie Downing Verderber, el señor Kawagoe, Sat Yoga, Carlos Arias, Steve Torchia y la familia Scialdone. Y gracias a Karol, Valverde, Barboza y Canela.

Gracias a mi gente en El Valle, en especial a los escasos guardianes de la sabiduría que viven al servicio de un mundo despierto.

Gracias a Linda, mi madre terrenal, por el amor genuino que exuda y por cualquier fragmento de calidad humana que haya podido heredar de ella. Expreso gratitud también a mi padre terrenal, cuyo nombre llevo, por su genio y su deseo de forjar un mundo que nos sirva a todos. Verlo dedicar su vida a ello plantó la semilla de la inspiración en lo más profundo de mi ser, al grado de que decidí seguir sus pasos. También agradezco a su madre, Nana, quien me acogió con su Luz desde el instante en que nací y sigue haciéndolo en la otra vida.

Por último, quiero agradecerle al coautor de este libro, al poder misterioso, infinito e innombrable que ha creado todo en la existencia y sigue habitándolo. Le agradezco el regalo de la vida y todo lo que he recibido en ella.

¡Aho!

NOTA DEL AUTOR

Algo muy especial te trajo a este planeta durante el momento más notable en la historia humana. Ese *algo* te puso este libro en las manos, y si ya llegaste hasta aquí, entonces debes saber que tú también has sido *elegido*. Has sido elegido para hacer que ésta no sea sólo una historia de posibilidad, sino también de certeza: la certeza de tu propia sanación y la del mundo entero. Este es un llamado oficial a la acción para que entres en *agencia* mientras nos unimos en la rectitud intrínseca de las acciones y la justicia arraigadas en el corazón.

El simple hecho de que estés aquí, leyendo esto, significa que ya aceptaste la *invitación a despertar*. Sé que es así por el simple hecho de que ese *algo* especial, Aquel que te trajo a la Tierra y te puso este libro en las manos, es Aquel que escribió a través de mí. Por ende, en esencia, tú escribiste esto, es tuyo, tú eres Aquel, porque así de especial eres. Entonces, ¿qué dices? ¡Hagámoslo juntos! ¡Sí podemos!

Digo, ¿qué otra cosa podemos hacer? ¿No crees?

Sé el cambio,
Mike

SELLO DE LA SOBERANÍA

Que este símbolo represente tu derecho a vivir libre de opresión. Que sepas que, donde sea que lo veas, la libertad de pensamiento, expresión y acción orientada y positiva no sólo se protege, sino que se promueve. Representa la Luz intrínseca que los envuelve a ti y a todos los seres que han despertado.

¡Viva la revolución!

Para saber más sobre Mike McGinnis y su obra, visita www.michaelmcginnis.com.

www.ingramcontent.com/pod-product-compliance
Lightning Source LLC
Chambersburg PA
CBHW030844030726
47495CB00005B/1359